RAVENSONG

LA CANCIÓN DEL CUERVO

- **Título original:** *Ravensong*
- **Dirección editorial:** Marcela Aguilar
- **Edición:** Melisa Corbetto con Stefany Pereyra Bravo
- **Coordinación de diseño:** Marianela Acuña
- **Armado de interior**: Tomás Caramella sobre maqueta de Julián Balangero

www.vreditoras.com

MÉXICO: Dakota 274, colonia Nápoles
C. P. 03810, alcaldía Benito Juárez, Ciudad de México
Tel: 55 5220-6620 · 800-543-4995
e-mail: editoras@vreditoras.com.mx

ARGENTINA: Florida 833, piso 2, oficina 203,
(C1005AAQ), Buenos Aires
Tel.: (54-11) 5352-9444
e-mail: editorial@vreditoras.com

Primera edición: agosto de 2020

ISBN: 978-607-8712-42-7

Impreso en México en Litográfica Ingramex, S. A. de C. V.
Centeno No. 195, Col. Valle del Sur, C. P. 09819
Alcaldía Iztapalapa, Ciudad de México.

Green Creek • LIBRO DOS

RAVENSONG

LA CANCIÓN DEL CUERVO

TJ KLUNE

Traducción: María Victoria Boano

A aquellos que oyen las canciones de los lobos, presten atención:
la manada los está llamando a casa.

"Profeta" dije, "ser maligno, pájaro o demonio,
siempre profeta,
si el tentador te ha enviado, o la tempestad
te ha empujado hacia estas costas,
desolado, aunque intrépido, hacia esta desierta
tierra encantada, hacia esta casa rondada por el Horror. Dime la verdad,
te lo imploro.
¿Hay, hay bálsamo en Galaad? ¡Dime, dime,
te lo ruego!".
El cuervo dijo: "Nunca más".

PROMESAS

—Nos marcharemos –dijo el Alfa.

Ox estaba de pie junto a la puerta, nunca antes lo había visto tan pequeño. La piel debajo de sus ojos parecía amoratada.

Esto no iba a terminar bien. Las emboscadas nunca terminan bien.

–¿Qué? –preguntó Ox, entrecerrando levemente los ojos–. ¿Cuándo?

–Mañana.

–Sabes que aún no puedo irme –dijo. Toqué el cuervo en mi antebrazo y sentí el aleteo, el latido de la magia. Ardía–. Debo ver al abogado de mamá en dos semanas para revisar el testamento. Además, está la casa y

–Tú no irás, Ox –lo interrumpió Joe Bennett, sentado en el escritorio de su padre. De Thomas Bennett solo quedaban cenizas.

Vi el instante en el que las palabras calaron. Fue salvaje y brutal, la traición a un corazón ya roto.

–Tampoco lo harán mamá y Mark –Carter y Kelly se revolvieron incómodos a ambos lados de Joe. Yo no era manada desde hacía un largo, largo tiempo, pero hasta yo podía sentir cómo la vibración grave de la furia los recorría por dentro. No estaba dirigida a Joe. Ni a Ox. Ni hacia nadie en la habitación. La venganza les latía en la sangre, la necesidad de desgarrar con sus colmillos y garras. Ya se habían perdido en ella.

Y yo también. Pero Ox aún no lo sabía.

–Entonces serán tú, Carter y Kelly.

–Y Gordo.

Y ahora lo sabía. Ox no me miró. Era como si estuvieran solo ellos dos en la habitación.

–Y Gordo. ¿A dónde?

–A hacer lo correcto.

–Nada de esto está bien –replicó Ox–. ¿Por qué no me lo dijiste?

–Te lo estoy diciendo ahora –respondió Joe y, *ay, Joe*. Tendría que saber que esa no era la…

–Porque *eso* es lo correcto… ¿A dónde irán?

–Tras Richard.

Una vez, cuando Ox era un niño, el pedazo de mierda de su padre se marchó con rumbo desconocido sin siquiera mirar atrás. A Ox le llevó semanas levantar el teléfono para llamarme, pero lo hizo. Habló lentamente, pero percibí el dolor en cada palabra cuando me dijo "no estamos bien", que había cartas del banco diciendo que iban a quitarles la casa en la que él y su mamá vivían en el viejo y familiar camino de tierra.

"¿Podría trabajar para ti? Es que necesitamos el dinero y no puedo dejar que perdamos la casa, es todo lo que nos queda. Lo haré bien, Gordo. Haré bien mi trabajo y trabajaré para ti por siempre. Iba a suceder de todas formas, así que, ¿podemos adelantarnos? ¿Podemos hacerlo ahora? Lo siento. Es que necesito comenzar ahora porque debo ser un hombre".

Era el llamado de un niño perdido.

Y aquí, frente a mí, el niño perdido había regresado. Ah, claro, era más grande ahora, pero su madre estaba bajo tierra, su Alfa no era más que humo en las estrellas y su *compañero*, maldita sea, estaba clavándole las garras en el pecho y retorciendo, retorciendo, retorciendo.

No hice nada para detenerlo. Era demasiado tarde. Para todos nosotros.

–¿Por qué? –quiso saber Ox, la voz se le quebró a medio camino.

Por qué, por qué, por qué.

Porque Thomas estaba muerto.

Porque nos lo habían quitado.

Porque habían venido a Green Creek Richard Collins y sus Omegas, con los ojos violetas en la oscuridad, gruñendo al enfrentarse al Rey Caído.

Yo hice lo que pude.

No fue suficiente.

Y aquí estaba el niño, un niño pequeño que no tenía ni dieciocho años, cargando con el peso del legado de su padre, con el monstruo de su infancia hecho carne. Los ojos le ardían rojos, y no pensaba en otra cosa que en venganza. Vibraba a través de sus hermanos en un círculo interminable que alimentaba la furia del otro. Era un príncipe convertido en rey furioso, y necesitaba mi ayuda.

Elizabeth Bennett estaba callada, permitiendo que todo transcurriera frente a sus ojos. Siempre la reina silenciosa, con un chal tejido sobre los hombros, contemplando el desarrollo de esta maldita tragedia. Ni siquiera podría afirmar que estuviera allí en verdad.

Y Mark, él…

No. No él. No ahora.

El pasado era el pasado, era el pasado.

Empezaron a discutir, mostrándose los dientes y gruñendo. Ida y vuelta, cada uno hiriendo al otro hasta que sangrara delante de nosotros. Yo entendía a Ox: el miedo a perder a quienes amas, a una responsabilidad que nunca pediste. A que te digan algo que nunca quisiste escuchar.

Entendía a Joe. No quería hacerlo, pero lo entendía.

"Creemos que fue tu padre, Gordo", declaró Osmond. "Creemos que Robert Livingstone encontró un nuevo camino hacia la magia y rompió las guardas que contenían a Richard Collins".

Sí. Creo que entendía a Joe mejor que a nadie.

–No puedes dividir a la manada –dijo Ox y, Jesús, estaba suplicando–. No ahora. Joe, eres el maldito *Alfa*, te necesitan aquí. Todos ellos. *Juntos*. En verdad crees que los demás van a acceder a...

–Lo saben hace días –lo interrumpió Joe, y luego se encogió en una mueca de dolor–. Mierda.

Cerré los ojos.

Ocurrió esto:

–Es una mierda, Gordo.

–Lo es.

–Y vas a seguirle el juego.

–Alguien debe asegurarse de que no se mate a sí mismo.

–Y ese alguien eres tú. Porque eres de la manada.

–Eso parece.

–¿Por elección?

–Eso creo.

Pero, por supuesto, nunca era así de fácil. Nunca lo era.

Y:

–Quieres decir matar. ¿Te parece bien?

–Nada de todo esto está bien, Ox. Pero Joe tiene razón. No podemos dejar que esto le vuelva a suceder a nadie más. Richard quería a Thomas, pero ¿cuánto más tardará hasta que vaya tras otra manada para convertirse en un Alfa? ¿Cuánto más antes de que reúna a otros seguidores, más grandes que los que logró reunir en el pasado? Estamos perdiéndole el rastro. Tenemos que terminar con esto mientras podamos, por todos. Esto es venganza, simple y pura, pero viene del lugar correcto.

–Realmente lo crees.

–Tal vez. Joe lo cree y eso es suficiente para mí.

Me pregunté si me había creído mis propias mentiras.

Y finalmente:

–Debes hablar con él. Antes de que se vayan.

–¿Con Joe?

–Con Mark.

–Ox…

–¿Qué si no regresas nunca más? ¿Realmente quieres que piense que no te importa? Porque eso es pura mierda, amigo. Me conoces, pero a veces creo que te olvidas de que te conozco igual de bien. Incluso un poco más.

Maldito sea.

Ella estaba de pie en la cocina de la casa de los Bennett, mirando por la ventana. Tenía los puños sobre la encimera. Sus hombros estaban tensos y la envolvía la pena como una mortaja. Aunque yo no había querido saber nada con los lobos por años, no me había olvidado del respeto que imponía. Era realeza, lo quisiera ella o no.

–Gordo –dijo Elizabeth sin volverse. Me pregunté si estaría oyendo a los lobos cantar canciones que hacía mucho que yo no podía oír–. ¿Cómo está?

–Enfadado.

–Es lógico.

–¿Lo es?

–Supongo que sí –señaló en voz baja–. Pero tú y yo somos mayores. Quizás no más sabios, pero mayores. Todo lo que hemos vivido, todo lo que hemos visto, esto es... algo más. Ox es un niño. Lo hemos protegido todo lo posible. Nosotros...

–Ustedes lo involucraron en esto –dije sin poder contenerme. Las palabras salieron disparadas cual granada y explotaron en sus pies–. Si se hubieran mantenido alejados, si no lo hubieran metido en esto, él podría seguir...

–Lamento lo que te hicimos –dijo, y me invadió la emoción–. Lo que tu padre hizo. Él era... No fue justo. O correcto. Ningún niño debería pasar por lo que tú pasaste.

–Y, sin embargo, no hicieron nada para detenerlo –le reproché–. Tú, Thomas y Abel. Mi madre. Ninguno de ustedes. Solo les importaba lo que yo podría ser para ustedes, no lo que implicaría para mí. Lo que mi padre me hizo no significaba *nada* para ustedes. Y cuando se marcharon...

–Quebraste los lazos con la manada.

–La decisión más sencilla que he tomado en la vida.

–Puedo oír cuando mientes, Gordo. Tu magia no puede ocultar el latido de tu corazón. No siempre. No cuando más importa.

–Malditos lobos –y continué–: Tenía *doce* años cuando me convirtieron en el brujo de la manada Bennett. Mi madre había muerto. Mi padre se había ido. Pero, a pesar de eso, Abel me tendió la mano, y la única razón por la que dije que sí fue porque no conocía otra cosa. Porque no quería quedarme solo. Tenía miedo y...

–No lo hiciste por Abel.

–¿De qué demonios estás hablando? –exclamé, entrecerrando los ojos.

Por fin se volvió y me miró. Aún tenía el chal sobre los hombros. En algún momento se había atado el cabello rubio en una coleta y algunos mechones le caían alrededor de la cara. Sus ojos eran azules, naranjas, azules de nuevo, y brillaban sin fuerza. Cualquiera que la mirase pensaría que en ese momento Elizabeth Bennett era débil y frágil, pero yo sabía que no. Estaba con la espalda contra la pared, el lugar más peligroso para un depredador.

–No fue por Abel.

Ah. Entonces ese era el juego que quería jugar.

–Era mi deber.

–Tu padre...

–Mi *padre* perdió el control cuando le quitaron su lazo. Mi *padre* se alió con...

–Todos teníamos un rol que cumplir –dijo Elizabeth–. Cada uno de nosotros. Cometimos errores. Éramos jóvenes y tontos, y estábamos llenos de una furia enorme y terrible por todo lo que nos habían quitado.

Abel hizo lo que pensó que era lo correcto en su momento. Al igual que Thomas. Ahora, yo estoy haciendo lo mismo.

–Y, sin embargo, no te has enfrentado a tus hijos. No has hecho nada para impedirles cometer los mismos errores que cometimos nosotros. Te echaste panza arriba como un *perro* en esa habitación.

–¿Y tú no? –preguntó, sin morder el anzuelo.

Mierda.

–¿Por qué?

–¿Por qué qué, Gordo? Tendrás que ser más específico.

–¿Por qué les permites que vayan?

–Porque nosotros fuimos jóvenes e imprudentes alguna vez, y llenos de una rabia enorme y terrible. Y ahora ha pasado a ellos –suspiró–. Tú lo has vivido antes. Ya has pasado por esto. Pasó una vez. Y está pasando de nuevo. Confío en que tú evitarás que cometan los mismos errores que nosotros.

–No soy manada.

–No –confirmó, y no debería haberme dolido como me dolió–. Pero esa es una decisión tuya. Estamos aquí por las decisiones que tomamos. Quizás tengas razón. Quizás, si no hubiéramos venido aquí, Ox sería...

–¿Humano?

Un destello le atravesó la mirada de nuevo.

–¿Thomas…

Resoplé.

–No me contó una mierda. Pero no es difícil darse cuenta. ¿Qué ocurre con él?

–No lo sé –admitió–. Ni sé si Thomas lo sabía tampoco. No exactamente. Pero Ox es… especial. Distinto. Aún no se ha dado cuenta. Y quizás le lleve mucho tiempo hacerlo. No sé si es magia o algo más. No es como nosotros. No es como tú. Pero no es humano. No del todo. Es más que eso, creo. Que todos nosotros.

–Tienes que protegerlo. He fortalecido las guardas todo lo posible, pero tienes que...

–Es manada, Gordo. No hay nada que no haría por la manada. Me imagino que no te has olvidado de eso.

–Lo hice por Abel. Y luego por Thomas.

–Mentira –dijo, ladeando la cabeza–. Pero casi te lo crees.

–Tengo que... –murmuré, dando un paso atrás.

–¿Por qué no puedes decirlo?

–No hay nada que decir.

–Él te amaba –dijo, y nunca la odié más que en ese momento–. Con todo su ser. Así somos los lobos. Cantamos y cantamos y cantamos hasta que alguien oye nuestra canción. Y tú la oíste. La oíste. No lo hiciste por Abel o Thomas, Gordo. Ni siquiera entonces. Tenías doce años, pero lo sabías. Eras manada.

–Maldita seas –dije con la voz ronca.

–Sé que a veces... –replicó, no sin amabilidad–, las cosas que más necesitamos escuchar son las que menos queremos oír. Amé a mi esposo, Gordo. Lo amaré por siempre. Y él lo sabía. Incluso al final, incluso cuando Richard... –se quedó sin aliento. Sacudió la cabeza–. Incluso entonces. Él lo sabía. Y lo extrañaré cada día hasta que pueda volver estar a su lado, hasta que pueda mirar su cara, su cara hermosa, y decirle lo enojada que estoy. Lo estúpido que es. Lo bello que es verlo de nuevo y que, por favor, diga mi nombre –tenía lágrimas en los ojos, pero no las derramó–. Me duele, Gordo. No sé si este dolor me dejará en algún momento. Pero él lo *sabía*.

–No es lo mismo.

–Solo porque tú no lo permites. Él te amaba. Te dio su lobo. Y tú se lo devolviste.

–Tomó su decisión. Y yo tomé la mía. No lo quería. No quería tener nada que ver con ustedes. Con *él*.

–Tú. *Mientes*.

–¿Qué pretendes de mí? –pregunté, la voz me desbordaba de furia–. ¿Qué demonios quieres?

–Thomas lo sabía –repitió–. Incluso a punto de morir. Porque yo se lo dije. Porque yo se lo demostré una y otra vez. Me arrepiento de muchas cosas en mi vida. Pero nunca me arrepentiré de Thomas Bennett.

Se movió hacia mí, sus pasos lentos pero seguros. Me mantuve firme, incluso cuando me puso la mano sobre el hombro y me lo apretó fuerte.

–Te irás por la mañana. No te arrepientas de esto, Gordo. Porque si dejas palabras sin decir, te perseguirán hasta el fin de tus días.

Me rozó al pasar.

–Por favor, cuida de mis hijos –me dijo, antes de salir de la cocina–. Te los confío, Gordo. Si descubro que has traicionado mi confianza, o que te has hecho a un lado sin hacer nada mientras ellos se enfrentan a ese monstruo, no existe lugar en el que puedas esconderte en el que no vaya a encontrarte. Te haré mil pedazos y el remordimiento que sentiré será mínimo.

Luego se marchó.

Él estaba de pie en el porche, contemplando la nada con las manos detrás de la espalda. Alguna vez había sido un niño con bonitos ojos azules como el hielo, el hermano de un futuro rey. Ahora era un hombre, endurecido por las asperezas del mundo. Su hermano ya no estaba. Su Alfa se estaba por marchar. Había sangre en el aire, muerte en el viento.

–¿Está ella bien? –preguntó Mark Bennett.

Porque por supuesto sabía que yo estaba allí. Los lobos siempre lo saben. Especialmente cuando se trata de su…

–No.

–¿Y tú?

–No.

No se volvió. La luz del porche brillaba débilmente sobre su cabeza afeitada. Inspiró profundo y sus hombros anchos se levantaron y cayeron. Me picaba la piel de las palmas.

–Es raro, ¿no te parece?

El mismo imbécil misterioso de siempre.

–¿Qué cosa?

–Te marchaste una vez. Y aquí estás, yéndote de nuevo.

–Tú me dejaste primero –apunté, molesto.

–Y volví tan seguido como pude.

–No fue suficiente.

Pero eso no era del todo cierto, ¿verdad? Ni de cerca. Aunque mi madre llevaba muerta mucho tiempo, su veneno seguía sonando en mis oídos: *los lobos hicieron esto, los lobos se llevaron todo, siempre lo hacen porque esa es su naturaleza.* "Mintieron", me dijo. "Como siempre".

Lo dejó pasar.

–Lo sé –respondió.

–Esto no es… No estoy tratando de empezar nada aquí.

–Nunca lo haces –podía oír la sonrisa en su voz.

–Mark.

–Gordo.

–Vete a la mierda.

Se volvió, *por fin*, tan apuesto como el día en que lo conocí, aunque yo era un niño y no había sabido lo que significaba. Era grande y fuerte, y sus ojos seguían siendo de ese azul helado, inteligentes y omniscientes. No tenía dudas de que podía sentir la furia y la pena que se agitaban en mí, por más que intentara bloquearlas. Los lazos entre nosotros estaban rotos desde hacía tiempo, pero aún quedaba algo *allí*, por más que me esforzara mucho en enterrarlo.

Se pasó una mano por el rostro, los dedos desaparecieron en su barba. Recordaba cuando se la comenzó a dejar a los diecisiete, era una cosa desigual por la que lo había molestado sin cesar. Sentí una punzada en el pecho, pero ya estaba acostumbrado. No significaba nada. Ya no.

Casi me convencía de ello.

–Cuídate, ¿está bien? –dijo, dejando caer la mano. Sonrió con frialdad y se dirigió hacia la puerta de la casa Bennett.

Y pensaba dejarlo ir. Iba a dejar que me pasara por al lado. Sería el fin. No volvería a verlo de nuevo hasta… hasta. Se quedaría aquí y yo me iría, al revés de lo que había ocurrido aquel día.

Iba a dejarlo ir porque eso sería lo más fácil. Para todos los días que vendrían.

Pero siempre había sido estúpido en todo lo relacionado a Mark Bennett.

Estiré la mano y lo tomé del brazo antes de que pudiera dejarme.

Se detuvo.

Nos quedamos de pie, hombro con hombro. Yo me enfrentaba al camino que se extendía delante. Él se enfrentaba a todo lo que dejaríamos atrás.

Esperó.

Respiramos.

–Esto no… No puedo…

–No –susurró–. Supongo que no puedes.

–Mark –logré escupir, luchando por encontrar algo, *cualquier cosa* que decirle–. Volverá… *volveremos.* ¿Está bien? Vamos a…

–¿Es una promesa?

–Sí.

–Ya no creo más en tus promesas –declaró–. Hace mucho tiempo que no. Cuídate, Gordo. Cuida a mis sobrinos.

Y luego entró a la casa y la puerta se cerró tras él.

Bajé del porche sin mirar atrás.

Estaba sentado en el taller que llevaba mi nombre, con un pedazo de papel sobre el escritorio frente a mí.

Ellos no lo entenderían. Los quería, pero podían comportarse como idiotas. Tenía que decirles *algo.*

Tomé un viejo bolígrafo barato y empecé a escribir.

Tengo que irme por un tiempo. Tanner, quedas a cargo del taller. Asegúrate de enviar las ganancias al contador. Él se ocupará de los impuestos. Ox tiene acceso a todas las cosas bancarias, personales y del taller.

Lo que necesites, se lo pides a él. Si necesitas contratar a alguien para ayudar con el trabajo, hazlo, pero no contrates a ningún imbécil.

Hemos trabajado demasiado duro para llegar a donde estamos. Chris y Rico, manejen las operaciones diarias. No sé cuánto llevará esto, pero, por las dudas, cuídense entre ustedes. Ox los necesitará.

No era suficiente.

Nunca sería suficiente.

Esperaba que pudieran perdonarme. Algún día.

Tenía los dedos manchados de tinta y dejé manchones en el papel.

Apagué las luces del taller.

Me quedé de pie en la oscuridad un rato largo.

Inhalé el olor a transpiración y a metal y a aceite.

Aún no había amanecido cuando nos encontramos en la calle de tierra que llevaba hacia las casas al final del camino. Carter y Kelly estaban sentados en el todoterreno, observándome a través del parabrisas mientras caminaba hacia ellos con la mochila al hombro.

Joe estaba de pie en la mitad de la calle. Tenía la cabeza echada hacia atrás, los ojos cerrados y las fosas nasales dilatadas. Thomas me había dicho una vez que por ser un Alfa estaba en sintonía con todo lo que estaba en su territorio. Las personas. Los árboles. Los ciervos en el bosque, las plantas meciéndose en el viento. Era todo para un Alfa, una sensación de *hogar* profundamente arraigada que no se podía sentir en ningún otro lugar.

Yo no era un Alfa. Ni siquiera era un lobo. Nunca quise serlo.

Pero comprendí lo que quiso decir. Mi magia estaba tan arraigada a este lugar como él. Era diferente, pero no tanto como para que importara. Él lo sentía *todo*. Yo sentía el latido del corazón, el pulso del territorio que se extendía a nuestro alrededor.

Green Creek estaba conectado a sus sentidos.

Y estaba grabado en mi piel.

Dolía partir, y no solamente por aquellos que dejábamos atrás. Existía una *tensión* física que el Alfa y el brujo sentían. Nos llamaba y nos decía *aquí aquí aquí estás aquí aquí aquí quédate porque este es tu hogar este es tu hogar este es…*

–¿Siempre fue así? –me preguntó Joe–. ¿Para papá?

Miré de reojo al todoterreno. Carter y Kelly nos observaban con atención. Sabía que nos estaban escuchando. Volví la vista hacia Joe y a su cara alzada.

–Creo que sí.

–Pero nos fuimos. Mucho tiempo.

–Él era el Alfa. No solo el tuyo. No solo el de tu manada. Sino el de todo. Y, entonces, Richard…

–Me secuestró.

–Sí.

Joe abrió los ojos. No brillaban.

–No soy mi padre.

–Lo sé. Pero no se supone que lo seas.

–¿Estás conmigo?

Vacilé.

Sabía lo que me estaba preguntando. No era formal, para nada, pero era un Alfa, y yo era un brujo sin manada.

Cuida a mis sobrinos.

Respondí la única cosa posible:

–Sí.

Su transformación ocurrió rápidamente, su cara se alargó, la piel se le cubrió de pelo blanco, las garras surgieron de las puntas de sus dedos. Y cuando sus ojos ardieron en llamas, echó la cabeza hacia atrás y cantó la canción del lobo.

TRES AÑOS
UN MES
VEINTISÉIS DÍAS

DESTROZADO/ TIERRA Y HOJAS Y LLUVIA

Tenía seis años cuando vi por primera vez transformarse en lobo a un niño mayor.

–Es el hijo de Abel –susurró mi padre–. Se llama Thomas, y un día será el Alfa de la manada Bennett. Tú le pertenecerás.

Thomas.

Thomas.

Thomas.

Me tenía fascinado.

Tenía ocho años cuando mi padre tomó una aguja y quemó tinta y magia en mi piel.

–Te dolerá –me dijo con una expresión sombría en el rostro–. Te dolerá como nada te ha dolido antes. Sentirás que te estoy destrozando y, en cierto modo, tendrás razón. Hay magia en ti, niño, pero no se ha manifestado aún. Estas marcas te centrarán y te darán las herramientas necesarias para empezar a controlarla. Sentirás dolor, pero es necesario para quien debes convertirte. El dolor es una lección. Te enseña las formas de este mundo. Es necesario lastimar a los que amamos para hacerlos más fuertes. Para hacerlos mejores. Un día me entenderás. Un día serás como yo.

–Por favor, padre –supliqué, luchando contra las ataduras que me sujetaban–. Por favor, no hagas esto. Por favor, no me lastimes.

Mi madre quiso decir algo, pero mi padre sacudió la cabeza.

Ahogó un sollozo mientras la acompañaban fuera de la habitación. No miró atrás.

Abel Bennett se sentó junto a mí. Era un hombre fornido. Un hombre amable. Era fuerte y poderoso, con cabello oscuro y ojos oscuros. Tenía manos que parecían capaces de partirme en dos. Había visto cómo surgían garras de ellas, garras que habían destrozado la carne de aquellos que se habían atrevido a quitarle cosas.

Pero también podían ser suaves y cálidas. Me tomó el rostro entre ellas y con los pulgares me secó las lágrimas de las mejillas. Alcé la vista hacia él, y sonrió en silencio.

–Serás especial, Gordo –dijo–. Lo sé.

Y mientras sus ojos se volvían rojos, respiré y respiré y respiré.

Luego, sentí la aguja contra mi piel y me rompí en pedazos.

Grité.

Se me apareció en forma de lobo. Era grande y blanco, con manchones negros en el pecho, las patas y el lomo. Era mucho más grande de lo que yo llegaría a ser nunca, y tenía que echar la cabeza hacia atrás para verlo entero.

Las estrellas centelleaban en lo alto, la luna estaba redonda y brillante, y sentí que algo me latía por las venas. Era una canción que no llegaba a comprender del todo. Me ardían muchísimo los brazos. Por momentos, me parecía que las marcas de mi piel empezaban a resplandecer, pero podía ser un efecto de la luz de la luna.

–Estoy nervioso –dije, porque era la primera vez que me permitían salir con la manada en luna llena. Antes era muy peligroso. No por lo que los lobos podían hacerme a mí, sino por lo que yo podría haberles hecho a ellos.

Ladeó la cabeza ante mí, los ojos le ardían naranjas con motas de rojo. Era mucho más de lo que pensé que alguien podía llegar a ser. Me dije que no le tenía miedo, que podía ser valiente, como mi padre.

Me sentí un mentiroso.

Otros lobos corrieron detrás de él a un claro en el medio del bosque. Gemían y aullaban, y mi padre se reía y tironeaba de la mano a mi madre. Ella se volvió para mirarme y me sonrió en silencio, pero luego se distrajo.

No me importó, porque yo también lo hice.

Thomas Bennett estaba frente a mí, el hombre lobo que se convertiría en rey. Resopló ruidosamente, moviendo un poco la cola y haciéndome una pregunta para la cual yo no tenía una respuesta.

–Estoy nervioso –le dije de nuevo–. Pero no tengo miedo.

Era importante para mí que lo entendiera. Se echó al suelo y se recostó sobre su estómago, las patas por delante, y me contempló. Como si quisiera hacerse más pequeño. Menos intimidante. Que alguien de su posición bajara al suelo era algo que no comprendí hasta que fue demasiado tarde.

Gimió levemente desde lo profundo de su garganta. Esperó, y volvió a hacerlo.

–Mi padre me dijo que serás el Alfa –dije.

Avanzó, arrastrando su estómago por la hierba.

–Y que yo seré tu brujo –continué.

Se acercó un poco más.

–Prometo que haré lo mejor que pueda –añadí–. Aprenderé todo lo que pueda y haré un buen trabajo para ti. Ya lo verás. Seré el mejor que haya existido –abrí los ojos como platos–. Pero no le digas a mi padre que he dicho eso.

El lobo blanco estornudó.

Me reí.

Por último, me estiré y apoyé la mano sobre el hocico de Thomas y, por un momento, me pareció oír un susurro en mi mente:

ManadaManadaManada.

–¿Es esto lo que quieres? –me preguntó mi madre cuando nos quedamos solos. Me había alejado de los lobos, de mi padre y les había dicho que quería pasar tiempo con su hijo. Estábamos sentados en un restaurante del pueblo, y olía a grasa y humo y café.

Me sentía confundido e intenté hablar con la boca llena de hamburguesa.

Mi madre frunció el ceño.

–Modales –me regañó. Hice una mueca y tragué rápido.

–Lo sé. ¿A qué te refieres?

Miró a través de la ventana en dirección a la calle. Un viento cortante sacudía los árboles y los hacía sonar como huesos viejos. El aire estaba frío y las personas se cerraban bien los abrigos mientras caminaban por la acera. Me pareció ver a Marty, con los dedos manchados de aceite, caminando de vuelta a su taller, el único de Green Creek. Me pregunté cómo se sentiría tener marcas en la piel que se pudieran lavar.

–A esto –dijo, mirándome de nuevo. Su voz era suave–. A todo.

Eché un vistazo alrededor para asegurarme de que nadie nos estuviera escuchando porque mi padre había dicho que nuestro mundo era un secreto. No creo que mamá lo entendiera, porque no sabía que estas cosas existían hasta que lo conoció a él.

–¿A las cosas de brujo?

–A las cosas de brujo –repitió, y no parecía contenta al decirlo.

–Pero es lo que se supone que debo hacer. Es quien se supone que debo ser. Algún día, seré muy importante y haré grandes cosas. Padre dijo...

–Sé lo que dijo –replicó cortante. Hizo una mueca antes de bajar la vista hacia la mesa, las manos juntas frente a ella–. Gordo, yo... Escúchame, ¿está bien? La vida... son las decisiones que tomamos. No las decisiones que se toman *por* nosotros. Tienes derecho a forjar tu propio camino. A ser quien quieras ser. Nadie debería decidir eso por ti.

No entendí.

–Pero se supone que debo ser el brujo del Alfa.

–No se *supone* que tengas que ser *nada*. No eres más que un niño. No pueden poner esto sobre tus hombros. No ahora. No cuando no puedes decidir por ti mismo. No tendrías que…

–Soy valiente –le dije y, de pronto, necesitaba que me creyera más que nada en el mundo. Esto era importante. *Ella* era importante–. Y haré el bien. Ayudaré a mucha gente. Padre lo dijo.

–Lo sé, bebé –respondió con lágrimas en los ojos–. Sé que lo eres. Y estoy muy orgullosa de ti. Pero no *tienes* que hacerlo. Necesito que me escuches, ¿sí? Esto no… no es lo que yo quería para ti. No pensé que llegaría a ser así.

–¿Así cómo?

Negó con la cabeza.

–Podemos… podemos ir a dónde quieras. Tú y yo. Podemos irnos de Green Creek, ¿de acuerdo? Irnos a cualquier parte del mundo. Lejos de esto. Lejos de la magia y los lobos, y las manadas. Lejos de todo *esto*. No tiene por qué ser así. Podríamos ser solo nosotros dos, Gordo. Solo nosotros dos. ¿Está bien?

Sentí frío.

–¿Por qué estás…?

De pronto, extendió una mano y aferró la mía sobre la mesa. Pero lo hizo con cuidado, como siempre, para no apartarme las mangas del abrigo. Estábamos en público.

Mi padre había dicho que la gente no entendería que alguien tan joven tuviera tatuajes. Harían preguntas que no merecían respuestas. Eran humanos, y los humanos eran débiles. Mamá era humana, pero a mí no me parecía que fuera débil. Se lo había dicho, y él no había respondido.

–Lo único que me importa es mantenerte a salvo.

–Lo haces –le aseguré, haciendo un esfuerzo para no apartar la mano. Casi me hacía doler–. Tú, y padre, y la manada.

–La manada –se rio, pero no sonó como si algo le hubiera parecido gracioso–. Eres un *niño*. No deberían pedirte esto. No deberían hacer *nada* de esto…

–Catherine –dijo una voz, ella cerró los ojos.

Mi padre estaba de pie junto a la mesa.

Posó la mano sobre el hombro de madre.

No hablamos al respecto después de eso.

Los escuché pelear mucho, tarde en la noche.

Yo me envolví en mis cobijas e intenté bloquearlos.

–¿Aunque sea te *importa* él? –dijo ella–. ¿O solo tu legado? ¿Tu maldita *manada*?

–Sabías que esto ocurriría –le respondió él–. Desde el principio, lo sabías. Sabías qué se suponía que debía ser.

–Es nuestro *hijo*. Cómo te atreves a usarlo así. Cómo te atreves a intentar…

–Es importante. Para mí. Para la manada. Hará cosas que no puedes ni imaginarte. Eres humana, Catherine. Jamás podrías entender de la misma manera que nosotros. No es tu culpa. Es quien eres. No se te puede culpar por cosas que escapan a tu control.

–Te vi. Con ella. Cómo sonreías. Cómo te reías. Cómo le tocaste la mano cuando pensabas que nadie los estaba mirando. Lo vi, Robert. *Lo vi.* Ella también es humana. ¿Qué es lo que la hace tan jodidamente distinta?

Mi padre nunca respondió.

Vivíamos en el pueblo en una casa pequeña que se sentía como un hogar. Estaba en una calle rodeada de abetos de Douglas. No entendía por qué los lobos pensaban que el bosque era un lugar mágico, pero, a veces, cuando era verano y la ventana estaba abierta mientras trataba de dormirme, juro que oía voces saliendo de los árboles, susurrando cosas que no llegaban a ser palabras.

La casa estaba construida con ladrillos. Una vez, mi madre preguntó riendo si vendría un lobo a echarla abajo de un soplido. Reía, pero cuando la risa se apagó se mostró triste. Le pregunté por qué tenía húmedos los ojos. Me dijo que tenía que irse a preparar la cena y me dejó en el jardín delantero, preguntándome qué había hecho mal.

Tenía un cuarto con todas mis cosas. Libros en un estante. Una hoja con forma de dragón que había encontrado, los bordes curvados por el tiempo. Un dibujo de Thomas y yo que me había dado un niño de la manada. Dijo que lo había hecho porque yo era importante. Luego me sonrió, le faltaban los dos dientes delanteros.

Cuando los cazadores humanos llegaron, él fue uno de los primeros en morir.

Yo también la vi.

No debería haberla visto. Rico me estaba gritando *"apúrate, papi, ¿por qué eres tan lento?"*. Tanner y Chris se volvieron para mirarme mientras pedaleaban lentamente en círculos a su alrededor, esperándome.

Pero yo no podía moverme porque mi padre estaba en un automóvil que no reconocía, aparcado junto a una calle en un vecindario que no era el nuestro. Había una mujer de cabello oscuro en el asiento del conductor, y ella le sonreía como si él fuera lo único en el mundo.

Jamás la había visto antes. Observé a mi padre inclinarse hacia adelante y…

–Amigo –dijo Tanner, me sobresalté cuando pedaleó junto a mí–. ¿Qué estás mirando?

–Nada –respondí–. No es nada. Vamos.

Nos fuimos, las cartas que habíamos sujetado con pinzas de la ropa a los rayos de las bicicletas hacían mucho ruido mientras nos imaginábamos que eran motocicletas.

Los quería por lo que no eran.

No eran manada. No eran lobos. No eran brujos.

Eran normales y sencillos, aburridos y maravillosos.

Se burlaban de mí por usar mangas largas incluso en pleno verano. Yo sabía que no lo hacían por crueldad. Era su manera de ser.

–¿Te golpean o algo? –me había preguntado Rico.

–Si es así, puedes venir a vivir conmigo –agregó Tanner–. Dormirás en mi habitación. Nada más tienes que esconderte debajo de la cama para que mi mamá no te vea.

–Nosotros te protegeremos –dijo Chris–. ¡O mejor nos escapamos todos y nos vamos a vivir al bosque!

—¡Sí, en los árboles y esa mierda! —apuntó Rico.

Nos reímos porque éramos niños y decir groserías era lo más gracioso del mundo.

No podía decirles que el bosque no sería el lugar más seguro para ellos. Que criaturas con ojos brillantes y dientes afilados vivían en él. Así que les conté una versión de la verdad:

—No me golpean. No es nada de eso.

—¿Tienes brazos raros de chico blanco? —me preguntó Rico—. Mi papá dice que debes tener brazos raros de chico blanco. Que por eso usas sudaderas todo el tiempo.

—¿Cómo son los brazos raros de chico blanco? —quiso saber Tanner, frunciendo el ceño.

—Ni idea —respondió Rico—. Pero mi papá lo dijo, y él lo sabe todo.

—¿Tengo brazos raros de chico blanco? —preguntó Chris, extendiendo los brazos. Los observó con los ojos entrecerrados y los sacudió de arriba abajo. Eran delgados y pálidos, y a mí no me parecieron raros. Me dieron envidia, con sus pelos suaves y pecas, sin marcas de tinta.

—Probablemente —dijo Rico—. Pero eso es mí culpa por ser amigo de un montón de gringos.

Tanner y Chris lo persiguieron a los gritos cuando se alejó pedaleando, riéndose como loco.

Los quería más de lo que podía expresar. Me enlazaban de una manera que los lobos no podían.

—La magia proviene de la tierra —me explicó mi padre—. Del suelo. De los árboles. De las flores y del sustrato. Este lugar es… antiguo. Mucho más antiguo de lo que te puedes imaginar. Es una especie de... baliza. Nos llama. Vibra en nuestra sangre. Los lobos también la oyen, pero no como nosotros. A ellos les canta. Ellos son... animales. No somos como ellos. Somos *más*. Ellos están conectados con la tierra. El Alfa más que ningún otro. Pero nosotros la *utilizamos*. La doblegamos según nuestro deseo. Ellos son sus esclavos, y de la luna cuando se alza llena y blanca. Nosotros la controlamos. Nunca te olvides de eso.

Thomas tenía un hermano más pequeño.

Se llamaba Mark.

Y era tres años mayor que yo.

Él tenía nueve y yo seis cuando me habló por primera vez.

–Hueles raro –me dijo.

–*No* es cierto –respondí, con el ceño fruncido.

Hizo una mueca y bajó la vista al suelo.

–Un poco sí. Como a... tierra. A tierra y hojas y lluvia...

Lo odié más que a nada en el mundo.

–Nos está siguiendo de nuevo –informó Rico, divertido. Estábamos caminando a la tienda de videos. Rico dijo que conocía al tipo que trabajaba allí y que nos dejaría alquilar una película prohibida para menores y que no le contaría a nadie.

Si encontrábamos la película correcta, Rico nos dijo que podríamos ver tetas. No sabía muy bien cómo me sentía al respecto.

Suspiré y miré por encima del hombro. Tenía once años, y se suponía que era un brujo, pero no tenía *tiempo* para lobos en ese momento. Necesitaba saber si las tetas eran algo que me interesara.

Mark estaba al otro lado de la calle, de pie cerca del taller de Marty. Fingía no estar observándonos, pero no le salía muy bien.

–¿Por qué hace eso? –inquirió Chris–. ¿No se da cuenta de que es raro?

–Gordo es raro –le recordó Tanner–. Toda su familia es rara.

–Váyanse al demonio –murmuré–. Solo… solo esperen aquí. Yo me ocuparé de esto.

Los oí reírse de mí mientras me alejaba, Rico hacía ruido de besos. Los detesté, pero no estaban equivocados. Mi familia le resultaba rara a cualquiera que no nos conociera. No éramos los Bennett, pero era como si lo fuéramos. Nos agrupaban con ellos cuando la gente comentaba por lo bajo. Los Bennett eran ricos, aunque nadie sabía cómo. Vivían en un par de casas en el medio del bosque a las que muchos forasteros de muchos lugares visitaban. Algunos decían que eran un culto. Otros decían que eran la mafia. Nadie sabía acerca de los lobos que se ocultaban bajo la superficie de su piel.

Los ojos de Mark se agrandaron al verme avanzar hacia él. Miró a su alrededor como si quisiera escaparse.

–Te quedas *allí* mismo –gruñí.

Y me hizo caso. Era más grande que yo y tenía catorce insoportables años. No se parecía a su hermano ni a su padre. Ellos eran musculosos e imponentes, con pelo negro corto y ojos oscuros. Mark tenía el cabello castaño claro y cejas pobladas. Era alto y delgado, y parecía nervioso siempre que yo andaba por ahí. Sus ojos eran como hielo y, a veces, cuando no podía dormirme, pensaba en ellos. No sabía por qué.

–Puedo estar aquí si quiero –dijo con el ceño fruncido. Sus ojos se movieron hacia la izquierda y luego volvieron a posarse sobre mí. Las comisuras de sus labios bajaron aún más–. No estoy haciendo nada malo.

–Me estás siguiendo –repliqué–. *De nuevo*. Mis amigos piensan que eres raro.

–*Soy* raro. Soy un hombre lobo.

–Bueno –fruncí el ceño–. Sí. Pero eso no es... *Arrrg*. Mira, ¿qué es lo que quieres?

–¿A dónde vas?

–¿Por qué?

–Por saber.

–A la tienda de video. Vamos a ver unas tetas.

Se sonrojó con furia. Sentí una extraña satisfacción al notarlo.

–No puedes contarle a nadie –añadí.

–No lo haré. Pero ¿para qué quieres...? No importa. No te estoy siguiendo.

Esperé, porque mi padre me había dicho que los lobos no son tan inteligentes como nosotros y, a veces, necesitan un poco más de tiempo para resolver las cosas.

Suspiró.

–Bueno. Quizás sí, pero solo un poquito.

–¿Cómo se hace para seguir a alguien solo un poquito...?

–Me estoy asegurando de que estés a salvo.

–¿De qué? –exclamé, dando un paso atrás.

Se encogió de hombros, nunca antes lo había visto tan incómodo.

–De... tú sabes. Tipos malos. Y cosas por el estilo.

–Tipos malos –repetí.

–Y cosas por el estilo.

–Ay, por todos los santos, eres *tan* raro.

–Sí, lo sé. Es lo que acabo de decir.

–No hay tipos malos aquí.

–No lo sabes. Podría haber asesinos. O lo que sea. Ladrones.

Jamás entendería a los hombres lobo.

–No hace falta que me protejas.

–Sí que lo hace –dijo bajito, clavando la vista en sus pies que revolvía inquieto.

Pero antes de que pudiera preguntarle qué demonios quería decir con eso, escuché el insulto más creativo que se haya pronunciado jamás salir de la puerta abierta del taller.

–Maldito jodido hijo de una *perra callejera*. Eres un bastardo hijo de perra, ¿verdad? Eso eres, bastardo *hijo de perra.*

Mi abuelo me permitía alcanzarle las herramientas mientras él trabajaba en su Pontiac Streamliner de 1942. Tenía aceite debajo de las uñas y un pañuelo le colgaba del bolsillo trasero del mono. Hablaba mucho entre dientes mientras trabajaba, y decía cosas que probablemente yo no debía escuchar. El Pontiac era una chica boba que a veces no se encendía por más que la lubricara. O eso decía él.

Yo no entendía lo qué significaba.

Y me parecía maravilloso.

–Llave de torque –decía.

–Llave de torque –repetía yo, y se la entregaba. Me movía con cierta dificultad, habían pasado unos pocos días desde la última sesión de agujas con mi padre.

El abuelo sabía. No era mágico, pero sabía.

Mi padre lo había heredado de su madre, una mujer que no conocí. Murió antes de que yo naciera.

Más maldiciones.

–Martillo antirrebote.

–Martillo antirrebote –anunciaba yo y le clavaba el martillo en la mano.

La mayoría de las veces, el Pontiac ronroneaba de nuevo antes de que se terminara el día. El abuelo, de pie junto a mí, me ponía la mano ennegrecida sobre el hombro.

–Escúchala. ¿Oyes eso? Eso, mi niño, es el sonido que emite una mujer feliz. Tienes que escuchar, ¿entiendes? Así es cómo te enteras de lo que está mal. Escucha, y te lo contarán –resopló y sacudió la cabeza–. Es algo que probablemente debas saber, además, acerca del sexo opuesto. Escúchalas y hablarán.

Yo lo adoraba.

Murió antes de verme convertido en el brujo de lo que quedaba de la manada Bennett.

Ella lo mató, al final. Su chica.

Viró bruscamente para evitar algo en un camino oscuro. Chocó contra un árbol. Mi padre dijo que fue un accidente. Un ciervo, probablemente.

No sabía que yo había oído al abuelo y a mamá susurrando acerca de llevarme lejos justo el día anterior.

–La luna dio a luz a los lobos. ¿Sabías eso? –me dijo Abel Bennett.

Caminábamos entre los árboles. Thomas estaba a mi lado, mi padre junto a Abel.

–No –respondí.

Las personas temían a Abel. Se quedaban paradas frente a él, balbuceando con nerviosismo. Él hacía brillar sus ojos y se calmaban casi de inmediato, como si el rojo les diera paz.

Yo nunca le tuve miedo. Ni siquiera cuando me sujetó para mi padre.

La mano de Thomas me rozó el hombro. Mi padre decía que los lobos eran territoriales, que necesitaban marcar con su olor a la manada, por eso siempre nos tocaban. No parecía muy contento cuando me dijo eso. Yo no sabía por qué.

–Es una vieja historia –continuó Abel–. La luna se sentía sola. El sol, a quien amaba, estaba siempre del otro lado del cielo, y nunca podían encontrarse, por más que se esforzara. Ella se hundía y él se alzaba. Ella estaba a oscuras y él era el día. El mundo dormía cuando ella brillaba. Crecía y menguaba y a veces desaparecía por completo.

–La luna nueva –me susurró Thomas al oído–. Es una tontería, si lo piensas.

Me reí hasta que Abel carraspeó enfáticamente.

Quizás sí le tenía un poquito de miedo.

–Se sentía sola –dijo el Alfa de nuevo–. Y, por eso, creó a los lobos, criaturas que le cantarían cada vez que apareciera. Y cuando estuviera más llena, la adorarían poniendo las cuatro patas sobre el suelo y echando las cabezas hacia atrás. Los lobos eran iguales y sin jerarquías.

Thomas me guiñó y luego puso los ojos en blanco.

Me caía muy bien.

–No era el sol, pero le alcanzaba –continuó Abel–. Ella iluminaba a los lobos y ellos la llamaban. Pero el sol oía sus canciones mientras trataba de dormir, y se puso celoso. Quiso eliminar a los lobos del mundo con fuego. Pero antes de que pudiera hacerlo, la luna se alzó frente a él y lo cubrió por completo, dejando visible solamente un anillo de fuego rojo. Los lobos cambiaron a partir de eso. Se convirtieron en Alfas, Betas y Omegas. Y con esta transformación llegó la magia, marcada a fuego sobre la tierra.

»Los lobos se transformaron en hombres con ojos rojos, naranjas y violetas. Al debilitarse, la luna vio el horror en el que se habían convertido, bestias con una sed de sangre que no podía ser saciada. Con sus últimas fuerzas, modeló la magia y la metió en un humano. Se convirtió en brujo, y los lobos se calmaron.

–¿Los brujos han estado siempre con los lobos? –pregunté, fascinado.

–Siempre –respondió Abel, pasando los dedos contra la corteza de un árbol viejo–. Son importantes para la manada. Son una especie de lazo. El brujo ayuda a mantener a raya a la bestia.

Mi padre no había dicho una palabra desde que habíamos dejado la casa de los Bennett. Se lo veía distante, perdido. Me pregunté si había escuchado lo que Abel estaba diciendo. O si ya lo había escuchado innumerables veces.

–¿Has oído eso, enano? –dijo Thomas, pasándome la mano por el pelo–. Evitarás que me coma a todo el pueblo. Sin presiones.

Y, entonces, sus ojos anaranjados brillaron y me mostró los dientes. Me reí y corrí hacia adelante, y oí que me perseguía. Yo era el sol y él era la luna, siempre persiguiéndome.

–No necesitamos a los lobos –comentó, más tarde, mi padre–. Ellos nos necesitan, sí, pero nosotros nunca los hemos necesitado. Usan nuestra magia como lazo. Mantiene junta a la manada. Sí, existen manadas sin brujos. Son la mayoría. Pero las que tienen brujos son las que tienen el poder. Existe una razón para eso. Debes recordarlo, Gordo. Siempre te necesitarán más a ti que tú a ellos.

No lo puse en duda.

¿Por qué iba a hacerlo?

Era mi padre.

–Prometo que daré lo mejor de mí –afirmé–. Aprenderé todo lo que pueda y haré un buen trabajo para ti. Ya lo verás. Seré el mejor que haya existido –abrí los ojos como platos–. Pero no le digas a mi padre que he dicho eso.

El lobo blanco estornudó.

Me reí.

Finalmente, me estiré y apoyé la mano sobre el hocico de Thomas y, por un momento, me pareció oír un susurro en mi mente.

ManadaManadaManada.

Y, luego, salió a correr con la luna.

Mi padre vino después. No le pregunté dónde estaba mi madre. No me pareció importante. No en ese momento.

–¿Quién es? –le pregunté. Señalé a un lobo café que rondaba cerca de Thomas. Tenía garras grandes y los ojos entrecerrados. Pero Thomas no lo vio, estaba concentrado en su compañera y le olfateaba la oreja. El lobo café saltó, mostrando los dientes. Pero Thomas era un Alfa en potencia. Atrapó al otro lobo por la garganta antes de que tocara el suelo. Le dobló la cabeza a la derecha y el lobo café cayó a un lado, haciendo un ruido desagradable.

Me pregunté si Thomas lo habría lastimado.

Pero no lo hizo. Se acercó y puso su hocico sobre la cabeza del lobo. Gimió, y el lobo café se levantó. Se persiguieron el uno al otro. La compañera de Thomas se sentó y los observó con atención.

–Ah –explicó mi padre–. Será el segundo de Thomas cuando se convierta en el Alfa. Es hermano de Thomas en todo menos en sangre. Se llama Richard Collins, y espero grandes cosas de él.

EL PRIMER AÑO/ TE SABES LA LETRA

El primer año nos dirigimos hacia el norte. El rastro estaba frío, pero no helado.

Algunos días, me daban ganas de estrangular a los tres Bennett al oír a Carter y a Kelly gritarse, sumidos en la pena. Eran insensibles y crueles, y, en más de una ocasión, se mostraron las garras y corrió sangre.

A veces, dormíamos en el todoterreno aparcado en un campo, con maquinaria agrícola oxidada y cubierta de maleza descansando a lo lejos, cual monolitos descomunales.

En esas noches, los lobos se transformaban y corrían para quemar la energía casi maníaca que los embargaba después de haber pasado el día encerrados en un coche.

Yo me sentaba en el campo, las piernas cruzadas, los ojos cerrados, e inhalaba y exhalaba, inhalaba y exhalaba.

Si estábamos a buena distancia del pueblo, aullaban. No era como en Green Creek. Eran canciones de pena y dolor, de ira y furia.

A veces eran tristes.

Pero, la mayor parte del tiempo, ardían.

Otras veces, nos quedábamos en un hotel de mala muerte lejos de las zonas más transitadas y compartíamos camas demasiado pequeñas. Carter roncaba. Kelly daba patadas dormido.

Joe solía sentarse con la espalda contra la cabecera de la cama para mirar su teléfono.

Una noche, un par de semanas después de que nos hubiéramos marchado, no podía dormir. Era plena noche y estaba agotado, pero mi mente no paraba, me latía rápido el corazón. Suspiré y me puse de espaldas en la cama. Kelly dormía junto a mí, hecho un ovillo y dándome la espalda mientras abrazaba una almohada.

–No imaginé que sería así.

Giré la cabeza. En la otra cama, Carter resopló en sueños. Los ojos de Joe me miraban, brillantes en la oscuridad.

–¿Qué cosa? –suspiré, volviendo la vista al techo.

–Esto –respondió Joe–. Ahora. Como estamos. No imaginé que sería así.

–No sé de qué estás hablando.

–¿Crees que...?

–Lárgalo, Joe.

Cielos, era tan joven, maldición.

–Hice esto porque era lo correcto.

–Por supuesto, chico.

–Soy el Alfa.

–Así es.

–Tiene que pagar.

–¿A quién estás tratando de convencer? ¿A mí o a ti?

–Hice lo que tenía que hacer. Ellos... no lo entienden.

–¿Y tú?

No le gustó mucho eso.

–Mató a mi padre –respondió, con ligero gruñido en la voz.

Me daba pena. Esto no debería haber sucedido. Thomas y yo no éramos exactamente mejores amigos (no podíamos serlo, no después de todo lo que ocurrió), pero nunca hubiera deseado nada de esto. Estos muchachos no deberían haber tenido que ver cómo su Alfa caía bajo el ataque de Omegas salvajes. No era justo.

–Lo sé.

–Ox, no... no entiende.

–No lo sabes.

–Está enojado conmigo.

Cielos.

–Joe, su madre ha muerto. Su Alfa ha muerto. Su compa... *Tú* le lanzaste una bomba y te marchaste. Por supuesto que está enfadado. Y si es contigo, es porque no sabe hacia dónde más dirigir su enojo.

Joe no dijo nada.

–¿Respondió tu mensaje? –pregunté.

–¿Cómo…?

–Te la pasas mirando el teléfono.

–Ah. Eh... Sí. Me respondió.

–¿Y está todo bien?

Rio, fue un sonido hueco y vacío.

–No, Gordo. No está todo bien. Pero *nada* ha regresado a Green Creek.

Si fuera mejor persona, le hubiera dicho algo para reconfortarlo. Pero no lo soy.

–Para eso están las guardas.

–¿Gordo?

–¿Qué?

–¿Por qué… por qué estás aquí?

–Me lo ordenaste.

–Te lo *pedí.*

Me cago en mi madre.

–Duérmete, Joe. Arrancaremos temprano.

Se sorbió la nariz en silencio.

Cerré los ojos.

No los conocía. No tan bien como debía. Durante un mucho tiempo, no me importó. No quería tener nada que ver con manadas y lobos, y Alfas y magia.

Cuando a Ox se le escapó que los Bennett habían vuelto a Green Creek, mi primer pensamiento fue *Mark* y *Mark* y *Mark*, pero lo hice a un lado porque era el pasado, y no quería saber nada con eso.

Mi segundo pensamiento fue que debía mantener a Oxnard Matheson bien lejos de los lobos.

No lo logré.

Antes de que pudiera detenerlo, ya estaba demasiado comprometido.

Los mantuve a una distancia prudencial. Incluso cuando Thomas vino a verme por Joe. Incluso cuando, de pie frente a mí, me rogó. Incluso cuando sus ojos se pusieron rojos y me *amenazó*. Nunca me permití conocerlos, no como eran ahora. Thomas tenía la misma aura de poder de siempre, pero era más intensa. Más enfocada. Nunca había tenido tanta fuerza, ni siquiera cuando se convirtió en el Alfa por primera vez. Me pregunté si habría tenido otro brujo en algún otro momento. Me sorprendió sentir el ardor de los celos al pensar en ello, y me odié por sentirme así.

Acepté ayudarlo, ayudar a Joe, solo para impedir que Ox sufriera. Si Joe no podía controlar su transformación después de todo lo que había vivido, si poco a poco se había vuelto salvaje, Ox estaba en peligro.

Esa fue la única razón.

No tenía nada que ver con un sentido de responsabilidad.

No les debía nada.

No tenía nada que ver con Mark. Él había elegido. Yo también.

Había elegido a su manada en vez de a mí. Yo había decidido desligarme de todos ellos.

Pero nada de eso importaba. Ya no.

Ahora me veía obligado a conocerlos, lo quisiera o no. Perdí la cabeza por completo cuando acepté seguir a Joe y a sus hermanos.

Kelly era el silencioso, el observador. No era tan grande como Carter y probablemente nunca lo sería. No como Joe, que daba la sensación de que iba a crecer y crecer y crecer. Era extraño, pero cuando Kelly sonreía, su sonrisa era pequeña y tranquila, apenas mostraba los dientes. Era más inteligente que todos nosotros juntos; siempre estaba calculando, observando y procesando antes que los demás. Su lobo era gris, con manchones negros y blancos en la cara y en los hombros.

Carter era pura fuerza bruta: menos charla, más acción. Gritaba y respondía, y se quejaba de todo. Cuando no conducía, ponía las botas sobre el salpicadero, se hundía en el asiento y se subía el cuello de la chaqueta hasta que le rozaba las orejas. Usaba las palabras como armas para infligir la mayor cantidad de dolor posible. Pero también las usaba para distraer, para eludirse. Quería aparentar ser frío y distante, pero era demasiado joven e inexperto para lograrlo. Su lobo se parecía al de su hermano, gris oscuro con negro y blanco en los cuartos traseros.

Joe era... un Alfa de diecisiete años. No era la mejor combinación. Tanto poder después de tanto trauma, siendo tan joven, era algo que no le deseaba a nadie. Lo entendía más que a los otros, solamente porque sabía lo que estaba viviendo.

Quizás no era lo mismo (la magia y la licantropía no están ni de cerca en la misma liga) pero había una afinidad que yo intentaba ignorar desesperadamente. Su lobo era blanco como la nieve.

Se movían juntos, Carter y Kelly rondaban a Joe, consciente o inconscientemente. Lo respetaban la mayor parte del tiempo, incluso cuando lo maltrataban. Era su Alfa, y lo necesitaban.

Eran tan diferentes entre sí, estos muchachos perdidos.

Pero tenían una cosa en común.

Los tres eran unos imbéciles que no sabían cuándo cerrar la maldita boca. Y yo tenía que cargar con todos ellos.

–... y no sé *por qué* piensas que tenemos que seguir haciendo esto –dijo Carter una noche, unas semanas después de que nos hubiéramos marchado. Estábamos en Cut Bank, Montana, un pueblito en el medio de la nada, no muy lejos de la frontera canadiense. Nos dirigíamos hacia una manada pequeña que vivía cerca del Parque Nacional de los Glaciares. Nos habíamos cruzado con un lobo en Lewiston que nos contó que habían lidiado recientemente con Omegas. El lobo había temblado ante los ojos de Alfa de Joe, con el miedo y la reverencia pintados en el rostro. Cuando paramos esa noche, Carter enseguida arremetió con el tema.

–Déjalo ya –pidió Kelly agotado, frunciendo el ceño mientras intentaba encontrar un canal de TV que no mostrara porno duro de los años ochenta.

Carter le mostró los dientes sin decir una palabra.

Joe contemplaba la pared.

Flexioné las manos y esperé.

–¿Qué sucederá cuando alcancemos la manada? ¿Se han detenido a pensarlo en serio? Nos confirmarán que hubo Omegas por allí, ¿y luego qué? ¡Maldición! –exclamó Carter y miró con furia a Joe–. ¿Piensas que sabrán dónde está el bastardo de Richard? No lo saben. Nadie lo sabe. Es un fantasma y nos está acechando. Nos...

–Es el Alfa –replicó Kelly, los ojos centelleantes–. Si cree que esto es lo que tenemos que hacer, lo haremos.

Carter rio con amargura mientras caminaba de un lado a otro a lo largo de aquella habitación de porquería.

–Un buen soldadito. Siempre en la línea. Lo hacías con papá, y ahora lo haces con Joe. ¿Qué mierda sabrán ustedes? Papá está *muerto* y Joe es un *niño*. Solo porque es un maldito príncipe no tiene el derecho de apartarnos de...

–No es justo –afirmó Kelly–. Que estés celoso porque no eres el Alfa no te da derecho a que te desquites con los demás.

–¿*Celoso*? ¿Piensas que siento *celos*? Vete al diablo Kelly. ¿Qué mierda sabes? Yo soy el mayor. Joe era el niñito de papá. ¿Y quién demonios eres tú? ¿Qué tienes para ofrecer?

Carter sabía dónde cortar. Sabía qué haría sangrar a Kelly. Qué cosas lo harían reaccionar. Antes de que pudiera moverme, Kelly se había lanzado sobre su hermano, las garras extendidas, los ojos naranjas y brillantes.

Carter se enfrentó a su hermano con colmillos y fuego, los dientes afilados y el pelo brotándole de la cara mientras se transformaba a medias. Kelly era rápido y aguerrido, y cayó de cuclillas sobre los pies después de que su hermano le cruzara la cara de un bofetón. Me puse de pie, sintiendo el aleteo de las alas del cuervo, la necesidad de hacer *algo* antes de que llamaran a la maldita policía y...

–Basta.

Un estallido de rojo me golpeó el pecho. Decía *deténganse* y *ahora* y *Alfa soy el Alfa*, y me tambaleé al sentir su fuerza. Carter y Kelly se quedaron quietos de la conmoción, con los ojos abiertos, gimoteando quedamente, heridos y en carne viva.

Joe estaba de pie junto a la cama. Sus ojos brillaban con la misma furia roja que los de Thomas. No se había transformado, pero parecía que no le faltaba mucho. Tenía la boca retorcida, las manos a los costados cerradas en puños. Noté que un hilo de sangre caía sobre la alfombra sucia. Debía de haber sacado las garras, que se le estaban clavando en la palma.

El poder puro que emanaba de él era devastador. Era salvaje y lo abarcaba todo, amenazaba con arrollarnos a todos. Carter y Kelly empezaron a temblar con los ojos abiertos y húmedos.

–Joe –dije en voz baja.

Me ignoró, le palpitaba el pecho.

–Joe.

Se volvió para mirarme, mostrándome los dientes.

–Basta. Tienes que contenerte.

Por un instante, pensé que me ignoraría. Que se volvería hacia sus hermanos para quitarles *todo*, y convertirlos en cáscaras vacías y dóciles. Ser un Alfa conlleva una responsabilidad extraordinaria y, si quisiera, podría hacer que sus hermanos satisficieran hasta el más mínimo de sus caprichos. Serían parásitos sin cerebro, su libre albedrío completamente destrozado.

Yo lo detendría. Llegado el caso.

No hizo falta.

El rojo de sus ojos se desvaneció y no dejó más que a un muchacho de diecisiete años asustado, llorando y temblando.

–Estoy… –dijo con la voz ronca–. No lo sé… Oh, Dios, oh…

Kelly se movió primero. Apartó a Carter y se apretó contra Joe, le frotó la nariz cerca de la oreja y contra el cabello. Las manos de Joe aún eran puños cuando Kelly lo abrazó. Rígido e inconmovible, tenía los ojos abiertos clavados en mí.

En ese momento, Carter se acercó también. Abrazó a sus dos hermanos y les susurró palabras que no llegué a entender.

Joe nunca me apartó la mirada.

Esa noche, durmieron en el suelo. Hicieron un nudo con el edredón floreado y las almohadas que quitaron de la cama. Joe en el medio, con un hermano a cada lado. La cabeza de Kelly descansaba sobre su pecho. La pierna de Carter estaba extendida sobre los otros dos.

Se durmieron primero, agotados por el ataque mental.

Me quedé sentado en la cama, contemplándolos.

–¿Por qué me está pasando esto? –me preguntó Joe, bien entrada la noche.

–Tenías que ser tú –suspiré–. Era… –sacudí la cabeza–. Eres el Alfa. Siempre estuviste destinado a serlo.

Sus ojos brillaron en la oscuridad.

–Vino a buscarme. Cuando yo era pequeño. Para llegar a papá.

–Lo sé.

–No estabas allí.

–No.

–Estás aquí ahora.

–Lo estoy.

–Podrías haberte negado. Y no podría haberte obligado. No como a ellos.

No supe qué decirle.

–Papá no lo habría hecho. No habría…

–No eres tu padre –dije, en un tono más brusco de lo que pretendía.

–Lo sé.

–Eres dueño de ti mismo.

–¿Lo soy?

–Sí.

–Podrías haberte negado. Pero no lo hiciste.

–Tienes que mantenerlos a salvo –repuse en voz queda–. Esta es tu manada. Eres su Alfa. Sin ellos, no existes.

–¿En qué te convertiste cuando estuviste sin nosotros?

Cerré los ojos.

No dijo nada más por un largo rato después de eso. La noche se extendía a nuestro alrededor. Pensaba que se había dormido cuando habló:

–Quiero ir a casa.

Volvió la cabeza, la cara contra la garganta de Carter.

Me quedé mirándolos hasta que amaneció.

Él a veces soñaba. Tenía unas pesadillas terribles que lo hacían despertar llamando a los gritos a su papá, a su mamá, a Ox y a Ox y a Ox. Kelly le tomaba el rostro entre las manos. Carter me miraba con una expresión de impotencia.

Yo no hacía mucho. Todos tenemos monstruos que invaden nuestros sueños. Algunos hemos vivido más tiempo con ellos, eso es todo.

Los lobos de los Glaciares señalaron al norte. La manada era pequeña; vivían en un par de cabañas en el medio del bosque. La Alfa era una imbécil, en pose y amenazante.

–Mi padre era Thomas Bennett –dijo Joe–. Se ha ido y no descansaré hasta que quienes me lo quitaron sean solo sangre y huesos.

Las cosas se calmaron mucho después de eso.

Los Omegas habían entrado a su territorio. La Alfa señaló un montón de tierra con una cruz de madera y rodeado de flores. Una de sus Betas, explicó. Los Omegas habían llegado como un enjambre de avispas, con los ojos violetas y las fauces babeantes. Murieron, la mayoría. Los que escaparon lo hicieron a duras penas. Pero no sin llevarse a una de las suyas.

Richard no estaba con ellos.

Pero habían oído susurros desde lo profundo de Canadá.

–Conocí a Thomas –me comentó la Alfa antes de que nos marcháramos. Su compañero les daba conversación a los muchachos y no paraba de ofrecerles tazones de sopa y rodajas de pan–. Era un buen hombre.

–Sí –respondí.

–A ti también te conocía –agregó–. Aunque nunca nos vimos en persona.

No la miré.

–Él sabía… –me dijo–, lo que habías vivido. El precio que pagaste. Pensaba que algún día volverías a él. Que necesitabas tiempo, espacio y…

–Esperaré afuera –la interrumpí bruscamente.

Carter me miró, con las mejillas a reventar y caldo cayéndole por la barbilla. Le hice señas de que no era nada.

El aire estaba fresco y las estrellas brillaban.

Vete a la mierda, pensé, contemplando la inmensidad. *Vete a la mierda.*

No encontramos a Richard Collins en Calgary.

Encontramos lobos salvajes.

Nos atacaron, perdidos en su locura.

Me daban lástima.

Hasta que nos superaron en número y fueron por Joe.

Lanzó un grito cuando lo hirieron, y sus hermanos gritaron su nombre.

El cuervo extendió sus alas.

Quedé agotado cuando terminó, cubierto en sangre de Omegas. Los cadáveres cubrían el suelo a mi alrededor.

Joe se apoyaba entre Carter y Kelly, la cabeza gacha mientras su piel volvía a tejerse lentamente. Respiraba agitado.

–Me salvaste –me dijo–. *Nos* salvaste.

Aparté la mirada.

Mientras él dormía, tomé el teléfono desechable que traía conmigo. Resalté el nombre de Mark y pensé en lo sencillo que podía ser. Podía apretar un botón y su voz estaría en mi oído. Podía decirle que lo sentía, que jamás debería haber dejado que llegara tan lejos. Que entendía la decisión que había tomado tanto tiempo atrás.

En vez de eso, le envié un texto a Ox.

Joe está bien. Nos topamos con algunos problemas.

Está descansando.

No quería que te preocuparas.

Esa noche, soñé con un lobo café que apretaba su hocico contra mi barbilla.

Un teléfono sonó cuando estábamos en Alaska.

Lo contemplamos sin saber qué hacer. Habían pasado cuatro meses desde que habíamos dejado Green Creek atrás, y no estábamos más cerca de Richard que antes.

Joe tragó al tomar el teléfono desechable del escritorio de otro motel sin nombre en el medio de la nada.

Pensé que ignoraría la llamada.

Pero la atendió.

Todos escuchamos. Cada palabra.

"Tú, maldito cretino" dijo Ox, y deseé con todas mis fuerzas ver su cara. "¡*No* puedes hacerme esto! ¿Escuchaste? *No* puedes. ¿Acaso te *importamos* una mierda? ¿Te importamos? Si te importamos, si alguna parte de ti se preocupa por mí, por *nosotros*, tendrías que preguntarte si todo esto vale la pena. Si lo que estás haciendo *vale la pena*. Tu familia te necesita. Maldición, yo te necesito".

Nadie dijo nada.

"Cretino. Tú, maldito bastardo".

Joe dejó el teléfono sobre el borde de la cama y se dejó caer de rodillas. Apoyó la barbilla sobre la cama y contempló el teléfono mientras Ox respiraba.

Después de un rato, Kelly se sentó junto a él.

Carter lo imitó, y los tres se quedaron mirando el teléfono y escuchando los sonidos de casa.

Condujimos por una polvorosa carretera secundaria; los campos verdes se extendían alrededor nuestro. Kelly iba al volante. Carter estaba en el asiento del acompañante, la ventanilla baja, los pies sobre el salpicadero. Joe iba atrás conmigo, con la mano colgando fuera y el viento soplándole entre los dedos. La música de la radio sonaba bajito.

Nadie dijo una palabra durante horas.

No sabíamos a dónde estábamos yendo.

No tenía importancia.

Imaginé que pasaba los dedos por una cabeza rapada, que con los pulgares seguía las cejas y la curva de una oreja. Que oía las vibraciones graves del gruñido de un depredador dentro de un pecho fuerte. La sensación de una estatua de piedra minúscula en la mano por primera vez, con su sorprendente peso.

Carter emitió un sonido y se estiró para subir el volumen de la radio. Le sonrió a su hermano. Kelly puso los ojos en blanco pero sonrió en silencio.

La carretera seguía.

Carter fue el primero en empezar a cantar. Desafinaba y era impetuoso, cantaba fuerte cuando no correspondía, y se equivocaba todo el tiempo con las letras.

La primera estrofa la cantó solo.

Kelly se le unió para el estribillo. Su voz era dulce y cálida, y más fuerte de lo que me imaginaba. La canción era más antigua que ellos. La habían aprendido de su madre. Recordé observarla de pequeño, mientras revisaba su colección de discos. Me había sonreído al descubrirme espiando desde una esquina de la casa de la manada. Me había llamado, y cuando estuve junto a ella, me rozó el hombro por un instante.

–Amo la música. A veces, dice cosas que tú no puedes –me dijo.

Miré de reojo a Joe.

Contemplaba maravillado a sus hermanos, animado como nunca lo había visto en semanas.

Carter le echó un vistazo. Sonrió.

–Te sabes la letra. Vamos. Tú puedes.

Pensé que Joe se negaría. Pensé que volvería a mirar por la ventanilla.

Pero cantó con sus hermanos.

En voz baja al principio, un poco tembloroso. Pero a medida que la canción avanzaba, cantó más y más fuerte. Todos lo hicieron, hasta acabar *gritándose*, felices como nunca desde que el monstruo de su infancia había asomado la cabeza y les había quitado a su padre.

Cantaron.

Rieron.

Aullaron.

Me miraron.

Pensé en un chico con ojos de hielo diciéndome que me amaba, que no quería irse de nuevo, pero que debía hacerlo, que debía, su Alfa se lo exigía, y que volvería a buscarme, Gordo, tienes que creer que volveré por ti. Eres mi compañero, te amo, te amo, te amo.

No podía hacer esto.

Y, en ese momento, Joe puso su mano sobre la mía.

Me la apretó, una sola vez.

–Vamos, Gordo –me animó–. Te sabes la letra. Tú puedes.

Suspiré.

Canté.

Todos estábamos *hambrientos como el loooooobo.*

Condujimos y condujimos y condujimos.

En los rincones más recónditos de la mente, volví a oírlo. Por primera vez.

Susurraba *manada* y *manada* y *manada.*

Sabía que ocurriría. Cada texto, cada llamada, se volvió más difícil de ignorar. Nos tironeaban hacia casa, eran un peso sobre nuestros hombros. Un recordatorio de todo lo que habíamos dejado atrás. Me di cuenta de lo mucho que afectó a Carter y a Kelly el enterarse de que su madre, por fin, se había transformado en humana de vuelta.

Lo mucho que le pesaba a Joe que Ox hiciera preguntas que no podía responder.

Mark nunca dijo nada.

Pero yo tampoco le decía nada.

Era mejor así.

–Tenemos que deshacernos de los teléfonos –dijo Joe, y no se lo discutí demasiado.

Sus hermanos se resistieron. Era admirable que se opusieran a su Alfa. Me rogaron que le dijera que estaba equivocado. Que había una manera mejor de hacerlo. Pero no lo hice porque ahora soñaba con lobos, con la manada. No sabían lo que yo sabía. No habían visto cómo los cazadores habían llegado a Green Creek sin advertencia, cómo habían llegado a la casa al final del camino para impartir muerte. No nos habíamos dado cuenta. No estábamos preparados. Había visto a Richard Collins caer de rodillas con la sangre de sus seres queridos manchando el suelo a su alrededor. Había echado la cabeza atrás y había *chillado* su espanto. Y cuando el nuevo Alfa le puso la mano sobre el hombro, Richard había reaccionado.

–No hiciste *nada* –gruñó–. No hiciste *nada* para detenerlo. Esto es culpa tuya, *tuya*.

Así que cuando Joe se volvió hacia mí en búsqueda de validación, le dije que estaba siendo estúpido. Que Ox no entendería, ¿y en *serio* quería hacerle eso?

Pero eso fue todo.

–Es la única manera –afirmó.

–¿Estás seguro?

–Sí.

–Su Alfa ha hablado –les dije a Carter y a Kelly.

Les quité los teléfonos.

Durmieron mal esa noche.

La luna no era más que una astilla cuando abrí la puerta del motel y salí a la noche.

Había un cubo de basura al final del estacionamiento.

El teléfono de Joe fue el primero. Luego el de Carter. Después el de Kelly.

Sostuve el mío con fuerza.

La pantalla brillaba en la oscuridad.

Resalté un nombre.

Mark.

Escribí un texto.

Lo siento.

Mi pulgar flotó sobre el botón de enviar.

Como a tierra. A tierra y a hojas y a lluvia…

No envié el mensaje.

Eché el teléfono en el cubo de basura y no miré atrás.

EL ELECTRODO DE LA BUJÍA/ PEQUEÑOS EMPAREDADOS

Tenía once años cuando Marty nos descubrió entrando a hurtadillas al taller.

No sé por qué me atraía tanto. No era nada especial. El taller era un edificio viejo cubierto de una capa de mugre que daba la impresión de que nunca lo habían limpiado. Tres puertas grandes conducían a fosas con montacargas oxidadas dentro. Los hombres que trabajaban allí eran rudos, tenían las mejillas hundidas y tatuajes les cubrían los brazos y los cuellos.

Marty era el peor de todos. Tenía la ropa siempre manchada con mugre y aceite, y el ceño fruncido permanentemente. Su pelo, que se le paraba alrededor de las orejas, era fino y ralo. La viruela le había dejado marcas en la cara, y la tos que lo sacudía sonaba húmeda y dolorosa.

Lo encontraba fascinante, aún a la distancia. No era lobo. No estaba embebido en magia. Era terrible y dolorosamente humano, brusco y voluble.

Y el taller mismo era una especie de faro en un mundo que no siempre tenía sentido. El abuelo llevaba unos años bajo tierra y mis dedos teníian ganas de tocar una llave de torsión y un martillo antirrebote. Quería oír el ronroneo de un motor para descubrir cuál era el problema.

Esperé hasta un sábado en el que no había nadie dando vueltas. Thomas estaba con Abel, haciendo lo que sea que Alfas y futuros Alfas hacen en el bosque. Mi madre se estaba arreglando las uñas en el pueblo vecino. Mi padre dijo que tenía una reunión, lo que quería decir que estaba con la mujer de cabello oscuro de la que se suponía que yo no sabía nada. Rico estaba enfermo, Chris castigado, Tanner pasaría el día en Eugene, viaje del que se había quejado durante semanas.

Sin nadie que pudiera decirme que no, me fui al pueblo.

Me quedé parado un largo rato frente al taller, observándolo. Me picaban los brazos. Los dedos me temblaban. Tenía magia en la piel que no tenía desahogo. Las herramientas del abuelo habían desaparecido misteriosamente después de que su querida vieja lo hubiera matado. Papá dijo que no eran importantes.

Y justo cuando había reunido el valor suficiente para cruzar la calle, sentí un tironcito en el fondo de la mente, un conocimiento que se estaba volviendo cada vez más familiar.

Suspiré.

–Sé que estás ahí.

Silencio.

–Sal de una vez.

Mark salió del callejón junto al restaurante. Se lo veía avergonzado pero desafiante. Tenía puestos vaqueros y una camiseta de los *Cazafantasmas*. Acababa de salir la segunda parte e iríamos a verla con Rico, Tanner y Chris. Pensé en invitar a Mark por razones que no llegaba a entender. Me seguía poniendo nervioso, pero él no estaba tan mal. Me gustaba la manera en la que sonreía a veces.

–¿Qué estás haciendo? –preguntó.

–¿Por qué?

–Has estado aquí parado por un largo rato.

–Acosador –murmuré–. Si quieres saberlo, voy a lo de Marty.

Miró de reojo al otro lado de la calle con el ceño fruncido.

–¿Por qué?

–Porque quiero ver adentro.

–¿Por qué?

–Porque… No lo entenderías –respondí, encogiéndome de hombros.

Su mirada regresó a mí.

–Quizás puedo, si me lo cuentas –dijo.

–Me molestas.

Ladeó la cabeza como un perro.

–Eso es mentira.

–Basta –fruncí el ceño–. No puedes hacer eso. Deja de escuchar el latido de mi corazón.

–*No puedo*. Suena demasiado fuerte.

No sabía por qué mi corazón sonaba tan fuerte. Esperaba no tener nada malo.

–Bueno, inténtalo de todos modos.

–No te molesto –afirmó, con una sonrisita.

–Sí que me molestas. En serio.

–Vamos, entonces.

–¿Qué? ¿A dónde? ¿Qué estás…? *Ey*. ¿Qué estás haciendo?

Ya estaba cruzando la calle. No se volvió cuando siseé su nombre.

Corrí tras él.

Sus zancadas eran más largas que las mías. Por cada paso que daba, yo debía dar dos. Me dije que algún día sería más grande que él. No importaba que fuera lobo. Yo sería más grande y más fuerte y lo perseguiría *a él*, a ver si eso le gustaba.

–Nos meteremos en problemas –le susurré con furia.

–Quizás –replicó.

–Tu papá se enojará mucho.

–El tuyo también.

Reflexioné cuidadosamente.

–No se los diré si tú tampoco lo haces.

–¿Como un secreto?

–Sí. Claro. Como un secreto.

Lucía extrañamente satisfecho.

–Nunca había tenido un secreto contigo.

–Eh, *sí*. Claro que sí. Eres un *hombre lobo*. Yo soy un *brujo*. Eso es como, muy secreto.

–Eso no cuenta. Otras personas lo saben. Esto es un secreto solamente entre nosotros dos.

–Eres tonto.

Cruzamos la calle. Las puertas del taller estaban abiertas. De un viejo radiocasete portátil salía Judas Priest a todo volumen. Pude ver dos automóviles adentro y una camioneta vieja. Uno de los tipos estaba debajo de ella. Marty estaba doblado sobre un Chevy Camaro IROC-Z 1985 junto a un hombre mayor vestido de traje. El coche era elegante y rojo, y me moría de ganas por ponerle las manos encima. El capó estaba levantado y Marty estaba toqueteando algo. El hombre del traje parecía molesto. Miraba su reloj pulsera y taconeaba.

Me apoyé contra el taller, con Mark a mi lado. Sus dedos rozaron los míos y sentí una especie de pulsación mágica que me recorrió el brazo. Lo ignoré.

–¿... y cuándo se encendió la luz del motor? –estaba diciendo Marty.

–Ya se lo dije –respondió el hombre del traje–. La semana pasada. No se detiene, no vacila. No tiembla, no...

–Sí, sí –lo interrumpió Marty–. Ya lo oí. Quizás haya un cable defectuoso por algún lado. Estos coches deportivos tienen buena pinta, pero están mal construidos. Te consiguen todo el coño que quieras por un poco de dinero, pero después se caen a pedazos y te las tienes que arreglar con eso.

–¿Lo puede arreglar o no? –el hombre del traje no parecía muy contento. Quizás no estaba consiguiendo todo el coño que quería. Me pregunté qué sería el coño.

–Tome el manual de usuario –le indicó Marty–. Más vale que esté en inglés o no valdrá una mierda si el manual de reparaciones que tengo no nos dice nada. Vayamos a mi oficina a echarle un vistazo.

El hombre del traje dejó escapar un resoplido pero hizo lo que Marty le ordenó. Se inclinó dentro del IROC-Z y tomó el manual de la guantera para luego seguir a Marty a la oficina del fondo.

Esta era mi oportunidad. Aquella chica bonita estaba ahí, abierta de par en par. Esperándome. Iba a lubricarla y meterle los dedos, tal como decía mi abuelo.

–Voy a entrar –le susurré a Mark.

–Bueno –respondió en susurros–. Te sigo.

Judas Priest le dio lugar a Black Sabbath cuando entramos. Olía a hombre y a metal, y respiré hondo. El tipo que estaba debajo de la camioneta se movió un poco, pero nada más. Marty y el hombre del traje estaban en la oficina trasera, ocultos detrás de un auto sobre un montacargas. El IROC-Z estaba allí, esperándome. Era una belleza, rojo manzana acaramelada con ribetes negros y llantas plateadas. El hombre del traje no lo merecía.

Me doblé sobre el motor, en búsqueda de algo, de *cualquier cosa.*

–Luz –mascullé.

–¿Qué?

–Necesito *luz.* Cuando te pido algo, me lo entregas. Así es como se trabaja en un coche.

–¿Cómo voy a encontrar luz?

–Con los *ojos.*

Murmuró algo por lo bajo, pero lo ignoré, y contemplé con placer el auto.

–Luz –dijo por fin. Extendí la mano.

Era una linterna pequeña. No era gran cosa, pero serviría.

–Vamos, maldita perra –dije.

–¿Qué? No es necesario que me insultes. Te conseguí lo que querías.

–No *tú* –aclaré–. Es algo que se hace cuando se trabaja en un automóvil. Los insultas mientras intentas descubrir cuál es el problema. Mi abuelo me enseñó eso.

–Ah. ¿Ayuda?

–Sí, una vez que los has insultado lo suficiente, encuentras la solución.

–No tiene sentido.

–Funciona. Confía en mí.

–Confío en ti –dijo Mark con voz queda, y sentí otro rizo de magia deslizándose por mi piel. Se puso junto a mí y se dobló sobre el motor a mi lado. Su hombro rozaba el mío–. Así que lo insultamos.

–Sí –respondí, sintiéndome ligeramente acalorado–. Quiero decir, eso… sí.

–Bueno. Eh... ¿Imbécil?

–Eres malísimo –me reí.

–¡Nunca lo he hecho antes!

–Malísimo.

–Qué importa. Quiero ver cómo *tú* lo haces mejor.

Intenté pensar en algo que hubiera dicho el abuelo.

–Vamos, ¡bastarda de porquería! ¡Qué demonios!

–Guau –exclamó Mark–. Eso… ¿tu *abuelo* te enseñó eso? A mi abuelo le salía vello de las orejas y siempre se olvidaba mi nombre.

–Me enseñó mucho –asentí–. Todo, la verdad. Inténtalo de nuevo.

–Bueno. Déjame pensar. Eh… ¿qué tal "qué te pasa, puta rara"?

Me atraganté.

–Ay, Dios.

–¿Por qué no me cuentas tus secretos, imbécil de mierda?

–No sé por qué te dejé venir conmigo.

–Pedazo de cretino hijo de mil…

Era bueno. Podía reconocerle eso. Pero antes de siquiera pensar en decírselo, lo vi.

–Allí –señalé con la linterna–. ¿Lo ves?

–No veo nada –dijo Mark.

–Está… uf, dame la mano.

Después, mucho, mucho después, pensaría en ese momento. La primera vez que nos tomamos de la mano. La primera vez que nos tocamos voluntariamente. Su mano era más grande que la mía, sus dedos gruesos y redondos. Su piel era más oscura y cálida. Los huesos parecían frágiles y yo conocía a la sangre que vibraba debajo. Mi padre se había asegurado de eso. Yo le pertenecía, y a los Bennett, por lo que había en mi propia sangre.

Pero tenía solo once años. En ese momento no comprendí qué significaba.

Él sí.

Por eso se le cortó la respiración cuando tomé su mano con la mía, por eso por el rabillo de mi ojo vi el destello naranja en la oscuridad debajo del capó. Gruñó un poco, desde lo profundo del pecho y *juro* que en ese momento el cuervo tomó vuelo. Yo…

–¿Qué demonios creen que están haciendo?

Le solté la mano, sobresaltado por la voz enojada que surgió detrás de nosotros.

Antes de que pudiera darme vuelta por completo, Mark se había puesto delante de mí, cubriéndome con su cuerpo. Me paré de puntillas y espié por encima de su hombro.

Marty estaba allí, colorado y enojado. El hombre del traje estaba confundido, tenía la corbata floja.

–Tú –Marty entrecerró los ojos al verme–. Te conozco. Te he visto antes. Le pertenecías a Donald.

Donald Livingstone. Mi abuelo.

–Sí, señor –respondí, porque de niño aprendí que ser educado con los adultos podía ayudarte a librarte.

–Y *tú* –le dijo a Mark–. Te he visto siguiendo a este por allí.

–Lo cuido –replicó Mark–. Es mío y debo protegerlo.

Le apreté el hombro. No entendía qué quería decir. Éramos manada, sí, y...

–Chico, me importa un bledo *qué* haces mientras no lo hagas aquí. Salgan de aquí. No es lugar para...

–¡El electrodo de la bujía! –escupí.

–¿Qué? –Marty se me quedó mirando, parpadeando.

Hice a Mark a un lado. Chilló con furia pero volvió a ponerse junto a mí, sin dejar espacio entre los dos. No tenía tiempo para sus estupideces de lobo. Tenía algo qué decir.

–La luz de advertencia del motor. Es por el electrodo de la bujía. Se ha ensuciado con aceite del motor.

–¿De qué está hablando? –preguntó el hombre del traje–. ¿Quién es el niño?

–El electrodo de la bujía –dijo Marty lentamente–. Conque esas tenemos.

–Sí, sí. Sí, señor. Es eso –asentí furiosamente.

Marty dio un paso hacia mí y, por un instante, pensé que Mark se transformaría en lobo. Pero antes de que pudiera hacerlo, Marty me hizo a un lado y se dobló sobre el IROC-Z.

–Linterna –murmuró, con la mano extendida.

–Linterna –repetí de inmediato, entregándosela.

–Eh –dijo después de un rato–. Mira nada más. No lo debo haber visto. Los ojos ya no son lo que eran. Me estoy volviendo viejo para esta mierda. Chico, ven aquí.

Me acerqué de inmediato. Mark también.

–Exceso de aceite –continuó Marty.

–Sí, señor.

–Puede haber un problema con el consumo de aceite.

–O algo con el sistema de emisión.

–O el encendido.

–La inyección de combustible. La manguera, quizás.

–No hay pérdida de combustible –negó Marty–. No hay deterioro.

–¿De qué están hablando? –preguntó el hombre del traje.

–No lo sé –respondió Mark–. Pero Gordo sabe mucho. Más que cualquiera que conozco. Es bueno e inteligente, y huele a tierra y a hojas y…

Me golpeé la cabeza con el capó del automóvil. Gemí al sentir el intenso destello de dolor. Mark estuvo junto a mí en un segundo, con las manos sobre mis hombros.

–¿Podrías dejar de decirle a qué huelo? –siseé entre los dientes apretados–. Suenas tan *raro*.

Mark me ignoró y tomó mi cara entre sus manos para ladear mi cabeza e inspeccionar lo que asumí sería una herida sangrante que requeriría puntos y que dejaría una cicatriz espantosa que…

–Un pequeño chichón –murmuró en voz baja–. Tienes que tener más cuidado.

Me aparté.

–Bueno, *tú* tienes que…

–Fácil de arreglar –dijo Marty–. No debería llevarme más de un par de horas, salvo que haga falta pedir alguna pieza. Vaya a tomar una taza de café al restaurante y una porción de pastel.

Por un momento, pareció que el hombre del traje iba a discutirle, pero asintió. Nos miró de reojo a Mark y a mí con curiosidad antes de volverse y salir del taller al sol.

–Gordo, ¿verdad? –dijo Marty, volviéndose hacia mí.

Asentí lentamente.

Se frotó la incipiente barba gris de la barbilla con la mano.

–Donald era un buen hombre. Un hijo de puta testarudo. Hacía trampa en las cartas –sacudió la cabeza–. Lo negaba, pero todos lo sabíamos. Nos habló de ti.

No supe qué responderle, así que me quedé callado.

–¿Te enseñó él?

–Sí. Todo lo que sé.

–¿Cuántos años tienes?

–Quince.

Mark tosió.

Marty resopló.

–¿Quieres probar otra vez?

–Once –respondí, poniendo los ojos en blanco.

–¿Tu papá arregla autos?

–No.

–Bennett, ¿no es cierto? –miró a Mark.

–Sí –respondió él. Marty asintió con lentitud.

–Un grupo extraño.

No dijimos nada porque no había nada para decir.

Marty suspiró.

–Tienes ojo, chico. Te diré una cosa...

–No puedes contárselo a mi padre –le dije a Mark mientras salíamos del taller–. No me dejará volver. Sabes que no.

–¿Esto es lo que quieres? –Mark me miró de reojo.

Sí. Así era. Era lo que *necesitaba.* No conocía mucho más allá de la vida de la manada. Nada fuera de Chris, Rico y Tanner era solamente *mío*. A mi padre no le gustaban e incluso intentó prohibir que los viera fuera de la escuela.

Pero mi madre había intervenido, una de las pocas veces que se enfrentó a él. Yo necesitaba normalidad, había dicho. Necesitaba algo más, había agregado. Él no estaba muy feliz al respecto, pero había cedido. Había abrazado a mamá por un largo rato después de eso.

–Sí –afirmé–. Esto es lo que quiero. Es otro secreto. Solo entre tú y yo.

Hizo una mueca con los labios y supe que había ganado.

–Me gusta tener secretos contigo.

Sentí un retorcijón raro en la boca del estómago.

–Lazos –dijo Abel sentado ante el gran escritorio en su oficina. Mi padre estaba junto a la ventana y miraba hacia los árboles. Thomas estaba sentado junto a mí, silencioso y sereno como siempre. Me sentía nervioso porque era la primera vez que se me permitía entrar a la oficina de Abel. Me dolían los brazos por pasar días bajo las agujas de mi padre–. ¿Puedes decirme lo que sabes acerca de ellos?

–Ayudan a que el lobo recuerde que es humano –dije lentamente, no quería equivocarme. Necesitaba que Abel viera que podía confiar en mí–. Evitan que el lobo se pierda en el animal.

–Es cierto –asintió Abel. Extendió las manos sobre el escritorio–. Pero son más que eso. Mucho más.

Miré de reojo a mi padre, pero estaba perdido en lo que fuera que estaba viendo.

–Un lazo es la fuerza detrás del lobo –continuó Abel–. Un sentimiento o una persona o una *idea* que nos mantiene en contacto con nuestro aspecto humano. Es una canción que nos llama a casa cuando nos hemos transformado. Nos recuerda de dónde venimos. Mi lazo es mi manada. Las personas que cuentan conmigo para que las mantenga a salvo. Para que las proteja de aquellos que nos quieren hacer daño. ¿Entiendes?

Asentí, aunque realmente no lo hacía.

–¿Cuál es el tuyo? –le pregunté a Thomas.

–La manada –me sorprendió.

–¿No es Elizabeth? –pregunté.

–Elizabeth –dijo Thomas con un suspiro, con el tono fascinado que siempre adquiría cuando la mencionaba. O la veía. O estaba junto a ella. O pensaba acerca de su existencia–. Ella… no. Es más que eso para mí.

–Quién lo hubiera dicho –apuntó Abel, secamente y luego agregó–: Los lazos no solo son para los lobos, Gordo. Somos llamados por la luna, y existe magia en eso. Como existe magia en ti.

–Magia de la tierra.

–Sí. Magia de la tierra.

En ese momento me di cuenta de lo que estaba tratando de decirme:

–¿Yo también necesito un lazo? –era un pensamiento inmensamente terrible.

–Aún no –explicó Abel, sentándose más adelante–. Y no por un largo tiempo. Eres joven y recién empiezas. Tus marcas aún no están completas. Hasta que lo estén, no necesitarás uno. Pero algún día, sí.

–No quiero que sea una sola persona –dije.

Mi padre se volvió. Tenía una expresión extraña en el rostro.

–¿Y por qué es eso?

–Porque las personas se marchan –respondí con sinceridad–. Se mudan o se enferman, o se mueren. Si un lobo tiene un lazo, y es una sola persona, y esa persona muere, ¿qué le sucede al lobo?

La única respuesta fue el *tic tac* del reloj de pared.

Luego, Abel rio y entrecerró los ojos con amabilidad.

–Eres una criatura fascinante. Me alegra mucho conocerte.

–No sabía lo de los lazos –le dije a mi padre cuando dejamos la casa Bennett–. Para los brujos.

–Lo sé. Hay un momento y un lugar para todo.

–¿Existen otras cosas que no me has contado?

No me miró. Algunos niños pasaron corriendo junto a nosotros, riéndose y gruñéndose. Los esquivó hábilmente.

–Sí. Pero las aprenderás algún día.

No me pareció justo, pero no podía decírselo.

–¿Quién es tu lazo? ¿Es mamá?

Cerró los ojos y volvió la cara hacia el sol.

–¿Cómo fuiste capaz? –la escuché decir, con la voz tensa y tosca–. ¿Por qué me harías algo así a mí? ¿A nosotros?

–No pedí esto –replicó mi padre–. No pedí nada de esto. No sabía que ella…

–Podría decírselo. Podría decírselo a todo el mundo. Lo que eres. Lo que son *ellos*.

–Nadie te creería. ¿Y cómo quedarías tú? Pensarán que estás loca. Y actuaría en tu contra. No volverías a ver a Gordo de nuevo. Me aseguraría de ello.

–Sé que me has hecho algo –dijo mi madre–. Sé que has metido mano en mi mente. Sé que has modificado mis recuerdos. Quizás esto no es real. Quizás nada de esto lo sea. Es un sueño, un sueño espantoso del que no puedo despertar. Por favor. Por favor, Robert. Por favor, déjame despertar.

–Catherine, estás… Esto es innecesario. Todo esto. Ella se marchará. Te lo prometo. Hasta que esté hecho. No puedes seguir así. No puedes. Te está matando. Me está matando *a mí.*

–Como si te importara –exclamó mi madre con amargura–. Como si te importara una *mierda* cualquier otra cosa que no sea *ella*…

–Baja la voz

–No lo haré. No seré…

–Catherine.

Las voces se desvanecieron cuando me tapé hasta la cabeza con el edredón.

–Tu madre no se siente bien –explicó mi padre–. Está descansando.

Me quedé mirando la puerta cerrada de su dormitorio por un largo rato.

Me sonrió.

–Estoy bien. Cariño, por supuesto que estoy bien. ¿Cómo es posible que algo esté mal cuando brilla el sol y el cielo está azul? Vayamos de picnic. ¿No suena genial? Tú y yo, Gordo. Haré pequeños emparedados sin la corteza. Ensalada de patatas y galletas de avena. Nos llevaremos una manta y miraremos las nubes. Gordo, seremos nada más que tú y yo y me sentiré más feliz que nunca.

Me imaginé que mentía.

–¡Acelera ese trasero! –me gritó Marty del otro lado del taller–. No te pago nada para que te quedes allí *parado* con la polla colgando. Muévete, Gordo. *Muévete.*

–¿Cómo lo supiste? –le pregunté a Thomas cuando tenía doce. Era un domingo y, como era habitual, la manada se había reunido para cenar. Se habían instalado mesas detrás de la casa de los Bennett. Se las había cubierto con manteles de encaje blanco. Había jarrones llenos de flores silvestres, verdes y azules, y violetas, y naranjas.

Abel estaba en el asador, sonriendo ante el bullicio y el ajetreo que lo rodeaba. Los niños se reían. Los adultos sonreían. Se oía música de un estéreo.

Y Elizabeth bailaba. Estaba hermosa. Tenía puesto un lindo vestido de verano, las puntas de los dedos manchadas con pintura. Había pasado la mayor parte del día en su estudio, un lugar al que solo Thomas podía entrar, y solamente cuando ella lo invitaba. Yo no entendía su arte, los manchones de color sobre el lienzo, pero era salvaje y lleno de vida, y me recordaba a correr con los lobos bajo la luna llena.

Pero ahora estaba aquí, meciéndose con la música, el vestido flotando alrededor de sus rodillas mientras giraba en un círculo lento. Tenía los brazos extendidos, la cabeza echada hacia atrás y los ojos cerrados. Se la veía en paz y feliz. Sentí una punzada agridulce en el pecho.

–Lo supe desde la primera vez que la vi –dijo Thomas, sin quitarle los ojos de encima a Elizabeth–. Lo supe porque nadie que hubiera conocido antes me había hecho sentir lo que sentí en ese momento. Era la persona más encantadora que había conocido e incluso entonces supe que iba a amarla. Supe que iba a darle cualquier cosa que quisiera.

–Guau –suspiré.

Thomas rio.

–¿Sabes qué fue lo primero que me dijo?

Negué con la cabeza.

–Me dijo que dejara de olfatearla.

Me lo quedé mirando con la boca abierta.

–No fui muy sutil –se encogió de hombros.

–¿La estabas oliendo? –pregunté, horrorizado.

–No pude evitarlo. Era… ¿Conoces ese momento justo antes de que estalle una tormenta eléctrica? ¿Cuando el cielo está negro y gris, y todo parece eléctrico? ¿Tu piel vibra y se te eriza el vello?

Asentí.

–Así olía ella para mí. Como una tormenta que se avecina.

–Sí –dije, inseguro aún–. Pero tú la estabas *olfateando*.

–Ya lo entenderás –afirmó Thomas–. Un día. Quizás antes de lo que piensas. Oh, mira. Allí viene mi hermano. Qué coincidencia tan acertada, considerando nuestra charla.

Me di vuelta. Mark Bennett caminaba hacia nosotros con una expresión de determinación en el rostro. Desde el día en que me había seguido a lo de Marty, las cosas eran… menos extrañas. Seguía siendo un poco raro, y le había dicho una y otra vez que no *necesitaba* que me protegiera, pero no era tan malo como pensaba. Era… agradable. Y parecía que yo le agradaba un montón por razones que no llegaba a entender.

–Thomas –saludó Mark, con la voz un poco entrecortada.

–Mark –replicó Thomas divertido–. Linda corbata. ¿No hace un poco de calor para eso?

Se sonrojó y el rojo se extendió por su cuello y sus mejillas.

–No es… estoy tratando… Cielos, podrías…

–Creo que iré a bailar con Elizabeth –anunció Thomas, dándome una palmada en el hombro–. Sería una pena desperdiciar el momento. ¿No te parece, hermano?

–¿Por qué estás vestido así? –le pregunté.

Tenía puesta una corbata de vestir roja sobre una camisa blanca y pantalones formales. Estaba descalzo, y no pude recordar si ya le había visto los dedos de los pies alguna vez. Los enterraba en la hierba, el verde brillaba contra su piel.

–No, es solo que… –agitó su cabeza–. Porque quería, ¿okey?

–O… Okey –fruncí el ceño–. Pero ¿no tienes calor? –pregunté.

–No.

–Estás sudando.

–No es porque tenga calor.

–Ah. ¿Estás nervioso?

–¿Qué? No. *No.* No estoy nervioso. ¿Por qué estaría nervioso?

–¿Estás enfermo? –lo examiné con los ojos entrecerrados.

Me gruñó.

Le sonreí.

–Mira –dijo, ronco–. Quería… Okey... ¿Puedo…?

–¿Puedes…?

Parecía a punto de explotar.

–¿Sabes bailar? –escupió.

Me lo quedé mirando.

–Porque si sabes, y si quieres, podemos... Quiero decir, está bien, ¿verdad? Está bien. Podemos quedarnos parados aquí. O lo que sea. Eso también estaría bien.

Inquieto, se tironeó la punta de la corbata. Me miró, apartó la mirada y volvió a mirarme.

–No tengo idea de qué estás diciendo –admití.

Suspiró.

–Lo sé. Estoy...

–Sudando.

–¿Podrías dejar de decir eso?

–Pero lo estás.

–Cielos, eres tan imbécil.

Me reí.

–Ey, nada más estaba señalando...

–¡Gordo!

Me volví.

Mi madre. Me llamaba con señas. Padre había dicho que estaba enferma de nuevo, que no vendría. Me había dejado en la casa y me había dicho que volvería luego, que tenía asuntos que atender antes de regresar. No le pregunté qué asuntos.

Y ahora ella estaba aquí, con una sonrisa frágil en la cara. Tenía el pelo descuidado y retorcía las manos.

–¿Está bien? –preguntó Mark–. Está...

–No lo sé –respondí–. No se sentía bien más temprano y... Iré a ver qué quiere. Espera aquí, ¿okey? Enseguida vuelvo. Y quizás entonces puedas decirme por qué llevas una corbata.

Antes de que me marchara, me tomó la mano. Lo miré.

–Ten cuidado, ¿sí?

–Tan solo es mi mamá...

Me soltó.

–Hola –dijo ella cuando la alcancé–. Hola, cariño. Hola, bebé. Ven aquí. ¿Puedo hablar contigo? Ven aquí.

Fui, porque era mi madre y haría cualquier cosa por ella.

Me tomó de la mano y rodeamos la casa.

–¿A dónde estamos…?

–Silencio. Espera. Nos oirán.

Los lobos.

–Pero…

–Gordo. Por favor. Confía en mí.

Nunca me había dicho eso antes.

Hice lo que me pedía.

Rodeamos la casa hasta el sendero de entrada. Vi su coche aparcado detrás de los demás. Me condujo a él, abrió la puerta del lado del acompañante y me hizo un gesto para que entrara. Dudé y eché un vistazo por encima del hombro.

Mark estaba allí, junto a la casa, observándonos. Dio un paso hacia mí, pero mi madre me metió de un empujón al auto.

Dio la vuelta y entró ella también antes de que yo pudiera girarme en el asiento.

Había dos maletas en la parte trasera.

–¿Qué está sucediendo? –pregunté.

–Es hora.

Levantó una nube de polvo al dar marcha atrás y casi choca contra otro vehículo.

–¿Por qué…?

Enderezó el coche y volamos camino abajo. Miré por el espejo retrovisor a las casas que quedaban atrás. Mark había desaparecido.

Para mi doceavo cumpleaños hubo una fiesta.

Vino mucha gente.

La mayoría eran lobos.

Algunos no.

A Tanner, Chris y Rico los trajeron sus padres. Era la primera vez que visitaban las casas al final del camino, y tenían los ojos muy abiertos.

–*Dios mío* –susurró Rico–. No nos dijiste que eras rico, *papi*.

–Esta no es mi casa –le recordé–. *Has estado* en mi casa.

–Es más o menos lo mismo –replicó.

–Ah, hombre –exclamó Chris, mirando al regalo mal envuelto que tenía en la mano–. Te compré algo en la tienda de todo a un dólar.

–Yo ni te traje un regalo –dijo Tanner, contemplando las serpentinas, los globos y las mesas repletas de comida.

–Puedes compartir el mío –le dijo Chris–. Costó solo un dólar.

–¿Cuántos baños tiene la casa? –quiso saber Rico–. ¿Tres? ¿Cuatro?

–Seis –murmuré.

–Guau –corearon los tres al unísono.

–¡No es mi casa!

–Nosotros tenemos uno solo –comentó Rico–. Y lo tenemos que compartir entre todos.

Los amaba, pero eran un dolor de cabeza.

–En casa tengo uno solo…

–No tienes que esperar para ir a cagar –declaró Tanner.

–Odio cuando tengo que esperar para cagar –confirmó Chris.

Me miraron expectantes.

Suspiré.

–No sé por qué los invité.

–¿Hay tres *pasteles*? –exclamó Rico, con la voz aguda.

–Es una pistola de juguete –dijo Chris y me clavó el regalo en las manos.

–Es de parte de los dos –apuntó Tanner.

–Me debes cincuenta centavos –le aclaró Chris.

–¿Hay hamburguesas y perritos calientes *y* lasaña? –preguntó Rico–. Mierda. ¿Qué clase de tontería blanca es esta?

Los Bennett habían tirado la casa por la ventana. Siempre lo hacían. Eran poderosos, ricos y la gente los respetaba. Green Creek sobrevivía gracias a ellos. Donaban dinero y tiempo, y aunque los locales a veces hablaban de *culto* por lo bajo, eran una rareza apreciada.

Y yo era parte de su manada. Oía sus canciones en mi cabeza, las voces que me conectaban a los lobos. Tenía tinta en la piel que me unía a ellos. Yo era ellos y ellos eran yo.

Así que, por supuesto, hicieron esta fiesta para mí.

Sí, había tres pasteles. Y hamburguesas y perritos calientes *y* lasaña. También había una pila de regalos casi tan alta como yo, y los lobos me tocaban el hombro y el pelo y las mejillas y me cubrían con su olor. Estaba arraigado en ellos, en la tierra que nos rodeaba. El cielo estaba azul, pero podía sentir a la luna escondida llamando al sol. Había un claro en lo profundo del bosque donde yo había corrido con bestias del tamaño de caballos.

Feliz cumpleaños, me cantaron, y me envolvieron en el canto.

Mi madre no cantó.

Mi padre tampoco.

Ellos observaron.

–Ahora eres casi un hombre –dijo Thomas.

–Te ama, sabes –dijo Elizabeth–. Thomas. No puede esperar a que seas su brujo.

–Esta es tu familia. Esta es tu gente. Eres uno de nosotros –declaró Abel.

–¿Puedo hablar contigo un momento? –me preguntó Mark.

Alcé la vista, tenía la boca llena de pastel blanco con relleno de frambuesas.

Mark estaba junto a la mesa, pasando el peso de un pie al otro. Tenía quince años y era desgarbado. Su lobo era de un color castaño oscuro al que me gustaba acariciar. A veces, me mordisqueaba la mano. Otras veces, gruñía desde lo profundo de la garganta, con la cabeza a mis pies. Y, un día, semanas después de este momento, se pararía frente a mí sudando en una corbata.

Seguía insistiendo con que yo olía a tierra y a hojas y a lluvia.

Ya no me molestaba tanto.

Tenía lindos hombros. Tenía una linda cara. Sus cejas eran pobladas y, cuando se reía, su risa herrumbrada sonaba como si estuviera haciendo gárgaras con grava. Me gustaba cómo surgía desde lo profundo de su estómago.

–Creo que deberías seguir masticando –me susurró Rico–, porque tienes pastel en la boca.

–También en la barbilla –indicó Chris, entrecerrando los ojos.

–Y glaseado en la nariz –se rio Tanner.

Tragué el pastel, mirándolos con furia.

Me sonrieron.

Me limpié la cara con una servilleta.

–Sí –respondí–. Puedes hablar conmigo.

Asintió. Estaba sudando. Me puso nervioso.

Me llevó hacia los árboles. Las aves cantaban. Las hojas se retorcían en las ramas. El suelo a nuestro alrededor estaba cubierto de piñones.

Durante un largo rato, no dijo nada.

Luego:

–Tengo un regalo para ti.

–Bueno.

Me miró. Sus ojos pasaron de hielo a naranja, y de vuelta a hielo.

–No es el que quiero darte.

Esperé.

–¿Entiendes?

Negué lentamente.

–Papá dice que tengo que esperar a que... –se lo veía frustrado–. Quiero que seas mi... *uf.* Un día, te daré otro regalo, ¿está bien? Y será lo mejor que jamás te podría dar. Y espero que te guste más que nada.

–¿Por qué no puedes dármelo ahora?

Hizo una mueca.

–Porque aparentemente no es el momento adecuado. *Thomas* sí pudo hacerlo y él... –sacudió la cabeza–. No tiene importancia. Un día. Te lo prometo.

A veces me preguntaba acerca de ellos. Thomas y Mark. Si Mark estaba celoso. Si quería ser lo que Thomas sería. Si había querido ser el segundo de Thomas, en lugar de Richard Collins. La madre de Mark había muerto al darlo a luz. Todo iba bien y, de pronto, ella... partió. Quedó solo él.

A veces me parecía un intercambio justo. Yo lo quería a él aquí. A ella nunca la había conocido.

Nunca se lo conté a nadie. Me parecía mal decirlo en voz alta.

–Te traje esto, en su lugar –dijo Mark.

Tenía una pequeña pieza de madera en la mano. Había sido tallado por una mano torpe. Me llevó un momento darme cuenta de qué forma tenía.

El ala izquierda era más pequeña que la de la derecha. El pico era más bien cuadrado. El ave tenía garras, pero eran cuadradas.

Un cuervo.

Me había tallado un cuervo.

No se parecía en nada al que tenía en el brazo. Mi padre había sido meticuloso al forzar su magia en mi piel, al quemarla hacia abajo, hacia mi sangre. Había sido lo último y lo más doloroso.

Había gritado hasta quedarme sin voz, Abel me había sujetado por los hombros con los ojos en llamas.

Por alguna razón, pensé que esto significaba algo más.

Estiré la mano y le pasé un dedo por el ala.

–Lo hiciste tú.

–¿Te gusta? –preguntó en voz queda.

Respondí que "sí" y "cómo" y "¿por qué, por qué, por qué harías algo así por mí?".

–Porque no podía darte lo que quería. Aún no. Así que quiero que tengas esto en su lugar.

Lo tomé, y cómo *sonrió* Mark.

–¿A dónde vamos? –le pregunté a mamá de nuevo cuando pasamos un letrero que decía ESTÁ SALIENDO DE GREEN CREEK, ¡VUELVA PRONTO, POR FAVOR!–. Tengo que…

–Lejos –respondió mi madre–. Lejos, nos vamos lejos. Mientras tengamos tiempo.

–Pero es domingo. Es la *tradición*. Se preguntarán dónde…

–¡*Gordo*!

Nunca gritaba. La verdad que no. Nunca a mí. Me estremecí.

Se aferró al volante. Sus nudillos se pusieron blancos. El sol nos daba en la cara. Era brillante, parpadeé.

Sentía cómo el territorio me tironeaba, a la tierra a nuestro alrededor que latía junto a los tatuajes. El cuervo estaba inquieto. A veces, me parecía que un día saldría volando de mi piel al cielo y que jamás regresaría. Quería que nunca lo hiciera.

Levanté la cadera para poder meter la mano en el bolsillo.

Extraje una pequeña estatua de madera y la sujeté entre las manos.

Más adelante, un puente cubierto nos llevaría fuera de Green Creek hacia el mundo más allá. Yo no tenía demasiadas ganas de salir al mundo. Era demasiado grande. Abel me había dicho que algún día tendría que hacerlo, por lo que yo era para Thomas, pero que faltaba mucho para eso.

No llegamos al puente.

–No –exclamó mi madre–. No, no, no, no así, no así…

El coche se despistó ligeramente hacia la derecha cuando clavó los frenos. La tierra voló a nuestro alrededor, el cinturón de seguridad se me clavó en el pecho. El cuello se me fue hacia adelante y aferré el cuervo de madera en la mano.

Me la quedé mirando con los ojos abiertos.

–¿Qué pasó…?

Miré por el parabrisas.

Lobos de pie en la carretera. Abel. Thomas. Richard Collins.

Mi padre también estaba allí. Se lo veía furioso.

–Escúchame –dijo mi madre rápidamente, en voz baja–. Te dirán cosas. Cosas que no debes creer. Cosas que son *mentira*. No puedes confiar en ellos, Gordo. No puedes confiar nunca en un lobo. No te aman. Te *necesitan*. Te *utilizan*. Tu magia es una mentira y no puedes...

La puerta de mi lado se abrió de golpe. Thomas se estiró para desabrochar mi cinturón de seguridad y luego me sacó del vehículo con facilidad. Temblaba mientras él me sostenía, las piernas alrededor de su cintura. Su gran mano se posaba en mi espalda y me decía al oído que estaba a salvo, estás a salvo, Gordo, te tengo, te tengo y nadie podrá llevarte de nuevo, te lo prometo.

–¿Todo está bien? –me preguntó Richard. Sonrió, pero no con los ojos. Nunca lo hacía.

Asentí contra el hombro de Thomas.

–Bien –dijo–. Mark estaba preocupado por ti. Pero supongo que eso es lo que pasa cuando alguien se lleva a tu co...

–Richard –gruñó Thomas.

–Sí, sí –concedió Richard, alzando las manos.

Mi madre gritaba. Mi padre le hablaba con rapidez, señalándola con el dedo sin tocarla.

Abel no dijo una palabra, simplemente observó. Y esperó.

–Está enferma –me dijo mi padre más tarde–. Ha estado así por un largo tiempo. Piensa... Se le meten estos pensamientos en la cabeza. No es culpa suya. ¿Entendido? Gordo, necesito que entiendas eso. No es culpa suya. Y no es culpa tuya. Jamás te lastimaría. Está… enferma, nada más. Y eso la hace hacer cosas que no quiere hacer. La hace decir cosas que no quiere decir. He intentado ayudarla pero…

–Me dijo que no confíe en ellos –le dije con una vocecita débil–. En los lobos.

–Es la enfermedad, Gordo. No es ella.

–¿Por qué?

–¿Por qué, qué?

–¿Por qué está enferma?

–A veces sucede –suspiró mi padre.

–¿Se curará?

Jamás me respondió.

–*Mi abuelo* se volvió loco –me contó Rico–. Completamente del tomate. Me daba golosinas y dinero, y se tiraba muchos pedos.

Tanner le dio un codazo.

–No está loca –afirmó Chris–. Enferma, nada más. Como con la gripe o algo así.

–Sí –murmuró Rico–. La gripe *loca*.

Los sonidos del comedor resonaban a nuestro alrededor. No había tocado mi almuerzo. No tenía mucha hambre.

–Todo estará bien –me consoló Tanner–. Ya lo verás.

–Sí –confirmó Chris–. ¿Qué es lo peor que puede pasar?

En medio de la noche, oí que rascaban mi ventana. Debería haber sentido miedo, pero no fue así.

Me levanté de la cama y caminé hacia la ventana.

Mark me observaba desde el otro lado.

Levanté el cristal.

–¿Qué estás…?

Se metió adentro de un salto.

Me tomó de la mano.

Me condujo hacia la cama.

Esa noche dormí con Mark hecho un bollo a mi espalda.

Se llamaba Wendy.

Trabajaba en la biblioteca del pueblo de al lado. Tenía un perro que se llamaba Milo. Vivía en una casa cerca del parque. Sonreía mucho y reía muy fuerte. No sabía nada acerca de lobos ni brujos. Una vez, se marchó durante meses. Nadie me dijo por qué. Pero, eventualmente, regresó.

Era joven y bonita. Y, cuando mi madre la mató por ser el lazo de mi padre, todo cambió.

–¿Qué sucede si pierdes tu lazo? –le pregunté a Abel un día en el que estábamos solos él y yo. A veces, me ponía la mano sobre el hombro cuando caminábamos por el bosque, y yo me sentía en paz–. ¿Si es una sola persona?

No dijo nada por un rato largo. Pensé que no iba a responderme.

–Si es por enfermedad, el lobo o el brujo se pueden preparar. Pueden mantener a raya a su lobo o apuntalar su magia. Pueden buscar a otra persona. O a un concepto. O a una emoción.

–¿Pero si no es así? ¿Y si no puedes prepararte?

Me sonrió desde arriba.

–Así es la vida, Gordo. No puedes prepararte para todo. A veces no lo ves venir para nada. Tienes que hacer el mayor esfuerzo posible para resistir y creer que, algún día, todo estará bien de nuevo.

–Gordo.

Seguía sumido en mis sueños.

–Gordo, vamos, tienes que despertarte. Por favor, por favor, por favor, despiértate.

Abrí los ojos.

Había un destello de naranja en la oscuridad, encima de mí.

–¿Thomas?

–Tienes que escucharme, Gordo. ¿Puedes hacer eso?

Asentí, no sabía si estaba despierto.

–Necesito que seas fuerte. Y valiente. ¿Puedes ser valiente por mí?

Podía, porque un día él sería mi Alfa. Haría cualquier cosa que me pidiera.

–Sí.

Me extendió la mano. Se la tomé y acepté lo que me ofrecía.

Me ayudó a vestirme antes de conducirme por el pasillo de la casa de los Bennett. Mi padre me había dejado allí más temprano. Me había dicho que volvería a buscarme. No sabía cuándo me había quedado dormido.

Había hombres en la casa Bennett. Hombres que no había visto antes. Tenían puestos trajes negros. Eran lobos. Betas. Richard Collins les estaba hablando en voz baja. Elizabeth estaba de pie cerca de Mark. Mark me vio y avanzó hacia mí, pero ella le puso una mano sobre el hombro y lo retuvo.

Abel Bennett estaba junto a la chimenea. Tenía la cabeza inclinada.

Los hombres extraños se callaron cuando Thomas me llevó hacia Abel. Sentía sus ojos clavados en mí, e hice un esfuerzo para no avergonzarme. Esto parecía importante. Más importante que cualquier cosa que hubiera pasado antes.

El fuego crepitaba y crujía.

–He pedido mucho de alguien tan joven –dijo Abel, por fin–. Esperaba que tuviéramos más tiempo. Que nunca surgiera la necesidad, no hasta que Thomas fuera...

Sacudió la cabeza antes de bajar la vista hacia mí. Thomas nunca se apartó de mi lado.

–¿Sabes quién soy, Gordo? –continuó Abel.

–Mi Alfa.

–Sí. Tu Alfa. Pero también soy el Alfa de todos los lobos. Tengo... responsabilidades. Con todas las manadas que existen. Un día, Thomas tendrá las mismas responsabilidades. ¿Lo entiendes?

–Sí.

–Es su vocación, al igual que la mía.

Thomas me apretó el hombro.

–Y tú también tienes una, Gordo. Y me temo que debo pedirte que tomes tu lugar junto a mí hasta el día en el que Thomas asuma su posición legítima como Alfa de todos.

Se me heló la sangre.

–Pero mi padre es...

–Tengo una historia para contarte, Gordo –me interrumpió, y nunca me había parecido tan mayor como ahora–. Una que no deberías tener que oír a tan corta edad. ¿Me escucharás?

–Sí, Alfa –respondí, porque no podía negarle nada.

Entonces, me contó todo.

Acerca de una enfermedad de la mente.

Que podía hacer que las personas hicieran cosas que no querían.

Las hacía perder el control.

Las hacía enojarse.

Las hacía querer lastimar a otra gente.

A mamá se la había mantenido apartada. Hasta que mejorara. Hasta que su mente se aclarara. Pero se había escapado.

Había ido al pueblo de al lado.

Había ido a la casa de una mujer llamada Wendy, una bibliotecaria que vivía cerca del parque.

Una mujer que era el lazo de mi padre.

Porque, a veces, el corazón quiere cosas que no debería tener.

Hubo una pelea.

Wendy murió.

Sentí que me ahogaba.

Los ojos de los hombres extraños ardían naranjas.

Mi padre sintió que su lazo se quebraba.

Su magia estalló. Lo hizo hacer algo terrible.

Más tarde, vería las imágenes en las noticias, aunque Abel me había dicho que mantuviera el televisor apagado. Imágenes de un vecindario de un pueblito en las Cascadas destrozado hasta los cimientos. Murieron personas. Familias. Niños. Mi madre.

Mi padre no.

–¿Dónde está? –pregunté, aturdido.

Abel hizo un gesto con la cabeza hacia uno de los lobos extraños, que avanzó un paso. Era alto y se movía con gracia. Su mirada era dura. Su mera presencia hacía que me diera vueltas la cabeza.

–Será trasladado –dijo el hombre extraño–. Lejos de aquí. Se le quitará la magia para que no vuelva a lastimar a nadie.

–¿A dónde?

El hombre dudó.

–Me temo que no puedo decírtelo. Por tu propia seguridad.

–Pero…

–Gracias, Osmond.

El hombre, Osmond, asintió y volvió con los otros. Richard se inclinó hacia él y le susurró al oído.

No puedes confiar en ellos, Gordo, me había susurrado ella en el mío.

–Te daré tiempo –me dijo Abel, con amabilidad–. Para procesar. Para hacer el duelo. Y responderé todas las preguntas que pueda. Pero estamos vulnerables ahora, Gordo. Tu padre te ha quitado a tu madre, pero también se ha removido de *nosotros*. Te necesitamos más que nunca. Te prometo que jamás estarás solo. Que siempre estarás cuidado. Pero te necesito ahora. Que aceptes tu lugar.

–Papá, quizás deberíamos… –empezó a decir Thomas.

Los ojos de Abel centellearon. Thomas se calló.

–¿Entiendes? –clavó su mirada en mí.

Me sentía mal. Nada tenía sentido. El cuervo gritaba en algún sitio de mi mente.

–No –respondí.

–Gordo –explicó Abel–. Debes alzarte. Por tu manada. Por nosotros. Te pido que te conviertas en el brujo de los lobos.

Mark me abrazó mientras mi pena explotaba.

Me susurró promesas al oído que desesperadamente quería creer.

Pero lo único que podía oír era la voz de mi madre.

No puedes confiar en un lobo.

No te aman.

Te necesitan.

Te utilizan.

Tu magia es una mentira.

EL SEGUNDO AÑO/ ERA MEDIANOCHE

Joe empezó a hablar cada vez menos a medida que el segundo año avanzaba. De todos modos no tenía importancia. Todos oíamos su voz en nuestra mente.

Nos dijimos que el rastro no había desaparecido. Que Richard Collins seguía allí afuera, en movimiento. Haciendo planes. Mantuvimos las orejas pegadas al suelo por si surgía algo.

Una noche, en las afueras de Ottawa, Carter desapareció durante horas. Volvió sonriendo y oliendo a perfume fuerte, con lápiz labial en la quijada.

Kelly se enfadó con él y le preguntó cómo podía ser tan egoísta. Cómo podía pensar siquiera en acostarse con una mujer cuando estaban tan lejos de casa.

Joe no dijo nada. Al menos no en voz alta.

Encendí un cigarrillo cerca de la máquina de hielo. El humo subía en volutas por encima de mi cabeza en forma de niebla azul.

–¿Piensas decirme algo también? –me preguntó Carter después de cerrar la puerta del motel de un portazo.

Resoplé.

–No es asunto mío.

–¿Estás seguro?

Me encogí de hombros.

–Era algo que necesitaba hacer –dijo, apoyándose contra la pared del motel con los ojos cerrados.

–No te pregunté.

–Eres un imbécil, ¿lo sabes?

Expelí humo por la nariz.

–¿Qué quieres que diga? ¿Que tienes razón y que Kelly está equivocado? ¿Que eres un hombre adulto y que puedes hacer lo que quieras? ¿O que Kelly tiene un buen argumento y que deberías pensar con la cabeza y no con el pene? Dímelo, por favor. Dime qué quieres que te diga.

Abrió los ojos. Me recordaron tanto a los de su madre que tuve que apartar la mirada.

–Quiero que digas *algo*. Cielos. Joe apenas habla. Kelly tiene una de sus malditas rabietas. Y tú estás aquí afuera como si ninguno de nosotros te importara una mierda.

Lo único que quería era fumarme un maldito cigarrillo en silencio. Eso era lo único que pedía.

–No soy tu padre.

Eso no le cayó muy bien. Un gruñido bajo le surgió del pecho.

–No. No lo eres. A él le importábamos.

–Bueno, él no está aquí. Estoy yo.

–¿Por elección? ¿O porque te sientes culpable?

–¿Y por qué demonios tendría que sentirme culpable? –le pregunté, entrecerrando los ojos.

–No lo recuerdo, ¿sabes? –respondió, apartándose de la pared–. Lo que pasó cuando los cazadores vinieron. Era muy pequeño. Pero mi padre me lo contó, porque era mi historia. Me dijo lo que hiciste. Cómo trataste de salvar...

–No –lo interrumpí con frialdad–. No digas una palabra más.

–Es mi historia, Gordo –continuó, sacudiendo la cabeza–. Pero también es la tuya. Te escapaste de ella. De tu *compañero*. Mark no...

Lo encaré sin pensarlo. Mi pecho chocó contra el suyo, pero no retrocedió. Sus ojos se habían vuelto naranjas, pero sus dientes no despuntaron.

–No me conoces en lo más mínimo. Si lo hicieras, sabrías que *yo* fui el que se quedó atrás. Fue a *mí* a quien dejaron en Green Creek cuando tu *padre* se marchó con la manada. Yo mantuve viva la llama, pero ¿a alguno de ustedes se le ocurrió pensar lo que eso me afectó? No eres más que un niño sumiso que no sabe qué mierda está haciendo.

Me gruñó en la cara.

No moví un músculo.

–Ya basta.

Joe estaba de pie en la puerta abierta de la habitación del motel. Era la primera vez que oíamos su voz en días.

–Estábamos…

–Carter.

Puso los ojos en blanco y me apartó de un empujón. Luego se perdió en la oscuridad.

Nos quedamos escuchando sus pisadas hasta que se desvanecieron.

–No deberías habernos interrumpido –le dije a Joe fríamente–. Es mejor dejarlo salir ahora que permitir que se pudra, o luego duele más.

–Está equivocado, sabes.

–¿Acerca de qué?

Joe lucía exhausto.

–Sí que te importamos.

Cerró la puerta detrás de sí.

Fumé otro cigarrillo. El humo me quemaba.

Otra luna llena. Estábamos en el bosque Salmon-Challis en pleno Idaho, a kilómetros y kilómetros de cualquier signo de civilización. Los lobos estaban cazando. Me quedé sentado junto a un árbol, sintiendo la luna sobre la piel. Hacía mucho que mis tatuajes no brillaban tanto.

Si me ponía de pie y caminaba hacia el todoterreno, me llevaría menos de dos días regresar a casa.

Green Creek nunca me había parecido tan lejano.

Apareció un lobo. Kelly.

Tenía un conejo en la boca: el cuello roto, el pelo apelmazado por la sangre. Lo dejó caer a mis pies.

–No sé qué demonios quieres que haga con esto –observé, irritado, y lo empujé con el pie.

Me lanzó un quejido y se volvió hacia el bosque.

A continuación, llegó Joe. Otro conejo.

–Quizás esta clase de conejo está en peligro de extinción –le comenté–. Y estás contribuyendo a su exterminio sin que lo sepas.

Sentí un estallido de color en la mente, luz solar cálida y brillante. Joe estaba entretenido. Se reía. No hacía eso cuando era humano.

Lo dejó caer a mis pies.

–Por todos los cielos –murmuré.

Se sentó junto a su hermano, mirando hacia los árboles.

Esperé.

Por fin, Carter volvió. Arrastraba las patas. Traía una ardilla gorda entre los dientes. No me miró a los ojos cuando la dejó junto a los conejos.

Suspiré.

–Eres un idiota.

Empujó la ardilla con la nariz en mi dirección.

–Pero yo también lo soy.

Lentamente, alzó la mirada.

–Estúpidos chuchos de mierda –dije y *luz del sol* y *manada* y una pregunta vacilante *¿¿AmigoAmigoAmigo??*

Extendí la mano.

Apretó el hocico contra mi palma.

Luego, sacó la lengua y me babeó todo.

Lo miré con furia mientras retiraba la mano.

Ladeó la cabeza.

Cociné los conejos.

Los lobos estaban satisfechos.

Les dije que no pensaba tocar la ardilla.

Se sintieron menos satisfechos.

Esa noche, sus canciones siguieron estando llenas de tristeza y rabia, pero una línea de amarillo las atravesaba. Como el sol.

–¿Qué estás haciendo? –me preguntó Kelly. Otra noche, otro hotel cualquiera en alguna zona rural del estado de Washington. Carter y Joe habían salido a buscar comida. Habíamos pasado las noches anteriores en el todoterreno, y tenía ganas de dormir en una cama.

Pero, antes debía quitarme de encima el exceso.

Me quedé de pie en el baño, sin camisa, contemplándome en el espejo, sin reconocer al hombre que me devolvía la mirada. La barba oscura que me cubría la cara se estaba descontrolando rápidamente. El pelo negro me llegaba por debajo de las orejas y se rizaba en mi nuca. Por alguna razón, estaba más grande, más endurecido de lo que había estado antes. Los brazos completamente cubiertos de tatuajes lucían más estirados que nunca. El cuervo estaba rodeado por rosas, las espinas le envolvían las garras. Runas y símbolos arcaicos se extendían por mis antebrazos: rumanos, sumerios, gaélicos. Una amalgama de todos los que me habían precedido. Marcas de alquimia, de fuego y agua, de plata y viento. Habían sido tallados en mí por mi padre a lo largo de los años, el cuervo había sido el último.

Todos excepto el que tenía en el pecho sobre el corazón. Ese era mío. Mi elección. No era mágico, pero lo había hecho por mí.

Kelly lo vio. Abrió mucho los ojos, pero supo comportarse. Una cabeza de lobo, echada hacia atrás y aullándole a la luna. En el diseño de su cuello había un cuervo, con las alas desplegadas a punto de tomar vuelo.

Mi elección.

Solo mía.

Mía.

Lo había mantenido oculto durante tanto tiempo que ni siquiera había pensado en él cuando vine aquí y me quité la camisa, con ganas de hacer *algo* para quitarme de encima la sensación en la piel.

–¿Vas a quedarte mirando? –desafié a Kelly.

–Solo… –negó con la cabeza–. No tiene importancia. Te dejo solo.

Maldición.

–Estaba pensando...

Pareció sobresaltarse.

–¿Acerca de qué?

–Me vendría bien un corte de pelo.

Dijo "sí" y "yo también". Se pasó la mano por la gruesa melena, tirando a rubia oscura. Le asomaba una barba incipiente, como si no se hubiera afeitado por una semana, pero era descuidada y rala. Era un niño, maldición.

Bajé la vista hacia la maquinilla barata que había comprado en nuestra última parada.

–Te diré algo –anuncié con lentitud, pensando en un conejo a mis pies–. Tú me ayudas, y yo te ayudo.

No debería haberse entusiasmado tanto por algo tan insignificante.

–¿Sí?

–Por qué no –me encogí de hombros.

–Pero yo no… –frunció el ceño–. Nunca le corté el cabello a nadie.

Resoplé.

–Nada de cortar. Rasurar. Rasurarme todo el pelo.

Parecía horrorizado. Casi me río de él.

Casi.

–Iré yo primero –continué–. Y luego me dices si quieres que te lo haga yo a ti.

Le temblaron un poco las manos cuando me senté sobre el excusado. Sus rodillas chocaron con las mías. Me miró como si no supiera por dónde empezar.

–De adelante hacia atrás. La parte superior, luego los costados. La parte de atrás la dejamos para el final.

Se lo veía inseguro.

–Ey –le dije, recordando a mi padre a mi lado, con la mano en mi hombro–. No tienes que...

–Puedo hacerlo.

–Hazlo, entonces.

Su toque fue suave al principio, vacilante. Se sentía bien, seguro, casi como había sido todo antes de que Kelly existiera. Cuando *manada* significaba algo, cuando brujos y lobos y cazadores no habían hecho lo posible para quitármelo todo. Odiaba esa sensación. Me permití sentir su toque. No era algo sexual, tampoco quería que lo fuera. Y, con seguridad, no era Thomas Bennett.

Pero era algo.

Encendió la rasuradora.

Zumbó junto a mi oreja.

El cabello cayó sobre mis hombros, sobre mi falda. Sobre la toalla en el suelo.

Inclinó mi cabeza hacia adelante y hacia atrás. Hacia el costado. Siguió y siguió.

Dejó la parte de atrás para el final, tal y como yo le había indicado.

Por fin, apagó la rasuradora.

Me sentí más liviano.

Me pasé la mano por la cabeza, los dedos rozando los vestigios de cabello.

Dio un paso atrás.

Me paré.

El hombre que me devolvió la mirada desde el espejo seguía siendo duro. El ancho de su pecho. La fuerza de sus brazos. Una sombra incipiente sobre el cráneo.

Era un desconocido. Me pregunté si él sabría quién era.

Parecía un lobo.

–¿Está bien? –preguntó Kelly–. No sé si...

–Está bien –dije, ronco–. Está... bien.

–Mi turno. Quiero lo mismo.

Parpadeé. Mi reflejo me imitó. Los tatuajes parecían un poco más brillantes.

–¿Estás seguro? Podría tomar las tijeras y...

–Quiero lo mismo –repitió.

Carter y Joe volvieron cuando estaba a mitad de la tarea. Las fosas nasales de Kelly temblaron y el cuervo de mi brazo cambió ligeramente antes de que abrieran la puerta.

Los ignoramos cuando nos hablaron.

–Sigue –pidió Kelly–. Córtalo todo.

–Qué demonios –escuché que Carter exclamaba débilmente desde la puerta del baño.

Joe no dijo nada.

Cuando terminé, dejé la rasuradora sobre la mesada y cepillé los hombros de Kelly. Se puso de pie frente a mí hasta que estuvimos cara a cara. Lo tomé de la barbilla y moví su cabeza lentamente de lado a lado.

Asentí y di un paso atrás.

Se observó en el espejo durante un largo rato.

Parecía mayor. Me pregunté qué pensaría Thomas del hombre en el que se había convertido. Me imaginé que se sentiría desolado.

–Házmelo a mí –exigió Carter–. Yo también quiero lucir como un jodido tipo duro.

Maldición.

Joe fue el último. Parados en el minúsculo baño, con sus hermanos rodeándonos, observándolo.

Estiró la mano lentamente y se pasó la palma por el cabello antes de mirarse las manos. Me pregunté si vería al lobo debajo.

–Está bien –dijo–. Está bien.

A partir de entonces, cada algunas semanas, empezábamos el proceso de nuevo. Y de nuevo. Y de nuevo.

Mi bolso marinero tenía un bolsillo secreto.

No lo había abierto desde que nos marchamos, por más deseos que sintiera.

–¿Cuándo lo supiste? –me preguntó en susurros Joe, sus hermanos dormían en el asiento trasero, el murmullo de los neumáticos sobre el pavimento era el único sonido. Habíamos salido de Indiana y entrado a Michigan una hora antes.

–¿Saber qué?

–Que Ox era tu lazo.

–¿Importa? –aferré con fuerza el volante.

–No lo sé. Me parece que sí.

–Era... un niño. Su padre no era bueno. Le di trabajo porque sabía de coches, pero no era un buen hombre. Tomaba más de lo que daba. Y no... Ox y su mamá se merecían más. Algo mejor que él. La lastimó. Con palabras y con las manos.

Un automóvil pasó en la dirección contraria. Era el primero que veíamos en más de una hora. Sus faros eran brillantes. Parpadeé para quitar la imagen residual.

–Ox vino a verme. Necesitaba ayuda pero no sabía cómo pedirla. Y yo lo supe. No era mío, pero lo supe.

–¿Incluso entonces?

–No –negué–. Fue... llevó más tiempo. Porque yo no sabía cómo... Ya no sabía cómo *ser* yo. Odiaba a los lobos y odiaba a la magia. Tenía una manada, pero no era como antes.

–Los tipos del taller.

–No lo sabían –asentí–. No lo *saben* y espero que nunca lo averigüen. No pertenecen a este mundo.

–No como nosotros. No como Ox.

Odié eso.

–¿No como Ox? ¿Nunca piensas en cómo sería su vida si no lo hubieras encontrado?

–Todo el tiempo. Cada día –rio con amargura–. Con todo mi ser. Pero él era... era bastones de caramelo y piña. Era épico y asombroso.

Tierra y hojas y lluvia...

–¿Con eso lo justificas?

–Es lo que me hace salir de la cama cuando no quiero más que desaparecer.

Las líneas amarillas de la carretera perdieron definición.

–Le di una camiseta con su nombre. Para el trabajo. Para su cumpleaños. La envolví con papel con motivos de muñecos de nieve porque no encontré otra cosa –suspiré–. Tenía quince años. Y era… no debería haber pasado. No así. No sin que él supiera. Pero no pude detenerlo. Por más que lo intenté. Es que… todo encajó. De una manera en la que nunca pasó con Rico. Chris. Tanner. Son mi manada. Mi familia. Ox también, pero es…

–Más.

Me sentía indefenso frente a eso.

–Sí. Más. Supongo que lo es. Más de lo que la gente espera. Más de lo que *yo* esperaba. Se convirtió en mi lazo después de eso. Por una camisa. Por un papel de regalo con muñecos de nieve.

–¿Qué era antes? Tu lazo.

–No lo sé. Nada. No hacía magia, más allá de las guardas. No quería. No quería nada de eso.

–¿En algún momento fue Mark?

–Joe –advertí.

Él contempló la carretera oscura.

–Cuando no hablas, cuando pierdes la voz, te obliga a concentrarte en todo lo demás. Pasas menos tiempo preocupándote acerca de qué decir. Oyes cosas que quizás no habías oído antes. Ves cosas que se habrían quedado escondidas.

–No es…

–Me encontraron. Mi papá. Mamá. Después de que él… me llevara. Me encontraron, y no quería más que decirles gracias. Gracias por venir por mí tal y como prometieron. Gracias por dejarme seguir siendo su hijo pese a estar partido al medio. Pero… no pude. No pude encontrar palabras qué decir, entonces no dije nada. Vi cosas. Que quizás no habría visto.

–No entiendo.

–Carter –dijo–. Pone buena cara. Es grande, fuerte y valiente, pero cuando volví a casa lloró más que cualquiera. Durante un largo tiempo, no permitía que nadie me tocara. Me llevaba a todos lados, y si mamá o papá intentaban alejarme de él, les gruñía hasta que retrocedían. Y Kelly... Yo tenía... pesadillas. Las sigo teniendo, pero no como antes. Cerraba los ojos y Richard Collins estaba de pie sobre mí en esa cabaña sucia en el bosque, y me decía que hacía esto solo por lo que mi padre había hecho, que había matado a toda la manada, que mi padre le había quitado todo. Y me rompía los dedos uno a uno. O me golpeaba la rodilla con un martillo. No puedes pasar por lo que yo pasé y no tener sueños. Aparecía en los míos todo el tiempo. Y cuando me despertaba, Kelly estaba en la cama junto a mí, besándome el cabello y susurrándome que estaba en casa, en casa, en casa.

La lluvia golpeó el parabrisas. Unas pocas gotas, en realidad.

–Mamá y papá... –continuó–. Bueno. Me trataban como si fuera frágil. Como si fuera algo precioso y roto. Y quizás lo era, para ellos. Pero no duró, porque papá sabía de lo que yo era capaz. En lo que me convertiría. Pasé dos meses en casa antes de que me llevara sobre su espalda hacia los árboles para contarme lo que significaba ser un Alfa.

Estaba sonriendo. Podía oírlo. Cielos, cuánto dolía, maldición.

Sabía a dónde quería llegar. Quién faltaba.

–Mark –dijo Joe.

–No.

–Yo no podía entender qué era. Por qué parecía que estaba con nosotros pero en realidad no. Hay una señal. Es química. Es el aroma de lo que estás sintiendo. Es como si… sudaras tus emociones. Y él estaba feliz y se reía. Se enojaba. Se quedaba callado y malhumorado. Pero siempre había algo azul en él. Simplemente… azul. Era como cuando mi madre pasaba por una de sus fases. A veces, vibraba. Otras veces, estaba furiosa. Era intensa y orgullosa, y triunfante. Pero luego todo se ponía azul y yo no lo entendía. Era azul e índigo y zafiro. Era azul de Prusia y azul marino y azul cielo. Y luego era azul medianoche, y lo comprendí. Mark era medianoche. Mark estaba triste. Mark estaba azul. Y eso era parte de él desde que yo tenía memoria. Quizás siempre había sido así y yo no me había dado cuenta. Pero como no podía hablar porque tenía miedo de gritar, observé. Y lo vi. Está con nosotros ahora. En nuestra piel. Puedo verlo en ti, pero enterrado debajo de toda la furia. De toda la rabia.

–No sabes de qué mierda estás hablando –mascullé con los dientes apretados.

–Lo sé –admitió–. Después de todo, no soy más que un niño al que le quitaron todo. ¿Cómo voy a saber lo que es la pérdida?

Después de eso, no volvimos a hablar por un largo rato.

En el pueblo fronterizo de Portal, nos cruzamos con un lobo. Gimió al vernos: las chaquetas de cuero, el polvo del camino en las botas. Estábamos cansados y perdidos, y las fosas nasales de Joe aletearon cuando empujó al lobo contra la pared en un callejón. La lluvia no había parado en días.

Pero los ojos del lobo brillaron violetas en la oscuridad.

–Por favor, déjenme ir –suplicó–. No me lastimen. No soy como ellos. No soy como él. No quería lastimar a nadie. No debería haber ido nunca a Green Creek…

Carter y Kelly gruñeron y se les alargaron los dientes.

–¿Por qué fuiste a Green Creek? –preguntó Joe, la voz suave y peligrosa.

–Creyeron que ustedes *se habían marchado* –tembló el lobo–. No había Alfa. Era territorio sin protección. Nosotros... *él* pensó que podríamos colarnos. Que si nos apoderábamos de él, Richard Collins nos recompensaría. Nos daría cualquier cosa que quisiéramos, cualquier cosa que...

La sangre se escurrió por la mano que Joe tenía alrededor de su cuello.

–¿Los lastimaron? –preguntó.

El Omega negó furiosamente mientras Joe lo ahogaba con un apretón cada vez más fuerte.

–Eran pocos, pero... Oh, cielos, eran una *manada*. Eran mucho más fuertes que nosotros, y ese maldito humano, dijo que se llamaba *Ox*...

–No se te ocurra decir su nombre –le gruñó Joe en la cara–. No tienes *derecho* a decir su nombre.

El Omega gimoteó.

–Algunos de nosotros no queríamos estar allí. Yo solo quería... Lo único que yo quería era formar parte de una manada de nuevo, no... Fue misericordioso con nosotros. Nos dejó salir del pueblo. Y corrí. Corrí lo más rápido que pude, y les prometo que no volveré. Por favor, no me lastimen. Déjenme ir y no volverán a verme nunca más, lo juro. Siento su tirón. En la mente. Estoy perdiendo la cabeza, pero *juro* que no volverán a verme. Nunca...

Por un momento, pensé que Joe no le haría caso.

Por un momento, pensé que Joe le destrozaría la garganta al Omega.

–Joe –dije.

Giró la cabeza bruscamente para mirarme. Tenía los ojos rojos.

–No lo hagas. No vale la pena.

Pelo blanco empezó a surgirle por el rostro mientras comenzaba a transformarse.

–¿Está diciendo la verdad?

Joe asintió.

–Entonces, Ox lo dejó vivir. No le quites eso. No aquí. No ahora. No querría eso.

El rojo se desvaneció de los ojos del Alfa.

El Omega se desplomó contra la pared y se dejó caer, llorando.

Carter y Kelly alejaron a su hermano del callejón.

Me agaché frente al Omega. Su cuello estaba sanando lentamente. La sangre goteaba sobre su chaqueta.

Diluviaba.

–¿Había lobos? ¿Con el humano? –pregunté. El Omega asintió con lentitud–. Un lobo castaño. Grande.

–Sí –confirmó–. Sí, sí.

–¿Fue herido?

–No creo… no. Me parece que no. Todo sucedió tan rápido, fue…

–Richard Collins. ¿Dónde está?

–No puedo…

–Puedes –dije y me subí la manga derecha de la chaqueta. La lluvia se sentía helada contra la piel–. Y lo harás.

–Tioga –contestó, boquiabierto–. Ha estado en Tioga. Los Omegas fueron a verlo y les dijo que esperaran. Que su hora llegaría.

–Está bien. Ey, cálmate. Necesito que me escuches, ¿entendido?

Tenía los ojos abiertos como platos.

–¿Lo sigues oyendo? ¿Sigues oyendo su llamado? En tu mente. Como un Alfa.

–Sí, sí, no puedo, es demasiado *fuerte*, es como si hubiera algo más, y él me está llamando, nos está llamando a todos nosotros a que…

–Bien. Gracias. Eso es lo que necesitaba escuchar. ¿Sabías que hay minas debajo de este pueblo?

Su pecho se agitó.

–Por favor, por favor, no iré a verlo por más fuerte que me llame. No importa lo que haga, no…

–Eres un Omega. No importará. Vive lo suficiente y perderás la cabeza. Lo has dicho tú mismo.

–No, no, nonono, *no*…

Chasqueé los dedos frente a su cara.

–Concéntrate. Te hice una pregunta. ¿Sabías que hay minas debajo del pueblo?

Movió la cabeza de un lado a otro. Parecía estar sufriendo mucho.

–No son más que grava y arena. Pero si cavas profundo, si te hundes en la tierra, encontrarás cosas que estaban perdidas.

–¿Qué demonios eres…?

Presioné la mano contra el suelo. Las alas del cuervo se estremecieron. Dos líneas onduladas en mi brazo se encendieron. Inspiré. Exhalé. Estaba allí. Nada más tenía que encontrarlo. No era igual que en casa. Aquí era más difícil. Green Creek era diferente. No me había dado cuenta de cuánto.

–Brujo –siseó el Omega.

–Sí –reconocí en voz baja–. Y tú acabas de tener las garras de un Alfa en la garganta y has sobrevivido para contar el cuento. Fuiste a mi hogar y se te mostró misericordia. Pero yo no soy un lobo, ni soy precisamente un humano. Hay vetas en lo profundo de la tierra. A veces, tan profundo que jamás serán descubiertas. Hasta que alguien como yo llega. Y es a mí a quien deberías tenerle miedo, porque yo soy el peor de todos.

Sus ojos se pusieron violetas.

Empezó a transformarse, la cara se alargó, las garras rasparon el ladrillo del callejón.

Pero yo había encontrado plata en la tierra, enterrada muy lejos de la superficie.

La traje arriba, y arriba, y arriba hasta que una bolita de plata tocó mi palma, aún líquida y caliente. Las garras del cuervo se clavaron en las rosas y estrellé la mano contra la sien del Omega cuando se lanzó para atacarme. La plata entró por un lado y salió por el otro.

La transformación se deshizo.

El violeta se desvaneció.

Se desplomó contra el ladrillo.

Tenía los ojos ciegos y húmedos. Una gota corrió por su mejilla. Me dije que era la lluvia.

Me levanté, las rodillas crujieron. Me estaba volviendo muy viejo para esta mierda.

Giré y dejé al Omega atrás mientras me bajaba la manga de la chaqueta. Sentí la proximidad de un dolor de cabeza.

Los demás me esperaban en el todoterreno.

–¿Qué dijo? –quiso saber Carter–. ¿Sabía…?

–Tioga. La vi más temprano en el mapa. Está a una hora de distancia. Richard estuvo allí. Quizás siga allí.

–¿Qué hiciste con el Omega? –preguntó Kelly, nervioso–. Está bien, ¿verdad? Está…

–Está bien –les dije. Hacía mucho tiempo que había aprendido a mentirles a los lobos. Y la lluvia amortiguaba el latido de su corazón–. No volverá a molestarnos. Probablemente ya haya cruzado la frontera.

Joe me miró fijo.

No parpadeé.

–Kelly, te toca conducir –anunció.

Y no se dijo más.

En Tioga, Joe perdió el control.

Porque Richard *había estado* allí. Su rastro se sentía por todos lados en un motel a las afueras del pueblo y aunque tenue, estaba allí, escondido debajo del hedor de los Omegas.

Habíamos estado tan cerca. Tan cerca, maldición.

Joe aulló hasta quedarse sin voz.

Destruyó las paredes con sus garras.

Destrozó la cama a dentelladas.

Kelly se mantuvo a mi lado.

Carter tenía el rostro enterrado en las manos y los hombros le temblaban.

Joe guardó al lobo solo cuando se oyeron sirenas a lo lejos.

Dejamos atrás Tioga.

Después de ese día, Joe habló cada vez menos.

Un día hacia el final del segundo año, cuando pensaba que no podía dar un paso más, abrí el bolsillo secreto de mi bolso marinero.

Adentro había un cuervo de madera.

Lo contemplé.

Le acaricié una de las alas. Solamente una vez.

Los lobos dormían y soñaban sus sueños de lunas y sangre.

Y cuando por fin cerré los ojos, no vi más que azul.

ABOMINACIONES

Seis meses después de cumplir trece años, besé a Mark Bennett por primera vez.

Siete meses después de cumplir trece años, los cazadores llegaron y mataron a todos.

Pero antes de eso:

—Está embarazada —me susurró Thomas.

Lo contemplé, estupefacto.

Su sonrisa era cegadora.

–¿*Qué*?

Asintió.

–Quería que lo supieras antes que nadie.

–¿Por qué?

–Porque eres mi brujo, Gordo. Y mi amigo.

–Pero… Richard, y…

–Ah, ya se lo diré. Pero eres tú, ¿entiendes? Seremos tú y yo para siempre. Seremos nuestra propia manada. Yo seré tu Alfa y tú serás mi brujo. Eres familia, y espero que mi hijo sea familia para ti también.

De alguna manera, mi corazón se estaba curando.

Me preocupaba un poco lo que sucedería conmigo cuando atravesara la superficie de mi pena. Tenía solo doce años y mi madre estaba muerta, mi padre encarcelado en un lugar del que nunca podría escapar, y yo estaba solo.

Había salido en las noticias durante semanas: un pueblito insignificante donde había ocurrido un escape de gas importante que había arrasado con un vecindario entero. Dieciséis personas habían perdido la vida, cuarenta y siete habían resultado heridas. Un accidente extraño. Uno en un millón. No debería haber sucedido. Reconstruiremos, dijo el gobernador. No los abandonaremos. Lloraremos a los que hemos perdido, pero nos recuperaremos.

Mi madre y mi padre se contaban entre los fallecidos. Mi madre había sido identificada por sus dientes. No se habían hallado vestigios de mi padre, pero el fuego había ardido con tanta intensidad que era de esperarse. Lo sentimos, me dijeron. Nos gustaría poder decirte algo más.

Asentí pero no dije nada. La mano de Abel era un peso pesado sobre mi hombro. Y, bajo la siguiente luna llena, me convertí en el brujo de la manada más poderosa de Norteamérica.

Hubo oposición, por supuesto. Yo era demasiado joven. Acababa de sufrir un trauma importante. Necesitaba tiempo para sanar.

Elizabeth fue la más vocal de todos ellos.

Abel escuchó. Era el Alfa. Era su deber escuchar.

Pero se opuso a quienes querían protegerme.

–Tiene a la manada –dijo–. Lo ayudaremos a sanar. Todos nosotros. ¿No es así, Gordo?

No dije una palabra.

No me dolió. Pensé que lo haría, no sé por qué. Quizás porque los tatuajes me habían dolido, o porque lo único que sentía desde el momento en que abría los ojos era dolor, y esperaba más.

Pero, bajo la luna, con una docena de lobos de pie frente a mí con los ojos brillando, me convertí en su brujo.

Y fue algo *más*.

Podía *oírlos*, más fuerte que antes.

NiñoHermanoManada, decían.

NuestroAmorNuestroBrujo, decían.

Te mantendremos a salvo te quedarás con nosotros eres nuestro eres manada eres HijoAmorHermanoHogar, decían.

Mío, decían.

–Amigo –dijo Rico, vestido con un traje que le quedaba mal y una corbata de segunda mano–, esto es una porquería.

Me contemplé las manos.

–Es una porquería, en serio.

Alcé la cabeza para mirarlo con furia.

–*Qué chingados.*

Yo no tenía idea de qué significaba eso.

Tanner y Chris volvieron con nosotros, los brazos cargados con comida. Estábamos en la casa de los Bennett. Habíamos enterrado a mi madre, junto a un ataúd vacío para mi padre.

Elizabeth me dijo que los funerales eran otra tradición. Las personas traían comida y comían hasta que no podían más.

Yo quería irme a la cama.

Tanner tenía la boca llena.

–Amigo, hay de esos emparedaditos con *huevo.*

–Los huelo –apuntó Rico.

–No sé qué es esto –dijo Chris ofreciéndome alguna clase de pan–. Pero tiene coco. Y mamá dice que el coco te quita la tristeza.

–Eso no es cierto –replicó Rico.

–Suena a que estás del coco –se mofó Tanner–. ¿Entienden? Por lo del… Bueno, ya entienden.

Nos lo quedamos mirando con la boca abierta. Se encogió de hombros y siguió comiendo emparedado de huevo.

–¿Dónde está el mío? –preguntó Rico.

–Te traje un taquito –contestó Chris.

–Eso es racista.

–¡Pero te gustan los taquitos!

–¡Quizás deseaba comer de ese pan de coco del coco! ¡Yo también estoy triste!

–Son todos tan estúpidos –dije, me sonrieron de oreja a oreja.

–Ah, miren –exclamó Rico–. Puede hablar.

Entonces, me eché a llorar. Por primera vez en el día. Con la mano llena de pan de coco y rodeado de mis mejores amigos, lloré.

Abel y Thomas se ocuparon de todo. Ningún asistente social vino a llevarme. No se alteró mi rutina escolar. Se vendió nuestra casa y el dinero quedó en una caja de ahorros que nunca toqué. Había seguro de vida, de los dos. No me importaba el dinero. No en ese momento. Apenas entendía lo que estaba pasando.

Me mudé a la casa Bennett. Tenía un cuarto propio. Con todas mis cosas.

No era lo mismo.

Pero no tenía otra opción.

Los lobos me protegieron del resto del mundo, aunque me ocultaron cosas.

Pero me enteré. Con el tiempo.

Mark se negaba a apartarse de mi lado.

En las noches en las que yo no soportaba ni ver a otra persona, se quedaba afuera, junto a la puerta.

A veces lo dejaba entrar.

Me hacía un gesto para que me diera vuelta y le diera la espalda.

Le hacía caso.

En esas noches, las más difíciles, oía el *frufrú* de la ropa al caer. El crujido y los gemidos de los músculos y los huesos.

Me empujaba la mano con el hocico para avisarme que podía volverme.

Me metía en la cama y él saltaba a mi lado; el bastidor de la cama crujía bajo nuestro peso. Se hacía un ovillo a mí alrededor, mi cabeza debajo de su hocico, su cola cubriéndome las piernas.

Esas eran las noches en las que mejor dormía.

Marty fumaba un cigarrillo en la parte trasera del taller cuando volví por primera vez.

Arqueó una ceja al verme y arrojó las cenizas al piso.

Arrastré los pies.

–No pude ir al funeral –explicó–. Quería ir, pero un par de los muchachos estaban enfermos. Gripe o alguna mierda de esas.

Tosió y luego escupió algo verde en el asfalto.

–Sí –respondí–. Está bien.

–Pensé en ti.

Era amable de su parte.

–Gracias.

Sopló una columna espesa de humo rancio. Siempre enrollaba sus propios cigarrillos y lo acre del tabaco me hizo llorar los ojos.

–Mi papá murió cuando yo era un bebé. Mamá se ahorcó cuando yo tenía catorce. Me fui después de eso. No quise aceptar caridad.

–No quiero caridad.

–No, no esperaba que lo hicieras –se rascó la mejilla desaliñada–. No puedo pagarte mucho.

–No necesito mucho.

–Sí, tienes a los Bennett en el bolsillo, claro.

Me encogí de hombros porque, dijera lo que dijera, él no lo entendería.

Apagó el cigarrillo en la suela de la bota antes de dejarlo caer en una taza de café metálica llena hasta el borde de colillas usadas. Tosió de nuevo antes de inclinarse hacia adelante en su reposera de nylon blanco, verde y azul desgastado.

–Te haré trabajar hasta que te sude el trasero. Especialmente si voy a pagarte.

Asentí.

–Y si Abel Bennett intenta meterse conmigo, te mando de paseo. ¿Está claro?

–Sí.

–Bien. Vamos a ensuciarte las manos.

En ese momento, supe qué era lo que los lobos querían decir cuando me contaban que un lazo no tenía que ser necesariamente una persona.

–Mírenla –exclamó Rico, impresionado.

Miramos.

Misty Osborn. Tenía el cabello rizado y grandes incisivos. Se reía fuerte y era una de las chicas populares del octavo año.

–Me gustan las mujeres mayores –declaró Rico.

–Tiene trece –apuntó Chris.

–Y tú doce –aclaró Tanner.

Yo no dije nada. Hacía calor y llevaba mangas largas.

–Voy a invitarla al baile –anunció Rico, cobrando ánimos.

–¿Estás *loco*? –siseó Chris–. Jamás saldrá contigo, le gustan los atletas.

–Y la verdad es que no eres un atleta –señaló Tanner.

–Nada más tengo que hacerle cambiar de idea –dijo Rico–. No es tan difícil. Haré que vea más allá de mi cuerpo flacucho y poco atlético. Observen.

Contemplamos cómo se levantó de la mesa.

Marchó en dirección a Misty.

Las chicas junto a ella se rieron por lo bajo.

No oímos lo que decía, pero, por la cara de Misty, no era nada bueno.

Asentía mucho. Movía los brazos como un lunático.

Misty frunció el ceño.

La señaló, se señaló.

Misty frunció aún más el ceño.

Dijo algo.

Rico volvió a la mesa y se sentó.

–Dijo que hablo el idioma bastante bien para alguien de otro país. He decidido que es una idiota y que no merece mi amor y devoción.

Tanner y Chris la miraron con rabia desde su lugar en el comedor.

Cuando se levantó para marcharse, acomodándose el cabello, moví los dedos. La mesa de metal se corrió hacia la izquierda y la golpeó en la pierna. Se tropezó y se cayó de cara en el puré de patata de los martes.

Rico se rio.

Eso era lo importante para mí.

A veces, hablaban de chicas. Rico más que los otros. Le encantaba el modo en el que olían y sus tetas, y a veces decía que le daban una erección.

–Voy a tener *tantas* novias –dijo.

–Yo también –afirmó Chris–. Como cuatro.

–Eso suena a mucho trabajo –apuntó Tanner–. ¿No se puede tener una sola y darse por satisfecho?

Yo no hablaba de chicas. Ni siquiera entonces.

Estábamos detrás de la casa, Mark y yo.

–... y cuando me transformé por primera vez, me asusté tanto que me cagué encima. Rodeado por todos, me cagué. Me agaché como un perro y todo. Creo que fue en ese momento en el que Thomas decidió que su segundo sería Richard y no yo.

Me reí. Se sintió raro, pero lo hice de todos modos.

Mark me estaba mirando.

–¿Qué? –pregunté, todavía riéndome.

Sacudió la cabeza lentamente.

–Eh... Nada. Yo... Es agradable. Oírte así. Me gusta. Cuando te ríes.

Luego, se sonrojó intensamente y yo aparté la mirada.

Llevaba el cuervo de madera a todos lados. Cuando no podía respirar, lo apretaba fuerte en la mano. Me dejaba una marca en la palma que duraba horas.

Una vez, el ala me cortó y sangré.

Deseé que me quedara una cicatriz.

No sucedió.

Osmond volvió a Green Creek. Hombres de traje lo seguían. Quería hablar con Abel y Thomas. No me quería allí.

–Gordo, por favor –dijo Abel, ignorándolo.

Los seguí a la oficina de Abel.

Cerramos la puerta detrás de nosotros.

–Es un niño –dijo Osmond, como si yo no estuviera en la habitación.

–Es el brujo de la manada Bennett –respondió Abel con calma–. Y pertenece a este lugar tanto como cualquiera. E incluso si yo no insistiera en su presencia, mi hijo lo haría.

Thomas asintió en silencio.

–Ahora que podemos dejar eso de lado –continuó Abel sentándose detrás de su escritorio–, ¿qué te trae a mi casa cuando hubiera bastado con una llamada telefónica?

–Elijah.

–No conozco a ninguna Elijah.

–No. Pero la reconocerás por su verdadero nombre.

–Tienes toda mi atención.

–Meredith King.

Y, por primera vez, vi algo parecido al miedo en el rostro de Abel Bennett.

–Bueno, admito que no esperaba eso. Debe... debe tener la edad de Thomas, ¿verdad?

–Ha asumido las responsabilidades de su padre –añadió Osmond, impávido.

–¿Papá? –preguntó Thomas–. ¿De qué está hablando? ¿Quién es…?

Abel esbozó una sonrisa.

–Eras demasiado pequeño como para acordarte. Los King eran… Bueno, eran un clan de cazadores bastante agresivo. Creían que todos los lobos eran una afrenta a Dios y que su deber era eliminarlos de la faz de la tierra. Vinieron a atacar a mi manada. Y nos aseguramos de que muy pocos pudieran escaparse –sus ojos centellearon, rojos–. El patriarca, Damian King, quedó herido de gravedad. Sobrevivió por muy poco, al igual que su hijo. El resto del clan no. Meredith era su otra hija, y tendría apenas doce años en esa época. Pero parece que ha decidido continuar con la labor de su padre. *Elijah*. Qué curioso.

–Un profeta de Yahweh –explicó Osmond–. Un dios de la Edad de Hierro del Reino de Israel. Yahweh realizaba milagros mediante Elijah. Resucitaba a los muertos. Hacía caer fuego del cielo. Estuvo junto a Jesús durante su transfiguración en la montaña.

–Un poquito obvio –opinó Abel–. Incluso para los King. ¿No había otro hermano también?

–David. Aunque fue expulsado porque ya no tenía el deseo de cazar.

Abel asintió con lentitud.

–Qué sorpresa. ¿Y esta Elijah…?

–Está matando lobos.

–¿Cuántos? –suspiró Abel.

–Dos manadas. Una en Kentucky. Otra en Carolina del Norte. Quince en total. Tres niños.

–¿Y por qué no ha sido contenida?

Osmand pareció disgustarse.

–Se mantiene oculta. Hemos enviado equipos a seguirla, pero su clan es elusivo. No son muchos, pero se mueven con rapidez.

–¿Y qué quieres de mí?

–Eres nuestro líder. Te pido que *lideres*.

Osmond se marchó insatisfecho. Antes de que partiera, lo detuve en el porche.

Me miró con desprecio mal disimulado.

Dejé caer la mano.

–¿Puedo…?

–Tu padre.

Asentí.

Osmond se apartó de mí. Me pareció que sus dientes estaban un poco más largos que un instante atrás.

–No volverá a molestar a nadie jamás. Se le ha quitado la magia. Robert Livingstone era fuerte, pero se la arrancamos de la piel. No es más que una cáscara.

Osmond me dejó en el porche.

Junto a su coche esperaba Richard Collins.

Sonreía.

Cumplí trece años y Mark me rodeó los hombros con su brazo.

Se me estremeció el estómago.

Me pregunté si era por eso que no miraba a las chicas como Rico.

Su nariz se hundió en mi cabello y sonrió.

Deseé que esto no se terminara jamás.

Mi madre fue enterrada junto a un aliso rojo. Su lápida era pequeña y blanca.

Leía:

CATHERINE LIVINGSTONE
FUE AMADA

Me senté con la espalda apoyada en el árbol y sentí la tierra debajo de las puntas de mis dedos.

–Lo siento –le dije una vez–. Siento no haber podido hacer más.

A veces, fingía que me respondía.

"Te amo, Gordo. Te amo", decía.

"Estoy orgullosa de ti", decía.

"¿Por qué no me creíste?", decía.

"¿Por qué no me salvaste?", decía.

"No puedes confiar en ellos, Gordo. No puedes confiar nunca en un lobo. No te aman. Te *necesitan*. Tu magia es una mentira…", decía.

Hundí los dedos en la tierra.

Carter era una cosa arrugada y rosada. Emitió un gritito.

Le toqué la frente y abrió los ojos, se calmó casi de inmediato.

–Mira eso. Le gustas, Gordo –me sonrió Elizabeth, con la piel pálida. Nunca la había visto tan cansada. Pero me *sonrió* de todas maneras.

Me incliné y le susurré en la orejita:

–Estarás a salvo. Te lo prometo. Te mantendré a salvo.

Un puño minúsculo me tironeó del pelo.

Cuando besé a Mark Bennett por primera vez, no fue planeado. No era algo que me hubiera propuesto hacer. Era torpe. La voz se me quebraba con frecuencia. Era temperamental y tenía un poco de vello en el pecho que no se decidía a quedarse o a irse. Tenía espinillas y erecciones innecesarias. Hice estallar una lámpara de la sala de estar sin querer cuando me enojé sin motivo aparente.

Y Mark era todo lo que yo no. Tenía dieciséis años y era etéreo. Se movía con gracia y decisión. Era inteligente y divertido, y todavía tenía la costumbre de seguirme a todas partes. Me traía comida cuando estaba en el taller, y los muchachos se mofaban de mí. Marty gritaba que había llegado mi *chico*, y que tenía quince minutos o me despediría. Las fosas nasales de Mark aleteaban cuando me acercaba a él; me observaba mientras me limpiaba la grasa de los dedos con un trapo viejo que llevaba en el bolsillo trasero. Me decía "ey" y yo le respondía "ey", y nos sentábamos afuera del taller con la espalda apoyada contra el muro de ladrillos, cruzados de piernas. Me entregaba un emparedado que había preparado. Siempre se me quedaba mirando mientras lo comía.

No fue planeado. ¿Cómo podría haberlo sido cuando yo no sabía lo que implicaba?

Fue un miércoles de verano. Carter gateaba y babeaba. Ningún otro lobo había sido herido por la mujer conocida como Elijah. La manada estaba feliz, sana y completa. Abel era un Alfa orgulloso, encantado con su nieto. Thomas se pavoneaba. Elizabeth ponía los ojos en blanco. Los lobos corrían a la luz de la luna y sonreían bajo el sol.

El mundo era un lugar luminoso y brillante.

Me dolía aún el corazón, pero el dolor más intenso se había atenuado.

Mi madre ya no estaba. Mi padre tampoco. Mi madre me había dicho que los lobos mentían, pero yo confiaba en ellos. No tenía otra opción. Fuera de Chris, Tanner, Rico y Marty, eran lo único que me quedaba.

Pero estaba Mark, Mark, Mark.

Siempre Mark.

Mi sombra.

Lo encontré en el bosque detrás de la casa de la manada.

–Ey, Gordo –me saludó.

–Quiero probar algo –le dije–. ¿Está bien?

–Está bien –respondió, encogiéndose de hombros.

Había abejas en las flores y pájaros en los árboles.

Estaba sentado con la espalda contra el tronco de un arce de hoja grande. Sus pies descalzos se hundían en la hierba. Llevaba una camiseta suelta sin mangas, su piel bronceada tenía casi el mismo color que su lobo. Se había comido las uñas, un hábito del que aún no se había deshecho. Se apartó un mechón de cabello de la frente. Se lo veía feliz y despreocupado, un superdepredador que le temía a muy poco. Me observó, curioso, pero no me presionó.

–Cierra los ojos –le pedí, inseguro acerca de lo que estaba haciendo. De lo que era capaz.

Me obedeció, porque yo era su amigo.

Me puse de rodillas y me acerqué a él.

El corazón me latía fuerte en el pecho.

Sudaba.

El cuervo se agitó.

Me incliné hacia adelante y posé mis labios sobre los suyos.

Se sintió cálido y seco y catastrófico.

Sus labios estaban ligeramente agrietados. Jamás me olvidaría de eso.

No me moví. Él tampoco.

Tan solo un beso ligero un cálido día de verano.

Me aparté.

Su pecho subía y bajaba.

Abrió los ojos. Brillaban naranjas.

–Gordo, yo… –dijo.

Sentí su aliento agitado en el rostro.

–Lo siento –rogué–, lo siento, no quise…

Me puso una mano sobre la boca. Sentía que los ojos se me iban a salir de sus órbitas.

–Tienes que querer hacerlo –dijo, en voz baja–. Tienes que estar seguro.

No entendí. Mark era mi amigo y yo…

–Gordo –empezó a decir, con los ojos aún encendidos–. Hay alg… No puedo…

Se paró rápidamente. Me caí de espaldas.

Y entonces desapareció.

Thomas me encontró más tarde. El cielo estaba veteado de naranja, rosado y rojo.

Se sentó junto a mí.

–Tenía diecisiete años cuando conocí a una chica que me cortó la respiración –sonrió, y contempló los árboles.

Esperé.

–No había… No había nada como ella. Ella… –se rio y negó con la cabeza–. Lo supe entonces. A Elizabeth le caía mal al comienzo, y papá me dijo que debía respetar eso. Porque hay que respetar a las mujeres. Siempre. Más allá de lo que yo pensara, no podía obligarla a hacer nada que ella no quisiera. Y yo *sabía* eso, por supuesto. Porque pensar otra cosa era espantoso. Así que me convertí en su amigo. Hasta que, un día, me sonrió y… eso fue todo. Nunca nadie me había sonreído así. Era mi…

–Compañera –completé.

–Nunca me gustó esa palabra –continuó Thomas, encogiéndose de hombros–. No abarca todo lo que ella es. Es lo mejor de mí, Gordo. Me ama tal y como soy. Es intensa e inteligente y no deja que me salga con la mía jamás. Me sostiene. Me señala mis fallas. Y, sinceramente, si el mundo fuera justo, ella sería la próxima Alfa, no yo. Sería mejor que yo. Mejor que mi padre. Mejor que cualquiera. Tengo mucha suerte de tenerla. El día en que le di mi lobo de piedra fue el día más estresante de mi vida.

–¿Porque pensabas que te diría que no?

–Porque pensaba que me diría que sí –me corrigió con amabilidad–. Y si aceptaba, eso quería decir que tendría a alguien conmigo hasta el fin de mis días. No sabía si me lo merecía. Y Mark se siente igual. Ha estado esperando por este momento durante mucho tiempo. Tiene… miedo.

Parpadeé.

–¿De qué? ¿Qué tiene que ver con Elizabeth y tú…?

De pronto, caí en la cuenta.

–Espera –dije.

»¿Estás diciendo lo que creo que estás diciendo...? –dije.

»¿*Qué*? –dije.

Ignoré a Mark por tres días.

Aparecieron animales muertos en el porche delantero.

Elizabeth se reía de mí mientras acunaba a Carter en sus brazos.

–¿Por qué no me lo dijiste? –le grité.

–Tienes *trece* –me gruñó–. Tengo tres años más que tú. Es *ilegal.*

–Eso es... Está bien, es un motivo bastante bueno.

Se lo veía confiado.

Entrecerré los ojos.

Parecía menos presumido.

–No soy un niño –añadí.

–No es el mejor contraargumento dado que *sí, lo eres.*

–Está bien. Entonces me iré a besar a otro.

Gruñó.

–Necesito encontrar a alguien a quien besar –exigí.

Rico y Tanner y Chris me miraron con los ojos muy abiertos.

–No me mires a mí –replicó Tanner.

–A mí tampoco –dijo Chris.

–A mí menos... maldición –suspiró Rico–. Siempre soy lento. Bueno. ¿Sabes qué? No me importa. A ver esos labios, machote.

Contemplé a Rico horrorizado mientras avanzaba hacia mí con los brazos abiertos.

–¡A *ti* no!

–Guau. ¡Pero qué puto racista!

–No soy racista, tú eres mi… Maldición, ¡*odio* tanto esto!

–¿Mark? –preguntó Tanner, comprensivo.

–Mark –asintió Chris.

–Si fuera blanco, seguro que me hubieras besado –dijo Rico.

Le sujeté la cara y apreté mis labios contra los suyos.

Tanner y Chris hicieron el mismo sonido de disgusto.

Me aparté de Rico con un ruido húmedo.

Estaba perplejo.

Me sentí mejor.

Se lo conté a Mark.

Se transformó. Su ropa se rasgó a medida que escapaba al bosque.

–Eres un poco imbécil, Gordo –me dijo Abel con suavidad–. Cuando tengas la edad suficiente, quiero que sepas que cuentan con mi aprobación incondicional.

Estaba a cargo de la recepción cuando una joven entró al taller.

Me sonrió.

Era bonita. Tenía el pelo negro azabache y los ojos verdes como el bosque. Tenía puestos vaqueros y una camiseta escotada. Parecía apenas mayor que Mark.

Los muchachos del taller silbaron.

Marty les dijo que cierren el pico, maldición, aunque él también la contempló con admiración.

–Hola –dijo la chica.

–¿Puedo ayudarte? –le pregunté, sintiéndome nervioso por razones que no comprendía.

–Espero que sí. Mi coche está haciendo un ruido raro. Acabo de cruzar el país. Estoy tratando de llegar a Portland para ir a la universidad, pero no sé si llegaré.

–Es probable que podamos hacerte un lugar pronto –asentí. Hice clic en la vieja computadora para abrir la agenda.

–¿No eres un poco joven para trabajar aquí? –preguntó, divertida.

–Sé lo que hago –me encogí de hombros.

–¿En serio? Qué tierno –sonrió aún más. Se inclinó hacia adelante y puso los codos sobre el mostrador. Tenía las uñas pintadas de azul. Se le había saltado el esmalte. Golpeteó el mostrador con los dedos. Del cuello le colgaba una cadena delgada con una pequeña cruz de plata–. Gordo, ¿verdad?

–¿Cómo sabes eso? –la miré fijo.

Rio. Sonaba dulce.

–Tu nombre está bordado en la camisa.

–Ah, cierto –me sonrojé.

–Eres tierno.

–¿Gracias? Eh, parece que tenemos un turno en una hora. Podría hacerte lugar, si no te molesta esperar.

–No me molesta –sus ojos brillaban.

Parecía una loba.

Mark vino a traerme el almuerzo.

Ella estaba sentada en la sala de espera, hojeando una revista antiquísima.

La campana sonó cuando entró.

–Hola –dijo Mark, tímidamente. Era la primera vez que venía desde todo el asunto ese de *me-besaste-y-salí-corriendo-por-culpa-de-sentimientos-lobunos-tales-como-que-eres-mi-compañero-y-me-olvidé-de-mencionarlo.*

–Mira quién decidió aparecer –exclamé.

Casi no me acordaba que la mujer seguía allí.

–Cállate –mascullò Mark, y apoyó una bolsa de papel madera sobre el mostrador.

–No es un conejo muerto, ¿verdad? –le pregunté con recelo–. Porque te juro, Mark, si es otro…

–Es jamón y queso suizo.

–Ah. Bueno, eso está mejor.

–¿Un conejo muerto? –preguntó la mujer.

Mark se estremeció. La miré.

Alzó una ceja.

–Chiste interno –aclaré.

–Ah –dijo ella.

Las fosas nasales de Mark aletearon.

Le pellizqué el brazo para recordarle que estábamos *en público*, por todos los cielos. No podía andar por ahí olfateando a todo el mundo.

La contempló por un momento más antes de volver su atención a mí.

–Gracias –le dije.

Se pavoneó un poquito.

Era tan predecible.

–Me llevará un par de días conseguir los repuestos –le dijo Marty–. No llevará mucho hacer la reparación una vez que lleguen, pero tu coche es de manufactura alemana. No se ven muchos como ese por aquí. Puedes seguir conduciéndolo, pero te garantizo que el problema empeorará y terminará rompiéndose en el medio de la nada. Estás en el campo, niña.

–Me he dado cuenta –dijo, lentamente–. Es… una pena. Vi un motel cuando entré al pueblo.

Marty asintió.

–Está limpio. Dile a Beth que te mando yo. Te hará un descuento. Green Creek es pequeño, pero somos buena gente. Te trataremos bien.

Ella rio y sus ojos centellearon. Me miró una vez más antes de volver la vista hacia Marty.

–Supongo que lo veremos.

Esa noche Abel se sentó en el porche para saludar a los miembros de su manada que llegaban para la luna llena de la noche siguiente. Se lo veía satisfecho.

–Gordo –me dijo cuando salí a avisarle que la cena estaba casi lista–, ven aquí un momento.

Fui.

Me puso la mano sobre el hombro.

Y, por un rato, simplemente… existimos.

La última cena.

No lo sabíamos.

Nos reunimos y reímos y gritamos y nos atiborramos de comida.

Mark presionó su pie contra el mío.

Pensé en muchas cosas. Mi padre. Mi madre. Los lobos. La manada. Mark y Mark y Mark. Era una elección, lo sabía. Había nacido en esta vida, en este mundo, pero tenía elección. Y nadie podía quitarme eso.

Me pregunté cuándo me ofrecería Mark su lobo.

Me pregunté qué le diría.

Me sentí presente y real y enlazado.

Thomas me guiñó un ojo.

Elizabeth arrullaba al niño que tenía en brazos.

Abel sonreía.

–Esto somos. Esta es nuestra manada –me susurró Mark, inclinándose hacia mí–. Esta es nuestra felicidad. Quiero esto. Contigo. Algún día, cuando seamos mayores.

Ella estaba en el restaurante al día siguiente, cuando me tocó ir a buscar el café para los muchachos. Estaba sola en una cabina, la cabeza inclinada mientras rezaba, las manos juntas frente a ella. Alzó la vista en el instante en el que entré al lugar.

–Gordo –me saludó–. Qué temprano.

–Hola –le respondí –¿Cómo estás…?

No recordaba su nombre

–Elli.

–Elli. ¿Cómo estás?

–Bien –contestó, encogiéndose de hombros–. Este lugar… es muy tranquilo. Lleva un tiempo acostumbrarse.

–Sí –no sabía muy bien qué decirle–. Siempre es así.

–¿Siempre? No sé cómo lo aguantas.

–He vivido aquí toda la vida.

–¿En serio? Qué curioso.

Una camarera me hizo un gesto desde el mostrador, para que me acercara a buscar los cafés que ya estaban listos.

Empecé a moverme en su dirección pero una mano me sujetó la muñeca.

Bajé la vista. Las uñas habían sido pintadas de nuevo. De rojo.

–Gordo –dijo Elli–. ¿Puedes hacerme un favor?

Inhalé y exhalé.

–Claro.

Me sonrió, pero no con la mirada.

–¿Puedes rezar conmigo? He estado intentándolo toda la mañana y, por más que lo intento, no me sale bien. Creo que necesito ayuda.

–No soy la mejor persona para…

–Por favor –aflojó su agarre.

–Eh, claro.

–Gracias –dijo–. Siéntate, por favor.

–No tengo mucho tiempo. Tengo que volver a trabajar.

–Ah. No llevará mucho. Lo prometo.

Me deslicé en el asiento frente a ella. El restaurante estaba vacío, salvo por nosotros dos. El ajetreo del desayuno ya había pasado, y el almuerzo no arrancaría hasta dentro de unas horas. Jimmy estaba detrás de las hornallas y la camarera, Donna, de pie frente a la máquina de café.

Elli sonrió. Puso las manos delante de ella y las juntó. Miró las mías como alentándome a hacer lo mismo.

Lentamente, alcé las manos frente a mí. Las mangas de mi camisa de trabajo bajaron un poco.

–Querido Padre –rezó, mirándome a los ojos–, no soy más que tu humilde servidora, y necesito tus consejos. Me encuentro en un momento de crisis. Padre, existen cosas en este mundo, cosas que salen de tu orden natural. Abominaciones que están en contra de todo lo que tú defiendes. Se me ha dado la tarea, por tu voluntad, de destruir a estas abominaciones en su lugar.

»Por la gracia de tu Espíritu Santo, revélame, Padre, la existencia de personas a las que deba perdonar y cualquier pecado no confesado. Revela los aspectos de mi vida que no te glorifican, Padre, las maneras en las que he hecho lugar, o podría haber hecho, a Satanás en mi vida. Padre, te entrego mi falta de compasión, te entrego mis pecados y te entrego todas las maneras en las que Satán domina mi existencia. Gracias por tu compasión y por tu amor.

»Padre mío, en tu santo nombre, reúno a todos los espíritus malignos del aire, el agua, la tierra, lo subterráneo y los infiernos. Reúno, en el nombre de Jesús, a todos los emisarios de los cuarteles satánicos y reclamo la sangre preciosa de Jesús en el aire, el agua, la tierra y sus frutos que nos rodean, en lo subterráneo y en los infiernos a nuestros pies.

Me moví para incorporarme.

Extendió una mano y me sujetó de nuevo de la muñeca.

–No –recalcó–. Te conviene, Gordo Livingstone, *quedarte en donde estás*.

–¿Todo está bien, Gordo? –me preguntó Donna al acercarme la bandeja con los cafés.

–Una plegaria, nada más –asentí con lentitud.

La mujer frente a mí sonrió.

Donna no parecía convencida, pero dejó la bandeja sobre la mesa.

–Ya la puse en la cuenta. Dile a Marty que tiene que pagar a fin de mes, ¿está bien?

–Sí. Se lo diré.

Dona se dio vuelta y se alejó.

–Elijah –dije en voz baja.

–Bien. Muy bien, Gordo. Eres tan *joven* –me tomó la mano y la besó. Sentí el toque breve de su lengua contra la piel–. Solo conoces las maneras de la bestia. Te han adoctrinado desde temprano. Es una lástima, la verdad. No sé si estás a tiempo de salvarte. Supongo que solo el tiempo dirá si existe la posibilidad de una limpieza. Un bautismo en las aguas de la salvación.

–Lo sabrá –murmuré–. Que estás aquí. En su territorio.

–Ves, en eso te equivocas –afirmó–. No soy un Alfa. O un Beta. O un Omega.

Ladeó la cabeza.

–No soy tú.

–Sabes qué soy.

–Sí.

–Entonces, sabes de lo que soy capaz.

Rio.

–No eres más que un niño. Qué podrías…

Estiré la mano libre y alcé la manga.

Contempló el cuervo rodeado de rosas con algo similar a la admiración.

–Lo había oído, pero... –sacudió la cabeza–. Siento que te haya pasado eso. Que no hayas tenido elección al respecto.

–Podría gritar –le dije–. Podría gritar ahora mismo. Una mujer que sujeta a un niño como lo estás haciendo tú. No llegarías muy lejos.

–Vaya que eres peleador. Dime, Gordo, ¿realmente piensas que puedes ser más inteligente que yo?

–Sé lo que eres.

Se inclinó hacia adelante.

–¿Y que soy?

–Una cazadora.

–¿De qué? Dilo, Gordo.

–Lobos.

–Bien –replicó, acariciándome el brazo–. Eso está bien, Gordo. Grita si quieres. Grita con todas tus fuerzas. En definitiva, no hará diferencia. No tan cerca de la luna llena. Porque, ahora mismo, una manada de lobos se ha reunido en el bosque para disfrutar de sus ansias de sangre. Monstruos, Gordo. No son más que monstruos que han hundido sus dientes y garras en ti. Te liberaré de ellos.

Sentía la cabeza pesada, la piel caliente.

–No llegarás muy cerca.

Sonrió de oreja a oreja. Parecía un tiburón. Me soltó el brazo y buscó algo en su falda. Alzó un walkie-talkie pequeño y lo dejó sobre la mesa entre nosotros. Apretó un botón. Emitió un pitido.

–Carrow –dijo ella, y soltó el botón. Se oyó el crujido de la estática.

–Aquí Carrow, cambio.

–¿Estás en posición? Cambio.

–Sí, señora. Todo listo. Cambio.

–¿Y los lobos? Cambio.

–Aquí. Reunidos en el claro. Cambio.

–¿Y los tienen rodeados? Cambio.

–Sí. Ah… Hay, ah. Niños. Cambio.

–Todos de edad –dijo ella, asintiendo con lentitud–. Ya se han perdido en sus lobos.

–No hagan esto –rogué–. Por favor, no lo hagan.

–Es mi deber –dijo Meredith King–. Por la gracia de Dios, los eliminaré de este mundo. Dime, Gordo. ¿Lo amas?

–¿A quién? –pregunté, con los ojos llenos de lágrimas.

–A ese muchacho. El que vino a verte ayer. El lobo. Pensé que la olería en mí, a la sangre de los otros. Pero lo distrajiste muy bien. ¿Lo amas?

–Vete a la mierda.

Sacudió la cabeza.

–Las otras manadas no tenían brujo. Resultaron… fáciles. Pero he estado preparándome para este momento. Este día. Aquí. Ahora. Porque si cortas la cabeza, el cuerpo muere. El rey. El príncipe. Me lo agradecerás. Después de todo.

Puse las manos sobre la mesa, las palmas hacia arriba.

Se revolvió en el asiento y…

Sentí un dolor agudo en la muñeca, como la picadura de una abeja a mediados del verano.

Bajé la vista.

Ella apartó la mano, la jeringa ya oculta.

–No, no puedes hacer esto, no puedes hacer esssto, porrr favorrr, no esss…

Los colores del mundo a mi alrededor comenzaron a mezclarse.

Todo se desaceleró.

Oí palabras de preocupación que llegaban de un lugar muy, muy lejano.

–Oh –le respondió la cazadora, Elijah–. Se estaaaaba sintiendo un poco descompuuuuesto. Yo lo ayudaré. Yo voooy a…

Después, se hizo la oscuridad.

Soñé que estaba con los lobos.

Corríamos, y los árboles eran altos y la luna brillaba, y yo les pertenecía a ellos y con ellos, y echaba la cabeza hacia atrás y *cantaba.*

Pero los lobos no cantaban conmigo.

No.

Gritaban.

Me desperté lentamente.

Sentía la lengua hinchada en la boca.

Abrí los ojos.

Estaba en el bosque.

Las copas de los árboles se abrían para dejarme ver las estrellas en el cielo. La luna estaba gorda y llena.

Hice un esfuerzo para levantarme.

Me dolía la cabeza. Casi no me dejaba pensar.

Un gimoteo a mi izquierda.

Giré.

Un gran lobo castaño se arrastraba hacia mí. Tenía las patas traseras rotas. El pelaje estaba cubierto de sangre. Claramente, estaba dolorido pero igual se arrastraba hacia mí sobre la tierra y la hierba.

–Mark –dije.

El lobo gimió. Me estiré hacia él.

Me lamió la punta de los dedos antes de colapsar y cerrar los ojos.

La niebla se disipó.

En ese momento, lo sentí. Los fragmentos rotos en mi interior. Como si me hubiera quebrado en mil pedazos. No se sentía como cuando mi madre murió. Cuando mi padre la asesinó.

Era más.

Mucho más.

–No –susurré.

Más tarde, cuando Mark hubo sanado lo suficiente como para poder pararse por sí mismo, nos movimos por el bosque.

Él nos condujo, rengueando con torpeza.

Todo dolía.

Todo.

El bosque lloraba a nuestro alrededor.

Lo sentía en los árboles. En el suelo bajo mis pies. En el viento. Los pájaros lloraban y el bosque se estremecía.

Mis tatuajes no tenían brillo y estaban descoloridos.

Un humano estaba tendido debajo de un árbol. Tenía un chaleco antibalas. Había un rifle a sus pies. Tenía la garganta destrozada. Contemplaba la nada.

Mark gruñó.

Avanzamos.

Busqué los lazos de la *ManadaManadaManada*, pero estaban rotos.

–Oh, cielos, Mark. Oh, Dios.

Gruñó desde lo profundo de su pecho.

Encontramos el claro, de alguna manera.

El aire olía a plata y sangre.

Había humanos caídos, mutilados y destripados.

Y lobos. Tantos lobos. Todos transformados.

Todos muertos.

Los más grandes.

Los más pequeños.

Grité ante la angustia que me provocaba todo eso, mientras intentaba buscar a alguien, a cualquiera que…

Movimiento a la derecha.

Una mujer de pie, pálida bajo la luz de la luna. Tenía un bebé en los brazos.

–Gordo –dijo Elizabeth Bennett.

Tenía dos lobos a su lado.

Richard Collins.

Y…

Thomas Bennett avanzó hacia mí. Nunca había visto a su lobo tan grande como ahora. No me quitó los ojos de encima en ningún momento. Cada uno de sus pasos era lento y decidido. Cuando estuvo frente a mí, comprendí todo lo que habíamos perdido. Y lo que él había ganado.

Sus ojos centellearon rojos, en la noche oscura y profunda.

En mi horror, dije lo único posible:

–*Alfa*.

EL TERCER AÑO / AÚN NO

Algunas noches, soñaba con la luna y sangre, y Mark arrastrando su cuerpo destrozado hacia mí.

Otras noches, soñaba que lo besaba en una tarde cálida de verano.

–Dices su nombre, a veces –me dijo una vez Carter.

–¿El de quién?

–Mark.

–No tengo idea de lo que estás diciendo.

–Sí, claro, Gordo –replicó poniendo los ojos en blanco–. Por supuesto que no.

–Te convertiré esa lengua de mierda en plata si no cierras el pico, Carter. Te lo juro.

Me sonrió y meneó las cejas.

–¿Son sueños de *esos*? Tú sabes, de esos en los que Mark y tú se frotan todos… Sabes qué, me acabo de dar cuenta de que es mi tío y voy a dejar de hablar en este instante.

Kelly tuvo arcadas.

Joe miraba por la ventana.

Maldito sea Thomas por dejarme con estos imbéciles.

Hubo períodos de días y semanas en los que no hicimos más que perder el tiempo.

Comimos comida mala en Bonners Ferry, Idaho.

Dormimos en un motel de mala muerte a las afueras de Bow Island, Alberta. Los lobos dejaron enormes huellas de patas en las dunas de Great Sandhills.

Condujimos por largos tramos de carretera por Ningún Lado, en Montana.

Algunos días, no decíamos nada durante horas y horas.

Y luego estaban los otros días.

–¿Qué crees que están haciendo ahora mismo? –preguntó Kelly, con los pies sobre el salpicadero. Tenía la cabeza en el apoyacabezas, ladeada hacia su hermano.

Carter no dijo nada por un largo rato.

–Es domingo –anunció, luego.

–Lo sé.

–Es la tradición.

–Sí. Sí, Carter.

–Mamá debe estar en la cocina –dijo–. Hay música de fondo. Un disco en su tocadiscos antiguo. Está bailando. Lentamente. Y canta.

–¿Qué canción?

–No lo sé… quizás Peggy Lee. Eso… me parece que sí.

–Sí. Seguro. Peggy Lee cantando *Johnny Guitar*.

No me moví cuando la voz de Kelly se quebró. Su hermano sí. Él se estiró para tomar a Kelly de la mano. Los neumáticos rodaban sobre el pavimento agrietado. No aparté la vista. Estaba fascinado por la escena que se desarrollaba frente a mí. A mí derecha, Joe respiraba sin hablar.

–*Johnny Guitar* –asintió Carter–. Siempre me gustó esa canción. Y Peggy Lee.

–A mí también –declaró Kelly, sorbiendo despacio–. Ella es muy bonita. La canción es triste, eso sí.

–Ya sabes cómo es mamá. Le gusta… Le gusta ese tipo de música.

–¿Qué más?

–Está en la cocina con Peggy Lee que le pide a Johnny que la toque de nuevo. Y está preparando la cena porque es la tradición. Hay asado con puré de patatas, el que lleva crema agria y cáscaras.

–Y probablemente alguna tarta, ¿verdad? –preguntó Kelly–. Porque sabe lo mucho que te gustan las tartas.

–Sí –confirmó Carter–. Tarta de manzana. Seguro que hay helado en la nevera. De vainilla. Te sirves una porción de tarta tibia con helado que se derrite y, te juro, Kelly, no hay nada mejor que eso.

–Y no está sola, ¿verdad? Porque los demás están con ella.

Carter abrió la boca una vez, dos veces, pero no emitió sonido. Tosió y carraspeó.

–Sí –dijo, con la voz ronca–. Ox está allí. Y sonríe, ¿no es cierto? Sonríe como suele hacerlo. Con un costado de la boca, un poco bobo. Y la observa mientras baila y canta, y cocina. Le está dando una canasta llena con bollos recién salidos del horno, cubiertos con el repasador verde. La lleva afuera y la pone sobre la mesa. Y cuando vuelve a entrar, ella le pregunta si se acordó de poner las servilletas de tela, porque no somos unos salvajes aquí, Ox, seremos lobos pero tenemos *algo* de decoro.

Kelly sollozaba por lo bajo, con la cabeza gacha. Su hermano le apretó bien fuerte la mano. Estos hombres, estos hombres grandes e intimidantes, se aferraban el uno al otro, casi con desesperación.

Abrí la boca para decir algo, *cualquier cosa.*

–Y Mark también está allí –dijo Carter, y casi me arranco la lengua de una mordida. Carter me miró fijo por el espejo retrovisor–. Mark también está allí. Los está cuidando a los dos. Está tarareando con mamá y Peggy Lee. Y está pensando en nosotros. Preguntándose dónde estaremos. Qué estamos haciendo. Si estamos bien. Espera que volvamos a casa. Porque sabe que le pertenecemos a él. A ellos. Porque es domingo. Es la tradición. Y él...

Joe gruñó con furia. Un escalofrío me recorrió la espalda.

Carter se calló.

Kelly se secó las lágrimas con la mano.

Me volví justo a tiempo para ver como una lágrima solitaria caída sobre la mejilla del Alfa.

Nadie dijo nada por un largo tiempo después de eso.

Birch Bay, Washington.

Allí vivía un viejo brujo, alguien en quien no quería ni pensar, y menos ver. Pero ninguno de los lobos se opuso cuando les dije que apuntaran el todoterreno en dirección al oeste. Se habían quedado sin ideas. No habíamos tenido una pista en meses. Richard Collins estaba jugando con nosotros, y todos lo sabíamos.

El brujo no pareció sorprenderse cuando aparcamos junto a su casita minúscula en una ensenada.

–Veo cosas –dijo desde su silla en el porche, aunque yo no había dicho aún ni una palabra–. Lo sabes, Gordo Livingstone.

Tenía los ojos blancos como la leche. Era ciego desde niño, a comienzos del siglo pasado.

Se levantó, tenía la espalda encorvada. Entró a la casa arrastrando los pies despacio.

–Saben –observó Carter–, este es el momento en las películas de terror en el que suelo gritarle a la pantalla para que los personajes *no* entren en la casa.

–Eres un hombre lobo –mascullé–. Sueles ser tú el que está esperando dentro de la casa.

Pareció ofenderse.

Lo ignoré.

La grava crujió bajo mis pies cuando seguí al brujo adentro. Los escalones del porche chirriaron cuando atravesé el umbral oscuro.

Las gaviotas chillaban al otro lado de una ventana abierta. Más allá, se veía el lento avance de la marea que bañaba una playa rocosa. El aire era fresco y la casa olía a sal y a pescado, y a menta. Encima de nuestras cabezas, colgando de cordones del techo, había cráneos de gatos y pequeños roedores. Hacía magia antigua, de esa que requiere siempre un caldero burbujeando mientras tiras huesos de un tazón hecho con madera de un árbol antiquísimo.

También estaba completamente loco, por eso es que era un último recurso.

–Qué demonios –murmuró Carter al tropezarse con un cráneo bastante grande de un animal que no me parecía haber visto antes.

–Sin lugar a dudas, no es el diseño de interiores que *yo* habría elegido –le susurró Kelly.

–¿Tú crees? Nada dice "bienvenidos a mi cabaña de la muerte" como unos esqueletos colgando del techo.

–¿Eso del estante es un frasco con ojos?

–¿Qué? No, no seas estú… Eso del estante es un frasco con ojos. Bueno, oficialmente soy la persona que no debería haber entrado en la casa.

Joe entró último. Atravesó el umbral y sus ojos centellearon rojos por un instante.

El viejo brujo estaba junto a una estufa de hierro fundido, avivando el fuego. De las brasas surgían chispas que aterrizaban en su piel. No se inmutó. Cerró la estufa y dejó el atizador quemado junto a ella antes de sentarse en una vieja reposera. Miró en mi dirección con la cabeza ladeada.

–No toques el frasco de ojos –siseó Kelly a su hermano.

–Quiero *verlo*, nada más…

–¿Acerca de qué balbucean? –preguntó el brujo.

–Ojos –dije, suavemente.

–Ah. Sí. Esos. ¡Son ojos de mis enemigos! Se los arranqué yo mismo con una cuchara rota y oxidada. Los lobos a quienes se los quité gritaron y patalearon, pero sin suerte. Eran curiosos, muy parecidos a ustedes, tocaban cosas que no les pertenecían.

–Ouch –exclamó Carter.

Kelly se cubrió los ojos con la mano.

Resoplé y sacudí la cabeza.

Joe no dijo nada.

El viejo brujo se rio a carcajadas.

–Ah, la juventud. Qué desperdicio.

–No queremos molestarlo –empecé a decir, pero me detuve cuando me hizo un gesto con una mano nudosa.

–Sí –afirmó–. Sí que quieren. Quieren eso específicamente. Es la razón por la que están aquí. Seré viejo, Gordo Livingstone, pero aún puedo oler la mierda en la que siempre estás metido. Y no me mires así. Tienes casi cuarenta años. Sigue poniendo esa cara y se te quedará así. Terminarás pareciéndote a mí.

Dejé de fruncirle el ceño.

–Así está mejor –dijo–. Uno creería que con tu compañero de vuelta en Green Creek habrías conocido la felicidad de nuevo. Aunque supongo que los sucesos de los últimos años se llevaron mucho de eso.

El fuego crepitó y crujió. Las gaviotas chillaron.

Empecé a desear no haber puesto nunca un pie en Birch Bay cuando sentí los ojos de mi manada posarse sobre mí.

–¿Qué dices? –el brujo se puso la mano cerca de la oreja–. ¿Nada para decir? Entonces tal vez nos tengamos que quedar aquí sentados, esperando a que alguien tenga las pelotas de decir lo que está pensando. El cielo sabe que yo no lo haré. Las perdí hace unos años. Cáncer, aunque parezca increíble.

Carter se atragantó.

El viejo brujo sonrió. Aún le quedaban algunos dientes.

–Lobos. Bennett, creo. Siempre me gustaron los Bennett. Insensatos, pero en general con buenas intenciones. ¿A quién tenemos aquí?

Kelly abrió la boca para hablar pero la cerró cuando le hice un gesto brusco con la cabeza. Asentí en dirección a Joe, quien me observó por un momento con los labios apretados. Luego asintió y dio un paso adelante.

El suelo de madera crujió y el viejo brujo se movió hacia él.

–Me llamo Joseph Bennett –dijo suavemente, la voz ronca por falta de uso. Hacía meses que no emitía más que gruñidos.

–Alfa –saludó el brujo con una inclinación de cabeza reverencial.

Joe abrió un poco los ojos.

–Y estos son mis hermanos. Mi segundo, Carter. Mi otro hermano, Kelly.

Carter lo saludó con la mano.

Kelly le dio un codazo en el estómago.

Yo suspiré.

–Conocí a tu bisabuelo –asintió el brujo–. William Bennett. Engendró a Abel. Abel engendró a Thomas. Thomas te engendró a ti. Dime, Alfa Bennett, ¿quién eres?

Joe se mostró reacio.

–Porque no estoy seguro de que lo sepas –continuó el brujo–. ¿Eres un Alfa? ¿Un hermano? ¿Un hijo? ¿La mitad de una pareja de compañeros? ¿Eres un líder o solo buscas venganza? No puedes tener ambas. No puedes tenerlo todo. No existe lugar suficiente en tu corazón, aunque lata como un lobo. Hay fuerza en ti, niño, pero incluso alguien como tú no puede vivir solo de furia.

–Mi padre…

–Sé lo de tu padre –exclamó el brujo–. Sé que cayó, igual que su padre. Se podría pensar que el nombre Bennett está maldito por todo lo que sufren. Casi tan maldito como el de los Livingstone. Tienen tanto en común que es una maravilla que puedan distinguir dónde empieza uno y termina el otro. Sus familias han estado siempre entrelazadas, aunque los lazos se hayan quebrado.

Carter y Kelly se volvieron lentamente para mirarme.

–Estoy haciendo lo que tengo que hacer –gruñó Joe.

–¿Lo haces? –preguntó el brujo–. ¿O estás haciendo lo que tu enojo te ha exigido? Cuando cedes ante él, cuando permites que tu lobo quede preso de la furia, ya no estás en control.

–Richard Collins…

–Es un monstruo que se ha perdido en su lobo. Ha rechazado tener un lazo y sus ojos se han nublado de violeta por ello. Es un Omega, un monstruo decidido a tomar algo que jamás le perteneció. Pero tú, Joseph. Tú no eres él. Nunca serás él, sin importar lo que tengas que hacer para justificar tus acciones.

–¿No le dije a Joe precisamente eso? –le susurró Carter a Kelly.

–No –susurró a su vez Kelly–. Le dijiste que era un idiota de mierda y que querías irte a casa porque odias el olor de los moteles, a semen y arrepentimiento.

–Bueno… casi lo mismo, entonces.

–Ellos lo comprenden –dijo Joe, más irritado.

–¿Ellos? –preguntó el brujo, aunque todos sabíamos perfectamente a quiénes se refería Joe.

–Ellos. Mi manada.

–Ah. Esos a quienes has abandonado. Dime, Joseph. Te enfrentas al monstruo de tu juventud. Pierdes a tu padre. Te conviertes en Alfa. ¿Y tu *primera* reacción es separar a tu manada? –sacudió la cabeza.

–Ox…

–Oxnard Matheson desempeñará su papel –dijo el viejo brujo, y nos quedamos todos paralizados–. Se convertirá en quien se supone que debe ser. La duda que persiste es si tú harás lo mismo.

–¿Qué sabes acerca de Ox? –inquirió Joe, mostrándole los dientes.

–Lo suficiente como para saber que el camino que has emprendido diverge del suyo –respondió impávido el brujo–. ¿Es eso lo que quieres? ¿Es eso lo que te propusiste hacer? Porque si es así, entonces has tenido éxito.

Los ojos de Joe comenzaron a sangrar rojo. Antes de que pudiera reaccionar, se arrojó sobre el viejo.

Apenas llegó a avanzar un metro. El brujo alzó una mano y el aire *onduló* alrededor de sus dedos. Joe fue arrojado al otro lado de la habitación junto a sus hermanos. Cayeron al suelo agitando brazos y piernas.

Sacudí la cabeza.

El brujo me sonrió.

–Los niños de ahora.

–Los estás provocando.

–Tengo que entretenerme con algo –se justificó, encogiéndose de hombros–. No todos los días me visita la realeza.

Resoplé.

–Realeza.

–La línea de los Bennett es lo más real que hay.

–Supongo.

–¿Sí? –golpeteó los dedos sobre la mesa–. También estaba hablando de *ti*.

Suspiré mientras los lobos chillaban e intentaban pararse empujándose entre ellos.

–Ya no es así. Ya no.

–¿En serio? –me preguntó el brujo sin dejarse engañar. Indicó con la cabeza en dirección a los lobos–. La de ellos es una historia de padres e hijos. La de Oxnard es igual, o al menos eso me dicen los huesos. Y luego estás tú.

–No es lo mismo –observé, tocando las rosas debajo del cuervo en mi brazo.

–Lo es, Gordo, y cuanto antes te des cuenta, antes desarrollarás todo tu potencial. Ya has tomado el camino correcto. Has encontrado de vuelta una manada.

–¡Quítate de encima, Carter! –se quejó Kelly–. Por todos los cielos, eres pesado.

–¿Estás diciendo que soy *gordo*? –gimió Carter–. Te aviso que a las mujeres les *gusta* cuando me les echo encima.

–No somos tus *putillas* –gruñó Joe.

–Claro no. Somos *parientes*. Sería asqueroso. Además, te *encantaría* estar con alguien tan apuesto como yo. ¿Y quién dice "putillas"? ¿Qué tienes, noventa y cuatro años y estás reviviendo las glorias de tu juventud?

–¿Acabas de echarte un pedo? –gritó Kelly, horrorizado.

–Sí –reconoció Carter, y la sonrisa fue audible–. Aparentemente, los burritos de la estación de servicio no son buenos para mis intestinos.

–¡Muévete! ¡Muévete!

Gemí, con la cara entre las manos.

–Sí –dijo el viejo riéndose–, te has conseguido una manada, sin lugar a dudas.

Dejé caer las manos y lo miré. Sonreía con tranquilidad, sus ojos contemplaban la nada.

–Necesitamos…

–Sé lo que necesitan. Y los ayudaré lo mejor que pueda. Pero no puedes seguir así para siempre, Gordo. Ninguno de ustedes puede. Si, al final, esta tarea resulta ser fútil, deben regresar a Green Creek. Durante mucho tiempo, estuvo sin su Alfa y sus lobos, solo con un brujo para guiarlo. Y ahora que el brujo se ha ido, junto a su Alfa, temo lo que le sucederá si esto continúa así. Quedan muy pocos lugares con tanto poder en el mundo. Es necesario mantener el equilibrio. Lo sabes mejor que nadie.

–¿Oyeron eso? –dijo Carter–. ¡Nos dirá cómo matar al malo!

–No dijo eso –murmuró Kelly.

Joe no dijo nada.

Me volví a mirarlos. Seguían en el suelo, los cuerpos enredados. Pero se los veía… contentos. Mucho más de lo que los había visto en un largo tiempo. Incluso Joe. Me pregunté si se habrían olvidado de lo mucho que una manada necesitaba tocarse, sentir la calidez de los demás.

Era hora de que empezaran a recordarlo.

Quizás era hora de que yo también lo hiciera.

Al final, sabía que los lobos (al menos Carter y Kelly) estaban decepcionados por cómo se desarrolló el asunto. El viejo brujo murmuró por lo bajo y dio vuelta su tazón. Los huesos se desparramaron sobre la mesa y aterrizaron casi sin sentido. Nunca aprendí a leer huesos porque era una magia arcaica, más conectada a la vista que a la tierra como yo. Hubo ocasiones en las que ni siquiera creía en ella, pero el viejo brujo era uno de los pocos que aún la practicaban, y me había quedado sin ideas. Quizás resultaría ser nada más que una jerigonza absurda, pero…

Carter y Kelly se inclinaron ansiosamente sobre la mesa y contemplaron los huesos como si fueran a develar todos los misterios del mundo. Parecían idiotas.

Joe estaba sentado en silencio junto a mí.

El viejo brujo entrecerraba los ojos en dirección a la mesa.

–¡Esto es tan emocionante! –le susurró Carter a Kelly.

–No sé qué es lo que tenemos que mirar.

–Lo sé. Eso es lo que lo hace tan emocionante.

–Ah. Está bien. Ahora yo también estoy entusiasmado.

El viejo brujo se acomodó en su silla.

–Fairbanks –dijo.

Nos lo quedamos mirando.

Nos devolvió la mirada vacía.

–Fairbanks –repetí lentamente.

–Las respuestas que buscan están en Fairbanks.

–¿En Alaska? –preguntó Kelly, forzando la vista para tratar de ver lo que el brujo había visto.

–Mierda, la verdad es que odio Alaska –masculló Carter, mirando a los huesos como si lo hubieran traicionado.

–¿Richard Collins está en Alaska? –preguntó Joe.

El viejo brujo alzó la vista bruscamente.

–No dije eso. Dije que las respuestas que buscan están allí. Los hará caminar por el camino correcto. Comenzará a llevarlos a casa.

–Casa –susurró Kelly.

–Casa –repitió el brujo.

–¡Genial! –exclamó Carter apartándose de la mesa–. Maravilloso. Fantástico. ¿Qué demonios hacen todos aún aquí? Tenemos que ponernos en movimiento. Alaska, ¡allí vamos!

Se dirigió hacia la puerta.

–Gracias –dijo, dando la vuelta en la salida y asomando la cabeza por el umbral–. Apreciamos tu ayuda. Pero, quizás, podrías considerar no colgar los esqueletos de la mascota de alguien del techo. Es muy *no-deberías-confiarme-tus-niños-para-que-los-cuide.* Es solo una sugerencia.

Y con eso desapareció.

Kelly se puso de pie para seguirlo. Hizo una pausa, nos miró a Joe y a mí antes de dirigirse al viejo brujo.

–Gracias –dijo en voz baja y salió tras su hermano.

–¿Cómo sabremos que nos estás diciendo la verdad? –preguntó Joe.

–Joe –exclamé–. No insultes…

–Está bien –me interrumpió el brujo–. No me conoce. Es una pregunta justa.

–Pero…

–Gordo.

Me crucé de brazos y contemplé a ambos con furia.

–No tienes por qué confiar en mí, Alfa. No soy tu manada. Vivo aquí, en ese lugar, y sé cómo luce. Cómo luzco yo. Pero tengo cierto… cariño por los lobos. Desde siempre.

El brujo se puso de pie lentamente y avanzó hacia una estantería en la pared del fondo. Tomó un volumen grande del estante del medio. Volvió a la mesa y deslizó el libro en dirección a Joe.

Joe me echó un vistazo. Hice un gesto con la cabeza en dirección al bujo. Tomó el libro.

La cubierta era de cuero, roja y agrietada. Tenía una hoja dorada desvaída tallada en él.

Joe lo abrió despacio.

Era hueco.

Dentro, descansando sobre un paño azul oscuro, había un pequeño y ornamentado lobo de piedra.

–Su nombre era Arthur –dijo en voz queda–. Me dio eso cuando éramos jóvenes. Y vivimos y amamos hasta que, un día, él y nuestra manada completa me fueron arrebatados por la rabia de los hombres. Les rogué y les supliqué, pero mis palabras cayeron en saco roto. Ellos... bueno. Dejaron a Arthur para el final. Me las arreglé para escapar. Y, después, no conocí más que la venganza. Me consumía. Cuando, por fin, el último hombre cayó, ya no me reconocía a mí mismo.

Se pasó un dedo por la cara.

–Era viejo. Y aún no me había permitido llorar. Me sentía vacío, Alfa. Y no quedaba nada más que llenara mi corazón vacío. Había tomado las vidas de aquellos que nos habían lastimado a los míos y a mí, pero estaba solo –le quitó el libro a Joe y posó la mano sobre el lobo–. Me siento aquí, día tras día, esperando a ser liberado. Esperando a la muerte. Porque sé que cuando mi corazón deje de latir, mi amado me estará esperando, y aullaremos juntos en las estrellas.

Se rio y sacudió la cabeza.

–No debes convertirte en mí. No debes dejar que te consuma. Si lo haces, corres el riesgo de no volver a encontrar el camino de vuelta a casa. Confía en un brujo viejo cuando te dice que entiende mejor que la mayoría. He amado a un lobo con todo mi corazón. Lo entiendo, Alfa. *Lo entiendo.*

Joe asintió despacio. Se volvió para irse pero se detuvo. Volvió al brujo y se arrodilló junto a su silla. Alzó ambas manos y le tomó la cara entre ellas. Se transformó a medias, sus ojos ardían en la habitación oscura. Sus garras rascaban la cara del hombre, pequeños pinchazos que herían la piel. Un gruñido grave emanaba de su garganta.

–Oh –exclamó el viejo brujo, suspirando con felicidad y cerrando los ojos–. Ah, ah, qué maravilloso es oír a un lobo de nuevo. Estos huesos viejos están cantando. Gracias, Alfa. Gracias.

Volvió la cabeza y le besó una garra afilada.

Joe se puso de pie con brusquedad y abandonó la casita de la ensenada. El fuego estaba a punto de extinguirse.

–Gracias –murmuré.

–Bah –respondió el brujo, secándose los ojos–. He cumplido con mi parte. Ahora tú debes hacer la tuya. Temo que tu viaje está lejos de terminar. Está Richard Collins, sí, y jamás podrán hacerlo volver. Pero los hay peores que él. No te distraigas.

–Mi padre.

–Sí –susurró–. Richard Collins no es más que un arma, contundente y decidida. Pero incluso alguien como él puede ser manipulado. Los monstruos siempre son susceptibles a eso. Tu historia no termina con Richard Collins. Temo que te espera aún más, Gordo.

Asentí con lentitud. Estaba en el umbral cuando oí mi nombre de nuevo.

No me di vuelta.

–Lo que le dije a Joe, también se aplica a ti.

Me temblaron las manos.

–Un lobo necesita un lazo, sí. Pero los brujos también. Has tenido tres a lo largo de tu vida. Oxnard. Tu manada aquí presente. Pero antes, existió otro.

Me volví, enfadado.

–No puede volver a ser así. No después…

–Solamente porque no lo permites. Cargas con tanto enojo en tu corazón, Gordo. Igual que tu padre. Es lo único que has conocido por demasiado tiempo. Esos muchachos, ellos… te admiran. ¿Querrías que se convirtieran en el hombre que eres ahora? ¿O en el hombre que debías ser?

–Es mejor así.

–¿Para quién? –rio con amargura. Guardó los huesos de nuevo en el tazón–. ¿Para ti? ¿O para Mark Bennett? Porque jamás he visto a un lobo amar a alguien tanto como él a ti. Ni siquiera Thomas y su compañera. Él te amaba. Te *amaba*. Y lo abandonaste. ¿Sabes lo que daría yo por un día más con…

Se interrumpió, ahogado por la emoción.

Sus manos temblaron cuando arrojó los huesos una vez más. Cayeron con estrépito sobre la mesa. No me decían nada.

–Está sucediendo –susurró.

–¿Qué ves?

Apartó la mirada.

–Está… oculto. La mayoría. Los huesos no son todo. Lo sabes tan bien como yo. No pueden ser todo.

–Habla.

Suspiró.

–Serás probado, Gordo Livingstone. De maneras que aún no te imaginas. Un día, y un día cercano, tendrás que elegir. Y temo que el futuro de todo lo que amas dependerá de ello.

Un escalofrío me recorrió la espalda.

–¿Qué elección?

–No veo tan lejos –negó.

–No es justo.

Alzó hacia mí sus ojos ciegos.

–Para aquellos que son llamados, nunca lo es.

Me di vuelta y me marché de la casa.

Los lobos me observaron a través del parabrisas.

Flexioné las manos.

Y luego bajé del porche hacia la grava.

A mitad de camino de la entrada los lobos suspiraron al unísono.

–¿Qué sucede? –pregunté.

–Su corazón –respondió Joe Bennett–. Simplemente… se detuvo. Él está…

Nos dirigimos hacia el norte. Joe no volvió a hablar hasta que estuvimos cara a cara con el cazador David King.

Volvimos a cruzar la frontera hacia Canadá.

Esta vez se sintió... distinto. Como si por fin estuviésemos yendo en la dirección correcta.

Me pregunté cuán seguido se siente que la esperanza es una mentira.

Bajé la vista hacia el cuervo de madera.

Cerré el bolsillo antes de tomarlo.

Necesitaba concentrarme.

Las afueras de Fairbanks, Alaska, estaban a mitad de un invierno inesperadamente templado. Zonas de hierba verde asomaban a través de la nieve, y el hedor a sangre rodeaba una cabaña en el medio del bosque.

–Estuvo aquí –dijo Carter con los ojos como brasas–. Estuvo *aquí*.

–¿Se ha ido? –pregunté.

–Hay un corazón latiendo allí dentro –asintió Kelly–, pero es un latido humano. Late muy rápido. Como si tuviera miedo.

–Podría ser una trampa –advertí, examinando la cabaña–. Tenemos que movernos… Maldición.

Carter ya se había lanzado hacia la cabaña.

Sus hermanos lo siguieron.

–Idiotas de mierda –mascullé, pero corrí tras ellos.

Carter ya había echado abajo la puerta de la cabaña; la había astillado y movido de sus bisagras. Se había transformado a medias, y el pelo le brotaba por la cara a medida que le crecían los colmillos. Kelly estaba detrás de él, más controlado pero con los ojos naranja brillante. Un ave grande chilló por lo alto cuando Joe llegó al porche, con los zapatos destrozados porque habían brotado garras de sus pies.

Entré a la casa apenas unos segundos más tarde.

Había sangre. Mucha. Manchaba el piso y las paredes. La cabaña consistía en una única habitación amplia, la cocina a la derecha y una sala de estar/dormitorio a la izquierda. La pequeña mesa de la cocina estaba volcada. Las sillas estaban patas arriba. Un futón viejo estaba hecho pedazos, el colchón destrozado y manchado de rojo.

Y allí, desplomado contra la pared, había un hombre desnudo.

Tenía el pecho, el torso y las piernas tajeadas. Sus heridas eran tan irregulares y abiertas que supe que habían sido causadas por garras. Luchaba por respirar y la piel que no estaba cubierta de sangre chorreaba transpiración. Tenía los ojos cerrados.

Richard Collins se había marchado.

Carter y Joe recorrieron la cabaña con las fosas nasales aleteando.

Kelly se arrodilló junto al hombre herido, extendiendo una mano temblorosa...

El hombre abrió los ojos de repente y antes de que pudiéramos reaccionar, alzó una mano y sujetó la muñeca de Kelly.

Kelly se cayó de espaldas, sobresaltado por el movimiento súbito. Sus hermanos gruñeron y yo…

–Lobos –susurró el hombre–. Siempre son los lobos.

Y se desmayó.

Le limpié y vendé las heridas lo mejor que pude con lo que encontré entre los destrozos de la cabaña. Kelly me ayudó a acomodar el futón mientras Joe y Carter desaparecían en el bosque que nos rodeaba con la intención de encontrar el rastro.

Kelly se agachó junto a mí e hizo una mueca cuando exprimí un trapo en una palangana con agua, que ahora era más roja que clara.

–Estuvo aquí.

–Sí –murmuré, y dejé caer el trapo al suelo.

–¿Por qué?

–¿Por qué, qué?

–¿Por qué estuvo aquí? ¿Quién es este tipo? ¿Qué querría Richard de él?

Señalé una marca sobre el pecho del hombre, cerca del hombro derecho. Estaba partida al medio, pero aún podía distinguir su forma. El diseño. La tinta sobre la piel.

–¿Es… una… –Kelly entrecerró los ojos–… corona?

–Es un emblema. La marca de un clan.

Kelly inspiró hondo.

–¿De *cazadores*?

–Sí.

–¿Por qué lo estamos *ayudando*? ¡Quiere matarnos!

–Dudo que pueda hacer mucho en este momento. Apaga esos ojos, muchacho.

Kelly apretó los dientes, pero el naranja se desvaneció a su azul natural. No eran tan claros como los de su tío, pero estaban cerca.

Aparté la mirada.

–¿Lo sabes?

Suspiré.

–Lo sé.

–¿Y?

–No tiene importancia. Ya se han marchado todos. Él no es más que un renegado, probablemente se haya salido del clan cuando tenía tu edad.

Porque no lo reconocía. No había sido ninguno de los cuerpos que yacían en el bosque cuando lo atravesé con Mark débil y roto a mi lado. Si lo hubiese sido, si me lo hubiese cruzado aún respirando, habría puesto mis manos sobre su boca y nariz, y…

–¿Gordo?

Kelly me estaba mirando con una expresión extraña. Me di cuenta de lo tenso que estaba. No podía permitir que me viera así. No ahora. No cuando…

–Ve con tus hermanos. Quizás necesitan tu ayuda.

–Pero…

–Kelly.

Gruñó pero se incorporó e hizo lo que le ordené. Empujó la puerta inútil, las bisagras crujieron y la madera se astilló aún más. Lo oí aullar cuando dejó la casa y hubo un estallido de *HermanoManada* antes de que Carter respondiera *AquíAquíAquí* desde alguna parte del bosque.

Me froté la cara con la mano y volví a mirar al hombre.

Tenía los ojos abiertos.

–Lobos –susurró–. Lobos, lobos, *lobos*…

–Ey –exclamé bruscamente antes de que se agitara más–. *Ey*. Mírame. King, *mírame*.

Eso le llamó la atención. Abrió los ojos un poco más por un instante y giró la cabeza en mi dirección.

–¿Quién…? –tosió débilmente–. ¿Quién eres? ¿Cómo sabes mi nombre?

–El tatuaje en tu pecho. La marca de tu clan.

–Una vida pasada.

–Lo supuse.

–No eres lobo –parpadeó con lentitud.

–No.

–Tus brazos están brillando.

–Suelen hacer eso.

–Eres un brujo.

–Astuto, para ser un cazador.

Sonrió con dientes sangrientos.

–Te lo *dije*. Esa es una vida pasada.

–¿Estuvo aquí?

King cerró los ojos.

–La bestia. Sí. Sí. Estuvo aquí.

Mierda. Lo debíamos haber perdido por una hora. Quizás menos. Por lo que sabía, quizás aún estaba cerca. Necesitaba saber más. Recordé las palabras de mi padre y las murmuré por lo bajo, con una mano extendida sobre el cuerpo de King. Una de las marcas en mi muñeca izquierda se encendió y *extraje* un poco del dolor, de la agonía, de la *pena* del cazador.

Hice una mueca al sentir su intensidad, por la manera en la que se deslizó por mi brazo hacia mi pecho y mis entrañas como lava derretida. Si sobrevivía, tendría que tomarse las cosas con calma por un tiempo.

–Ahhhh –dijo, relajándose en el colchón destrozado–. Eso... eso es agradable.

–No es mucho –le advertí–. Y no es permanente.

–Está bien. El dolor quiere decir que estoy vivo. Probablemente no gane ningún concurso de belleza, pero si me duele, significa que sigo aquí.

–Richard Collins.

Abrió los ojos de nuevo. Estaban más límpidos que antes.

–Vino a buscarme. Pensé... Me volví perezoso. No miraba tanto por encima del hombro como antes. Habían pasado años desde... –sacudió la cabeza–. Ni siquiera lo oí llegar.

–Sabes por qué vino.

–Sí.

–Por lo que tu clan hizo.

–Sí.

–Los lobos que están afuera. ¿Sabes quiénes son?

–¿Importa?

–Bennett. Todos ellos. Y yo soy Gordo Livingstone.

Estaba de pie y moviéndose incluso antes de que le dijera mi nombre. Se movía rápido para estar tan herido. No sé de dónde salió el cuchillo, solo lo vi brillar hacia mí. Pero tras casi tres años de andar con lobos, yo ya no era el hombre que solía ser.

Bajó el arma hacia mí mientras yo alzaba el antebrazo hacia su muñeca. Interrumpió la trayectoria del cuchillo, que voló hacia arriba y por encima de mi hombro. Lo golpeé de revés en la cara, le tomé la muñeca y se la retorcí hasta *casi* rompérsela. Gruñó y el cuchillo cayó con estrépito detrás de mí. Lo arrojé de vuelta a la cama.

Respiraba con agitación y me miraba con los ojos bien abiertos.

–Eso fue de mala educación –le dije con suavidad.

–Yo *no fui* parte en lo que te sucedió –aseguró con pánico–. El clan ya me había rechazado antes de eso.

–¿Por qué te rechazaron?

–Porque no podía hacerlo. No… no podía matar –cerró los ojos con fuerza–. Un cazador que no puede matar no sirve para anda. Mi padre no podía ni verme. Recurrió a mi hermano Daniel. Y siempre podía contar con mi hermana. Ella…

–¿Quién es tu hermana? –pregunté. Y luego comprendí–: Oh, cielos…

–Meredith King. Elijah.

Le tomé la barbilla con la mano y le clavé los dedos y el pulgar en las mejillas. La sangre y el sudor eran resbaladizos, pero lo sujeté con fuerza. Le mostré los dientes y me acerqué a su cara, nuestras narices casi se rozaban.

–Podría matarte ahora mismo y nadie me detendría. Tu *familia* mató a la mía. Dame una buena razón por la cual no debería romperte el cuello ahora mismo.

–*No tengo* familia –se quebró–. Y no importa. Ya no. Si él me encontró una vez, puede hacerlo de nuevo. Si no lo haces tú, lo hará él. O esos chicos de afuera. No he tenido nada que ver con mi familia en *décadas*, pero sigo siendo un King. No puedo escapar de eso.

Apreté más fuerte. Sería tan *sencillo*. Lo único que tenía que hacer era girar la mano a la derecha para que su cuello se quebrara y…

–Gordo.

Cerré los ojos.

–Gordo, suéltalo.

–No sabes quién es. Lo que su familia ha hecho.

–No, no lo sé –una mano se posó sobre mi hombro–. Pero tú no eres así.

Me reí con amargura.

–No sabes nada de mí.

El agarre sobre mi hombro se intensificó.

–Soy tu Alfa. Te conozco mejor de lo que crees.

–Maldito seas –exclamé y solté la cara de King. Jadeó, y los hombros le temblaron mientras yo me caía sentado.

Joe Bennett se alzaba sobre mí. Sus hermanos estaban en el umbral detrás de él, observando. Esperando.

El Alfa se inclinó sobre el cazador.

Los ojos de King estaban bien abiertos.

Los de Joe eran rojos.

–¿Sabes quién soy? –preguntó quedamente.

King no habló. Asintió.

–Bien. Mi brujo te ha ayudado. Te haré el favor de dejarte vivir. Pero solo a cambio de otro favor.

–¿Cuál?

–Oxnard Matheson. Green Creek. Ve allí. Y dile que yo he dicho "aún no".

Los lobos suspiraron en el umbral.

–¿Entiendes, cazador?

–S… sí. Sí.

–Repítelo.

–Oxnard Ma… Matheson. Green Creek. Aún no. Aún no. Aún no.

–Bien –Joe se incorporó y el rojo de sus ojos se desvaneció–. Quédate aquí hasta que puedas volver a moverte. Richard no regresará.

–¿Cómo lo sabes?

Joe esbozó una sonrisa.

–Porque sabe que le estoy pisando los talones.

Y entonces se dio la vuelta y se alejó, haciendo a un lado a sus hermanos y dejando atrás la cabaña.

Carter y Kelly lo siguieron un momento después.

Me levanté, quitándome el polvo de los vaqueros.

–Oí… Oí que Thomas Bennett había muerto –dijo King.

Pensé en tomar el cuchillo del suelo y clavárselo en el pecho.

–¿Y?

–Nunca había conocido a un Alfa –confesó–. Él es… fuerte. Más poderoso que cualquier otro lobo que haya visto.

–No es más que un niño –mascullé.

–Quizás. Pero de eso se trata todo esto, ¿verdad? Poder. Siempre ha sido así.

Ya no tenía nada que hacer allí. Me di la vuelta y me dirigí a la salida.

–Livingstone.

–¿Qué? –suspiré.

–No murieron todos.

Un escalofrío me recorrió la espalda. Me volví lentamente para mirarlo. Estaba pálido; me pregunté si llegaría a Green Creek para darle a Ox el mensaje del Alfa.

–¿Quiénes no murieron?

Tosió. Una tos húmeda.

–Cuando fueron por Abel Bennett. La manada. Green Creek. No murieron todos. Algunos se escaparon a rastras. Otros corrieron. Pero otros… observaron desde los árboles.

–Elijah.

Sonrió débilmente.

–Vendrá. Cuando menos la esperes. Y si crees que la bestia es lo peor que hay en este mundo, no has visto nada aún.

–¡Gordo! –gritó Carter desde el camino–. ¡Tenemos que irnos!

–No te mueras –le dije a King–. Tienes trabajo por hacer.

Di la vuelta y seguí a mi manada.

Sí que murió.

Meses más tarde, luego de que nos diéramos cuenta de que las muertes rodeaban el camino de regreso a casa. Rodeaban a Green Creek y a aquellos a quienes habíamos dejado allí.

Sí que murió.

Y no quedó de él más que pedazos. Al final, Richard Collins lo encontró en un motel en Idaho. Descubrieron su cabeza decapitada sobre la cama. Un contacto me envió las fotografías.

Había palabras escritas con sangre en la pared.

OTRO REY *CAÍDO.*

Joe aulló durante horas esa noche.

Cuando salió el sol la mañana siguiente, todos escuchamos su voz susurrándonos en nuestras mentes.

Decía *casa* y *casa* y *casa.*

CUATRO COSAS / SIEMPRE CONTIGO

Tenía trece años cuando besé a Mark Bennett por primera vez.

Un mes más tarde, los cazadores vinieron y mataron a la mayoría de la manada.

Nada volvió a ser lo mismo después de eso.

Los lugareños estaban desconcertados. Cómo podía ser posible que un grupo de hombres fuera asesinado por una manada de animales salvajes

Fue imposible identificar a los muertos.

"Osos", se dijo. "Tal vez fueron osos".

Pero nunca se encontró a ningún animal, ni osos ni de otra clase.

Se volvió prácticamente una leyenda.

Un año después, la gente hablaba cada vez menos al respecto.

Besé a Mark Bennett por segunda vez cuando tenía quince años.

Elizabeth estaba embarazada de otro bebé.

Carter caminaba y hablaba.

Thomas Bennett seguía teniendo una expresión atormentada en sus ojos rojos, pero había aceptado sus responsabilidades como el Alfa de todos.

Muchos hombres vinieron a Green Creek. Lobos. Del este.

Seguían a Osmond, quien cada vez que se encontraba ante Thomas hacía una reverencia respetuosa.

–Es un hombre extraño –me dijo Thomas una vez.

–Es un lameculos –dije con desprecio.

Los labios de Thomas se fruncieron.

–También.

–No me gusta –afirmé.

–No me digas.

Y eso fue todo.

Richard desapareció.

Se fue poco tiempo después de que vinieran los cazadores.

Le dolió a Thomas casi tanto como la pérdida de la manada, pero no lo dijo en voz alta.

Yo lo sabía. Era mi Alfa, y lo sabía.

Mark tenía dieciocho. Lo besé porque quería hacerlo y porque lo necesitaba.

Me devolvió el beso brevemente. Intenté profundizar, pero no me lo permitió.

–Eres joven –me dijo, los ojos centelleando naranjas, como si estuviera tratando de mantenerse bajo control–. No puedo hacer esto. Aún no.

Lo aparté de un empujón y me fui al bosque.

No me siguió.

–Oye –exclamó Rico en medio del estrépito del comedor–. Mira, Gordo. Hemos estado hablando.

Alcé la vista para descubrir que todos me estaban mirando, Rico y Tanner y Chris.

Casi me levanto y me voy.

–No sé si quiero saber.

–Sí –observó Chris–. Supusimos que dirías eso.

–Así que esto es una intervención –dijo Tanner–. Pero con amigos –frunció el ceño–. Una intervención amistosa.

–Basta –le dije–. Por favor.

Pareció aliviado.

–Hemos estado hablando –repitió Rico–. Y ahora necesitamos hablar contigo.

–¿Acerca de qué?

Chris se inclinó hacia mí por encima de la mesa. No pareció darse cuenta de que metió el codo en sus macarrones con queso.

–Amor –dijo.

–Amor, *papi* –asintió Rico.

–Amor –añadió Tanner, innecesariamente.

–¿Qué *cosa* con el amor? –pregunté, aunque me di cuenta de lo ridículo que sonaba.

–Tu amor por las erecciones.

Me pregunté si podría salirme con la mía si hacía que el suelo se abriera debajo de ellos y los tragara de una vez. Necesitaría parecer afligido y quizás hasta llorar un poco la pérdida de mis amigos. Pero valdría la pena.

–Rico, ¿de-qué-mierda-estás-hablando?

–Te gusta el pene –afirmó sabiamente Rico–. Como a mí las tetas.

Chris asintió.

–Tengo macarrones en el codo –informó Tanner.

–Los odio a todos –les dije–. No tienen ni idea.

–Chris –dijo Rico.

Chris extrajo un anotador. Lo abrió y lo agitó en mi cara.

–He apuntado diecisiete ocasiones en la que te quedaste mirando a Mark con una expresión asquerosa en la cara. Tengo fechas y horas, y todo.

–Se suponía que lo iba a apuntar yo, pero tengo una letra espantosa –comentó Tanner.

–La peor –confirmó Rico–. Parecía griego antiguo.

–¿De qué demonios están hablando? –gruñí.

–Estás enamorado de Mark –dijo Chris, haciendo un esfuerzo para leer de su anotador–. La semana pasada. Sábado. Tres y treinta y siete de la tarde. Calle principal. Mark pasó caminando por el ventanal del restaurante con una amiga, y Gordo suspiró y luego preguntó quién era la chica y por qué estaba tan cerca de Mark.

–No hice *nada* de eso.

–Dijiste que probablemente era una perra que quería ponerle las garras encima –comentó Tanner, limpiándose el codo–. Garras, Gordo.

–Y podemos seguir –dijo Rico, alzando una ceja.

–Maldita sea –mascullé.

–¡Chris!

–Dos semanas atrás. Martes. Cinco y cuarenta y seis de la tarde. En lo de Marty. Mark le trajo la cena a Gordo y Gordo puso su expresión CHLC.

–¿CHLC?

–Chúpame la cara –explicó Rico–. Es una expresión que pones cuando Mark está cerca de ti, como si quisieras decirle que te chupe la cara.

Nos dieron detención por tres días porque empecé una pelea de comida al arrojarle por la cabeza mi cartón de leche a Rico. Si explotó antes de caerle encima y empapó a los tres con más líquido del que contenía el cartón, bueno. Nadie necesitaba saber eso más que yo.

–No quiero chuparte la cara –le dije a Mark más tarde.

–¿Qué? –me preguntó, parpadeando.

Lo miré con el ceño fruncido.

–Nada. Está bien. No tiene importancia. ¿Cómo está *Bethany*?

Sonrió lentamente y con seguridad.

–Bien. Está… bien. Es una chica agradable.

–Genial –dije, alzando las manos mientras me alejaba–. Bien. Eso es *fantástico*.

Él rio y rio y rio.

Sucedían cosas. Cosas de las que no se me participaba. No siempre se me invitaba a las reuniones entre Thomas, Osmond y los lobos del este. Demonios, ni siquiera sabía dónde era exactamente el este. Pero, aunque aún seguía oyendo la voz de mi madre cada tanto, confiaba en Thomas. Confiaba en que sabría hacer lo correcto. En lo que significaba ser un Alfa, tener una manada.

No debería haber confiado.

–Ay, hombre. Esto… Esto no se siente bien –dijo Marty, antes de colapsar en el medio del taller.

Lo alcancé primero.

Tenía la piel cubierta de sudor.

Su respiración era irregular.

Terminó en el hospital por un par de semanas después de que le pusieran una cánula en la arteria.

–Un globo –me explicó, malhumorado, mientras la enfermera revoloteaba a su alrededor. La miró con furia e intentó que lo dejara en paz, pero ella le dijo que había soportado cosas mucho peores–. Me metieron un maldito globo, lo inflaron y luego pusieron una cánula. Ayuda a que el corazón siga funcionando.

Hizo una mueca.

–Al parecer, tengo que hacer algunos *cambios en mi dieta.*

No se lo veía muy contento con eso.

–Basta de comida del restaurante –le dije, muy serio.

–Basta de comida del restaurante –repitió, molesto.

Cuatro cosas sucedieron durante mi decimoquinto año. Cuatro cosas que cambiaron para siempre mi manera de ver el mundo.

La primera:

Thomas me llamó a su oficina. Elizabeth dormía arriba. Mark estaba… No sabía dónde estaba Mark. Con *Bethany*, probablemente. Osmond y los lobos del este se habían ido hacía días. La casa estaba tranquila, tal como me gustaba.

Por eso, cuando Thomás me convocó a su oficina, no esperaba nada serio.

Me hizo un gesto para indicarme que cerrara la puerta. Lo hice y me senté frente a él en el escritorio de su padre.

–Gordo –dijo amablemente–. ¿Cómo estás?

–Bien –repliqué–. Pero ya déjate de tonterías.

Alzó una ceja.

Me encogí de hombros.

–¿Te acuerdas cuando me tenías miedo? –sus ojos centellearon y me mostró los dientes.

–Era solo un niño –me reí.

–Sigues siendo un niño.

–Tengo quince años –respondí, hinchando un poco el pecho.

–Sí. Y eres un dolor de cabeza.

–Me adoras.

–Así es –y aunque no lo admitiría, sus palabras me llenaron de un orgullo tal que casi me quedo sin aliento. Sonrió, porque sabía. Siempre sabía–. Es por eso que te traje aquí. Tenemos que hablar. De hombre a hombre.

Eso me sonaba bien. Asentí.

–De acuerdo. Hora de hablar de hombre a hombre.

–Me alegra oír eso. ¿Cuáles son tus intenciones con mi hermano?

El sonido que emití me atormentaría por años. Sumado al hecho de que empecé a balbucear y salpiqué de saliva su escritorio, me sorprendió que no me echara en ese mismo instante de la manada.

No lo hizo. Se quedó sentado, dejando que me ahogara, divertido.

–¿De qué estás *hablando*? –me las arreglé para decir.

–Mi hermano –dijo lentamente, como si yo fuera estúpido. Para ser justos, yo no estaba ofreciendo ninguna evidencia que lo contradijera–. ¿Cuáles son tus intenciones?

–¿Mis *intenciones*? ¿Qué? Ay, cielos, no puedes… *Thomas*.

–Qué curioso cómo reaccionas ante la mera mención de Mark.

–*Mención* no. Me has preguntado acerca de mis *intenciones*.

–Por supuesto –dijo rápidamente–. Mis disculpas.

–¡Maldita sea, pues claro que te disculparás! ¿En qué estabas pensando?

–En que eres su compañero. Y en que lo has besado. Dos veces.

–¡Ese *imbécil*! –grité–. ¿Por qué va y te cuenta…?

–Te llevó regalos.

–*Animales* muertos.

–Un poco anticuado, pero tiene una alma vieja. Siempre ha sido así. Y conoces las tradiciones de los lobos, Gordo. Has estado en la manada desde que eras niño.

–Lo asesinaré –le aseguré a Thomas–. Lo lamento si tú quieres a tu hermano, pero voy a molerlo a patadas con botas de puntera de plata.

–¿No tendría que haberme contado?

Balbuceé aún más, durante un largo minuto.

–Estoy aquí como tu Alfa –dijo Thomas, poniendo fin a mi sufrimiento–. Y he recibido un pedido formal de uno de mis Betas.

Gemí y me desplomé más profundo en la silla.

Thomas me puso la mano en la cabeza. Se sintió bien. Como estar en casa.

–No cambies nunca, Gordo –dijo en voz baja–. Pase lo que pase, no cambies. Eres una criatura maravillosa, y estoy muy feliz de conocerte.

Suspiré. Cuando hablé, mi voz sonó un poco apagada:

–Me gusta.

–Eso creía, sí.

–Pero dice que tenemos que esperar.

–Está esa cuestión, sí. Tienes quince años. Él es tres años mayor que tú. Nada… impropio debería ocurrir hasta que seas mayor de edad.

Alcé la vista y lo miré con furia.

–Tenías *diecisiete* cuando conociste a Elizabeth. Ella tenía *quince*.

–Y no hice más que manifestar mis intenciones –repuso–. Nada más. Porque reclamar a alguien como compañero es una solicitud. Siempre hay elección. Tuve mucha suerte de que me eligiera a mí al final.

–¿No te dijo esta mañana que si volvías a acercártele con tu pene te iba a arrancar la cara a arañazos?

Sonrió. Era una cosa fascinante de ver.

–Está embarazada de nueve meses. Tiene permitido decir cualquier cosa. Y si quisiera arrancarme la cara a arañazos, la dejaría.

–Me gusta tu cara donde está –suspiré.

–Gracias, Gordo.

–Así que Mark, ¿eh?

–Si te hace sentir mejor –dijo Thomas, encogiéndose de hombros–, estaba muy nervioso cuando vino a verme.

–¿Nervioso? ¿Por qué?

Thomas rozó el escritorio con los dedos, siguiendo las vetas de la madera.

–Mark es... Él se preocupa. Profundamente. Por su manada. Por su Alfa. Por ti. Y ahora que será mi segundo...

–¿Qué será de...?

–Richard eligió –declaró Thomas, con cierta tensión–. Él no... no entendía. No entiende. Y no puedo culparlo por eso. Necesita... encontrar su propio camino. Y espero que, algún día, nuestros senderos se crucen de nuevo. Lo recibiré en casa con brazos abiertos y lo abrazaré como si fuera mi hermano. Si eso no ocurre, no puedo culparlo. Perdió mucho ese día. Todos perdimos mucho. La pena... suele cambiar a las personas, Gordo. Como tú bien sabes.

Asentí, sin atreverme a hablar.

–Pero Mark será un buen segundo –continuó–. Es valiente y fuerte. Es un muy buen lobo, aunque lo diga yo. De hecho, dudo que exista un lobo mejor en otra manada...

–¿Estás tratando de venderme a tu hermano?

El Alfa de todos suspiró.

–Me gustaría que no lo dijeras así.

–Es que suena como si estuvieras tratando de venderme a tu hermano.

–¿Funcionó?

Me hundí más en el asiento.

–No... Tal vez.

–No tienes que aceptar –me aseguró–. Mark jamás te forzaría. Yo no lo permitiría. Eres joven aún. Existe un mundo enorme esperando a que lo explores. Solo te pido que no… lo engañes, cualquiera sea tu decisión. Si necesitas tiempo, díselo. Si no te sientes igual que él, díselo. Puedes tomar tus propias decisiones, Gordo. Jamás serás definido únicamente por ser el compañero de un lobo.

–Pero ¿qué le sucederá a Mark si digo que no?

Thomas sonrió.

–Se sentirá mal, pero aprenderá a vivir con ello. Y, algún día, quizás aparezca alguien que le llame la atención y le hable a su lobo como tú.

–Probablemente sea Bethany –murmuré.

–Es posible.

–Ella es desagradable –lo miré con rabia.

–¿Sí? A mí me parece bastante simpática.

–¿*Qué*? ¿La has conocido? ¿*Por qué*? ¿Mark la trajo…? Ah, te estás burlando de mí. Nunca la has conocido, ¿verdad?

–No.

–Te odio.

Sonrió de oreja a oreja.

–Oh, tu corazón acaba de indicarme que eso es una mentira. Me hace muy feliz, Gordo. Mi brujito.

Amaba a Thomas Bennett.

–La cosa es así –declaré–. Si acepto, no eres mi dueño. No me controlas. No me dices lo que tengo que hacer. Soy el brujo del Alfa Thomas Bennett. Soy dueño de mí mismo. Puedo freírte cada pelo de tu cuerpo con solo *pensarlo*. No me tratarás como si fuera débil o frágil. Si tenemos que pelear algún día, lo haremos lado a lado. Y me reservo el derecho a cambiar de opinión. En especial si vas a ser amigo de *Bethany*, porque es la peor.

Inspiré hondo y exhalé despacio.

–Bueno, ¿cómo estuvo eso? –pregunté.

Elizabeth me miraba con los ojos bien abiertos, su mano sobre el estómago hinchado. Carter estaba a sus pies, mordisqueando bloques de madera.

Me saludó con su mano regordeta.

–Me parece… Eh. Creo que es mucho mejor de lo que yo le dije a Thomas. Y… –hizo una mueca y se mordió el labio inferior–. Ay. *Ay*.

–¿Estás bien? –pregunté, asustado. Thomas y Mark estaban en el pueblo, y me habían pedido que cuidara a Elizabeth.

–Sí –dijo Carter con la voz aguda y dulce–. ¿Bien?

–Bien. Más que bien. Este es… activo. Ven, Gordo. Siente.

Me moví lentamente y con cuidado, para evitar los deditos debajo de mí. Carter se abrazó a mi pierna, mordisqueando mis pantalones y gruñendo en voz baja.

Elizabeth me tomó la mano y la colocó sobre su vientre. Al principio, no sentí nada.

Entonces…

Una presión contra la palma y los dedos. La pulsación de algo grave y feliz. Mis tatuajes se encendieron.

–¿Es…? –pregunté, maravillado.

–Te conoce –dijo ella, con una sonrisa tranquila–. Sabe que su manada lo está esperando.

Al final, no salió como lo había planeado.

No dije nada de lo que había practicado con Elizabeth.

Mark cruzó el umbral, seguido por su hermano.

–El bebé me tocó e hizo que mi magia brillara –exclamé–, y fue extraño porque sé que se supone que es una cosa maravillosa, pero creo que fue mi culpa, porque lo único que estaba haciendo era practicar como decirte que si me das tu lobo, lo tomaré, pero soy un brujo, así que puedo castrarte cuando quiera, ¿entendido? Y…

Mark Bennett me rodeó con sus brazos y me quedé allí un rato muy largo.

La segunda.

–Quiere verte ahora –me dijo Thomas. Se lo veía cansado, con el cabello despeinado, pero en sus ojos había alegría.

Me sostuvo la puerta.

La luz se filtraba por la pared de ventanales que daban al bosque detrás de la casa Bennett. El cielo estaba gris. Gotitas de lluvia se estrellaban contra el cristal y caía. El olor a sangre se sentía pesado en el aire. Abajo, los lobos se movían por la casa. Osmond y los demás lobos del este, que habían venido a ayudar a Elizabeth en el parto de su segundo hijo.

Estaba recostada en la cama sobre almohadas. Estaba pálida, y tenía el cabello sujeto hacia atrás. No tenía puesto maquillaje y tenía ojeras oscuras, pero nunca me había parecido más hermosa.

–Hola –me saludó–. ¿Quieres conocer al miembro más reciente de la manada?

Lo acunaba en sus brazos, bien envuelto en una manta azul oscuro. Tenía puesto un gorrito. Su piel era rosada y arrugada. Tenía los ojos cerrados y estaba un poco inquieto. Abría la boca, la cerraba, la abría, la cerraba.

–Se llama Kelly –anunció Elizabeth.

–Kelly –susurré, maravillado.

Me incliné y lo besé en la mejilla. Le dije en voz baja que estaba muy contento de conocerlo. Que tenía mucha suerte de tener los padres que tenía. Que lo mantendría a salvo siempre, pase lo que pase.

Thomas nos observaba desde el umbral, el Alfa orgulloso.

La tercera fue... Debería haberlo visto. Debería haber sabido que ocurriría.

Debería haberlo sabido...

Porque nada dura para siempre.

Mi madre.

Mi padre.

La manada que las manos de cazadores me arrancaron.

Debería haber sabido que también todo lo demás me sería arrebatado.

Pero no pensé que sería por culpa de Thomas Bennett.

Kelly tenía cuatro meses cuando Osmond volvió de nuevo a la casa una tarde tormentosa.

Desapareció con Thomas en la oficina; Mark cerró la puerta. Los Betas de trajes oscuros se quedaron afuera junto a sus todoterrenos anodinas.

Elizabeth alimentaba a Kelly con el ceño fruncido. Carter dormía en su dormitorio, con la puerta abierta.

–Gordo, por favor. Ven un momento –me llamó Elizabeth.

El aire se sentía cargado. Algo estaba sucediendo.

Me quedé de pie frente a ella, tenía un trapo sobre Kelly y su pecho.

–Necesito que me escuches. ¿Puedes hacerlo?

–Sí –respondí.

–Pase lo que pase, sea cual sea la decisión, debes recordar: siempre serás manada. Siempre nos pertenecerás, tanto como nosotros te pertenecemos. Pase lo que pase. Eso no cambiará nunca.

Me picaba la piel. Se me erizaron los cabellos de la nuca.

–No entiendo.

–Sé que no. Pero te amo. Thomas te ama. *Mark* te ama. Eres el brujo de los Bennett, y lo serás siempre.

–¿Qué...?

–Gordo.

Giré la cabeza.

Mark estaba en el umbral de la oficina de Thomas. Estaba furioso. Sus ojos centelleaban entre el fuego y el hielo. De las puntas de sus dedos asomaban sus garras.

–Thomas necesita hablar contigo.

Al final, fue sencillo.

Thomas Bennett era el Alfa de todos, igual que su padre antes que él.

Green Creek había sido un santuario escondido del resto del mundo.

Se le había dado tiempo para sanar. Para juntar los fragmentos de su destrozada manada. Para sentirse completo de nuevo para poder cumplir con su deber. Era un líder y era hora de que liderara.

Lo que implicaba abandonar Green Creek.

Y marcharse al este.

–¿Y la escuela? –quise saber, sintiéndome al borde de la histeria–. Y mis amigos. ¡Y el taller! No puedo *dejarlo* todo…

–No lo harás –dijo Thomas.

Se hizo silencio.

Thomas me observaba al otro lado de su escritorio.

Mark caminaba de un lado a otro detrás de nosotros.

Osmond me miraba con desinterés desde una ventana cercana.

–No haré *qué* –yo solo tenía ojos para mi Alfa.

–Green Creek necesita protección. Y te confiaré esa protección a ti. Y es por eso, Gordo, que te quedarás. Aquí. En Green Creek.

–¿Qué quieres decir? –parpadeé–. Pensé que dijiste que la manada se marchaba.

Avanzó en su asiento.

–Lo haremos. Elizabeth. Mis hijos –miró por encima de mi hombro–. Mark. Todos. Pero tú te quedarás.

–Me están abandonando.

Extendió la mano por encima del escritorio.

Empujé la silla hacia atrás para ponerme fuera de su alcance.

Eso lo hirió. Lo vi claramente en su rostro.

Bien. Deseé que le doliera mucho.

–Gordo –rogó, y jamás había sonado así al decir mi nombre, como si me estuviera suplicando–. No fue una decisión tomada a la ligera. De hecho, es una de las decisiones más difíciles que he tenido que tomar en mi vida. Y tienes todo el derecho del mundo a enojarte conmigo, pero necesito que me escuches. ¿Puedes hacer eso por mí?

–¿Por qué? –pregunté, el labio curvado en una mueca de desprecio–. ¿Por qué mierda debería prestar atención a *nada* de lo que digas? Me dijiste que la manada se marcha pero que yo no. Evidentemente, eso quiere decir que no soy tu... Un momento. Un momento, maldición.

Cerré los ojos, las manos en puños a los costados.

–¿Hace cuánto que sabes?

–No...

–Elizabeth. Recién me dijo... sabía. Ella sabía lo que está sucediendo. Y no es que lo escuchó a hurtadillas –abrí los ojos. Thomas tenía la cabeza gacha. Eché un vistazo por encima del hombro a Mark. No me quería mirar–. Todos lo sabían. Cada uno de ustedes –apunté con la cabeza en dirección a Osmond–. Es por eso que él ha estado viniendo. Han estado... ¿qué? ¿Planeando esto? ¿Hace cuánto tiempo?

–Hace un tiempo ya –dijo Osmond–. Estábamos esperando a que Kelly naciera antes de...

–Osmond –advirtió Thomas.

–Tiene derecho a saber –observó Osmond con una calma furiosa.

–Por supuesto que tengo derecho a saber, mierda –gruñí–. ¿Cómo es posible que hayan siquiera *pensado* en dejarme atrás? ¿Qué les he hecho para...?

–Eres humano –dijo Osmond.

Mark le gruñó con furia.

–No puedes...

–Mark –lo amonestó Thomas–. Suficiente.

Mark se calló.

–Y, Osmond, si vuelves a hablar por iniciativa propia, te pediré que abandones mi territorio. ¿Entendido?

–Sí, Alfa –asintió Osmond, molesto.

Thomas me miró de nuevo. No sé qué vio. Yo tenía quince años y me sentía traicionado por la única persona que jamás pensé que sería capaz de algo así.

–Necesito que me escuches. ¿Puedes hacer eso, Gordo?

Pensé en lastimarlo. En hacerlo sentir lo que yo sentía. Las entrañas abiertas y sangrantes.

Pero yo no era mi padre.

Asentí, tenso.

–Eres humano y maravilloso. Espero que nunca cambies. Pero existe... desconfianza. Entre los lobos. Por los cazadores. Por lo que han hecho. No somos los únicos que hemos perdido seres queridos.

Me horroricé.

–*Jamás* lastimaría...

–Lo sé –replicó Thomas–. Yo confío en ti. Siempre. Tengo fe en ti, quizás más que cualquier otra persona en este mundo.

–¿Pero?

–Pero hay otros a quienes no se los puede persuadir tan fácilmente. Tienen... miedo. Cazadores y....

–¿Y?

–Díselo –escupió Mark detrás de mí–. Merece saberlo. Dado que has tomado la decisión, díselo tú.

Los ojos de Thomas ardieron brevemente. El fuego se desvaneció, y se lo vio mayor que antes. Se miró las manos.

–Livingstone –dijo, después de un silencio.

–¿Qué? No… –de pronto comprendí–. Mi padre. Piensan que voy a ser como mi padre. Soy humano, como los cazadores. Soy un brujo, igual que mi padre. Y les estás permitiendo que usen eso en mi contra. No confían en mí. Y como ellos no confían en mí, me estás dejando aquí. Los has elegido a ellos en vez de a mí.

–No, Gordo. Jamás. Nunca haría…

–Entonces quédate.

–No puede –interrumpió Osmond–. Tiene una responsabilidad ante…

–Me importa una *mierda* la responsabilidad –grité–. No me *importa* quién es para ti, para nadie más. Es *mi* Alfa, y le estoy pidiendo que me elija.

El corazón de mi madre estaba roto desde mucho antes de que yo supiera cuáles eran las señales.

El corazón de mi padre se había roto cuando murió su lazo, pero nunca lo noté antes de que explotara en un estallido furioso de rabia y magia.

Esta fue la primera vez que veía de cerca cómo se rompía un corazón.

Y el hecho que fuera el corazón de mi Alfa hizo que fuera mucho peor.

Lo vi en el instante en que sucedió.

Le temblaron las manos y su boca se convirtió en una línea delgada. Se le atragantó la respiración en la garganta y parpadeó con rapidez. En mi mente, oía susurros de *manada* y *hermano* y *amor*, pero también oía una canción de luto, y dolía tanto que pensé que me derrumbaría ante su peso azul medianoche.

Supe que nada de lo que dijera cambiaría las cosas.

Mark también se debe haber dado cuenta, porque se oyó el revelador sonido de las ropas al rasgarse mientras los músculos y los huesos asomaban y se transformaban. Giré justo a tiempo para ver un destello de café cuando salió corriendo, perdido en su lobo.

El cuervo aleteó en mi brazo, las garras se clavaron en las espinas de las rosas. Me dolió, pero le di la bienvenida al dolor.

–Déjennos –ordenó Thomas, sin apartar la vista de mí.

–Pero…

–Osmond. Vete antes de que no te quede otra opción más que *arrastrarte* para salir de esta casa.

Por un momento, me pareció que Osmond lo desafiaría. Pero, al final, asintió y se fue, y cerró la puerta detrás de él.

En algún lugar de la casa, oí a Kelly llorar.

–Te amo. Para siempre. Debes recordar eso –dijo Thomas.

–No te creo.

–Serás cuidado. Le he pedido a Marty que…

–Marty –me reí con una risa vacía–. Por supuesto.

–Estoy haciendo un *esfuerzo* –se le quebró la voz–. Gordo, haré todo lo que pueda para volver contigo, o para que vengas con nosotros. Pero no puedo ignorar lo que mi posición me exige. Debo cumplir con mi deber. Hay personas que dependen de mí…

–¿Y yo qué? –pregunté, secándome las lágrimas–. ¿No importo para nada?

Se incorporó con rapidez. Dio la vuelta al escritorio, pero yo di un paso atrás.

–Gordo, tú… –me dijo.

–No me toques –le pedí–, por favor, no me toques, no quiero lastimarte y no sé si puedo controlarlo, por favor, no me toques.

No lo hizo.

–Ya lo verás –rogó–. Te prometo que no será por mucho tiempo. Pronto volveremos a casa contigo, o tú vendrás con nosotros. Siempre serás nuestro brujo, Gordo. Siempre serás mi manada.

Se estiró de nuevo.

Se lo permití.

Me abrazó fuerte y hundió su nariz en mi cabello.

Mis brazos colgaban a los costados.

Llevó dos semanas.

Dos semanas para empacar todo en la casa al final del camino. Dos semanas para mudarme a la casita de Marty con sus girasoles que crecían silvestres y descuidados en la parte trasera.

Dos semanas para que un letrero de SE ALQUILA apareciera en la casa azul vacía que no habíamos usado desde que la manada nos había sido arrebatada.

Elizabeth me besó la mañana en que se fueron, y me dijo que me llamaría todos los días.

Carter lloró, sin entender lo que sucedía.

Apreté la mejilla contra la de Kelly y él me miró y me puso la mano en el pelo.

Thomas se paró frente a mí y me puso las manos sobre los hombros, y me suplicó que le dijera algo, *cualquier* cosa. Pero no le había vuelto a hablar desde aquel día en su oficina, así que no dije nada.

Mark fue el último. Porque, por supuesto.

Me abrazó.

Había prometido cosas que yo no creía que pudiera cumplir.

Había elegido.

–Gordo –dijo.

–Por favor –dijo.

–Te amo, te necesito, no puedo hacer esto sin ti –me dijo.

–Te he dejado algo. ¿Está bien? Y sé que dijimos que íbamos a esperar, pero necesito que lo veas. Necesito que sepas que cumpliré con lo que prometí. Contigo. Siempre contigo. Porque nada me impedirá que vuelva a buscarte. Te lo prometo, ¿sí? Te lo prometo, Gordo.

Me besó la frente.

Y se marchó.

Los observé alejarse en sus coches.

Marty llegó después de un rato. Me puso la mano sobre el hombro y lo apretó.

–No pretendo entender lo que está sucediendo. Pero siempre tendrás un hogar conmigo, chico.

–Soy un brujo. Los Bennett son lobos. Y eligieron a otros en vez de a mí –le confesé.

Más tarde, después de que Marty se hubiera embriagado hasta alcanzar un estupor histérico y perdiera el conocimiento, fui a mi nuevo dormitorio en su casa. Mark y Thomas habían desembalado las cajas y habían tratado de colocar todo de la misma manera en la que yo lo tenía en la casa Bennett.

No era lo mismo.

Había una cajita sobre la almohada, envuelta con un lazo rojo.

Dentro, un lobo de piedra.

Tuve ganas de destrozarlo en mil pedazos.

En vez de hacer eso, lo toqué con la punta del dedo y comencé a esperar a que mi corazón se terminara de romper.

La cuarta cosa que ocurrió en mi decimoquinto año pasó casi desapercibida, porque parecía intrascendente.

–La casa –dijo Marty, sentado en una silla de jardín andrajosa en la parte trasera del taller, humo de cigarrillo alrededor de la cabeza, qué importa el corazón enfermo–. La que está en alquiler junto a donde vivías.

–¿Qué pasó? –pregunté, con la cabeza ladeada hacia el sol.

–Alguien la alquiló, me enteré.

No me importó. Seguía sumido en mares de ira.

–¿Sí? –dije, porque eso hacía la gente normal.

–Una familia. Mamá. Papá. Tienen un niño pequeño. Los vi por ahí. Parecen agradables. El niño es callado. Tiene unos ojos muy grandes. Siempre se queda mirando. El tipo me preguntó si tenía trabajo disponible. Le dije que no tenía ninguna vacante por ahora, pero que le avisaría.

–Bill se está poniendo viejo. Quizás sea hora de que se retire.

Marty resopló.

–Sí. Ve a decirle eso y me avisas.

Abrí los ojos y parpadeé ante la luz del sol.

–Pensé que deberías saberlo –dijo Marty, soplando humo–. En caso de que necesites… No sé.

Miró por encima del hombro hacia el taller. Sonaba música fuerte. Los muchachos se reían. Marty se inclinó hacia adelante.

–En caso de que necesites verlos –continuó, bajando la voz–. En caso de que sean… hombres lobos. O lo que sea.

–No lo son.

–¿Cómo lo sabes?

–Lo sabría.

Se me quedó mirando por un momento antes de negar con la cabeza.

–Jamás entenderé cómo funciona esa mierda. No sé…. No me dieron una vibra rara. Así que me parece que lo único que tienen es mala suerte. El chico es tierno, eso sí. Un poco lento, me parece, pero tierno. Se llama Ox, ¿puedes creerlo? El pobre infeliz no tiene oportunidad.

En fin. No tenía importancia.

–Sí, Marty. Claro.

Suspiró y apagó el cigarrillo en la suela de su bota antes de dejarlo caer en la lata de café a medio llenar. Se paró y sus rodillas crujieron. Me pasó la mano por la cabeza.

–Unos minutos más. Luego, de vuelta a trabajar.

Entró al taller.

Se dejó los cigarros.

Le quité uno, encendí una cerilla y acerqué la llama al cigarrillo.

Inhalé.

Me ardió.

Pero no demasiado.

Casi no tosí.

GREEN CREEK /POR FAVOR, ESPERA

Joe habló por primera vez en semanas:

–Es hora de ir a casa.

Mark volvió por primera vez seis meses después de que se hubieran ido.

–Ey, Gordo –me saludó–. Ey, hola.

Le cerré la puerta en la cara. Se quedó esperando junto a mi ventana hasta que por fin lo dejé entrar.

Apuntamos el todoterreno hacia Green Creek.

–¿Y si no quieren que volvamos? –dijo Kelly.

Carter lo abrazó fuerte.

–Saldremos y nos embriagaremos –anunció Rico–. Estoy cansado de tener dieciséis años y jamás haberme embriagado. Siento que no estoy haciendo *nada* con mi vida. Hay una fiesta, e iremos.

–Mi papá me matará si nos descubren –dijo Tanner.

–Tengo que cuidar a Jessie. Mamá trabaja hasta tarde –se excusó Chris.

–Sí, claro. Está bien –respondí yo.

Nos embriagamos. Me di el tercer beso de mi vida con un chico de una escuela a dos pueblos de distancia. Sabía a cerezas y cerveza, y no me arrepentí de nada hasta que abrí los ojos a la mañana siguiente y vomité al costado de la cama.

Nos lo tomamos con calma. Lo que nos debería haber tomado dos días de conducir directo, lo estiramos todo lo posible.

Al quinto día, mientras dormíamos bajo las estrellas porque no habíamos conseguido motel, Kelly me preguntó si estaba nervioso.

–¿Por qué? –pregunté, dándole una larga pitada a mi cigarrillo. La punta ardió en la oscuridad. Me recordó a los ojos de los lobos.

No se dio por vencido. Empujó mi bota con la suya.

–No –le aseguré.

–¿Cómo has hecho eso?

–¿Qué cosa?

–Acabas de mentir, pero tu corazón no te delató.

–Entonces, ¿cómo sabes que he mentido?

–Porque te conozco, Gordo.

–No tiene importancia –repliqué, y eso fue todo.

Esperé a que Thomas me llamara y me dijera que me necesitaba, que la manada necesitaba que estuviera con ellos y que sentía haberme dejado atrás.

La llamada nunca llegó.

A veces soñaba. Con él. Su cuerpo roto arrastrándose hacia mí, sus patas clavándose en la tierra, el gemido bajo emergiendo de su garganta.

Me despertaba jadeando y me estiraba para tocar al cuervo de madera como si significara algo, como si me fuera ayudar de alguna manera.

No lo hacía.

Y luego estaban las noches en las que soñaba con Thomas Bennett, con su hijo agachado junto a él, rogándole que se levantara, que por favor se levantara; mi magia era lo único que evitaba que la bestia tomara lo que tan desesperadamente deseaba. Soñaba con ese impulso que había sentido, ese impulso pequeñísimo, minúsculo en el que había pensado en bajar la guarda y permitir que Richard atacara a Thomas porque se lo merecía. Me había quitado todo y, en ese instante, cuando Joe posó sus garras en el pecho de su padre y la bestia *aulló* con rabia, comprendí a Richard Collins.

Nunca se lo conté a nadie.

Cumplí diecisiete y perdí la virginidad. Se llamaba Rick y era brusco y poco amable, sus labios se sujetaron a mi nuca mientras se introducía en mí, y *agradecí* el dolor porque quería decir que estaba vivo, que no era indiferente al modo en el que el mundo funcionaba en realidad. Acabó y se salió, el preservativo se deslizó de su pene y cayó en la acera del callejón. Dijo *gracias, necesitaba eso* y yo respondí *sí, claro*, con los pantalones en los tobillos. Se alejó y yo apoyé la cabeza contra el ladrillo fresco e intenté respirar.

–Está rondando –dije.

Joe me miró, ladeando la cabeza. Ya no era el niño que se había marchado de Green Creek hacía tres años. Estaba más endurecido y más grande ahora. Llevaba la cabeza afeitada, a su barba le hacía falta un recorte. Había engordado y estaba tan grande como sus hermanos. Llevaba bien el liderazgo del Alfa, y yo pensaba que, si el niño que había sido no había desaparecido del todo, haría grandes cosas.

–Richard. Está dando vueltas. No sé qué está buscando. Su meta. Tú. Green Creek. No lo sé. Pero está acercándose, Joe. Y tienes que estar preparado.

Oí una canción en mi mente que decía *ManadaHermanoBrujo que te hace pensar que no lo estoy* y *que venga que venga que venga.*

En ese momento, pensé que el niño que había conocido ya había desaparecido.

Tenía diecisiete cuando me gradué antes de tiempo. Quería terminar de una vez con eso.

Mark estuvo allí.

Busqué a los demás.

Estaba solo.

–Querían venir –dijo Mark.

Asentí con sequedad.

–Pero a Thomas le pareció que no sería seguro.

Me reí con amargura.

–Pero parece que no le preocupa que yo esté aquí.

–No es eso –dijo Mark–. Es… Elizabeth está embarazada.

Cerré los ojos.

Cruzamos de vuelta a Oregon por una carretera secundaria en el medio de la nada.

No había letreros.

Pero lo supe.

Los lobos también.

Los ojos de Carter y Kelly se volvieron naranjas.

Los de Joe, rojos.

Cantaron. Eché la cabeza atrás y canté con ellos.

Murió Marty.

Un momento estaba allí, riéndose y gritándome para que me apresurara, y al siguiente estaba de rodillas, aferrándose el pecho con las manos.

–No, por favor, no –rogué.

Me miró con los ojos bien abiertos.

Se fue antes de que las sirenas de las ambulancias se oyeran.

Esa noche llamé a mi manada, necesitaba oír sus voces. Me atendió el contestador.

No dejé ningún mensaje.

–Ay, hombre –exclamó Carter–. ¿Piensan que mamá nos hará su asado? Asado y zanahorias, y puré de patatas.

–Sí –se ilusionó Kelly–. Y con mucha salsa. Le voy a poner salsa a *todo*.

A mí también me sonaba bien eso.

Me dejó el taller.

Parpadeé incrédulo ante el abogado que estaba de pie en la oficina de Marty.

–¿Disculpe?

–Es tuyo –repitió. Tenía puesto un traje descuidado y parecía sudar todo el tiempo. Se secó la frente con un pañuelo. El cuello de su camisa estaba empapado–. El taller. La casa. Las cuentas bancarias. Todo. Cambió su testamento hace dos años. Le recomendé que no lo hiciera, pero ya sabes como es. Como era.

Se secó la frente de nuevo.

–Sin ánimos de ofender –agregó.

–Hijo de puta –susurré.

Green Creek estaba a dos horas de distancia cuando Joe estacionó al costado de la ruta.

Sujetó con fuerza el volante.

No hablamos.

Respiramos.

–Está bien, Joe –dije, después de un rato, poniéndole una mano sobre el hombro–. Está bien.

Asintió y, tras un instante, seguimos adelante.

Finalmente pasamos junto un letrero al costado de la carretera. Necesitaba pintura, la madera estaba astillada y quebrada.

Decía BIENVENIDOS A GREEN CREEK.

–Se llama Joe –me susurró Mark por teléfono–. Y es perfecto.

Parpadeé para quitarme el ardor.

Más tarde, me enteré por Curtis Matheson que había comprado la casa azul que había estado alquilando. La consiguió muy barata, además, o eso me dijo.

Abandonamos el todoterreno al noroeste del pueblo. El verano era pegajoso y cálido.

Joe avanzó hacia el bosque, las manos extendidas hacia adelante, rozando los troncos con los dedos al pasar.

Sus hermanos lo siguieron como siempre.

Yo cerraba la retaguardia.

La tierra latía bajo mis pies a cada paso.

Los tatuajes me dolían.

El cuervo agitaba las alas.

Finalmente llegamos a un claro.

Joe cayó de rodillas y se agachó hasta apoyar la frente en la hierba, una mano a cada lado de su cabeza. Nos quedamos parados junto a él. Observándolo. Esperando.

Llamaron a la puerta.

Gruñí, la luz de las primeras horas de la mañana se filtraba por la ventana. Era mi día libre, y presentía que la resaca iba a ser tremenda. Sentía un gusto desagradable en la boca, la lengua hinchada. Alcé la vista hacia el techo, parpadeando.

En ese momento me di cuenta de que no sabía el nombre del hombre que roncaba junto a mí en la cama.

Me acordaba algunas cosas. Lo había encontrado en el motel de la carretera la noche anterior. Yo no tenía edad legal para beber, pero a nadie le importaba. A las cuatro cervezas, lo había descubierto mirándome al otro extremo de la barra. Parecía un camionero, la gorra encajada con fuerza, los ojos ocultos por la sombra. Era el tipo de hombre que tenía una esposa y dos hijos y medio en casa en Enid, Oklahoma, o Kearney, Nebraska. Les sonreía y los quería, y cuando se marchaba, buscaba a cualquiera con un agujero tibio que estuviera dispuesto. Necesitaba reunir valor, y esperé que se bebiera su whisky; me aseguré que me estuviera viendo cuando estiré el cuello para tomar un trago largo de mi botella húmeda. Sus ojos siguieron el lento movimiento de mi garganta mientras me tragaba la cerveza.

Dejé unos billetes sobre la barra y golpeé los nudillos contra la madera antes de bajarme de mi taburete. Me sentía acalorado y mareado. Un hilo de sudor me cayó desde el nacimiento del cabello hasta la oreja.

Salí, con un cigarrillo encendido. Di tres pasos, como mucho, y la puerta se abrió de nuevo.

Quería tomarme en el callejón.

Le dije que tenía una cama a unas calles.

Me sujetó de las caderas y me besó el cuello, arrastrando sus labios rasposos hasta que su lengua llegó a mi oreja.

Me dijo su nombre y yo le dije el mío, pero lo olvidé.

Follaba como un hombre acostumbrado a jadeos furtivos en trasteros o paradas de descanso. Me ahogué con su pene mientras me sujetaba fuerte del pelo. Me dijo que tenía una boca bonita, que me veía bien de rodillas. No quiso besarme, pero no me importó. Me empujó boca abajo contra el colchón gruñendo mientras me tomaba.

Cuando acabó, se dejó caer en la cama junto a mí, murmurando que quería cerrar los ojos solo por un momento.

Me levanté y recogí el preservativo que había dejado caer al suelo. Lo eché por el inodoro y me contemplé en el espejo por un largo rato. Tenía marcas de dientes en el cuello, un chupón en el pecho.

Apagué la luz y colapsé junto a él.

Y ahora alguien llamaba, llamaba, llamaba a mi puerta.

El hombre sin nombre roncaba. Lucía peor en la mañana. Más cansado, más viejo. Ni siquiera se había quitado el anillo de casado.

–Ya –exclamé, la voz como grava–. Ya, ya, ya.

Salí de la cama y encontré los vaqueros del día anterior tirados. Me los puse, sin preocuparme por abrocharlos. Me caían sobre las caderas. Arrastré los pies en dirección a la puerta, y me pregunté cuánto café me quedaba. No había ido de compras en días.

Abrí la puerta.

Las fosas nasales de Mark aletearon.

Recorrió con la mirada las marcas en mi cuello y en mi pecho.

Me recosté contra el umbral.

–¿Quién? –preguntó, con un gruñido que a duras penas podía contener.

–No me llamas, no escribes –dije, frotándome la cara con la mano–. ¿Cuánto tiempo ha pasado? ¿Cinco meses? ¿Seis?

Seis meses. Quince días. Según la hora que fuera, ocho o nueve horas.

–¿Quién es?

Le sonreí con pereza y me rasqué la cadera desnuda.

–No lo sé. Me dijo su nombre, pero ya sabes cómo son estas cosas.

Sus ojos ardieron naranjas.

–¿Quién *mierda* es?

Avanzó un paso.

No puedes confiar en ellos, Gordo. No puedes confiar nunca en un lobo. No te aman. Te necesitan. Te utilizan.

Me incorporé. El cuervo se movió. Las rosas florecieron. Las espinas se irguieron.

–Quién mierda es no es asunto tuyo. ¿Crees que puedes aparecer aquí? ¿Después de *meses* de silencio? Vete a la mierda, Mark.

Apretó los dientes.

–No tuve elección. Thomas…

Me reí. No fue un sonido agradable.

–Claro. Thomas. Dime, Mark, ¿cómo está nuestro querido Alfa? Porque no he sabido nada de él en *años*. Dime. ¿Cómo está la familia? ¿Bien? Los niños, ¿bien? ¿Reconstruyendo la manada de nuevo?

–No es eso.

–Mierda que sí.

–Las cosas han cambiado. Él…

–No me importa.

–Puedes insultarme todo lo que quieras. Pero no puedes hablar así de él –estaba enojado. Bien–. Más allá de lo enfadado que estés, sigue siendo tu Alfa.

–No, no lo es –negué con lentitud.

Mark dio un paso atrás, sorprendido.

Le sonreí con maldad.

–Piénsalo, Mark. Estás aquí. Me *hueles*. Debajo del semen y el sudor, sigo siendo tierra y hojas y lluvia. Pero eso es todo. Quizás estés demasiado cerca, quizás el verme te supere, pero no he sido manada en un largo tiempo. Esos lazos se han roto. Me abandonaron. Porque era humano. Porque era un riesgo…

Dijo no es así y Gordo y Te lo juro, ¿okey? Yo jamás…

–Un poco tarde, Bennett.

Se estiró para tocarme.

Le aparté la mano con un manotazo.

–No entiendes.

Resoplé.

–Hay un montón de cosas que no entiendo, estoy seguro. Pero soy un brujo sin manada, y no tienes derecho a decirme una mierda. Ya no.

Se estaba enojando.

–Entonces… ¿qué? –continuó–. Pobre de ti, ¿eh? Pobre Gordo, que se tuvo que quedar por el bien de la manada. Obedeciendo a su Alfa. Protegiendo el territorio y acostándose con cualquier cosa que se mueva.

Me sentí sucio. Feo.

–No me tocabas –seguí, sin emoción–. ¿Recuerdas? Te besé. Te toqué. Te *rogué*. Hubiera dejado que me tomaras, Mark. Hubiera dejado que me pusieras la boca encima, pero me dijiste que no. Me dijiste que tenía que *esperar*. Que las cosas no estaban bien, que no era el momento adecuado. Que no podías distraerte. Que tenías *responsabilidades*. Y luego, desapareciste. Por meses. Sin llamar. Sin aparecer. Ningún "¿cómo estás, Gordo? ¿Cómo has estado? ¿Me recuerdas? ¿Tu compañero?" –me froté un par de dedos sobre el moretón del cuello. Me dolió–. Hubiera dejado que me hicieras tantas cosas.

Sus ojos ardían. Sus dientes eran más agudos.

–Gordo –gruñó, más lobo que humano.

Avancé hacia él.

Seguía cada movimiento, como buen depredador.

–Puedes hacerlo, sabes –le dije en voz baja–. Puedes tenerme. Ahora mismo. Aquí. Elígeme, Mark. Elígeme. Quédate. O no. Podemos ir a cualquier sitio que quieras. Podemos marcharnos ahora mismo. Tú y yo. Que se jodan los demás. Nada de manadas, nada de Alfas. Nada de *lobos*. Solamente… nosotros.

–¿Permitirías que me convierta en un Omega?

–No. Porque yo puedo ser tu lazo. Puedes seguir siendo el mío. Y podemos estar juntos. Mark, una vez en la vida te pido que me elijas.

–No –respondió.

Lo esperaba. De verdad.

Me dolió más de lo que pensaba.

Por un momento, sentí que mi magia enloquecía. Que no podía ser controlada. Que estallaría y destruiría todo alrededor.

Soy el hijo de mi padre, después de todo.

Pero el momento pasó, y dejó tras de sí solamente un cráter humeante.

–Gordo –me dijo–. No puedo… no puedes pedirme que… No funciona *así*…

Di un paso atrás.

Su enojo se había desvanecido. Solo quedaba miedo.

–Por supuesto que no puedes –afirmé con la voz ronca–. ¿En qué estaba pensando?

Le di la espalda y entré a la casa, dejé la puerta abierta de par en par.

El hombre desconocido parpadeaba con ojos de sueño cuando entré al dormitorio de nuevo.

–¿Qué sucede? –preguntó.

No respondí. Fui hasta la mesa de luz y abrí el cajón. Dentro había una caja y, en esa caja, un lobo de piedra que había sacado de allí una y otra vez, una promesa rota una y otra vez. Giré sobre mis talones y caminé por el pasillo, con la voz de mi madre en la cabeza, diciéndome "los lobos *mienten*, *mienten*, Gordo, te *utilizan* y te harán creer que te aman, quizás hasta te lo *digan*, pero *mienten*".

Siempre lo hacen.

Yo era humano.

No tenía nada que hacer con lobos.

Seguía de pie en el porche.

Abrió los ojos como platos cuando vio la caja en mi mano.

–No –rogó.

–Gordo –suplicó.

–Espera. Por favor, espera –pidió.

Se la ofrecí.

No la tomó.

–Tómala. Tómala ahora –ordené.

–Por favor –dijo Mark Bennett.

Se la clavé en el pecho. Se estremeció.

–Tómala –grité.

Lo hizo. Sus dedos rozaron los míos. Se me erizó la piel en los hombros desnudos. El aire era fresco y sentí que me ahogaba.

–No tiene que ser así.

–Dile a Thomas –dije, luchando para hablar mientras aún podía–. Dile que no quiero saber nada con él. Que no quiero volverlo a ver. Dile que se mantenga lejos de Green Creek.

–¿O qué? –preguntó Mark, estupefacto.

–O no le gustará lo que haré.

Me permití verlo por última vez. A ese hombre. A ese lobo. Fue un segundo que duró una eternidad.

Y luego me volví y entré, y cerré la puerta de un portazo.

Se quedó en mi porche por un largo minuto. Lo podía oír respirar.

Luego, se marchó.

Me permití una última lágrima por Mark Bennett.

Pero ya era suficiente.

Volvería a verlo, aunque no lo sabía entonces. Pasarían años, pero, un día, volvería. Todos lo harían. Thomas. Elizabeth. Carter. Kelly. Joe. Mark. Volverían a Green Creek, y tras ellos, una bestia que traería la muerte a Thomas Bennett.

Rodeamos a Joe, de pie frente a la casa Bennett por primera vez en tres años, un mes y veintiséis días.

Frente a nosotros, una manada a la que no pertenecíamos.

Elizabeth.

Rico.

Chris.

Tanner.

Jessie.

Un lobo con lentes a quien no reconocí.

Mark.

Un hombre cuyo padre le había dicho que la gente haría que su vida fuera una mierda. Que no lograría nada.

Y que, de algún modo, se había convertido en Alfa.

UN AÑO MÁS TARDE

IDIOTA DE MIERDA / LA CANCIÓN DEL ALFA

—Te estás comportando como un idiota de mierda –dijo Oxnard Matheson.

No aparté la vista de la computadora. Estaba tratando de entender cómo funcionaban los informes de gastos en el nuevo programa que cierto lobo con lentes había instalado, pero la tecnología era un enemigo al que aún no había podido destruir. Estaba considerando seriamente darle un puñetazo al monitor. Había sido un día largo.

Así que hice lo que mejor me salía, lo ignoré con la esperanza de que

Nunca funcionaba.

–Gordo.

–Estoy ocupado.

Apreté un botón del teclado y la computadora emitió un mensaje de error. Odiaba todo.

–Me doy cuenta. Pero sigues siendo un idiota de mierda.

–Genial. Maravilloso. Fantástico.

–No…

–Guau –exclamó otra voz–. Está muy intenso todo aquí ahora.

Tuve que hacer un esfuerzo para no darme la cabeza contra el escritorio.

Robbie Fontaine estaba junto a Ox, mirándonos con curiosidad. Tenía puesta una camisa de trabajo con su nombre bordado, un regalo de Ox que me había hecho poner los ojos en blanco, dado que nadie me había preguntado *a mí* nada al respecto. Usaba unos gruesos lentes de moda que no necesitaba para nada. Sus ojos eran casi negros de tan oscuros, y sonreía con esa sonrisa astuta que yo no soportaba. Me guiñó un ojo cuando descubrió que lo miraba. Era insufrible.

–¿Están peleando de nuevo? –preguntó.

–No te contraté –le informé.

–Ah, ya lo sé. Ox lo hizo. Así que… –se encogió de hombros–, es casi lo mismo.

–La última vez que intentaste trabajar en un coche, lo prendiste fuego.

–Raro, ¿verdad? Todavía no entiendo qué pasó. Quiero decir, en un momento todo estaba bien, y al otro salían *llamas*…

–Se suponía que debías rotar las llantas.

–Y se incendiaron espontáneamente, no sé cómo –explicó con lentitud, como si *yo* fuera el imbécil–. Pero para eso tenemos seguro, ¿verdad? Además, ahora trabajo solamente en la recepción. Sé de buena fuente que a la gente le gusta tener algo atractivo que mirar cuando dejan los automóviles. Supongo que es esperable cuando el resto de ustedes luce tan... tú sabes. Brutos.

–No lo contraté –le repetí a Ox.

–¿No tienes cosas que hacer? –le preguntó Ox.

–Probablemente –replicó Robbie–. Pero creo que prefiero quedarme aquí. ¿Por qué Gordo está comportándose como un idiota de mierda? ¿Es la cosa con Mark?

–Estoy tratando de trabajar –les recordé. Era inútil, pero tenía que decirse de todos modos. A Ox se lo veía molesto, lo que significaba que iba a decir lo que pensaba. Desde que se había convertido en un Alfa real, era así de insufrible.

–¿Por qué estamos mirando a Gordo? –dijo otra voz, y gruñí–. *Lobito*, ¿estás molestando al jefe de nuevo?

–Rico, *sé* que tendrías que estar haciéndole el cambio de aceite al Ford ese y al Toyota.

Mi amigo me sonrió mientras se metía en la atestada oficina.

–Es probable –concedió–. ¡Pero lo bueno es que lo haré en algún momento! Lo que está sucediendo aquí parece ser mucho más interesante. De hecho, un momento –se asomó hacia el interior del taller– ¡Oigan! Traigan sus traseros aquí. Estamos haciendo una intervención.

–Ay, cielos –mascullé y me pregunté cómo mi vida se había convertido en esto. Tenía cuarenta años y pertenecía a una manada de perras entrometidas.

–Por fin –oí que Tanner murmuraba–. Se estaba empezando a poner triste la cosa.

–Hasta *yo* me estaba preocupando –observó Chris–. Y sabes que no me gusta preocuparme.

La oficina era pequeña y yo estaba sentado detrás del mismo viejo escritorio astillado que Marty había comprado de segunda mano años antes. Un minuto más tarde, cinco hombres adultos se apretujaron dentro y se me quedaron mirando, esperando a que yo hiciera *algo*.

Los odiaba con pasión, maldita sea.

Los ignoré y volví a trabajar en el informe de gastos.

A *intentar* trabajar en el informe de gastos.

Le había dicho a Ox que no había necesidad de actualizar el programa. Funcionaba lo más bien. Pero entonces *él* había dicho que *Robbie* decía que no podía manejar un programa que había sido hecho a finales de los noventa. Le había respondido diplomáticamente que probablemente Robbie ni siquiera tenía vello púbico a finales de los noventa. Ox se me quedó mirando. Le sostuve la mirada.

El programa fue actualizado al día siguiente, para alegría de Robbie. Y me había pasado los cuatro días siguientes pensando en maneras de enviarlo de vuelta por donde había venido.

La computadora emitió otro mensaje de error cuando toqué F11.

Rico, Chris y Tanner se rieron disimuladamente de mí.

Quizás, si les tiraba la computadora a la cabeza, funcionaría como era debido.

Seguramente yo me sentiría mejor.

Pero existía la posibilidad de que regresaran con las caras rotas y cosidas, y yo me sintiera mal y quizás empezara a *escuchar* de verdad toda la mierda…

–Está haciendo un mohín –le susurró Rico a Chris y a Tanner.

–Awww –le respondieron.

Ese es el problema de tener a tus amigos más antiguos como empleados y miembros de tu manada. Los tienes que ver todos los días y nunca te puedes escapar, por más que lo intentes. Esto era culpa de Ox, por supuesto, por contarles acerca de los hombres lobos y los brujos, un error por el que aún no lo había perdonado.

–¿Son conscientes de que podría matarlos solamente con el poder de mi mente? –les recordé.

–¿No habías dicho que no podías hacer eso? –preguntó Tanner, un poquito preocupado.

–Claro que no puede –afirmó Ox–. No funciona así.

–Esto es culpa tuya –le espeté.

Se encogió de hombros.

–Mierda de Alfa zen.

–¿No es extraño? –preguntó Rico–. Quiero decir, desde el día en que él y Joe tuvieron sexo mágico místico lunar y se convirtieron en compañeros o lo que sea…

–¿Podrías dejar de decirle así? –gruñó Ox, los ojos centelleando rojos.

–Bueno, es lo que fue –repuso Chris.

–Te mordió y todo –señaló Tanner.

–Y luego apareciste oliendo a burdel con una sonrisa rara en la cara –agregó Rico–. Y ¡pum! Alfa zen gracias al sexo mágico místico lunar. Debe haber sido un orgasmo tremendo.

Eso… no estaba tan lejos de la verdad. Por más perturbador que fuera, hubo un momento en el que *todos* fuimos golpeados por una oleada de *algo* cuando Ox, el chico al que había visto crecer ante mis ojos, y otro Alfa tuvieron sexo y…

–Ay, Dios –gemí, y deseé estar en otro lugar.

–Sí –asintió Rico–. Yo también estoy pensando en eso ahora. Quiero decir, sexo anal y todo eso, pero no soy homo, ¿eh?

Miró a Ox con el ceño fruncido.

–Quiero decir –continuó–, no es un requisito para estar en una manada, ¿verdad? Porque no sé si te he dicho esto, pero soy bastante hetero. Aunque haya visto a más hombres desnudos en los últimos años que en mi vida entera. Porque… hombres lobos.

–Bueno –dijo Chris–. Estuvo esa vez que tú…

–Ah, es verdad –confirmó Tanner–. Esa vez que tú…

–Tequila –añadió Rico, estremeciéndose.

–¿Esa vez que hiciste qué con quién? –quiso saber Robbie.

–¿Por qué estás tan sorprendido? –le dijo Rico, frunciendo el ceño–. ¡Puedo conseguir al tipo que quiera!

–Quiero decir, ustedes son atractivos, supongo. Para ser viejos.

Lo miramos todos con rabia, salvo el Alfa zen, que se quedó de brazos cruzados, emanando serenidad.

–¿Viejos? –repitió Rico lentamente–. Lobito, no me caes muy bien en este momento.

–Quizás te consiga tequila a ver si cambias de idea –le espetó Robbie, contoneando las cejas–. ¿Así es la charla de taller? ¿Estoy hablando como se habla en el taller? ¡Cerveza y tetas!

–Culpa tuya –le dije de nuevo a Ox–. Todo esto. Cada una de las personas en esta habitación salvo yo son culpa tuya.

Ox sonrió con calma. Me enfurecía.

–Te estás comportando como un idiota de mierda.

Maldición. Pensé que se habían distraído.

–En este momento estoy trabajando, por si no se dieron cuenta. Que es algo que todos deberían pensar en hacer.

Nadie se movió.

–Están todos despedidos –probé. Se quedaron ahí parados.

–Váyanse todos a la mismísima mierda –intenté otra ruta.

–Dile que lo amas de una vez –dijo Robbie–. Hasta la gente vieja como tú se merece sacar la cabeza del culo.

–¿Cómo está Kelly? Y quítate esos lentes. No te hacen falta y te hacen lucir estúpido.

Se puso rojo y empezó a farfullar.

Ox posó una mano sobre el hombro de Robbie y *tranquilo* y *calma* y *ManadaManadaManada* y Robbie empezó a respirar regularmente. Hasta mi enojo ante su intrusión se desvaneció un poco, lo que era injusto. En menos de un año, Ox se había convertido en uno de los Alfas más poderosos que yo había conocido. Quizás incluso más que Thomas o Abel Bennett. Pensábamos que tenía que ver con el hecho de que había sido un Alfa humano antes de que Joe se viera obligado a morderlo.

Sea cual fuera la razón, Ox no se parecía a ningún lobo que hubiera conocido. Y desde que él y Joe se habían convertido oficialmente en compañeros, su dominio se extendía sobre todos nosotros, se habían combinado las manadas, aunque no sin dificultades. Carter y Kelly seguían mostrando deferencia ante Joe y el resto a Ox, pero, al final del día, ambos eran nuestros Alfas. Nunca había oído de una manada liderada por dos Alfas, pero estaba acostumbrado a ser testigo de imposibles en Green Creek.

Ox se manejaba con cuidado, porque en un momento se planteó la cuestión del libre albedrío. Si Ox y Joe querían, podrían forzar su voluntad sobre sus Betas y sus humanos y obligarlos a hacer lo que quisieran. Era una línea delgada sobre la cual caminar, ser un Alfa y ejercer el control. Si querían, juntos podían convertirnos en cáscaras sin inteligencia.

Pero la expresión de horror en la cara de Ox la primera vez que lo hizo por accidente fue suficiente para hacernos saber que no ocurriría. No que haya pensado que lo fuera hacer. No era esa clase de persona, sin importar en quién se había convertido.

Pero había momentos, como este con Robbie, en los que él *presionaba* y todos lo sentíamos. No tenía que ver con control. Era acerca de ser manada, acerca de estar conectados de un modo que jamás había sentido antes. No había sido así ni siquiera cuando no éramos más que un puñado de nosotros alrededor de Joe en la ruta. Esos años surgieron de la desesperación y de la supervivencia en el mundo exterior. Ahora estábamos en casa, y completos.

En su mayoría.

Por eso es que estaban todos metidos en esta pequeña oficina, listos para atacarme de nuevo.

Pero antes de que pudieran hacerlo, sentí una punzada intensa que me recorría el brazo. Bajé la vista para ver dos líneas que ondulaban con rapidez y brillaban con un verde bosque oscuro.

Ox y Robbie se pusieron tensos.

Hasta los humanos lo sintieron, por la expresión de sus caras.

Los ojos de Ox ardían.

–Las guardas –dijo con voz grave–. Han sido vulneradas.

Ox, Robbie y yo nos subimos a la camioneta vieja de Ox. Yo conducía, Robbie iba entre Ox y yo, y Ox irradiaba furia junto a la ventanilla. Los demás nos seguían en el coche de Rico. Era mediados de octubre y las hojas de los árboles de Green Creek explotaban de naranja y rojo. Decoraciones de Noche de Brujas adornaban las tiendas de la calle principal. Había calabazas de poliestireno en las ventanas del restaurante. El cielo empezaba a oscurecerse, y las aceras estaban llenas de las personas que salían de trabajar.

Acabábamos de salir del pueblo cuando sonó el teléfono de Ox. Lo puso en altavoz y lo apoyó en el salpicadero.

–Ok –dijo una voz grave–. Lo sentiste.

Joe Bennett sonaba como si estuviera gruñendo con la boca llena de colmillos.

–Sí. Del bosque –contestó Ox.

–Los otros.

–Conmigo. Jessie sigue en la escuela. ¿Tú?

–Mamá. Carter. Kelly. Todos en casa.

Por el rabillo del ojo, vi que Ox me miraba de reojo.

–¿Mark? –preguntó.

Una duda breve.

–Está en camino.

–Llegaremos pronto.

El teléfono emitió un pitido cuando Ox lo arrojó en la guantera. Conté hasta tres mentalmente y, en el momento que llegué a *uno*…

–Gordo. Él va a…

–Déjalo, Ox. No importa.

–No hemos terminado.

–Dije que lo *dejes*.

–Me siento muy incómodo en este momento –murmuró Robbie.

Condujimos el resto del camino en silencio.

Llegamos al camino de tierra que conduce a las casas de los Bennett. Piedras y polvo flotaron a nuestro alrededor cuando el volante intentó escapárseme de las manos. Los otros nos seguían de cerca.

–Los frenos necesitan arreglo –dije, en voz suave.

–Lo sé.

–Deberías llevarla al taller. Te puedo conseguir un descuento.

–¿Conoces al dueño o algo parecido?

–Algo parecido.

Seguía tenso, pero puso los ojos en blanco y sonrió mostrando mucho los dientes. Robbie suspiró, la mano sobre el brazo de su Alfa.

Las casas aparecieron ante nosotros. La azul donde Ox había vivido con su madre. La casa mucho más grande de los Bennett, retirada y más cerca de los árboles. El todoterreno de la manada estaba estacionado al frente junto al pequeño Honda de Jessie.

–Pensé que se iba a quedar en la escuela –dijo Robbie.

–Se suponía que sí. Nunca hace caso –gruñó por lo bajo Ox.

Estaba en el porche esperando junto a los demás. Su largo cabello estaba sujeto en una coleta firme; tenía una expresión sombría. Era mucho más fuerte que la niñita que Chris había traído al taller hace años cuando su madre murió. De hecho, de todos los humanos del grupo, ella probablemente era la más mortífera. Estaba armada solo con una vara con incrustaciones de plata, pero había hecho caer a casi todos los miembros de la manada en algún momento.

Elizabeth estaba junto a ella. Tan grácil como siempre, lucía como la reina que era. No se movía, parecía flotar. Era mayor ahora, las líneas de su cara estaban más marcadas. Había sobrevivido la pérdida de su manada para construir otra, y perder entonces a su compañero y Alfa en las garras de la bestia, y a sus hijos en la ruta. Tenía cicatrices, pero estaban enterradas debajo de su piel. Su pena se había suavizado con los años, y ya no parecía estar tan atormentada como antes. Ox me había dicho que había empezado a pintar de nuevo y que, aunque por ahora solo con azul, esperaba que pronto llegara el alivio verde.

Carter y Kelly estaban de pie uno a cada lado de su madre. El tiempo en la carretera los había cambiado, y en el año que había pasado desde su regreso, aún luchaban para reconciliar quienes eran ahora con quienes solían ser. Carter seguía siendo un lobo grande y musculoso que se enojaba más fácilmente ahora que antes. Seguía llevando la cabeza afeitada como un soldado.

Kelly había perdido algo de masa muscular desde su regreso. Era el más suave de los dos y, aunque seguía pareciéndose a sus hermanos (esas cabelleras rubias y ojos azules color cielo), se había adaptado mejor al hogar que Carter. Carter, a veces, parecía no saber muy bien si realmente estaba en casa o no. Kelly había encontrado su lugar de nuevo, y era casi como si nunca se hubiera ido.

Pero ambos cargaban con los monstruos y las separaciones de los últimos años con orgullo. Ya no eran los niños que habían sido. Habían visto cosas que la mayoría no vería jamás. Habían peleado para defender sus vidas y a sus manadas contra una bestia que les había quitado muchísimo. Habían ganado, pero no sin sufrir pérdidas.

Joe estaba un poco alejado de ellos. Tenía los brazos cruzados a la espalda, la cabeza ligeramente alzada. Sus ojos estaban cerrados, y supe que estaba oliendo su territorio y lo que fuera que hubiera vulnerado las defensas que yo había colocado. Yo tenía una idea aproximada de qué era, pero era mejor prevenir que lamentar.

Ox se bajó antes de que apagara la camioneta.

–Te dije que te quedaras en la escuela –le dijo a Jessie, señalándola.

–¿Recuerdas cuando te arrojé contra un árbol la semana pasada? –le preguntó ella con dulzura, dándose golpecitos en el hombro con la vara.

Él le mostró los dientes, pero ella se rio.

Ox avanzó hacia Joe, le puso la mano sobre la nuca y le dio un apretón. Se quedaron parados uno al lado del otro sin hablar. Observando, esperando.

–Bien –dije–. Bien.

–¿Bien? –preguntó Robbie, y me sobresalté. Me había olvidado que estaba sentado junto a mí.

–Bájate. Y quítate esos malditos lentes.

Me guiñó un ojo, se deslizó por el asiento hacia la puerta que Ox había dejado abierta. Kelly se puso rígido al verlo avanzar hacia la casa. No sabía qué demonios estaba sucediendo entre esos dos, y no quería enterarme. Tenía otras preocupaciones.

Los muchachos estacionaron detrás de mí y charlaban con nerviosismo cuando abrí la puerta del conductor. Rico estaba poniéndole el cargador a una de sus pistolas semiautomáticas S&W calibre 40. Tanner estaba haciendo lo mismo. Parecía que Chris estaba a punto de clavarse uno de sus propios cuchillos en el ojo. Me preocupaban muchísimo.

Intenté no notar quién no estaba en la casa.

No me salió muy bien.

–Elizabeth –la saludé con una inclinación de cabeza al acercarme al porche.

–Gordo –me sonrió con dulzura–. Nunca un momento aburrido.

–No, señora.

–Está en camino.

–No pregunté.

–Lo pensaste.

Jessie tosió, pero pareció que intentaba cubrir una risa.

–No tiene importancia.

–Seguro que no –repuso Elizabeth con calma. Estiró la mano y me la pasó por el brazo, dejando una estela de luz al encenderse mis tatuajes bajo su toque. Me había llevado un largo tiempo acostumbrarme al toque de los lobos de nuevo y trataba de evitar los montones en los que les gustaba echarse, pero ya no los apartaba. Ox estaba satisfecho, y Joe también. Sabía disimular bien.

–¿Ox hablo contigo? –me preguntó Carter.

–Lo intentó.

–Obstinado, eh –me miró de arriba a abajo–. Deberías mejorar eso.

–¿Fuiste tú quien le dio la idea?

–No –respondió, y al mismo tiempo Kelly dijo "Por supuesto que sí".

Jessie tosió fuerte de nuevo.

–Imbéciles –mascullé–. Ocúpense de sus propios asuntos de mierda.

–Viejo cascarrabias –se mofó Kelly.

–Eso le dije yo –repuso Robbie–. Pero puso esas cejas de asesino que pone a veces. Como en este preciso instante.

Se rieron todos de mí.

Los dejé en el porche.

Ox y Joe seguían en silencio cuando me acerqué a ellos, la mano de Ox seguía sobre el cuello de Joe.

Joe me miró de reojo cuando me paré junto a él. Sus ojos centellearon, y sentí la atracción de *manada* cuando mi brazo rozó el suyo.

Había sido… difícil, intentar conciliar las diferencias entre mi Alfa y mi lazo. Jamás había habido dos Alfas a cargo de una sola manada antes y, por un tiempo, no supe si funcionaría. Me sentía cerca de Joe porque era lo único que había conocido durante tres años. Estaba conectado con Ox porque me mantenía cuerdo.

No había sido justo para él. Para Ox. Que lo hiciera mi lazo como lo hice, con una camisa de trabajo con su nombre bordado al frente. No sabía nada acerca de los monstruos en la oscuridad. Pero el rugido en mi cabeza se debilitaba, el enojo se reducía cada vez que él estaba cerca. Cuando me di cuenta de lo que estaba sucediendo, ya era demasiado tarde. Y entonces los Bennett volvieron a Green Creek, trayendo consigo una vida de recuerdos que me había obligado a olvidar.

Fue aún más difícil la primera vez que Thomas vino a pedirme que lo ayudara con Joe, que parecía no poder mantener su transformación. O cuando vi por primera vez en años a Mark, de pie en una acera de Green Creek, como si jamás se hubiera marchado.

Nada de esto había sido fácil. Pero sentía que estaba mejorando.

–¿Ox habló contigo? –me preguntó Joe.

Bien, no está mejorando para nada. Que se fueran a la mierda todos.

–Cejas de asesino –murmuró Ox.

–Tenemos otras cosas por las que preocuparnos –les recordé.

–Claro, Gordo –concedió Joe, relajado. Había recuperado la paz al volver a Green Creek, en particular después de la muerte de Richard Collins. Era el hijo de su padre, para mi sorpresa. Era tranquilo y fuerte y no le hacía asco a un poco de manipulación en casos de necesidad. Me dije que no lo hacía con mala intención, pero seguía lidiando con la idea de Thomas Bennett, por más que ya no fuera más que ceniza y polvo desparramados por el bosque que rodeaba la casa Bennett–. Otras cosas. Pero se me da bastante bien hacer varias tareas en simultáneo, por si no lo habías notado.

–¿Omega?

Joe chocó su hombro contra el mío.

–Sí.

–¿Como los otros?

–Es probable. Tus guardas nos avisan con suficiente antelación. Confío en ellas. Como confío en ti.

No debería haberme sentido tan bien como lo hice.

–Estás tratando ponerme de buenas.

Entrecerró los ojos.

–¿Funciona?

–No.

–Kelly tiene razón, sabes.

–¿Acerca de qué?

–Viejo cascarrabias.

–Te prenderé fuego aquí mismo. Ahora.

Joe rio por lo bajo y volvió a mirar hacia el bosque. Sea lo que fuera, Omega u otra cosa, se estaba acercando. En lo alto, el cielo se oscurecía y las primeras estrellas brillaban.

–Está llegando Mark –murmuró Ox.

Hice crujir los nudillos.

Joe resopló y negó.

Lo oí antes de verlo. Reconocería el sonido de esas largas patas sobre la tierra en cualquier sitio. Me ordené quedarme quieto en mi lugar y seguir mirando hacia adelante, pero oí en mi cabeza *hermano* y *amor* y *manada* y *MarkMarkMark* cuando los otros lobos recogían el lazo de sus Alfas.

Hasta los humanos lo oyeron, débilmente. Yo estaba conectado con la manada por mi magia, y por eso podía oír sus canciones.

La voz de mi madre me susurró, recordándome que los lobos *usaban* y *mentían*, pero la hice a un lado. Lo que Thomas supiera, o no supiera, ya no tenía importancia. Había muerto, y Ox se había convertido.

–Debe haber dejado su coche en… –dijo Carter.

–*Cállate*, Carter –siseó Kelly.

–Ay. Mierda. Cierto. Eso de lo que no hablamos para no herir los sentimientos de Gordo.

–¡Puede oírte!

–Todos podemos oírte –le dijo Elizabeth a su hijo.

–Alguien tiene que decirlo –murmuró Rico–. Es estúpido.

–¿Cómo está esa linda chica tuya? –le preguntó Elizabeth.

–¿Cuál?

–Melanie, ¿verdad?

–Ah. Bien. ¿Supongo? Quiero decir, no he hablado con ella en los últimos meses.

–Ahora está con Bambi –aclaró Tanner.

–Bambi –repitió Robbie–. Es… No sé qué es eso.

–Está buena –dijo Chris–. Tiene un par enorme de…

–No estás en el taller –le recordó Jessie.

–… de sentimientos. Que… son lindos.

–Buena atajada –masculló Tanner.

–Tiene sentimientos enormes –continuó Rico–. A veces, pone sus sentimientos encima de…

–Necesitamos más mujeres en la manada –suspiró Jessie.

–Creo que nos las arreglamos bien –dijo con ligereza Elizabeth.

Me volví y miré por encima del hombro.

Un gran lobo castaño zigzagueaba entre los automóviles. Sus hombros eran tan altos como el capó de la camioneta de Ox, sus orejas se movían nerviosamente en la parte superior de su enorme cabeza. Sus patas dejaban marcas en la tierra más grandes que mi mano. Recorrió con la mirada a la manada reunida ante él. Y por último recayó en mí. Se detuvo un momento antes de apartarse.

Me giré hacia el bosque.

Sentí la transformación de hueso y músculo a mis espaldas.

–Se pensaría que ya estoy acostumbrado a ver lobos transformándose en personas desnudas a esta altura –comentó Rico–. Pero parece que no.

–Podrías ser una de esas personas desnudas –apuntó Robbie–. Nada más tienes que dejar que Ox o Joe te conviertan y podrás exhibir tus partes como todos los demás.

–Por favor, no le des ideas –se horrorizó Chris–. Hay cosas que nadie debería ver.

–No seas racista. Y, además, crecimos juntos. Me has visto desnudo cientos de veces. ¡Todos nos masturbamos juntos cuando teníamos doce!

Joe y Ox se volvieron lentamente a mirarme.

Les devolví una mirada rabiosa.

–No tuve nada que ver con eso. En todo caso, es culpa de Ox por hacerlos partícipes en un principio.

–¿Para qué se los contaste? –exigió Chris.

–Ay, por favor –se defendió Rico–. Formamos parte de una manada de hombres lobos a quienes a veces oímos en nuestras mentes. Ya no tenemos límites.

–¿Sigue creyendo que leemos la mente? –susurró Kelly.

–No sé –respondió Carter–. Pero no le recuerdes que no podemos. Me gusta enterarme de cosas que me traumatizarán para el resto de mi vida.

–Jamás me masturbé con ellos –aseguró Tanner.

–Estabas enfermo ese día –le dijo Rico–. Si no también te hubiéramos invitado.

Ox y Joe habían ofrecido convertir a los humanos de la manada. Jessie se había negado categóricamente y había dicho que no quería. Chris la imitó poco después, y si había sido o no por su hermana, no lo supe. Tanner se mostró más reticente y, de todos los humanos, pensé que sería el que más dispuesto estaría a convertirse. Pero nunca hacía nada sin averiguar todo lo posible acerca de algo, y me pareció que era solo una cuestión de tiempo para que le pidiera a Ox que lo mordiera.

A Rico, por el otro lado, parecían importarle una mierda las dos opciones. Había hecho que Ox y Joe le prometieran convertirlo en caso de una situación de vida o muerte, pero parecía sentirse bien como estaba.

Me sentí aliviado. La idea de que cualquiera de ellos pudiera sacar garras me daba ansiedad.

–Vine lo más rápido que pude –dijo una voz grave–. ¿Ya sabemos qué es?

–Parece ser un Omega –repuso Elizabeth.

–¿Otro? Es el tercero este mes.

–Curioso, ¿verdad? Te dejé un par de pantalones dentro. Kelly, ¿podrías buscarlos?

Oí la puerta mosquitera al abrirse e intenté concentrarme desesperadamente en el Omega que se acercaba. No era necesario que echara un vistazo por encima del hombro para contemplar...

Joe me chocó el hombro de nuevo.

Me volví para mirarlo.

Sonreía.

–Cállate –mascullé.

Antes de que pudiera responderme, Mark Bennett se acercó a mí.

Tenía el pelo afeitado al ras, con el cabello apenas incipiente. Su barba estaba más poblada que nunca, recortada con precisión y más clara que el castaño oscuro de su lobo. Sus ojos eran azul hielo como siempre, fríos y atentos. El par de vaqueros le colgaba peligrosamente de las caderas, pero afortunadamente estaban abotonados y el cierre estaba subido. No tenía puesta la camisa, el vello le cubría el pecho corpulento y el estómago plano. Cuando su brazo rozó el mío, la piel se sintió caliente, una consecuencia de su transformación reciente.

–Gordo –dijo, ligeramente divertido, como siempre parecía estarlo cuando pronunciaba mi nombre.

–Mark –le respondí, la vista clavada hacia adelante.

Ox y Joe suspiraron al unísono, como los Alfas insufribles que eran.

–¿Buen día?

–Sí. ¿El tuyo?

–También.

–Bien.

–Genial.

–Idiotas –mascculló Joe.

Antes de que pudiera responder a *eso*, un Omega apareció en el límite del bosque.

Era una mujer, y parecía haber visto días mejores. Tenía la ropa en harapos, los pies descalzos y sucios de tierra. Estaba despeinada y *vaciló* ante la vista que apareció frente a ella, el resto de la manada se desplegaba detrás de nosotros, en alerta. Habíamos vuelto a Green Creek hacía poco más de un año y en ese tiempo nos habíamos convertido en una máquina bien aceitada. Conocíamos nuestras fortalezas. Estábamos conscientes de nuestras debilidades. Pero jamás había existido una manada como esta, y nos habíamos abierto paso a arañazos para llegar a donde estábamos ahora.

Los Alfas estaban de pie, uno al lado del otro.

Hice crujir el cuello.

Carter, el segundo de Joe, su ejecutor, gruñó.

El segundo de Ox, Mark, se paró detrás de él, hacia la izquierda.

Kelly estaba junto a su hermano.

Seguían los humanos.

Elizabeth y Robbie cerraban la retaguardia.

Éramos doce. La manada Bennett.

Y una Omega.

Por eso me sorprendió cuando sus ojos brillaron violetas y cargó hacia nosotros, transformada a medias y gruñendo.

Nadie emitió un sonido a nuestras espaldas.

Apreté dos dedos contra una runa de tierra en mi brazo, clavando las uñas hasta que brotó sangre.

El suelo debajo de los pies de la Omega onduló y se tropezó hacia adelante; sus manos se transformaron en zarpas al caer sobre la tierra. Pelo gris sucio le brotó de los brazos mientras luchaba para no perder el equilibrio. Era una batalla perdida, y se cayó sobre un hombro, mostrando los colmillos y con los ojos ardientes clavados en mí. Gruñó salvajemente mientras lanzaba dentelladas en mi dirección.

Mark avanzó, los músculos de su espalda transformándose mientras intentaba colocarse frente a mí, como para *protegerme*. Movió una mano hacia atrás, como si estuviera preparándose para apartarme. Ese hijo de puta pensaba que...

La Omega se levantó y se puso en movimiento, lanzándose hacia nosotros.

Mark se puso tenso.

Pero todo terminó antes de empezar.

Ox se movió mucho más rápido de lo que un hombre de su tamaño debería poder moverse. En un instante estaba junto a Joe, y al siguiente su mano rodeaba el cuello de la Omega, deteniéndola.

La alzó del suelo; ella pateaba mientras intentaba empalarlo con sus garras. No tuvo la oportunidad, porque él la estrelló contra el piso con un crujido de huesos espantoso, se arrodilló junto a ella, las caras pegadas, sus ojos ardiendo.

Y, en ese momento, rugió.

Nos arrolló un estallido que recorrió el bosque. Los lobos Beta gimieron por lo bajo. Los humanos se taparon los oídos. Hasta Joe se estremeció.

Mis tatuajes se encendieron, los colores bailaron por mis brazos. El pico del cuervo se abrió para emitir un grito silencioso, las rosas florecieron, abiertas y brillantes.

La canción del Alfa es algo extraordinario, y nadie la cantó como Oxnard Matheson.

La Omega inmediatamente volvió a ser humana, el violeta se apagó en sus ojos. Empezó a llorar, un sonido bajo y doloroso, y se hizo un ovillo.

Murmuraba *Alfa* una y otra vez mientras sus hombros se sacudían.

–Robbie –llamó Joe, mientras contemplaba como Ox retiraba la mano de la garganta de la Omega–, llama a Michelle Hughes. Dile que tenemos otra.

PUNTITOS DE LUZ / HUESOS Y POLVO

Elizabeth y Jessie se llevaron a la mujer. No dejó de temblar, la cabeza gacha, el pelo sucio alrededor de la cara. Elizabeth le rodeó los hombros con el brazo y le susurró al oído. Jessie las siguió, echándole una mirada a Ox antes de desaparecer dentro de la casa. Si la Omega se parecía a los otros, no tendrían ningún inconveniente. Pero si no era así, Elizabeth lo manejaría. Volví mi atención a los Alfas.

–No se alegrará –le estaba diciendo Joe a Ox.

–Michelle no se alegra con nada –replicó él, frotándose las manos contra los pantalones de trabajo–. Nunca. Ya lo sabes.

–De todas maneras...

–Me importa una mierda su alegría. Le advertimos que esto estaba sucediendo y no hizo nada. Esto es tanto responsabilidad de ella como nuestra, diga lo que diga.

Robbie caminaba de un lado al otro frente a la casa, hablando en voz baja en su celular, molesto.

–No me *importa* qué estoy interrumpiendo. Dile que el Alfa de la manada Bennett necesita hablar con ella. *Ahora* –hizo un momento de silencio y suspiró–. Qué difícil es encontrar buenos empleados estos días. No, hablaba de *ti*. ¡Mueve el trasero! Cielos.

–Estás sangrando.

Mark estaba allí, demasiado cerca para tratarse de alguien a medio vestir. Miró mi brazo con el ceño fruncido. Bajé la vista. Un hilito de sangre brotaba de las marcas que había hecho con las uñas. Sus fosas nasales aletearon. Me pregunté a qué olería para él, si sería cobre con un toque de relámpago.

–No es nada –dije, dando un paso atrás cuando me pareció que iba a tocarme–. He tenido peores.

–Te has cortado.

–Hice lo que tenía que hacer.

–No hace falta que sangres para que funcione –afirmó con el ceño fruncido.

Resoplé.

–Porque sabes tanto acerca de magia…

–Ah, claro, no es como si hubiera estado cerca de ella toda la vida.

–No… –le advertí.

–Gordo…

–¿Y qué fue eso, ya que estamos? –eso lo detuvo.

–¿Qué?

–Tú entrometiéndote en mi camino.

Sus cejas pobladas bailaron una danza complicada.

–Se dirigía a ti.

–Sé cómo arreglarme solo.

–No dije que no pudieras.

–No necesito que...

–Como si no me lo hubieras dejado claro. Eres manada, Gordo. Habría hecho lo mismo por cualquiera.

Maldición. Eso no debería haberme dolido tanto.

–¿Cómo está Dale? –le espeté, sabiendo bien el tono desagradable que traían mis palabras.

–Dale está *bien* –sus ojos centellearon naranjas–. No sabía que te preocupaba tanto su bienestar.

Le sonreí de oreja a oreja.

–¿Qué puedo decir? Soy un buen tipo. Me muero de ganas por conocerlo. ¿Estás pensando en contarle acerca de tu período peludo de cada mes?

Apretó los dientes.

Le clavé la mirada.

–Ojalá hubiera traído palomitas –oí que Chris murmuraba.

–Esto es mejor que esos programas de *Real Housewives* que jamás he visto ni he grabado en mi DVR –le susurró Rico.

–Creí que esos eran para Bambi –dijo Tanner.

–Lo son. Es por eso que están ahí. No porque yo los mire solo, nunca.

–Necesito conseguirme una novia –suspiró Chris–. Estoy cansado de ver personas desnudas con las que no quiero tener sexo.

–Me parece mucho trabajo –replicó Tanner.

–Eso es porque eres arromántico. No *quieres* novia.

–Tal vez deberías a aprender a ser feliz por tu cuenta. Ser arromántico no tiene nada que ver con eso.

–Cállate la boca, Tanner. Me estás haciendo sentir mal.

–Los humanos son tan raros –mascullό Kelly.

–Ciertamente –coincidió Carter–. Ey, pregunta. ¿Por qué estás mirando a Robbie como si no pudieras decidir si es un insecto gigante o si quieres frotarte contra él?

Kelly le gruñó a su hermano y entró indignado a la casa, cerrando la puerta de un portazo.

–La estoy pasando tan bien –anunció Carter, a nadie en particular.

–Michelle se está conectando –avisó Robbie, metiéndose el teléfono en el bolsillo–. No está muy contenta. Para que sepas.

Ox sacudió la cabeza.

–No es mi problema. Robbie. Mark. Gordo. Vengan con Joe y conmigo. Carter, hazle practicar los ejercicios a estos idiotas.

–¡Qué!

–¡Por qué!

–¿Qué demonios hicimos *nosotros*?

Ox los miró con furia.

Rico puso los ojos en blanco.

–Sí, sí, sí. El *Alfa* dice salten, nosotros preguntamos cuán alto. Entendido. Creo que me gustaba más cuando no eras puros *grrrr*. *Bastardo*.

Seguí a Ox y a Joe dentro de la casa mientras Carter alegremente empezaba a impartir órdenes a los otros, que se quejaban por lo bajo. Antes de entrar, sentí que Mark me miraba y que luego murmuraba en voz queda algo que no pude comprender.

Kelly estaba en la amplia cocina, mirando a las ollas y sartenes sobre las hornallas con el ceño fruncido, como si estuviera tratando de entender lo que su madre había estado haciendo antes de que la Omega vulnerara las guardas. Elizabeth y Jessie no estaban por ningún lado. Las viejas cañerías gemían en las paredes. Debían tener a la Omega en uno de los baños, para tratar de lavarla.

Ox abrió la puerta que conducía a la oficina que compartía con Joe. Vacilé en el umbral como siempre que entraba, destellos de una antigua vida me golpearon en las entrañas: mi padre quemando su magia en mi piel, los ojos de Abel brillantes al mirarme. Abel sentado al otro lado de su escritorio, diciéndome que mi madre estaba muerta y que mi padre la había matado. Thomas sentado en el mismo lugar explicándome que se marchaban y que yo me quedaría porque era *humano*. Thomas pidiéndome ayuda. Joe dividiendo la manada, rompiéndole aún más el corazón a Ox. Este lugar cargaba con una historia de ira, una historia con la que aún no me había reconciliado.

–¿Estás bien? –preguntó Mark a mis espaldas.

Lo miré de reojo por encima del hombro. Afortunadamente, había encontrado un suéter colgando de un perchero cerca de la puerta, aunque le quedaba muy ajustado en el pecho. No me permití mirarlo mucho.

–Bien.

Asintió sin agregar nada más.

–¿Están teniendo un momento? –preguntó Robbie desde algún lugar detrás de Mark–. Quizás me puedan dejar pasar así no tengo que quedarme parado aquí, incómodo, mientras ustedes lo resuelven.

Los labios de Mark se retorcieron.

Entré a la oficina y él hizo lo mismo. Robbie nos siguió y cerró la puerta. La habitación estaba insonorizada para protegernos de orejas curiosas como las de la Omega que estaba arriba. Joe y Ox se quedaron de pie del lado opuesto a una gran pantalla montada sobre la pared. Robbie conectó su teléfono a un cable que nos permitía tener una videoconferencia a través del televisor. Yo aún usaba mi teléfono con tapa desde antes de que nos marcháramos para seguir a Richard Collins. Robbie suspiraba cada vez que lo veía.

–Mark –dijo Ox–. Quiero que permanezcas en silencio. No que estés fuera del campo de visión. Pero que estés atento.

–¿A qué? –preguntó Mark, asintiendo con lentitud.

–A cualquier cosa que no nos esté diciendo.

Parpadeé.

–¿Creen que sabe más de lo que dice?

–Habla mucho para alguien que no dice nada –observó Joe.

–La gente poderosa suele hacerlo –masculló Robbie, dándole un golpecito a su teléfono–. Y no es que no aprecie la invitación a la reunión con la jefaza, pero ¿por qué estoy aquí?

–Porque te conoce –dijo Joe–. Y creo que sigue confiando en ti.

Robbie puso los ojos en blanco.

–Me parece que eso terminó en el instante en que elegí a Ox en vez de a ella. Y no de esa manera –añadió Robbie rápidamente, abriendo los ojos y mirando a Joe–. Ya superé totalmente a Ox. No es que Ox me *gustara*. Era síndrome de Estocolmo o algo por el estilo. Tengo la vista puesta en otra cosa.

–Ajá –acotó Joe con sequedad–. Y por otra cosa, quieres decir mi hermano.

–Voy a cerrar la boca –dijo Robbie, tragando con dificultad.

–Buena idea –sonrió Joe, amenazante.

Ox se estiró y encendió la pantalla. Se iluminó de azul brillante mientras Robbie seguía dándole golpecitos a su teléfono. Alzó la vista hacia sus Alfas.

–¿Listos? –preguntó.

Joe asintió.

La pantalla se puso negra y emitió un pitido, dos, tres.

Y, entonces, apareció Michelle Hughes.

Era hermosa, con una belleza distante y fría. Tenía más o menos mi edad, aunque parecía más joven. El pelo oscuro le caía expertamente sobre los hombros y tenía muy poco maquillaje. Sonrió, pero no con la mirada. No sé si alguna vez lo hacía.

–Alfa Bennett –saludó–. Alfa Matheson. Qué bueno verlos de nuevo. Y tan cerca de nuestra última reunión.

–Alfa Hughes –le devolvió el saludo Joe–. Gracias por tomarse el tiempo de hablar con nosotros. Sé que es tarde en Maine.

Lo ignoró con un gesto.

–Siempre tengo tiempo para ustedes. Lo saben.

Robbie tosió. Sonó a sarcasmo.

–Robbie –comentó, buscándolo con la mirada–. Te ves bien.

–Sí, señora. Gracias, señora. Estoy muy bien.

–Qué bueno. Parece que tu manada te trata bien.

Tu manada.

–Sí –confirmó, hinchando el pecho con orgullo–. Son buenos Alfas.

–¿Lo son? Qué curioso. Livingstone.

–Michelle –dije, con tono aburrido.

Era buena. No reaccionó para nada ante mi falta de respeto.

–Y Mark Bennett. Qué reunión. Todo por una pequeña Omega.

–La tercera este mes –le recordó Ox, aunque ya lo sabía.

–¿Vive?

–*Vive* –dijo Joe–. No era una amenaza. No matamos indiscriminadamente.

Mark se puso rígido junto a mí, pero no dijo nada.

–¿No? Quizás Ox tenga una opinión distinta. Como estoy segura de que ya saben a esta altura, durante su pequeño... viaje por lugares desconocidos, la sangre de muchos Omegas se derramó en su territorio.

–Usted sabe por qué –replicó Ox, con su calma habitual.

–Sí. Porque estaban al servicio de Richard Collins, esas cositas patéticas. O, por lo menos, querían llamarle la atención. Y ahora que está muerto, bueno... tienen que ir a algún lado.

–¿Por qué aquí? –pregunté.

Casi ni me miró, y decidió contestarle a los Alfas.

–De algún modo, Richard se las arregló para conseguir el apoyo de los Omegas. Le prestaban atención. Lo seguían. No era un Alfa, no en ese momento, pero actuaba como si lo fuera.

–Eso no debería ser posible –negó Joe. Ella arqueó una ceja perfecta.

–¿No? Tampoco debería serlo Alfa Matheson aquí presente. Antes de su transformación, no era más que un humano –tenía una expresión de desprecio leve–. Y, sin embargo, algo tenía, ¿verdad? Lo suficiente como para que la manada que usted abandonó decidiera seguirlo. Bueno, los lobos, en todo caso.

–Ox no se parece en nada a Richard –aclaró Joe, con la voz tensa. No permitía que nadie hablara mal de su manada. Había visto lo que Joe era capaz de hacer cuando se lo presionaba. Michelle lo estaba presionando, y yo no entendía por qué.

–Son más parecidos de lo que cree –repuso Michelle–. Ox no tiene la afición de Richard por... el caos, pero no se parecen a nadie que haya conocido. Y, aunque su reinado terminó bastante rápido, por lo que ha dicho, Richard obtuvo lo que deseaba. Fue un Alfa, aunque no durara más que un momento.

Tenía razón. Conmigo como observador, incapaz de detenerlo, Richard había introducido su mano en el pecho de Ox. Vi la sangre y *pedazos* húmedos de Ox caer a la tierra. Y por un brevísimo y terrible segundo, los ojos de Richard pasaron del violeta al rojo. La manada de Ox no hablaba mucho al respecto. Cómo habían sentido a Richard atravesándolos, incluso los humanos. Donde antes había habido *amor* y *hermano* y *hermana* y *manada*, no quedaba más que furia y ansias de sangre, un impulso rabioso hacia el negro teñido de rojo. Richard Collins le había quitado el Alfa a Ox. Por lo tanto, se había convertido en el Alfa de la manada de Ox.

Joe había acabado con eso con la misma rapidez con la que había empezado.

Pero no habían olvidado el sentimiento, por más breve que haya sido.

–Y usted se lo quitó –continuó Michelle–. Lo mató. Richard era el Alfa de los Omegas. Al morir, eso pasó a usted. Y, ah, se están resistiendo, estoy segura. Resistiendo la atracción. Pero Green Creek se encendió como un faro en la noche. Algunos no pueden evitar buscarlo. Sumado a la atracción del territorio Bennett, me sorprende que no hayan llegado más.

Ox y yo intercambiamos una mirada. El resto de los lobos no reaccionó. Michelle estaba peligrosamente cerca de una verdad que ni siquiera sabía que estaba a su alcance, algo que le habíamos ocultado desde el día en que Oxnard Matheson se había convertido en un lobo Alfa.

Porque tenía razón. De algún modo, Richard se las había arreglado para que los Omegas lo siguieran y, aunque no era un Alfa (de hecho, hacia el final sus ojos enloquecidos eran violetas), lo habían seguido. Lo *habían escuchado.*

El Alfa de los Omegas era un término inexacto. Richard Collins había sido un Alfa solo durante unos segundos antes de que Joe lo matara.

Nunca vi arder los ojos de Joe tanto como cuando mordió a Ox, *devolviéndole* el poder de Alfa.

Y con él vinieron los Omegas que se habían reunido para seguir a Richard. Al principio había sido un susurro en la cabeza de Ox.

Pero pronto se transformó en un rugido.

Hubo algunos días, después de la transición de Ox de humano a lobo, en los que pensamos que *él* se estaba volviendo salvaje. Y luego, alcanzó a otros. Elizabeth. Mark. Chris. Tanner. Rico. Jessie. Robbie.

Ellos también empezaron a sentirlo, una especie de picazón debajo de la piel que nunca podían quitarse de encima. Estaban... más malhumorados de lo habitual. Se enojaban fácilmente, en especial después de que Joe y Ox se aparearon.

Deberíamos habernos dado cuenta antes.

Ox estaba oyendo las voces de los Omegas. Habían seguido a Richard. Y ahora se habían aferrado a él.

Ox lo entendió antes que nadie.

Juntos cancelamos la conexión. No pudimos cortarla del todo. Fue como cerrar la puerta y trabarla con firmeza. Seguían rascándola, seguían arrojándose contra ella para tratar de echarla abajo, pero yo era fuerte, y Ox más fuerte aún.

No sabíamos qué podía suceder si Ox abría esa puerta. Si dejaba de luchar contra los lazos. Qué le sucedería a él. A la manada, a los que se habían quedado atrás. Aunque ahora éramos todos uno, existía aún una tenue división.

O si los Omegas mismos lograban echarla abajo y entrar.

Mientras yo estuviera a cargo, nunca lo averiguaríamos.

Michelle Hughes no sabía nada de esto. Y planeábamos que siguiera siendo así.

–¿Cuántos más cree que podría haber? –le preguntó Joe, cambiando de tema antes de que pudiera avanzar.

–Oh, no quiero ni especular. Pero debemos encargarnos de ellos, cueste lo que cueste. No podemos permitir que nuestro mundo sea expuesto, a cualquier precio.

–¿Pero por qué quería atacar a Gordo? –preguntó Robbie.

Michelle se inclinó hacia adelante, yo suspiré y alcé la vista al techo.

–Eh –dijo Robbie–. Olvide que dije eso. No quiso atacar a Gordo. Ja, ja, ja, era una broma. Una broma espantosa que no debería…

–Robbie –advirtió Ox.

–Sí. Entendido, jefe. Me callo.

–¿Es cierto? –preguntó Michelle–. Fascinante. ¿Gordo?

–No fue nada –dije, con un tono firme–. Estaba adelante de todos. Era el objetivo más cercano. Nada más.

–Nada más –repitió.

Le devolví la mirada con indiferencia.

Tarareó por lo bajo.

–Dígame, Gordo, ¿cuándo fue la última vez que supo algo de su padre?

Ah, así que iba a jugar así.

–Antes de que Osmond se lo llevara –dije con frialdad, y los dedos de Mark rozaron los míos–. Antes de que me dijera que sería despojado de su magia y que jamás escaparía de donde ustedes lo encerrarían. Muy parecido a como se suponía que tenían encerrado a Richard.

–Eso fue lamentable… –entrecerró los ojos.

–¿Lamentable? Murieron personas. Creo que fue un poco más que *lamentable.*

–No sabía que le importaba Thomas Bennett –dijo Michelle, perdiendo un poco de su compostura–. Lo dejó bien claro después de que él…

–*Suficiente* –exclamó Joe.

Mark me tomó de la mano y me apretó los dedos con fuerza.

No tuve fuerzas para apartarme.

–Mis disculpas, Alfa –dijo Michelle, la máscara de vuelta a su lugar–. Eso fue innecesario.

–Por supuesto que lo fue –protestó Ox–. No siempre estamos de acuerdo. Lo entiendo. Pero no tiene derecho a hablarle así al brujo de los Bennett. Hágalo de nuevo y tendremos un problema. ¿Está claro?

–Por supuesto –se vio obligada a decir, evidentemente molesta, pero ya no me importaba una mierda–. Dicho sea eso, repito mi consulta.

–¿Qué es?

–Robert Livingstone.

Mark me apretó la mano. Pensé que se me quebrarían los huesos.

–Sabemos que estaba trabajando con Richard –informó–, aunque no sabemos aún en qué papel. Si estaba trabajando *para* Richard o si…

–No lo haría.

Todos se volvieron a mirarme.

No tenía planeado decir eso en voz alta.

–¿Qué dice, brujo? –sonrió Michelle de nuevo.

Carraspeé.

–No trabajaría para Richard. Él desprecia a los lobos.

–¿Cómo sabes eso? –preguntó Ox–. Me dijiste que…

–Mi madre. Odiaba… esta vida. Manada y lobos y magia –mienten, me dijo, utilizan, no *aman*–. Quería alejarme de todo. Mi padre no se lo permitió. Creo que, al final, le estaba alterando los recuerdos de alguna manera.

Me encogí de hombros.

–Y cuando se enteró acerca de… su lazo –continué–. Que era otra mujer. Mi madre la mató. Mi padre mató a mi madre, y a otros más. Fue el último acto de mi madre. La única manera en la que podía vengarse de todo lo que él había hecho. No pudo soportar la pérdida, entonces él... Y luego todos ustedes le quitaron su magia. Que su propia hermandad lo haya despojado de su magia por orden de los lobos, bueno... Los debe haber odiado. A ustedes. Así que, no. No estaba trabajando para Richard. En todo caso, Richard trabajaba para él, aunque sin saberlo. No me sorprendería que mi padre haya *dejado* que Richard pensara que estaba a cargo. Pero Richard no era más que un títere. Un arma que mi padre habría usado para eliminar a la mayor cantidad posible de nosotros. No le debía importar que Richard quisiera convertirse en Alfa. Mi padre usó a Richard.

–¿Y cómo sabe todo esto? –preguntó Michelle, inclinándose sobre su escritorio. Tenía un brillo en los ojos que no comprendía.

–Soy el hijo de mi padre. Y si hubiera estado en su lugar, probablemente hubiera hecho lo mismo.

–Estás equivocado –dijo Mark.

Soplé humo por la nariz. La luz del porche estaba apagada, y apenas podía distinguirlo en la oscuridad. El aire estaba fresco y las hojas se mecían en los árboles. Estaba nublado y olía a lluvia. Él no había salido de la casa. Después de que la reunión con Michelle hubiera terminado, fue uno de los primeros en dejar la habitación, sin mirar atrás. No lo culpaba. No había mucho que mirar.

Le gruñí y dejé caer las cenizas en la mano. Las chispas me quemaron, el dolor era como pequeños puntitos de luz que me recordaban que estaba vivo.

–Estás equivocado –repitió.

–¿Acerca de?

–De que hubieras hecho lo mismo.

–No lo sabes.

–Lo sé.

–¿Qué quieres, Mark?

–No sé cómo no te das cuenta.

–¿Darme cuenta de *qué*?

–De que no te pareces en nada a él. Nunca ha sido así. Saliste de él, pero él no te hizo ser quien eres. Nosotros hicimos eso. Tu manada.

–La manada –resoplé a modo de burla–. ¿Qué manada, Mark? ¿La que tengo ahora? ¿O la que me dejó aquí?

–Nunca quise…

De pronto, me sentí muy cansado.

–Vete, Mark. No quiero hacer esto ahora.

–Vaya sorpresa –escupió con amargura, era intensa y punzante.

Inhalé. Quemaba. Exhalé. El humo brotó de mi nariz y me rodeó la cara, flotando como una nube de tormenta.

–Pensé… –se rio, pero no parecía que encontrara nada gracioso–. Pensé que las cosas serían distintas. Después...

Después de que volviéramos.

Después de que Richard muriera.

Después de que las manadas separadas se unieran.

Siempre después, después, después.

–Pensaste mal.

–Supongo que sí.

Sentí que me miraba. La punta del cigarrillo se encendió en la oscuridad. Se parecía al color de sus ojos cuando era lobo.

Un gruñido grave surgió de su pecho. Oí el rechinar de hueso y músculo al transformarse.

Un instante después, miré.

La ropa que había estado usando estaba en el porche.

Él se había ido.

Ox me estaba esperando cuando entré de vuelta a la casa.

–Me dijiste una vez que fue un lobo el que mató a tu madre.

Mierda.

–Mentí.

–¿Por qué?

–Quería que los odiaras tanto como yo. Fue un error.

–Eso no es verdad –dijo, asintiendo lentamente–. No los odias. Ya no.

–Es… no. Quiero decir, es complicado.

–¿Lo es?

Lobos de mierda.

La chica. La Omega.

Se había quebrado.

–Alfa –suplicaba–. Alfa.

Se estiró hacia Ox.

Se estiró hacia Joe.

Me vio y sus ojos centellearon violetas.

Gruñó, un animal acorralado, lista para atacar.

Elizabeth le susurró en el oído y le sujetó el brazo. Pequeños hilos de sangre gotearon de donde sus garras se habían clavado.

La Omega me lanzó una dentellada.

Elizabeth le sacudió el brazo.

–Jessie –dijo Ox–, apártate.

Jessie lo hizo, lentamente y sin despegar los ojos de la Omega.

–Mamá –intervino Joe–, quizás deberías…

–Silencio, Joe –respondió Elizabeth, sin mirarlo.

Susurraba y susurraba.

La Omega me miraba con los ojos bien abiertos.

Por fin, el violeta pasó a un café lodoso. Tenía el pelo húmedo y pegado a los hombros. Estaba envuelta en una toalla. Su rostro estaba hinchado y pálido.

–Alfa –repitió, y la voz se le quebró–. Por favor. Alfa.

Sus manos eran garras que extendía hacia Ox. Hacia Joe.

–Es como los otros –dijo Joe.

–Es una Omega –insistió Elizabeth, aumentando el agarre. Tenía los dedos manchados de sangre–. No conoce otra cosa. Ninguno de ellos.

–Alfa –dijo la Omega con la boca llena de colmillos–. Alfa, Alfa, Alfa.

–No lo entiendo –admitió Ox.

–Lo sé. No puedes. No en este momento.

–He visto Omegas. Cuando vinieron aquí. Antes. Con Thomas. Y, después, cuando ustedes se marcharon. Incluso con Richard, tenían… no eran así. Seguían estando en control. Y después… No lo sé. Pensé que habíamos cerrado esa puerta.

Ah, sí. La puerta. La conexión con los Omegas que había sentido después de que Richard Collins se convirtiera en Alfa.

No hablábamos mucho al respecto.

–¿Cómo está?

–Como siempre.

Me dije a mí mismo que le creía.

Estaba sentado ante el escritorio en la oficina. Joe se había negado a dejar a su madre mientras cuidaba de la Omega. Era tarde. Los humanos se habían ido a casa.

Carter y Kelly patrullaban las fronteras del territorio. Robbie estaba en su cuarto. Mark estaba… bueno. No necesitaba pensar en dónde estaba Mark. No era asunto mío.

Elegí una cicatriz larga en la madera del escritorio. La había hecho una de las chicas de la manada anterior, que aún no podía controlar su transformación. Había muerto cuando vinieron los cazadores.

–Se degradan.

Ox se frotó la cara con la mano. Se lo veía tan cansado y *ay*, tan joven.

–¿Qué?

–Los Omegas –elegí mis palabras con cuidado–. Se degradan. El lazo, es… un vínculo. Es metafísico. Una emoción. Una persona. Una conexión espiritual. Vincula al lobo con su humanidad. Impide que se pierdan en su animal.

–Y a un brujo.

Alcé vista. Me observaba con la cabeza ladeada.

–No…

–Dijiste que vincula al lobo con su humanidad. Funciona de la misma manera con los brujos. Me lo dijiste una vez.

Cerró los ojos y se recostó en la silla. Crujió bajo su peso.

–Te dije muchas cosas.

–Ya lo sé.

–No estamos hablando de mí.

–Quizás deberíamos.

–Ox.

–Haces eso, sabes. Desviar –abrió los ojos. Eran humanos–. No sé por qué.

–Sé lo que estás haciendo –lo miré con el ceño fruncido–. Esta mierda del Alfa zen no funciona conmigo. No soy uno de tus lobos, Ox, así que basta ya.

Sonrió levemente.

–Me has descubierto. Pero, claro, soy tu lazo. No quiero que te... ¿qué dijiste? Te degrades.

–Muchacho, te daré una buena paliza en ese trasero lobuno que tienes, te lo juro. Recuerda mis palabras.

Rio. Era un buen sonido. Un sonido fuerte. Una calidez floreció en mi pecho por haber agradado a mi Alfa de nuevo, y la ignoré.

Hizo un gesto con la mano.

–¿Me decías?

–Esos Omegas. Los de antes. No eran iguales. No estaban tan perdidos. Cuanto más tiempo pasa un lobo sin lazo, más salvaje se vuelve. No es un proceso rápido, Ox. Y no es sencillo. Enloquecer nunca lo es.

–¿La recuerdas? A la mujer descalza. Marie.

Oh, claro. Era hermosa, dejando de lado la locura en su mirada. Había llegado antes que Richard. Una precursora.

–Estaba en proceso. No tan mal como los demás, pero hubiera terminado así. Les pasa a todos al final.

Me observaba con atención.

–Lo has visto antes –afirmó.

Asentí.

–¿Quién?

–No supe su nombre. Mi padre no me quiso decir. Vino a quedarse con nosotros. Su manada había sido exterminada. Cazadores. Yo era un niño. Abel intentó ayudarlo. Intentó ayudarlo a encontrar un nuevo lazo, algo a lo que aferrarse. Pero no funcionó. Estaba perdido en su pena. Su Alfa había muerto. Su compañero había muerto. Su manada había sido destruida. No le quedaba nada –bajé la vista hacia la cicatriz del escritorio–. Nada funcionaba. Era... estaba volviéndose loco de a poco. ¿Has visto algo así de cerca, Ox? Empieza en los ojos. Se vuelven... vacíos. Más y más vacíos. Como si una luz se fuera desvaneciendo. Se nota que entienden lo que les está sucediendo. Saben. Comprenden. Pero no pueden hacer nada para detenerlo. Al final, se perdió en su lobo. Se volvió completamente salvaje.

–¿Qué ocurrió con él?

–La única cosa posible.

–Lo sacrificaron.

Me encogí de hombros.

–Abel lo hizo. Dijo que era lo mínimo que podía hacer. Mi padre me obligó a mirar.

–Dios...

Faltaba mucho más.

–Era necesario que viera lo que había que hacer. Al final, fue piedad.

Pensé en el lobo en el callejón de un pueblo de Montana que no recordaba, plata en la cabeza.

–Eras solo un niño.

–Y tú también para toda la mierda que has pasado. Y mírate ahora.

No le divirtió eso.

–Los otros, entonces. Los otros que llegaron a Green Creek. ¿Qué hicieron con ellos?

–Se los dimos a ese hombre tosco, Philip Pappas. Y él se los llevó al este. A Maine. A *ella*. Allí están mejor preparados para tratar con los Omegas.

No estaba seguro de creer realmente eso, pero Ox lo dejó pasar.

–¿Y si no los pudieron salvar? ¿Y si no encontraron un lazo?

Lo miré fijo sin parpadear.

–Sabes lo que pasa en ese caso.

Clavó el puño sobre el escritorio. Seguía siendo un hombre, pero apenas. Ox siempre estaba bajo control y muy rara vez se perdía en su ira. *Lobo zen*.

–No quise mandar a nadie a su muerte.

–A veces no hay otra opción, Ox –dije, sacudiendo la cabeza–. Un lobo salvaje es peligroso para todos. Lobos. Brujos. Humanos. ¿Te imaginas lo que sucedería si un lobo salvaje llegara a un pueblo? ¿Si la mujer de arriba se perdiera en su loba y se marchara hacia Green Creek? ¿Cuántas personas morirían antes de que pudiéramos detenerla? Y si tú tienes la oportunidad de hacer algo al respecto y no lo haces, entonces esas muertes serían tu responsabilidad. ¿Podrías vivir contigo mismo si supieras que podrías haberle puesto fin antes de que comenzara?

Apartó la mirada, la mandíbula tensa. Estaba enojado. No sabía con quién.

–Mi padre me dijo una vez que, a veces, es necesario sacrificar a unos pocos por el bien de la mayoría.

–Tu padre es un bastardo.

Me reí.

–No voy a discutir eso.

–Pero el mío también.

–Cortado de otra tela, pero al final, el resultado fue el mismo. El tuyo usaba sus puños. El mío, palabras.

–Y el mío no es más que polvo y huesos –dijo Ox–. E incluso así, me atormentó durante mucho tiempo, diciéndome que no conseguiría una mierda en toda mi vida.

–Me alegra que haya muerto –afirmé, sin preocuparme por cómo sonaba–. No te merecía. Ni a Maggie.

–No. No nos merecía. Y mamá y yo no nos merecíamos lo que nos hizo. Pero se ha ido, y su fantasma se está desvaneciendo.

–Eso es...

–¿Pero qué hay de ti?

Di un paso atrás.

–¿Qué hay de *mí*?

Extendió los dedos sobre el escritorio.

–Tu padre. Es carne y hueso. Incluso es magia. De nuevo. De alguna manera.

–No he sabido nada de él. No sé en dónde está.

La oficina se sentía más pequeña. Como si las paredes se estuvieran cerrando sobre mí.

–Lo sé –repuso Ox, abriendo un poco más los ojos–. No es lo que estoy preguntando.

–Entonces ve al maldito punto, Ox.

–¿Cómo te las arreglabas? Antes de mí.

–Vete a la mierda –exclamé, con la voz ronca.

–Me dijiste que era tu lazo.

–Lo *eres*.

–Y dijiste que no tuviste uno por un largo tiempo antes de mí.

–Ox. No.

–¿Cómo mantuviste la cordura? –me preguntó, con suavidad–. ¿Cómo evitaste perderte en tu animal?

Un cuervo de madera, pero no necesitaba saber eso, mierda. Nadie lo sabía. Era algo mío. Para mí. Sobreviví cuando todos me abandonaron, y nadie podía quitarme eso. Ni siquiera Ox. No necesitaba saber que había habido días en los que me aferraba con tanta fuerza a él que se me clavaba en la carne y la sangre me corría por los brazos.

–¿Confías en mí? –le pregunté con los dientes apretados.

–Sí –respondió con esa voz tranquila que me estaba volviendo loco–. Prácticamente más que en cualquier otro.

–Entonces debes confiar en mí cuando te pido que me dejes en paz. No está abierto a discusión.

Se me quedó mirando.

Hice un esfuerzo para no moverme.

Por fin, asintió.

–Está bien.

–¿Está bien?

Se encogió de hombros.

–Está bien. Mark piensa que Michelle sabe más de lo que nos dice.

Me costó seguir el cambio brusco de tema.

–No lo sé... Me pareció que eso es evidente. Está jugando juegos. Es política. Todavía no sabe qué hacer contigo. No le gusta lo que no entiende.

–¿A alguien sí?

–Yo no te comprendo, pero aun así me gustas.

–Quiere a Joe.

Y eso no me cayó bien.

–¿Qué dijo después de que nos echaran de allí?

–Lo mismo de siempre. Que se suponía que lo de ella era temporario. Que Joe debe asumir la posición que le corresponde. Que los lobos están inquietándose. Lo necesitan, según ella. Todos necesitan que sea quien se supone que debe ser.

–¿Y Joe?

Ox sonrió, y recordé el día en que lo conocí, cuando su padre lo había traído al taller y yo me había acuclillado a su altura y le había preguntado si quería una soda de la máquina expendedora. La sonrisa que me dio en ese momento era casi la misma de ahora. Estaba satisfecho.

–Apeló a su amor propio. Le dijo que pensaba que ella estaba haciendo un buen trabajo y que él asumiría el cargo cuando pensara que era el momento.

–¿Y *eso* funcionó?

–Al parecer, los Alfas necesitan validación constante. De todos modos, no fue difícil convencerla.

–Sí. Lo imagino. Todos ustedes son un puñado de perras necesitadas.

–Vete a la mierda, Gordo.

–Tú estás haciendo un buen trabajo, eso sí.

–Gracias. Es muy amable de tu parte… Ay, imbécil.

Me reí de él. Me sentí bien. Solía sentirme así cuando él estaba cerca. Joe era el Alfa al que recurría, pero Ox era el lazo que me mantenía completo.

–Lo mandará de nuevo –dijo, finalmente.

–Pappas.

–A buscar a la chica.

–Es lo que corresponde.

Me miraba sin verme.

–¿Sí? Tengo mis dudas.

–Pregúntaselo a él. Cuando llegue.

–Me dirá lo que cree que quiero escuchar. Lo que Michelle le dirá que diga.

Sonreí.

–Entonces busca la manera de quebrarlo.

BUENA IDEA / TIC TIC TIC

La chica dijo "Alfa" y "por favor" y extendió las manos.

Se alteraba al verme. Otras veces lloraba, se envolvía con sus brazos y se balanceaba hacia adelante y hacia atrás.

Elizabeth parecía afligida, le pasaba las manos por el pelo. Le susurraba cositas y le cantaba canciones que me provocaban dolor en el alma.

Joe les ordenó a los humanos que se mantuvieran lejos de ella. No quería correr el riesgo de que la Omega los atacara.

Nadie discutió. Los ponía nerviosos con su mirada vacía clavada hacia el frente, volviendo a la vida solo cuando Joe u Ox entraban a la habitación

Ox intentó traerla de vuelta. Apartarla de la locura. Por un instante, me pareció que había funcionado.

Los ojos de Ox se pusieron rojo sangre, un gruñido grave brotó de su garganta.

A ella se le aclararon los ojos, y parpadeó lentamente y con seguridad, como si la niebla estuviera desvaneciéndose y ella…

Su mirada se volvió violeta. Se apartó y se refugió de espaldas en un rincón, pero al mismo tiempo se estiraba hacia él, con las zarpas surgiendo de la punta de sus dedos, brillantes y negras.

–Alfa –balbuceó–. Alfa, Alfa, Alfa.

La mayoría de las noches no me quedaba en la casa. Tenía mi propia casita. Mi propio espacio. Había sido de Marty, y luego de Marty y mío. Ahora era solo mío.

No era nada espectacular, pero la había extrañado casi tanto como a Ox cuando nos fuimos. La primera vez que volví a entrar cuando regresamos a Green Creek, se me aflojaron las rodillas y me derrumbé contra la puerta. Estaba en un vecindario tranquilo al final de la calle, más adentro de la manzana que el resto de las casas. Era de ladrillo, así que los lobos podían soplar y soplar todo lo que quisieran. Un arce crecía en el jardín delantero, con tantas hojas en el suelo como en las ramas. Flores coloridas florecían en la primavera, dorados y azules y rojos y rosados. Tenía una pequeña terraza en la parte trasera, con espacio suficiente para una silla o dos. Algunas noches me sentaba allí, los pies apoyados en la baranda, con una cerveza fría en una mano y un cigarrillo en la otra, mientras el sol se ponía.

Había dos dormitorios. Uno siempre había sido el mío. El otro era el de Marty, y ahora era una oficina. Había una cocina con electrodomésticos viejos y un baño con un botiquín de madera. El suelo estaba cubierto con alfombras, y hacía falta cambiarlas pronto, algunos de los bordes estaban deshilachados y gastados.

El techo era nuevo. Ox y los muchachos me habían ayudado.

La casa Bennett era de la manada. Pero esta casa era mía.

A veces, cuando regresaba, ponía las llaves en el tazón sobre la encimera de la cocina y me quedaba ahí parado, escuchando a la casa crujir y acomodarse a mi alrededor.

Recuerdo a Marty en la cocina, diciéndome que un hombre no necesitaba más que unos pocos ingredientes para tener un festín. Muchas veces era una comida congelada reventada en el microondas. Se había casado una vez, me contó, pero no había durado.

–Queríamos cosas distintas –dijo.

–¿Cómo qué?

–Ella quería que vendiera el taller. Yo quería que se fuera a la mierda.

Se reía cada vez que lo decía. Siempre terminaba transformándose en tos de fumador, húmeda y pegajosa, la cara roja mientras se palmeaba la rodilla.

No era mágico.

No era un lobo.

No era manada.

Era un hombre humano que fumaba demasiado y maldecía palabra por medio.

Su muerte había dolido.

Me pareció ver a Mark en el funeral, de pie al límite de la sorprendente multitud. Pero cuando me abrí paso entre las personas que me querían saludar, ya no estaba, si es que había estado allí en algún momento. Me dije que estaba proyectando.

Al fin y al cabo, los lobos se habían ido.

Unos días después de que la Omega saliera de los árboles, abrí la puerta de mi casita. Tenía el cuello duro y me dolían los hombros. Había sido un día largo, y ya no era tan joven como antes. El trabajo le pasaba factura a mi cuerpo. Tenía un frasco viejo de pildoras para el dolor en el cajón de la mesita de noche junto a la cama, pero siempre me hacían sentir confundido y lento. Además, seguro que ya estaban vencidas.

Una cena precocinada me llamaba desde el congelador. Enchiladas picantes que me darían acidez. La última lata de cerveza de un pack de doce. Un cigarrillo para terminar. Una comida digna de un rey. La manera perfecta de pasar un viernes por la noche.

En teoría, al menos, si no hubiera sido por el golpe a la puerta antes de que pudiera llegar al pasillo que conducía al dormitorio siquiera.

Pensé en ignorarlo.

–Ni se te ocurra, Gordo –dijo una voz del otro lado de la puerta.

Gruñí.

Conocía esa voz. Oía esa voz todos los días.

Acababa de *despedirme* de esa voz unas horas antes.

Abrí la puerta.

Rico, Chris y Tanner estaban en mi porche delantero.

Evidentemente, habían ido a casa y se habían arreglado. Duchas y un cambio de ropa. Rico tenía puestos vaqueros y una camiseta que anunciaba que era una MÁQUINA DE AMAR debajo de una camisa de franela de mangas largas. Chris se había puesto la vieja chaqueta de cuero que había pertenecido a su padre. Tanner lucía una camisa sobre los caquis.

Y todos me miraban expectantes.

–No, por supuesto que no –dije, y traté de cerrarles la puerta en la cara.

Antes de que pudiera hacerlo, se abrieron paso adentro.

Pensé en abrir la tierra en dos y enterrarlos debajo de la casa.

No lo hice porque haría un desastre que después tendría que limpiar.

Y también porque sería sospechoso.

–Vamos a salir –anunció Rico con grandilocuencia, como si fuera la respuesta a todos mis problemas.

–Bien por ustedes –exclamé–. Que se diviertan. Ahora, váyanse. ¿Y a dónde demonios creen que están yendo ustedes dos?

Chris y Tanner estaban en el pasillo, rumbo a los dormitorios.

–No te preocupes por nosotros –gritó Chris por encima del hombro–. Quédate ahí y sigue poniendo cara de enojado.

–Robbie tiene razón –le comentó Tanner–. Nunca había notado las cejas de asesino antes. Ahora no puedo dejar de pensar en ellas.

–¡Más les vale no tocar nada! –les grité.

–Sí, van a tocar un montón de cosas –me dijo Rico, palmeándome el hombro en su camino a la cocina. No pude hacer otra cosa que seguirlo, mascullando amenazas de muerte por lo bajo. Abrió la nevera y miró su contenido, que no era mucho, a decir verdad, con el ceño fruncido.

–Hace rato que no voy a la tienda –murmuré.

–Esto es triste –dijo–. Me deprime.

–Bueno, te puedes ir. Así ya no te deprimes.

Metió la mano y sacó mi última cerveza. Cerró la puerta y abrió la lata.

–No. No podría hacer eso. Porque estaría pensando en ti, aquí, y seguiría triste.

Bebió un largo sorbo.

Lo miré fijo.

Eructó.

Lo seguí mirando.

Sonrió de oreja a oreja.

Tuve que hacer un esfuerzo para no darle un puñetazo en plena cara.

–¿Qué hacen aquí, Rico?

–¡Ah! Eso. Cierto. Me alegra que preguntes.

–No me va a gustar esto, ¿verdad?

–No, probablemente no. Bueno, por lo menos no al principio. Pero después te *encantará*.

–Vamos a salir –afirmó Chris, entrando a la cocina.

–Y tú vendrás con nosotros –agregó Tanner, detrás de él.

–Hace mucho que no estamos nosotros solos –dijo Rico, y bebió otro trago de mi cerveza–. Todo ha sido lobos y manada y mierdas que meten miedo que salen del bosque con ganas de comerme. Y ni menciones a los Alfas que nos van a matar de tanto ejercicio.

–¿Por qué tenemos que correr? –preguntó Chris, mirando al techo–. Kilómetros. Es decir, entiendo lo de *escapar corriendo de los monstruos* y eso, pero yo ya sé cómo hacerlo.

Se palmeó el estómago firme.

–¿Creen que yo quería esto? Quizás *quería* tener una barriga de cerveza.

–Y no te olvides de los otros lobos –repuso Tanner, cruzado de brazos–. Son igual de malos. Ni siquiera sudan. Y tienen colmillos. Y garras. Y saltan muy alto.

–Es completamente injusto –asintió Rico–. Por eso no invitamos a ninguno, y vamos a salir a beber demasiado para gente de nuestra edad, y mañana nos levantaremos arrepintiéndonos de todo.

No. Absolutamente no.

–El taller…

–Ox y Robbie se encargan de abrir mañana –informó Tanner rápidamente.

–Tengo facturas que…

–Jessie dijo que se ocupaba de eso –dijo Chris–. La invité a venir con nosotros pero dijo, y cito, "preferiría ver cómo mi exnovio y su compañero lobo tienen sexo". Creo que lo decía en serio.

–No me cae ninguno de ustedes tan bien como para…

–Eres un mentiroso de mierda –me insultó Rico–. *Pendejo.*

Gruñí.

–¿No puedo pasar una sola noche tranquilo?

–No –dijeron al unísono.

–Tanner y yo te dejamos ropa sobre la cama –me dijo Chris–. Ve a cambiarte. Porque no confiamos en que sepas cómo vestirte.

Tanner asintió.

–Que les den.

–Quizás si Bambi está dispuesta a compartir –se burló Rico, con una sonrisa libidinosa–. Mueve el culo, Livingstone. El tiempo no espera a nadie.

Green Creek tenía dos bares. El Faro era al que iba todo el mundo los viernes a la noche. Mack's era el que la mayoría intentaba evitar, dado que los vasos estaban sucios y que Mack podía escupirte la bebida y soltarle parrafadas obscenamente racistas mientras miraba la vieja televisión montada en la pared, que siempre emitía episodios viejos de *Perry Mason.*

Fuimos a El Faro.

No había ningún faro en Green Creek. No estábamos ni cerca del mar. Era una de esas cosas que nadie cuestionaba.

El estacionamiento estaba lleno cuando llegamos en la camioneta de Tanner. De la puerta abierta se oía *honky tonk*, y risotadas. La gente estaba afuera en grupos, el humo se alzaba en volutas hacia el cielo nocturno.

–Está lleno hoy –señaló Chris.

–Podemos irnos a casa –apunté.

–Nah.

–*Yo* podría irme a casa.

–Nah.

Los muchachos abrieron las puertas y salieron de la camioneta.

No me moví.

Rico asomó la cabeza.

–Sal. O te dispararé. Estoy armado.

–No lo harías.

Entrecerró los ojos.

–No me pruebes, Gordo.

Rico se había vuelto más intimidante desde que se había enterado lo de los hombres lobo. Casi que le creí.

Salí de la camioneta.

La gente nos saludó cuando entramos. Era el costo de vivir en un pueblo pequeño. Todos se conocían. Yo era el tipo que les arreglaba los coches, que a veces comía en el restaurante. Era un lugareño. Lo mismo los muchachos. Sí, Chris y Tanner se habían ido un tiempo, pero habían vuelto, el mundo era demasiado grande para ellos. Rico ya venía trabajando para mí. Chris y Tanner se le unieron pronto. Y después de eso, nunca se marcharon.

Pero eso éramos para ellos. Los tipos del taller. Lugareños.

Me pregunté qué pensarían si supieran la verdad.

Asentí como respuesta, no quería detenerme ni para intercambiar dos palabras. Deseaba encontrar un rincón oscuro, pedir un par de jarras de cerveza y tomármelas en una hora o dos. Si realmente quisiera, podría haberme marchado, pero hacía mucho que no hacíamos esto, solo nosotros cuatro. Lo habíamos intentado una vez después de la muerte de Richard Collins. No habíamos hablado mucho, nos quedamos con la vista baja clavada en las cervezas, los muchachos seguían muy enojados porque me había marchado.

Pero luego pasó la vida. Tuvimos cosas que hacer. La manada. El taller. Rico conoció a Bambi. Tanner empezó a tomar clases de Administración de empresas para ayudar más con las finanzas del taller y de la manada. Chris se puso a interrogar a Elizabeth y a Mark acerca de todo lo relacionado a los lobos, para averiguar todo lo posible acerca de un mundo que durante gran parte de su vida no había sabido que existía.

Seguía viéndolos diariamente. Pero todos estábamos ocupados con otras cosas.

Bueno, *ellos* habían estado ocupados con otras cosas.

Yo estaba haciendo mi mejor esfuerzo para ignorar lo obvio: trabajaba demasiado y dormía poco.

–¡Mi *bebé*! –chilló una mujer.

–Mi *corazón* –ronroneó Rico cuando sus brazos se vieron repletos de pronto de cabello rubio, perfume floral y tetas falsas. Bambi era… Bambi. Era una lugareña que trabajaba en el bar desde que había terminado el secundario, lo cual, desafortunadamente, no había sucedido hacía mucho, como yo habría preferido. Era una chica de pueblo pequeño que le servía cervezas a un público mayormente masculino, bonita y un poco tosca. Llevaba las uñas pintadas de rojo sangre, al igual que los labios, y tenía puesto un short que probablemente le conseguía más propinas. Llevaba un repasador en el hombro, le echó los brazos al cuello a Rico y le llenó la cara de besos húmedos, dejándole marcas de labial en las mejillas y la barbilla.

Tanner parecía horrorizado.

Chris estaba divertido.

Rico tenía las manos llenas de Bambi.

Puse los ojos en blanco.

Un hombre que no reconocí arrastraba los pies detrás de ella. Pensé que seguiría avanzando, pero extendió la mano y le palmeó el trasero.

Se puso rígida.

Suspiré.

Con una rapidez increíble, Bambi giró, sujetó al hombre del brazo y se lo dobló en la espalda. El tipo chilló de dolor cuando ella le pateó la parte posterior de las rodillas, para forzarlo a caer. Su botella de cerveza estalló contra el suelo. La gente del bar hizo silencio cuando le retorció el brazo, al límite de quebrárselo.

–Vuelve a tocarme sin permiso –dijo, con una voz aguda y dulce–, y te arrancaré las pelotas. ¿Entendido?

El hombre asintió frenéticamente.

–Bien –dijo ella, y le besó la mejilla–. Ahora, vete. Y si te veo de nuevo en mi bar, acabaré contigo.

Lo soltó y el hombre se incorporó, para encontrarse cara a cara con dos hombres corpulentos que trabajaban como seguridad para Bambi. Lo tomaron de los brazos y lo sacaron del bar.

La música volvió a sonar.

La gente empezó a hablar fuerte.

–Maldición, la amo tanto –susurró Rico, maravillado.

–Sí –dijo Chris–. Pregunta. Cuando entre en razón y te deje, ¿cuál es el plazo de tiempo apropiado que tengo que dejar pasar según el código de machos antes de invitarla a salir?

–Seis meses –dijo Tanner.

–Que sean siete –repuso Rico–. Para que tenga tiempo para sanar mi corazón roto. Y cuando la invites, recuerda siempre que yo llegué primero.

–Gordo –me saludó Bambi con una sonrisa traviesa–. Dichosos sean mis ojos. Estos degenerados se las arreglaron para sacarte, ¿eh?

–Me siento herido –confesó Rico.

La gente subestimaba a Bambi. Su nombre. Su apariencia. El hecho de que fuera dueña de un bar cuando apenas si tenía unos pocos años más de la edad legal para beber. Pero era casi tan atemorizante como los lobos, y más inteligente de lo que se le reconocía.

Y, por alguna razón, adoraba a Rico. No quería hacerla enojar, pero no confiaba en su gusto en hombres.

–En contra de mi voluntad –le aseguré.

Aplaudió.

–Bien. Me alegra que haya funcionado. La mesa del fondo está lista para ustedes. Siéntense y les alcanzo un par de jarras.

Besó al perplejo Rico en la mejilla antes de abrirse paso por la multitud, diciéndole a los gritos a la gente que se corriera de su maldito camino.

–No sé qué es lo que ve en esa cara tuya fea –dijo Chris, dándole un codazo a Rico.

–Mi sabor latino –le espetó él, con una sonrisa embobada–. Se cansó del pan blanco.

Tanner puso los ojos en blanco pero empezó a caminar hacia el fondo del bar.

Efectivamente, había un reservado vacío al fondo, con un papel doblado sobre la mesa que decía RESERVADO (NO SE SIENTEN AQUÍ SI NO ES PARA USTEDES, IMBÉCILES) escrito en rosa con una letra aniñada. Bambi me confundía muchísimo.

Rico me empujó hacia el asiento primero, y luego se sentó junto a mí. Tanner y Chris se sentaron enfrente. Chris extrajo un anotador pequeño del bolsillo interno de su chaqueta. Lo abrió y lo puso sobre la mesa frente a él. Frunció el ceño y se palmeó los bolsillos hasta encontrar un lápiz corto que parecía haber sido mordisqueado repetidamente.

–Bien –dijo y abrió el anotador en una página en blanco–. La reunión para conseguir que Gordo se acueste con alguien ya puede comenzar.

Y venía todo tan bien.

–¿Qué? –pregunté, inexpresivo.

–¿Qué busca Gordo en un hombre? –apuntó Tanner, reclinándose en el asiento.

–Tiene que ser un poco malo –replicó Rico, frotándose la mejilla pensativo–. No puede ser sensible, porque Gordo es un imbécil que hace llorar a la gente sensible.

–De verdad –insistí–. ¿Qué?

–Ajá –asintió Chris, escribiendo algo en su anotador–. Tiene que ser malo. Entendido. ¿Qué más?

–Tiene que tener barba –apuntó Tanner–. Tiene una manía con el vello facial. Tenemos que conseguirle una barba rasposa a este imbécil.

–¿De qué *mierda* están hablando…?

–Tiene que ser más alto, también –meditó Rico.

–A Gordo le gustan grandotes.

–Peludos y gordos –murmuró Chris, inclinado sobre el anotador.

–No dije exactamente gordos –repuso Rico–. Aunque bueno, no tiene nada de malo un poco de peso extra.

Me guiñó un ojo.

–¿Te gusta un poco de carne sobre los huesos? ¿Un almohadón para tu empujón? Sé que eres polifacético. Por qué sé eso, prefiero no pensar al respecto.

–Voy a asesinarlos a todos –les prometí, sombrío.

–Le gustan un poco lobunos –agregó Tanner.

–Lobuno –repitió Chris, el lápiz rascando el papel.

–Que se sepan manejar en una pelea –añadió Rico.

–Probablemente tenga que saber sobre lo de "*mis-brazos-brillan-en-la-oscuridad*".

–No *brillan* en la oscuridad…

–Es cierto –concedió Rico–. Y debería ser alguien con quien se sienta cómodo. Alguien a quien conozca.

–Claro, claro –asintió Chris.

Bambi apareció como por arte de magia con una bandeja con dos jarras y cuatro pintas cubiertas de escarcha en una mano. Apoyó todo en la mesa sin dejar caer una gota. Le sonrió a Rico, puso los vasos frente a nosotros y las jarras en el medio de la mesa.

–¿Qué cuentan?

–Intentamos conseguir que Gordo se acueste con alguien –respondió alegremente Rico.

–Ah –exclamó–. ¿Hombre o mujer?

–Hombre.

–Yo me encargo –dijo, antes de desaparecer por donde había venido.

Me serví cerveza, enojado. Era más espuma que líquido.

–¿Qué más? –preguntó Rico, tomando la otra jarra para llenar los vasos restantes.

–¿Hace falta algo más? –quiso saber Chris, mirando el anotador con el ceño fruncido.

–Creo que eso reduce bastante las posibilidades –acotó Tanner.

–Bien. Adelante.

Chris tomó el anotador y lo sostuvo cerca de su cara, tratando de distinguir las palabras.

–Bueno. Según nuestros criterios de ser peludo y grande y lobuno y saber que Gordo usa *la Fuerza* porque básicamente es un Jedi…

Bebí espuma, furioso.

–… eso nos deja dos opciones buenas para él.

–Fantástico –exclamó Rico–. Eso nos hace la tarea mucho más fácil. ¿Quiénes son?

–Carter o Mark Bennett.

Escupí espuma sobre la mesa.

Rico me palmeó la espalda.

–Buenas opciones, aunque siento que una es más evidente que la otra. ¿Ventajas y desventajas?

–Carter es joven –dijo Tanner y eructó. Se limpió la boca–. Es probable que se le pare más de una vez en una noche. Es probable también que tenga ganas de aprender. Verdaderas ganas de satisfacer al público, si me entienden. Los chicos siempre tienen ganas.

Hizo una mueca.

–Ojalá no lo hubiera expresado así.

–Y es grande –dijo Rico–. Y sabemos que está bien dotado por todas las veces que lo hemos visto desnudo. Porque… lobos. Lo cual hace maravillas por mi autoestima.

–Un pene grande –dijo Chris, escribiendo en su anotador.

–Y es el segundo de Joe –aportó Tanner–. Lo que quiere decir que es ambicioso.

–Buen punto –afirmó Rico–. ¿Desventajas?

–Solo se acuesta con mujeres –dijo Chris.

–Hasta ahora –observó Tanner–. Pero ¿no dijo Kelly que los lobos son fluidos? Quizás no ha encontrado el hombre que le caliente el motor aún.

Me miró.

–Quizás no debería empezar con Gordo. Que es más bien alguien para quien te preparas. O tu último recurso.

–Serás el primero en morir –le dije, apuntándolo con el vaso.

–Y aunque es joven, quizá sea demasiado joven para Gordo. A Gordo le suelen gustar un poco más… maduros –comentó Rico–. Que haya pasado un poco de agua bajo ese puente, ¿entienden?

–Y tú serás el segundo –le gruñí.

–Tampoco he detectado ninguna química sexual entre los dos –dijo Chris, mirándome de reojo–. ¿Pasó algo cuando estaban en la carretera? Una noche, quizás, en la que los dos se sentían más solitarios de lo usual, quizás cediste y él te chupó el…

–Te dejaré para lo último –le advertí–. Con los gritos de los otros resonándote en los oídos.

–Pasemos a Mark –pidió Rico–. ¿Ventajas y desventajas?

–Hay historia allí –dijo Tanner, antes de beberse el resto de su cerveza.

–¿Eso es una ventaja o una desventaja? –preguntó Chris, llenándome el vaso vacío. Menos espuma esta vez.

–No lo sé –admitió Rico–. Gordo, ¿es una ventaja o una desventaja?

Me sequé la boca, enfurecido.

–Lo anotaré en los dos –decidió Chris.

–Es el tipo de Gordo –dijo Tanner.

–Es la *definición* del tipo de Gordo –dijo Rico.

–¿Saben cuánto tiempo tarda una persona en asfixiarse? –les pregunté–. Unos tres minutos, habitualmente. Yo puedo hacerlo en minuto y medio.

Me ignoraron.

–Y es grandote –dijo Tanner.

–Y peludo –aportó Chris–. Salvo por la cabeza.

–Y todo ese vello en el pecho –dijo Rico–. Hombre, ser parte de una manada de lobos con mayoría de hombres debe ser una especie de buffet para los hombres gay.

Me pateó por debajo de la mesa.

–¿Es un buffet para ti? ¿Toda esa carne masculina a la vista? –me preguntó.

–Qué pena que Jessie no sea loba –suspiró Tanner.

–Es mi *hermana* –le gruñó Chris e intentó clavarle el lápiz.

–Elizabeth está fantástica para ser una señora mayor –dijo Rico, y luego abrió los ojos como platos–. Por favor, no le digan que dije eso. No quiero hacer una representación de Ox versus Richard Collins y ver mis entrañas del lado de afuera.

–Guau –exclamó Tanner–. Demasiado pronto, hombre. Demasiado pronto.

Chris sacudió la cabeza, claramente decepcionado.

–Lo siento –se disculpó Rico–. Me sentí mal en cuanto lo dije, pero ya estaba dicho. No sucederá de nuevo. ¿Por dónde íbamos?

–Mark y Gordo –le recordó Tanner.

–Por ahora tenemos muchas más ventajas que desventajas –asintió Chris.

–Desventajas –dijo Rico–. Desventajas, desventajas, desventajas. ¡Ah!

Tengo una. Se separaron y eso por razones que Gordo nunca ha aclarado, aunque son compañeros mágicos místicos lunares o algo así. Y nunca nos ha contado porque ninguno se ha espabilado desde que Gordo volvió, aunque a veces se miran como si quisieran tragarse los penes.

Lo miré con rabia.

–¿Qué? Sabes que es cierto –afirmó, encogiéndose de hombros.

–Tragarse los penes –murmuró Chris, escribiendo eso tal cual en su anotador.

–No pienso contarles nada –les espeté–. De hecho, están todos despedidos. Y están todos expulsados de la manada. Y no quiero verlos de nuevo. Nunca más.

Rico asintió, comprensivo.

–Sí, yo probablemente diría lo mismo si estuviera en tu lugar, rodeado por amigos mucho más inteligentes.

–¿Por qué no pueden dejar el tema?

–Porque somos tus amigos –dijo Tanner–. Te hemos cuidado la espalda antes que nadie. Nos hemos ganado el derecho de llamarte la atención.

–Jessie me dijo que te estabas volviendo patético –admitió Chris–. Dijo que desde que Mark conoció a Dale… Ay, ¿quién mierda me *pateó*?

–¡Acordamos no mencionar su nombre! –le siseó Rico–. Idiota.

–No es necesario que me patees. ¡Tus botas tienen punteras de metal, imbécil!

–Jessie dijo que estabas más cascarrabias de lo usual –dijo Tanner, mirando con rabia a Chris.

–No estoy más cascarrabias de lo usual –repliqué–. *Siempre* soy así.

–Eh –intervino Rico–, más o menos. Pero ha empeorado un poco. Los lobos han empezado a sentirlo.

Miró por encima del hombro y se inclinó hacia adelante.

–Tú sabes –susurró–, a través de sus *sentimientos*.

Agitó los dedos frente a mí.

–Son todos unos estúpidos de mierda –exclamé–. Y la próxima persona que abra la boca descubrirá cómo es vivir sin testículos.

Se me quedaron mirando.

Les devolví la mirada uno a uno para asegurarme de que supieran que hablaba en serio. La magia no funciona así, pero ellos no saben eso.

Por más ganas que tuviera de reventarles la cara contra la mesa, no estaban más que cuidándome, como siempre. Tanner tenía razón. Los conocía hacía más tiempo que a nadie. Habían estado conmigo durante las peores partes, incluso cuando no sabían lo que estaba pasando. La destrucción de mi primera manada, que la segunda me abandonara. Mark pidiéndole permiso a su Alfa para cortejarme. Mark dándome su lobo. Yo dándole un ultimátum y Mark eligiendo a la manada.

Mark, Mark, Mark.

Intentaron ocultarme a Dale. Como si me importara. Como si yo fuera *frágil*. Como si la mera idea de Mark con alguien fuera tan devastadora que no me sería posible funcionar.

Había vivido más tiempo sin él que con él.

No me importaba. Mark podía hacer lo que quisiera.

No me importaba un carajo. Que *yo* no estuviera con alguien desde hacía años no quería decir una mierda. Era…

–Ay, mierda –exclamó Chris, con los ojos como platos–. No tenía que pasar esto.

–¿Qué? –preguntó Tanner, mirando hacia la gente–. ¿Qué quieres…? Ay, mierda. Mmm... ¡Gordo! ¡Ey, Gordo!

Golpeó la mesa.

–Ey, hombre. ¡Mírame! Mírame. Entonces, hablemos de otra cosa. Por ejemplo… eh. ¡Ah! ¿Sigues pensando en abrir otro taller? Eso sería genial. Genial…

–¿Qué demonios les pasa a ustedes dos? –preguntó Rico, entrecerrando los ojos.

Chris giró la cabeza como si tuviera una convulsión, con los ojos moviéndose de un lado a otro.

Rico miró de reojo por encima del hombro. Hizo un ruido extraño con la garganta y empezó a toser.

Me volví para ver qué estaban mirando.

–¡No! –exclamó Tanner, pateándome la espinilla.

–¿Qué ocurre? –le gruñí, estirando la mano para frotarme la pierna.

–Nada –dijo–. Perdón. No quise hacer eso para nada. Solo que… ¡Ey! ¡Gordo!

–¿Qué?

–¿Cómo estás? *De verdad.* Siento que no hablamos desde hace tiempo. ¿Sabes?

–Fuimos a almorzar hoy –le recordé–. Nosotros dos solos. Durante una hora.

–Cierto –dijo Tanner, asintiendo con furia–. Qué lindo gesto de tu parte. ¿Te lo agradecí? Porque eso fue… un lindo gesto. Lo aprecio… Ay, por todos los cielos, ¿por qué viene hacia aquí? ¿Está *loco*?

Rico se revolvió en su asiento, arrodillándose sobre él.

–¡Fuera! –siseó–. ¡Fuera!

–¿De quién demonios…?

–Ey, muchachos ¿Qué tal?

Mark Bennett estaba de pie junto a la mesa. Lucía bien. Tenía la cabeza recién afeitada y la barba recortada hacía poco. Llevaba un suéter que nunca le había visto, bordó con escote en V que le ajustaba los brazos y los hombros. Tenía puestos vaqueros que le apretaban los muslos, y se elevaba sobre mí. Sentí el latido de *ManadaManadaManada* en lo profundo de mi mente, y no supe si venía de mí o de él. Los humanos podían sentirlo pero no emitirlo. Así que tenía que ser alguno de nosotros dos. Sentía algo más, algo que se sentía *verde* y *azul*, pero no pude comprenderlo, no pude analizarlo del todo antes de que desapareciera tan rápido como había aparecido. Era un pensamiento, una idea, pero él la había retirado. Aprendíamos de pequeños a protegernos de los miembros de la manada. Nadie podía acceder a todos nuestros pensamientos. Yo podía presionar. Una pregunta que fuera como las olas en la superficie de un lago. Y quizás él respondería. Pero no sabía si quería conocer la respuesta.

Especialmente cuando vi a un hombre junto a él.

Era delgado, de piel pálida y ojos oscuros. Su pelo estaba cuidadosamente despeinado. Parecía ser un poco más joven que yo. Nos sonrió nerviosamente, retorciendo los labios. Estaba cerca de Mark, sus brazos se rozaban. Parecía simple y ordinario junto a Mark. Le pasaba a la mayoría.

–Ey –saludé, apartando la mirada–. Mark. Qué sorpresa.

–No sabía que ibas a estar aquí.

–Yo tampoco.

–Sí –dijo Rico, que parecía estar haciendo un esfuerzo para no reírse o gritar–. Lo sacamos esta noche. Sabes. Noche de humanos y eso.

Le pisé el pie por debajo de la mesa.

–Quise decir noche de *chicos* –gimió–. Mierda.

–Dale –saludó Tanner–. Un gusto volver a verte.

Me giré lentamente hacia él. Palideció.

–Eh... Quiero decir... ignórenme. He bebido de más.

–Hola, Tanner –le devolvió el saludo Dale, con voz grave y ronca. Era más profunda de lo que imaginé que sería. No me gustó–. Chris. Un gusto verte.

Chris asintió y se bebió el resto de su cerveza de un solo trago largo y lento.

–Hola –dijo Dale, y me di cuenta de que se estaba dirigiendo a mí–. Me parece que no nos conocemos.

Los muchachos de la mesa contuvieron la respiración.

Idiotas de mierda.

Le sonreí a Dale, encendiendo mi encanto. Se lo veía un poco perplejo. Mark no. Parecía que se estaba arrepintiendo de haber nacido. No lo culpaba. Había sangre en el agua, y me dieron ganas de buscarla.

–Sí. Vaya. Parece que conoces a todos los demás –Chris se hundió en su asiento. Tanner estaba muy quieto, como si así yo no fuera a verlo sentado frente a mí–. Soy Gordo. Un gusto conocerte.

Extendí la mano y me la estrechó educadamente.

–Gordo –dijo–. He oído mucho acerca de ti.

–¿De verdad? –respondí, obligándome a sonar interesado–. Bueno, quién lo hubiera dicho. ¿Hablas de mí, Mark?

–Por supuesto que sí –dijo en voz baja Mark, con sus ojos color hielo sobre mí–. Eres importante.

Luché para mantener la sonrisa en mi rostro. Casi pierdo la batalla.

–Claro –asentí–. Importante. Porque nos conocemos hace mucho.

–Hace mucho tiempo.

–Viejos amigos, ¿eh? –dijo Dale, que parecía confundido.

Enfoqué mi sonrisa de vuelta en él.

–Desde niños. Crecimos juntos. Luego, él se marchó y yo me quedé aquí. Nos distanciamos. Ya sabes cómo es.

–¿Eh? –Dale miró a Mark–. No sabía eso.

–Tuve que marcharme –respondió él, las manos en puños a los costados–. Un asunto familiar.

–Sí –asentí–. La familia. Porque no hay nada más importante que la familia.

–Claro –dijo lentamente Dale, mirándonos de reojo–. Suele ser lo más importante.

–Ah, no lo sé –repuse–. A veces, la familia que uno elige es mejor que la de sangre. Pero eso no es para cualquiera.

Señalé con una inclinación de la cabeza hacia los muchachos de la mesa.

–No estoy emparentado con ninguno de estos imbéciles –añadí–, pero siguen siendo mi familia. Por ahora.

–Estamos muertos –le susurró Rico a Tanner y a Chris.

–Y, *a veces,* las personas se encuentran en situaciones en las que no tienen elección alguna –dijo Mark, inexpresivo.

–Ay, cielos –exclamó Tanner por lo bajo–. ¿Van a hacer eso *ahora*?

–Creo que me estoy perdiendo de algo –se rio incómodo Dale.

Lo ignoré con un gesto de la mano.

–Nah. No te pierdes de nada, ni *yo* me estoy perdiendo de nada. ¿Verdad, Mark?

–Verdad –asintió él, entrecerrando los ojos.

Rico carraspeó.

–Por muy divertido que sea esto y, créanme, jamás he estado más entretenido en la vida, no queremos interrumpir su… salida.

–Pueden quedarse con nosotros –ofreció Chris. Luego, palideció al mirarme–. Eh, no. No hagan eso. Váyanse. No quise decirlo así. Solo... no se queden aquí.

Tanner hundió la cara en las manos.

–No hay problema –dijo Dale. Parecía tan buen tipo. Odio a los estúpidos tipos buenos–. No los molestaremos. Hace mucho que no tengo a *este* todo para mí. Pienso aprovecharlo.

–Cielos –murmuró Rico–. De todas las cosas que hay para decir.

–Suena divertido –dije alegremente–. Un gusto conocerte. Estoy seguro de que nos volveremos a ver.

–Igualmente –respondió Dale antes de llevar a Mark hacia el bar.

Los observé desaparecer en la multitud y luego me volví hacia la mesa.

Rico, Tanner y Chris se hundieron aún más en sus asientos.

Bebí un largo trago de cerveza.

–Es agradable –dijo Chris.

–Trabaja en una cafetería –agregó Tanner–. En Abby.

–Lo vimos una sola vez antes –dijo Rico–. Y aunque le dijimos en la cara que nos parecía un tipo estupendo, es obvio que estábamos mintiendo, porque ¿por qué pensaríamos algo así cuando tú eres nuestro amigo?

–Cuando menos lo esperen –amenacé–. Cuando se les haya borrado de la mente. Cuando se hayan olvidado de este momento, entonces iré a buscarlos.

No debería haberme sentido tan bien al ver la expresión de miedo en sus miradas.

Estaba ebrio.

No completamente, pero más que achispado.

Me sentía bien.

La cerveza me había caído pesada.

–Tengo que mear –les dije por encima del estrépito del bar.

Asintieron, sin alzar la vista de sus tabletas electrónicas con preguntas y respuestas. El anotador había sido guardado, y no se hablaba más de ventajas y desventajas.

Me levanté de la mesa. Mi cabeza se encontraba sumida en un mareo agradable. Me abrí paso por la muchedumbre, sintiendo palmadas en la espalda, saludos. Sonreí. Asentí. Pero no me detuve.

Había una fila frente al baño de mujeres.

Mujeres de pueblo pequeño, todas.

El urinal estaba ocupado en el baño de hombres, una mano contra la pared mientras el hombre orinaba. La puerta del cubículo estaba cerrada, y se oía el sonido de arcadas.

Hacía demasiado calor en el baño. Olía a orina y mierda y vómito.

Volví al bar.

Hacía más calor ahora.

Las cosas empezaron a girar un poco.

Necesitaba aire.

El frente del bar estaba demasiado lleno.

Me dirigí hacia el costado.

Bambi me guiñó un ojo mientras servía tragos.

Indiqué con la cabeza la puerta trasera del bar.

–Adelante –gritó por encima del ruido–. Sigo buscando para ti, ¿me entiendes?

Entendía. No me importaba.

El aire nocturno chocó contra mi piel caliente.

La puerta se cerró detrás de mí, los sonidos del bar se apagaron.

Respiré hondo y exhalé lentamente.

El callejón estaba vacío. Había llovido mientras estábamos dentro. El agua escurría de las canaletas llenas de hojas secas. Un coche pasó por la calle, los neumáticos rodaron contra el pavimento húmedo.

–Mierda –mascullé, frotándome la frente. Me iba a sentir mal mañana. Me estaba poniendo viejo como para pasar una noche de juerga sin pagar por ello. Hubo un tiempo en el que podía beber cerveza hasta la una de la mañana y levantarme listo para ir al taller a las seis. Esos días habían quedado en el pasado.

Caminé por el callejón, alejándome de la calle. Había un cubo de basura contra la pared del bar.

A la izquierda estaba la ferretería. Pasé los dedos por el ladrillo, húmedo y rasposo.

Me paré al otro lado del cubo y meé contra la pared.

Gruñí de placer. El chorro duró años.

Me sacudí y volví a guardarla en mis vaqueros.

La idea de volver a entrar me parecía espantosa.

Busqué mis cigarrillos en el bolsillo y extraje uno del paquete arrugado. Lo sostuve entre los dientes. No encontraba el encendedor. Debí haberlo olvidado en casa. Miré a mi alrededor para asegurarme de que estaba solo, y chasqueé los dedos una vez. Una chispita y luego un fuego pequeño brotó de la punta de los dedos. Tenía los brazos cubiertos, pero sentí un latido cálido cuando un tatuaje pequeño cerca de mi codo izquierdo se encendió.

Acerqué la llama a la punta del cigarrillo e inhalé. Me ardieron los pulmones. La nicotina me recorrió el cuerpo y dejé escapar una bocanada de humo.

Me goteó agua sobre la frente.

Cerré los ojos.

–Te va a matar –dijo una voz a mi derecha.

Por supuesto.

–Eso he oído.

Los pasos se acercaron.

–Recuerdo el primero que fumaste. Pensabas que te veías genial. Y luego te echaste a toser tanto que pensé que ibas a vomitar.

–Hay que acostumbrarse. El primero siempre duele.

Ay, los juegos que jugábamos.

–¿Sí?

Inhalé.

–Lo he saboreado, sabes. En tu lengua.

Sonreí con pereza.

–Sí. Lo sé. Siempre te quejabas, aunque a mí me parecía que te gustaba.

–Sabía a hojas quemadas. Humo en la lluvia.

–Qué poético.

Resopló.

–Sí. Poético.

Abrí los ojos y bajé la vista hacia el humo que se enredaba entre mis dedos.

–¿Qué quieres, Mark?

Estaba oculto en la sombra, hacia la boca del callejón. La gente pasaba a tropezones detrás de él por la calle, pero no nos prestaba atención. Para ellos, no existíamos.

Debería haber sabido que me seguiría hasta aquí.

O quizás *sí* que lo había sabido.

–¿Quién dice que quiero algo? –preguntó.

–Estás aquí.

–Tú también.

–¿Quién dice que quiero algo?

Dos destellos naranjas similares a la punta de mi cigarro ardieron en la oscuridad.

–Nunca dije eso.

La gente pensaba que yo era un tipo duro. Un pueblerino. El tipo rudo del taller. No se equivocaban. Pero no sabían todo acerca de mí. Escupí al suelo.

–Dale parece agradable. Seguro y suave. Dime, Mark. ¿Crees que se está preguntando dónde estás en este momento? ¿Le dijiste que enseguida volvías cuando me viste marcharme?

–Está con un amigo suyo.

Inhalé. Exhalé. El humo era azul y gris.

–Ya te ha presentado a los amigos. Aunque supongo que es justo, dado que al parecer ha conocido a los míos.

–Estás enojado conmigo.

Sonreí, tenso.

–No estoy nada contigo.

–Eres manada.

Y sentí el *impulso*, de él, del lobo en el callejón. Era cálido y vibrante, un susurro de *Brujo Manada* en el fondo de mi mente.

–Qué curioso cómo resultó eso, ¿no es así? La primera fue destruida, la segunda se marchó y me abandonó. Y aquí estamos otra vez. La tercera. Me pregunto si otros lobos tienen tantas oportunidades. Si otros brujos han tenido tantos Alfas como yo.

–La primera dolió –dijo, avanzando un paso más hacia el callejón–. La segunda casi acaba conmigo.

–No te impidió marcharte. Thomas silbó y te fuiste *corriendo* cual perro obediente.

Un gruñido grave resonó contra el ladrillo.

–Era mi hermano.

–Ah, lo sé. Vete a la mierda, Mark.

Y, por un instante, dudó.

Pensé que me daría la espalda. Que dejaría lo que fuera esto que me daba dolor de cabeza. La cerveza se sentía pesada en mi estómago, y deseaba no haber salido nunca.

Pero no lo hizo.

En un momento estaba a tres metros de distancia y, al siguiente, apareció frente a mí, su cuerpo largo y duro apretando el mío. Quedé de espaldas contra la pared, con su mano rodeando suavemente mi garganta, el pulgar y el índice clavándose en la articulación de mi mandíbula.

Respiré y respiré y respiré.

–Te resistes –me gruñó al oído–. Siempre te resistes.

–Por supuesto que sí, mierda –dije, y odié lo ronca que sonó mi voz. Una descarga de electricidad me recorría justo debajo de la piel, y él lo sabía. Tenía que saberlo. Mi cuello y mis axilas estaban empapados de sudor, y emitían señales químicas que yo prefería mantener en secreto.

Clavó los dedos con más fuerza y me giró la cabeza a un lado. Me puso la nariz en el cuello e inhaló profundamente. La arrastró desde mi garganta hacia mi mejilla. Sus labios rozaron la parte inferior de mi mandíbula, pero eso fue todo.

–Hay furia –dijo en voz baja–. Es humo y ceniza. Pero, por debajo, aún hay tierra y hojas y lluvia. Como siempre. Como la primera vez. Lo recuerdo. Nunca había olido algo así antes. Quería consumirlo. Quería frotármelo en la piel para sentirlo siempre. Quería clavarle los dientes hasta que tu sangre me llenara la boca. Porque el primero siempre duele.

–¿Sí? –pregunté. Lo tomé de la nuca y lo acerqué a mí–. Entonces huélelo bien. Inhala, lobo.

Sentí la pinchadura de garras en mi piel cuando apretó sus caderas contra las mías. Respiró hondo y tuve que hacer un esfuerzo para no poner los ojos en blanco. Lo recorrí con la mano desde la nunca hasta el cuello y por los hombros hasta que la posé contra su pecho entre nosotros.

Sentí un latido de nada, el *tic tic tic* del agua al gotear, y luego el aire onduló a nuestro alrededor, las alas del cuervo aletearon. Un muro de aire chocó contra él y lo arrojó contra la pared opuesta. Sus ojos se encendieron y sus colmillos se alargaron mientras me gruñía.

–Espero que haya valido la pena –dije, fríamente–. Porque si tratas de tocarme de nuevo, te freiré el trasero. ¿Me entiendes?

Asintió lentamente.

Le di una última pitada al cigarrillo antes de dejarlo caer y aplastarlo bajo mi bota. El humo salía por mi nariz. La música latía dentro del bar.

Y, entonces, me marché en dirección a la calle. Pero antes de doblar la esquina, lo oí hablar.

El maldito siempre se quedaba con la última palabra.

–Esto no ha terminado.

DEMASIADO TARDE / ANIMAL SALVAJE

Philip Pappas llegó al día siguiente.

No confiaba en la gente del Este. Nunca lo había hecho. Siempre traían un aire de superioridad y pensaban que sabían más de lo que sabían en realidad. Se la pasaban observando, absorbiendo todo lo posible, catalogando sistemáticamente cada detallito para comunicárselo a las autoridades que eran demasiado cobardes para venir en persona.

Osmond había sido el primero. Nos traicionó con Richard Collins. Había pagado con su vida por sus crímenes. Robbie Fontaine había sido el segundo, aunque Ox decía que no se parecía en nada a Osmond. Era inteligente y entusiasta, un peón en un juego del que no sabía que era parte. Me hubiera encantado ver la expresión de Michelle Hughes cuando se dio cuenta de que Robbie había desertado para unirse a la manada de Ox. Ah, estoy seguro de que adoptó el papel de la Alfa comprensiva. Era sabido que un lobo (un Beta) podía elegir su manada. Cualquier Alfa que forzara a un miembro de la manada a quedarse era considerado peligroso; se lidiaba con él o ella con rapidez. Es cierto que sucedía muy rara vez, pero el poder del Alfa era embriagador. Cuanto más grande y poderosa fuera la manada, más poderoso sería el Alfa. Si un Beta se marchaba, los vínculos se quebraban y la fuerza de la manada disminuía.

Por lo que yo tenía entendido, Robbie no le *pertenecía* del todo a Michelle, era más bien un trotamundos que formaba vínculos lo mínimo y necesario como para no convertirse en un Omega. De todos modos, le debió haber molestado enterarse de que el hombre al que había enviado con la clara intención de espiar a lo que quedaba de la manada Bennett hubiera terminado uniéndose a ella. Ojalá le doliera.

Philip Pappas es otra historia. Ox lo llamaba el hombre tosco. Era un Beta que no se andaba con rodeos y lo había conocido una sola vez antes de que los Omegas empezaran a venir a Green Creek. Había sido uno de los Betas de Osmond que habían venido a visitar una vez a Thomas después de la muerte de Abel.

Usaba trajes siempre arrugados y corbatas delgadas y parecía estar todo el tiempo exhausto. Tenía pelo fino y una barba incipiente negra grisácea que parecía picosa. Tenía manos grandes y se la pasaba entrecerrando los ojos. No aguantaba estupideces de nadie, por lo que me parecía ideal como segundo de Michelle.

No confiaba en él.

No confiaba en nadie fuera de la manada Bennett.

–¿Dónde está? –preguntó al sentarse en la oficina frente a Ox y Joe. Mark estaba en un rincón, Carter en otro. Yo me quedé parado cerca de la ventana, quitándole la tapa a mi encendedor plateado una y otra vez, observando cómo las orejas de los lobos se movían cada vez que el metal chocaba. Dos de los lobos de Pappas permanecían afuera; no se los había invitado a entrar a la casa Bennett.

–Con mi madre –dijo Joe, inclinándose hacia adelante, los codos sobre el escritorio.

–¿Como los otros? –asintió Pappas.

–Sí –confirmó Ox–. Exactamente igual a los otros. Es extraño.

–Son Omegas –dijo Pappas, alzando una ceja–. Todo lo que tiene que ver con ellos es extraño. Es... antinatural. Los lobos no deben ser Omegas. No debemos ser salvajes.

–¿Por qué hay tantos, entonces? –quiso saber Ox.

Pappas no se inmutó. Era bueno.

–No sabía que unos pocos contaban como "tantos".

Resoplé.

–¿Algo para decir, Livingstone? –me miró de reojo.

–Richard Collins parece haber tenido bastante más que unos pocos.

–Una anomalía.

–¿Sí? –pregunté–. Porque parecía algo más que una anomalía.

Yo no le caía bien, estaba claro. Me importaba una mierda.

–¿Qué estás tratando de decir?

–Creo que lo que Gordo quiere decir –dijo Joe después de carraspear y echarme una mirada feroz, antes de mirar de nuevo a Pappas–, es que parece que hay más Omegas de los que todos nos imaginábamos.

–¿Saben cuántas manadas de lobos hay en Norteamérica? –preguntó Pappas tras asentir lentamente.

Joe miró a Ox, que no le había quitado los ojos de encima al lobo frente a él y respondió.

–Treinta y seis en veintinueve estados. Veintiuno en tres que se extienden por Canadá.

–Y, en promedio, ¿cuántos miembros tiene cada manada?

–Seis.

Pappas pareció impresionarse, aunque intentó ocultarlo.

–Hace veinte años, había noventa manadas. Hace treinta años, casi doscientas.

–¿Qué cambió? –preguntó Ox, casi sin parpadear.

Mark carraspeó. Lo miré de reojo. Tenía la vista clavada en el suelo.

–Cazadores.

Pappas golpeó la mesa con los dedos en *staccato*.

–Clanes y clanes de cazadores cuyo deber era, o eso decían ellos, acabar con la mayor cantidad posible de lobos. Humanos que llegaron con sus armas y sus cuchillos para matar a los monstruos. Atacaron a los lobos sin distinción. Hombres. Mujeres. Niños. Los que escaparon siguieron huyendo. A veces, se unían en grupos, formando manadas improvisadas.

–¿Cómo es posible eso? –preguntó Carter con el ceño fruncido–. No debían tener Alfas.

–No sabemos –respondió Pappas, encogiéndose de hombros–. Se formaron vínculos, por más frágiles y podridos que fueran. Retrasaban el descenso a lo salvaje. Y cuando alguien como Richard apareció, un Beta tan inusualmente fuerte que casi era un Alfa, se le unieron. Necesitaban alguien a quien seguir. Era una luz en la oscuridad, y se arremolinaron a su alrededor. Michelle no estaba equivocada cuando les dijo que, cuando se convirtió en Alfa, aunque fuera solo por un instante, lo sintieron. Y, luego, lo perdieron. Por supuesto que se sienten atraídos hacia aquí.

–No vimos cazadores en la carretera –dijo Carter–. Fuera de David King, no encontramos a nadie.

–Eso es porque, como con los lobos, han sido diezmados. La edad o la muerte o el temor a represalias. Venganza, si se quiere –me miró de reojo y volvió a mirar a los Alfas–. Es por eso que David King se dio a la fuga, después de todo.

–No vendrán –dijo Joe, con seguridad–. Los cazadores. Lo que sea que queda de ellos. Saben que no les conviene.

–No creo que eso… –dije.

–¿Qué sucedió con los otros? Con los Omegas que se llevaron de aquí. Ocho en los últimos seis meses –preguntó Ox. Ya conocía la respuesta. Yo se lo había dicho. Estaba probando a Pappas.

–Muertos –respondió él sin dudar–. Todos. No tuvimos opción. Estaban demasiado perdidos.

–Y asumo que hicieron todo lo posible. Que *Michelle* hizo todo lo posible.

–Lo hizo.

–No está mintiendo –dije, en voz baja

Ox me miró. Estaba enojado. Lo sentía, una ola de azul y rojo que cubría el hilo que me unía a él. Me llegó como *por qué* y *Gordo* y *no sé qué hacer, se la llevará para matarla va a morir.*

–Podría lastimar a alguien –le dije, intentando ignorar su angustia. Necesitaba que mantuviera la cabeza fría–. Quizás sea sin querer, pero para cuando suceda, lo que ella quiera no tendrá importancia. Estará perdida. No quedará nada más que garras y colmillos y un deseo de cazar. Has hecho todo lo posible. También Joe. No pueden tenerla aquí. Podría lastimar a alguien. ¿Y si ataca a Jessie? ¿O a Tanner? ¿A Chris o a Rico? No podrán defenderse contra ella si no la ven venir. Se habrá vuelto un animal.

Apretó los dientes y Joe le puso la mano sobre la suya.

–¿Es Michelle más fuerte que yo? ¿Más fuerte que Joe?

–¿Por qué? –preguntó Pappas, receloso.

–Porque si nosotros no pudimos hacer nada, ¿cómo podemos esperar que ella pueda?

–Mierda –susurró Carter–. No puedes pensar que…

–No –contestó Pappas con brusquedad–. No lo es. Y si le dicen que yo dije eso, lo negaré hasta el día que muera. Pero no se trata de eso. Es una formalidad, nada más. Una cortesía para con ustedes. Y si esta Omega se ha deteriorado tanto como dicen, entonces ya es demasiado tarde.

–Gordo –me llamó Ox tras asentir y levantarse de la silla.

–Amigo –exclamó Carter, alarmado–. Espera, Ox, espera un momento, no puedes…

–Carter –dijo Joe, y su hermano se calló.

Ox abandonó la oficina. Yo hice la única cosa posible.

Lo seguí.

Estaba en una de las habitaciones de huéspedes, arriba, al final de las escaleras. Kelly estaba cerca de la puerta, cuidando a su madre que tarareaba en voz baja sentada en la cama, la Omega en el rincón, gruñendo por lo bajo. El cabello le caía suelto alrededor de la cara y estaba transformada a medias, los ojos le brillaban violetas, su cara cubierta en pelaje gris. Su mano derecha era una pata. La izquierda seguía siendo, en su mayor parte, humana.

Vio a Ox y abrió los ojos como platos. Abrió la boca para hablar, pero solo surgió un gruñido animal. Sus ojos se clavaron en mí y los entrecerró antes de volver a posarlos en Ox.

–¿Qué está pasando? –preguntó Kelly nervioso, notando las olas de *azul* que Ox emitía–. ¿Qué sucedió?

–Lleva a tu madre abajo –le ordenó.

–Pero…

–Kelly.

Kelly asintió. Elizabeth no se resistió cuando la ayudó a levantarse de la cama. Se detuvo un momento junto a Ox y le tomó la cara entre las manos.

–¿No hay otra manera? –le preguntó.

Ox negó.

–Los otros. Ellos están… –no hizo falta que terminara la pregunta.

–Sí.

Elizabeth suspiró.

–¿Serás misericordioso?

–Sí.

–¿Puedes hacer que deje de sufrir?

–*Sí.*

Se paró en puntas de pie y lo besó en la frente.

–Sé su Alfa, Ox –susurró–. Ella te lo agradecería, si pudiera.

Luego, partió.

Kelly nos echó una última mirada antes de seguir a su madre y cerrar la puerta.

La Omega gimió, la saliva le chorreó por la barbilla.

–Yo lo haré –le dije–. Lo he hecho antes. No tiene por qué ser tu responsabilidad. No tienes que hacerlo, Ox.

–Mi padre me dijo que no conseguiría una mierda en la vida –dijo, observando a la Omega.

–Lo sé.

Si no fuera porque ya estaba muerto, lo hubiera perseguido y lo hubiera matado yo mismo.

–Que la gente no me entendería jamás.

–Sí, Ox.

–Que jamás haría lo correcto.

–Estaba equivocado.

Ox me miró.

–Lo estaba. Porque te tengo a ti. Y a Joe. A la manada. Tengo una familia. Gente que no me trata como una mierda. Gente que me entiende.

–De todos modos no tienes por qué hacerlo.

La Omega gruñó en mi dirección. Por un momento, me pareció que se lanzaría hacia mí, pero Ox le gruñó y retrocedió hacia el rincón.

–¿Crees que duele? Volverse loco –me preguntó, las manos en puños.

–No lo sé.

–¿No lo sabes?

–¿Tú sí?

–Tu madre.

Ah.

–No fue lo mismo para mí. Yo no… mi madre no era como Maggie.

–No. Me imagino que no todos son como ella. Era… especial.

–Lo sé, Ox.

–Sentía frío. Como si tuviera hielo en la cabeza. Todo estaba congelado. Me dolía y no sabía cómo detenerlo. Lo único que quería era vengarme, aunque no fuera mi intención. Me equivoqué.

No sabía si alguna vez podríamos superar las decisiones que tomamos después de la llegada de la bestia.

–Joe hubiera ido aunque no hubieras dicho nada.

–Tal vez. Tú perdiste tu manada una vez.

Dos veces, pero quién lleva la cuenta.

–Es cierto.

–Murieron.

–Sí.

–Debe haberse sentido como enloquecer. Los vínculos quebrándose.

Y vacilé.

Asintió, este maravillosamente extraño joven que veía todo lo que yo no podía decir en voz alta.

–Me pregunto qué habrías hecho para detenerlo.

Cualquier cosa. Hubiera hecho cualquier cosa.

En ese momento, se movió. Antes, había sido ese niño que se escondía detrás de la pierna de su papá y me observaba con timidez mientras yo le preguntaba si quería una soda de la máquina. Le había tocado una cerveza de raíz. Se había reído después de beber el primer trago, y me había dicho que era la primera vez que probaba una y que las burbujas le habían hecho cosquillas en la nariz.

Ya no era ese niño. Era un tipo grande. Un Alfa. Fuerte y valiente y poderoso, mucho más de lo que lo imaginé capaz. Lo había visto enojado. Había visto la furia en su mirada cuando los monstruos bajaron de los árboles para arrebatarle lo que era suyo. Lo había visto matar con sus propias manos.

Esto no era así.

La Omega no tuvo ni tiempo de reaccionar cuando él se lanzó sobre ella y le colocó una mano a cada lado de la cabeza, una parodia grotesca de la forma en la que Elizabeth lo había sostenido unos minutos antes.

Pero no estaba enojado.

Estaba triste.

Le dolía.

Le torció brutalmente la cabeza hacia la derecha.

Los huesos crujieron y se quebraron, un sonido intenso en la habitación pequeña.

Su pierna derecha se estremeció, el pie se deslizó por la alfombra. Sus dedos se contrajeron una vez. Luego dos veces. Las uñas de los pies parecían recién pintadas. Elizabeth debía de haberlo hecho. Eran rosadas antes de que las garras surgieran de ellas.

El violeta se desvaneció de sus ojos.

En unos segundos, se quedó quieta.

Se sintió interminable.

Yo no era como los lobos. No pude oír el instante en que su corazón se detuvo. Me pregunté cómo sonaría. Un tambor poderoso que se saltaba unos golpes antes de sumirse en el silencio.

Se desplomó con una exhalación suave.

El pelaje desapareció de su cara al desvanecerse la transformación.

Solo quedó una mujer joven.

Ox se inclinó y apoyó su frente sobre la de ella. Cerré los ojos.

–Tu manada te llamará a casa –susurró–. Lo único que tienes que hacer es escuchar su canción.

Joe le echó un solo vistazo a Ox en cuanto abrimos la puerta y de inmediato se lo llevó por el pasillo hacia su habitación. Me miró de reojo por encima del hombro. No dijo nada, pero entendí.

Carter y Kelly estaban abajo en la cocina con su madre, apretujados uno a cada lado de ella, que sostenía una taza de té humeante entre las manos con el hilo de la bolsa entre los dedos.

Podía ver a Mark a través de las ventanas frente a la casa, de pie frente a los lobos que había traído Pappas. No parecía que estuvieran charlando, y me imaginé que Mark estaría en posición, como a veces solía hacer.

Los humanos no estaban en la casa. En cuanto nos enteramos de que Pappas estaba en Green Creek, los despachamos. Jessie había mirado con furia a Ox antes de salir por la puerta de adelante, resoplando. Los muchachos la habían seguido sin protestar tanto, lo que les agradecí.

Pappas seguía en la oficina.

Al igual que Robbie.

–... y ella envía saludos –estaba diciendo Pappas a través de la puerta entreabierta.

–Eso es... genial –le contestó Robbie, incómodo.

–Se preocupa por ti.

–Estoy bien.

–Lo noto. Y le diré eso. Aunque siempre hay un lugar para ti si decides volver a casa.

Eso me irritó terriblemente, en particular porque Pappas tenía que saber que yo estaba al otro lado de la puerta. Habrían oído mis latidos. Lo que quería decir que quería que escuchara.

–Este es mi hogar –replicó Robbie–. Ox y Joe son mis Alfas. Esta es mi manada.

–Entendido –dijo Pappas, divertido–. Bueno. No estaría haciendo mi trabajo si no te comunicara la propuesta de la Alfa. Hiciste un buen trabajo para ella. Estaba impresionada. Y sabes que no se impresiona mucho últimamente.

Era suficiente. Empujé la puerta para abrirla del todo.

–Robbie –dije, con calma–, ¿me haces un favor y llamas a los demás? Hazles saber que la situación está bajo control.

Pareció aliviado y se puso de pie de inmediato.

–Claro, jefe.

–Te dije que no me llames así.

–Sí. Muchas veces. Lo seguiré haciendo, jefe.

Sonrió agradecido al pasar junto a mí.

Esperé a que cerrara la puerta del todo.

Pappas se quedó en su silla y me observó con curiosidad.

No se lo veía asustado.

–Venir al territorio de un Alfa e intentar robarle un miembro de la manada es una cosa –le dije, recostándome contra la puerta–. Pero ¿en tierra de los Bennett? ¿Con dos Alfas?

Sacudí la cabeza.

–Hay que tener pelotas –continué–. O una cantidad increíble de estupidez. El jurado no ha decidido aún.

No pareció intimidado. Me pregunté si sabría cuán equivocado estaba.

–Qué gracioso, dado que Robbie solía pertenecernos.

–Y yo aquí pensando que el libre albedrío aún significaba algo. Que los lobos pueden elegir a quién pertenecer.

–Se me pidió que le hiciera una propuesta –respondió él–. Hice lo que se me ordenó. Michelle, está… preocupada.

–¿Por qué?

–Tu manada parece estar comprando muchas propiedades en Green Creek. Negocios y cosas por el estilo.

–¿Nos están vigilando?

–Está en los registros públicos.

–Registros que hay que buscar...

Flexionó las manos.

–El nombre Bennett parece estar vinculado a cada faceta de este pueblo.

–Estamos invirtiendo.

–¿Para?

–El futuro. Y ayuda a los negocios locales. Somos nosotros los propietarios, no los bancos. Podemos bajar el alquiler. Hacer que las cosas sean más baratas para todos. Mantenerlos contentos. Michelle no tiene de qué preocuparse. Es nuestro hogar.

Era más que eso, pero no necesitaba saberlo. Carter y Kelly se habían hecho cargo de las finanzas de la manada y se les había ocurrido la idea de invertir la riqueza de los Bennett en el pueblo. Ayudaba a los locales, pero también fortalecía el control de la manada en el territorio. Cualquiera que intentara quitárnoslo tendría que ser muy estúpido, especialmente con lo mucho que estábamos conectados al lugar ahora.

–¿Es así? ¿Fue idea de Thomas? ¿De antes?

–¿Qué quieres, Pappas?

–No estoy aquí para forzar nada.

No se lo creí ni por un segundo.

–Salvo la muerte de la Omega.

–Ox se ofreció –replicó, ladeando la cabeza.

–No le dejaste opción.

–De nuevo esa palabra. Opción. Debes pensar que soy una especie de maestro de la manipulación.

–Conocí a Osmond –pretendía que mis palabras fueran como un puñetazo, pero apenas pareció inmutarse.

–Un error.

–Un error que duró *años*. Dime, ¿saben en qué preciso momento se puso en contra suya? ¿Cuándo decidió que Richard Collins valía más que todos ustedes?

–Hubo... señales. Cosas que no deberían haber sido ignoradas.

–Y no queda nadie más.

–No que nosotros sepamos.

–Eso ya no significa tanto como antes.

Se inclinó hacia adelante en su silla, las manos aferradas sobre la falda. Una película de sudor le cubría la frente. Nunca había visto sudar a Pappas antes.

–¿Qué me estás preguntando en realidad, Gordo?

Miré de reojo a la puerta a mis espaldas para comprobar que siguiera cerrada y nadie pudiera oírnos. Lo estaba. Pappas sonreía sin sonreír cuando me volví de nuevo hacia él. Alzó una ceja.

–Ya lo sabes.

–Quizás necesite oírtelo decir.

Malditos lobos.

–Mi padre.

–Tu padre –repitió–. Claro. Robert Livingstone. Después de la desafortunada situación con Richard Collins, debo admitir que me sorprendió el... subterfugio. Ocultarle cosas a tus Alfas no parece algo típico de ti, Gordo. Después de todo lo que ha sufrido tu manada. Es casi como si confiaras más en mí que en ellos.

–No sabes nada sobre mí.

Y allí estaba. Una sonrisa de oreja a oreja. Parecía la sonrisa de un tiburón.

–Sabemos más de lo que piensas. Informo a la Alfa de todos, ¿no es así?

–Temporariamente. Y nada más.

Sacudió la cabeza.

–Parece que Joe no quiere irse de aquí. No lo culpo. Este lugar… no se parece a ningún otro territorio que haya conocido. Eso se siente al acercarse. Es como una gran tormenta a lo lejos, pura electricidad y ozono.

Cómo fue que Thomas Bennett pudo dejarlo es algo que me supera. Debía confiar muchísimo en ti si lo dejó a tu cuidado.

–A Thomas Bennett yo le importaba una mierda.

–¿Ah, sí? Qué curioso.

Estaba cansado de esto. De él.

–Dime lo que necesito saber.

Extendió las manos sobre los muslos. Me pareció ver un asomo de garras, pero desaparecieron enseguida.

–No hay nada. O, mejor dicho, nada nuevo. En ninguno de los dos frentes.

No podía ser posible.

–Les advertí que Elijah sigue suelta. Lo que su hermano me contó. ¿Cómo es posible que una cazadora de ese calibre se les escape?

–Quizás ha dejado a un lado el liderazgo –dijo, encogiéndose de hombros–. Quizás está muerta. O, tal vez, tal vez, David King no hizo más que mentir al verse enfrentado a hombres lobos mientras se desangraba, y decidió decir lo que fuera que ustedes querían oír para salvar el pellejo.

–Te olvidas de algo. Quizás Michelle no... ¿Te encuentras bien?

Respiraba con mayor dificultad que un instante antes. Cerró los ojos y sus fosas nasales aletearon. Se secó el sudor de la frente. Si no hubiera sido un lobo, hubiera dicho que estaba enfermo. Pero dado que los lobos no se enfermaban (no como los humanos, al menos), tenía que tratarse de otra cosa. Era casi como si estuviera perdiendo el control. Pero eso no era...

–Estoy bien –dijo, por fin, abriendo los ojos–. Es un viaje largo para repetir cada tan pocas semanas. Si pensara que puedo soportar un avión, habríamos volado. Pero todos esos olores en un espacio tan pequeño es... es demasiado.

Fruncí el ceño.

–No parece que…

–No ha habido informes de actividad de cazadores en años –continuó con serenidad Pappas–. Los viejos clanes han sido controlados o se han ido muriendo. Sinceramente, tenemos que agradecerle eso a Richard. Mató a más cazadores que cualquier otro lobo en años. Más allá de en qué se haya convertido, hizo el trabajo sucio mucho mejor que nosotros. Tenía sus defectos, pero resultó útil.

–Defectos –repetí, incrédulo–. Asesinó a Thomas Bennett. Asesinó a la madre de Ox. Casi mató a Ox. Esos no son *defectos*.

–Sé que es difícil, Gordo. Y aunque sus crímenes fueron terribles, a veces no sé si logras ver el panorama completo. Estás demasiado cerca.

–¿Y mi padre? ¿En qué parte de tu panorama completo entra? ¿De qué manera les resultó *útil*?

–No me comprendes, deliberadamente.

Le gruñí y me froté la cara con la mano.

–Sigue suelto.

–Lo sabemos. Pero sea lo que sea que está haciendo, es una sombra. Es un fantasma, Gordo. No se puede atrapar algo que no está.

–¿Lo están buscando, siquiera?

–¿Y tú? Me parece que si hay alguien que tiene un motivo para asegurarse de que no vuelva a lastimar a nadie más, ese eres tú. ¿Qué has hecho para encontrar a tu padre?

–No era más que un niño –le grité–. Cuando ustedes vinieron y se lo llevaron. Cuando se me *prometió* que no volvería a lastimar nunca más a nadie. ¿Y adivina qué? Mintieron.

–Ese fue Osmond…

–A la mierda con Osmond, y a la mierda contigo también. Debería haberlo sabido. A lo de Osmond. A lo de Richard. A lo de mi *padre*. Por culpa de ustedes ha muerto gente, gente buena. Thomas no se merecía...

–Qué humano de tu parte.

–¿Qué? –parpadeé.

–Hace un momento dijiste que a Thomas Bennett tú no le importabas una mierda. Y, sin embargo, aquí estás, diciendo que no se merecía la muerte que tuvo. Implícitamente, estás diciendo que a *ti* te importaba, aunque no hayas sentido que fuera recíproco. Un lobo de nacimiento ve las cosas en términos de la manada y el Alfa. De olores y las emociones asociadas a ellos. Los lobos convertidos tienden a guerrear consigo mismos; recuerdan qué significaba ser humano y lo que significa ser un lobo. Los humanos, sin embargo... son más... complejos. Más falibles. Tu magia no te excluye de esta complejidad –negó con la cabeza–. Es por eso que no es habitual que los humanos formen parte de las manadas. No entienden qué significa *ser* manada.

–Nos lo arreglamos bien, gracias por la preocupación.

De nuevo esa sonrisa.

–Ah, lo sé. Otra rareza de la manada Bennett. Ox no se parece... a nada que haya existido antes. Me descubro fascinado por él. Todos lo estamos. Es tema de muchas conversaciones.

Avancé un paso hacia él y me enrollé lentamente la manga hasta revelar el cuervo. Apreté dos dedos contra sus garras y por un momento sentí su filo, su calor quemándome la piel. Sentí una satisfacción salvaje cuando Pappas abrió un poco más los ojos.

–Cuando era niño, me senté en esta habitación y mi padre talló magia en mi piel. Mi Alfa me dijo que haría cosas importantes. Que un día sería su brujo. Las cosas han cambiado. Tengo Alfas nuevos, aunque nunca esperé volver a formar parte de una manada. Uno de esos Alfas es también mi lazo.

La expresión de Pappas se alteró.

–Y, desde donde estoy, me parece que lo acabas de amenazar. No me tomo a la ligera las amenazas en contra de mi lazo. En contra de mis Alfas. De mi manada. Si quisiera, aquí mismo, ahora mismo, podría llenarte de tanta plata que no tendrían más que quitarte la piel para tener una maldita *estatua.*

–Cuidado, Gordo –dijo Pappas con la voz inexpresiva–. No te conviene quemar el puente cuando estás parado en el medio.

El cuervo estaba inquieto.

–Cuando regreses, dile a tu Alfa que si le ocurre algo a mi manada, que si alguna vez llego a enterarme del más mínimo *indicio* de un plan en su contra, en *nuestra* contra, los destrozaré a todos, y lo haré con una maldita sonrisa en la cara. ¿Está claro?

–Como el agua –asintió Pappas.

–Bien. Ahora lárguense de la casa Bennett, carajo. Pueden pasar la noche en el pueblo en el mismo motel de antes, pero espero que se vayan por la mañana. Nos ocuparemos de la Omega. No quiero que la toquen.

Pareció que quería agregar algo, pero lo pensó mejor. Se paró y me rozó al salir. Por un segundo, me pareció ver algo imposible.

Un destello de violeta.

Pero tenía que ser un efecto de la luz.

El cuervo se acomodó en su cama de rosas, y yo cerré los ojos.

La Omega se quemó rápidamente en la pira en el bosque. Las estrellas brillaban en lo alto. La luna estaba más que medio llena, y sabía que los lobos sentían su influjo.

Ox estaba de pie, contemplando las llamas que se alzaban hacia el cielo, con Joe a su lado. Carter y Kelly estaban junto a su madre, que tenía un chal sobre los hombros. Me pregunté si estaría pensando en la última vez que se había visto frente a un fuego, cuando su compañero se había convertido en ceniza. Sus hijos apoyaban las cabezas sobre sus hombros, y ella tarareaba por lo bajo. Sonaba a Johnny y su guitarra.

Robbie estaba junto a Kelly, incómodo. Parecía a punto de estirar la mano y posarla sobre la espalda de Kelly, pero cambió de idea. Se la pasó mirándome de reojo, con una expresión que dejaba ver que pensaba que yo era lo máximo. Me ponía nervioso, y tenía planeado cortar con eso antes de que se transformara en una adoración total al héroe. No necesitaba un maldito cachorro siguiéndome por ahí.

Pero, por supuesto, alguien más lo notó.

–Parece que tienes un admirador –murmuró Mark.

Puse los ojos en blanco.

–El chico se entusiasma más fácil que nadie que haya conocido. Es demasiado blando.

–¿Qué ha provocado este nuevo afecto?

–¿Por qué? ¿Celoso?

–¿Quieres que lo esté?

Mierda.

–¿Qué...? Por todos los cielos. Me importa una mierda.

–Claro, Gordo –resopló–. Seguro que es eso.

–Pappas intentó confundirlo. Lo corté de raíz –sentía la mirada de Mark, pero mantuve la mía sobre las llamas.

–Nunca entendí eso. Acerca de ti.

–¿Qué cosa?

–Que el exterior nunca coincide con el interior.

–¿De qué demonios estás hablando? –lo miré, entrecerrando los ojos.

Se encogió de hombros.

–No eres tan idiota como quieres que los demás crean que eres. Es... reconfortante.

–Vete a la mierda, Mark. No sabes nada de mí.

–Claro, Gordo –se rio suavemente.

Se estiró y me apretó el brazo. Tuve que hacer un esfuerzo para no apartarlo. Su mano era pesada y cálida y...

Desapareció.

Fue hacia Elizabeth, se inclinó y depositó un beso en su frente.

Se me hizo un nudo enorme en el estómago.

Dejé a los lobos y me perdí en el bosque. Tenía guardas que revisar.

La magia es una cosa extraña y amplia.

Mi padre se había caracterizado por ser particularmente enfocado. Era capaz de grandes hazañas, de cosas maravillosas, pero tenía sus límites.

–No soy como tú –me dijo una vez, y no entendí hasta que fui mayor que lo decía con una mezcla de envidia e ironía–. La magia suele manifestarse de maneras extrañas. Siento a la manada. A veces, me parece que los oigo en mi mente. Pero tú... eres diferente. No ha habido nadie como tú, Gordo. Puedo enseñarte los secretos. Puedo darte las herramientas, los símbolos necesarios, pero tú harás con ellos cosas que yo no puedo.

Llevó tres meses terminar el cuervo. El dolor era inmenso. Era como si me estuvieran acuchillando con un cuchillo de carnicero con corriente eléctrica. Le rogué que dejara de lastimarme, que era su hijo, papi, por favor basta, papi, *por favor*...

Abel me sujetaba.

Thomas ponía la mano sobre mi cabello.

Mi padre se doblaba sobre mí con su máquina, para tatuar la tinta de colores brillantes que explotaban en jarros sobre la mesa.

Cuando, por fin, el cuervo estuvo terminado, me sentí más centrado que nunca.

La primera vez que se movió, sin querer prendí fuego a un árbol.

Los lobos se rieron de mí.

Mi madre lloró.

¿Y mi padre?

Bueno.

Se me quedó mirando, nada más.

Las guardas se sentían fuertes y sólidas. Las empujé con la mano y se encendieron, grandes círculos con antiguos símbolos tallados en el aire. Eran todos verdes, verdes, verdes.

Mi padre me había enseñado a hacerlos.

Pero yo había aprendido a hacerlos aún mejor.

Nadie podía tocarlos.

Una vez le dije a Ox que la magia era real. Que los monstruos existían de verdad. Que cualquier cosa que pensara podía ser *real.*

Las guardas están diseñadas para impedir el paso de las cosas más malas.

Pero, a veces, también mantienen *dentro* a las peores.

Parpadeé en una habitación oscura, con los restos de un sueño con una sonrisa secreta y ojos color hielo aferrándose aún a mi piel. Giré la cabeza, casi esperando ver un cuerpo extendido junto al mío. Pero no estaba allí, por supuesto. Hacía años que no estaba allí.

Mi teléfono volvió a sonar, la pantalla con su brillo blanco.

Gemí antes de darme vuelta y estirarme para alcanzarlo.

–Hola –dije, poniéndome el teléfono junto a la oreja.

Silencio.

Lo aparté y entrecerré los ojos ante el brillo de la pantalla.

DESCONOCIDA.

00:03

00:04

00:05

–Hola –repetí, volviendo a ponerme el teléfono contra la oreja.

–Gordo.

Me senté en la cama. Reconocí la voz, pero estaba...

–¿Pappas?

–Me... me duele –parecía que estaba hablando con la boca llena de colmillos.

Me desperté del todo.

–¿Qué cosa? ¿De qué estás hablando?

–Hay... algo. En mí. Y no puedo... –sus palabras terminaron en un gruñido–. No pensé... que me pasaría. Se están deshilachando. Los pequeños hilos. Se romperán. Sé que se romperán. Lo he visto antes.

Me bajé de la cama. Encontré unos vaqueros en el suelo y me los puse.

–¿Dónde estás? –le pregunté.

Se rio. Sonaba más a lobo que a hombre.

–Ella sabe. Lo siento, pero ella *sabe*. Más. Que tú. Más. De lo que podía decir. ¿Cuándo me alcanzaron? ¿Cuándo me…?

–¡Pappas! –ladré–. ¿Dónde mierda estás?

El teléfono emitió un pitido en mi oído. La llamada se había desconectado.

–Imbécil –murmuré. Tomé una camiseta del borde de la cama y me la puse por encima de la cabeza.

Salí de la casa un instante después.

Había ayudantes del sheriff en la posada Shady Oak, el pequeño motel ubicado en las afueras del pueblo. Al frente, había un patrullero con las luces encendidas. Reconocí a uno de los ayudantes. Algo… Jones. Había traído su motocicleta al taller porque le fallaba el embrague. Le había hecho un descuento, dado que era más fácil lamerle el trasero a un policía en ese momento que pedirle indulgencias más adelante.

Él y otro ayudante que yo no conocía estaban con Will, el viejo que era propietario del motel, que estaba moviendo las manos como si estuviera haciendo una representación de una especie de pesadilla Lovecraftiana. Me acerqué con el coche hacia ellos y bajé la ventanilla.

–… y entonces me *gruñó* –decía Will, ligeramente histérico–. No lo vi, pero lo oí. Era grande, ¿saben? Sonaba *grande*.

–Grande, ¿eh? –preguntó Jones. No le creía ni una maldita palabra a Will. No lo culpaba. La verdad que no. Will pasaba más tiempo ebrio que sobrio, era sabido. El precio de vivir en un pueblo pequeño. Todos saben todo acerca de los demás.

Casi siempre.

–¿Todo está bien? –pregunté, intentando sonar despreocupado y casi lográndolo.

–¿Gordo? –Jones se volvió a mirarme–. ¿Qué haces afuera tan tarde?

–Papeleo –me encogí de hombros–. Nunca se termina cuando tienes un negocio. ¿No es cierto, Will?

–Ah, sí –asintió Will frenéticamente–. Montañas de papeleo. *Yo* estaba haciendo eso cuando lo oí.

Claramente, había dado buena cuenta de una botella de Wild Turkey.

–¿Oírlo?

Jones parecía estar haciendo un gran esfuerzo para no poner los ojos en blanco.

–Will dice que había una especie de animal en una de sus habitaciones.

–¡La destrozó! –gritó Will–. ¡Dio vuelta la mesa! Arruinó la cama. Debe ser un león de montaña o algo así. Uno grande, además. Lo oí, Gordo. *De verdad.* Y fui a revisar, ¿sí? Porque mierda que iba a dejar que otro ocupa se metiera y destrozara mi motel. Tenía una linterna y todo. Y lo *oí.*

Seguro que sí.

–¿Oíste qué?

–Un… un *gruñido* –tenía los ojos desorbitados, la cara roja–. Sonaba a algo grande, ¿saben? Lo juro.

–Es probable que fueran un par de chicos que querían divertirse un rato –opinó Jones–. Will, ¿has bebido esta noche?

–*No.* Bueno, quizás unos dedos. Saben cómo es.

–Ajá.

–¿Tienes a alguien allí dentro? –pregunté, mirando la puerta que Will había estado señalando. Colgaba de las bisagras contra el recubrimiento vinílico del motel. Incluso desde donde estaba yo, las marcas de garras eran visibles en la madera.

Will volvió a asentir, moviendo la cabeza de arriba y abajo frenéticamente.

–Sí, señor. Unos forasteros. Con trajes. Ejecutivos, creo, no hablaban mucho de nada. Han estado aquí algunas veces antes. Son un poco maleducados. Aunque no había nadie allí. Está vacía.

–¿Tienes algún nombre, viejo? –preguntó el otro ayudante–. ¿O aceptas pagos en negro?

–Este es un negocio *legítimo* –afirmó Will–. *Por supuesto* que les pedí el nombre. Está en el registro. Se los mostraré. No trabajo en negro. Y siempre he dicho que algo extraño ocurre en este pueblo, ¿sí? Nadie más lo ve, pero *yo* sí. No pueden decirme que no oyen los aullidos que salen del bosque por la noche. Que los demás no hablen al respecto no quiere decir que *yo* no lo haré.

–Seguro –repuso el ayudante–. Leones de montaña y aullidos en el bosque. Entendido. Veamos el registro.

Will salió a los pisotones en dirección a su oficina, mascullando por lo bajo. El ayudante lo siguió. Puse el freno de mano y giré la llave cuando Jones se dirigió a la habitación del motel, linterna en mano, la otra mano sobre su arma.

Abrí la puerta del vehículo.

Me miró de reojo.

–Quizás sea mejor que te quedes en la camioneta.

–Animal salvaje, ¿verdad? –me encogí de hombros–. Es probable que nos tenga más miedo a nosotros que nosotros a él.

–Está ebrio –suspiró Jones.

–Probablemente. Pero no es nada nuevo.

–Al menos no conduce –murmuró.

–Solo porque perdió la licencia de conducir cuando se subió a la acera y chocó un parquímetro.

–Dijo que los frenos fallaron. Cuando sopló estaba casi tres veces por encima del límite legal.

La grava crujió a mis pies cuando seguí a Jones hacia la puerta abierta.

–¿Ves eso? –dijo en voz baja, el haz de la linterna iluminó las marcas. Había cuatro, marcadas profundamente sobre la puerta. Eran grandes.

–¿Sigues pensando que fueron unos chicos?

–Más que un león de montaña. Es posible que hayan sido hechas con un cuchillo.

–Claro, Jones.

Nos detuvimos en la entrada de la habitación. Jones ladeó la cabeza y se quedó inmóvil.

–No oigo nada.

Porque no había nada, pero no se lo dije.

–¿Seguro?

–Sí.

Avanzó.

Por encima de su hombro, pude ver que la habitación había sido destruida, tal como Will había dicho. Las mesas volteadas, las paredes destrozadas. La cama había sido hecha pedazos, el colchón colgaba del armazón de la cama, los resortes asomando a través de la tela.

–¿Qué demonios? –susurró Jones.

–Chicos –dije–. Ebrios. Drogados. Algo así.

–¿Y qué hay con eso? –negó.

Seguí el haz de su linterna.

Manchas de sangre en la pared. No mucha. Pero allí estaba, aún fresca y chorreante.

Jones salió hacia el patrullero para informar a la operadora. Había cambiado de tono.

–Animal –lo oí decir–. Alguna clase de animal. Parece que está herido. Will dice que había huéspedes en la habitación, pero el todoterreno no está, así que quizás ya hayan dejado el pueblo. No tenemos número de matrícula.

El teléfono sonaba en mi oreja.

–Gordo –dijo una voz, ronca de sueño.

–Ox. Tenemos un problema.

–Dime.

En la tierra, saliendo del estacionamiento hacia los árboles, había rastros. Más grandes de los que cualquier animal podía llegar a hacer.

–Lobos.

ELLA SABE / ENTONCES, LLEGÓ EL VIOLETA

—Abel te habló acerca de los lazos –me dijo una vez mi padre.

Asentí, ansioso por complacerlo.

–Mantienen a raya al lobo. Son lo más importante del mundo.

–Sí –confirmó mi padre. Estábamos sentados en el césped detrás de nuestra casa, a veces solíamos hacerlo, metiendo las manos en la tierra para ver qué encontrábamos. Mis tatuajes se sentían vivos–. Lo son. Muy importantes. Si se quita el lazo, solo queda la bestia.

Estaba en el bosque, los árboles a mi alrededor se doblaban ante la fuerza del viento. Conocía estos bosques casi mejor que nadie, fuera de los lobos. Había crecido aquí. Conocía la geografía del lugar. El latido de la tierra.

Respiraba profundo; mi chaqueta había quedado más atrás sobre el suelo del bosque. Mis tatuajes brillaban intensamente y sentía un cosquilleo en la piel.

Me contacté con mis sentidos y les permití que recorrieran el territorio que me rodeaba. Las defensas seguían intactas. Flexioné las manos. Llamearon por un momento, fuertes y fibrosas.

A lo lejos, oí el aullido de un lobo.

No era uno de los míos.

Sonaba *enfurecido*.

–Mierda –murmuré y tomé una decisión en una milésima de segundo.

Corrí, los pies sobre las hojas crujientes, las ramas azotándome los brazos.

No comprendía qué estaba sucediendo. Si los Omegas habían entrado a Green Creek sin mi conocimiento. Si eran cazadores. Si mi padre se las había arreglado para atravesar mis defensas. Pappas había dicho que lo *lastimaba*. ¿Y si los otros lobos con los que había estado viajando lo habían atacado? Quizás eran como Osmond y habían escalado posiciones de poder para luego darse vuelta y traicionar a los que tenían al lado. No tenía idea de por qué atacarían a Pappas, o por qué esperarían a estar en la tierra de los Bennett para enfrentarlo.

Se me pasaron innumerables escenarios por la cabeza y, en mi pecho, los hilos pulsaban, esos vínculos que me habían faltado durante tanto tiempo. El más fuerte era Ox, mi lazo. Se estaba moviendo rápido mientras se transformaba en su lobo. Joe estaba a su lado, al igual que Carter. Mark cerraba la retaguardia. Me susurraban, sus voces se combinaban y decían *estamos en camino te escuchamos te necesitamos no seas estúpido gordo no hagas nada sin nosotros Manada BrujoHermanoAmor.* La canción sonaba en mi cabeza, con más fuerza que nunca, y sentí su enojo, su preocupación. Y, por un instante, me pareció sentir el *miedo* de Mark. Estaba asustado, el corazón le saltaba en el pecho amplio. Me hizo tropezar, casi caigo al suelo.

Respondí *estoy bien tranquilo bien a salvo basta basta basta* con la mayor ternura posible, para intentar que se relajara.

Funcionó, pero apenas.

Se calmó, su angustia fue reducida a un hervor lento.

Estaban al este. El aullido del lobo desconocido venía del oeste.

espera espera espéranos por favor espera no vayas.

Me dirigí al oeste.

Instantes después descubrí un par de luces brillando a través de los árboles a mi derecha. Cambié de dirección y me dirigí hacia ellas. Emergí de la línea del bosque y me encontré un camino de tierra, uno de los muchos que cruzaban por el bosque.

Las luces venían del todoterreno genérico en el que Pappas y los dos Betas habían viajado. Estaba de lado con el motor aún funcionando. La puerta del conductor había sido arrancada y había aterrizado en la hierba al costado del camino. Una de las llantas se había reventado. El todoterreno había terminado contra un viejo roble.

Me sujeté del marco de la puerta, me alcé y eché un vistazo dentro.

Estaba vacío.

Me dejé caer, sentí el calor del chasis en el rostro. Bajé la vista hacia la tierra y vi más rastros. Giré hacia los árboles y…

Uno de los Betas estaba en la zanja al costado del camino, y respiraba entrecortadamente. Tenía las ropas destrozadas y el cuerpo cubierto de cortes profundos que no cerraban. Había una gran cantidad de sangre.

Contemplaba el cielo, abría y cerraba la boca, la abría y la cerraba. Sus ojos tenían un tenue brillo naranja.

No podía hacer nada para ayudarlo.

Tenía la mirada desenfocada cuando me arrodillé a su lado. Le brotaba sangre de la boca y las orejas.

–¿Quién hizo esto? –pregunté.

Giró levemente la cara hacia el sonido de mi voz.

Una lágrima le rodó por la mejilla.

Cerró la boca de nuevo.

Tensó la mandíbula.

–Philip –dijo, con dientes sanguinolentos–. Perdió… control.

Se rio. Sonó a que se estaba ahogando.

Y entonces murió, la luz se desvaneció de sus ojos.

Un gruñido furioso surgió del bosque.

Me incorporé.

Un destello de naranja brillante en los árboles, el crujido de hojas otoñales.

Me estaba acechando.

Se movía con cuidado, este lobo a medio transformar. Seguía parado en dos patas, daba un paso atrás de otro, se mantenía entre las sombras. No me daba cuenta de si era Pappas o el otro Beta.

–Sé que estás allí –dije.

Gruñó a modo de respuesta.

Sentí un estallido intenso en la mente, un *no gordo no corre por favor corre no pelees no estoy llegando estoy en camino estamos en camino por favor por favor por favor* enojado. Hizo que la piel me latiera con una calidez eléctrica, que me hormigueara con *manada hermano amigo brujo hogar hogar hogar.* Me sentí atrapado en una red, los hilos enganchados a mi carne tiraban.

Había otros allí, tenues pero seguros, los humanos que ya se debían haber dado cuenta de que algo no andaba bien. Más fuerte sentía a Elizabeth, a Kelly y a Robbie, que seguían en la casa de los Bennett.

Pero me aferré a los hilos de los lobos que se acercaban. El rojo de los Alfas, el naranja de los Betas, fibroso y fuerte. Y blanco, un blanco límpido y puro que los atravesaba a todos como un relámpago. Mi magia, conectándose a cada uno de ellos.

La maraña de *lobo* y *brujo* y *manada* y *mío* me hacía apretar los dientes. El corazón me latía fuerte y estaba muy consciente de cada paso que daba el lobo que me estaba cazando. Ahora emitía un gruñido desde lo profundo de su garganta y rechinaba los colmillos.

Pero había cometido un error fatal.

Estaba en territorio de los Bennett.

Y yo era el brujo de los Bennett.

La manada estaba aún demasiado lejos, y cuando el lobo avanzó hacia mí, mi corazón se estremeció ligeramente, una respuesta de miedo natural al ver a Philip Pappas emergiendo de las sombras, al parecer perdido en su lobo.

Uno de los hilos de mi pecho se tensó de inmediato, y me envió *no gordo corre corre corre* y *reconocí* esa voz, *conocía* esa voz desde que me había dicho que olía a tierra y hojas y lluvia. Mark estaba aterrorizado. Estaba corriendo tan rápido como se lo permitían sus patas, y estaba *aterrorizado.*

Philip empezó a tensar los músculos.

–No quieres hacer eso –le espeté.

Se lanzó hacia mí con las garras bien abiertas.

Tenía la boca llena de dientes afilados.

GORDO CORRE POR FAVOR CORRE ESTOY LLEGANDO CORRE CORRE.

–*No* –dije y corrí hacia él.

El cuervo voló.

Pappas saltó hacia mí, las garras reluciendo a la luz de la luna.

Me dejé caer de rodillas en el último segundo, recostándome hacia atrás sobre las piernas mientras me deslizaba por el suelo.

Mi padre me había dicho que la magia era antigua. Que vivía en la sangre, en movimiento constante. Podía ser controlada mediante pura fuerza de voluntad y las marcas adecuadas talladas en la piel. Pero podía crecer hasta descontrolarse, me había dicho. Si no se confiaba en ella. Si no se le tenía fe. Tenía que *creer* en lo que podía hacer. En lo que era capaz. La tierra del territorio Bennett no se parecía a ninguna otra en el mundo. Los Livingstone estaban atados a ella tanto como los lobos.

Mi padre me había dicho que sentía que su magia era una bestia grande y pesada. La mía era como una sinfonía, distintas partes moviéndose al unísono. Me llamaba por mi nombre, y a veces me parecía que estaba viva y consciente, con voluntad propia, y me *rogaba* que la liberara. Recorría mi piel como un rayo, de tatuaje en tatuaje, siguiendo las líneas y formas de mis brazos, deletreando secretos antiquísimos de la tierra, y la curación, y la destrucción, y el fuego.

Golpeó fuerte. La sentí en los árboles y en los pájaros que se posaban en ellos, en las flores silvestres otoñales que florecían entre la antigua vegetación, en las hojas que se soltaron de las ramas y cayeron al suelo. La sentí en las briznas de hierba, en las raíces retorcidas que crecían bajo la superficie, estirándose y estirándose y estirándose.

Este lugar era mío, y este lobo de mierda había cometido una maldita equivocación.

Pappas voló por encima de mí y aterrizó contra el suelo a mis espaldas; rodó una, dos veces, antes de detenerse, de cuclillas. Se puso en movimiento cuando yo me incorporaba pero, antes de que pudiera alcanzarme, alcé la mano, la palma hacia Pappas, e invoqué al territorio. Los árboles gimieron cuando el aire onduló alrededor de mi mano. Cerré los ojos y encontré la red de hilos que unían a mi manada y los envolví alrededor de mi brazo, hundiéndolos en la tierra. Sentí a los Alfas en esos hilos, enviando latidos de magia *ManadaLobo.* Carter se unió detrás de sus Alfas. Mark no. Estaba concentrado en una única cosa, y cantaba *gordo gordo gordo.*

Los tatuajes brillaban como nunca cuando abrí los ojos.

Empujé, y la tierra se rajó y onduló debajo de los pies de Pappas, haciéndolo caer sobre sus manos y rodillas, y rugió con rabia. Pero antes de que pudiera levantarse, avancé tres pasos y le pateé la cabeza. Cayó hacia atrás, un arco de sangre se derramó de su boca abierta. Aterrizó con fuerza de costado, y se quedó parpadeando hacia el cielo nocturno.

–Abajo –le advertí.

–Gordo. Brujo. Ayúdame –dijo, con la boca llena de dientes afilados–. Está mal. Todo esto está *mal.* Siento que se quiebra. Está en mi cabeza, ay, cielos, está en mi *cabeza.*

Antes de terminar de hablar, ya se estaba levantando con las garras clavándose en la tierra.

–No –exclamé y di un paso atrás–. Te mataré. No sé qué ha sucedido, pero *acabaré* contigo, carajo, si no puedes controlarte.

–Control –gruñó, los ojos brillantes de nuevo–. Está *desarmándose.* Se está *quebrando.* ¿No lo ves? No pensé que… No se suponía que me sucediera a mí. Está pasando.

Echó la cabeza hacia atrás, hacia el cielo, los hombros rígidos, la mandíbula bien abierta.

–Ella sabe. Infección. Ella sabe acerca de la *infección.*

–¿De qué estás hablando?

Movió la cabeza hacia adelante de pronto, los ojos naranjas clavados en mí. Estaba tensando los músculos de nuevo, como si se preparara a atacar.

–Omegas. Todos nos convertiremos en…

Un gran lobo café se arrojó sobre él y lo hizo perder el equilibrio. Pappas cayó de espaldas con el lobo encima, gruñéndole en la cara. Pappas le devolvió el gruñido y, antes de que yo pudiera reaccionar, giró la cabeza y le mordió la pierna derecha a Mark.

Mark gimió con furia e intentó liberar la pierna de la boca de Pappas. La piel se desgarró y la sangre salpicó a Pappas en la cara, que movía de lado a lado.

No dudé.

Corrí hacia ellos, las alas del cuervo aleteando frenéticamente. Las rosas en sus garras me quemaban, el fuego latía de la runa *Cen* en mi brazo. Era una abreviatura de *Kenaz*, la antorcha. Mi padre me había susurrado un poema viejo al oído mientras la tallaba en mi piel: *este es fuego vivo, brillante y reluciente/ con frecuencia arderá, cuando los hombres nobles descansen en paz.*

El fuego se derramó y alcanzó el resto de las runas, ardiendo desde el brazo hacia mi mano. El fuego podía ser una luz en la oscuridad, una cura que sellaba cicatrices que cubrían la superficie. Podía significar calor en el frío, una manera de sobrevivir en un mundo implacable.

O podía ser un arma.

Presioné mi mano contra la pierna de Pappas y *gritó*, la pantorrilla de Mark quedó libre. Mark se apartó, sostenía la pata ensangrentada doblada contra el cuerpo. Eso no le impidió inclinar la cabeza sobre la garganta de Pappas, mostrando los dientes y gruñéndole.

Pero Pappas probablemente no se dio cuenta de que estaba allí. Se retorcía en el suelo y chillaba mientras trataba de alejarse de mí. Sabía que estaba sintiendo que se quemaba desde las entrañas, y esperaba que fuera suficiente para despertarlo de lo que fuera que le había sucedido. Lo sujeté un segundo más, luego dos y tres, y finalmente lo solté cuando mis Alfas surgieron del bosque, seguidos muy cerca por Carter.

Los tres se habían transformado, grandes, imponentes y enojados. Los Alfas se movían en sincronía, uno negro, el otro blanco, ying y yang. Sentía el enojo de Ox, la furia de Joe. Carter estaba confundido, pero al ver a su tío herido gimió. Se dirigió hacia Mark, olfateó la herida y la lamió hasta que lentamente comenzó a curarse, y la lengua se le manchó de sangre.

Pappas se encogió en el suelo. Tenía la marca de una mano quemada en la piel, negra y humeante. Parecía atrapado en plena transformación, el pelo brotándole de la cara y del cuello, los ojos centelleando, las garras alargándose y acortándose. Me di cuenta de que estaba tratando de convertirse en lobo para soportar mejor el dolor, pero algo se lo impedía.

Joe se me acercó y apoyó el hocico contra mi hombro, resoplando con su aliento cálido contra mi piel. Las preguntas me llegaban a través del vínculo entre nosotros, más *????* que palabras. Esperé un minuto o dos antes de apartarle la cabeza.

–Estoy bien.

Joe gruñó y entrecerró los ojos, examinándome de arriba abajo. Sus fosas nasales aletearon y supe que acababa de sentir el olor de la sangre de otro lobo cuando giró la cabeza hacia el todoterreno volcado.

–Beta –le informé–. Muerto en la zanja. Dijo que Pappas lo atacó. No sé dónde está el otro.

Joe no se puso muy contento al oír eso.

Carter se apartó de su tío. La pata de Mark parecía estar ya curándose, la piel y el músculo uniéndose solos, lento pero seguro. Ya podía poner peso sobre ella cuando se me acercó cojeando, y se frotó contra mí. Me dieron ganas de apartarlo, pero su calor me calmaba. Me dije que era solo por ahora.

Ox se transformó, el gruñido a músculo y hueso sonó fuerte en la oscuridad. Se acuclilló desnudo junto a Pappas, que seguía gimiendo.

–¿Qué le pasa? –preguntó en voz baja.

Sacudí la cabeza.

–No lo sé. Me llamó. Parecía enloquecido. Habló de desarmarse y quebrarse. Dijo que *ella* sabe. Algo acerca de una infección.

–Infección –repitió Ox–. ¿De quién hablaba...? Michelle.

–Eso parece.

–No entiendo –me dijo, alzando la vista hacia mí–. ¿Qué tipo de infección? Los lobos *no* pueden tener infecciones.

–No es... –me detuve. ¿Qué es lo que había dicho? Acerca de...

Omegas. Todos nos convertiremos en...

–Ox –dije lentamente–. Tienes que apartarte. Ahora.

No dudó. Confiaba en mí. Estaba cerca. Pappas estaba en el suelo, gimiendo de dolor con los ojos cerrados. Un instante después, alzó la cabeza hacia adelante y se transformó más en lobo que en hombre, estiró las fauces hacia Ox y...

Mordió el aire vacío donde Ox acababa de estar.

Tenía los ojos naranjas.

Humanos.

Naranjas de nuevo.

Y, entonces, por un brevísimo instante, violetas.

Carter se movió antes que yo y sujetó uno de los brazos de Pappas entre los dientes, retorciéndolo violentamente. Se quebró; un sonido fuerte y humedo. Pappas chilló.

Mark parecía estar a punto de destrozarle la garganta a Pappas, pero antes de que pudiera hacerlo, volví a patearle la cabeza. Gruñó cuando se le torció a un costado, y se desmayó.

–¿Qué demonios está ocurriendo? –preguntó Ox.

Ox cargó a Pappas hacia la casa Bennett sobre sus hombros desnudos. Carter y Joe llevaban a los Betas, el segundo había aparecido muerto en el bosque, con la garganta destrozada. Mark y yo nos quedamos atrás y tapamos la sangre lo mejor posible, sus patas hacían un trabajo mucho mejor que mis botas. A continuación, nos dirigimos al todoterreno y con esfuerzo lo enderezamos. Sentía que la cabeza me iba a explotar, como solía suceder cuando hacía un esfuerzo. Envejecer no facilitaba las cosas. Hacía mucho que no usaba la runa de fuego. No había tenido necesidad.

Mark se quedó a mi lado mientras llamaba a Tanner para pedirle que le dijera a Chris que viniera con el remolque para llevarnos el todoterreno antes de que alguien lo encontrara. Rico se encontraría con ellos en el taller para ver si se tenía arreglo o si debíamos hacerlo chatarra. Sabían que debían deshacerse de las matrículas y del número de chasis para que nadie hiciera preguntas, por si acaso.

Colgué el teléfono justo a tiempo para ver a Mark transformándose.

Lo cual, después de la noche que había tenido, era algo para lo que no estaba preparado a enfrentarme.

Pero, por supuesto, por cómo venía mi vida, a Mark Bennett desnudo le importó una mierda.

–¿En qué demonios estabas pensando? –me gritó antes de que la transformación se completara, con la voz grave–. Te dije que *esperaras.*

–No eres mi Alfa –me sentí irritado. Enfadado.

–No estoy *tratando* de serlo –afirmó, dando un paso hacia mí con el pecho agitado–. Soy tu…

Sacudió la cabeza, molesto.

–Lo único que quiero es que estés a salvo –continuó–. Estabas aquí solo, sin saber qué mierda sucedía. No hacemos las cosas así. Así no funciona una manada.

Me reí en su cara.

–Me las puedo arreglar solo.

–Ese no es el *punto*, Gordo. No tienes por qué hacerlo. No cuando me tienes a mí para…

–No te tengo. Para nada.

–Somos manada –dijo, entrecerrando los ojos–. Eso cuenta. No tienes por qué encargarte de esta mierda solo.

–¿En serio? –avancé y choqué mi pecho contra el suyo. No se movió. No se sentía intimidado. El aire alrededor nuestro era caliente–. Porque he tenido que encargarme de *esta mierda* solo durante años, y me las arreglé. ¿Dónde estabas entonces, Mark?

Vi el instante en que las palabras lo golpearon fuerte, como yo esperaba. Duró poco, pero pareció doloroso. No me hizo sentir tan bien como pensé que me sentiría.

–Hice lo que pude –dijo en voz baja, su rostro era una máscara inexpresiva–. Cuando pude. No sabes todo lo que hice para mantenerte….

Sacudió la cabeza.

–Tienes una manada ahora. Ya no estás solo. Si no confías en mí, al menos confía en ellos. Podrías haber salido lastimado.

–No tiene que ver con la confianza.

–Tiene que ver con *algo.*

No quería tener esta conversación. No ahora. No aquí. Quizás nunca.

–No tiene importancia.

–Por supuesto que no –suspiró Mark.

Nos quedamos de pie en la oscuridad, mirándonos por mucho más tiempo del necesario. Había cosas que quería decirle, cosas furiosas, llenas de rabia. Quería sujetarlo de los hombros y sacudirlo hasta que se le quebrara la columna. Quería que me clavara los dientes en el cuello y me succionara con tanta fuerza que la marca no se desvaneciera nunca. Quería inhalar su aroma, caliente y vivo y...

Hizo una mueca de dolor y se sostuvo el brazo contra el pecho. No estaba curado del todo, la piel seguía lastimada e irritada, un hueso asomaba en un ángulo extraño.

–Idiota –murmuré, estirándome y tocándolo con suavidad. Me gruñó y se estremeció al tratar de apartar el brazo–. Detente, imbécil. Te estoy ayudando.

Extraje un poco de dolor.

Ardía.

El corazón me latió más rápido.

No iba a poder escaparme del dolor de cabeza.

–No hace falta que hagas eso –susurró–. Se curará solo.

–Te ves patético. Y no soporto escuchar cómo te quejas cuando te lastimas. No dejas de quejarte.

–No me *quejo.*

Puse los ojos en blanco.

–Eres casi tan malo como Carter.

–Eso es duro, Gordo. Carter no soporta el dolor.

–Precisamente.

Se rio. Me resultó un sonido demasiado extraño de oír, después de todo lo que habíamos pesado. Después de todo lo que habíamos hecho. Aquí, en la oscuridad, escucharlo reírse me recordó a cómo había sido antes. Y a cómo podían ser las cosas si...

Me llevó un momento darme cuenta lo cerca que estaba de él. Lo cálida que se sentía su piel bajo mis dedos. Lo desnudo que él estaba. Estaba acostumbrado a la desnudez de los lobos, de toda la vida. No era posible ser parte de una manada y *no* acostumbrarse.

Ahora, no estábamos con la manada.

Recordé cómo se sintió su nariz contra mi cuello en el callejón. Lo pesado que se sentía. Cómo había sentido que mi magia aullaba ante la idea de tenerlo cerca. Lo había odiado en ese momento, y lo odiaba ahora.

Pero lo gracioso acerca del odio es la línea delgada como el papel que lo separa de ser algo completamente distinto.

Porque yo también lo amaba, por más que intentara convencerme de que no. Siempre lo había amado. Incluso cuando me daban ganas de matarlo, incluso cuando me había sentido profundamente traicionado, no podía dejar de hacerlo. Era una cosa retorcida, con raíces enterradas en lo profundo de mi pecho, enredadas y gruesas. Había esperado que se pudriera y supurara, que se convirtiera en algo oscuro que no podría controlar, pero había seguido siendo como siempre, y lo *odiaba* por eso. Por hacerme sentir así después de todo lo que me había hecho y de todo lo que yo le había hecho. Quería que desapareciera. No quería volver a verlo jamás. Quería que sufriera como yo había sufrido. Que ardiera. Que sangrara. Quería dejarle las manos encima, sentir al animal debajo. Quería inclinarme hacia adelante y morderlo, dejarle mi marca en la piel, tatuada de manera tal que nunca pudiera estar sin mí, para que todo el mundo supiera que yo había pasado por allí, y que había pasado primero.

Quería matarlo.

Quería follarlo.

Quería que me destrozara.

–Gordo –dijo, siempre el lobo.

–No –dije, la presa perfecta.

–Ni siquiera sabes lo que voy a decir.

Intenté dar un paso atrás. No me moví.

–Tengo una idea aproximada.

Giró el brazo. Me sujetó de la muñeca y acarició con el pulgar la zona donde se sentía mi pulso.

–No fui tu primero.

Maldito sea por saber lo que yo estaba pensando.

–Por supuesto que no, maldición.

–Y no fuiste el mío tampoco.

Quería un nombre. *Dime quién mierda fue*. Lo encontraría. Lo asesinaría, mierda.

–No me importa –repliqué.

Sus ojos destellaron naranjas.

–Pero juro que seré tu último. Pelea conmigo. Golpéame. Préndeme fuego. Ódiame todo lo que quieras…

Me irrité.

–Sal de mi cabeza, carajo –porque podía oírlo susurrando *gordo gordo gordo* a través del hilo que nos unía. Rebotó dentro de mi cráneo hasta que no pude más que oírlo decir mi nombre una y otra vez, una y otra vez. Me consumía, y yo quería que lo hiciera. No podía soportar la idea.

–… pero sucederá. ¿Me oyes? Te perseguiré si es necesario. Puedes escapar de mí, Gordo. Pero siempre te encontraré. No volveré a cometer ese error de nuevo.

–Vete a la mierda. No quiero tener nada que ver contigo.

Sonrió con todos los dientes.

–Sentí eso. En tu pulso. Se entrecortó. Se *estremeció*. Mientes.

–¿Le susurras las mismas cosas a Dale? –le pregunté, arrebatándole mi brazo–. ¿Cuando te acuestas con él? ¿Te inclinas sobre él y le dices que él es el único? ¿O no significa nada para ti? ¿Lo estás usando para quitarte las ganas nada más?

Una expresión compleja le apareció en el rostro, la sonrisa se desvaneció. No pude entender porque había una maraña de demasiadas cosas.

–No es... No es *eso*.

–¿Él lo sabe?

–Eludiendo. Siempre eludiéndote.

Resoplé.

–Sandeces. Que no quieras oírlo no tiene nada que ver con eludir nada.

–No necesito que... –frunció el ceño. Cerró los ojos. Hizo una mueca de dolor y tragó. Por un momento, se puso tenso, los músculos de sus brazos y de su pecho se contrajeron con fuerza.

Quise tocarlo. No lo hice.

–¿Qué sucede?

Abrió los ojos de nuevo.

–No es... nada. Me parece que... esa mordida me afectó más de lo que pensaba. Estoy bien.

Se lo veía más pálido de lo habitual.

–Transfórmate, entonces. Te curarás más rápido. Tenemos que volver a la casa antes de que Pappas se despierte. Tenemos que descubrir qué demonios está sucediendo.

Me observó, en búsqueda de qué, no lo sé. Asintió y dio un paso atrás. Unos instantes después, un gran lobo café apareció ante mí. Me susurró sus canciones en la mente, y cada vez se volvía más y más difícil ignorarlas.

Me siguió de vuelta a mi camioneta, siempre mi sombra, aunque ya no éramos las mismas personas. Emitió un sonido de satisfacción cuando abrí la puerta, y me volví justo a tiempo para verlo desaparecer en el bosque, en dirección a la casa Bennett.

Apoyé la cabeza contra el volante, el cuero fresco contra mi frente. Mis pensamientos eran caóticos, una tormenta de Mark y Mark y *Mark*. Todas las cosas que podría haber dicho. Como que cuando Pappas le clavó los dientes en la pierna, el sonido que lanzó me hizo ver rojo. Como que habría matado a Pappas allí mismo sin una pizca de remordimiento. Como que le hubiera hecho lo mismo a cualquiera que intentara lastimarlo. Nadie lastimaba a Mark Bennett. Particularmente no en mi cara.

Philip Pappas tenía suerte de que no le hubiera hervido las entrañas.

Si los Alfas no hubieran llegado cuando lo hicieron…

Inspiré. Otra vez. Y de nuevo.

Sentía una vibración en la red enmarañada.

Provenía de Ox. Siempre Ox.

Decía *hogar manada a salvo hogar gordo hogar*.

–Sí, sí –murmuré–. Te escucho.

La casa al final del camino estaba muy iluminada para la hora tardía. El auto de Jessie estaba estacionado junto al de Ox. Alguien debía de haberla llamado. No estaría muy contenta, tenía que dar una clase por la mañana.

Apagué la camioneta y abrí la puerta. El aire se sentía más frío. Distinguía mi aliento. Quería un cigarrillo, pero a Elizabeth no le gustaba que fumara cerca de la casa. Decía que le hacía picar la nariz.

Hablando de Roma.

–¿Todo bien? –me preguntó cuando me acerqué a los escalones del porche.

Asentí.

–¿Mark regresó?

–Está adentro con los otros. ¿Rico? ¿Chris? ¿Tanner?

–Ocupándose del todoterreno en el que vinieron los lobos.

–Eso está bien. Philip tiene la marca de una mano quemada en la piel. No sana. Me han dicho que fuiste tú.

–Tenía que detenerlo.

–Para que no lastimara a Mark. Debías de estar muy enojado.

Ah, era buena.

–Lo habría hecho por cualquier miembro de la manada.

–Te creo –respondió, sonriendo con serenidad–. Sin embargo. La piel está quemada.

–Es magia. Siempre lleva un poco más de tiempo que un lobo se cure de eso. Ya lo sabes.

–Por supuesto. Gracias.

–¿Por?

–Por proteger a Mark.

–No… Cielos.

–Estaba preocupado por ti cuando salió. Creo que nunca lo vi correr tan rápido.

–No es el momento, Elizabeth.

–Estoy simplemente relatándote los hechos que ocurrieron durante tu ausencia. Por si tenías curiosidad.

–No.

–No te creo. ¿No es maravilloso? –su sonrisa se hizo más amplia.

Durante mucho tiempo, sentí el mismo desprecio por ella que sentía por Thomas y Mark Bennett. Ella sabía, como ellos, lo que sucedería. Había intentado advertirme, aunque más no fuera unos instantes antes. En mis retorcidos pensamientos, la consideraba tan culpable como su esposo. Y como su cuñado.

No ayudó cuando volvió con la manada y procedieron a manipular a Ox. Aunque, ellos dirían que *por supuesto* que no habían hecho eso. Que *por supuesto* que lo habían dejado elegir. Le habían ocultado la verdad todo lo que pudieron, a pesar de que Joe le había dado a Ox su pequeño lobo de piedra sin que Ox entendiera su significado.

Yo no estaba libre de pecado. El papel para regalos con muñecos de nieve y una camisa con su nombre bordado al frente demostraban que yo era igual de culpable que ellos.

Pero me había resistido. Había intentado protegerlo de todo esto lo más que pude. Pero cuando ella alzó la mirada hacia mí, los ojos húmedos, para rogarme que ayudara a su hijo, que ayudara a Joe, recordé a la mujer que me había sonreído desde la cama, y me había preguntado si quería alzar a Carter por primera vez.

Había días en los que no soportaba verla.

Había días en los que quería sentarme a sus pies, con la cabeza apoyada sobre su rodilla.

Había días en los que pensaba en que era igual a su esposo. Porque los lobos mienten. Usan. Mi madre me había enseñado eso.

Y había días como hoy, que no podía evitar sentir un cariño irritante por ella, aunque se estuviera esforzando para molestarme.

–No me importa si no me crees –le dije.

Puso los ojos en blanco.

–Bueno, eso no convenció a nadie.

–Bésame el trasero.

–No soy yo la que quiere besar…

–No –le advertí.

–Estás siendo un poco duro.

–Porque no estás entendiendo.

–Ah, me parece que entiendo perfectamente –su sonrisa se desvaneció ligeramente–. Pappas…

–¿Qué pasa con él?

–Tiene una manada.

–Sí –Michelle Hughes era su Alfa.

–Entonces, ¿por qué está comportándose como un Omega? Parecía no reconocerme cuando lo trajeron.

Sacudí la cabeza.

–No lo sé. Está… ¿Dónde está?

–En el sótano. Jessie puso una línea de plata en polvo en el umbral. Dado que las paredes están reforzadas, no podrá salir –hizo una pausa y ladeó la cabeza–. No ha hablado aún. No sé si puede.

Me froté la cara con la mano.

–Voy para abajo. Cuando los otros lleguen, mantenlos arriba. No quiero arriesgarme hasta que sepamos con qué estamos tratando.

–Por supuesto. Piensa en lo que te dije.

–Gracias, y vete a la mierda.

Rio por lo bajo y se estiró para darme un apretón antes de dejarme ir.

Carter estaba sentado en el salón, mientras Kelly se afanaba sobre él. Robbie parecía entretenido al ver a Kelly quitarle los restos de sangre de la cara de Carter.

–Estoy bien –gruñó Carter, apartando las manos de Kelly–. ¿Puedes dejar de armar alboroto? Ni siquiera estoy lastimado –hizo una mueca–. Es la sangre de Mark en mi boca –continuó–. No sé por qué siempre me parece buena idea lamer heridas abiertas cuando estoy transformado. Es asqueroso.

–¡Te busco un cepillo de dientes! –anunció Kelly frenéticamente, antes de girar sobre sus talones y salir corriendo de la habitación.

–¿Siempre se pone así? –preguntó Robbie, contemplando asombrando a Kelly mientras salía.

Carter suspiró.

–No... en general. A él... no le gusta cuando nos separamos. Y cuando vuelvo bañado en sangre, es... Es mucho para él, a veces –entrecerró los ojos y alzó la vista hacia Robbie–. Y no tienes permitido molestarlo por eso. Te partiré en dos si te escucho burlarte de él.

–*Jamás* haría eso –protestó Robbie, horrorizado.

–Por si acaso –Carter me vio y me saludó ladeando la barbilla en mi dirección–. ¿Todo bien?

–Sí.

–Hueles a piel quemada –observó, arrugando la nariz.

–Me pregunto por qué.

–¿La Mano del Destino Infernal?

Lo miré con rabia.

–Te dije que no la llames así.

–Eh, recuérdame que nunca te haga enojar –dijo, encogiéndose de hombros.

–Me haces enojar todo el tiempo.

Sonrió. Tenía los dientes manchados de sangre.

–Sí, pero yo te caigo bien.

Era cierto, pero yo no pensaba decírselo.

–Deja que Kelly te cuide. Ya sabes cómo se pone.

–Sí, sí –asintió, suavizando su sonrisa.

–Y si se te ocurre hacer cualquier cosa que lastime a Kelly –dije, mirando a Robbie–, te meteré la Mano del Destino Infernal tan hondo en el trasero que se te prenderá fuego la garganta.

Robbie tragó y Carter se rio de él.

Me dirigí hacia las escaleras. Oí el estruendo bajo de un lobo herido y enojado. Cuando llegué al sótano, vi a Jessie primero, de pie en la pared más alejada, con una expresión sombría.

–Gordo –dijo al verme. Se despegó de la pared–. ¿Qué demonios está sucediendo?

–No lo sé. No todavía, al menos. Quiero que te quedes arriba. Mejor, que te vayas a casa. Tienes que trabajar por la mañana. No te necesitamos aquí ahora.

–¿Me estás diciendo lo que tengo que hacer? –me preguntó, ladeando la cabeza.

Jessie podía dar miedo cuando quería. Titubeé.

–Eh... ¿Sí? O estoy pidiéndotelo. Me parece que te estoy pidiendo.

Asintió lentamente.

–Me parecía. Eso haré.

–Bien.

–Después de ayudar a quemar los cuerpos de esos Betas que trajeron.

Suspiré. Ya no era la niñita que se había reído cuando Chris la trajo al taller por primera vez. No sabía cómo sentirme al respecto.

–Haz que Carter y Kelly te ayuden. Después de que Kelly termine de meterle el cepillo de dientes a Carter en la boca.

–¡Escuché eso! –Kelly gritó desde arriba.

Jessie resopló.

–Hombres lobo, ¿eh?

–Malditos sean.

–¿Los muchachos?

–Haciendo lo que les ordené. Porque ellos *sí* que me escuchan.

Se inclinó para depositarme un beso en la mejilla.

–Claro, Gordo.

Echó un vistazo al otro extremo del sótano antes de subir las escaleras, la coleta rebotando a sus espaldas.

Me volví hacia los otros.

El sótano era la habitación más grande de la casa Bennett y estaba bastante vacía. Los lobos solían reunirse aquí abajo después de la luna llena; dormían uno encima del otro en pilas, a veces transformados y otras veces no. Los humanos habían empezado a necesitarlo casi tanto como los lobos. Rico se quejaba en voz alta acerca de la cantidad de familiares desnudos antes de desplomarse sobre una montaña de lobos demasiado grandes.

A un costado, en el extremo más alejado del sótano, había una habitación grande, separada por una puerta corrediza. La puerta y la habitación estaban reforzadas con acero. Abel había hecho la obra hacía décadas para los lobos jóvenes que estaban aprendiendo a controlar sus transformaciones.

Los acompañaba, junto a los padres, para mantener al resto de la manada a salvo. Thomas odiaba esa habitación, pensaba que era una prisión, y había prometido nunca usarla como su padre. Carter y Kelly eran muy pequeños cuando la manada se fue como para que Thomas mantuviera su promesa. Cuando Joe tuvo edad suficiente, en vez de encerrarlo, Thomas había llevado la manada al claro.

Pero había forzado algo esa noche, a pesar de todo.

"Te brillan los brazos", me había dicho Ox, los ojos como platos, pálido.

Ox, que ahora se erguía alto y fuerte, de brazos cruzados, con los ojos rojos mientras contemplaba a Philip Pappas arrastrarse por los límites de la habitación. Joe estaba a su derecha. Mark a su izquierda. Estaban todos vestidos, al menos parcialmente. Joe y Ox tenían vaqueros y nada más. Mark tenía un pantalón de gimnasia y una camiseta suelta. Seguía cuidándose el brazo, aunque parecía que la piel se había casi curado del todo.

–Gordo. Mírale los ojos –me dijo Ox.

Lo obedecí.

Pappas estaba transformado a medias, pero como si estuviera *atorado*, como si estuviera tratando de transformarse por completo pero no pudiera. Se arrastraba sobre manos y pies, las garras rascaban el suelo. Los restos del traje le colgaban hecho trizas del cuerpo. Podía ver la marca de mi mano en su pierna, la piel aún carbonizada. Recién empezaba a sanar, pero lo hacía con mayor lentitud de lo que debería en un lobo de su tamaño y altura.

Sus ojos se ponían oscuros.

Y luego naranjas.

Y luego oscuros de nuevo.

Me mostró los dientes al verme.

Entonces, llegó el violeta.

Solo por un instante. Pero allí estaba.

–Maldición –mascullé–. Lo vi antes, pero no... Pensé que era un truco de la luz.

–No entiendo –dijo Mark–. No debería suceder eso. Su lazo no logra sujetarse. Como si por alguna razón lo hubiera perdido.

–¿Tiene compañero? –preguntó Ox–. ¿Le habrá sucedido algo a él o a ella?

–Se lo veía bien cuando estuvo aquí antes –observó Joe con el ceño fruncido. Se parecía tanto a su padre en ese momento que tuve que apartar la vista–. En todo caso, debe haber sucedido después de que se fuera.

–No puede suceder tan rápido –negó Mark–. Lleva... tiempo.

–Díselo a mi padre –dije, sin querer.

Los lobos se giraron lentamente para mirarme. Mark parecía estupefacto.

–¿Qué?

–Eso fue... No sé lo que fue eso –dijo Ox.

Joe entrecerró los ojos.

–¿Acabas... de hacer una broma? Me parece que nunca te escuché hacer una broma.

–No fue una *broma*. Fue una *observación*.

–Él es gracioso –le comentó Mark a su sobrino. Frunció el ceño–. A veces.

–No se sentía bien antes –dije, tratando de hacer que se concentraran–. Cuando hablé con él. Hubo un momento en el que se lo veía... No lo sé. *Enfermo*. Como si se estuviera enfermando. No me pareció significativo en el momento, pero...

–¿Cuándo hablaste con él? –me preguntó Ox, que me estaba mirando fijo de nuevo.

Mierda.

–Intentó birlarnos a Robbie. Le dijo que Michelle lo recibiría de vuelta si quería.

Joe y Ox se transformaron en lobos de inmediato. Imbéciles posesivos.

–Me encargué de decirle que se fuera a la mierda –dije, poniendo los ojos en blanco–. Guarden las garras. Parecen unos idiotas. Y tú, Joe, qué bueno que has superado eso de *no toquen a mi hombre*. Pensé que ibas a mear a Ox.

–Te arrancaré la cara de un mordisco –me gruñó Joe, con el ceño fruncido–, así que mejor no…

–Infección –dijo de pronto Ox, mirándome de cerca–. Cuando estábamos en el bosque, dijiste algo acerca de una infección. Me dijiste que me apartara de él justo antes de que intentara morderme.

Se me erizaron los pelos de la nuca.

–Fue algo que dijo él. Por teléfono. Acerca de desarmarse y quebrarse –recorrí la habitación con la mirada, un torbellino de pensamientos. Pappas marchaba a lo largo de la pared más lejana y me observaba atentamente. Cuando nuestras miradas se cruzaron, me gruñó pero mantuvo la distancia–. No pensé… No es posible.

–¿Qué cosa?

"Lo mató. Richard era el Alfa de los Omegas. Al morir, eso pasó a ti. Y, ah, se están resistiendo, estoy segura. Resistiendo la atracción. Pero Green Creek se encendió como un faro en la noche. Algunos no pueden evitar buscarlo. Sumado a la atracción del territorio Bennett, me sorprende que no hayan llegado más".

"¿Cuántos más cree que podría haber?".

"Oh, no quiero ni especular. Pero debemos encargarnos de ellos, cueste lo que cueste. No podemos permitir que nuestro mundo sea expuesto, a cualquier precio".

Philip Pappas acechaba en los límites de la habitación de acero.

–Tenemos que hablar con Michelle Hughes. Ahora.

SALVAJE

No le agradó el llamado a una hora tan tardía. Eso quedó claro. A pesar de ello, Michelle apareció en la pantalla de la oficina luciendo tan impecable como siempre e indiferente ante nuestro aspecto desmejorado.

–Alfa Bennett. Alfa Matheson –saludó–. No esperaba hablar de nuevo con ustedes tan pronto.

–No se lo hubiéramos pedido si no fuera importante –respondió Joe. Estaba de pie hombro con hombro con Ox, ambos serios. Robbie no dejaba de moverse, incómodo, junto al escritorio, pasando la vista entre sus Alfas y Michelle en la pantalla. Mark estaba parado a un costado, fuera de la vista.

–¿Una noche complicada? –preguntó Michelle–. El territorio Bennett parece estar muy animado estos días. Me pregunto por qué será.

–¿Cuándo habló con Philip Pappas por última vez? –le pregunté.

Parpadeó al verse descubierta con la guardia baja, a pesar de que rápidamente intentó ocultarlo.

–Gordo, es siempre un placer contar con su presencia. ¿Puedo saber por qué pregunta por Philip?

–Responda la pregunta.

–Hace dos días. Cuando estaba llegando a Green Creek –entrecerró los ojos–. ¿Le ha sucedido algo a mi segundo?

–Vino a buscar a la Omega.

–Eso sé. Pero hay algo más.

–Los Omegas. Antes de la chica. Los que se llevaron ustedes. ¿Qué hicieron con ellos?

Ladeó la cabeza. Me di cuenta de que estaba tratando de oír el latido de mi corazón, a pesar de estar a miles y miles de kilómetros.

–¿Por qué me pregunta eso?

–Por preguntar.

Asintió y apartó los ojos de la pantalla, como si estuviera mirando a otra persona en la habitación. Duró un instante, pero sucedió.

–Me temo que no se pudo hacer nada.

–Los asesinó.

–Puse fin a su sufrimiento. Existe una diferencia. Ox lo comprende, ¿verdad? Esa pobre Omega. Él la ayudó.

Entendido.

–Y no pudo hacer nada para salvarlos.

–No. Estaban muy perdidos.

–Y los Omegas son lobos que han perdido a sus lazos.

–Alfa Bennett, Alfa Matheson, ¿cuál es el motivo detrás de esto? ¿O han pedido hablar conmigo para hablar de temas bien conocidos por todos?

–Complázcanos.

–Sí –suspiró Michelle–. Los Omegas son lobos que han perdido a sus lazos. Lobos que han perdido a sus compañeros o manadas y no logran volver a conectarse con nada más.

–Richard Collins tenía *docenas* a su disposición –le recuerdo.

–Es cierto –sonrió–. La manada Bennett los manejó de manera admirable.

–Richard mismo se había convertido en Omega antes de morir.

–Una tragedia terrible. Ojalá las cosas hubieran sido distintas.

–¿Cómo?

–¿Cómo? –repitió con lentitud–. ¿Cómo qué?

–Treinta y seis en veintinueve estados –le espeté–. Veintiuno en tres provincias canadienses. Eso es lo que Pappas nos dijo. Esas son las manadas que quedan en Norteamérica. Y me molestó cuando lo dijo, aunque no entendía por qué. Pero cuanto más pensé al respecto, más me di cuenta. A Richard lo seguían *docenas* de Omegas. Y hubo otros que vinieron sin él. ¿Cómo es posible que haya tantos? ¿De dónde vienen? A menos que manadas y lobos estén siendo exterminados a destajo y usted no nos haya advertido, ¿cómo es posible que haya tantos Omegas? Sucede. Los Omegas. Eso lo entiendo. Pero no así. No tantos.

–¿Dónde está Philip? –preguntó de nuevo.

–La Omega por la que vino. Usted acaba de decir que Ox la ayudó. Ya sabía que había muerto.

Se recostó en su silla.

–¿Me está acusando de algo, brujo?

–Dijo que habló con Pappas hace dos días –dije con frialdad–. Y llegó ayer. Y, sin embargo, usted sabía que Ox la había matado. Solo podría haber sabido eso si mintió acerca de la última vez en la que habló con Pappas o si lo envió con órdenes estrictas de hacer que Ox tomara el asunto entre sus propias manos. Para ver qué podía hacer Ox. Para ver de qué es capaz.

Reinó el silencio en la habitación.

–Philip pudo haberme llamado después de dejar la casa Bennett.

–¿Eso hizo? –le pregunté.

Su mirada era calculadora, pero no dijo nada.

–Porque no creo que lo haya hecho –continué–. Y, sabe, el *motivo* por el cual no creo que lo haya hecho es porque su segundo estaba muy ocupado asesinando a los Betas que lo acompañaban.

Michelle Hughes cerró los ojos.

Maldición. Odiaba tener razón.

–Intentó hablar conmigo. Mencionó algo acerca de desarmarse y quebrarse. Y no entendí qué quería decir. Ahora lo sé. Estaba hablando acerca de lazos. Acerca de *su* lazo. Por alguna razón, lo estaba perdiendo. Y usted lo sabía.

Abrió los ojos. La sonrisa había desaparecido. Más allá de lo que pensara de ella, Michelle seguía siendo una Alfa. Irradiaba poder incluso a través de la pantalla.

–No acerca de él –dijo–. Nunca supe eso. Debe haber… alguno de los otros. Alguno de los otros debe haberlo infectado. Se descuidó de alguna manera. Bajó la guardia.

–¿Con qué? –preguntó Robbie, ligeramente histérico–. ¿Qué demonios podría infectar a un *hombre lobo*? ¡Somos inmunes a casi todo!

De pronto, avanzó en su asiento, sus ojos centellearon.

–¿Alguien ha sido mordido? ¿Algún otro lobo ha sido expuesto? ¿Ha entrado en contacto con la sangre?

–¿Por qué? –le gruñó Ox–. ¿Qué importa si…?

–Respóndanme. *¿Alguien ha sido mordido?*

No. Ay, mierda, no, por favor, por favor, *por favor…*

–¿Que ha hecho? –le grité, avanzando un paso–. ¿Qué *mierda* ha hecho?

–Mark ha sido mordido –dijo Joe, echando un vistazo preocupado alrededor de la oficina–. Y Carter le limpió la herida.

Antes de que yo pudiera agregar algo, Mark apareció frente a mí con los ojos encendidos, y me recorrió frenéticamente con las manos los brazos y los hombros.

–¿Te lastimó a ti también? –exigió.

Me sentí a punto de explotar.

–No. No me lastimó. Pero te lastimó…

A ti.

Había mordido a Mark.

–Solo afecta a los lobos –observó con voz cansina Michelle–. No a los brujos. Incluso si Gordo hubiera sido mordido, no lo habría afectado. No con su magia.

–¿Qué es? –preguntó Ox, avanzando hacia el monitor.

–No sabemos de dónde vino –dijo Michelle. Ni siquiera nos estaba mirando. Miraba una tableta en la que tipeaba con furia–. O dónde empezó. Del primero que nos enteramos fue un lobo en Dakota del Sur poco tiempo después de la muerte de Thomas. No podía mantener su lazo. Se convirtió en Omega. Pensamos que era algo al azar. Una anomalía. No teníamos cómo saber si había otros. No todos los lobos están registrados, ni los conocemos a todos. Hay independientes, manadas que funcionan fuera de nuestro control. Los Omegas, además, no tienen manada. Son solitarios.

–¿Y no se le ocurrió contarnos? –le espetó Joe–. ¿No le pareció que debíamos conocer esa información?

–Sí –replicó–. Thomas sabía. Y pocos días después Richard apareció y Osmond nos traicionó a todos. Intencionalmente o no, funcionó como distracción. Y, con seguridad, no ayudó que se marchara, Alfa Bennett. Se suponía que asumiría el lugar de su padre, pero decidió que la venganza era más importante que la manada.

Por supuesto que Thomas sabía. Por supuesto.

–¿Y no pudo hacer nada al respecto? No tiene sentido –dijo Mark, inexpresivo–. Todos hemos sido heridos en algún momento u otro por Omegas. Los lobos. Los humanos. Gordo. Todos.

Michelle alzó la vista de su tableta.

–¿Y no pasó nada? –preguntó, entrecerrando los ojos.

–No –dijo Ox–. Nada.

–Thomas cayó hace *años* –observó Robbie–. Y Richard Collins murió el año pasado. ¿Por qué no dijo nada desde entonces?

–Porque no sabía en quién confiar –exclamó Michelle–. ¿Un Alfa humano? ¿Un Alfa Bennett que se niega a ocupar su lugar? Tú, Robbie. Fuiste enviado a hacer una tarea y terminaste *uniéndote* a la manada que debías investigar. Por todos los cielos, tienen *humanos* en la manada. Los humanos nos *cazan*. Díganme, ¿en qué momento se suponía que yo debía informar a una manada que parecía preocupada únicamente por cuidarse a sí misma? Han dejado *en ridículo* el nombre de los Bennett.

Joe apretó los puños.

–Repita eso. Si se atreve –amenazó.

Ox le puso una mano sobre el hombro y le clavó los dedos.

–Y además su brujo es el hijo de Robert Livingstone –continuó Michelle, ignorando a Joe.

–¿Qué tiene que ver mi padre con esto? –entrecerré los ojos.

Michelle suspiró.

–¿Cree que es una coincidencia que cuando Robert Livingstone se escapó de prisión, Richard Collins hizo lo mismo poco tiempo después? ¿O que el lobo de Dakota del Sur se haya infectado? Creo en muchas cosas. Creo en la manada. Creo en la fuerza del lobo. Creo en la superioridad de nuestra especie. No creo en coincidencias.

–Piensa que mi padre es el responsable.

–Sí. Eso creo. Me parece que ha estado jugando un juego a largo, largo plazo. Después del primer lobo, no vimos nada parecido por mucho tiempo. Ha sido en el último tiempo que ha habido un aumento y el proceso en el que un lobo se vuelve salvaje es mucho más rápido. Sumado al hecho de que su padre ha desaparecido por completo. Dicho eso, no tengo pruebas. Y dado que no puedo estar segura de que no se haya puesto en contacto con su padre, entenderá por qué fui reacia a compartir información con su manada.

–No se atreva a culparlo por esto –gruñó Mark.

–Por descarte, es la única explicación posible. Según el principio de parsimonia...

Me enfadé.

–Me importa una *mierda* lo que piense. *Jamás* traicionaría a mi manada, perra maldita...

–¿No confía en mí? –se quejó Robbie–. Era como mi familia. Jamás le di razón alguna para...

–¿Cuánto tiempo?

La voz surgió a nuestras espaldas.

Miré por encima del hombro.

Carter estaba de pie en el umbral, los hombros rígidos, la mandíbula firme. Kelly estaba a su lado, con los ojos bien abiertos y húmedos.

Elizabeth estaba detrás de su hijo mayor, con la cabeza inclinada y la frente contra su espalda.

–¿Cuánto tiempo? –repitió él.

Michelle tenía algo que parecía compasión en la mirada. Me pareció mentira.

–Dos semanas. Una semana, más o menos. Pero dos suele ser el promedio –bajó la vista a sus manos–. Al principio, no ocurre nada. Pero después de unos días, empezarán a sentirlo. Es una especie de electricidad bajo la piel. Una corriente baja. Una picazón. Como el influjo de la luna. Unos días más y la corriente aumentará. La picazón se intensificará. Se transformarán, pero no se sentirán saciados. Es como... sed de sangre. No podrán controlarse. Habrá furia. Atacarán sin quererlo. Y cuanto más se transformen, peor será. Es una adicción. A veces hay un momento de calma después. Se sentirán mejor. Más fuertes. Más en control. Pero eso es solo señala el principio del fin. Se volverán salvajes. Y no pueden hacer nada para evitarlo.

Alzó la vista hacia nosotros.

–Siento de verdad que esto le haya sucedido a su manada. Nunca quise que llegara tan lejos.

Y lo peor de todo es que le *creí* cuando dijo eso. Pensé que nunca se le había ocurrido que su segundo se volvería salvaje.

–Tiene que haber una cura –dije, con la voz ronca–. Un hechizo. Algo. Si mi padre hizo esto, entonces tiene que existir una manera de revertirlo. Sea lo que sea que haya hecho, tiene solución. La magia no es unilateral. Sea lo que sea que haya dado, es posible eliminarlo.

Michelle negó.

–Nada que sepamos. Nuestros brujos han pasado dos años intentando encontrar un remedio. No ocurren cambios significativos en la sangre, más allá de que se reducen los niveles de serotonina y aumentan los de adrenalina y la noradrenalina. El Omega se ve literalmente inundado de rabia. Y no tiene importancia cuán fuerte sea la manada o la llamada de un Alfa. El lazo, sea cual sea, empezará a debilitarse. Y, en un momento, se quebrará. Se convertirán en Omegas. Se convertirán en lobos salvajes. No es posible detenerlo. Y la luna llena que se aproxima acelerará el proceso, sin duda alguna.

–No nos conoce para nada, entonces –dijo Ox en voz baja–. Porque no somos como ninguna otra manada que haya existido antes.

–Ay, como quisiera que eso fuera verdad, Alfa Matheson. Si Carter y Mark están infectados, se convertirán, como todos los que se han convertido antes. Es cierto que no ha existido una manada como la suya antes. Ustedes son… una anomalía. Pero ni siquiera ustedes pueden poner fin a esto. Existen aquellos que piensan que la licantropía es una enfermedad, dado que puede transmitirse mediante la mordida de un Alfa. Por la manera en la que altera el cuerpo a nivel celular. Desafortunadamente, esto… esta *cosa* parece ser similar, pero no solo a nivel celular. Es más que eso. Es metafísica, y existe solo para quitarle los lazos al lobo –frunció el ceño–. Es el arma perfecta. ¿Y quién mejor que Robert Livingstone para infligírnosla? Debe odiar a los lazos por sobre todas las cosas. Porque, ¿qué hay más poético que un hombre que ha perdido todo por culpa de un lazo ataque a aquellos que aún tienen uno?

–Me importa un carajo lo que usted diga –dije con severidad–. Existe una manera de arreglar esto, y voy a encontrarla. A usted le importamos una mierda, pero Ox tiene razón. No sabe nada acerca de nuestra manada. Somos más que esto. Somos *mejores* que esto.

–Sea como sea –dijo, tocando otro botón de su tableta–, debo hacer lo que considero necesario para salvaguardar la supervivencia de nuestra especie. Como con cualquier infección, el primer paso es contenerla lo antes posible para evitar que se siga propagando. A aquellos que no han sido afectados, les hago una propuesta. Abandonen Green Creek. Únanse a nosotros. Tienen tres días para hacer lo necesario.

–¿Y qué sería lo necesario? –preguntó Ox, avanzando hacia el monitor.

Michelle ni parpadeó.

–Usted lo sabe, Alfa Matheson. No debe permitirse que Carter y Mark infecten a otros. Deben ser sacrificados.

–¿Y en tres días? –preguntó Joe, los ojos rojos.

Lo miró.

–En tres días tomaré cartas en el asunto. Manada Bennett, desearía que las cosas no hubieran ocurrido así. Pero, sin duda alguna, si estuvieran en mi lugar, harían lo mismo. Si queremos sobrevivir, la infección debe ser puesta en cuarentena. Y luego erradicada.

La pantalla se puso negra.

–Oye. ¿Por qué están todos parados con cara de que se murió alguien? –dijo Rico, desde atrás–. Ay, cielos, no se murió nadie de nuevo, ¿verdad? Acabamos de terminar de *quemar* más cosas muertas. Me niego a oler eso de nuevo esta noche. O en los próximos ocho meses. Encuentren a otro que lo haga. Me niego a ser su perra.

–Mira a tu alrededor, maldición –murmuró Chris.

Ox gruñó y destrozó el monitor de un puñetazo.

La manada se dispersó por la casa. Joe y Ox bajaron al sótano para ver a Pappas. Elizabeth llevó a Carter a su habitación y cerró la puerta. Robbie se quedó de pie en la sala de estar, observando a Kelly que caminaba de un lado al otro despotricando y agitando los brazos salvajemente.

–Esto… no es bueno –dijo Tanner, sucintamente, de pie en la oficina, contemplando el monitor roto.

–Te quedas corto, *papi* –dijo Rico, frotándose la cara–. Es un maldito caos, eso es.

–Pero podemos resolverlo, ¿verdad? –preguntó Chris. Estaba junto a Jessie, que tenía la cabeza apoyada en su hombro–. Quiero decir, tiene que haber algo. Si se contagia, es posible detenerla.

–Algo –asintió Jessie. Alzó la cabeza–. Hay que trabajar hacia atrás. Si llegamos al origen, quizás encontremos la cura.

Me los quedé mirando.

–¿En serio son todos tan estúpidos?

Se sobresaltaron.

–¿Disculpa? –preguntó Chris.

–Tienen que irse a la mierda de aquí. Ahora mismo. Váyanse y no miren atrás.

Jessie resopló.

–Sí, está bien. Claro, Gordo. Enseguida.

–¡Hablo en serio!

–Ah, menos mal que estás hablando *en serio* –dijo Tanner–. Chicos, miren. Tenemos que escucharlo ahora. Está hablando *en serio*.

–Eso me hace cambiar de idea –repuso Rico, sacudiendo la cabeza–. Gracias, Gordo, por decirnos lo que se supone que debes decirnos. ¿Te ignoramos de una vez y nos dedicamos a algo productivo, o quieres que te enfrentemos?

–¿Qué demonios les sucede a todos? –les pregunté, incrédulo–. ¿No escucharon? Carter y Mark se van a volver *salvajes*, carajo, a menos que encontremos la manera de impedirlo. Serán como los Omegas que vinieron. ¿Recuerdan? ¿Cuando tuvieron que *matarlos*? Y eso sin tener en cuenta los otros Omegas que pueden estar viniendo hacia aquí *ahora mismo*…

–Nos acordamos –confirmó Chris–. Porque ese fue el momento en el que tomamos partido por nuestra manada. ¿De verdad piensas que nos iremos ahora? Eso no es lo que la manada hace, Gordo. No nos abandonarían, así que no los abandonaremos. Que tú te hayas olvidado del significado de manada no quiere decir que nosotros también lo haremos.

–Demasiado –murmuró Rico, cuando yo avancé frente a Chris y pegué mi pecho al suyo.

–No sé si lo fue –observó Tanner, pasándose la mano por la parte posterior de la cabeza–. Necesitaba escucharlo en algún momento, ¿no es verdad?

–Es verdad, maldición –exclamó Chris, alzando la barbilla desafiante.

–Son tan jodidamente estúpidos –le grité en la cara–. Van a terminar muertos. ¿Y para *qué*?

Chris ni se inmutó.

–Por mi manada. Si piensas que vamos a abandonarlos, entonces no nos conoces tan bien como crees.

–Son *humanos*. ¿Qué posibilidades tienen frente a…?

–¿También te irás, entonces? –preguntó Jessie–. Porque según tengo entendido, tú también eres humano.

La miré con furia mientras me apartaba de Chris.

–No es lo mismo. Soy un jodido brujo. Tengo *magia*…

–Y yo soy bastante buena con la vara –replicó–. Con la barreta de Ox también, porque ya no puede usarla. Ya sabes, por la plata y eso.

–Rico y yo tenemos nuestras pistolas –dijo Tanner.

–Y yo tengo mis cuchillos –añadió Chris.

–Y hemos sido entrenados para pelear con lobos –dijo Rico, poniéndose firme–. Durante *años.* ¿Y qué problema hay si terminamos dándole una paliza a Carter? Se la merece por hacernos correr vueltas. Saben que odio correr vueltas. Me dan calambres en las espinillas.

Me los quedé mirando con la boca abierta.

Me sostuvieron la mirada.

–Están completamente locos –dije en voz baja.

–Es probable –replicó Chris, encogiéndose de hombros–. Pero hemos estado a tu lado hasta ahora. Y, cielos, nos hemos enfrentado a Omegas enloquecidos, a uno que quería ser Alfa con dientes enormes y un ego más grande aún. ¿Qué es una enfermedad que hace que nuestros amigos pierdan la cabeza a la larga? Es solo una cosa más a la que tenemos que enfrentarnos.

Rico se rio pero ocultó la risa rápidamente con una tos.

–Lo siento –dijo, con una mueca–. No es gracioso. Reacción del miedo.

–Nos necesitarás –dijo Jessie, y los demás se quedaron callados–. Tú más que nadie.

–¿Qué quieres decir con eso? –le espeté con el ceño fruncido.

Me dio una palmada en la cabeza.

–Hombres. Son unos idiotas de mierda. ¿Por qué demonios crees, Gordo? Mira. No pretendo saber nada acerca de Mark y tú. No me *importa* lo que pasó entre ustedes o qué te transformó en este imbécil que está tan acostumbrado a fingir que no siente dolor como el resto de nosotros que no se da cuenta de que ya estamos *hartos* de esa mierda. Si sucede, si lo que esa perra nos dijo es verdad, nos necesitarás, Gordo. Somos tus amigos. Nos necesitas tanto como nosotros te necesitamos a ti.

–Equipo Humano por la victoria –dijo Chris, sonriendo cariñosamente a su hermana.

–Podemos hacer cosas que los lobos no –agregó Tanner–. Si se vuelven salvajes, entonces necesitarán que nosotros los cuidemos hasta que podamos descubrir el modo de traerlos de vuelta.

–Y, además –dijo Rico, sonriéndome de oreja a oreja–, me hace quedar bien en la calle poder patear tantos traseros. Aunque en realidad no le puedo contar a nadie. Porque los hombres lobos son un secreto.

Frunció el ceño.

–¿Por qué demonios estoy haciendo esto? –continuó–. Ya me estoy acostando con alguien.

Humanos ridículos. Tenían corazones de lobos.

–Váyanse todos a la mierda –dije, con impotencia.

No los engañé.

Estaba en mi camioneta, listo para irme a casa a dormir unas horas. Necesitaba descansar. El enfrentamiento con Pappas me había dejado exhausto. Elizabeth me había ofrecido una cama en la casa Bennett, pero no había dormido allí en años. Sabía que diría que no. La culpa que se me había instalado en el pecho ante las insinuaciones de Michelle acerca de mi padre no ayudaba. No soportaba sentir la mirada de Elizabeth sabiendo que la sangre que me corría por las venas provenía de un hombre que había sido cómplice en la muerte de su marido y, potencialmente, destruiría a su manada de nuevo. Ella no me había culpado. No era así. Pero yo me culpé por los dos.

Elegí la salida cobarde.

Ella lo entendía. Por supuesto que sí. Me permitió irme con un gesto de la mano.

El cielo empezaba a aclararse. Me senté en la camioneta y bostecé mientras me inclinaba sobre el volante. Joe y Ox estaban con Pappas, intentando descubrir la manera de llegar a él. Los Omegas podían volver a convertirse en Betas únicamente si encontraban un lazo que los trajera de vuelta. Lo había visto antes. Esto no era así. Fuera lo que fuera que le estuviera ocurriendo, fuera lo que fuera que había hecho que se quebrara su lazo, no era algo relacionado con los lobos.

Era magia. Debía serlo.

Pero yo no sabía cómo.

Estaba por encender la camioneta cuando él llamó a la ventanilla.

Pensé ignorarlo.

En vez de eso, bajé la ventanilla.

–¿A casa? –preguntó Mark.

–Sí –mantuve la vista fija hacia adelante.

–Bien. Se te ve cansado.

–Estoy envejeciendo. Ya no puedo quedarme sin dormir toda la noche como antes.

–No eres tan viejo, Gordo –resopló.

–Lo dices tú.

–Sí –dijo–. Lo digo yo.

Quería decir tantas cosas. Así que elegí la menos trascendental.

–¿Qué haces levantado? ¿No deberías estar...? No sé. Descansando. O algo.

Se recostó contra la puerta y dejó colgar las manos dentro de la camioneta. Apenas si pude contener el ansia de tocarle los dedos. Si Michelle tenía razón, en un par de semanas no me reconocería para nada.

–Quizás. Tengo cosas que hacer antes.

–¿Cómo qué?

–Yo... ¿Seguro quieres escuchar esto?

Me sentí incómodo. También soy un imbécil. Así que me encogí de hombros.

No lo engañé ni por un segundo. Nunca pude hacerlo.

–Voy a ver a Dale.

Escuchó a mi corazón acelerarse. Tiene que haberlo oído.

–Un poco temprano.

–Caminaré. Quizás correré un poco. Me despejaré.

–Abby queda a media hora. En auto.

–Lo sé. Pero necesito hacerlo. Tengo que.

Por fin, lo miré. Sus ojos destellaban en la luz tenue.

–¿Por qué?

–Tengo que ponerle fin –respondió, encogiéndose de hombros.

Mis manos se aferraron al volante.

–¿Por qué...?

Me di cuenta.

–Imbécil de mierda.

Mark ni se inmutó.

–No es...

–¡Te estás dando por vencido!

Permaneció exasperantemente sereno.

–No me estoy dando por vencido, Gordo. Estoy haciendo lo correcto. No puedo arriesgarme a lastimarlo. Y si desaparezco de pronto, vendrá al pueblo. Hará preguntas. ¿Cuánto crees que le llevará llegar hasta aquí? Es mejor así. En particular si Michelle tiene razón acerca de la luna llena. Eso empeorará las cosas.

Maldito sea.

–Voy a arreglar esto. No sé cómo aún. Pero lo haré. Lo arreglaremos. Tiene que haber una manera. La encontraré.

–Sé que lo harás.

Tanto para decir. Me estaba desesperando.

–Tienes que tener fe en mí.

–Siempre la tengo –dijo, sin dudar.

Sentí que el cuero se rompería bajo mis manos.

–Solo... no lo hagas. Dile que tienes un viaje de negocios. Dile que te vas de vacaciones. No... no actúes como un maldito mártir. No funciona así.

–¿Porque ese es tu trabajo?

Todas estas palabras estaban peligrosamente cerca de la verdad. Algo que él y yo no habíamos tenido hacía mucho tiempo.

–Sí. Claro. Porque ese es mi trabajo. No me lo quites.

–Escucha, Gordo, no es...

–No –lo interrumpí–. No pienso escucharlo. No de ti. Guárdate esa mierda ahora mismo, ¿me entiendes? ¿Quieres terminar las cosas con él? Bueno. Es tu elección. Pero más te vale no empezar con esta mierda de *despedirte* con nadie más. Especialmente conmigo.

–Pappas...

–¡No es tú! –grité. No sabía si estaba enojado o asustado o algo en el medio. Quería darle un puñetazo en la boca. Quería llevármelo lejos de todo esto. Obligarlo a meterse en la camioneta y conducir como si nada de esto tuviera importancia. Ir a donde nadie nos conociera y nada pudiera lastimarnos. Sin manada. Nada. Solo él y yo–. Él no es tú. No tiene lo que tú tienes. No me tiene…

Se me hizo un nudo en la garganta.

A mí.

No me tiene a mí.

Se estiró y posó la mano sobre la mía. Me latía la cabeza. Los lazos se me enredaban en el pecho. Había azul, tanto azul, maldición, que pensé que me estaba ahogando en él. Latía por los hilos, ecos de dolor con un toque de miedo e ira. No venía solo de él. Venía de todos. Sentí la preocupación de Kelly, la furia de Carter. Estaba Robbie, pequeños estallidos de rojo y lapislázuli. Joe y Ox tratando de mantener la calma por nosotros, por el otro, pero entrelazada con un pavor que era casi cobalto. Elizabeth estaba cantando en algún lado, y era puro azul. Solo teníamos azul.

Los lazos sufrían.

Y Mark. Siempre Mark.

–Tal vez me sorprenda –dijo–. Tal vez en un día me golpee de pronto y me parta al medio. O quizás no sucederá hasta que sienta el primer zarcillo en mi mente. Esa atracción hacia el lobo que no podré reprimir. Pero, por ahora, haré lo que debo hacer. Y, tal vez, sea lo mejor. Quizás esto debía suceder. Él no es como nosotros. No forma parte de esto. No me parece que estuviera destinarlo a serlo. Nunca me sentí así con él. No como me sentí con… –suspiró y negó–. No le tengo miedo a muchas cosas, Gordo. La verdad que no. Soy un lobo. Tengo una manada fuerte. Pero jamás me preocupó perderlo a él. Era… una distracción, creo. Algo que ni siquiera sabía que necesitaba. Ahora hay cosas más importantes. Cosas que tenemos que hacer. Cosas que *yo* tengo que hacer. Para arreglar todo.

Me apretó la mano hasta que me crujieron los huesos. No quería soltarlo. Odiaba cómo lo sentía en mi mente, el susurro de *gordo gordo gordo*, un latido que jamás se detenía.

–No le tengo miedo a muchas cosas –continuó–. Pero creo que le tengo miedo a esto. A lo que puede significar. A en lo que me puedo convertir. A quién puedo olvidar.

Dejé caer la cabeza, haciendo un esfuerzo para respirar a pesar del dolor en el pecho.

Carraspeó.

–Sé que harás todo lo posible. Y te ayudaré mientras pueda. Pero si algo me sucede, si...

–No –dije con la voz ronca–. No lo hagas.

–Tengo miedo –repitió–. Porque incluso cuando todo parecía perdido, cuando nuestra manada se dividió y se quebró una y otra y otra vez, siempre tuve mi lazo. Incluso cuando él no me quería a mí. Y ahora eso me será quitado.

Se apartó.

Inhalamos y exhalamos.

Intenté encontrar una sola palabra para decir.

Había demasiadas. No pude decir ninguna.

Golpeó los nudillos contra la puerta.

–Bueno –dijo–. Es así. Eso es todo. Necesito... Duerme un poco, Gordo. Te necesitamos en plena forma.

Y se fue.

Después de un rato, cuando el sol asomó por encima del horizonte, giré la camioneta y me dirigí a casa.

NUNCA MÁS/ NO PUEDO LUCHAR CONTRA ESTO

Soñé con cuervos y lobos.

Volaba alto por encima de mi bosque, las alas extendidas al máximo. Debajo de mí, entre los árboles, los lobos aullaban. Hacían temblar el aire a mi alrededor y me estremecían las plumas.

Me lancé en picada hacia la tierra.

Aterricé en un claro, en el suelo suave bajo mis pies. Frente a mí había un gran lobo blanco. Tenía negro en el pecho. En las patas.

Me dijo *Hola, pajarito.*

Abrí el pico y grazné *nunca más.*

Sonrió, ese lobo, el gran rey.

Te he encontrado, dijo él. *Siento que me haya llevado tanto tiempo, eres aún profeta, ave o demonio.*

Odié eso. Y lo odié a él. Quería clavarle las garras en el estómago. Quería picotearle los ojos eternamente y contemplar a la vida escapándosele debajo de mí.

Lo sé, dijo.

Otros lobos se movieron entre los árboles. Docenas. Cientos. Sus ojos eran rojos y naranjas y violetas.

Eran Alfas y Betas y Omegas. El bosque estaba lleno de ellos.

Avanzó hacia mí. Aleteé y retrocedí.

Pajarito, dijo. *Pajarito. Te vas volando. Nunca quise que me dejaras. Nunca quise verte partir. Te amo.*

No le creí.

Se rio, un sonido grave y sordo.

Dijo *Sé que no. Pero, algún día, espero que me perdones por todo lo que te he hecho. Por todas mis fallas. Hice lo que creí correcto. Hice lo que creí que te mantendría a salvo. Eres manada y manada y* ManadaManadaManada.

Tenía los ojos rojos.

Thomas, grazné. *Thomas, Thomas, Thomas.*

Estiró el cuello hacia adelante y me apoyó el hocico en la cabeza, y yo dije *Oh. Oh, oh, oh y…*

–... y parece que la nieve llegará antes este año –anunció con alegría el ofensivo conductor de radio–. Esos imbéciles pronosticadores del tiempo están anunciando tanto como un metro de nieve en las zonas más altas de la Cordillera de las Cascadas. En Roseland podrían llegar a ser quince centímetros, en Abby veinte. Mejor vayan cambiando los planes para Noche de Brujas, porque la tormenta empezará a echarse una cagada a últimas horas de la noche del lunes y seguirá el martes, posiblemente también el resto de la semana... El Departamento de Transporte de Oregón solicita que quienes viven en las montañas eviten conducir, si les es posible, o, incluso, que se marchen. Parece que va a ser una grande, amigos, y es mejor prevenir que curar, en particular si lleva unos días limpiar los caminos de entrada y salida a los pueblos. Vayamos con Marnie para enterarnos en las noticias de la región...

Apagué la radio cuando llegué al camino de tierra que conducía a la casa Bennett. Era mitad de la tarde, y el cielo estaba gris y cargado. La camioneta se estremeció cuando me llevé puesto un bache. No se me había pasado el dolor de cabeza.

El frente de la casa debería haber estado lleno de coches. Era domingo. Era la tradición. Pero al Equipo Humano (cielos, no perdonaría jamás a Chris por pegarme eso) se le había advertido que se mantuviera lejos, al menos hasta que se los convocara. Tanner y Rico estaban en el taller poniéndose al día con el papeleo. Chris estaba en lo de Jessie. No estaban muy contentos pero lo habían aceptado.

Robbie estaba en el porche, observándome, con esas gafas ridículas. Me saludó con la mano.

Asentí a modo de saludo.

–Él está... coherente –me dijo mientras me bajaba de la camioneta–. Un poco. Fue una noche larga.

–¿Hace cuánto?

–Un par de horas. Está un poco confundido, pero no lo sé. Va y viene. Nunca vi algo así.

Los escalones del porche crujieron bajo mi peso. Robbie estaba pálido y parecía retraído. No me miraba a los ojos. Su mirada se posaba sobre mí y se apartaba enseguida. Una y otra vez. Estaba nervioso. No sabía por qué.

–¿Eso es todo?

Se encogió de hombros. Empezó a retorcer las manos.

No tenía tiempo para esto.

–¿Qué sucede?

Por un instante, pensé que iba a quedarse allí, sin dejar de moverse. No tenía problema en dejarlo en el porche si pensaba hacerme perder el tiempo. Tenía cosas que hacer.

No tuve que esperar mucho.

–No lo sabía –escupió, los ojos bien abiertos.

Eso era.

–¿A qué cosa?

Hizo una mueca de dolor.

–A todo esto. Lo de los Omegas. Lo de la infección o magia o lo que sea. Todo eso. No lo sabía.

–Está… bien. ¿Alguien dijo que sí?

–No –negó–, pero… no soy… *Vengo* de allí. Fui el Osmond *después* de Osmond.

–No te pareces en nada a él, muchacho. Confía en mí. Si pensara que sí, no estarías aquí. No me importaría lo que Ox dijera. Te arrancaría las entrañas sin remordimientos.

Eso… no era probablemente lo más tranquilizador que podría haberle dicho. Gimió.

–Pero no voy a hacerlo –le aseguré–. Porque no eres como él.

–Bueno –dijo, tragando rápidamente–. Eso está… bien. Te lo agradezco. De verdad. Muy, mucho.

–Buena charla –dije y me dirigí hacia la puerta.

–Pero es extraño, ¿verdad?

Suspiré y me volví.

–¿Qué cosa?

–Que yo no supiera. Porque Michelle lo sabía, desde hacía mucho. O, al menos, sabía *algo*.

–Es probable que fuera demasiado para tu posición.

–Pero no debería haber sido demasiado para la de Joe. Si Thomas lo sabía, entonces, en el momento en el que Joe se convirtió en Alfa, ella debería habérselo contado.

Tenía razón.

–Fue una época extraña. Las cosas eran… caóticas.

Se subió los lentes por la nariz.

–Quizás. Pero ¿este último año? Después de Richard. Estábamos… en paz. Todo estaba bien. En general. ¿Por qué no, entonces? Especialmente cuando todos esos Omegas seguían apareciéndose por aquí. Cualquiera podría habernos mordido. Quizás eran Omegas comunes y no infectados. Pero ¿y si no lo eran? ¿Por qué arriesgarse?

Uno de los muchos pensamientos que me había estado rondando la cabeza.

–No lo sé.

–Ya sé que no lo sabes. Pero creo que yo sí.

–¿Qué? –le clavé la mirada.

–Thomas Bennett era realeza –explicó, pasando el peso de un pie al otro con nerviosismo–. Todos los Bennett lo son. Desde hace *años*. Joe. Thomas. Abel. Incluso desde antes de eso. Se suponía que Michelle ocuparía el puesto temporariamente. Una Alfa interina hasta que el Alfa Bennett pudiera ocupar el lugar que le corresponde.

–Pero…

–Pero no ha sucedido. Se lo ha *pedido*, pero ¿por qué no ha presionado más? ¿Por qué no ha exigido que Joe vaya a Maine a convertirse en el Alfa de todos? ¿Por qué ninguno de los otros lobos ha pedido eso tampoco? Me contaron que después de que Abel murió, hubo un jaleo enorme ante la realidad de que un Alfa pudiera ser asesinado en su propio territorio, en especial un Alfa *Bennett*. Prácticamente *obligaron* a Thomas a mudarse al este.

–Thomas Bennett jamás hacía nada que no quisiera –dije con amargura.

Robbie parpadeó.

–No, me refiero a que lo obligaron realmente. Le dijeron que si no volvía, tenía que darle su título a otro. Abdicar al trono, o algo así. La única razón por la que pudo volver a Green Creek fue por lo que le ocurrió a Joe. Y, entonces… bueno. Ya sabes lo que sucedió después.

Una historia en la que no quería pensar.

–¿Qué quieres decir?

–Es como si… Bueno, eres un Alfa, ¿verdad? El poder y la manada, y bla, bla, bla. Pero ¿cuando eres el Alfa de todos? Es… algo más. Es increíble, según me han dicho. Eres el lobo más poderoso del mundo. Dominas a todos, por eso el título. ¿Quién querría renunciar a eso?

–Piensas que ella quiere quedarse donde está.

–He estado pensando al respecto, ¿está bien? –admitió con una mueca–. ¿Por qué nos ocultaría el resto del asunto si no? ¿Para qué enviar a Philip aquí una y otra vez a buscar a los Omegas, y hacernos matar a la última?

–Ilústrame.

–Los está *probando* –anunció, excitado–. O a nosotros. A Joe. Y a Ox. Joe es un Bennett, así que ella cree que entiende lo que quiere. Pero ¿Ox? No tiene la más mínima idea. Ninguno de nosotros lo sabe. No ha existido nadie como él antes. Es un humano que se convirtió en Alfa *sin* ser lobo. Y Richard pudo quitárselo. Eso no debería ser posible.

–Nada acerca de Ox debería ser posible.

–¿Verdad? Es tan… fantástico.

Puse los ojos en blanco ante su tono de ensueño.

–Concéntrate –le ordené chasqueando los dedos en su cara.

Movió la cabeza.

–Ah. Lo siento. ¿De qué estábamos hablando?

–De Michelle. Probando a Joe y a Ox.

–Sí. *Sí.* No… mintió. Acerca de lo que pasó con Richard al convertirse en Alfa –*eso* me llamó la atención, porque pocas veces hablaban de esos breves instantes. Bajó la mirada–. Fue… no estaba bien. Sentirlo. Ox es… luz. Como el sol. Richard se sentía como un eclipse. Estaba mal. Todo acerca de eso se sentía incorrecto. Pero lo sentíamos *a él.* Y a ellos. A todos los otros Omegas. Eran… no lo sé. No duró mucho, pero no fue bueno. Y, ahora, con esta… esta *cosa.* Creo que ella está presionando. Quizás está usando a Ox. Para hacer que todos esos Omegas salgan de sus escondites. Porque todos hemos sido heridos por ellos y nos hemos curado sin problemas, así que no pueden ser todos. Creo que ella lo sabe. Quiere ver de qué son capaces. Quiere ver qué harán.

–¿Para qué?

–No lo sé –reconoció con frustración–. No he llegado a eso aún. Pero es algo. Nunca… El poder afecta a las personas de maneras extrañas. Se les mete en la cabeza. Los cambia. Ella no… no siempre fue así. ¿Sabes? Solía ser… distinta. Mejor, no lo… Cuando me envió aquí, pensé que al regresar quizás podría unirme a su manada, ¿sabes? Que por fin me quedaría en un lugar. Que sería parte de algo real en vez de formar esos pseudovínculos que solo existían para mantenerme bajo control.

Me estiré y le puse una mano en la nuca. Cerró los ojos y se entregó al contacto, tarareando por lo bajo.

–Ya tienes eso –le dije con suavidad–. Aquí. Con nosotros. Y ella no tiene una mierda que ver con eso.

Abrió los ojos temblando.

–Lo sé. ¿Y si está intentando quitárnoslo?

Lo sacudí ligeramente.

–¿Qué hacemos cuando alguien intenta atacarnos?

Sus ojos destellaron naranjas.

–Nos defendemos.

–Exacto. Ellos no piensan eso de ti. Tus Alfas te quieren aquí. Tu manada. Hasta Joe, ahora que has dejado de intentar babosearte sobre el pene de Ox.

Alzó la cabeza súbitamente.

–No estaba tratando de *babosearme*...

–Aunque –observé, frunciendo el ceño–, no dejas de hacerle ojitos a su hermano. No sé si eso ayuda mucho.

Gimió de nuevo.

Di un paso atrás.

–Encontraremos una solución, ¿entendido? Pero si *es* Michelle la que está moviendo los hilos, entonces debes prepararte para eso. Porque tendremos que detenerla.

Se me ocurrió algo.

–¿Crees que lo haya hecho a propósito?

–¿Qué cosa? –preguntó, parpadeando.

–La infección. Si envió a Pappas aquí, sabiendo que estaba en proceso de convertirse en Omega, para alcanzarnos. A Joe y a Ox.

–No creo... –negó–. Eso parece demasiado para ella. Demasiado grande

–Tú mismo dijiste que no se renuncia fácilmente a ser el Alfa de todos.

–Lo sé, es que… –dijo, frustrado–, si es así, no tiene sentido. ¿Por qué correría el riesgo de infectar a otros? Ya se está diseminando. ¿Por qué querría propagarla aún más? Se le puede volver en contra.

Se mordió el labio inferior.

–¿Y si es tu padre? –dijo, de pronto.

Entrecerré los ojos.

–Entonces, me ocuparé yo mismo de eso.

–Eso también me molesta –asintió lentamente.

–¿Qué cosa?

–¿Cómo pudo escaparse?

No tenía respuesta para eso.

Robbie sonrió un poco.

–Nosotros… Me gusta estar aquí. Me siento… seguro. No soy Osmond. No soy Pappas.

–Lo sé.

–Bien –suspiró.

Giré y me dirigí a la casa.

–Gracias, Gordo –lo oí decirme antes de cerrar la puerta.

Oí movimiento en la cocina. Miré y descubrí a Elizabeth abrazando a Kelly, que apoyaba la cabeza en el hombro de su madre y temblaba. Carter estaba recostado contra la encimera, los brazos cruzados, el ceño fruncido, los labios apretados. Contemplaba la nada.

Sabían que yo estaba allí.

Los dejé tranquilos.

Mark no estaba en la casa. Lo sabía, simplemente. No sabía cómo me sentía al respecto. Quizás había cambiado de idea. Había estado evitando pensar en cómo me había dicho que era su lazo, incluso después de tanto tiempo. No tenía importancia. No ahora. Teníamos otras preocupaciones. Me ocuparía de ello más tarde, si era necesario.

No tenía idea de cuándo me había convertido en un mentiroso tan competente.

Bajé al sótano. Vi a Joe primero. Estaba recostado contra la pared, un eco inquietante de la postura de su hermano en el piso de arriba. Me miró de reojo y asintió para luego volver a encarar a Ox.

Ox estaba de pie frente a la puerta abierta. La línea de plata en polvo seguía en el piso.

Pappas estaba sentado con las piernas cruzadas en el medio de la habitación con las manos sobre las rodillas. Estaba desnudo. Tenía los ojos cerrados; respiraba hondo y exhalaba lentamente.

Ninguno de los dos me prestó atención.

Me dirigí a Joe primero. Se estiró y me pasó la mano por el brazo, los dedos me recorrieron mientras él dejaba su olor en mi piel. Los tatuajes brillaron por un instante ante su contacto.

Ox era mi lazo, y nuestras manadas eran una, pero Joe... era diferente. Con él. Esos tres años nos habían cambiado.

–Escuché lo que dijiste –me dijo en voz baja–. A Robbie.

–Sabes que no me gusta cuando escuchas a hurtadillas –fruncí el ceño.

–Estás en una casa de licántropos. Todo el mundo escucha todo.

–Por eso es que ninguno de ustedes me cae bien.

–Mentira –repuso, sonriendo con serenidad. Desapareció un segundo más tarde–. Ox... está intentando...

Los miré. Recién en ese momento me di cuenta de que Ox respiraba al ritmo de Pappas, como si estuviera tratando de enfocarlo de alguna manera.

–¿Está funcionando?

–No lo sé. Hubo un momento en el que pensé... –negó–. Sus ojos ahora son violetas. Es un Omega. Creo que lo de anoche fue un desliz. No se ha vuelto completamente salvaje. Aún no, por lo menos.

–A menos que podamos encontrar una solución, es solo una cuestión de tiempo antes de que...

–Los oigo –dijo Pappas sin abrir los ojos. Su voz era más profunda de lo habitual, como si hablara con la garganta llena de grava. Pero parecía más en control de lo que había estado desde su llamada. No sabía cuánto duraría. Si Michelle nos había dicho la verdad, faltaba poco.

Ox suspiró y nos miró.

–Gracias por eso. Estábamos progresando.

Pappas abrió los ojos. Eran violetas.

–No, Oxnard. No. Esto es solo una pausa. Lo he visto antes.

Joe se separó de la pared y avanzó hacia Ox. Lo seguí y me paré al otro lado. Pappas nos observó con los ojos de un monstruo, siguiendo cada uno de nuestros movimientos. Un escalofrío me recorrió la espalda. Era como ser cazados.

Ox me miró e indicó con la cabeza en dirección a nuestro huésped.

Con que así iba a ser la cosa.

–Hablamos con Michelle –dije con calma.

–Ah, ¿sí?

–Sí.

Pappas me observaba con curiosidad. Hablaba con un ceceo. Tenía la boca llena de colmillos.

–No me digan.

–Nos contó todo.

–Lo dudo mucho.

–¿Por qué?

–Porque le gusta tener secretos, aunque terminen jugándole en contra –balanceó la cabeza de lado a lado. El cuello le hizo un ruido fuerte. Me hizo doler los huesos–. Y no confía en ti. En ninguno de ustedes, en realidad.

–Porque somos algo que no comprende.

–Sí.

–Tres días.

–Tres días –parpadeó con lentitud.

–Ese es el tiempo que nos ha dado.

–Ah.

–¿Para qué?

–¿No dijiste que les había contado todo?

–Acerca de la infección. Cómo se propaga. Lo que implica. Cómo tu lazo se está resquebrajando. Nada acerca de sus planes para contenerla. Para evitar que siga propagándose.

–Sus guardas. ¿Qué hacen?

–Me avisan cuando algo sobrenatural se aproxima. Brujos. Lobos. Omegas.

–¿Son infalibles?

–¿Por qué?

–Una pregunta, nada más.

–No –respondí–. Están diseñadas para protegernos de aquellos que quieren lastimarnos. Es un sistema de alarma. Para darnos tiempo.

–Y la manada está vinculada a él.

–Sí.

–¿Se puede modificar?

–¿Para qué?

–Están tratando de que no entre nada –sus ojos brillaron más fuerte–. ¿Han pensado en lo que no permitirá salir? Es solo una cuestión de tiempo.

Abrió la boca y mostró los dientes. Mordió en nuestra dirección una vez. Dos veces. Se calmó de nuevo.

–Lo siento. Me jala. Quiero destrozarlos. Quiero saborear su sangre. Sentir sus huesos quebrarse entre mis dientes. Me han dicho que yo…

–¿A todos nosotros? –le preguntó Ox.

Pappas negó.

–Tal vez. Pero primero Gordo.

Joe se acercó más a mí.

–¿Por qué él? –quiso saber.

–Su magia.

–¿Qué pasa con eso? –pregunté.

–Duele. Pica. *Apesta.* Es una nube de porquería que los cubre a todos, y me está volviendo loco. Quiero destrozarla en mil pedazos. Quiero destrozarlo a él en mil pedazos.

–La Omega –murmuró Ox–. La chica. Parecía que ella también quería atacarte a ti primero.

Joe miró a Pappas.

–Y cada vez que entrabas en la habitación, se ponía más inquieta.

–Eso no es… –sacudí la cabeza–. Mierda.

–¿Qué? –dijo Ox.

–Tiene que ser él. Mi padre.

–¿Por qué?

–La magia, tiene… tiene una firma. Una huella digital. Específica a cada brujo. Pero entre familiares es parecida. No igual, pero similar. Si mi padre hizo esto, si su magia está quebrando los lazos de los Omegas, su magia está en ellos. Y lo reconocen a él en mí.

–Qué porquería –suspiró Joe.

Resoplé.

–Sí. Algo así.

–Los maté –dijo Pappas, mirándome fijo.

–A los Betas.

–*Sí* –gruñó.

–Tú me lo advertiste.

–¿Sí? No lo recuerdo.

–Me llamaste. Me dijiste que tu lazo estaba quebrándose. Me contaste acerca de la infección. Me dijiste que ella sabía.

–Traicioné a mi Alfa –susurró.

–Me *advertiste*. Nos advertiste. Sabías lo que estaba sucediendo. Querías detenerlo. No eres tú, Pappas. Es algo dentro de ti.

Se incorporó lentamente. Era un hombre grande. Su piel ondulaba, como si estuviera resistiéndose a la transformación. Sus muslos eran gruesos como troncos y los músculos le temblaron cuando dio un paso hacia nosotros.

Ox gruñó desde lo profundo del pecho, una advertencia clara que me erizó la piel.

Pappas lo ignoró. No me quitaba los ojos de encima.

–Tu magia –dijo–. Me ofende. Me hace picar la piel. Serás el primero. Te atacaré primero.

–Ya has intentado eso –repuse con frialdad–. Y aún no has sanado.

No le prestó atención a la marca en forma de mano, ennegrecida y quemada.

Joe me rodeó la muñeca con los dedos.

–Tal vez sea mejor que no lo provoques más.

–Tendrán que matarme –dijo Pappas, de pie frente a nosotros, los dedos de los pies a centímetros de la línea de plata–. Al final.

–No queremos eso –afirmó Ox–. No contigo. No con ninguno de los que son como como tú. Pero lo haré. Si pienso que representas un peligro para mi manada o para este pueblo, lo haré yo mismo.

–¿Y Carter y Mark? ¿Y si ellos se convierten en el peligro? ¿Qué harás entonces?

Ante eso, Ox no dijo nada.

–Ella te tiene miedo –dijo Pappas, la cabeza ladeada–. El niño que corría con lobos. No sabe qué es lo que quieres. En qué te has convertido.

–Lo único que quiero está aquí, en Green Creek.

–Ella no cree eso.

–Eso no es problema mío –Ox negó con la cabeza.

–Lo es ahora –afirmó Pappas, sonriendo salvajemente–. Sé... Pensé que podría luchar. Pensé... Lo oculté. De todos.

No dijimos nada.

–El último Omega. El hombre. ¿Lo recuerdan? Se llamaba....

–Jerome –dijo Joe–. Se llamaba Jerome. Nos temía, pero vino de todos modos.

–Sí –dijo Pappas–. Jerome. Me lastimó. Un rasguño que apenas sangró, con uno de sus colmillos. En la parte posterior de la mano. Me... me sorprendió. Se movió más rápido de lo que yo esperaba. Acabábamos de salir de tu territorio, y se comportó como si lo estuviéramos apartando de su *manada*.

Flexionó las manos. Las garras brillaron bajo la luz del techo.

–No sé por qué. No le di importancia. Me curé. Y aunque tuviera importancia, yo era más fuerte que un *Omega*. Podría luchar contra la infección. Podría vencerla –rio. Era un sonido cruel–. Estaba equivocado.

–¿Qué esta haciendo ella? –le pregunté–. ¿Qué quiso decir Michelle con lo de los tres días? ¿Qué es lo que hará?

Se acercó lo máximo posible a la plata, con más rapidez de la que pude seguir. Me gruñó enojado cuando su cuerpo chocó con una pared invisible. Escupió y la saliva cayó al piso frente a nosotros, mientras él le daba puñetazos a la barrera. La plata permaneció donde había caído, inmóvil. Jessie la había colocado, pero yo la había molido, y le había introducido pensamientos de tierra y casa y manada. No podría pasar por más que tratara. Eso no impidió que Ox se pusiera frente a mí, con las garras al aire. Vio la amenaza y sus instintos se pusieron en acción. Su compañero y su brujo eran sus únicas preocupaciones.

–Ayúdenme –Pappas jadeó y dio un paso atrás. Tenía las manos quebradas, los dedos doblados en ángulos extraños. Empezaron a volver a su lugar, el eco de los huesos acomodándose nos envolvió–. No puedo... No puedo resistirme. No por mucho más.

–Haré todo lo posible –dijo Ox.

–Tú mataste a la chica. A esa chica.

–Sí.

–Ella quería saber si lo haría.

–Lo sé.

–No creía que tú...

–Philip. ¿Qué está haciendo?

–No es lo mismo –dijo Pappas, y empezó a caminar de un lado a otro. Se movía como un animal enjaulado, sin quitarme la vista de encima–. No es lo mismo que morir. Cuando el lazo se quiebra. Se corta limpiamente. Está allí, y luego desaparece. Lo sé bien. Me pasó... una vez. La amaba. Era humana, y yo la amaba. Pero en ese momento estaba preparado. Esto es diferente. Esto se está desarmando. El vínculo se deshilacha. Poco a poco. Era *ella* y luego el *recuerdo* de ella. Lo siento. En mi cabeza. Me está siendo quitado. Duele. Quiero matarlo. ¿Entiende eso? Los oigo. Moviéndose alrededor, encima de mí. Después de que los mate a todos, iré a por ella. Por Elizabeth. Sabrá cómo defenderse. Pero le pondré los dientes en la *garganta*...

Joe le rugió, con los ojos rojos, y avanzó hacia él.

Pappas se tambaleó hacia atrás y se refugió contra la pared más alejada, gimiendo mientras se echaba envuelto sobre sí mismo.

Oí el retumbar de pisadas por encima, los aullidos de la manada que respondían al oír la furia de su Alfa.

Pappas se mecía de adelante hacia atrás, sus ojos eran violetas.

–Si envían lobos, estaremos preparados –nos dijo Ox, la manada entera estaba reunida en la casa Bennett. Anochecía. La luna, que estaría llena en menos de una semana, se escondía detrás de un manto de nubes. Me pregunté si aún extrañaba al sol–. Si envían brujos, los enfrentaremos. Lo hemos hecho antes, y podemos hacerlo de nuevo. No abandonaremos nuestro hogar. Encontraremos la manera de arreglar esto. Lo prometo. No pueden tenernos. No pueden tener a ninguno de nosotros. Son mi manada. Son mi familia. Nada se los llevará lejos de mí. Thomas me enseñó que la fuerza de un lobo depende de la fuerza de su manada. Que un Alfa solo puede ser un líder de verdad cuando se ha ganado la confianza de quienes lo rodean. No ha existido nunca una manada como la nuestra. ¿Quieren guerra? Pues la tendrán.

Los lobos cantaron a su alrededor.

Los humanos alzaron las caras hacia el cielo.

Mark me rozó con sus hombros.

Ox tenía razón.

Que vinieran.

Destrozaríamos la tierra sobre la que caminaban.

A la mañana siguiente, Pappas se había transformado. Su lobo era negro, gris y blanco. Tenía un pelaje abundante. Meneaba la cola. Tenía unas garras enormes. Gruñó al verme. Sus ojos brillaban, violetas.

Robbie llamó al este.

No hubo respuesta.

El taller no abrió ese lunes. Tampoco lo hicieron la mayoría de los negocios por la tormenta. Las escuelas tampoco.

Estábamos en el claro.

El aire olía a nieve. Me hacía picar la nariz y me llenaba los ojos de lágrimas.

Me moví rápidamente cuando un lobo transformado se enfrentó a mí. Tenía la piel bañada en sudor y la respiración agitada. El lobo abrió bien sus fauces, pero el suelo se partió debajo de sus patas antes de que pudiera saltar, se alzó una columna de piedra que le hizo perder el equilibrio. Aterrizó con estruendo y patinó por el césped y la tierra. Se incorporó con esfuerzo y sacudió la cabeza como si estuviera confundido.

–Bien –dijo Joe, de pie junto a mí–. Kelly, transfórmate. Carter, te toca.

Jessie pasaba el peso de un pie al otro frente a Tanner, las manos vendadas de blanco, esperando a que Tanner tomara la iniciativa. Se movió hacia la izquierda, luego hacia la derecha, dando a conocer su intención con el movimiento de su cuerpo. Se movía rápido, pero Jessie era aún más veloz. Saltó a un costado, giró, con los puños extendidos. Lo golpeó en la nuca y lo hizo perder el equilibrio y caer de rodillas.

–Quizás es momento de que otro reciba una paliza de Jessie –murmuró, frotándose el cuello con una mueca de dolor.

Rico y Chris dieron un paso atrás.

Nos movíamos como si fuéramos uno. Éramos una manada. Habíamos hecho esto una y otra y otra vez. Robbie se movía con rapidez. Carter era un muro de fuerza. Kelly sabía moverse entre las sombras. Elizabeth podía enrollarse como una serpiente, mostrando los dientes. Jessie podía enfrentarse a un lobo sola y ganarle. Rico y Chris podían vaciar un cargador en segundos. Los cuchillos de Tanner atravesaban la carne del lobo más resistente.

Joe y Ox eran los Alfas, y nos movíamos en sintonía con ellos.

Y estaba también Mark.

El lobo café.

Sus movimientos eran fluidos, esquivaba todo. Era gracia y arte, los músculos debajo de la piel cambiaban mientras se movía. Observé cómo Ox lo atacaba a medio transformar. Esperó, de cuclillas, hasta que Ox estaba apenas a unos metros de él para saltar por encima de él y golpearle los hombros al Alfa, haciéndole perder el equilibrio. Aterrizó al otro lado de Ox, giró, listo a enfrentarse de nuevo con él.

Nos habíamos preparado para esto.

Algunos durante toda la vida.

Éramos la manada Bennett.

Por eso fue desconcertante cuando Kelly sorprendió a Carter, que estaba distraído por la cola contoneante de Robbie. Kelly lo atacó, mostrando los dientes.

Y Carter respondió empujando a su hermano a través del claro, rugiendo con furia pura. Kelly cayó con fuerza, la tierra y la grava se arremolinaron a su alrededor cuando se detuvo. Gruñó al transformarse de nuevo en humano.

–Carter, qué demonios, hermano. Estaba…

Pero Carter no se detuvo. Corrió hacia su hermano con un brillo en los ojos que yo nunca había visto antes.

–¡Ox! –grité.

Ox se movió, la ropa se le desgarró al aparecer su lobo. Kelly se arrastró hacia atrás con los ojos como platos al ver a su hermano avanzando como bala hacia él. Carter extendió el cuello, sus colmillos apuntando a la pierna desnuda de Kelly y…

Gimió con fuerza cuando Ox aterrizó sobre su espalda y lo obligó a caer. Ox le rugió en la oreja mientras Carter se debatía debajo de él, tratando de quitárselo de encima para alcanzar a su hermano. El llamado de su Alfa lo sorprendió e interrumpió su transformación casi de inmediato.

Alzó la cabeza jadeando hacia Ox, que tenía los dientes muy cerca de su garganta.

–Maldita sea –jadeó–. No quise hacerlo. Oh, cielos, Ox, no quise hacerlo. No quise…

Ox lo hizo callar y se quedó en silencio.

Joe avanzó hacia ellos e hizo un gesto para indicarle a Kelly que se alejara. Me pareció que quería protestar, pero obedeció a su Alfa. Joe se paró junto a su hermano, con la mano sobre la espalda de su compañero.

–Carter –dijo.

–¡Joe! No sé qué pasó. ¿Está bien? No quise...

–Muéstrame tus ojos –le ordenó Joe.

–No es *eso*. Lo juro. Me olvidé por un segundo, nada más. No soy... No soy así. No soy como ellos...

–Muéstrame. Tus. Ojos.

Los ojos azules de Carter, que parecía acongojado, cambiaron de color. Naranja.

Solo naranja, tan intenso como siempre.

–Ox, déjalo levantarse –suspiró Joe.

Ox se bajó de Carter pero no sin antes inclinarse y meterle el hocico en el cuello, un pulso de *hermano hogar a salvo hogar* latió a través los hilos. Carter se hizo una bola en el suelo, y gimió dolorido. Kelly enseguida apareció a su lado, le puso la mano en el cabello y le susurró al oído que estaba bien, que todo estaba bien, que todo estaría bien, Carter, estoy aquí, te juro que no estoy enojado. No te abandonaré, estaremos bien.

Robbie parecía estar a punto de unírseles, pero Elizabeth lo detuvo rodeándole la muñeca con la mano. Negó cuando él la miró.

–Déjalos tranquilos.

Robbie asintió pero se giró para verlos, los hombros rígidos.

–¿Qué demonios fue eso? –susurró Rico.

–No lo sé –admitió Tanner–. ¿Crees que...?

–¿Sucede tan rápido? –preguntó Chris–. Pensé que llevaba semanas. ¿Quizás es hasta la luna llena?

–¿Pueden callarse, idiotas? –siseó Jessie–. Los pueden *oír*.

–Cierto –replicó Rico–. Lo siento. Nos quedaremos aquí en silencio, contemplando como dos hermanos desnudos se ponen uno encima del otro y lloran. Ay. Mi vida.

–¿Podemos ganarle?

Necesitaba escuchárselo decir a ella. Necesitaba que me dijera que sí. Necesitaba que me lo dijera para ser valiente.

Elizabeth no me miró.

–No lo sé. Si alguien puede, creo que somos nosotros. Pero a veces la fuerza no alcanza. Necesitamos estar preparados. Por si acaso –la voz se le quebró al final.

Quería hacerle promesas que sabía que no podría mantener. Pero no pude encontrar las palabras.

La dejé parada en la cocina.

Me puse en contacto con antiguos conocidos. Brujos sin manada, ya que no podía confiar en aquellos que estuvieran con lobos. No cuando no sabía de lo que Michelle podía ser capaz.

Abel me había contado una vez que la luna extrañaba a su amado. Que los lobos fueron creados por eso. Que los brujos fueron creados en un último intento de evitar que el sol quemara a quienes le cantaban a la luna.

Era todo mentira, por supuesto.

Antes, cuando la magia estaba en su apogeo, éramos más. La magia no había empezado a debilitarse aún, para morir un poco más en cada generación que pasaba. Existían clanes, grupos de brujos que ascendían a docenas. Algunos eran buenos. Otros no. La mayoría ardieron.

Aún quedaban algunos. Eran viejos, mucho más viejos que yo.

El brujo viejo junto al mar era uno de ellos. Él también, un día, había tenido una manada. Él también había amado a un lobo. Hubiera sido la primera persona que hubiera convocado si el corazón no le hubiera dejado de latir en cuanto nos fuimos. Recordé lo que vio en los huesos.

"Serás probado, Gordo Livingstone. De maneras que aún no te imaginas. Un día, y un día cercano, tendrás que elegir. Y temo que el futuro de todo lo que amas dependerá de eso".

Seguía sin saber qué había querido decir. Pero parecía que estaba sucediendo ahora.

Había una mujer en el norte. Era casi un cliché, con sus calderos burbujeantes, inclinada sobre libros de hechizos que muchas veces tenían poco de reales. Aseguraba poder hablar con aquellos que habían partido de esta vida, aunque me parecía poco creíble.

–¿Vive en una cabaña destartalada en el medio del bosque? –me preguntó Rico–. ¿Se come a los niños y esa mierda? ¿Es ofensivo para los brujos eso? ¿Estás ofendido? Te pido perdón si te he ofendido.

–Aileen vive en un apartamento en Minneapolis –repliqué.

–Ah. Eso es... decepcionante.

–Livingstone –dijo, entre las interferencias–. Me gustaría poder decir que es una sorpresa.

–Necesito tu ayuda.

Aileen se rio hasta que la risa se transformó en una tos seca que pareció durar años.

–Malditos cigarrillos –se las arregló para decir después de un rato–. Deja de fumar, chico. Te arrepentirás un día de lo que te hacen. Eso te lo aseguro.

Aplasté mi cigarrillo en un cenicero que rebosaba.

No sabía nada. Jamás había oído acerca de lazos que se quebraran por influencia externa.

–Investigaré –prometió, con tono de disculpa–. Veré que puedo hacer. Haré algunas averiguaciones. Aguanta, chico.

–¿Has sabido…?

–No. No, Gordo. No he sabido nada de tu padre. Pero…

–¿Pero?

–Hay rumores.

–No tengo tiempo para tus vaguedades, Aileen.

–Muérdete la lengua, Gordo, o te la quitaré de la boca con un maleficio.

Suspiré.

–Hay movimiento.

–Brujos –dije, cerrando los ojos.

–Y lobos.

–¿Dirigiéndose hacia nosotros?

–No lo sé. Pero después de lo que me has contado, no me sorprendería. Esto se siente… distinto. Las cosas están cambiando, chico.

–Mierda.

Tosió de nuevo.

–Siempre tan habilidoso con las palabras. Cuídate. Y a tu manada. Haré lo que pueda.

Había un hombre en Nueva Orleans. Albino, con la piel preternaturalmente blanca. Su cabello era rojo claro. Pecas oscuras y del color del óxido en la cara. Su voz era jazz suave y whisky reconfortante. Practicaba vudú blanco; su magia era intensa y desprolija. Era curandero, y uno muy poderoso.

–*Pauvre ti bête* –dijo Patrice en voz baja–. *Pobres cositas.* Eso es todo lo que tienen. Esos lazos.

–Lo sé –mascullé con los dientes apretados.

–Pero siempre ha habido algo más con ustedes, los Bennett. Algo extra. ¿Por qué crees que es así?

No supe qué contestarle. Nada acerca de nosotros era normal.

–Tienes que reforzar esos lazos, Gordo. Tienen que ser *fuertes.* ¿*Ou konprann*? Incluso cuando todo parezca oscuro, deben que recordar lo que tienen.

–No hay nada...

Resopló.

–Esos lobos. En Maine. Creen que lo saben todo. Creen que su manera es la *única* manera. No es así. Hay más. Muchas más. Existimos, brujito, para mantener el equilibrio. Tu lugar, tu... Green Creek.

–Es diferente –reconocí, en voz baja.

–Ah, sí. Muy, muy. Quizás el único lugar así que queda en el mundo. ¿A quién no le gustaría tener eso?

La idea me dio escalofríos.

–Mi padre...

–No es tú –exclamó Patrice–. Él hizo su elección. Tú hiciste la tuya.

–La elección fue hecha por mí.

–Mentiras. ¿Peleaste por lo que es tuyo? ¿O dejaste que los lobos hicieran lo que quisieran?

No supe qué responderle.

–Thomas Bennett fue un buen Alfa –continuó–. Pero cometió errores. Debería haber peleado más por ti. Debes decidir ahora lo que él no pudo decidir. Lo que tu papi no entendió. Debes decidir si vas a *pelear*, Gordo. Y qué estás dispuesto a hacer. De qué eres capaz.

–No sé cómo acabar con esto –admití.

–Tampoco yo. Buscaré. Rezaré, Gordo. Por mi parte. Pero debes hacer todo lo que puedas. *Yon sèl lang se janm ase.* Un idioma no alcanza. Los necesitamos. Nos necesitan. Los lobos. Nunca lo olvides.

Ojalá mi padre y mi madre hubieran pensado lo mismo.

–Respira –dijo Ox en el claro, a Carter sentado frente a él en la hierba. Estaba cruzado de piernas con los ojos cerrados. Las manos sobre las rodillas. Se lo veía cansado. Sombras violetas debajo de los ojos. Se sentía azul y desolado–. ¿Qué oyes?

–Los árboles. Los pájaros.

–¿Qué sientes?

–La hierba. El viento.

–Este es tu territorio.

–Sí.

–Has sido creado para estar aquí. Ha sido creado para ti.

–*Sí* –susurró Carter.

–Tu lazo –dijo con suavidad Ox–. ¿Qué es?

Carter se resistió. Tragó. Clavó los dedos en los vaqueros. Su aliento emergió de su boca en forma de una fina columna. El aire estaba vigorizantemente frío y tirité.

–Kelly –admitió, por fin.

–¿Por qué? –preguntó Ox.

–Porque es mi hermano. Porque soy su protector. Porque lo amo. Me mantiene cuerdo. Me mantiene entero. No es como Joe. No es un Alfa. Kelly no es tan fuerte como él. Me necesita. Yo lo necesito.

–¿Y sigue allí todavía?

–Todavía –asintió Carter, tenso.

Pero incluso yo podía ver que comenzaba a deshilacharse.

–Es la manada –dijo Ox, mientras contemplaba a Carter alejarse entre los árboles.

Esperé.

–Para mí –alzó la vista al cielo. El olor a hielo seguía siendo intenso. La nieve se acercaba–. Como para Thomas. Es mi manada.

No me sorprendió.

–Ya está resistiéndose.

–Lo sé. Eso no quiere decir que sea más débil.

–No puede transformarse, Ox. Si lo que Michelle dijo es cierto, lo empeora –tragué con rapidez–. Mark tampoco. No puede... Tienes que decírselo a ambos.

–Falta poco para la luna llena. ¿Qué haremos entonces? No tienen opción en ese momento.

–No lo sé.

Esbozó una sonrisa leve.

–Te necesitará. Ahora más que nunca.

Dejé caer la cabeza.

–¿Lo sabes?

—¿Que eres su lazo? Sí. Lo sé.

Inhalé.

—Y si… Ox… no alcanza conmigo. Para él. Será…

—Alcanzas —afirmó suavemente Ox—. Aunque tú no lo creas, tienes una manada que lo cree por ti. Y un lobo que hará cualquier cosa para mantener a su lazo a salvo.

—Tenemos que arreglar esto —dije, desesperado—. Tenemos que encontrar la manera de detenerlo.

Sus ojos centellearon, rojos.

—Confía en mí. Recién empiezo.

Contemplé a Mark y a Ox desaparecer en el bosque.

A mis espaldas, oí a Robbie suplicar por teléfono.

—Por favor, Alfa Hughes. Por favor, devuélvame el llamado. Necesitamos su ayuda. No puede abandonarnos así. No puede hacernos esto. Por favor. Por favor, no le haga esto a mi familia.

Cuando la escasa luz empezó a apagarse afuera, bajé las escaleras hacia el sótano.

Detrás de la línea de plata había un lobo Omega transformado. Gruñó al verme y se estrelló contra la barrera una y otra y otra vez.

En un momento, comenzó a sangrar.

Pero no se detuvo.

Luego, en casa, extraje una bolsa de lona del armario. Abrí la cremallera del bolsillo secreto.

Adentro había un cuervo de madera.

Le pasé el dedo por las alas.

Lo dejé en la mesita de noche junto a la cama.

Lo observé durante un largo tiempo, mientras esperaba un sueño que nunca llegó.

La nieve empezó a caer justo antes de la medianoche.

TORMENTA

—Maldita sea –exclamó Chris, quitándose copos de hielo de la cara–. ¿No podía esperar?

–Somos el único remolque del pueblo –le recordó Rico, poniéndose de pie tras encontrarse en cuclillas–. Y porque este idiota decidió tomar la curva más rápido de lo debido, ahora tenemos que salir al frío cuando todos los demás están sentados frente al fuego calentitos y cómodos, probablemente bebiéndose un coñac y…

–Ya te oímos –murmuré, asegurándome de que el gancho estuviera bien sujeto al frente del coche. Habíamos estado en la casa Bennett encerrados, a la espera de que sucediera *algo*. Los tres días que Michelle nos había concedido no habían pasado aún y Green Creek estaba enterrada bajo casi treinta centímetros de nieve, con más caída pronosticada. Odiaba tener que ser reactivo y no proactivo, pero mantener las orejas paradas no nos había revelado nada. Michelle Hughes y Maine estaban en silencio. Philip Pappas era más lobo que hombre.

Había recibido una llamada de Jones –el policía del motel– informándome que un imbécil había perdido el control del auto antes de chocar con un banco de nieve y había estrujado el parachoques delantero contra la llanta. Cuando Jones se lo encontró abandonado mientras patrullaba en su todoterreno, me llamó.

Ox no se había puesto muy contento al saber que abandonaríamos la seguridad de la casa de los Bennett. Le había prometido que tendría cuidado. Las guardas estaban en silencio. Sabríamos si eran vulneradas. Sea lo que fuera que Michelle estaba planeando, estábamos preparados. Creía que la tormenta había llegado en el momento ideal. Green Creek estaba prácticamente aislada. Nadie podría entrar.

Mark tampoco se había puesto muy contento cuando nos fuimos, a juzgar por la expresión de su cara. Pero no había dicho una palabra, solamente me había tocado el hombro antes de desaparecer en las profundidades de la casa. Los muchachos se habían burlado de mí sin compasión, hablando de lobos posesivos y marcado territorial.

Imbéciles.

No había tenido aún el valor de preguntarle qué había sucedido con Dale, aunque sabía que algo había ocurrido. Intenté decirme que no era asunto mío. Que podía esperar. O que no significaba nada.

–¿Todo bien? –gritó Tanner desde el asiento del conductor del remolque.

–¡Sí! –le respondió Chris–. Todo bien.

El brazo del remolque crujió cuando el cabrestante empezó a trabajar con un runrún. El sedán se alzó, la parte superior contra la parte posterior del remolque.

–Gracias, Gordo –dijo Jones. Las luces rojas y azules giraban lentamente a sus espaldas–. Sé que es una mierda estar aquí afuera, pero no quería arriesgarme a que alguien doblara la esquina y se lo encontrara.

–Está bien –gruñí cuando el automóvil se detuvo–. Lo llevaremos al taller y nos ocuparemos de él cuando pase la tormenta. ¿Tienes alguna pista acerca del conductor?

Sacudió la cabeza. Se lo veía atormentado.

–No. No puede haber estado aquí hace mucho. Pasé hace unas horas y no estaba. Ha tenido que suceder después de eso.

Rico y Chris intercambiaron una mirada.

–¿Dónde podrá estar? –preguntó Rico.

–No lo sé –reconoció Jones–. Espero que haya ido en dirección al pueblo, aunque todo está cerrado. Con la suerte que tengo, la persona se golpeó la cabeza en el choque y luego decidió que sería una buena idea ir a pasear por la nieve.

Chris emitió un silbido.

–Paleta humana.

–Se supone que me voy de vacaciones en unos días –suspiró Jones–. Me puedo despedir de ellas si aparece uno congelado. Vaya suerte.

–¿Has chequeado la matrícula?

–Eso es lo raro. Vengan a ver –indicó con la cabeza hacia la parte trasera del auto.

Lo seguimos y…

–No tiene las placas con la matrícula –dijo Rico–. Mmm. Quizás… ¿se las llevó consigo?

–¿Se golpeó la cabeza y quitó las placas antes de ponerse a caminar en la tormenta? –preguntó Chris–. Es un poco extraño.

–Y tan extraño como hombres lob…

–Rico –exclamé.

Tosió.

–Claro, jefe. Lo siento.

Jones nos examinó con curiosidad antes de sacudir la cabeza.

–Busqué las placas antes de que ustedes llegaran, pensé que quizás se habían caído en el choque. Pero no hay nada, ni siquiera marcas de pisadas. No hay problema, de todos modos. Puedo pasar por el taller después de la tormenta y ver el número de identificación del chasis para buscarlo. Lo encontraremos.

–Salvo que haya sido raspado –dijo Rico con alegría–. Quizás hay un cadáver en el maletero.

–No me agradas –le dijo Jones, señalándolo–. Vacaciones. Por primera vez en dos años. No me jodas.

–Sí, oficial.

La radio que Jones tenía en el brazo crepitó. Él suspiró.

–No hay descanso para los cansados. ¿Se las arreglan para llevar esto al taller? ¿Necesitan que los siga?

Le hice un gesto con la mano.

–Nosotros nos ocupamos. Llámame si pasa algo más.

Asintió antes de volver a su camioneta.

–Es extraño, ¿verdad? –dijo Chris, contemplando el coche–. No creen que…

–Llevémoslo al taller –lo interrumpí–. Quiero volver a la casa antes de que la tormenta empeore. Chris, ve con Tanner en el remolque. Rico, ven conmigo.

–¡Muevan el culo! –bramó Tanner–. Tengo *frío*, mierda.

Movimos el culo.

Avanzábamos lentamente de vuelta a Green Creek. Nunca había visto caer la nieve con tanta fuerza. Los caminos habían sido preparados con antelación, pero no servía de mucho. A cada lado del camino había grandes ventisqueros. Seguimos lentamente al remolque, la barra de luces sobre el techo brillaba con un amarillo vibrante.

Rico había colocado su móvil sobre el salpicadero con el altavoz activado e intentaba continuar con la conversación que había entablado antes.

–Bebé –decía–. Bebé, escúchame. Te juro que estoy…

–No me *importa*, Rico –lo interrumpió Bambi, entre interferencias en la línea–. Se suponía que ibas a venir. Pero me dices que ha ocurrido *algo* de lo que tienes que ocuparte y que no estarás en el pueblo por unos días. Y cuando te pregunto *qué* pasó, me dices que es *ultrasecreto*.

Lentamente, giré la cabeza para mirarlo. Se encogió de hombros.

–¿Qué se suponía que le dijera? –murmuró.

–¡Oí eso, Rico! ¿Con quién estás hablando? ¿Quién es ella? Te juro que, si has dejado preñada a alguna perra, *acabaré* contigo.

–Hola, Bambi –dije, seco–. Rico no me dejó preñado. Lo juro. E incluso si lo intentara, terminaría de culo en el suelo.

–¿Es Gordo? Gordo, ¿con quién se está acostando?

–¡Te dije que no me estoy acostando con nadie más que tú! –gritó Rico–. Eres la única para mí.

–Como si fuera a creerme eso. Eres un buen hablador, Rico. Te he visto coquetear con mujeres. Lo hiciste *conmigo*, después de todo.

–Qué puedo decir, mi amor. Las damas me aman.

–Deberías cerrar el pico –observé.

Hizo una mueca de dolor cuando Bambi empezó a decirle lo que opinaba al respecto. Los ignoré y fijé la vista en el remolque de adelante. El auto enganchado al brazo de la grúa se estremecía un poco, rebotaba sobre la carretera. Pasamos el letrero dándonos la bienvenida a Green Creek, cubierto casi por completo de nieve. Llegamos a la calle principal, las tiendas a cada lado de la calle estaban cerradas, las vitrinas cubiertas de hielo. Las luces de neón del restaurante eran un faro en el blanco. La única vez que las había visto apagadas había sido después de la muerte de la madre de Ox. El dueño había apagado las luces por unos días para honrarla, a su manera. No había sabido cómo sentirme acerca de eso, pero habíamos salido de cacería poco después y me había olvidado hasta ahora. La memoria es algo curioso.

Era Noche de Brujas, y las aceras deberían haber estado repletas de personas preparándose para recibir a los niños. Pero Green Creek parecía abandonado. Un pueblo fantasma.

Oímos un chillido de estática al tomar la calle principal. Le eché un vistazo a Rico.

–Y *otra* cosa, yo… tú… Rachel me contó que tú *hablaste*… y…

–Bambi, se corta la comunicación –dijo Rico–. No puedo oírte.

–¿Qué? Yo… si estás… te mataré… no pienses que yo… hay…

El teléfono emitió un pitido cuando la llamada se desconectó.

–Mmm –Rico tomó el teléfono del salpicadero y lo contempló con el ceño fruncido–. No hay señal. ¿Piensas que es la tormenta?

–Es posible –me encogí de hombros–. No tenemos la mejor señal por aquí, para empezar. Me sorprende que la llamada haya durado tanto. Aunque no sé si es necesariamente algo malo.

Miré de reojo a mi móvil. Sin señal.

–Jefe –crepitó la radio.

–Sí, Tanner –respondí, tomando el receptor.

–¿Dejaste la puerta del taller sin llave cuando recogimos el remolque?

–Sí. Dile a Chris que baje y la abra. Nosotros…

No hubo tiempo para reaccionar. En un instante, Chris y Tanner y el remolque estaban cruzando la intersección, con el restaurante a la derecha. Al siguiente, una vieja camioneta doble cabina con una cuchilla quitanieves negra enganchada al frente se estrelló contra la puerta del conductor del remolque. A mi lado, Rico gritó *Tanner* y *Chris* y *no no no* cuando el remolque empezó a volcarse sobre las ruedas del lado del acompañante. El sedán que remolcaban giró hacia la izquierda y luego hacia la derecha cuando el remolque cayó de costado, deslizándose por la nieve. El metal chilló cuando el brazo de la grúa arrastró el sedán junto al remolque. Se estrelló contra el frente del restaurante y los vidrios se quebraron cuando el remolque se metió *dentro* del restaurante.

Viré bruscamente hacia la izquierda mientras *algo* brillante explotaba en mi cabeza, mi vieja camioneta gruñó al deslizarse por la superficie resbaladiza. El volante se estremeció entre mis manos e hice un esfuerzo para sostenerlo, apretando los dientes al sentir la arremetida en mi cuerpo, mis tatuajes ardían. Pensé que también volcaríamos, pero de alguna manera lo evitamos y nos detuvimos a unos metros de la intersección.

Sentía rojo ardiendo en mi pecho. Las raíces entremezcladas se retorcían.

–¡Qué carajos! –Rico gritaba con la voz quebrada–. ¡Gordo, qué es esta mierda!

La camioneta doble cabina empezó a retroceder lentamente. Gruñí y me llevé las manos a la cabeza, intentando concentrarme, intentando aclarar mi visión y…

–¿Qué hacemos? –me preguntó Rico, frenético–. ¿Qué hacemos?

–Algo no está bien –dije, alzando la vista–. Algo no…

La puerta del acompañante de la camioneta se abrió.

Un hombre se bajó y se paró contra la puerta. Estaba vestido en kevlar, un pasamontañas le cubría la cabeza y rostro. Tenía gafas. Lo único que podía verle era la punta de la nariz y el blanco de los dientes.

En las manos tenía un rifle semiautomático.

Apoyó los codos sobre la puerta y nos apuntó directamente con el rifle.

Sujeté a Rico del cuello y lo empujé al suelo cuando estallaron los disparos. El parabrisas se hizo añicos. Rico gritó pero no me pareció que lo hubieran alcanzado. No olí sangre.

El cuervo abrió las alas aunque algo intentaba enjaularlo.

Estampé la mano contra el piso de la camioneta. La estructura tembló cuando los vínculos de la manada brillaron intensamente, azul, azul hielo y rojo, rojo, rojo. Estaba enterrado en mi rabia, la estaba *disfrutando* y en el fondo de mi mente y de mi corazón, las raíces de los hilos que nos conectaban se *agitaron* como un nido de serpientes, vibrando y enredándose.

Pero había algo distinto.

No podía encontrar a los lobos.

No los *oía*.

Estaba enojado.

Debajo de la camioneta, el suelo se abrió ante mi *empuje*.

Apreté los dientes cuando el pavimento se separó y sacudió la camioneta mientras la calle principal se partía al medio. Los disparos se detuvieron y oí que el hombre gritaba *atrás atrás atrás*, y solo podía pensar en Chris y Tanner, Chris y Tanner, sabía que debían estar heridos, que debían estar *asustados*, y no lo toleraría.

–Quédate aquí –le gruñí a Rico.

–¿Qué? Gordo, no. Tenemos que…

Lo ignoré. Me estiré y quité el espejo retrovisor. El aire helado y la nieve entraban por el parabrisas destrozado. Había vidrio desparramado por todo el salpicadero.

Abrí la puerta del lado del conductor de golpe. Las bisagras crujieron.

Salí de la camioneta y apoyé la espalda contra la puerta. La tormenta bramaba a mi alrededor. Nadie se nos aproximó por detrás. Sostuve el espejo retrovisor por encima de mí y lo moví hasta que pude ver el frente del remolque.

Estaba de costado en el restaurante. La rueda trasera seguía girando. El brazo de la grúa se había roto y el coche que llevaba había caído fuera del restaurante. La puerta del conductor seguía cerrada, lo que quería decir que Chris y Tanner seguían adentro, probablemente. Intenté sentirlos, los busqué por los hilos, pero era como si estuvieran *silenciados*, y no pude encontrarlos, no pude sostenerme de ellos.

–Mierda –murmuré.

Moví el espejo.

La camioneta doble cabina había caído en la grieta en medio de la calle y colgaba en ángulo, de frente. La parte posterior apuntaba al cielo gris. No veía al hombre del rifle.

Volví a concentrarme en el remolque. Rico me miraba con los ojos como platos. Tenía un corte en la mejilla, y la sangre le escurría por la mandíbula.

–A mí. Quédate aquí a mi…

Sentí una punzada de dolor intenso en la cabeza. Era como si unos dedos largos y finos se me metieran en el cráneo y me estuvieran *apretando* el cerebro, y lo estrujaran, clavándome las uñas. Apreté los dientes cuando una oleada de náuseas me envolvió, el vértigo me revolvió el estómago. Las guardas. Alguien estaba *violando* mis malditas defensas, mierda.

Oí a Rico llamándome por el nombre, pidiéndome que me levantara, que tenía que levantarme, por favor, Gordo, por favor, y en las profundidades de mi mente oí *gordo gordo gordo* y *reconocí* la voz. *Reconocí* al lobo detrás de ella. Estaba furioso, y venía a buscarme. Intenté decirle que *no, no, no*, que se mantuviera *apartado*, pero no podía concentrarme. No podía encontrar el hilo que nos conectaba, perdido en la confusión de la tormenta que bramaba dentro y fuera de mi cabeza.

Luego, a nuestras espaldas, una voz en la nieve.

Al principio, no pude entender lo que decía.

Sonaba más fuerte de lo que una voz humana normal debería sonar. Amplificada, de alguna manera. Estaba de rodillas en la nieve, las manos desnudas frías y mojadas en el suelo frente a mí. Intenté levantar la cabeza, pero me pesaba demasiado.

–¿Qué es eso? –preguntó Rico, y se le quebró la voz–. Gordo, ¿qué es eso?

Respiré y respiré y…

–… este pueblo ha sido marcado por Dios como un lugar impío, que necesita ser purificado. Han pecado mucho, pero son humanos. Son falibles. Es esperable. Las aguas benditas se han retirado de la tierra que está bajo sus pies. ¿Y conocen algo mejor? ¿Entienden la totalidad de lo que se oculta en el bosque? Es lamentable, de verdad. Caminan por las calles de este pueblo, ocultándose detrás de las abominaciones que han infiltrado su existencia. Sus sombras son largas y bloquean la luz del Señor. Se dicen a ustedes mismos que es la luz que les está jugando una mala pasada, que no creen en la depravación retorcida. Pero ustedes lo *saben*. Cada uno de ustedes lo *sabe*.

Alcé la cabeza.

Allí, caminando por el medio de la calle hacia Green Creek, había una figura. Al principio, no era más que un manchón negro en el blanco de la tormenta, los copos caían a su alrededor. Pero a cada paso, se volvía más nítida.

Era una mujer.

Hablaba, y su voz resonaba a nuestro alrededor.

A sus espaldas había una fila de vehículos como el que se había estrellado contra el remolque, los neumáticos aplastaban la nueve, cuchilla quitanieves al frente. Algunos tenían tubos de luz encima, con hileras de focos LED que brillaban intensamente.

Y junto a ella, uno a cada lado, vi algo inesperado.

Dos lobos transformados.

El de la derecha era rojo y blanco, con un pelaje grueso y largo. Mostraba los dientes sin emitir sonido alguno, le chorreaba un hilo espeso de saliva del hocico.

El de la izquierda era gris, blanco y negro, como un lobo gris canadiense. Pero era más grande que cualquier otro lobo que hubiera visto antes, su espalda se alzaba casi a la altura de los *hombros* de la mujer, sus patas inmensas parecían más grandes que mis manos abiertas.

Ambos tenían cadenas alrededor del cuello, cadenas plateadas que parecían haber sido *incrustadas* en su piel.

La mujer sostenía el extremo de las cadenas.

Como si fueran correas.

Los ojos de los lobos desconocidos centellearon.

Violetas.

Omegas.

La mujer volvió a hablar. La tormenta arrastró su voz, que surgía del vehículo que la seguía.

–Las ciudades de la llanura conocieron el pecado. Conocieron el vicio. Fueron Admah. Zeboiim. Bela. Sodoma. Gomorra. Todas en la tierra de Canaán. Y Dios le mandó tres ángeles a Abraham en las llanuras de Mam-re. El Señor le reveló a Abraham el atroz pecado que eran Sodoma y Gomorra. Y Abraham, el profeta, le *suplicó* a los ángeles que perdonaran a las ciudades de la llanura si era posible encontrar cincuenta justos. Y el Señor estuvo *de acuerdo*. Pero Abraham *sabía* cómo eran las personas. Sabía cuál era su esencia. Y volvió al Señor una y otra vez, para pedirle que bajara la cantidad. De cincuenta a cuarenta y cinco. De cuarenta y cinco a cuarenta. A treinta. A veinte. A diez. Para encontrar a *diez* personas. Que entre *miles*, fueran rectas. Y Dios estuvo *de acuerdo*. Dijo que *sí*. Encuentra *diez* justos y las ciudades serán perdonadas.

Los lobos a su lado gruñeron. Sus fosas nasales aletearon.

La respiración de Rico era superficial y rápida.

La mujer no estaba vestida como el hombre que nos había disparado desde la camioneta doble cabina. No tenía un chaleco antibalas o un pasamontañas. Lucía un tapado grueso con el cuello alzado alrededor de su cuello y rostro. Tenía la piel pálida y los labios finos. Tenía una cicatriz en el rostro que empezaba en la frente, bajaba por el ojo y seguía hasta su mejilla. Tenía suerte de no haber quedado ciega. Algo con garras y dientes grandes había tratado de matarla. Y había sobrevivido. Me pregunté si sería la piel de ese lobo la que usaba ahora sobre los hombros, la cabeza encima de la suya, el resto cayendo detrás de ella como si fuera una capa.

No tenía esa cicatriz la última vez que la vi, sentada frente a mí en el restaurante cuando yo era niño y me preguntó si podíamos rezar.

Meredith King.

Elijah.

Era mayor ahora. Debía tener poco más de cincuenta años. Pero se movía con facilidad, con gracia, como una mujer mucho más joven. Sujetaba las pesadas cadenas con manos enguantadas, y los lobos le seguían el ritmo, marchando a la misma velocidad que ella.

–Dos ángeles fueron enviados a Sodoma a investigar –dijo–. Visitaron al sobrino de Abraham, Lot. Y cuando compartían el pan con Lot, los pecadores de Sodoma se pararon ante la puerta de Lot. "¿Dónde están los hombres que vinieron a visitarte esta noche?", le preguntaron. "Hazlos salir para que podamos *conocerlos*". Y Lot se negó, porque sabía lo que querían decir los hombres. Sabía lo que le estaban pidiendo. En sus corazones oscuros, querían deshonrar a los ángeles del Señor. Lot, para calmar a la multitud creciente, les ofreció dos de sus hijas vírgenes. La oferta fue rechazada. La multitud avanzó hacia la casa, con la intención de derribar la puerta. Los ángeles, tras ver que no quedaba bondad alguna en Sodoma, cegaron a la multitud e informaron a Lot de su decisión de destruir la ciudad. Porque no había cincuenta hombres justos. No había veinte justos. Ni siquiera había *diez* justos en la ciudad de Sodoma. Refugiaban a monstruos entre los hombres, a los pecados del mundo. Los ángeles le dijeron a Lot que reuniera a su familia y se fuera. "No mires hacia atrás".

Los dedos que sujetaban mi cerebro apretaron más fuerte y grité de dolor, sentía que la cabeza se me partía.

–Y huyeron –continuó Elijah–. Huyeron, mientras una lluvia de fuego y azufre comenzaban a caer del cielo. Porque Dios es un dios amoroso, pero también es un dios *vengativo*. Le quitará a golpes la maldad que infecta al mundo como una enfermedad. Las ciudades de la llanura fueron destruidas. Y aunque se le dijo que no mirara atrás, la esposa de Lot hizo eso y pagó el precio de ser una no creyente, y fue convertida en una columna de sal. Y cuando el fuego terminó, no quedó más que un desierto humeante, una tierra muerta y en ruinas que permaneció como recordatorio del poder del pecado. De la *abominación*.

»Green Creek es la Nueva Sodoma. Hay monstruos en sus bosques. Ya ocurrió una purga una vez. Al menos, un intento. Dios canalizó su justa indignación a través de mí, pero yo no fui lo suficientemente fuerte. La herida fue cauterizada, pero siguió supurando. Y pronto comenzó a infectarse.

Dejó de hablar. Las camionetas que la seguían se detuvieron. Los lobos se rozaron contra ella, moviéndose de un lado a otro, las miradas llenas de violencia asesina.

–Dudo que haya un solo justo en este lugar –siguió–. Una sola persona capaz de estar con Dios como yo.

Su voz retumbó entre la nieve.

–Green Creek es la entrada al infierno –afirmó–. Donde las bestias se han arrastrado desde el fuego ardiente y clavado sus dientes en la tierra. Fallé una vez. Y pagué el precio.

Alzó una mano enguantada, la cadena tintineó. Se tocó la cicatriz de la cara y el ojo de un blanco lechoso y ciego.

–No fallaré otra vez. Todas las comunicaciones con el exterior han sido cortadas. Sus teléfonos. Su internet. Todas las señales han sido bloqueadas. El pueblo de Green Creek está en cuarentena por orden de Dios y del clan de los King. No soy más que una mensajera, que se ha hecho presente para asegurarse que se cumpla con la palabra del Señor –sonrió con una mueca terrible–. Este lugar conocerá la luz de Dios, o no será más que un erial.

Dejó caer las cadenas.

–Ay, mierda –susurró Rico.

–Ataquen, chicos –dijo Elijah.

Los Omegas avanzaron con un rugido.

Me incorporé rápidamente, cerrando la puerta de la camioneta de un portazo.

–Ni se te ocurra moverte –le grité a Rico, ignorando el *tironeo* que sentía en la cabeza, los dedos delgados que se habían convertido en *ganchos* cuando las guardas se *transformaron* y se convirtieron en algo retorcido y corrompido. Escuché el gruñido de los lobos a mis espaldas, el sonido de sus garras sobre la nieve, el aliento agitado en sus pechos.

El cuervo luchaba para agitar sus alas, esforzándose más de lo que debería haber sido necesario. Las rosas parecían estar pudriéndose, marchitándose, tanto que me pareció que se estaban muriendo. Las espinas se ennegrecieron y se quebraron.

Corrí hacia la camioneta de doble cabina que aún estaba caída en los restos de la calle principal. Podía ver a los hombres dentro, desplomados hacia adelante e inmóviles. Miré por encima del hombro justo a tiempo para ver al lobo rojo saltar por *encima* de mi camioneta, con la cadena a rastras, hasta aterrizar justo a mis espaldas. Cayó con fuerza al suelo y sus patas perdieron agarre. Se golpeó contra la tierra con un gemido bajo, la nieve se acumuló a su alrededor cuando aterrizó de costado con la pesada cadena arrastrándose detrás.

El lobo gris más grande no lo siguió. Dio la vuelta hasta llegar a la puerta del conductor y viró bruscamente para dirigirse hacia mí. El lobo rojo se esforzaba por incorporarse cuando el otro lobo pasó junto a él. Mi vida había transcurrido entre lobos, y reconocí el momento en el que el lobo comenzó a bajar hacia el suelo, los músculos enroscándosele en las piernas. Estaba casi junto a la camioneta doble cabina cuando el lobo saltó hacia mí.

Estiré las piernas hacia adelante y caí de costado, para deslizarme por la nieve y *debajo* de la camioneta colgante. El hielo y la grava me rasparon la piel. Giré justo a tiempo para ver al lobo gris estrellarse contra la camioneta, el metal crujió, la camioneta se movió detrás de mí y rozó el pavimento roto. El lobo quedó aturdido, tirado de costado con la boca abierta, la lengua sobre la nieve, la respiración agitada, la mirada desenfocada.

Me paré…

aquí y aquí y aquí y aquí hay otra defensa retuércela retuércela retuércela.

… y grité cuando una voz me invadió la mente, los dedos delgados se clavaron aún más profundo. Las guardas que rodeaban a Green Creek estaban siendo destrozadas por la fuerza más grande que jamás había sentido.

Era…

fuerte son más fuertes de lo que esperábamos retuércelas quiébralas.

… demasiado para mí, me *invadió*, maldición, y sentía que me quemaba por dentro, a pesar de no haber oído esa voz en décadas, a pesar de que era un niño la última vez que había posado mis ojos sobre él, conocía esa voz. La *conocía* desde lo más profundo de mi ser.

El lobo rojo estaba de pie y…

Estaba rodeado.

A cada uno de mis lados había un Alfa, transformado y gruñendo.

Detrás de mí, presionándome la espalda con el hocico, había un Beta café. Podía sentir la vibración grave de la canción que estaba cantando, pero estaba enterrada debajo del rugido de las defensas rotas y la voz de mi padre.

Había otro, pero escondido, moviéndose entre los edificios a la derecha.

Y otros. Nuestra manada. Todos.

–Chris, Tanner –dije entre dientes apretados–. En el remolque. Rico en mi camioneta. Necesitan ayuda.

Joe gruñó por lo bajo y desapareció en la división que partía la calle principal.

Mark jadeó contra mi nuca, su aliento era cálido.

El lobo rojo se encogió ante el gruñido de un Alfa enojado, y gimió desde lo profundo de su garganta. Bajó las orejas, los hombros. Tenía el rabo entre las patas traseras mientras retrocedía lentamente. Por un instante, sus ojos centellearon, el violeta se apagó y apareció el café antes de volver al violeta otra vez.

El lobo gris se había puesto de pie. Entrecerró los ojos violetas para mirarme, y rechinando los dientes dio un paso, la cadena a rastras. Detrás de él, veía a Rico en la camioneta, asomando la cabeza por encima de la puerta.

El lobo se agachó y...

Carter se arrojó desde un callejón. Chocó contra el costado del lobo y lo hizo caer. Colmillos y garras se clavaron en la carne, el estallido de sangre roja contrastó contra la nieve blanca. El lobo gruñó con furia al caer al suelo, y giró la cabeza para tratar de cerrar las mandíbulas alrededor de cualquier parte de Carter que pudiera alcanzar. Era más grande que él, pero Carter era más rápido. Giró para evitar los colmillos que lo atacaban. La pata trasera de Carter chocó contra la cadena y gimió de dolor, y una fina columna de humo se elevó.

Ox corrió hacia mi camioneta y hacia Rico. El lobo rojo retrocedió, intentando escapar de la carga de los Alfas. A pesar de la tormenta en mi cabeza, pude oír a Ox diciendo *busca la manada busca la manada busca la manada y corran corran corramos no peleemos no aquí no ahora corramos* y antes de que las palabras terminaran de resonar, el cuervo comenzó a moverse. Aún lo sentía enjaulado, como si algo intentara *sofocar* al ave, pero no fuera suficiente.

Crucé los brazos, cada mano sujetaba la muñeca opuesta. Clavé las uñas en mi propia piel y *raspé* hacia abajo, deslicé las manos hasta que tuve palma con palma, cubiertas de sangre.

El lobo gris estiró más el cuello para intentar alcanzar a Carter y, por un instante, me pareció que *vacilaba*, las fosas nasales aletearon cuando su hocico hizo contacto con el costado de Carter, pero no importaba. Mi sangre goteó sobre la tierra, y las cadenas que rodeaban a cada uno de los lobos extranjeros se *alzaron* y tiraron de los cuellos de los lobos. Los dos agitaron las patas para tratar de aferrarse al suelo, pero apreté los dientes, palma contra palma y…

se están quebrando se están quebrando se están QUEBRANDO.

...di un paso hacia adelante, tembloroso, sintiendo que la cabeza se me partía al medio. No oía solo la voz de Robert Livingstone. No, era un jodido *coro* de voces que sonaban mientras las guardas se volvían en contra de mi magia, mientras me las quitaban y las convertían en otra cosa.

Continué a través de la bruma que comenzaba a velarme los ojos.

Los lobos salvajes gruñían mientras levitaban a tres metros del suelo. Mark estaba a mi lado, apretado a mi cuerpo, rodeándome las caderas con su cola. Me conectaba con la tierra e intentaba abrirse paso entre la cacofonía de voces en mi mente. Estaba aquí, era *manada gordo manada aquí AmorCompañeroCorazón*, y lo que estaba sucediendo con las defensas, fuera lo que fuera, pasó a segundo plano. La escena frente a mí se enfocó de repente.

Carter giró la cabeza hacia mí cuando una oleada de mi furia recorrió los hilos que nos unían.

Ignoré a Rico cuando pasamos junto a la camioneta, que tenía la puerta abierta, Ox le mordisqueaba suavemente la mano y tironeaba. Oí a Rico ahogar un grito, pero no tenía importancia. Estaba a salvo. Su Alfa se ocuparía de eso.

Mark me acompañó a cada paso.

La nieve se detenía y temblaba alrededor nuestro como si reaccionara ante las fuerzas invisibles de la magia que ardía en mi pecho.

Cerré los puños. La sangre brotó de entre mis dedos.

Las cadenas se alzaron y se enrollaron alrededor de los lobos salvajes.

Aullaron cuando la plata les quemó la piel.

Allí, a una docena de metros camino abajo, estaba Elijah.

La rodeaban otros cazadores, las puertas de sus camionetas abiertas a sus espaldas.

Todas las armas nos apuntaban.

Elijah alzó la vista hacia los lobos que flotaban, retorciéndose de dolor mientras les quemaba la piel. Sonrió, y bajó la vista hacia mí.

–Gordo Livingstone, en carne y hueso. Has crecido bien, sin lugar a dudas. Pero supongo que todos éramos más jóvenes entonces. El Señor sabe que yo lo era. Pero así son las cosas. El tiempo no se detiene para ningún hombre –sonrió aún más–. O mujer.

Alzó la vista hacia los lobos.

–Son míos. Mis mascotas.

–¿Qué mierda estás haciendo aquí? –le gruñí. Los cazadores a espaldas de ella se rieron y ella ladeó la cabeza.

–¿No escuchaste nada de lo que dije? Gordo, este pueblo, este *lugar*, ha sido juzgado. Ha sido declarado culpable. Estoy aquí para imponer el castigo por los pecados de Green Creek. La plaga debe ser erradicada. Hace demasiado tiempo que las bestias han infectado estos bosques. Ya vinimos una vez. No estábamos preparados. No cometeremos el mismo error dos veces.

Mark gruñó junto a mí, con las orejas gachas y mostrando los dientes. La nieve caía alrededor de nosotros.

Una pulsación se alzó a mis espaldas. Y a pesar de que la tormenta en mi cabeza tronaba, no estaba a la altura de la fuerza de mi manada.

Carter llegó primero, avanzando hasta estar junto a Mark, rozándole los hombros.

Algunos de los cazadores retrocedieron.

Luego llegó Ox. Sus ojos ardían con furia.

Rico me puso la mano sobre la espalda.

Las patas de Joe crujieron sobre la nieve cuando apareció a nuestra izquierda. Chris y Tanner estaban a cada lado de él, Chris sangraba de un corte en la cabeza y Tanner rengueaba. Pero eran desafiantes.

Llegaron más lobos. Elizabeth y Robbie, ambos transformados y gruñendo, sacudiendo las colas al unirse a su manada.

Jessie cerraba la marcha. Cargaba con la palanca de Ox al hombro.

Los cazadores tenían miedo. Los cañones de sus rifles temblaron. El primero que disparara sería el primero en morir. Me ocuparía de eso personalmente.

–La manada Bennett –susurró Elijah–. Qué… preparados. Permítanme que me presente. Me llamo Elijah. La manada anterior a esta mató a gran parte de mi clan. Estoy aquí para asegurarme de que no vuelva a suceder.

Me miró de reojo.

–Me han dicho que mi hermano, que descanse en paz, advirtió al brujo acerca de mí.

La sensación de *azul* amenazó con invadirme. Venía de Elizabeth.

Me di cuenta de que, salvo por Mark y yo, era la única que ya se había enfrentado a Elijah. Sabía de lo que era capaz. Había sobrevivido para vivir con las consecuencias de la destrucción de la mayoría de su manada.

Y yo le había ocultado la existencia de Elijah.

Pero eso no era...

–¿Cómo supiste lo que dijo tu hermano? –le pregunté–. La única persona a la que le conté es...

No. No, mierda, por favor, no.

Los lobos estaban confundidos, pero mi espanto superó todo.

–Philip Pappas –respondió Elijah, y la sonrisa desapareció–. Que a su vez le contó a Michelle Hughes. Michelle Hughes, que le pidió a mi clan que volviera a Green Creek para erradicar la infección que se propaga entre las bestias que rondan este pueblo. Lo admito, no fue ideal aliarnos con los lobos, pero me prometió que tendría mi venganza. Tenía que esperar, solo eso. Pero como profeta del Señor, entendí que un día, mi tiempo llegaría. El enemigo de mi enemigo es mi amigo, después de todo.

Alzó la cabeza de lobo y se la quitó, dejándola caer hacia atrás, colgando de sus hombros. Se había afeitado el cabello. La cicatriz de su cara se extendía al costado de su cabeza. Los copos de nieve caían sobre su piel y se deslizaban por su rostro como si fueran lágrimas.

–Tenemos un código –continuó–. No lastimamos a los humanos a menos que apoyen activamente a los lobos. Siempre y cuando la gente de Green Creek se mantenga fuera de mi camino, no les tocaremos un pelo. En cuanto a los traidores que están junto a los lobos, les daré una oportunidad. Váyanse. Abandonen a esta manada. En los límites del territorio hay brujos que están preparados para dejarlos pasar a través de las defensas que le han expropiado a Gordo Livingstone. Tienen tiempo hasta la luna llena, cuando tengo entendido que parte de la manada se volverá salvaje. Si no aceptan esta propuesta, no se les otorgará clemencia y serán cazados como si fueran un Bennett.

–Ya somos Bennett –habló Jessie–, hija de puta. Y, si como dices, ya han sido derrotados una vez, puede volver a ocurrir.

Los lobos gruñeron alrededor nuestro.

Elijah apretó los labios.

–Entiendo. Fui advertida de su… lealtad. La he visto antes. La manera en la que los lobos controlan a los humanos. Es una pena que no puedan darse cuenta de en lo que se han convertido.

Se oyó el revelador crujido de músculos y hueso, y Oxnard Matheson se paró, desnudo con la nieve cayéndole sobre los hombros.

–Alfa –saludó Elijah, asintiendo con reverencia–. Me han dicho que es inusual, hasta para un lobo. El compañero del niño que se convirtió en rey. Un Alfa humano que se dejó llevar por el pecado del lobo.

Alzó la mano y tocó la piel de lobo que le colgaba a las espaldas.

–Su piel será un botín impresionante. Creo que me la quedaré.

–Parece que le han contado muchas cosas.

–Una parte necesaria en la guerra.

–Ya ha cometido un error –dijo Ox en voz baja, y dio un paso adelante. Los rifles lo apuntaron, y los cazadores empezaron a murmurar, inquietos.

–¿Ah, sí? –preguntó Elijah con voz serena–. ¿Y cuál sería, exactamente?

–Han entrado a mi territorio sin invitación con la intención de lastimar a mi familia. Los Omegas vinieron una vez con la misma intención. Éramos menos en esa época. Inseguros. Teníamos miedo. Pensábamos que estábamos solos –sus ojos ardieron rojos–. Solo unos pocos escaparon. El resto terminó con las gargantas destrozadas. Su sangre bañó esta tierra, y juré en ese momento que haría lo que fuera con tal de mantener mi manada a salvo.

–No le tengo miedo, lobo… –dijo Elijah, entrecerrando los ojos.

–No –la interrumpió Ox–. Pero su clan sí. Lo huelo. El sudor que les cae por la nuca. El latido irregular de sus corazones. Quizás usted no tenga miedo, pero ellos están *aterrorizados*.

–Harán lo que se les ordene.

prepárense prepárense para correr protejan a los humanos vuelvan a la casa hogar a salvo hogar.

–Entonces ya están muertos –afirmó Ox y era ahora, era ahora, *era ahora*…

Un sonido electrónico chirrió con fuerza a nuestras espaldas.

–¡Ustedes! –gritó una voz por un altavoz–. Atrás. Repito, atrás. Bajen las armas y… mierda, ¿esos son lobos?

Jones.

Muchas cosas ocurrieron al mismo tiempo.

Ox: *muevanse a salvo hogar ahora*

y

los lobos que flotaban sobre nosotros gritaron al ajustarse las cadenas

y

Rico y Chris y Tanner y Jessie se echaron a correr y

el cuervo salió de la jaula, abrió las alas mientras yo *arrojaba* los lobos salvajes hacia los cazadores, que gruñían con las fauces abiertas, Elijah abrió los ojos como platos, los cazadores gritaron

y

sonaron dos disparos.

Una bala pasó volando junto a mi oreja.

La segunda hizo gruñir a Ox cuando lo alcanzó en la parte superior del hombro. La sentí, *un estallido de duele duele ay cielos duele*, y dio un paso atrás.

Elijah se apartó de un salto cuando los lobos salvajes se estrellaron contra los cazadores que estaban reunidos detrás de ella.

Joe bramó con furia cuando Ox cayó de rodillas para transformarse. Los músculos de su espalda ondularon y le brotó pelo negro de la piel. Sus manos se convirtieron en garras enormes y su rostro se alargó al emerger el lobo.

Mark me empujó las piernas y me obligó a apartarme de los cazadores que gritaban, intentando escaparse de los mordiscos de los lobos heridos.

Corrimos.

Miré por encima del hombro hacia atrás antes de desaparecer en el torbellino de nieve. Elijah se había levantado y nos contemplaba. Cruzamos la mirada y alzó una mano, y agitó los dedos en mi dirección.

Pasamos junto a la patrulla.

Jones estaba adentro, mirando sin ver.

Un hilo de sangre brotaba de un agujero en el centro de su frente.

SUFICIENTE

Me ardían los pulmones para cuando llegamos a la casa al final del camino. Los lobos habían seguido de cerca a los humanos, para asegurarse de que no se detuvieran. La fuerza de Chris y Tanner flaqueaba. Elizabeth y Robbie los mantenían derechos, les permitían que se recostaran sobre sus lomos, y los alentaban a seguir.

Pasamos la casa azul, Kelly al frente, transformándose en humano, resbalándose en la nieve al llegar al porche de la casa Bennett. Abrió los ojos con temor cuando miró hacia atrás justo en el momento en el que Ox caía al suelo, deslizándose en la nieve con un rastro de sangre detrás de él.

Rico dio un paso hacia él.

–¿Qué le pasa a Ox? –preguntó con voz aguda–. ¿Está bien? ¿Por qué…?

–Plata –gruñí, haciéndolo a un lado–. La bala es de plata. Jessie. A la casa. Un cuchillo. Tenemos que extraer la bala. No tengo la fuerza de hacerlo yo mismo.

No dudó y subió las escaleras corriendo a toda velocidad, abrió la puerta de la casa Bennett con fuerza y desapareció dentro.

Elizabeth se transformó en humana, sujetó a Chris y a Tanner y los apartó de Joe, que estaba junto a su compañero y gruñía furioso.

–Está bien –dijo, pálida–. Estará bien. Necesitamos revisarlos. Rico, Robbie, necesito su ayuda.

Rico asintió, y Tanner y Chris protestaron a grandes voces.

Carter estaba de pie frente a Kelly y caminaba de un lado a otro, las fosas nasales le aleteaban. Robbie parecía en conflicto, y pasaba la mirada entre Ox y Elizabeth. Hizo falta que Elizabeth lo llamara con firmeza para que llevara a los humanos hacia la casa, mordiéndoles los talones.

–Joe –llamé, alzando las manos en un gesto conciliador–. Necesito ayudar a Ox, ¿está bien? Me conoces. Sabes que no haré nada que lo lastime más.

Por un momento, creí que Joe se lanzaría sobre mí, pero Mark apareció a mi lado, mostrándole los dientes con un gruñido grave y gutural. Los lobos cantaban en mi cabeza y sus canciones eran azules y llenas de dolor y confusión y *alfa alfa alfa*. Las otras voces que había escuchado antes en la calle se habían acallado. No sabía qué significaba. No sentía las guardas, al menos no como antes.

Eso tenía que esperar. Necesitaba ayudar a Ox.

Me temblaron las manos, la sangre que las manchaba estaba aún húmeda.

Percibí el momento en que el aroma metálico llegó a la nariz de Joe, porque gimió en mi dirección, debatiéndose entre su compañero y su brujo herido.

–Estoy bien –le aseguré–. Estoy bien. Pero necesito llegar a Ox.

Jessie salió volando de la casa con un cuchillo de cocina grande en la mano. Saltó los escalones y aterrizó con gracia al final de la escalera. Tenía las mejillas enrojecidas y respiraba con agitación.

Joe giró la cabeza en su dirección, agachándose junto a Ox como si Jessie fuera una amenaza.

Ella estiró la mano libre y le dio una palmada sobre la cabeza.

–Basta –exclamó–. Déjanos hacer lo que necesitamos hacer. Si no nos vas a ayudar, entonces quítate del camino, mierda.

–Tal vez no sea buena idea irritar al Alfa enojado –murmuré.

Jessie puso los ojos en blanco.

–No tenemos tiempo para mierdas mágicas místico lunares. O se mueve, o lo hago moverse.

Joe resopló y el vapor hizo espirales alrededor de su cara. Se hizo a un lado.

Me arrodillé junto a Ox. Temblaba, pero tenía los ojos abiertos y estaba consciente. Veía el pelaje manchado de sangre, pero sería más fácil si...

–Ox, necesito que te transformes, ¿está bien? Necesito ver mejor la herida. No tengo tiempo de afeitar el pelo.

–¿No le entrará más rápido la plata a la corriente sanguínea si se transforma? –preguntó Kelly, con la voz estrangulada–. Hará que...

–No está cerca del corazón –repliqué–. Si lo hago rápido, no será problema.

Joe se agachó y arrimó el hocico a la cabeza de Ox. Decía *por favor* y *ayuda* y *OxAmorCompañero*. Ox se estremeció en la nieve, y el largo gemido se convirtió en un gruñido sordo cuando empezó a transformarse. Jadeó cuando el pelo desapareció y no dejó nada más que piel blanca y un agujero sanguinolento e irregular, aproximadamente del tamaño de una moneda, que parecía *humear*.

Arqueó la espalda para alejarse del suelo.

–Mierda –dijo, con los dientes apretados–. Cielos, eso *duele*, Gordo, me...

–Tienen que sujetarlo –pedí–. Kelly. Carter. Necesito que...

Kelly estaba allí, empujando los hombros de Ox.

Carter avanzó hacia nosotros, aún lobo. Sus ojos ardían naranjas. Los cerró con fuerza y lo sentí tratando de forzar la transformación, pero algo no iba bien. Abrió los ojos de nuevo, y por un momento, juro que vi...

Mark apareció, humano, y se arrodilló a los pies de Ox. Colocó las manos en las espinillas de Ox y las empujó hacia la nieve. Alzó la vista hacia mí y asintió.

–Será rápido –le advertí a Ox–. Quédate tan quieto como puedas. Cuanto más te muevas, más tiempo llevará.

Asintió, los ojos rojos, las fosas nasales aleteando.

No dudé.

Tomé el cuchillo de Jessie y lo deslicé alrededor de la herida de bala, cortando la piel para hacer más grande el agujero. Las manos de Ox se cerraron en puños y curvó los dedos de los pies, pero giró la cabeza hacia Joe, quien mantuvo el hocico apretado contra su frente.

–¿Listos? –les pregunté a Kelly y Mark.

Asintieron.

Puse la mano sobre la herida, cerca pero sin tocarla. Estaba agotado, pero hice un esfuerzo. Me llevó un momento encontrar la bala de plata incrustada en su hombro. Pero una vez que lo hice, me sujeté a ella y la *alcé*. Ox gritó a medida que salía lentamente, siguiendo el mismo camino por el que había entrado en él. El olor a carne quemada me invadió la nariz, pero estaba tan cerca de...

La bala cayó fuera de la herida. Era realmente muy pequeña.

Ox jadeó cuando lo abandonó, la garganta le temblaba mientras Joe le murmuraba al oído.

Volví a poner la mano sobre la herida, esta vez contra la piel.

Traté de llevarme todo el dolor que pude. Se me nubló la vista unos segundos más tarde.

–Gordo, es suficiente. Gordo. *Gordo* –escuché que Mark me decía.

Unos brazos me rodearon y me apartaron. Caí contra un pecho tibio.

–Está bien –me susurró Mark al oído–. Está bien. Mira. Está empezando a sanar. Lo hiciste. Gordo, lo hiciste. Está bien.

Asentí, incapaz de encontrar la fuerza para abrir los ojos. No recuerdo mucho después de eso.

Me desperté en una habitación que no era la mía. Había poca luz. Tenía calor.

Parpadeé lentamente, tenía los músculos rígidos y doloridos. Sentía que mis tatuajes estaban agotados, débiles. No quería nada más que cerrar los ojos y dormirme de nuevo.

Pero entonces recordé todo.

–Mierda –gruñí y giré la cabeza sobre la almohada.

–Me parece razonable.

Suspiré. Por supuesto. No lo miré.

–¿Hace cuánto que perdí la conciencia?

–Unas horas –dijo Mark, desde algún rincón del dormitorio.

–¿Ox?

–Sanando. Estará bien.

Cerré los ojos de nuevo. Sabía dónde estábamos. La almohada olía a él. Reconocería ese aroma en cualquier lado. Se me había marcado a fuego desde niño.

–Eres un imbécil de mierda.

Mark resopló.

–Me alegra saber que te estás sintiendo mejor.

–Te transformaste. Carter también.

–Estabas en problemas.

Apreté los dientes. Me dolía la mandíbula.

–Oíste lo que Michelle dijo. Lo empeora. ¿Eso es lo que quieres?

–Estabas en problemas –repitió.

–Tenía la situación bajo control.

–La situación contra Elijah, quieres decir.

–Sí.

–Quien, al parecer, sabías que vivía.

Maldición. Sabía que eso terminaría mordiéndome el culo. Abrí los ojos de nuevo y giré la cabeza. Mark estaba de pie junto a la ventana del dormitorio, su silueta oscura contra la tenue luz que entraba. Los vidrios estaban cubiertos de hielo. Sus ojos centelleaban en la oscuridad. Me sobrevino un pensamiento, duro y mordaz.

–No sabía… No sabía lo de Michelle. No sabía lo de Pappas. Elijah. No soy mi padre. Mark, tienes que creerme. No soy mi…

–Lo sé. Lo sabemos. Joe… no estaba muy contento. Pero Elizabeth lo hizo entender, creo. Además de ella, tú y yo, nadie más conocía a Elijah.

Lo que es capaz de hacer. Pero Elizabeth les contó a los otros lo que sucedió la última vez.

Me senté con un gemido. Estaba sin camisa, la piel se me erizaba por el aire frío del dormitorio. Alguien me había quitado la ropa y me había puesto un par de pantalones de chándal mientras yo estaba inconsciente. Se me ocurría quién podía ser.

–¿Los muchachos?

Mark ladeó la cabeza ligeramente.

–Magullados. Sangraron un poco. Pero nada serio. Los arreglamos. Tuvieron mucha suerte. Todos ustedes.

Estiré el cuello y mis músculos rígidos.

–¿Y los cazadores?

–No se han acercado a la casa. Se mantienen a la distancia. Por ahora.

–Por supuesto que sí –murmuré, bajando los pies al suelo–. Imbéciles melodramáticos de mierda.

Elijah dijo que nos daría hasta la luna llena. No sabía qué quería decir con eso. Pero no tenía importancia. Para entonces, estaría muerta. Me ocuparía yo mismo de eso.

–No puedo creer que no lo vi venir. Michelle. Nos traicionó –dije.

–No sé si hubieras podido –admitió Mark lentamente–. ¿Lobos trabajando con cazadores? Está jugando un juego peligroso. Pero no es la única que guarda secretos.

Me estremecí. Me lo merecía.

–David King –dije.

–¿Qué pasa con él?

–Él me contó que su hermana seguía viva.

–¿Y no te pareció importante mencionarlo?

Allí estaba. El primer indicio de enojo.

–No me pareció… No sé en qué estaba pensando.

–Nunca lo sabes.

–No eres gracioso –puse los ojos en blanco.

–No pretendo serlo –sus ojos destellaron naranjas por un instante–. Y más allá de que nos hubiéramos dado cuenta o no de lo que Michelle pensaba hacer, deberías habernos contado.

–Lo sé.

–¿De verdad? –me espetó, burlón–. Porque no te creo.

–La cagué, ¿está bien? Ya lo sé.

–No confías en nosotros. No confías en tu manada.

Ahora *yo* me estaba enojando.

–Vete a la mierda, Mark. No sé qué mierda…

–Me llevó un tiempo descubrir por qué.

–Y ahora me lo dirás, a que sí.

Me ignoró.

–No confías en nosotros. Incluso después de todo lo que hemos pasado. No confías en nosotros porque piensas que todo esto es temporario. Que tu manada va a abandonarte de nuevo.

–Cielos, me pregunto de dónde habré sacado *esa* idea.

–¿Puedes tomarte algo en serio por una vez en la vida? –me espetó.

Me reí. No fue el sonido más agradable.

–Mierda. Tú lo mencionaste, Mark. Si tu mierda de parloteo pseudopsicológico fuera cierto, si fuera cierto que no confío en mi manada, sería por personas como tú.

–Te lo dije antes. Volvería siempre…

–Pero no lo hiciste –le grité–. Te *marchaste*, carajo, y… no. ¿Sabes qué? No pienso hacer esto ahora. O nunca. Tenemos que preocuparnos por cosas más importantes.

–No confías en nosotros –continuó Mark, como si yo no hubiera hablado. Consideré seriamente usar mi magia y mandarlo volando por la ventana. Estaba bastante seguro de que sobreviviría a la caída–. Y es culpa mía. Mía. De Elizabeth –tragó rápidamente–. De Thomas. Y me arrepentiré por el resto de mi vida por no haberme resistido más.

–Era tu Alfa –murmuré–. Es algo difícil decirle que no cuando podría obligarte a hacer cualquier cosa que quisiera.

–Él no era así.

–Claro.

–Gordo.

–Lo sé –suspiré. Porque por más complicados que fueran mis sentimientos por Thomas Bennett, no era… Jamás le había quitado el libre albedrío a su manada. Quizás tomaban decisiones que no le gustaban, pero siempre los escuchaba.

–¿De verdad? –me preguntó Mark.

–Sí.

–Fue… –Mark sacudió la cabeza–. Cualquier cosa que te diga acerca de él, sería verdad. No tienes por qué creerme, pero nunca te he mentido, Gordo. Ni una vez. Nunca.

Asentí, incapaz de hablar.

–Lo mató dejarte aquí. Dejarte atrás. Peleó con colmillos y garras por ti. Contra los de Maine. Tú eras suyo. Le pertenecías tanto como él a ti. Era tu Alfa, Gordo. Eras su brujo. Éramos jóvenes. Sobrevivimos. Y lloramos por aquellos que habíamos perdido.

–Se podría haber quedado aquí –dije, con la voz ronca, bajando la vista hacia mis manos–. Pero en lugar de hacer eso, dejó a un niño solo para poder ser rey. Un niño al que también se le había quitado casi todo. Thomas no hizo más que acabar con la tarea.

–Eso no… –Mark apretó los dientes–. No fue así. Él… Si no había un Alfa de todos, existía la posibilidad de que los lobos se vieran envueltos en caos. Tenía que sopesar las necesidades de unos pocos contra las de la mayoría.

–Y sabemos de qué lado quedé en esa decisión, ¿verdad?

–Estaba tan enojado, Gordo.

–Yo también.

–Cielos –gruñó Mark–. ¿Puedes *escuchar* por una vez en tu vida, maldición?

Alcé la cabeza de pronto. Mark siempre mantenía la calma. Siempre era tranquilo. Y sosegado. Pero ahora estaba terriblemente enojado.

–No quise…

–Estoy tratando de tener una conversación sincera contigo, la primera que hemos tenido en *años*, y te estás comportando como un imbécil.

El cuervo cerró las garras alrededor de un tallo de espinas. Una rosa pareció florecer.

–Peleó por ti –dijo Mark, el tono severo–. Esos especistas de mierda odiaban que fueras humano. Tenían pánico a lo que le había sucedido a la manada Bennett por culpa de los cazadores. Los humanos… No eran como en nuestra manada. Mi padre pensaba que los humanos eran la fuerza detrás del lobo. Todos los demás pensaban que eran una debilidad. Los brujos eran la excepción, porque tenían *magia*.

–Entonces qué mierda les… Mi padre.

Mark asintió.

–Eras el hijo de tu padre. Solo veían eso. No eras un individuo. Tu padre perdió el control. Eras un *niño* cuando mi padre te hizo su brujo. Y luego llegaron los cazadores y se… acumuló. Fue demasiado. Y Thomas sabía, *sabía* que sobrevendría la anarquía a menos que aceptara su puesto como Alfa de todos. Lo odié por eso. Elizabeth también, al menos un poquito. Pero nada en comparación al odio que mi hermano sentía por sí mismo. Habíamos perdido a nuestro padre. A nuestras tías y a nuestros tíos –Mark agachó la cabeza–. A nuestros primitos. Fue… Estábamos perdidos, Gordo. Creo que ni siquiera Thomas entendía cuán perdidos estábamos. Pero creo que Osmond sí. Y supongo que se aprovechó de eso. Si ya estaba trabajando con Richard Collins en ese momento, no lo sé. Pero fue Osmand el que convenció a Thomas de regresar. Y fue Thomas el que dijo que tú debías quedarte.

Alzó la vista para mirarme con una expresión inescrutable.

–Thomas no te mintió. Siempre pensó que volvería a buscarte. Le llevó más tiempo del que pensaba, eso es todo. Y cuando volvimos a casa, no querías saber nada con nosotros. Con los lobos.

–No sabía qué más hacer. Me abandonaste, Mark. Me *abandonaste*, mierda. Thomas te dijo que lo siguieras, y tú simplemente…

–Casi rompo mis vínculos con la manada por eso.

–¿Qué? –pregunté, perplejo.

–Casi abandono la manada.

–¿Por qué?

Rio con amargura.

–Por qué. *Por qué*. Para poder quedarme aquí, idiota. Para poder quedarme contigo.

–Te lo pedí. Te *supliqué*. Y te negaste. Porque te convertirías en Omega.

–No tiene importancia ahora, ¿verdad? Ya está sucediendo.

Me encontré frente a él sin darme cuenta de que me había movido. Mi pecho chocó contra el suyo. Respiró hondo, sus fosas nasales se hincharon. Sus ojos centellearon naranjas. Un gruñido grave brotó del fondo de su garganta.

–No. No te dejaré convertirte en Omega. No lo permitiré.

–Gordo –gruñó, y juro que vi indicios de colmillos.

–Cállate. Tuviste tu tiempo para hablar. Ahora me toca a mí. ¿Entendido?

Asintió lentamente.

–Te odié. Por un largo tiempo. A todos ustedes. A ti. A Elizabeth. A Thomas. A todos ustedes. Me dejaron aquí, carajo. Y no quería más que lastimarlos de la manera que mejor conocía. Y luego regresaron a Green Creek, como si no hubiera pasado *nada.* Como si no me necesitaran. Como si ni siquiera me *recordaran.* Y cuando intentaste llevarte a Ox, mierda, y…

–Estoy bastante seguro de que fue Joe.

–*Sé* que fue Joe –le grité–. ¿Y sabes cuándo fue la *primera* vez que supe de Thomas? Por Joe. Nunca un "lo siento, Gordo". Nunca "jamás quise abandonarte". Fue cuando necesitó ayuda para su hijo. Necesitaba que ayudara a Joe. Después de todos esos años, me vino a buscar porque quería usarme.

No te aman, había dicho mi madre. Te *necesitan.* Te *utilizan.*

–Fue a buscarte –dijo Mark con la voz ronca– porque eras la única persona en quien confiaba para ayudar a su hijo.

Se me cortó la respiración. A través de los lazos que nos unían, no sentí más que tristeza azul.

–Después… después de que encontramos a Joe, después de que lo rescatamos de las garras de Richard, no volvió a ser el mismo. No hasta que Ox y él volvieron a encontrar su voz. E incluso entonces, se despertaba gritando en medio de la noche. Acerca del monstruo que venía a buscarlo. El monstruo que volvería a llevárselo. Thomas no sabía qué más hacer. Esas lunas llenas antes de que Joe lograra transformarse fueron… duras para él.

Su lobo estaba allí bajo la superficie de su piel, y lo estaba destrozando. Thomas fue a verte porque eras su manada, aunque él no fuera la tuya.

Bajé la cabeza y la apoyé en el hombro de Mark. Me ardían los ojos, me temblaba el cuerpo. Sentí una mano en la nuca, dedos en el cabello. Me ataba a la tierra. Se sentía familiar. Era, *ay*, tan peligroso.

–Quería hacerlo –dijo, con la boca muy cerca de mi oreja–. Por ti. Quizás me hubiera convertido en Omega. Quizás no. Tú eras mi lazo, incluso entonces. Podría haber sido suficiente, pero me daba mucho miedo averiguarlo. Tú eres mi compañero, Gordo. Tierra y hojas y lluvia.

–Te odio –me estremecí contra él.

–Lo sé. Aunque el latido de tu corazón diga otra cosa. Creo que tú lo crees. Y lamento eso.

–Maldito seas.

–Y eso también.

Alcé la cabeza pero no me aparté. Él no dejó caer la mano. Inhalaba cada una de mis exhalaciones. Sus ojos buscaron los míos. Bajó la mirada por un instante. Sus labios temblaron cuando nuestros ojos volvieron a encontrarse.

–Me gusta el tatuaje –me dijo.

No entendí.

–¿De qué estás hablando? Has visto todos mis...

Pero no, ¿verdad? No. No había visto el que me había hecho después de que se marchara. El que había sido solo para mí. Para recordar.

No había visto el lobo y el cuervo grabados con tinta en la piel encima de mi corazón.

–¿Hace cuánto que lo tienes? –preguntó, los dientes filosos.

–No tiene nada que ver contigo –respondí, pero hasta yo sentí el salto de mi corazón.

–Claro, Gordo.

–No.

–Está bien. Entonces conoces muchos lobos que se parecen a mí cuando se transforman, ¿verdad?

–Imbécil –murmuré mientras él reía por lo bajo.

Dejó caer la mano.

Di un paso atrás, aunque no quería hacer otra cosa que apretarme contra él. Las cosas estaban cambiando, y en el peor de los momentos. Me sentí tironeado en un millón de direcciones diferentes.

Me entendió.

–Tengo cosas para decirte, Gordo –dijo, sonriendo con tristeza–. Tantas cosas. Cosas que quizás no estés preparado para escuchar. Pero cada palabra que diga será en serio. Si llega el momento en el que empiezo a volverme salvaje…

–No –sacudí la cabeza con furia–. No, no permitiré que eso ocurra. No…

–Lo sé –aseguró suavemente–. Sé que no. Pero a veces suceden cosas que no esperamos. Como encontrar a un niño con magia en la piel quien lo es todo.

Cerró los ojos.

–O perder la cabeza.

Cerré los puños.

–Si es mi padre, entonces tiene que existir la manera de revertirlo. La encontraré. He…

–Ya ha comenzado.

Retrocedí un paso con los ojos abiertos y húmedos.

–¿Qué?

–Carter.

–¿Qué pasa con Carter?

–Él… Le llevó un rato. Transformarse de nuevo. Le fue más difícil de lo que debería.

–¿Lastimó a alguien? –le pregunté, frotándome la cara.

–No, aunque le lanzó un mordisco a Robbie por acercarse demasiado a Kelly. Ox intervino a tiempo.

–¿Por qué está sucediendo tan rápido? Michelle dijo…

–Aunque le creyéramos una palabra de lo que dijo, podría ser por muchas razones. Por la luna llena que se acerca. O el estrés que provoca la transformación en el cuerpo. El enojo hacia los cazadores. O Michelle podría habernos mentido acerca del tiempo que lleva.

No quería saber la respuesta, pero tenía que preguntarle.

–¿Y tú?

–Está... ahí –confesó, apartando la mirada–. Tranquilo. Pero está ahí. Lo siento.

Se encogió de hombros con torpeza y suspiró entrecortadamente.

–No quiero que pase, Gordo. No quiero perder esto. Este lazo –su sonrisa era temblorosa–. Es la única parte de ti que siempre ha sido mía.

Hubo un tiempo, un largo tiempo, durante el cual la mera idea de que este lobo estuviera frente a mí me llenaba de furia. En el que hubiera dado cualquier cosa por no oír el nombre Bennett nunca más. Por dejar atrás el mundo de los lobos e intentar olvidar que ellos me habían hecho lo mismo.

Pero ahora solo sentía angustia. Y remordimiento.

Había desperdiciado tiempo. Tanto tiempo.

Avancé hacia él.

No apartó la mirada.

Inspiró hondo cuando nuestras rodillas chocaron.

Sus ojos brillaron en la oscuridad.

Apreté la frente contra la suya.

Sus dedos me recorrieron los brazos.

Exhaló.

Inhalé.

Hubiera sido tan fácil. Ahora. Aquí. Por fin. Tomar lo que me ofrecía. Lo que siempre me había ofrecido.

Sentí su aliento caliente en mis labios y…

Movió la cabeza a un costado.

Suspiré.

–Ox –dijo en voz baja–. Es Ox. Nos necesita abajo.

Iba a asesinar a mi Alfa.

Me aparté de Mark.

–Ey –me llamó, tomándome de la mano.

Alcé la vista. Me estaba sonriendo con timidez.

–Podemos… ¿hablar de esto más tarde?

–Sí –le contesté con la voz ronca.

–Está bien –aceptó–. Está bien.

Por ahora, era suficiente.

Tenía que serlo.

Teníamos una maldita guerra que pelear.

Bajamos las escaleras de la casa Bennett, Mark me seguía de cerca. Los escalones de madera crujieron bajo nuestros pies y el murmullo de las conversaciones se detuvo ante el ruido.

Lobos de mierda.

Estaban en el salón principal. Todos. Nuestra manada.

Rico estaba sentado en un sofá enorme, Jessie sobre el brazo. Ambos observaban cada uno de mis pasos. Las heridas de Rico no eran tan terribles como me había parecido en la camioneta.

Chris y Tanner estaban magullados y amoratados. La frente de Chris estaba limpia, y tenía una pequeña fila de puntadas negras en la parte superior. Le quedaría una cicatriz, pero una de la que estaría orgulloso, lo sabía. La rodilla de Tanner estaba un poco hinchada y envuelta en un soporte, pero tenía una expresión decidida en la cara.

Equipo Humano, carajo.

Elizabeth estaba en el sofá, sentada sobre sus piernas. Kelly estaba junto a ella, hombro con hombro. Carter estaba a sus pies, la cabeza hacia atrás, los ojos cerrados mientras inhalaba lentamente, contenía la respiración, y exhalaba por la nariz. Kelly le apoyaba la mano en el cabello.

Detrás del largo sofá estaba de pie Robbie, retorciéndose las manos. Tenía las gafas puestas de una manera extraña, pero no tuve el corazón de decirle que se veía ridículo. Me empezaba a caer bien, al parecer.

Y los Alfas.

Estaban de pie junto a las ventanas, erguidos y rígidos, de espalda a la manada. Un aura de poder los rodeaba. Sentía los hilos, sí, los que nos unían a todos. Lobos. Humanos. Un brujo. Y el toque siempre presente de azul resonando entre ellos. Pero estaba dominado por Joe. Por Ox. Estaban furiosos, aunque la furia no parecía estar dirigida a nadie de la casa.

Yo no era lobo pero entendía la sensación urgente que provocaba una fuerza invasora en nuestro territorio. Sumado eso a la traición de la mujer que, aunque no confiábamos en ella, no habíamos esperado que nos entregara a un grupo de cazadores. Especialmente no a Elijah, quien ya había estado aquí antes y nos había quitado casi todo. Era un cuchillo clavado en nuestras espaldas, y retorcido con crueldad.

Si sobrevivíamos a esto, si sobrevivíamos a los cazadores y a la infección que se propagaba en dos de los nuestros, Michelle Hughes pagaría.

Me ocuparía de que así fuera.

Y aunque todos sentíamos el azul, también había verde. Incluso ahora. El verde del *alivio*, porque estábamos aquí.

Estábamos juntos.

Éramos *ManadaManadaManada.*

Carter quebró el silencio.

–Saben –dijo, con la voz un poco ronca–, espero que estén en camino a averiguar qué mierda sucede entre ustedes dos. Quiero decir, fue muy desagradable ver a mi tío llevarte en brazos escaleras arriba como si fueras una damisela en peligro y gruñirle a cualquiera que intentara ir a su habitación para ver cómo estabas.

Me volví lentamente para mirar a Mark, quien de pronto se dio cuenta de que la pared era muy interesante.

–¿Eso hiciste?

–Cállate –repuso, frunciendo el ceño.

–No. En serio. Hiciste *qué.*

–Se puso muy hombre de las cavernas lobuno –replicó Rico–. Pensé que me iba a arrancar la cabeza de un mordisco cuando llamé a la puerta. Te dio un garrotazo y te llevó a su guarida. Deberías preguntarle si te lamió mientras dormías. Para limpiarte y eso.

–¿Qué pasó con Dale? –le susurró Tanner a Chris–. ¿Sigue siendo algo de lo que no hablamos?

–¿Quieres dejar de decir su nombre? –le siseó Chris–. Arruinarás su magia mística lunar.

Jessie suspiró.

–Desearía no haberlo llamado así jamás –dijo–. Suena tan ridículo.

–Ignora a mi hijo –se disculpó Elizabeth–. Fue realmente dulce ver cómo Mark quiso ocuparse de ti. Dudo mucho que te haya lamido mientras dormías.

Carter abrió los ojos. Eran de un azul claro normal.

–Una vez dijiste que te despertaste y papá te estaba olfateando el cabello.

Kelly gruñó y echó la cabeza hacia atrás en el sofá. Robbie estiró la mano hacia abajo y le tocó el hombro con torpeza. Sorprendentemente, Kelly no lo apartó. Robbie se sonrojó un poco y se acomodó las gafas sobre la nariz, pero no retiró la mano.

–Esa ropa te queda grande, papi –me dijo Rico–. Como si no fuera tuya. Como si cierto lobo te la hubiera dado para que huelas a él.

Fruncí el ceño.

Mark se hizo el distraído.

Fruncí aún más el ceño.

–Están allí afuera –observó Ox, y nos callamos–. Los siento. Es como… una sombra. Tapando la tierra.

Contemplaba la nieve caer a través de la ventana. La tormenta no cedía. La luz se estaba desvaneciendo, así que debían ser las últimas horas de la tarde.

Joe lo miró y estudió su perfil, pero no dijo nada.

–Esta… Elijah –continuó Ox–. Gordo. Me han dicho que es conocida por la manada Bennett. Por los que vinieron antes.

Asentí, aunque él no podía verme, mientras intentaba encontrar las palabras para explicarle a mi amigo, mi Alfa, a este niño que se había convertido en mucho más de lo que nos habíamos imaginado que era posible.

–Yo… Sí.

–Okey –Ox exhaló lentamente–. Ya he escuchado a Elizabeth. Lo que ella sabe. Lo que le sucedió a su manada. Me gustaría escucharte a ti ahora. Saber por qué.

Ox estaba enojado.

–Él no estaba… –empezó a decir Mark, pero lo tomé de la mano y se la apreté fuerte. Me miró y negué. Frunció el ceño pero no dijo nada más.

Esto era mi responsabilidad.

Quizás Mark tenía razón en lo que me había dicho en su dormitorio. Acerca de la confianza. Acerca de los secretos. Yo era parte de esta manada. Yo era el brujo de los Bennett. Mi familia había estado entrelazada con la suya durante generaciones. Era una historia larga, metida tan profundamente en mis huesos que aunque pensara que podía, jamás me liberaría del todo de ella.

Y no quería hacerlo.

Thomas Bennett fue un lobo.

Pero también había sido humano.

Se había equivocado, sí. Como su padre. Y el mío.

La diferencia entre Thomas y Abel y mi padre, era muy grande, sin embargo. Los lobos hicieron lo que consideraban correcto.

Mi padre se había dejado llevar por la pena.

Esto no tenía que ver con Mark, al menos no todo.

Cuando estabamos en la carretera, los hermanos Bennett y yo, había sido distinto. Habíamos hecho lo necesario para sobrevivir. Me había dicho a mí mismo que no tenía nada que ver con vengar a Thomas Bennett. Estaba allí porque Joe me había pedido que lo siguiera. Necesitaban a alguien que los cuidara.

Ya no me parecía cierto eso.

Una parte de mí había ido por Thomas Bennett.

Me había hundido las garras profundamente cuando yo era niño, y por más complicada que se hubiera vuelto nuestra relación, él también me había sido arrebatado.

Dijo el cuervo, pensé.

Nunca más.

–Pappas –dije.

–Salvaje –respondió Ox–. El hombre que era se ha ido. Queda solo el lobo.

–Okey.

Se volvió para encararme. Durante un momento extraño, recordé a un niñito escondiéndose detrás de la pierna de su papá. Jamás había probado cerveza de raíz antes.

–¿Crees que es cómplice?

Negué.

–No. No del todo, me parece… Me parece que Michelle Hughes le ocultó cosas. Una cosa es cuánto sabía acerca de la infección. ¿Los cazadores? ¿Elijah? No puede haberlo sabido.

–Pero sabía *acerca* de ella –observó Ox.

–Sí.

–Porque tú se lo dijiste –no era una acusación, aunque se sintió como si lo fuera.

–Sí.

–¿Por qué? –preguntó Joe–. Es decir… No lo entiendo, Gordo. ¿Hace cuánto que sabes de ella?

–Desde que encontramos a David King en Fairbanks.

Los ojos de Joe centellearon.

–¿Y no se te ocurrió decir nada?

–No les conté acerca de David King hasta mucho después de que se hubiera ido –le recordó Ox–. Ni siquiera entonces. ¿Recuerdas?

–Eso no es.... –dijo Joe, mirándolo con el ceño fruncido.

–Y entonces vino Richard. Vino a buscarme. Y seguí sin decir nada.

–Eso es porque eres un imbécil abnegado –dijo Rico–. Sin ánimo de ofender, *Alfa*. Bueno. Quizás un poco.

–Lo hiciste porque estabas tratando de mantenernos a salvo –afirmó Joe–. E incluso entonces, Gordo vio tus intenciones verdaderas. Es posible que Gordo estuviera tratando de hacer lo mismo, ¿verdad?

Maldición.

–Yo...

Mark me apretó la mano. Ni me había dado cuenta de que seguía sosteniéndomela.

–Pensé que ya era suficiente para nosotros –dije–. Si ellos lo sabían, habrían... Todo aquí... Todo lo que habíamos pasado. Era demasiado. Thomas. Los años que estuvimos separados. Richard. Esperaba que si le contaba a Pappas, y en consecuencia a Michelle a través de él, harían algo al respecto. Por lo que yo tenía entendido, Elijah había desaparecido. No quería empeorar las cosas de nuevo. No cuando aún estábamos sanando. Nosotros... Yo no sabía cómo ser parte de la manada. No como antes. No con todos los presentes. No es que no confiara en ustedes. Sino que no confiaba en mí mismo. Y pensé que si algo surgía, si era necesario, podría ocuparme yo solo.

–Hombres –dijo Jessie, enojada–. Son todos un puñado de mártires imbéciles. Con razón Elizabeth y yo somos las dos personas más inteligentes de la jodida sala.

–Estoy de acuerdo –confirmó Elizabeth, alzando la vista hacia mí–. Tienen suerte de tenernos.

–Probablemente andarían por ahí con el seguro puesto sin la más mínima idea de lo que están haciendo –agregó Jessie.

–Y se contagiarían –asintió Elizabeth.

–Ah –exclamó Rico–. ¿Podemos bromear acerca de eso ahora? No sabía si era demasiado pronto o qué. Porque si lo piensan, es gracioso porque… Sí, por las miradas que me están echando, sigue siendo demasiado pronto. Me callo.

–Hay más –dije, con una ligera mueca de dolor.

–Por supuesto que sí –dijo Chris. Chocó su hombro contra el de Tanner–. ¿Recuerdas la época en la que la cosa más rara que nos había sucedido era que Gordo se hubiera dejado ese bigote acariciador de coños?

–Qué épocas –suspiró Tanner–. Hicimos ese aviso de "Se busca" con su cara y los pegamos por todo el pueblo, y les dijimos que tengan cuidado con los niños.

–¿Trataste de dejarte el bigote? –me preguntó Mark.

–Qué asco –dijo Kelly, arrugando la nariz–. Olemos eso, tío Mark.

–¿Qué es, Gordo? –preguntó Ox.

Mejor acabar con todo de una vez.

–Tú también lo sentiste. Las guardas. Cuando fueron corrompidas.

Asintió lentamente.

–Elijah dijo que había brujos. Lo que quiere decir que no quieren que nada entre. Quieren mantenernos dentro.

–Sí. Pero yo sentí algo más. Escuché algo más.

–¿Qué? –preguntó Joe.

–Mi padre.

Silencio.

–Genial –gruñó Carter–. Tenemos a una chica rara religiosa que se pone las pieles de sus asesinados en la espalda y que tiene encadenados a Omegas salvajes como mascotas, uno de ellos trató de olfatearme y matarme al mismo tiempo. Brujos tienen al pueblo rodeado mientras hacen magia escalofriante para tenernos encerrados. Michelle Hughes es alguna especie de mujer malvada, y Mark y yo estamos perdiendo la cabeza de a poco. ¿Y ahora tú nos dices que tu querido papi te habla en la cabeza? Al diablo con este día. Que se vaya bien a la mierda.

No podía estar más de acuerdo.

Dormimos juntos esa noche.

Todos.

Movimos los sofás y los sillones.

Extendimos mantas gruesas y pesadas por el suelo. Pilas de almohadas.

Los Alfas se colocaron en el medio. El resto de la manada los rodeaba. Hasta Rico lo hizo con pocas quejas, aunque dijo que agradecía que todos tenían la ropa puesta esta vez.

Me eché con la cabeza descansando sobre la pierna de Ox, sin poder resistirme a las ansias de estar cerca de mi lazo.

Mark debe haber sentido lo mismo, porque nunca se apartó de mí. Descansamos cara a cara en la oscuridad, sus ojos color hielo helado siempre atentos. Hubo un momento en el que me estaba por dormir acunado por las voces de mis Alfas cantando en mi mente, y Mark estiró la mano y me pasó un dedo por las mejillas. Por la nariz. Por los labios y la barbilla.

Me depositó un beso en la frente.

Y me dormí.

Los teléfonos no funcionaban.

El internet tampoco.

Estábamos aislados.

Pappas recorría de un lado a otro por el largo de la plata en polvo que estaba en el suelo. Gruñó al verme, se le erizó el pelo.

Ox le rugió con toda su fuerza.

Los ojos violetas destellaron, y pensé que…

No.

Se encendieron de vuelta.

Estaba perdido.

–Tendremos que ocuparnos de él –me dijo Mark más tarde, su mirada perdida en la nada–. No podemos arriesgarnos a que lastime a alguien o contagie lo que tiene en la mordida. Tendremos que ocuparnos de él. Pronto.

Me moría de ganas por prender fuego al mundo.

Avanzamos por la nieve. Nos rodeaban árboles cargados de blanco. Ox y Joe se transformaron, dejaban grandes huellas detrás de ellos. Mark caminaba erguido junto a mí mientras seguíamos a los lobos.

Continuaba nevando, pero con menos fuerza que el día anterior. El cielo era color gris oscuro, y el sol matutino estaba oculto detrás de las nubes. Sabía que la luna estaba allí también, ensanchándose hasta volverse gorda y llena. No era un lobo, pero hasta yo la sentía.

Carter se había quejado de ser dejado atrás, dijo que era la mano derecha de Joe y que debía ir a enfrentar a los brujos por eso. Joe pareció a punto de ceder, pero Elizabeth intervino y, sin que dijera una palabra, quedó claro que Carter no iría a ningún lado. Suspiró pero se desplomó hacia atrás contra Kelly, que no se había apartado más que unos metros de su hermano desde que se habían levantado.

Robbie se ofreció a acompañarnos, pero Ox le pidió que se quedara. No quería que la gente de Michelle jugara jueguitos con él.

Los pájaros cantaban en los árboles.

El hielo crujía bajo nuestros pies.

Los alientos humeaban a nuestro alrededor.

–Tu padre –dijo Mark.

–Mi padre –murmuré, saltando por encima de un árbol que había caído hacía años.

–En tu cabeza.

–Sí.

–¿Es normal eso?

Puse los ojos en blanco.

–Ah, por supuesto. Lobos enloqueciendo. Cazadores obsesionados con Jesús. Traición en lo más alto. Mi querido papá en mi cabeza. Claro, Mark. Todo es absolutamente normal.

–¿Por qué?

–¿Por qué, qué? –pregunté, observando a los lobos enormes que caminaban delante nuestro rozándose las colas.

–¿Por qué está en tu cabeza?

–¿Porque tiene problemas con los límites?

–No me doy cuenta de si estás bromeando o no –observó Mark, entrecerrando los ojos.

–No tengo ni la más maldita *idea*, Mark. No lo he visto desde que era niño y él asesinó dieciséis personas además de mi madre después de que *ella* asesinara a la mujer con la que él estaba teniendo un amorío.

Mark resopló.

–Entonces. Bastante normal, eh.

Lo miré con la boca abierta.

–¿Realmente te parece que *ahora* es el momento adecuado para decidir tener sentido del humor?

–Siempre he sido gracioso.

Qué mentiroso.

–No, no sé por qué está en mi mente. No sé qué quiere decir. Ni siquiera sé si es *real*. O si está en Green Creek. Si han venido un montón de los malditos brujos de Michelle, ¿crees que él se mostrará por aquí?

Mark se rascó la barbilla.

–A menos que esté trabajando con Michelle.

–Ni se te ocurra –lo miré con furia–. No te atrevas a decir esa mierda. Nos traerás mala suerte, y te prenderé fuego, maldita sea, sin pensarlo dos veces.

–Nah. No creo que lo vayas a hacer –me sonrió de oreja a oreja.

Me agradaba más cuando nos despreciábamos.

–Él jamás haría eso. No como Elijah. Lo consideraría un acto inferior a él.

–Porque odia a los lobos. Eso es lo que le dijiste a Michelle. Los culpa… por todo.

–Sí.

Mark tomó mi mano enguantada. Me volví a mirarlo con un interrogante en la cara.

Me estaba estudiando cuidadosamente. Me puso incómodo. Estaba demasiado acostumbrado a ocultarle todo, y este cambio entre nosotros, esta *cosa* que me había pasado gran parte de mi vida ignorando, no era algo para lo que estuviera preparado. Me estaba intoxicando.

–No eres él –me dijo.

–Lo sé –dije, intenté apartar la mano, pero me sujetó fuerte.

–¿En serio? –preguntó–. Porque no sé si…

–Mierda, Mark. Te dije que no quiero oír tus mierdas acerca de…

–Él decidió –me ignoró Mark– hacer lo que hizo. Y aunque tú podrías haber hecho lo mismo, aunque tenías todo el derecho a odiarnos con todas tus fuerzas, no lo hiciste.

–Sí –repliqué, enojado por razones que no entendía–. *Sí* que te odié. Y a Thomas. Y a Elizabeth. Odié a los lobos y a las manadas. Te odié a ti.

–Pero una parte tuya no –aseguró–. Tu historia… Podrías haberte convertido en el villano, Gordo. Y habrías estado en tu derecho. En vez de eso preferiste convertirte en un imbécil.

–¿Es… un cumplido? Porque si lo es, te está saliendo muy mal.

Sonrió con su sonrisa secreta, que se desvaneció casi tan pronto como apareció.

–No eres tu padre.

–Lo sé.

–¿De verdad?

Aparté la mano.

–No tiene que ver con eso. Tiene que ver con unos imbéciles que se creen que pueden venir a nuestro territorio y jodernos. Tiene que ver con que no he matado nada en *semanas*, y me está empezando a irritar.

–Sí que te pones de mal humor cuando eso sucede.

–Correcto –confirmé, frunciendo el ceño–. Así que mejor te guardas la mierda introspectiva para otro momento, ¿está bien?

Abrió la boca para responder, pero lo interrumpí.

–Te juro que si dices que quizás no exista otro momento no me haré responsable de lo que ocurra a continuación.

–Tus amenazas no me suenan tan mal ahora que sé que tienes mi lobo tatuado en tu pecho –sonrió de nuevo.

–Muérdeme –exclamé, y me fui tras los Alfas.

Mark se rio a mis espaldas.

–Oh, lo haré.

Lobos de mierda.

Una vez, hubo un puente de madera cubierto sobre un arroyo que corría junto a un camino de tierra que salía de Green Creek.

Luego, llegó Richard Collins con Osmond y los Omegas, y fue destruido durante ese incidente.

El puente, se dijo más tarde, era demasiado viejo. No había sido bien mantenido.

Muchos se sorprendieron de que no hubiera caído antes.

Una familia importante del pueblo había hecho una donación. Elizabeth Bennett, en nombre de su difunto esposo, había donado cincuenta mil dólares para que el puente fuera reconstruido.

Al verano siguiente, hubo una ceremonia. Un corte de cinta en el que Elizabeth Bennett se había presentado con sus tres hijos, los tres muy elegantes en sus trajes perfectamente cortados. El resto de la manada había estado entre el público, bastante grande, mientras el alcalde hacía el discurso de agradecimiento del caso. Se cortó la cinta y las personas vitorearon.

El nuevo puente era una réplica casi exacta del anterior, aunque mucho más resistente. Era parte del encanto de Green Creek, había dicho el consejo municipal que había aprobado el diseño. La entrada a una pequeña aldea de montaña.

La única diferencia real era la placa que estaba del lado del puente que estaba en Green Creek. Seis palabras grabadas en metal:

QUE NUESTRAS CANCIONES SEAN SIEMPRE OÍDAS.

Las personas se habían quedado perplejas ante la inscripción.

Pero nosotros sabíamos. Ay, cómo lo sabíamos.

El puente parecía ahora una postal, la madera roja apenas visible entre la nieve pesada.

Y había personas de pie frente a él.

Estaban vestidas adecuadamente para el frío. Eran cuatro y, aunque no reconocí a nadie, supe que eran brujos en el instante en el que les puse los ojos encima. Les había dicho a mis Alfas que la magia tenía una firma, una huella digital. Los lobos salvajes lo sabían mejor que nadie, y es por eso que yo estaba seguro de que mi padre era responsable de la infección.

Y podía *sentir* las defensas frente a nosotros, aunque ya no eran mías. Pappas me había preguntado si las guardas eran infalibles. Cuánto sabía en ese momento, dudaba que lo supiéramos alguna vez. Pero pensaba que quizás fue su manera de advertirnos. Yo no lo había escuchado. O, al menos, no había entendido lo que trataba de decirme.

Pero las guardas *no eran* infalibles. Yo era fuerte y mi magia tenía gran alcance, pero hasta mis defensas en el territorio Bennett podían no resistir el ataque de varios brujos decididos a manipularlas. La magia no tenía que ver con satisfacer deseos. Era dura y áspera, y surgía de la sangre y los huesos del brujo, concentrada a través de la tinta grabada en mi piel.

Los brujos (tres hombres y una mujer) parecían recelosos cuando nos acercamos. Miraron a los Alfas, que se detuvieron muy cerca de las guardas. Los lobos no las podían ver, no como yo lo hacía, pero podían *sentirlas*. Ox me había dicho una vez que el aroma de la magia le hacía picar la nariz, como si fuera a estornudar. Olían a ozono y humo.

–Alfas Bennett y Matheson –dijo secamente la mujer. Intentó tener un tono respetuoso, pero estábamos tan fuera de cualquier protocolo, que resultaba ridículo.

»Nos honra estar en su presencia. La Alfa Hughes les envía sus saludos.

–Sí –respondí, cortante–. Quizás pueden tomar el honor y metérselo en el…

Ox me gruñó.

Mark decidió tomar la iniciativa, lo que probablemente era mejor para todos. Sabía ser diplomático, mientras que yo solo quería partir huesos.

–Lo que nuestro brujo quiso decir es que no hemos venido precisamente a aceptar los saludos de la Alfa Hughes. Así que tomen su honor y métanselo en el trasero.

Quizás no tan diplomático.

Joe le gruñó.

Afortunadamente, recordé que yo era un tipo rudo de treinta y nueve años antes de derretirme. Estuve a punto, casi.

Los brujos estaban molestos.

–Ha hecho lo necesario para asegurar la supervivencia de los lobos –dijo la mujer, dirigiéndose a los Alfas. Miró a Mark–. Y dado que la manada Bennett se ha visto afectada por unos miembros infectados, debe ser contenida. Si nuestros roles se invirtieran, no dudo que harían lo mismo.

–Mira –dije–. No sé si eso es cierto. Encontraríamos la manera de arreglarlo. Y la estamos buscando.

La mujer ladeó la cabeza para mirarme.

–¿Como el Omega al que arreglaste en Montana?

–¿De qué demonios…? –parpadeé.

"Y tú acabas de tener las garras de un Alfa en la garganta y has sobrevivido para contar el cuento. Fuiste a mi hogar y se te mostró misericordia. Pero yo no soy un lobo, ni soy precisamente un humano. Hay vetas en lo profundo de la tierra. A veces, tan profundo que jamás serán descubiertas. Hasta que alguien como yo llega. Y es a mí a quien deberías tenerle miedo, porque yo soy el peor de todos".

–Exacto –confirmó la mujer–. El Omega al que mataste en el callejón. Un equipo que Michelle había enviado a rastrear a Richard Collins lo encontró antes de que lo hicieran los humanos. Hedía a tu magia, Livingstone. Así que no nos hables de arreglar nada.

–Era un Omega –le gruñí–. Que trabajaba para Collins. No era…

–¿Y qué ocurrirá cuando Mark Bennett se convierta en Omega? –preguntó–. ¿Harás lo mismo por él? ¿Cuando el ansia de sangre lo invada y se pierda en su animal?

Los lobos gruñeron y yo avancé. La fuerza de las defensas me sorprendió, y me hizo apretar los dientes. Se sentía como si mil agujas pequeñas me pincharan la piel, sin penetrar con tanta fuerza como para hacerme sangrar, pero casi. Eran buenas. Mucho mejores de lo que esperaba.

A su favor, los brujos parecían preocupados, y dieron un paso atrás como si pensaran que yo iba a atravesar las guardas a pesar de todo. Eso, o no les gustaba el sonido de los Alfas enojados. Eran más inteligentes de lo que parecían.

Y debería haber terminado allí. Los amenazaríamos, ellos discutirían inútilmente, y nos marcharíamos. La idea de mostrarnos, nos había explicado Ox, era la de asegurarnos de que Michelle Hughes entendiera que sabíamos acerca de ella. Que no seríamos intimidados. Que ella había traído esta pelea hasta nuestra puerta y que, una vez que termináramos con esto, una vez que encontráramos la manera de curar a Carter y a Mark, y nos hubiéramos ocupado de los cazadores, íbamos a ir tras ella.

Pero, en lugar de eso, una figura apareció en el puente.

Por un breve instante pensé que era mi padre, y el corazón me dio un salto en el pecho.

Mark lo oyó y se me acercó. Mis Alfas se frotaron contra mí, las colas agitándose amenazantemente.

Pero no lo *sentí*. Hubiera reconocido la magia de mi padre. No estaba en las guardas. No estaba en estos brujos. Fueran quienes fueran, no le pertenecían.

Un miedo que pronto se transformó en perplejidad cuando vi quién era.

Una perplejidad que se transformó en *rabia* cuando Mark se puso rígido junto a mí.

–¿Dale? –preguntó con la voz estrangulada.

Dale emergió del puente, la nieve crujía bajo sus pies.

–Mark –saludó Dale con una inclinación de la cabeza–. Hola.

–¿Qué mierda estás haciendo aquí? –exclamé.

Dale me echó una mirada fría.

–Estoy aquí en mi rol de brujo de la Alfa Michelle Hughes. Para asegurarme de que las guardas resistan. Es mi trabajo.

Extendió la mano y les dio un golpecito. Un latido profundo resonó en mi cabeza cuando las defensas *estallaron* en color, y sentí lo lejos que llegaban. No solo rodeaban el territorio completo, sino todo Green Creek.

Antes de que pudiera detenerlo, Mark se transformó a medias y se arrojó sobre Dale, los colmillos al aire, los ojos ardiendo naranjas. Chocó contra las defensas, que resonaron con el sonido profundo de una campana pesada. Cayó de espaldas sobre la nieve.

Los Alfas gruñeron mientras caminaban de un lado a otro frente a nosotros. Me arrodillé junto a Mark. Gruñó, los ojos volvieron a su azul hielo.

–Idiota –le espeté y lo ayudé a incorporarse–. ¿Estás bien?

–Bien –respondió, sacudiendo la cabeza. Miró a Dale con furia–. ¿Cómo es posible que seas brujo? No olí magia en ti.

Dale se encogió de hombros.

–Hay maneras de ocultar la verdadera identidad, Mark. No es tan difícil. ¿No es cierto, Gordo?

–Cuando salgamos de aquí –le prometí–, te buscaré primero a ti.

No sabía cómo se las había arreglado para superar mis defensas sin que yo lo supiera, pero ahora no importaba. Se había equivocado al mostrarse.

Dale no parecía impresionado.

–Michelle les dio una oportunidad. Les dijo lo que sucedería si permitían que los lobos infectados vivieran. Hacemos lo necesario para sobrevivir. Seguramente pueden entenderlo.

–Todo este tiempo –dijo Mark, perplejo–. Estuviste trabajando para ella durante todo este tiempo.

Dale parecía casi arrepentido.

–Me importabas de verdad, Mark. Más de lo que pensé que me importarías –me miró de reojo–. Incluso cuando tu mente estaba… en otro lado. Si te sirve de consuelo, estar cerca de un Bennett, conocerte íntimamente, no cambiaría eso por nada del mundo.

Oh, sí. Sería el primero.

Se oyó el familiar chasquido de músculo y hueso, y Oxnard Matheson y Joe Bennett aparecieron de pie, desnudos, en la nieve.

Ahora sí los brujos retrocedieron.

Incluso Dale.

–Estás aquí por Michelle Hughes –dijo Ox, lentamente–. Porque ella te dijo que vinieras.

–Quería...

–Era retórico –gruñó Joe.

Dale se puso blanco como la nieve.

–Tu Alfa –continuó Ox, con la voz mortalmente serena– ha enviado cazadores. A *nuestro* territorio. Para eliminar a *nuestra* manada.

–Tienen órdenes estrictas de ocuparse solamente de los Omegas infectados... –se enfureció la bruja.

–¿Y crees realmente que se detendrán allí? –le preguntó fríamente Joe–. ¿No saben quiénes son? Vinieron una vez. Mataron a mi abuelo. Mataron *niños*. ¿Crees que pararán luego de dos lobos?

La mujer se volvió hacia Dale con los ojos bien abiertos.

–¿Envió a los *King*? Dale, ¿qué demonios está...?

–Sabe lo que está haciendo –exclamó Dale, y la mujer se calló. Dale miró a Ox–. No lastimarán a nadie más.

–Ya han matado a un policía humano –observé.

–Mierda –murmuró otro de los brujos–. Sabía que esto era mala idea.

Dale se puso tenso.

–Si hubo alguna razón...

A Joe no le gustó eso en lo más mínimo.

–La razón fue que estaba en el lugar equivocado en el momento equivocado. Lo asesinaron. Derramaron sangre inocente y eso es culpa de tu Alfa. Esa muerte está en sus manos.

–Dale –suplicó Mark y, cielos, odié tener que escucharlo–. Escúchame. Por favor. Si te importé un poco, necesito que los dejes salir. A mi manada. Déjanos a Carter y a mí aquí, lo acepto. Pero tienes que dejar que los demás salgan.

–Sí –avancé hacia las defensas–. Abre las guardas. Vamos. Te importa él, ¿verdad? Hazlo. Veamos qué pasa.

–Gordo –dijo Mark.

–No –repliqué–. Absolutamente no. ¿Crees de verdad que te dejaré aquí solo? A la mierda con eso y a la mierda contigo.

Me dirigí de nuevo a Dale.

–Ábrelas. Hazlo ahora. Si lo haces, te daré una ventaja. Si no lo haces y logro escaparme, no te gustará lo que haré –miré a los otros brujos que estaban detrás de él–. Eso va para todos ustedes. ¿Piensan que esto puede contenerme? Me llevará un tiempo, pero soy un Livingstone en el territorio Bennett. *Saldré.* Y por más que huyan, los encontraré en donde se escondan.

Por un instante, me pareció que uno de los brujos se quebraría. Los hombres parecían preocupados, la mujer, temerosa.

Pero, finalmente, fue Dale quien avanzó.

Nos separaban apenas unos centímetros, pero estaban ocupados por una pared de magia. Podía ver las defensas perfectamente. Podía ver la magia que habían empleado. El remolino de signos arcaicos que eran cerradura y llave.

–Sabes lo que hay que hacer –dijo en voz baja, aunque tenía que saber que todos los lobos podían oírlo–. La infección debe ser contenida.

–¿Y crees que si hacemos lo que nos piden, si… matamos a Mark y a Carter, esto acabará? No puedes ser tan estúpido.

Miró por encima de mi hombro, y luego volvió a posar la mirada en mí.

–Es posible. Mi Alfa no es el monstruo que tú crees.

Me reí con amargura.

–Se unió al clan de cazadores que asesinó a la mayoría de la manada Bennett. El mismo clan que mató *niños*. Y ella los envió aquí. Si no crees que eso la convierte en un monstruo, entonces tienes una moral muy jodida, amigo mío.

No se inmutó.

–Le ha dado suficientes advertencias a la manada Bennett. Esto no es responsabilidad de ella. Es de todos ustedes.

–Tenemos a Pappas. Lo mataré tan pronto como regrese a la casa.

–La Alfa Hughes sabe que Pappas está perdido para ella. Es lamentable, pero las bajas siempre lo son.

Estampé las manos contra las defensas. Sentí que mis tatuajes ardían. Dale ni siquiera parpadeó.

–Te mataré. Te mataré, mierda.

–Amenazas vacías, me temo –dijo Dale–. Las guardas permanecerán...

–Si me prometes que todos los demás estarán a salvo, iré contigo ahora mismo –dijo Mark–. No me resistiré, juro que no.

–Cierra esa maldita boca –exclamé–. No te lo permitiré. No te lo *permitiré*.

–Gordo. Es...

–No –dije, sacudiendo la cabeza–. Estoy cansado de todos los mártires de mierda de esta manada.

–Qué gracioso que tú digas eso –se burló Mark y dio un paso en mi dirección. Hizo una mueca de dolor al acercarse más a las defensas–. Pero si eso significa...

–¿Y Carter? –preguntó Dale.

–Hará lo mismo –dijo Mark por encima de las protestas de sus Alfas–.

Sé que lo hará. Siempre y cuando me prometas, aquí y ahora, que nadie más saldrá lastimado. Que los cazadores abandonarán Green Creek para no volver jamás.

–Me parece razonable –asintió Dale lentamente.

Y antes de que pudiera decidir cómo bajarle los dientes de un puñetazo, continuó:

–El problema con eso es que no sabemos quién más de tu manada está infectado.

–Nadie más –dijo Mark–. No hay nadie más.

–Sí –concedió Dale con cierta amabilidad–. Eso dices. Pero ¿puedes probarlo? Por lo que sabemos, la manada entera puede estar infectada. Todos los lobos. ¿Podemos correr ese riesgo?

Me di cuenta en ese momento. Debería haberme dado cuenta antes. Pero me había olvidado.

–Está mintiendo.

–¿Mintiendo acerca de qué? –preguntó, sobresaltado.

Miré a mis Alfas.

–Mark fue a ver a Dale. Después de que hablamos con Michelle. Fue a la mañana siguiente. Dijo que iba a romper con él.

–¿Mark? –dijo Ox.

Mark giró la cabeza lentamente para mirarme.

–Sí. Eso hice. Fue… Dijo que… que entendía. Fue más fácil de lo que me había imaginado.

–Y si hubiera querido –dije, la cabeza dándome mil vueltas–, si a Michelle le importaran de verdad los lobos salvajes, Dale podría haberlo matado en ese mismo instante. Pero no lo hizo. No tiene que ver con la infección. No tiene que ver con Mark y Carter. Tiene que ver con toda la manada.

Me volví hacia Dale.

–Michelle Hughes está usando la infección como excusa. Para eliminarnos. A todos. Ella sabía. Antes. Acerca de Pappas. Aunque Pappas pensaba que no. Sabía. Y lo envió aquí de todos modos, sabiendo lo que podía suceder.

Dale no dijo nada. Se me quedó mirando.

–¿Dale? –preguntó la mujer, insegura–. ¿De qué está hablando?

–La infección nunca fue lo importante –aseveré, clavándole la mirada a Dale–. No quiere a la manada Bennett. No quiere a Joe. Quiere el territorio para ella. Quiere Green Creek. Envió a los cazadores para que acaben con todos nosotros. El resto es extra. ¿Cómo lo hizo? ¿Encontró a mi padre? ¿Lo obligó a hacer esto?

–Ay, Gordo –se rio Dale–. Por más lejos que huyas, por más que intentes ocultarte, siempre vivirás bajo la sombra de ser un Livingstone, en cada centímetro de tu piel. Es algo de lo que nunca podrás escaparte. No. No, no tiene nada que ver con Robert Livingstone. Y tampoco yo, antes de que preguntes. Él… No sabemos dónde está. Hasta donde sabemos, está muerto.

–¿Qué hay del resto? –preguntó Joe, los ojos rojos.

Dale no se intimidó.

–Es resto es como es. Ustedes están a cargo de este lugar. Siempre lo han estado. Green Creek ha sido el refugio de los Bennett mucho antes de que ustedes fueran siquiera una idea. Alfa Hughes entiende eso. Y dado que no parecen aceptar su lugar en el mundo, ella se los quitará.

–Eso nunca fue parte de… –dijo la mujer.

–Una palabra más y terminarás allí dentro con ellos. ¿Entendido? –le dijo Dale, sin siquiera darse vuelta.

Los brujos no dijeron nada.

–Fue una decisión difícil –dijo, con la audacia de parecer sentirlo–. Le costó. Le causó gran dolor. En particular… en particular Pappas. Era su segundo. Le importaba. Pero sabía que para proteger a todos los lobos, era necesario tomar una decisión. Y, al final, tuvo la fuerza de tomarla. Es la Alfa de todos. Sí, en el pasado los subestimó. No volverá a hacer lo mismo. Los cazadores son la solución final.

–Porque nos eliminaremos mutuamente –dije lentamente cuando la última pieza del rompecabezas cayó en su lugar–. Y Green Creek quedará disponible.

–Eres más inteligente de lo que la mayoría piensa –dijo Dale, y me pareció increíble que Mark hubiera creído en su mierda–. Este lugar es distinto. Alfa Matheson puede dar fe de eso. La magia que hay en la tierra lo llevó a convertirse en Alfa humano por necesidad. No había Alfa aquí, y el territorio *necesitaba* uno. Estabas aquí, Gordo, como guardián, pero hasta tú te marchaste. Había una manada, pero nadie que la liderara. Así que Ox se convirtió en lo que hacía falta –sacudió la cabeza–. No puedo ni imaginarme el poder que existe en este lugar. Y no puedo esperar a averiguar cuán profundo es.

Los lobos avanzaron hasta que estuvimos hombro con hombro frente a los brujos, frente a Dale. No retrocedió, a diferencia de los que estaban detrás de él, que dieron un paso atrás. Oí la furia en mi cabeza, las canciones de los lobos que querían hundir los colmillos en la carne de aquellos que nos enfrentaban. A través de nuestros hilos, el resto de la manada aullaba su enojo.

–Michelle jugó su mano demasiado pronto –dijo Ox, la voz grave y fuerte–. ¿Quieren guerra? Pues tendrán una. Porque una vez que hayamos acabado con los cazadores, iremos a buscarlos. Y como dijo mi brujo, por más que se escapen, los encontraremos.

Y giró sobre sus talones y se fue en dirección a los árboles.

Joe escupió en el suelo frente a los brujos antes de seguir a su compañero. Oí los sonidos de ambos transformándose y luego el aullido de Ox, haciendo temblar la quietud que nos rodeaba.

Hasta Dale se estremeció al oírlo.

–La han cagado –les dije, con una sonrisa tensa–. Quizás no sea más que un ignorante de un pueblito que trabaja en un taller de autos. Pero tengo buena memoria, y recordaré sus caras. Harían bien en empezar a correr ahora. Porque la última vez que alguien atacó a nuestra manada, terminó sin cabeza. Y pueden apostar que será lo *mínimo* que les haré.

Giré para seguir a mis Alfas.

Di unos pocos pasos y miré hacia atrás por encima del hombro.

Mark estaba de pie frente a los brujos. Las manos en puños. No hablaba, pero tampoco lo hacía Dale, y no pude evitar sentir una punzada de furia en su nombre. Quizás Dale no había significado mucho para él, no a largo plazo, pero había significado *algo*. Dale lo había usado. Juré que sería una de las últimas cosas que haría.

–Mark –llamé.

Mark saludó a Dale con una inclinación de cabeza para luego darle la espalda y caminar hacia mí.

Sus ojos ardían naranjas.

Quería decirle algo, *lo que fuera,* para que las cosas volvieran a estar bien, para que volvieran a como habían sido la noche anterior, pero no encontré las palabras.

Así que hice lo único que se me ocurrió cuando él pasó junto a mí: me estiré y lo tomé de la mano.

La tensión de sus ojos se relajó. Bajó la vista hacia nuestras manos, y luego la alzó hacia mí.

Arqueó una ceja.

–Cállate –mascullé–. Si haces un gran aspaviento acerca de esto, te entregaré yo mismo a Dale.

Me apretó la mano.

Y yo nos conduje a casa.

VEN A BUSCARME / JUEGO DE LA SOGA

—Hijos de puta –gruñó Chris–. Qué perras malditas. ¿Quién demonios creen que son?

–Bastardos –dijo furioso Tanner–. Todos. ¿Puedo dispararles? ¿Por favor? Por favor, dime que puedo dispararles.

–En las pelotas –escupió Rico–. Les voy a disparar en las pelotas y, mientras gritan de dolor, les voy a meter el puño por la garganta hasta llegar al estómago. Y *luego* les voy a quitar el estómago por la boca y arrojarles el *contenido* de sus tripas a la cara, y lo *disfrutaré*.

Todos nos giramos lentamente para mirarlo.

–¿Qué? –protestó–. Están en nuestro *taller.*

Estábamos escondidos enfrente, agachados detrás de los restos del restaurante. La nieve seguía cayendo, la tregua había concluido. Caía con fuerza de nuevo. Robbie había encontrado una radio vieja en la casa azul. Ox dijo que había sido de su madre, y que solían bailar en la cocina con la música que tocaba. Nos habíamos arreglado para encontrar una estación de radio de Eugene, gracias a la cual nos enteramos que la tormenta duraría al menos unos días más.

El remolque seguía caído de costado en el restaurante, sostenido precariamente por el brazo de la grúa. Una fina capa de hielo cubría el lado del conductor y la grúa, por la nieve que había traído el viento. No parecía que nadie más hubiera entrado al restaurante, y di las gracias por pequeñeces como esa. O la tormenta o las advertencias de los cazadores habían mantenido a la gente dentro de casa. No sabía cuánto duraría.

El clan King se había apoderado del taller.

Podíamos verlos dentro, moviéndose. Las luces estaban encendidas, y una de las puertas del taller estaba abierta. Habían estacionado las camionetas al frente en forma de barricada, parachoques contra parachoques. Algunos cazadores parecían patrullar y recorrían el exterior del taller. Había uno parado sobre el techo de una de las camionetas, haciendo guardia.

Jones había desaparecido, al igual que su patrulla. No sabía qué habían hecho con su cuerpo.

Quería atacarlos de frente. Para obligarlos a salir. Para eliminar a la mayor cantidad posible. Pero Ox había dicho que se trataba solamente de un reconocimiento del terreno. Y, si era necesario, para generar una distracción.

Porque los lobos estaban en marcha.

–Más vale que no toquen mis herramientas –mascullό Chris–. Esa mierda es cara.

Jessie resopló, burlona.

–Qué claras que tienes las prioridades.

–¡Ey! ¿Sabes cuánto me llevó…?

–Cállense –gruñí, bajando los binoculares–. Todos.

–Ah, claro –se quejó Tanner, con el tono más caprichoso que le oí poner en la vida–. Miren al jefazo. Haciéndose el duro y eso. Vi cómo te besó la frente Mark antes de que saliéramos y la expresión asquerosa que tenías en el rostro al verlo alejarse.

–Es verdad –gimió Rico–. ¿Vamos a tener que soportar eso ahora? Quiero decir, ya tenemos suficiente con Ox y Joe. Se suponía que serías un imbécil para siempre. ¿Cómo debo comportarme ahora que eres un imbécil con corazón de oro? Me está jodiendo la cosmovisión, amigo. No está bien.

–¿No haces lo mismo con Bambi? –le preguntó Chris.

–Me gustan sus tetas. Y cómo me hace pensar. No esa mierda de magia mística lunar. Es pasión carnal de cuerpo y mente.

–Sí que tiene un buen par de tetas –confirmó Jessie, estirando la mano para limpiar el vaho de la ventana.

Lentamente, todos giramos para mirarla.

Puso los ojos en blanco.

–¿Qué? Es cierto. Y al menos yo no parezco una pervertida cuando lo digo.

–Eso no arregla nada –dijo Chris, mirándola con recelo.

Maldito Equipo Humano.

–No tiene importancia –suspiró Rico–. Probablemente romperá conmigo. Quiero decir, ¿meter en su bar a todas las personas que podamos con la menor explicación posible? Eso no le caerá bien.

Había sido idea de Carter. El Faro estaba lo más alejado de la calle principal que se podía sin salir de Green Creek. El pueblo en sí era pequeño, con apenas unos cientos de residentes. Muchos de ellos vivían en casas desperdigadas alrededor de Green Creek, separadas por kilómetros. Menos de cien personas vivían en Green Creek mismo, y muchos ya se habían ido para evitar la tormenta. Los más resistentes se habían quedado para tapiar las ventanas. No sabíamos todo lo que tenían planeado hacer los cazadores, y no queríamos arriesgarnos. Los lobos se estaban moviendo con rapidez por el pueblo, reuniendo a la mayor cantidad de gente posible y llevándolos al bar. Mark no había estado muy contento ante la idea de que los humanos estuvieran a cargo de ubicar a los cazadores y de ocuparse de que se quedaran donde estaban, pero en cuanto Carter le señaló que debía dejar de pensar con el pene, cedió.

Bueno, casi. Cedió después de derribar a Carter y aplastarle la cara en la nieve hasta que su sobrino literalmente gritó "¡tío!".

Después, ni siquiera me miró.

No supe qué hacer con eso.

Los Bennett eran conocidos, y no pensé que tendrían mucho problema para convencer a la gente de seguirlos, en especial en vistas de lo que Elijah había dicho al llegar. La historia que se contaba era la de unos palurdos adictos a la metanfetamina que estaban decididos a causar problemas. Robbie aseguraba que era una historia creíble y que eso mantendría a la gente apartada.

–Eso o aparecerán corriendo con sus armas –dijo, subiéndose las gafas por la nariz–. La gente se pone rara cuando se trata de palurdos adictos a la metanfetamina.

Los lobos podían moverse más rápido que nosotros.

Y había que pensar en los Omegas salvajes.

Los que Elijah consideraba sus mascotas.

Sabía que si otro lobo se acercaba al taller, lo olfatearían enseguida. Pero éramos humanos, y la tormenta era intensa. Incluso si los Omegas tenían intacta alguna parte de sus mentes, llamaríamos menos la atención que el resto de la manada.

Por esa razón llevábamos una hora escondidos en el restaurante.

Estaba bien.

Todo estaba bien.

–Siento que tenemos que hablar acerca del elefante en la habitación –dijo Tanner.

–¿Te refieres a Dale?

–Exacto. Es decir, ¿le hacemos pagar a Mark por ignorar la magia mística lunar y acostarse con el enemigo? ¿O es culpa de Gordo por ignorar la conexión con el lobo que quiere conocerlo carnalmente a la luz de la luna llena?

Nada estaba bien.

–Muchachos –interrumpió Rico, envolviéndose más en su abrigo mientras tiritaba–, este no es el mejor momento para hablar de eso.

–Gracias, Rico… –dije, sorprendido.

–Porque antes de que podamos hablar de culpar a Mark o a Gordo –continuó–, necesitamos descubrir si Dale hizo algún truco de control mental de *brujo* con Mark para hacer que se lo cogiera.

A la mierda. A la mierda con cada uno de ellos.

–Ajá –afirmó Chris, frotándose la mejilla–. Nunca lo había pensado así. Ey, Gordo.

Lo ignoré.

–Gordo.

–¿*Qué*? –lo miré con odio.

–¿Le habrá hecho Dale algún truco de control mental a Mark para someterlo sexualmente?

No tenía ningún sentido de autopreservación.

Le ordené a Jessie que controlara a su hermano.

Ladeó la cabeza y me miró.

–¿Por qué? Yo también quiero saber. Ahora que tú y Mark serán…

–No seremos *nada* –le gruñí.

Se volvieron lentamente para mirarme.

–Gordo. Te das cuenta de que eres un mentiroso, ¿verdad? –dijo Jessie, y miró a su hermano–. Lo sabe, ¿o no?

–Gordo no sabe cómo lidiar con sus sentimientos –suspiró Chris–. Necesita fingir que es un idiota, pero en realidad está pensando en tener los muslos de Mark alrededor del cuello.

–Ahora yo estoy pensando en los muslos de Mark alrededor de su cuello –se quejó Tanner con una mueca–. Uff.

–Un corazón de oro –declaró solemnemente Rico.

–Los odio a todos –murmuré, y levanté los binoculares de nuevo, con la esperanza de que allí quedara la cosa.

No quedó allí.

–Vamos a resolver esto –prometió Chris en voz baja. Me puso la mano en el brazo–. Lo sabes, ¿verdad? Tienes permitido ser feliz. Estará bien. Carter también. Vamos a superar esto.

Y era eso, ¿no es cierto? Odiaba lo bien que me leían, aunque no supieran del beso que estuvimos a punto de darnos en el dormitorio de Mark. Por un lado, quería haber sido más fuerte, haberme dado la media vuelta y marcharme, y dejarlo allí parado. Pero eso no era nada en comparación con el recuerdo antiguo de cómo se sentía su boca contra la mía. Cómo se sentía su peso contra mí. La sensación de sus manos en mi piel. Había mantenido todo encerrado por demasiado tiempo, metido en una caja cerrada con cadenas, en una esquina oscura, juntando polvo.

Pero ahora las cadenas se habían quebrado, la caja se había partido en dos.

Durante mucho tiempo, Mark no había sido más que un fantasma. Incluso cuando estaba de pie frente a mí, incluso cuando peleábamos lado a lado, rara vez me permitía pensar en lo que habíamos sido. Lo que podríamos haber tenido si no fuera por la manada y los lobos y la jodida tozudez humana.

Por supuesto, había durado hasta que el mundo se vino abajo a nuestro alrededor.

Estaba fingiendo ser fuerte. Y valiente. Pero yo seguía siendo un experto en Mark Bennett, tanto como la primera vez que nos besamos.

Estaba asustado.

Iba más allá de la idea de convertirse en Omega, más allá de la idea de perder su lazo.

Yo había perdido a mi manada. Una y otra y otra vez.

Pero él también.

Me había olvidado de eso.

En mi enojo. En mi pena.

Ahora se encontraba enfrentado a la posibilidad de perderla de nuevo.

Y yo no sabía aún como evitar eso.

Jessie me apretó la mano con la suya, y solo en ese momento me di cuenta de que estaba temblando.

Respiré hondo y exhalé lentamente.

–Estoy bien –dije, con la voz ronca–. No te preocupes por mí. Hay otras cosas…

Allí.

Junto a la puerta abierta del taller.

Dos lobos salvajes.

El lobo rojo mantenía la cabeza gacha, la nariz cerca del suelo.

El lobo gris tenía la cabeza levantada y retorcía las orejas.

Les habían quitado las largas cadenas, pero aún tenían eslabones de plata alrededor del cuello, a modo de collar. Parecía como si la plata estuviera incrustada en la piel.

–Mierda –murmuré–. Omegas. Los dos. Siguen adentro.

Rico gruñó por lo bajo.

–¿Es mucho pedir que los hombres lobos malvados mueran después de ser arrojados al otro lado del camino por un brujo?

–¿Elijah? –susurró Jessie.

Negué.

–¿Cuántos hay?

–Veinte. Por lo que puedo ver.

–¿No puedes…? No sé –dijo Tanner–. ¿Matarlos? ¿De alguna manera? ¿Congelar el aire en sus pulmones o algo así? La luna llena es en dos días. Nos estamos quedando sin tiempo. No entiendo por qué no podemos encarar esto de frente.

–Ox y Joe dijeron que era una operación de reconocimiento únicamente –le recordó Chris–. No quieren que hagamos nada que haga que nos noten.

–Lo sé, pero por qué no podemos reunir a la manada y pintar las calles de rojo con su… Demonios, me he convertido en un monstruo rabioso –Tanner sacudió la cabeza–. No creo que sea algo bueno.

–Sabes por qué –observó Jessie, limpiando la ventana de nuevo–. Jones murió por culpa de ellos. No podemos arriesgarnos a que lastimen a nadie más. No hasta que sepamos más.

Las orejas del lobo gris se movieron. Giró la cabeza en nuestra dirección.

–Abajo –siseé.

Caímos todos al suelo del restaurante.

El viento aullaba afuera.

El aire estaba frío.

El corazón me latía a toda velocidad.

Sentí en mi cabeza a los lobos en un estallido de color, de *ManadaHermanoAmorBrujo*. Les envié de vuelta ondas tranquilizadoras, aunque no parecía muy sincero. No sabía si me creerían.

–Manténganse abajo –les susurré–. No se muevan a menos que yo les diga.

–¿Qué...? –empezó a decir Chris, pero yo sacudí la cabeza, y se calló.

Inhalé profundo y contuve la respiración.

Me incorporé.

Espié por encima del mostrador hacia la ventana.

Los hombres seguían dando vueltas dentro del taller. Los que estaban afuera se movían de un lado a otro en la nieve.

El lobo gris estaba de espaldas, mirando hacia el taller. El lobo rojo no estaba en ningún lado.

Probablemente había entrado al taller.

Exhalé.

–Bueno. Todo en orden. Estamos...

Un gruñido bajo a mi derecha.

Giré la cabeza.

Allí, con la cabeza pegada al suelo para mirarnos desde el otro lado del remolque, estaba el lobo rojo.

–Bueno, mierda –dije.

Los labios del lobo temblaron sobre los filosos colmillos.

Aplastó las orejas hacia atrás.

No podía pasar para llegar hasta nosotros. Al menos no todavía.

Chris, detrás de mí, ahogó un grito.

Alcé la mano sin apartar la vista del lobo.

Sus ojos violetas destellaban en la nieve.

–Lento –dije con voz calma–. Hacia atrás por donde vinimos. Nada de movimientos súbitos.

–Gordo –dijo Tanner, pero yo solamente sacudí la cabeza.

–Ahora.

Los oí moverse. La mirada del lobo pasó por encima de mi hombro, pero chasqueé los dedos para enfocar su atención de nuevo en mí.

Gruñía por lo bajo. No aparté la mirada.

Los demás se movían detrás de mí. Sabía que no teníamos mucho tiempo. O el lobo intentaría atacarnos o los cazadores notarían nuestra presencia. La manada estaba demasiado lejos.

Pero me había enfrentado a cosas peores.

Había visto monstruos en la oscuridad.

Este imbécil no tenía idea de con quién se estaba enfrentando.

–Voy a matarte –le dije al lobo con una sonrisa–. A todos ustedes. Es solo cuestión de tiempo.

Gruñó más fuerte y avanzó hacia adelante. Sus hombros chocaron contra el remolque, que crujió de una manera inquietante, el brazo de la grúa raspó el suelo, la estructura tembló. Al lobo no le gustó el ruido, y retrocedió un par de pasos.

–Vamos –murmuré–. Vamos.

El cuervo aleteó.

El lobo se agachó y empezó a arrastrarse hacia mí, las garras negras se clavaban en la nieve.

–Eso es –dije–. Ven a buscarme, maldito.

Retrocedí despacio.

Me gruñó.

Por una ventana rota entraron copos de nieve.

Se oyeron risas de los hombres en el taller, cruzando la calle.

El vidrio crujió bajo mis pies.

El lobo estaba abajo del remolque, las garras clavándose en madera y hielo mientras se arrastraba hacia mí con las fauces bien abiertas.

Nunca más.

El cuervo voló.

La manada lo supo. Lo sabían. Los sentí. A todos.

Los Alfas estaban allí. En mí. En mi mente.

gordo gordo gordo

Y Mark.

Siempre Mark.

Tironeé de esos hilos. Los que nos conectaban a otros. Y empujé.

Se oyó el chillido del metal al doblarse el brazo de la grúa, el remolque se estremeció.

El lobo abrió la boca y alzó la cabeza para *aullar* y…

La grúa cayó de costado, el suelo de linóleo se partió bajo su peso.

Aterrizó fuera del restaurante, en la nieve.

Por un momento, el remolque quedó suspendido.

El aullido del lobo quedó interrumpido antes de empezar cuando el remolque colapsó sobre él. Oí un crujido húmedo cuando seis toneladas de metal se encontraron con hueso y músculo.

No dudé.

Mientras los cazadores empezaban a gritar advertencias, me incorporé y empecé correr hacia la parte trasera del restaurante. La puerta por la que habíamos entrado colgaba en las bisagras, abierta. La nieve caía. Una oleada de aire frío me envolvió al cruzar el umbral; miré por encima del hombro para asegurarme de que el lobo no hubiera sobrevivido la caída del remolque y me estuviera persiguiendo.

No había sobrevivido.

–Me parece que está muerto –le dije a los otros–. Me parece que…

Me choqué con alguien.

Giré.

Chris. Me habría tropezado con Chris. Rico estaba a su izquierda. Jessie a su derecha. Tanner estaba del otro lado de Jessie.

No se movían.

–¿Por qué demonios se han detenido? –quise saber, y me abrí paso entre ellos–. Tenemos que… *Maldito bastardo*.

En el callejón de atrás del restaurante, frente al Equipo Humano, estaba el lobo gris.

No había tenido mucho tiempo para analizar sus características cuando me había atacado el día de la llegada de Elijah a Green Creek. Sabía que era grande, casi más grande que cualquier otro lobo que hubiera visto, pero, ahora, aquí, tan cerca, comprendí lo enorme que era. Antes de Ox, Thomas Bennett había sido el lobo más grande que yo había visto. Antes de él, Abel, su padre. Carter era más grande que sus hermanos, incluso que Joe, su Alfa, pero ninguno de ellos se comparaba al Omega frente a nosotros.

Me clavó la mirada.

Retrocedí un paso.

Sus fosas nasales aletearon y, por un breve instante, el violeta de sus ojos pasó a ser un café barroso oscuro que me pareció casi *familiar*, pero luego el violeta volvió con mayor intensidad que nunca.

Solo había dos maneras de salir de esto.

Por el callejón detrás del lobo.

O de vuelta por donde habíamos venido, el frente del restaurante.

Hacia los cazadores.

Tanner y Rico tenían las armas desenvainadas pero las habían bajado, porque sabían que los disparos atraerían la atención de los cazadores.

Los cuchillos que Chris ocultaba en sus mangas saltaron hacia adelante.

Jessie golpeó la vieja barreta de Ox contra su hombro.

El lobo no estaba impresionado.

Dio un paso hacia nosotros y…

–A la mierda –dijo Jessie.

Y antes de que pudiera detenerla, me apartó, corrió tres pasos y le atizó la barreta por la cabeza al lobo.

La barreta que estaba recubierta de plata.

El lobo gimió de dolor y apartó la cabeza a un lado; tenía una quemadura que le recorría el hocico y la mejilla hasta el ojo, que estaba cerrado y sangraba. Bajó la cabeza y se tocó con furia la herida humeante, que aún no se cerraba.

–Vamos –nos arengó Jessie, escapándose danzando del lobo que intentó morderla y falló por medio metro.

Rico y Tanner la siguieron, rodeando al lobo herido. Intentó darse vuelta para atacarlos, pero Chris estaba del otro lado y le tajeó el lomo al lobo mientras escapaba por el espacio estrecho entre el restaurante y la pared de ladrillos de la ferretería de al lado. El lobo giró la cabeza y le lanzó mordiscos, pero demasiado tarde, cuando ya corría para unirse a los otros.

Rojo goteando sobre blanco.

El lobo se volvió hacia mí.

Dio un paso.

Alcé una mano, las rosas florecieron debajo del cuervo, listas para acabar con el asunto.

Pero, entonces, *titubeó.*

El lobo resopló y sacudió la cabeza violentamente de lado a lado. La cadena que le rodeaba el cuello apenas se movió, los eslabones enterrados profundamente en su piel. Parpadeó rápidamente con su ojo bueno y bajó el hocico, echándose nieve sobre él, dejando estelas de sangre a su paso.

Y yo… no pude hacerlo.

–Gordo –gritó Rico–. ¡Mueve el trasero!

Me moví.

El Omega apenas si me miró de reojo.

–¿Qué demonios le sucede? –me preguntó Chris en cuanto los alcancé, al otro lado del callejón en la parte trasera del restaurante.

Lo miré. El Omega se estaba tocando de nuevo la herida con la pata.

–No lo sé.

–¿Por qué no lo mataste? –me preguntó Jessie, mientras se alejaba del restaurante.

No respondí.

A medio camino en dirección a El Faro, nos encontramos con Mark y Elizabeth. Elizabeth se me acercó primero mientras Chris, Tanner y Rico compartían su indignación acerca de los cazadores en el taller con Mark.

–¿Todo está bien? –me preguntó, y recordé a Thomas diciéndome que nunca había existido otra persona para él.

–Sí –murmuré.

–Acabó con uno de los Omegas –le contó Jessie, mirándome con curiosidad–. El rojo. Le dimos unos golpes al más grande, pero seguía de pie hasta donde sabemos.

–¿Y Elijah?

Jessie sacudió la cabeza.

–¿Gordo? –me preguntó Elizabeth, tocándome el brazo.

Parpadeé.

–Estoy bien –respondí.

No pareció creerme, pero lo dejó pasar. Miró por encima del hombro en dirección a los otros.

–Recogimos a todos los que pudimos –dijo, bajando la voz–. Están en El Faro.

–Algo no está bien –afirmé, porque la *conocía.*

Suspiró.

–Mark.

–¿Qué pasa con él? –el estómago me dio un salto.

Sacudió la cabeza.

–Hubo... un hombre. ¿Jameson? Me parece que se llama Jameson. Vive en el parque de caravanas –arrugó la nariz–. Huele horrible.

–¿Un tipo grande? ¿Con bigote?

Jameson se comportaba como un imbécil en un día bueno, y estos no eran días buenos.

Asintió.

–No quería venir con nosotros. Nos dijo que lo dejáramos en paz. Mark... no se lo tomó bien. Se enojó, pensé que se transformaría allí mismo. Asustó a Jameson. Lo olí, aunque intentó ocultarlo.

–¿Se quedó? –pregunté, no me gustaba la dirección que estaba tomando la conversación.

–No –dijo–. Aceptó venir después de que Mark atravesara la pared de su caravana con el puño.

–Dios.

–Es la luna, creo. Jala de él. Se está volviendo más poderosa. Fuera lo que fuera, Mark logró salir casi enseguida. Pero está sucediendo, Gordo. Carter. Y ahora Mark.

Incluso después de todo lo que había sucedido, me sorprendió mi capacidad para sentirme hecho polvo al oír el *miedo* en la voz de Elizabeth Bennett.

–Lo solucionaremos –le aseguré, aunque me sentí un mentiroso.

–Estoy bien –dijo Mark cuando nos acercamos a El Faro con la nieve crujiendo bajo nuestros pies. La electricidad seguía funcionando, y El Faro estaba iluminado como si fuera viernes a la noche.

–¿Seguro?

Puso los ojos en blanco.

–Me irritó.

–Jameson.

–Sí. No escuchaba.

–Así que le hiciste un agujero en la casa de un puñetazo.

–Después de eso nos escuchó.

–Mark.

–Gordo.

–¿Puedes parar? –dije, tomándolo del brazo–. Mierda. No puedes esconder esto. No de mí.

–Eso casi es gracioso viniendo de ti. Hablar de esconder cosas.

Me dolió, aunque me lo merecía. No era típico de Mark. No *revolvía* heridas abiertas.

–No seas idiota.

–Lo siento –hizo una mueca–. No sé de dónde salió eso.

Estaba mintiendo. Ambos sabíamos perfectamente bien de dónde había salido.

–Necesito saber que estás en control. No puedes entrar a una habitación llena de humanos si existe la posibilidad de que los ataques.

Por un momento, me pareció que se apartaría. Respiró por la nariz mientras los demás entraban. Cuando la puerta se abrió, se oyeron voces, algunas enojadas. No disfrutaba la idea de tener que enfrentarme a las personas que se habían quedado en el pueblo. Con suerte, se habrían creído la historia de mierda que les habíamos vendido.

–No voy a lastimarlos –dijo Mark, con el ceño fruncido.

–Muéstrame los ojos.

–Gordo…

–Hazlo, Mark.

Sus ojos centellearon.

Naranja. Solo naranja.

Respiré, aliviado.

–Solo... quédate cerca de mí, ¿está bien?

Retorció los labios. Vi un indicio de dientes.

–¿Vas a mantener a todos a salvo del lobo malote?

–Cielos. Eso no sucederá. Nunca. ¿Me oyes? De hecho, repite eso y te mataré yo mismo. Creo que me gustaba más cuando nos odiábamos.

–Nunca te odié, Gordo –dijo, tomándome de la mano.

Aparté la mirada. Quería decirle lo mismo, pero no podía. Porque yo lo había odiado. Los había odiado a todos. Me había llevado un largo tiempo descubrir la manera de parar. Y no sabía si lo había logrado del todo aún.

–Lo sé –me dijo con tristeza–. Está bien. No llevó más que mi ex fuera un brujo malvado y perder la cabeza para que volvieras a mí. Valió la pena, si me preguntas.

–Eso no es gracioso –dije, con la voz ronca.

–Un poco.

–Cuando esto termine, tenemos que tener una larga charla acerca de eso que llamas tu sentido del…

En ese momento, se movió, tan rápido que casi no pude seguirlo. En un instante estaba frente a mí, tomándome de la mano. Al siguiente, me empujó detrás de él mientras comenzaba a transformarse, un gruñido surgió de lo profundo de su garganta.

Miré por encima de su hombro.

El lobo gris estaba de pie en medio de la calle.

Su cara no había sanado aún, no del todo. La plata de la barreta era fuerte, y el lobo era un Omega. Su poder para sanar había decrecido. La herida se estaba cerrando, pero tenía el hocico manchado de sangre y el ojo derecho cerrado por la inflamación.

Y estaba enojado.

–Entra –me gruñó Mark.

–Vete a la mierda –le espeté–. No voy a dejarte…

–Si es como los otros, te atacará primero a ti. No puedo pelear con él si estoy preocupado por…

–No *necesito* que te preocupes por… ¡*Mierda*!

Empujé a Mark hacia el costado cuando el lobo salvaje se arrojó hacia nosotros. Volamos sobre la nieve y Mark cayó primero al suelo. Aterricé sobre él mientras el lobo se deslizaba hacia nosotros, lanzando dentelladas a centímetros de mi cuello. Su aliento caliente hedía y casi podía sentir su *peso* en el aire encima de nosotros.

–Así que solo querías estar encima de mí –dijo Mark desde abajo.

–En serio –grité, poniéndome de pie–. *Este no es el momento.*

El lobo había aterrizado cerca del bar, había resbalado en la nieve pero sin caerse. Sus orejas se movieron hacia el edificio y supe que podía oír docenas de latidos dentro. Sus ojos centellearon violetas, dio un paso hacia la puerta del bar y…

–¡Ey! –le grité, tratando de llamarle la atención–. ¡Por aquí, chucho estúpido!

Volvió la cabeza hacia mí despacio.

Tragué.

Realmente era un lobo muy grande.

Mark estaba junto a mí, transformado a medias, y antes de que pudiera regañarlo por *eso*, el lobo gris se agazapó, listo para atacar.

Se oyeron gritos dentro.

Todos vacilamos.

Y, entonces, Carter salió a las apuradas de El Faro, cerró la puerta tan violentamente que la madera se astilló.

Él también estaba transformado a medias, y en ese momento me di cuenta de que la gente dentro del bar *lo había visto*, pero antes de que pudiera procesar el tremendo error que había cometido, él se arrojó sobre el lobo por la espalda.

Cayó con fuerza y se patinó en la nieve. La cara de Carter se alargó, le brotó cabello de las mejillas y le gruñó al lobo debajo de él. El lobo gris se incorporó rápidamente, quitándose de encima a Carter y arrojándolo a la nieve.

Carter aterrizó, los ojos naranjas bien abiertos, jadeando.

El otro lobo se incorporó lentamente sobre él, mostrándole los dientes.

Toqué la runa de mi brazo, listo para prender fuego al hijo de puta, y Elizabeth apareció en el umbral, los ojos ardiendo, lista para enfrentarse a cualquiera que intentara atacar a su hijo, y Ox y Joe rugieron desde el interior de El Faro, su canción de Alfas nos invadió a todos porque un miembro de su manada estaba en peligro, un miembro de la *manada* estaba a punto de…

El lobo gris dejó de gruñir.

Entrecerró los ojos.

Cuando bajó la cabeza, Carter alzó las garras, decidido a golpearlo, a quitarle los ojos como había entrenado, pero…

No sucedió.

El lobo… lo olió, nada más.

Tenía los ojos violetas y el pelo erizado, pero acercó el hocico al pecho de Carter e *inhaló*.

–Eh –dijo Carter, ceceando con la boca llena de colmillos–. ¿Muchachos? ¿Qué demonios está sucediendo?

–Carter –dijo Elizabeth–. Necesito que…

Joe y Ox aparecieron detrás de él, ignorando la cacofonía de voces que se elevaba detrás de ellos. Tenían los ojos rojos, y cuando Joe vio a su hermano en el suelo con un lobo extraño encima, intentó hacer a un lado a su madre. El lobo gris lo oyó venir y le dio la espalda a Carter para gruñirle a Joe. Empezó a ir hacia atrás despacio, cubriendo a Carter hasta que este se vio obligado a retroceder de espaldas en la nieve.

–¿Qué mierda está pasando? –chilló Carter, saliéndose de su transformación de la sorpresa, cuando se encontró con una cola en la cara.

–Joe –llamó Elizabeth, y su hijo se detuvo antes de llegar al lobo salvaje–. No lo hagas.

–Pero lo va a lastimar –replicó Joe sorprendido, mirando a su madre.

–Creo que no –dijo Mark, pensativo –. Está… protegiéndolo.

–¿De *qué*? –preguntó Joe.

–De ti. De todos nosotros. Retrocede, Joe.

–Pero…

–Joe.

Joe obedeció a su tío.

El lobo gris lo miró receloso, parado sobre Carter. Una vez que estuvo seguro de que Joe no representaba una amenaza, se giró y volvió a poner el hocico sobre el pecho de Carter, gruñendo desde lo profundo de la garganta.

Carter trató de apartarle la cara, pero le lanzó una dentellada, y gruñó a modo de advertencia.

–¿Qué problema tiene? –preguntó Carter, irritado.

–Me parece que le gustas –dijo Elizabeth, suavemente.

–¡Ay, cielos, madre, *gracias* por tu aporte! ¡No sé *qué* haría sin ti!

–No habrías nacido sin ella –le informó Joe, tan servicial como siempre.

–¡Ox! –gritó Carter, tratando sin éxito de quitarse de encima al lobo–. Haz tu cosa de Alfa "soy tan especial" y *quítame* de encima a este maldito.

–Me parece que te estás arreglando muy bien tú solo –dijo Ox, bajando del bar hacia la nieve. El lobo gris lo miró con odio por encima del hombro. Ox se aseguró de mantener la distancia al acercarse a nosotros, para indignación de Carter.

–¿Qué pasó? –nos preguntó en voz baja–. ¿Rico dijo que los cazadores estaban en el taller?

–Como si ya no tuviera suficientes ganas de matarlos, encima están tocando mis cosas –observé, con el ceño fruncido.

–Se preocupa por lo importante –le dijo Mark a Ox, y consideré seriamente hacerlo volar al otro lado del estacionamiento del bar. Pero me pareció que no le vendría bien a lo que sea que estaba sucediendo entre nosotros, así que no lo hice.

–No me gusta cuando la gente toca mis cosas.

–Estoy seguro de que Dale estaría de acuerdo con eso –dijo Ox, porque, aunque era un Alfa, seguía siendo una perra.

Mark ahogó una risa.

–Maté al lobo rojo. Aplastado bajo el remolque.

–¿Te siguieron? –preguntó, negué con la cabeza.

–Los muchachos y Jessie se aseguraron de cubrir nuestro rastro la mayor parte del camino.

–¿Y qué está pasando ahí? –preguntó, señalando con la cabeza hacia el lobo, que había mordido el cuello del abrigo de Carter y estaba intentando llevárselo consigo. No pintaba bien la cosa para el lobo salvaje, dado que Kelly había emergido del bar lanzando un impresionante grito de batalla, se había aferrado a la pierna de su hermano, y tironeaba en la dirección opuesta.

–No tengo la más mínima idea.

–¡Kelly! –gritó Carter–. ¡Sálvame!

–Eso *intento* –le gritó a su vez Kelly.

El lobo gris agitó la cabeza bruscamente hacia atrás, tratando de quitarle Carter a Kelly, mientras gruñía a modo de amenaza.

–¿Vamos a jugar al juego de la soga con Carter? –dijo otra voz. Me di vuelta para ver al Equipo Humano rodeando a Elizabeth, mientras los gritos del bar subían de volumen. Rico tenía las manos en las caderas, la cabeza ladeada y entrecerraba los ojos–. Porque no sé si eso le caerá bien a la población de Green Creek, ahora que han visto a la mitad de los Bennett, a los que creían solo unos raritos ricos que vivían en el bosque, transformarse súbitamente en monstruos frente a sus ojos.

Algo se rompió dentro del bar y Rico hizo una mueca de dolor.

–A Bambi no le va a gustar eso. Ni que le haya ocultado todo esto.

–Puedo hablar con ella de tu parte –ofreció Jessie, palmeándole el brazo–. Un toque femenino.

–Mantente alejada de ella –dijo Chris, mirando con odio a su hermana–. Ya has dicho que tiene un buen par de tetas. No está bien intentar robarle la novia a Rico.

–¿O sí? –preguntó Rico, mirando a Jessie de arriba abajo–. Quiero decir, siempre y cuando me dejen mirar, no me importa... *Ay, vete a la mierda, maldita*, no debes doblar mi brazo *así*. ¡Basta!

Jessie esperó un momento para probar su punto, y le soltó el brazo.

Chris y Tanner se rieron.

Jessie los miró rabiosa.

Se alejaron muy despacio de ella.

–Eh, ¿chicos? –dijo Robbie, desde atrás, frenético–. Por muy divertido que sea esto, me parece que tenemos un problema.

Señaló por encima del hombro en dirección al bar.

Contra las ventanas había muchos, muchos rostros con los ojos como platos y las bocas bien abiertas mientras observaban cómo un lobo del tamaño de un caballo intentaba llevarse a Carter de las manos de su hermano, a quienes les brillaban los ojos intensamente.

Will, el dueño ebrio del motel, habló primero.

–¡Lo sabía! –gritó, los ojos legañosos e inyectados en sangre–. Animales de mierda. ¡Nadie me creyó, pero vinieron y se quedaron en el motel! León de montaña, mis *pelotas*. ¡Miren el tamaño de ese hijo de puta! ¡Estamos rodeados de mutantes!

–Mierda –dijo sucintamente Ox.

IMPERFECTO

Se hicieron... oír. Las personas del bar. Algunas se encogieron de miedo ante los Bennett y trataron de apartarse todo lo posible de ellos sin abandonar El Faro. Will, siempre un idiota, intentó decirle a quien quisiera escuchar que él había sabido que algo ocurría en el pueblo, desde hacía años, y que todos habían dicho que estaba loco.

–¿Quién es el loco ahora? –decía, riéndose descontroladamente–. *¿Quién es el loco ahora?*

–Puedo hacerlo de nuevo –le susurré a Ox–. Modificarles la memoria. Como hicimos después de Richard.

Ox negó despacio.

–Estuviste fuera de combate por unos días después de eso. Y eran unos pocos. Aquí hay al menos cincuenta personas. Te necesito fuerte.

Tenía razón. Gastar tanta energía me volvería inútil por al menos una semana. Y no teníamos tiempo para eso.

–Podemos hacerlo después.

–Quizás –contempló a la gente frente a él. Estaban subiendo el volumen de nuevo. Jameson, propietario de un flamante agujero en la pared de su caravana, miraba a Mark como si esperara que fuera a transformarse y a comérselo allí mismo. Hubiera sido gracioso si no hubiéramos estado tan jodidos. En especial porque Mark parecía al borde de hacer precisamente eso. Me quedé cerca e intenté calmarlo.

Otros seguían mirando por la ventana, contemplando a Kelly y a Robbie que vigilaban a Carter. El lobo gris no se había puesto muy contento cuando Carter había intentado seguirnos dentro, y le había gruñido hasta que Carter dejó de tratar escapar. Me imaginaba lo que estaba pasando allí, y me parecía que Elizabeth también, por la expresión de su cara. Los otros eran… muy jóvenes. Demasiado inexpertos. Hasta Joe y Ox estaban perplejos. No sabía si tenía importancia a largo plazo. El lobo era un Omega. Si era como Pappas, no sabía si podía volver. Era mejor que Carter no supiera. Al menos no hasta que estuviéramos seguros.

Le esperaba una sorpresa desagradable.

–¿Qué haremos? –murmuró Mark. Inhalaba y exhalaba por la nariz, y sabía que lo estaba haciendo para mantener bajo su ritmo cardíaco. No sabía si le estaba funcionando–. No podemos… Ox. Las manadas se mantienen ocultas por una razón.

–¿Por qué exactamente? –dijo Ox, ladeando la cabeza–. ¿Porque la Alfa de todos dice que debe ser así? Ella nos traicionó. ¿O porque los cazadores vendrían a buscarnos? Ya están aquí. Y estamos encerrados con ellos porque hay brujos alrededor de Green Creek que se han apoderado de nuestras defensas. Estas personas están en peligro. ¿No tienen derecho a saber por qué?

Mark palideció. Habló con la voz enronquecida:

–¿Te das cuenta de lo que estás diciendo? ¿Lo que estás arriesgando? No es solo acerca de nosotros, Ox. Si esto se sabe, si esto se disemina más allá de nuestras fronteras, otras manadas estarán en peligro. La gente le tiene miedo a lo que no entiende. Y no nos entenderán.

–Comprendo –replicó rápidamente Ox–. De verdad. Pero no podemos vivir con miedo. Si queremos tener un mañana, tenemos que lidiar con esto ahora.

Mark sacudió la cabeza.

–No… No estuviste allí. No viste lo que nos hicieron. Lo que los humanos le hicieron a nuestra familia. Vinieron y… eran *niños,* Ox. Solo *niños*, y ellos…

Ox le rodeó el cuello con la mano y apoyó su frente en la de Mark.

–Respira –susurró, los ojos centellaban rojos y las fosas nasales de Mark aletearon–. Necesito que respires. Sé que duele. Lo sé. Debemos detenerlo, ¿está bien? Encontraremos la manera de detenerlo.

Mark retrocedió, despegándose de Ox. Por un instante, pensé que lo atacaría.

–No lo *entiendes* –gruñó, un sonido mucho más grave de lo que podía producir cualquier humano. Las personas más cercanas a él se apartaron despacio–. Estás bien. No tienes esta… esta *cosa* dentro de ti. Aún tienes tu lazo, y está intacto. Yo lo siento, Ox. Cada maldito segundo, lo siento. Que tú puedas conservar todo lo que amas no te da derecho a imponerme tu mierda de Alfa. No es justo. Nada de esto es justo.

Le empezó a escurrir sangre de las manos donde las garras se le habían clavado en la carne de las palmas.

–Mark –le advirtió Ox con los ojos ardiendo–. Necesito que te calmes. Escúchame, ¿está bien? Estamos aquí. Tu manada está aquí. Gordo está...

–No –dijo Mark con el pecho palpitante, dando un paso atrás. Chocó contra una mujer, que ahogó un grito y casi se cae de espaldas. La sostuvo Jameson, quien miró a Mark con odio–. No me digas que me calme. No me hables de Gordo.

–Mark –dijo Joe, parándose junto a Ox–. Estás asustando a la gente. Este no eres tú. No eres así.

Mark se rio con amargura.

–No tienes la más maldita idea de quién soy. Te marchaste, Joe. Mi hermano murió. Lo cortaron en tiras y tú te *marchaste*. No lo pensaste dos veces, y aunque lo hicieras, ¿pensaste en mí? ¿O en tu madre? ¿O solamente en Ox? ¿Solo pensaste en tu estúpido compañero?

Joe tragó y apretó los dientes.

–Así *es* –continuó Mark con voz tensa–. Lo único que quise fue mantener a todos a salvo. Eso fue lo único que quise. Y entonces esos cazadores de mierda llegaron y me quitaron todo. Y luego, Thomas tomó lo que quedaba de mi corazón destrozado y lo aplastó, y me dijo que no tenía opción. Tuve que marcharme. Y justo cuando pensé que por fin podría perdonarlo, cuando pensé que todo volvería a estar bien, se *murió*.

El azul hielo le dio paso al naranja.

–Y luego tú cometiste los mismos errores que él.

–Mark –exclamé, dando un paso adelante–. Basta. Te estás exaltando. Eso no ayudará...

–¿Tienen miedo? –gruñó Mark, girando para encarar a las personas en El Faro–. Deberían. ¿Quieren ver a qué le tienen tanto miedo? Se los mostraré.

Empezó a transformarse.

Antes de que pudiera intervenir, Elizabeth apareció detrás de él y le puso la mano sobre el hombro.

No tuve tiempo a reaccionar.

Se dio vuelta con la mano extendida. Le dio un revés en plena cara y, mientras ella caía hacia sus Alfas, mientras el sonido de un hueso pequeño quebrándose invadía la habitación, los ojos de Mark Bennett destellaron. Azules. Naranjas. Azules.

Violetas.

Y luego se apagaron.

Mark bajó la mano, horrorizado.

La estancia explotó en gritos. Jessie y Chris corrieron junto a Elizabeth y la ayudaron a levantarse. Tanner y Rico se pararon frente a ellos, de brazos cruzados, mirando con rabia a Mark.

Elizabeth decía por lo bajo que estaba bien, que estaba *bien*, mientras el hueso de su mejilla empezaba a sanar. Ox parecía furioso. Joe, homicida, y me pareció que los lobos de afuera rugían de furia.

Sonó un disparo.

Moví la cabeza hacia el sonido, estaba seguro de que los cazadores nos habían encontrado, que estábamos atrapados aquí, mierda y...

Bambi estaba de pie en la barra, con la pistola alzada.

Fragmentos de yeso le llovían de un agujero en el techo.

–La tocas de nuevo y te atravieso la cabeza de un disparo –amenazó, con los ojos entrecerrados y un tono helado–. Quizás no te mate, seas la mierda que seas, pero seguro que te hará ir más despacio.

Mark se quedó atónito. Alzó las manos frente a su cara. Le temblaban los dedos, las garras estaban desapareciendo.

–Elizabeth –susurró–. No quise... No quise hacerlo. No quise...

Dio un paso hacia ella.

Bambi lo apuntó con el arma.

–Lo dije en serio, Mark Bennett. Da un paso más y veremos si el color de tu cerebro combina con la decoración.

–Mierda –cuchicheó Rico–. Esa es mi *novia.*

–No es el momento –le respondió Tanner–. Pero, en serio, felicitaciones, amigo.

Chocaron los puños sin apartar la vista de Mark.

–Estoy bien –aseguró Elizabeth, apartándole las manos a Joe–. Me tomó desprevenida. Joe, deja de gruñirle. Sabes tan bien como yo que puedo acabar con Mark en una pelea justa sin problemas.

–Ox –suplicó Mark, con los ojos bien abiertos–, no fue... Fue un accidente, lo juro. Estoy bajo control. Lo juro. Lo juro. Lo *juro*...

–Quédate aquí con todos –le dijo Ox a Joe–. Trata de que mantengan la calma. Me llevaré a Mark y...

–No –dije yo.

Ox cerró los ojos y suspiró.

–Gordo, si... si se está convirtiendo, y si es como los demás, serás el primero a quien ataque. Tienes que saberlo.

–No me importa –dije, poniéndome entre Mark y el resto de la manada. Sus manos se aferraron a la espalda de mi camiseta, su frente descansó contra mi cuello. Parecía a punto de hiperventilar–. No hay nada que puedas hacer que no hayas probado antes.

–¿Y qué vas a hacer tú? –preguntó Ox, entrecerrando los ojos.

–No lo sé –admití–. Pero algo se me ocurrirá. Siempre se me ocurre. Solo... Necesito que confíes en mí, ¿está bien? Esto no es porque él es mi... No es por eso.

Elizabeth resopló, su mejilla se había puesto de un rojo intenso.

–La verdad es que no creo que eso sea cierto –ironizó–. Si no, pregúntale a Carter ahora mismo.

–¿Qué? –preguntó Joe–. ¿Qué demonios tiene que ver esto con Carter?

–Te lo explicaré más tarde –prometió Elizabeth, dándole unas palmaditas en la mano.

–Siempre dices eso, y nunca lo haces –murmuró Joe–. Soy *adulto* ahora. Soy tu *Alfa*.

–Y yo sigo siendo tu madre –dijo cortante Elizabeth–. Te traje a este mundo. Te haré salir, seas Alfa o no.

–¿Hacía falta que dijeras eso en frente de todos? –gimió Joe–. Por todos los cielos.

–Está bien –dijo Ox, después de contemplarme durante un largo rato–. Llévalo de vuelta a la casa y...

Sacudí la cabeza.

–Lo llevaré a la mía.

–Gordo...

–Ox.

Estaba molesto conmigo, pero yo no podía hacer nada para arreglar eso ahora.

–Quédate ahí. ¿Está bien? No vayan a buscar a los cazadores. Cuando los ataquemos, lo haremos juntos. ¿Entendido?

Asentí.

–Vayan, entonces. Enviaré a Carter de vuelta a casa por las dudas. Kelly y Robbie pueden acompañarlo para echarle un ojo y ver cómo está Pappas.

–No te olvides del otro lobo –le recordó Elizabeth–. Dudo mucho que deje que Carter se aparte mucho de él.

Ox gruñó, irritado.

–Sí. El otro lobo. El resto se quedará aquí conmigo para ver qué podemos hacer respecto a... –hizo una inclinación en dirección a las demás personas del bar, que nos observaban en silencio.

–Mejor tú que yo –mascullé, y me volví para tomar de la mano a Mark. Pensé que protestaría, porque se resistió cuando intenté apartarlo. Tenía la vista clavada en Elizabeth. Ella le sonrió, aunque lo hizo con una mueca de dolor.

–Ve –le dijo con voz suave–. Te veré pronto.

Asintió y me permitió que lo condujera hacia la puerta y a la nieve.

Robbie y Kelly estaban de pie cerca de la salida.

Carter seguía tratando de levantarse, pero el otro lobo no lo dejaba. Le había puesto las patas delanteras sobre el pecho y lo sujetaba. Giró la cabeza para mirarme y sus ojos centellearon violetas. Retorció el hocico y de nuevo sentí una sensación de familiaridad. Como si ya conociera a *este* lobo. Era posible que lo hubiera conocido antes de que se convirtiera en Omega, pero por más que lo intentaba, no recordaba haber visto a un lobo así antes. Recordaría a un lobo de semejante tamaño.

–¿Está todo bien? –preguntó Kelly, cansado.

–Estamos bien –le dije, con suavidad–. Vuelve a la casa. Llévate a Robbie y a Carter. Quédense allí hasta que Ox les avise. No se dejen ver.

–¿Mark? –quiso saber Kelly.

Mark no dijo nada.

–Kelly –insistí–. Ahora.

Robbie tomó a Kelly del codo y lo empujó despacio hacia Carter, que a los gritos pedía que le contáramos lo que estaba sucediendo, y que le explicáramos por qué nos estábamos separando, y *¿podía alguien quitarle de encima a ese lobo de mierda, maldición?*

Mark no habló de camino a casa. Me sujetó de la mano con tanta fuerza que pensé que quizás tendría moretones. Pero no le dije que aflojara. No quería que lo hiciera.

Evité los ventisqueros más profundos lo mejor que pude en los casi dos kilómetros hasta mi casa. Seguía nevando y no había indicios de que fuera a parar pronto.

Cuando llegamos a casa, sudaba. El camino de entrada estaba vacío y recién en ese momento me di cuenta de que había dejado mi camioneta cuando Elijah había llegado. No la había visto en la calle esta mañana. Debían de haberla movido. La patrulla de Jones también había desaparecido.

Me había dicho que faltaban solamente dos días para empezar sus vacaciones.

–Dios –murmuré, y conduje a Mark por la entrada. Mis llaves habían quedado en la camioneta. Tenía una de repuesto, y tuve que soltarle la mano a Mark para agacharme y cavar para buscarla. Él se quedó mirando el suelo.

Cavé en la nieve hasta encontrar la piedra con la llave debajo. Abrí la puerta mosquitera, abrí la cerradura y empujé la puerta. Me hice a un lado y miré a Mark.

–Adentro.

–¿Qué? –preguntó perplejo, alzando la cabeza.

–Mueve el trasero –le dije, señalando la puerta con un movimiento de la cabeza.

Dudó.

–Gordo, si estoy… Si esto sucede, entonces es mejor que esté lo más lejos posible de ti.

–Entra a la casa.

Entrecerró los ojos. Mejor. Podía manejarlo enojado conmigo. Nos ponía en el mismo plano.

–¿Eres estúpido? –gruñó.

–Te juro, *si no te metes en la maldita casa*, voy a perder la paciencia, y no te gustará cuando suceda.

Frunció el ceño.

Esperé.

Resopló y pasó junto a mí para ingresar a la casa, refunfuñando sobre brujos mandones de mierda.

Contemplé la nieve.

Estaba tranquilo.

Sabía que no duraría mucho.

Lo seguí adentro y cerré la puerta.

Él estaba en la cocina cuando salí del dormitorio, después de ponerme ropa seca. Me sentía centrado en mi propia casa, tenía la cabeza despejada por primera vez en días.

De pie frente al fregadero, Mark contemplaba la nieve por la ventana. No se volvió, aunque sabía que yo estaba allí. Siempre lo sabía.

–Dejé ropa para ti –le dije en voz baja–. Sobre la cama. Es probable que te quede un poco justa, pero es mejor que sentir el olor a perro mojado en la casa.

Resopló y sacudió la cabeza.

–Imbécil.

–No discutiré eso. Espero que no esperaras algo más romántico de mí. Esto es todo lo que obtendrás. No hago esa mierda.

–¿Romántico? –me preguntó, volviendo un poco la cabeza.

Sí, no quise decir eso.

–Cállate. Olvida lo que dije.

–No sé si podré. Calma, corazón.

–Mark. Cámbiate la maldita ropa.

Exhaló y se dio vuelta. Me miró, en busca de qué, no lo sé. Parecía estar bajo control, al menos más que antes. No sabía cuánto duraría. Faltaban solamente dos días para la luna llena. Nos estábamos quedando sin tiempo.

Asintió y empezó a salir de la cocina. Pero antes de llegar al pasillo que conducía al dormitorio, hizo una pausa.

–Lo sabías.

–¿Qué?

–Al traerme aquí en vez de dejarme en la casa de la manada.

Sentía sus ojos sobre mí, pero no me atreví a devolverle la mirada.

–No sé de qué estás hablando.

Un momento de silencio.

–Creo que sí sabes. En la casa, no tienes… A veces te quedas. Pero no como los demás. Siempre vuelves aquí. Eres manada, pero este es tu hogar. Huele a ti. Este lugar. Tu presencia está en todos lados. Sabías que me ayudaría estar aquí.

–Ve a cambiarte, Mark.

Me obedeció.

Lo oí moverse lentamente por la casa, la madera crujiendo bajo sus pies, las puntas de sus dedos rozando las paredes, para dejar su olor. Sabía lo que estaba haciendo. Sabía hacia dónde nos dirigíamos, y no sabía si podía hacer algo para detenerlo. No sabía si *quería* detenerlo. ¿Cuándo había sido la última vez que había estado aquí? ¿Cuándo fue la última vez que se sintió *bienvenido* aquí?

Sentía la piel demasiado tensa. La tinta en mí vibraba al compás de algo que no podía nombrar del todo. Era eso, o quizás no quería enfrentarme a ello. Había algo allí, un precipicio junto al que estábamos parados, y me parecía que no había vuelta atrás. Si lo intentábamos, no creía que quedaran suficientes fragmentos nuestros para armarnos de nuevo.

Había una vez, un niño.

Un niño extraordinario.

Y mientras un Alfa lo sujetaba, el padre de ese niño extraordinario le susurraba al oído mientras colocaba una aguja sobre la piel y lo tatuaba con tinta, que dejaba una estela de magia a su paso.

Había una vez, un lobo.

Un lobo valiente.

Y mientras ese lobo crecía, seguía un aroma a tierra y hojas y lluvia, y su Alfa le decía que había encontrado a quien lo completaría.

El niño había amado al lobo.

Pero no había sido suficiente.

La luna había amado al sol una vez.

Pero por más que tratara, el sol siempre estaba al otro lado del cielo, y no podían encontrarse nunca. Ella se hundía cuando él se alzaba. Ella era la oscuridad, y él el día. El mundo dormía cuando ella brillaba. Crecía y menguaba, y a veces desaparecía por completo.

Una vez, un viejo brujo ciego había hablado de elección, de verdad y de profecía.

Había dicho:

"Serás probado, Gordo Livingstone. De maneras que aún no te imaginas. Un día, y un día cercano, tendrás que elegir. Y temo que el futuro de todo lo que amas dependerá de eso".

Estaba cansado de estar enojado.

Estaba cansado de los susurros al oído que me decían que los lobos no me amaban, que solo querían utilizarme.

Estaba cansado de estar siempre al otro lado del cielo, de crecer y menguar, y de desaparecer por completo.

Las rosas florecieron.

Las garras del cuervo se tensaron entre las espinas.

Me aparté de la encimera.

E hice lo que debería haber hecho hace mucho tiempo.

Seguí a mi lobo.

La puerta del dormitorio estaba abierta.

No lo oía moverse.

Me sentía en un sueño.

Incluso después de todo este tiempo, no podía ser real.

Había estado aquí antes. Soñando con él.

Creciendo y menguando. Creciendo y menguando.

Estaba parado de espaldas. Se había quitado el tapado y la camiseta, que estaban en el suelo formando una pila húmeda.

Los músculos de su espalda se contrajeron. Tenía la cabeza gacha, y no comprendí por qué.

–¿Mark? –le pregunté, en un susurro.

Respiraba, pero no dijo nada.

Avancé un paso más hacia él y extendí el vínculo que nos unía. Pensé que era demasiado tarde. Que venir aquí había sido un error. Que me encontraría con un muro de furia violenta y que se convertiría, que me mostraría los dientes, que se le transformaría la piel, y sin importar lo que yo dijera, sin importar lo mucho que lo intentara, no me reconocería. No me recordaría.

Pero en vez de violeta, me hundía en azul. Tanto azul.

Me detuve.

–¿Mark?

Sus hombros se sacudían.

–Tú.

–Sí.

No alzó la cabeza. No sé qué estaba mirando.

–Me dije que… Que te habrías olvidado.

–¿De qué?

Se rio, aunque se interrumpió a la mitad.

–Esto. Yo. Todo.

–No…

Alzó la mano para que yo pudiera verla por encima de su hombro. En los dedos sujetaba un cuervo de madera.

El cuervo que había puesto sobre la mesita de noche después de sacarlo del bolsillo secreto donde lo había tenido escondido durante más de tres años.

El cuervo que me había dado cuando yo no sabía lo que hacía.

–Me llevó semanas hacer esto. Que me saliera bien. Me lastimé los dedos muchas veces. Los cortes sanaron, pero a veces la sangre manchaba la madera, y yo la frotaba hasta que la absorbiera. No me… No me gustaba la apariencia de una de las alas, y no sabía cómo arreglarla. Así que fui a verlo a Thomas. Me sonrió al tomar el cuervo en sus manos. Lo estudió un largo rato. Y luego me lo devolvió y me dijo que era perfecto tal cual estaba. Y recuerdo haberme *enojado* mucho con él. Porque *no era* perfecto. Era tosco. Burdo. ¿Sabes qué me dijo?

Negué, incapaz de hablar.

–Me dijo "Es perfecto porque es imperfecto. Como tú. Como Gordo.

Como todos nosotros. Es perfecto por la intención. Por lo que significa. Él lo entenderá, Mark. Te prometo que lo hará".

Las lágrimas me ardían y parpadeé.

–Y recuerdo estar tan molesto con él –continuó Mark, sacudiendo la cabeza–. Parecía algo que nos diría nuestro padre. Un montón de tonterías de Alfa. Porque *era* imperfecto. Tenía fallas y era deforme. Me llevó un tiempo darme cuenta de que ese era el punto. Y tú te lo quedaste.

Abrí la boca, pero no salieron palabras. Carraspeé e intenté de nuevo.

–Me lo llevé conmigo. Cuando nos fuimos.

Dio la vuelta despacio. Las sombras se movían en su piel desnuda. El vello de su pecho bajaba por su abdomen y desaparecía en la parte superior de sus pantalones. Sujetaba al cuervo en la mano con suavidad, como su fuera algo que debía ser reverenciado.

–¿Por qué?

Aparté la mirada y recordé las palabras que me había dicho la última vez que habíamos estados solos.

–Porque era la única parte tuya que me ha pertenecido.

–Eso no es cierto –dijo, con la voz ronca–. Eso *nunca* ha sido cierto. Gordo, todo lo que tengo, todo lo que soy, ha sido *siempre* tuyo. Eres demasiado obstinado para entenderlo, eso es todo.

–Estaba dolido.

–Lo sé.

–Y enojado.

–También lo sé. Y daría cualquier cosa con tal de cambiar eso. Lo haría. Lo juro. Ojalá le hubiera hecho entender a Thomas que estaba equivocado. Debería haber peleado más por ti –cerró los ojos–. Yo debería haber peleado más por ti.

–Pero no lo hiciste.

–No. No lo hice.

–Estaba aquí, Mark. Tenía quince años y mi madre había muerto. Mi manada había *muerto*. Mi padre se había ido. Y luego tú... *Él*... Tú dijiste que fue la decisión más difícil de su vida. Dijiste que casi lo mata. Pero ¿por qué no volvió nunca, entonces? ¿Por qué nunca volvió a buscarme?

Mark abrió los ojos. Brillaron naranjas y luego azules y luego *violetas*, y no supe qué hacer. No sabía cómo detenerlo.

–Quería –gruñó Mark–. Cielos, Gordo. Él quería. Pero siempre había *algo* que lo mantenía alejado. Y me enviaba a mí, y hubo ocasiones en las que pensaba que querías que estuviera, y otras en las que pensaba que no querías volver a verme jamás.

–No era suficiente –exclamé–. Partes de ti. *Fragmentos* de ti. No era justo. No estaba bien que estuvieras unos días y luego desaparecieras por meses. Yo me quedaba aquí solo *de nuevo*, y tú volvías a la manada, a tu *familia*. Cielos. Te odié por eso. Los odié a todos por hacerme eso.

Sus ojos brillaron. Movió el cuello de lado a lado. Las venas de sus gruesos bíceps latieron.

–Sé que nos odiaste. Y cuando volví esa última vez y tu piel apestaba a algún extraño de mierda, casi no pude contenerme. Quería matarlo. Quería apartarte y encontrarlo y hacerlo pedazos. Derramar su sangre. Quebrarle los huesos. Hacerlo sufrir por tener la maldita *audacia* de pensar siquiera en tocarte. Por habérsele siquiera *ocurrido* tocarte.

–No estabas aquí –le respondí, curvando con desprecio los labios. Estaba jugando con fuego y no me importaba–. Tú no estabas aquí y él sí. Tenía que ser alguien. Daba lo mismo quien. Ni siquiera me acuerdo su nombre. Pero al menos él no tenía miedo de tocarme. Al menos él no me lastimaría. Al menos él no me *traicionaría*, carajo.

–No lo hagas –me advirtió Mark–. No lo hagas, Gordo. No me hagas enojar. La puedo oler. Tu magia. Es…

–*A la mierda* con mi magia –le grité–. A la mierda con la manada. A la mierda con mi padre y tu padre. A la mierda con Thomas. Esto es sobre tú y yo, y no pienses que pienso dejarlo pasar. Dejarte pasar *a ti*. No te tengo miedo. Nunca lo he tenido, y nunca lo tendré.

Sacudió la cabeza.

–Es demasiado tarde. Gordo, ¿no te das cuenta? Es demasiado tarde. Lo… lo siento. En mi cabeza. No era más que un susurro, y apenas si me *raspaba* la piel. Pero ahora tiene ganchos, y está hundiéndolos. Está hundiéndolos, y no puedo detenerlo. Gordo, no puedo…

Una vez, la luna había amado al sol.

Una vez, un niño había amado a un lobo.

Una vez, un viejo brujo había hablado acerca de elecciones, de verdad y de profecía.

Y era azul, muy azul, pero estaba cansado del azul. Estaba cansado de sentirme así, de estar solo, de tener miedo, de pensar que no podía tener lo que más quería en el mundo.

Así que elegí.

Elegí al lobo.

Avancé tres pasos y alcé las manos hacia el rostro de Mark Bennett. Se estremeció, los ojos le ardían, pero ya era demasiado tarde para detenerme.

Lo besé. Allí, en la habitación en penumbras, mientras afuera caía la nieve.

Al principio, no reaccionó, y pensé que había interpretado mal. Que era demasiado tarde. Que el espacio entre nosotros era demasiado grande como para superarlo.

Pero luego suspiró y se dejó caer contra mí, las manos en mis caderas, el cuervo aún entre los dedos. Sentí la presión de su ala de madera contra el costado. Me cantó una canción en mi cabeza *gordo amor compañero por favor amor*, y aunque estaba teñida de azul y azul y azul, había una veta de verde en el medio, de alivio y de esperanza. Era como si fuera joven de nuevo y estuviera allí ese chico, ese chico alto y patoso sentado contra un árbol en el verano, los pies desnudos en la hierba verde, verde, y era mi *sombra*, me seguía a todas partes, y me decía que estaba protegiéndome de los malos. Me había sentado sobre mis rodillas y lo había besado porque me había parecido lo correcto. Todo acerca de Mark Bennett me parecía correcto, incluso en el verano cuando aún no sabíamos lo filosos que pueden ser los dientes.

Ya no éramos jóvenes.

Pero aún parecía que podíamos serlo.

Aún parecía que esta podía ser una primera vez.

Y luego cambió.

El verde empezó a teñirse de rojo, como fuego diseminándose sobre la hierba. El azul empezó a *elevarse*, como un océano. Tocó el fuego y se *mezcló* hasta que el mar ardió color violeta y quedó allí, acechando bajo la superficie.

Garras, cerca de mi piel.

Gruñí junto a él, abriendo la boca. Su lengua se deslizó contra la mía y él gruñó, el gruñido salió de su pecho y subió por su garganta. Parecía que vibraba, y mientras deslizaba las manos de su cara a su pecho, mi lengua rozó la punta de un colmillo.

No debería haberme excitado tanto como lo hizo.

Y luego, desapareció.

Él desapareció.

En un instante estaba apretado contra mí, su boca en mi mejilla, en mi cuello, y al siguiente estaba de pie al otro lado de la habitación, agitado, los ojos bien abiertos, los dientes apretados.

Parpadeé despacio e intenté despejarme. Me estiré.

Retrocedió.

–Gordo. Tú… Yo…

–No. Basta –negué.

–No podemos hacer esto.

–Sí que *podemos*.

–Podría lastimarte –me gruñó, los ojos naranjas brillaban en la oscuridad–. ¿No entiendes? ¿No me has *escuchado*, maldición? Estoy volviéndome *loco*. Me estoy convirtiendo en Omega. Ya lastimé a Elizabeth. No puedo arriesgarme a…

Se le quebró la voz.

–No lo harás –le prometí–. No lo harás.

–No puedes saberlo. Está sucediendo, Gordo. Está sucediendo, y no podemos hacer nada para detenerlo.

–¡*Pelea*, entonces! –le grité–. Mierda, *pelea*. No puedes darte por vencido. No tienes permitido dejarme de nuevo. ¿Me oyes? Vete al infierno si piensas que voy a *permitir* que te vayas de nuevo. No ahora. No por esto. No por culpa de algo *tan estúpido como esto*, mierda.

–¿Por qué? –exclamó–. ¿Por qué demonios estás haciendo esto? ¿Por qué te importa? ¿Es culpa? ¿Es tu manera de vengarte? ¿De verdad me odias tanto? ¿Por qué demonios estás haciendo esto, Gordo? Ahora, después de tanto tiempo, ¿por qué estás haciendo esto?

–Porque tengo miedo –admití, con la voz quebrada–. Te amo, y tengo mucho miedo de perderte.

El lobo respondió en ese momento. El cuervo de madera se le cayó de las manos y el lobo avanzó. No pude reaccionar. Si realmente lo había perdido, si el lazo se había quebrado por fin, entonces no sabía si quería que se detuviera.

Cerré los ojos.

Pero luego sentí que me alzaban, manos debajo de mis muslos, levantándome. Mi espalda contra la pared, casi me deja sin aliento cuando mis pulmones se aplastaron contra el yeso. Le rodeé la cintura con las piernas y sentí su boca en mi cuello, los dientes raspándome la piel. Gruñía desde el fondo de la garganta y lo *sentí*, lo sentí vibrar. Lo sentí temblar. Puse las manos en su nuca y lo obligué a mirarme.

El naranja y el violeta y el azul hielo centellearon.

Lo besé y le empujé los labios contra los dientes. Sus dedos se clavaron en mis muslos, las garras atravesaron los pantalones gruesos que traía hasta hundirme la piel. Rodó las caderas y se frotó contra mi pene. Gemí en su boca cuando él me chupó la lengua. Sentí destellos brillantes en la mente, y venían de él, venían de él, y me *sorprendió* el nivel de deseo que sentí, las ansias animales que lo atravesaban, exigiéndole que mordiera. Que me tomara. Que me reclamara.

Y yo…

Supe lo que tenía que hacer.

–Mark –jadeé mientras me chupaba la garganta de nuevo, y me raspaba la piel con su barba hasta dejármela en carne viva–. Escúchame.

–No –gruñó, mordisqueándome hasta marcarme el cuello–. Ocupado.

–Necesito que me folles.

–Estoy en *eso*.

–No, escúchame. Solo… Cielos, haz eso de nuevo… No. Basta. Mark, escucha.

Se apartó, perplejo. Tenía los labios hinchados y húmedos de saliva, y sentí el deseo irrefrenable de acercarlo de vuelta a mí. Una gota de sudor cayó del costado de su cuello sobre mi pulgar.

–¿Te lastimé?

–No –respondí, sacudiendo violentamente la cabeza–. No me has lastimado. ¿Confías en mí?

–Sí.

–¿Me deseas?

–Sí.

–¿Me amas?

–Sí –respondió.

"Porque jamás he visto a un lobo amar a alguien tanto como él a ti".

"Estoy aquí como tu Alfa. Y he recibido un pedido formal de uno de mis Betas".

Pensé en un chico con ojos del color del hielo que me decía que me amaba, que no quería marcharse de nuevo, pero que tenía que hacerlo, que tenía que hacerlo, su Alfa se lo exigía, y que volvería a buscarme, Gordo, tienes que creerme que volveré por ti. Eres mi compañero, te amo, te amo, te amo.

Me acerqué a él y le susurré palabras al oído. Palabras que le había dicho una vez frente a mi puerta mientras se me rompía el corazón.

–Puedes tenerme. Ahora mismo. Aquí. Elígeme, Mark. Elígeme. Quédate. O no. Podemos ir a cualquier sitio que quieras. Podemos marcharnos ahora mismo. Tú y yo. Que se jodan los demás. Nada de manadas, nada de Alfas. Nada de *lobos*. Solamente… nosotros.

Apartó el rostro.

Sus ojos brillaban más naranjas que nunca.

–¿Quieres esto? –susurró–. ¿Conmigo?

–Sí. Quiero.

–Pero…

–Quizás lo detenga. Quizás lo retrase.

El naranja se apagó un poco.

–Si lo estás haciendo solo porque…

–No –murmuré mientras lo besaba–. No es por eso. No es solamente por eso. Es por todo lo demás.

–No hay vuelta atrás. Después de esto.

–Lo sé.

–Y quizás no funcione. Gordo, quizás no sirva para nada.

–También sé eso.

–¿Y aun así lo harías? ¿Por mí?

–Sí. Sí. Siempre por ti.

Era azul. Por supuesto que lo era. El océano siempre lo es. Era vasto y estaba lleno tan profundamente de melancolía que pensé que me ahogaría.

Pero a través del océano, a través del fuego violeta que ardía sobre él, el verde volvió a crecer.

Me besó reverentemente, suavizó su agarre, como si nunca hubiera pensado que oiría de mí esas palabras. Era dulce y suave, y me dolía de solo pensarlo.

Bajé la mano entre los dos y luché para desprender los botones de sus pantalones, sonrojado. Había pensado en esto antes. En esas noches en las que no podía dormir, aunque jamás me lo admitía a mí mismo la mañana siguiente. Me pregunté cómo se sentiría contra mí, cómo los músculos de sus brazos y pecho se sentirían bajo mi lengua. Había pensado que era una debilidad y una tontería, y me había enojado lo mucho que me dolía.

Pero esto era real. Podía olerlo. Saborearlo. Tocarlo. Se dio vuelta y me cargó hasta la cama, y me depositó con delicadeza antes de arrastrarse sobre mí, y dejar que su considerable peso me aplastara contra el colchón. Sentí que me envolvía, y todo se convirtió en Mark y Mark y *Mark,* y oí una canción de respuesta en mi mente, un aullido que venía de lo más profundo de su ser. Me sacudió hasta lo más íntimo, la alegría pura de ese sonido me hizo temblar las manos con las que le rodeé el cuello, para apurarlo.

Se levantó haciendo fuerza con una mano a cada lado de mi cabeza, los músculos de los brazos se le contrajeron. Se inclinó para besarme y sentí que las piernas me temblaban. Se quitó las botas de un puntapié, y cayeron al suelo con estrépito. Le pasé las manos por el vello del abdomen antes de sujetarle los pantalones y bajárselos lo más que pude. Su pene se liberó y me golpeó el abdomen. Usé mis pies descalzos para bajarle los pantalones lo que faltaba. También cayeron al suelo.

Era puras líneas y bordes duros sobre mí. Recordé cómo había sido antes... Cómo habíamos sido antes *los dos*. Nerviosos, hormonales y torpes.

Mi sombra protegiéndome de los tipos malos.

Ya no éramos así. Los niños que pensaban que el mundo era un lugar seguro y misterioso ya no existían. Habíamos sido heridos, y nos habíamos herido mutuamente, pero todo había conducido a esto, ahora. A este momento.

Se sentó, una rodilla junto a cada uno de mis brazos. Sus testículos descansaron sobre mi pecho y, estiró el brazo y empezó a acariciarse el miembro despacio, mirándome desde arriba.

Ardí al contemplarlo.

Intenté moverme, deseaba tocarlo, pero apretó los muslos y me mantuvo los brazos a los costados. Estaba atrapado por un lobo que iba de camino a perder la cabeza. Y no me importaba.

–Abre la boca. Saca la lengua –me dijo en voz baja.

Hice lo que me pedía.

Gruñó y avanzó un poco, alzando el trasero pero sin soltarme los brazos. La cabeza de su pene chocó contra mi barbilla antes de aterrizar en mi lengua. Cerré los ojos al sentir el sabor de su piel.

–Muy bien –dijo suavemente–. Eso está muy bien, Gordo.

Sus tésticulos descansaron en el hueco de mi garganta. Su glande me presionó la lengua. Los labios. Intenté atraparlo con la boca, pero no me lo quería dar. Abrí los ojos para mirarlo con rabia, pero no me prestó atención. Siguió frotándose la base del pene con la mano cerrada y me miró mientras me lo pasaba por la cara. Lo levantó y lo dejó caer contra mi lengua, pesado y erguido.

–Te lo daré –dijo–. Te lo prometo. ¿Eso quieres?

Me estaba volviendo loco, y no podía más que asentir.

–Está bien –accedió–. Está bien.

Levantó las caderas y se sujetó del respaldo de la cama por encima de mí. Las sombras jugaban en su cuerpo desnudo. Tenía los pezones duros y la piel de gallina.

Con cuidado me puso el pene en la boca y movió las caderas hacia abajo, los músculos de sus piernas se contrajeron contra mí. Lo tragué, respirando por la nariz, poniendo los ojos en blanco. Apretó la punta del pene y lo mantuvo en el lugar mientras me embestía por encima. Me abrumaba, el corazón me daba saltos en el pecho. Mi garganta lo rodeó cuando me penetró más profundo mientras con la lengua le recorría la parte inferior.

Mark gruñía encima de mí mientras me follaba la cara.

Todo era él.

–Eso está bien, Gordo, está muy bien, eres tan bueno –seguía diciendo por lo bajo, con los ojos entrecerrados, como si no pudiera contenerse. Vibraba entre nosotros, el hilo, el vínculo. No tenía que ver con la

ManadaManadaManada. No tenía que ver con nadie más. Éramos él y yo. Éramos solo nosotros.

Se quitó de mi boca. Me dolía la mandíbula, pero intenté alzar la mano para atraerlo. Se sentó de vuelta sobre mi pecho, manteniéndome en el lugar. Me rodeó la cara con las manos, el pulgar rozándome el labio inferior. No llegué a descifrar la expresión de su rostro, pero era muy similar a la adoración.

–¿Estás seguro? –preguntó.

–Sí –grazné.

Se inclinó y me besó, despacio y con dulzura.

Luego, gemí su nombre, y lo insulté mientras me sostenía las rodillas contra el pecho y me doblaba en dos. Tenía las manos sobre mi trasero para abrirme y meterme la lengua dentro. El cuervo aleteó en mi brazo en un lecho de rosas florecientes. Los pétalos eran rojos como los ojos de nuestros Alfas y sus hojas verdes, verdes, verdes de alivio por poder tener esto. Por que, finalmente, pudiera tener lo que más necesitaba.

Me lamió el trasero hasta subir a mis tésticulos, se metió uno en la boca y luego el otro. Mi pene estaba plano contra mi abdomen, tan duro que me *dolía*. Le pedí tómame, hijo de puta, cielos, ya tómame, pero se rio contra mi piel y jugueteó con un dedo en mi ano. Alzó la mano hacia mi boca y me ordenó que le humedeciera los dedos. Los apretó contra mi mejilla hasta que abrí la boca bien grande. Le chupé los dedos lo mejor que pude, pasándoles la lengua.

Los extrajo con un chasquido húmedo y volvió a bajarlos entre nosotros.

Hice una mueca de dolor cuando me metió un solo dedo dentro.

Hacía años que no estaba con nadie, y aún más que no me follaba nadie. No me gustaba mucho la idea de tener a alguien encima, follándome. Se sentía mal.

No me sentía así ahora.

Giró la cara y me besó la rodilla mientras sumaba un dedo más. Ahogué un grito ante la sensación mientras trabajaba despacio en mi agujero. Bajó la vista para contemplar sus dedos perdidos dentro de mí, los ojos llenos de lujuria.

–Pervertido –murmuré.

–Sí, supongo que lo soy. Pero a ti te está gustando. Te está gustando *mucho*.

Me sonrojé ante el cumplido. Yo jamás había sido así antes.

Pero nunca había estado con él.

Se las había arreglado para meter un tercer dedo cuando le grité que tenía que follarme o que lo haría yo mismo.

–Me encantaría que lo intentes –rio.

Le rodeé el cuello con una mano.

Las ramas de las rosas se tensaron.

Lo hice a un lado y rodamos juntos mientras la magia me estallaba a lo largo del brazo. Gruñó, sorprendido, cuando se encontró de espaldas. Lo monté, su pene debajo de mi trasero. Me froté contra él y gimió, mientras se movía hacia arriba.

–Qué impaciente –dijo.

Lo ignoré y me estiré para buscar el lubricante que guardaba en el cajón de la mesa de noche. El cuervo de madera rodó por la superficie y cayó de costado sobre su ala.

Mark me estaba observando cuando me senté de nuevo, después de encontrar lo que buscaba. Lo miré tras echarme lubricante en la palma, estirarme y bajar la mano a mis espaldas. Le rodeé el pene y se lo humedecí. Tragó, y cerró los ojos mientras yo lo acariciaba. El ángulo era incómodo y él estaba muy hinchado, pero ya no podía esperar más. Me eché el resto de lubricante en el ano y arrojé la botella al suelo.

Presioné con la mano abierta contra su pecho, me alce y busqué atrás. Abrió los ojos y sus manos me sujetaron las caderas. Apreté su pene contra mí, y respiré lentamente mientras me deslizaba sobre él.

Las garras surgieron contra mi piel.

Su pecho retumbó cuando me hundí.

Una de sus garras me atravesó la piel del lado derecho.

Respiré el azul y el verde y el *violeta* y…

Mis caderas estaban al mismo nivel que las suyas.

–Gordo –susurró, mi nombre una bendición a través de dientes filosos.

Esperé y me quedé en la misma posición, las manos en su vello.

–Sí –suspiré–. Lo sé.

–Tengo que moverme –dijo, desesperado–. Tienes que dejarme mover…

–Contente, mierda –lo miré con rabia.

Me lanzó una dentellada, los ojos violetas.

Bajé la mano a su garganta y le rodeé el cuello con los dedos. La piel se hundió donde mis dedos hicieron presión.

Me gruñó y me clavó aún más las garras.

El cuervo extendió las alas.

Observé cómo las rosas florecían a lo largo de mi brazo. Cubrieron las runas y los símbolos que mi padre me había dado. Nunca habían hecho eso. Tan libremente. Tan salvajes. Crecieron hasta cubrir cada centímetro de piel, las ramas se extendieron hacia mi mano, las hojas brotaron, las gruesas espinas negras se curvaron.

Las rosas estallaron en la parte posterior de mi mano, más rojas que nunca. Las ramas bajaron por mis dedos y, por un brevísimo instante, juro que empezaron a extenderse por su cuello por debajo de mi mano. Esa parte de mí estaba grabada en él.

El violeta de sus ojos se desvaneció.

Solo quedó el azul. Azul hielo, límpido y claro.

Me alcé despacio, sin mover la mano, y volví a dejarme caer sobre él. Gimió cuando contraje el ano. Sus garras se retiraron y sentí un hilo de sangre caer por el costado, donde sus dedos me sujetaban las caderas. Se movió hasta que sus pies quedaron paralelos a la cama y me embistió con más fuerza, su piel golpeaba con la mía.

Bajé la cabeza y el pelo me cayó sobre los ojos.

El cuervo se encogió al revolotear por mi brazo en dirección a la mano, las alas rasparon contra los pétalos de las rosas. Abrió las alas cuando llegó a mi mano y Mark gimió mi nombre mientras yo me sujetaba con fuerza.

Alzó las caderas hacia arriba bruscamente.

Esto tenía que funcionar.

Tenía.

Me doblé por encima de modo tal que mi cabeza quedó sobre la de él, y le ofrecí el cuello. El gruñido de su pecho se convirtió en un rugido a toda ley, y la canción en mi cabeza se convirtió en una cacofonía de *gordo* y *sí* y *ManadaAmorCompañeroMío*.

–Hazlo –le dije–. Hazlo, maldición. Quiero que lo hagas. Cielos, quiero que me claves los dientes…

Emergió el lobo. Las garras se hundieron en mí una vez más, los colmillos salieron, los ojos se volvieron naranjas, los músculos se contrajeron. Caí sobre él, el espacio entre mi cuello y mi hombro descansó sobre sus labios. Mi pene estaba atrapado entre los dos, frotándose contra los músculos de su abdomen.

Acabé primero, y los pétalos de las rosas se estremecieron y luego temblaron.

Me embistió una última vez, las piernas temblorosas y…

Mark Bennett me mordió.

Sentí el dolor que me atravesaba cuando sus colmillos se hundieron en mi piel. Ahogué un grito mientras el dolor me invadía, la piel se rompía, los tendones crujían. Las rosas se cerraron y se convirtieron de nuevo en capullos, las ramas retrocedieron, el cuervo abrió el pico y gritó *nunca más, nunca más, nunca más.*

Pero entonces…

aquí aquí aquí podía ver a través de los ojos de un lobo todo brillante y

era joven

era un niño era un

cachorro

era un cachorro y mi padre me dijo que me amaba me amaba me amaba

dice tu hermano será alfa pero eso no te hace menos especial

eres bueno mark eres bueno eres amable eres amoroso y maravilloso

thomas thomas thomas será alfa pero tu serás

thomas dijo que richard será su segundo

no yo

yo no

lo entiendo

¿verdad?

soy un lobo soy lobo bueno porque mi papi me lo dijo

pero thomas es

tierra y hojas y lluvia

hay

TIERRA y HOJAS y LLUVIA

busca

salva

protege

debo proteger

de tipos malos

de lobos malos

gordo gordo gordo gordo y está perdido todo está perdido todo se ha perdido porque todo es azul

los oí

gritando

los cachorros los cachorros gritaban decían no por favor no por favor no papi papi papi

duele ay me duele ay cielos duele donde está gordo dónde está TIERRA y HOJAS y LLUVIA y y y perdidos están perdidos thomas dice que están perdidos pero él es alfa es

alfa es mi

cazar debo cazarle el animal más grande que pueda encontrar

para que sepa

que sepa que puedo proveer

mantenerlo caliente

mantenerlo a salvo

y

no por favor thomas

por favor no me obligues a ir

por favor no me apartes de TIERRA y HOJAS y LLUVIA y

thomas dice

thomas dice que tengo

dice que tengo que ir

gordo es gordo gordo es HUMANO

le tienen miedo a los HUMANOS

thomas dice que puedo volver puedo volver volveremos no será
no será para siempre
no será el final
por qué se siente como el final
lo amo
por favor no me abandones
por favor espérame
por favor ámame
por favor por favor por favor
y me dice
me dice que tengo que irme
me dice que no me quiere
me dice que no me ama
me dice que soy como los otros
como todos los otros lobos
duele
duele
duele pero tiene razón
no hice lo que podía
no hice más
él es
él es
él es

Todo eso estaba allí. Todo. Mezclado y roto, más lobo que hombre. Todo lo que había sentido. Todo lo que había pensado. Había dolor y asombro, dulces alegrías y celos oscuros. Había estado cerca, la última vez que había venido a mi casa, el aroma del semen de otro hombre en mi piel. Había estado muy cerca de hacerme a un lado y encontrar al dueño del olor y clavarle las garras en la garganta hasta que la sangre salpicara las paredes. Quería lastimarme. Tenía tantas ganas de lastimarme.

Pero se había resistido.

No volvió hasta después de que Joe hubiera sido rescatado de la bestia.

Y había habido un momento, un momento breve y brillante, en el que me había visto caminando por la calle, había oído el latido de mi corazón desde dentro del restaurante donde Joe se había puesto patatas fritas en los labios y había fingido ser una morsa. Se había dicho a sí mismo que debía mantenerse lejos, se había dicho que mantener la distancia era lo correcto, pero no pudo evitarlo.

Y aunque yo había estado enojado, aunque no quería saber nada con él, el estar frente a mí de nuevo después de tantos años (inhalando tierra y hojas y lluvia) lo había centrado más de lo que había estado en años. Había luchado mucho con su lazo.

Thomas le había dicho durante años (siempre con amabilidad) que quizás sería mejor si lo cambiaba, si encontraba otra cosa a la que unirse.

Mark había *odiado* a su hermano por eso, aunque sabía que Thomas tenía razón. Sabía que Thomas solo lo estaba cuidando, sabía que Thomas era consciente de cuán profunda era su pena. Pero no podía evitar sentir el enojo que sentía, y se habían *peleado,* peleado como nunca. Empezaron con palabras, Mark alzando la voz hasta que terminó *a los gritos* y Thomas irritantemente calmo, como solía serlo su padre.

Mark arrojó el primer puñetazo.

Conectó con la mandíbula de Thomas con un crujido, su cabeza de Alfa cayó hacia atrás. Después, mucho, mucho después, cuando su hermano no era más que humo y ceniza, Mark se dio cuenta de que Thomas no se había movido. Thomas ni siquiera había *intentado* esquivarlo. Lo había recibido. Recibió el golpe como si fuera una penitencia. Mark había necesitado un foco para su ira, y Thomas lo había sabido. Lo había *provocado*. Tenía que saber que esa sería la reacción que obtendría. Gordo había sido un tema que ellos no habían discutido. Mark terminó encima de Thomas, golpeándolo una y otra y otra vez.

Thomas lo aceptó sin más.

Para cuando Mark terminó, la cara de Thomas era una carnicería y dos de los dedos de Mark estaban rotos, los huesos salidos en ángulos extraños. Se dejó caer a un costado, agitado, mientras descansaba junto a su hermano. Contemplaron el techo mientras sus cuerpos sanaban, los cortes se cerraban y los huesos se reacomodaban.

–Nunca renunciaré a él –dijo Mark en voz baja.

–Lo sé –respondió Thomas–. Lo sé.

Nunca se lo contaron a nadie. Ese momento.

Así que sí. Estar frente a mí de nuevo después de años era para él algo que atesorar, más allá de mi reacción.

Y así fue durante *años*. Pero no le importaba, no en realidad. Ah, sí, le dolía a veces, estar tan cerca y ser mantenido a la distancia. Pero sentía una tranquilidad que no podía explicar. Quizás tenía que ver con regresar a Green Creek. Quizás tenía que ver con que Joe estuviera de vuelta con ellos.

O quizás tenía que ver con el hecho de que su compañero estaba a solo unos pocos metros de distancia en cualquier momento del día.

Hasta que ya no lo estuvo.

Vino la bestia, y el Alfa de Mark yació en una pira en el bosque, los lobos aullaron sus canciones de duelo, y él recordó aquel día de nuevo. Aquel día en el que había atacado a su hermano, la rabia que se había cocinado a fuego lento durante un largo tiempo finalmente desbordándose. Thomas debería haber hecho más. Peleado más. Por Gordo. Por él. Por todos ellos. Era el Alfa de todos, sí, pero también era el Alfa Bennett, y había un lobo Bennett con el corazón roto, y él no había hecho *nada*. Mark le había gritado, le había dicho que era su culpa, que todo era su culpa, que cómo podía hacer eso, cómo Thomas podía hacerle eso a él.

Después de haber sanado y de haberse limpiado la sangre para ocultarle lo sucedido a Elizabeth (quien la olió de todos modos y los miró con odio sin decirles una sola palabra), Thomas le había dicho "Arreglaré esto. No sé cómo. No sé cuándo. Pero te prometo que haré todo lo posible para arreglar esto".

Y yo podía *sentirlo* ahora. Todo. Cuán ridículamente *orgulloso* estaba de tener a alguien como yo como compañero, el amor que sentía, la parte animal y oscura de él disfrutando de que su pene siguiera en mi trasero, el semen escurriéndose. Quería revolcarse en el olor de nuestro sexo que flotaba pesado en la habitación, cubriéndonos a ambos, hasta que todos supieran lo que habíamos hecho.

También tenía miedo. Ay, cielos, tenía miedo. Miedo de finalmente tener lo que quería y no estar a la altura. Miedo a no ser lo suficientemente valiente o fuerte. Miedo a perder todo esto. Que su lazo y compañero desaparecería en el lobo cuando él se convirtiera en Omega.

Porque no sabía qué hacer.

Cómo detenerlo.

Seguía allí aún, grave y vibrando. Incluso ahora lo sentía. No tan fuerte como antes, pero seguía allí.

Y lo aterrorizaba.

Este lobo.

Este lobo tonto y maravilloso.

Bajé la vista lentamente hacia él, parpadeando. Él alzó la mirada hacia mí con una expresión reverencial en el rostro. Mi mano le envolvía aún el cuello, aunque no con la misma fuerza de antes.

Estiró la mano y me tocó la cara con los dedos.

–Nunca pensé… –se le quebró la voz. Sacudió la cabeza antes de volver a intentarlo–. Nunca pensé que podía ser así. Sentirse así. Tú… Vi cosas. Gordo. Tú… Lo siento tanto. Por todo. Todo. Lo siento tanto.

Giré la cara y le besé la palma de la mano.

–No puedes dejarme.

–Nunca, nunca, nunca.

–No te lo permitiré.

–Lo sé.

–Estoy demasiado viejo para esta mierda.

Y, cielos, cómo me sonrió.

–Te mueves bien para ser un viejo –alzó las caderas y me hizo poner los ojos en blanco.

–Mierda –mascullé.

–Sí.

Sus dedos se deslizaron desde mi cara hacia la marca de sus dientes entre mi cuello y mi hombro. Dejaría una cicatriz, lo sabía. Había visto la de Joe y la de Ox. La de Elizabeth también, aunque no se notaba tanto como antes.

La sangre había escurrido desde la herida por mi pecho, partiendo en dos el tatuaje del lobo y el cuervo.

Los demás estaban presentes en mi cabeza. Pero débiles. Sabrían lo que había pasado. Sabrían lo que habíamos hecho. Al menos Ox y Joe. Y sabrían mantener la distancia. Mark no querría que vinieran tan pronto.

Aparté la mano de su cuello y…

–Mierda –exclamé, con los ojos como platos.

–¿Qué? ¿Qué sucede?

Tosí, se me había formado un nudo en la garganta de pronto. Jamás había pensado en eso. En lo que significaría para él. Yo no era lobo. No podía morderlo. No como él a mí. Mi mordedura sanaría rápido, fuera cual fuera la intención. No llevaría mi marca, no como yo llevaba la de él.

Debería haber sabido que sería otra cosa.

Allí, incrustado en la piel de su cuello, había un cuervo. Casi una réplica del que yo tenía en el brazo.

No superaba el ancho de mi mano. Tenía las alas extendidas a cada lado de su garganta. Tenía la cabeza gacha, descansando sobre su nuez de Adán y cuando tragó pareció que se movía. Sus garras y el abanico que formaban las plumas de la cola se extendían hacia el hueco de su garganta.

Yo llevaba su marca.

Y ahora él llevaba la mía.

Bajé la mano y le toqué las alas. Las sentí cálidas.

–¿Qué es? –preguntó de nuevo, y ladeó la cabeza para permitirme mayor acceso–. Siento la garganta… rara. ¿Me dejaste un moretón?

–Mi magia –respondí, sacudiendo la cabeza–… Todos lo sabrán ahora. Aquí. Las puntas de las alas están aquí.

Seguí con el dedo el largo de las plumas.

–Y la cabeza está aquí. Las plumas de la cola aquí.

–Un cuervo.

–Sí. No… no sabía que sucedería eso.

–¿Se parece al tuyo?

–Es igual al mío –me acercó a él y me besó, profunda y lentamente. Seguía habiendo azul todavía. Pensé que quizás era parte de nosotros. Pero estaba tranquilo por debajo de todo el verde..

–Bien –susurró contra mis labios–. Bien, bien, bien.

ABRE LA PUERTA/ HAZLOS PAGAR

Me desperté al oír un aporreo furioso contra la puerta.

Abrí los ojos despacio. Me llevó un momento recordar donde estaba. Y lo que había sucedido.

Me dolía el cuerpo. Me latía el cuello. Me dolían los músculos.

Pero era más que eso. Había un trasfondo, algo salvaje que no lograba comprender.

Estaba oscuro. La nieve azotaba la ventana.

Me estiré hacia Mark y…

El espacio junto a mí en la cama estaba vacío.

Y frío.

De nuevo oí golpes a la puerta de mi recámara.

–Nunca más –murmuré, y gemí para levantarme y salir de la cama.

Encontré un par de pantalones de chándal en el piso y me los puse. El aire estaba fresco. Se me erizó la piel.

La sensación aumentó.

Di un paso y…

gordo escuchas

...inspiré y gruñí cuando el dolor de cabeza aumentó, y me estiré para abrir la puerta, la puerta de la recámara, la puerta del dormitorio, el pomo caliente bajo mi mano y lo giré, lo *giré* con toda la fuerza de la que fui capaz, la empujé con el hombro y…

Se abrió.

Pero no a mi casa.

Los rayos del sol de la mañana entraban por una ventana a mi izquierda.

Estaba en una habitación pequeña y ordenada, debajo de mis pies una gruesa alfombra color crema. Hacia la derecha estaba la cocina, y una tetera burbujeaba sobre las hornallas. Yo…

–Gordo.

Era como si me estuviera moviendo bajo el agua. Sentía las extremidades pesadas y lentas. Me llevó un millón de años girar la cabeza hacia la derecha para ver…

Un brujo sentado en una silla con respaldo alto. Tenía los ojos de un blanco lechoso, y movía los labios y murmuraba palabras que yo no llegaba a distinguir. Una lágrima le corría por la mejilla.

Patrice.

El brujo albino.

Junto a él había una mujer mayor. Tenía una mano posada sobre el hombro de Patrice. En la otra sostenía un cigarrillo encendido, el humo le envolvía los dedos.

Aileen.

–¿Me escuchas? –me preguntó.

Traté de decir "sí, te escucho", pero salió confuso, como si tuviera la boca llena de piedras.

–No tenemos mucho tiempo –dijo ella, y en un instante estaba junto a Patrice, y al siguiente estaba frente a mí, soplándome un grueso anillo de humo a la cara.

–Patrice apenas si aguanta. Los brujos que rodean a Green Creek son poderosos.

–¿Qué es esto? –logré decir.

Las brasas en la punta de su cigarrillo ardieron. Le salió humo por la nariz.

–Esta es la última oportunidad, chico. Te dije que las cosas están cambiando. No sabía cuánto. Vino un lobo a verme. En esta misma habitación. Era blanco. El más blanco que vi en la vida. ¿Entiendes?

No, no entendía. No entendía nada de esto. No...

Estaba en mi dormitorio. Había...

Aileen me dio una bofetada.

–Gordo, *concéntrate*.

Todo era azul. Todo parecía *azul* y *rojo* y, ay, cielos, había *violeta*...

Hice una mueca de dolor al sentir que me latía el hombro. Estiré la mano y toqué la marca de mi cuello. Me dolía mucho, y me mantenía con los pies sobre la tierra.

Aileen sacudió la cabeza.

–No haces nada a medias, ¿verdad? Había un lobo, Gordo. Vino a verme. Lo conocía. Aunque no lo había visto nunca, lo conocía. Gordo, dijo que tienes que abrir la puerta. Tienes que abrirla de par en par si quieres sobrevivir a esto.

–¿La… puerta?

–Sí –respondió, *frenética.* Patrice empezó a convulsionar detrás de ella, un largo hilo de saliva le chorreaba de los labios–. Mierda. Lo encontraron. Gordo, es la *puerta.* Tienes que abrir la maldita *puerta.* Están viniendo, ¿sí? Haremos lo que podamos, pero él dijo que tienes que abrir la puerta. Dijo que entenderías. Que tengo que decirte nunca más y que entenderás. Thomas dijo *nunca más…*

Thomas.

Thomas.

Thomas, Thomas, Thomas, porque era el Alfa.

Era *ManadaManadaManada.*

El piso se abrió bajo mis pies y…

Abrí los ojos.

Estaba en mi habitación.

Me latía el hombro.

No había nadie en la cama junto a mí.

Parpadeé, lento y seguro.

La casa estaba a oscuras.

La luz que entraba por la ventana era tenue, aún seguía cayendo la nieve.

El trasfondo seguía allí, confuso y *extraño.* Se sentía familiar, se sentía mío, se sentía como *ManadaAmorCompañeroHogar* pero se estaba *retorciendo*, se estaba *retorciendo* y no podía hacer nada para detenerlo.

La puerta, había dicho Aileen.

Tenía que abrir la puerta.

No...

El crujido de una tabla del suelo desde algún lugar de la casa.

–¿Mark? –susurré mientras me levantaba de la cama. Encontré un par de pantalones de chándal en el suelo y me los puse rápidamente–. ¿Mark, eres...?

No estaba soñando. No podía estar soñando. No de nuevo. Ni siquiera sabía si *había sido* un sueño.

Recorrí la casa. Todo parecía estar en su lugar. Nada había sido movido.

Mark estaba en la cocina. Me daba la espalda.

Estaba desnudo, con la cabeza gacha. En la mano derecha sujetaba el cuervo de madera.

–¿Mark? –pregunté–. ¿Qué?

–Gordo –dijo, pero sonó más duro de lo que lo había oído decir mi nombre con anterioridad. Más animal. Más malvado, lleno de...

No. No, ay, Dios, por favor, no...

–Tienes que correr –dijo, mientras le temblaban los hombros–. No puedo... No puedo resistirme. Está...

Se oyó un *crujido* cuando el cuervo de madera se astilló. Una de las alas cayó al suelo.

La transformación ocurrió lentamente. Le crecieron gruesas garras negras de la punta de los dedos de las manos y de los pies. Los músculos empezaron a contraerse bajo la piel. Cabello castaño le brotó de la cabeza afeitada.

No se suponía que sucediera esto. No tenía que terminar así. No ahora. No después de todo lo que habíamos logrado. No cuando yo llevaba su marca y él la mía. No era justo. No era justo. No era...

Di un paso atrás.

Giró la cabeza bruscamente, la barbilla tocó su hombro derecho. Veía una de las alas del cuervo sobre su cuello. Movió las manos, y la talla que me había hecho cuando aún no sabíamos que los corazones podían quebrarse cayó al suelo, destrozada.

Respiró hondo.

Podía ver los colmillos en la luz tenue.

Abrió los ojos.

Eran violetas.

No había sido suficiente.

Yo no había sido suficiente.

–Corre, Gordo –dijo–, por favor, corre, corre para que pueda perseguirte, para que pueda *cazarte,* para poder encontrarte y *saborearte* y *follarte* con mis dientes…

Ya había empezado a correr.

Aullaba detrás de mí, la canción resonaba en la estructura de la casa. La sentí en lo profundo de la piel, destellos de dolor como si me estuviera sujetando un Alfa y mi padre me susurrara veneno al oído.

Afuera. Tenía que salir.

Antes de que llegara a la puerta delantera, *implosionó,* la madera crujió cuando un Alfa transformado la atravesó, los ojos ardiendo rojos. Aterrizo frente a mí y mis manos se hundieron en su pelaje. Ox, era Ox, era…

Ox me hizo a un lado mientras se empezaba a transformar en humano. Se oyó el gruñido de un lobo salvaje, enojado y enloquecido, y caí al suelo y giré la cabeza justo a tiempo para ver a Ox sujetar a Mark de la garganta. Su mano cubría por completo el cuervo de Mark.

Mark intentó arañarlo, intentó destrozarlo. Alzó las patas traseras para tratar de llegar al abdomen de Ox, para destriparlo y causar el mayor daño posible. Falló, por muy poco, y Ox lo levantó por encima de su cabeza todo lo alto que pudo, y lo dejó caer al piso con fuerza. Las tablas que los muchachos del taller me habían ayudado a colocar un verano largo y caluroso hacía muchos años crujieron cuando Mark las *atravesó*, empujado por Ox. Mark gruñó de dolor, y supe que sus huesos ya estaban volviéndose a unir.

Los ojos de Ox ardían como fuego cuando le rugió a Mark en la cara. La canción del Alfa, mientras sangraba sobre el Omega que tenía debajo.

Mark se sobresaltó. Sus ojos violetas se agrandaron.

–Alfa. Alfa. Alfa –gritó.

Ox aflojó el agarre.

De inmediato, Mark me lanzó una dentellada, el violeta brillando intensamente.

–Lo siento tanto –dijo Oxnard, y le soltó la garganta antes de darle un puñetazo al costado de la cabeza.

Mark gimió y se desmayó.

En las ruinas de mi sala de estar, lo único que sentimos fue el azul.

Me contó. Cómo lo sintió. Cómo sintió cuando Mark me mordió. Sintió cuando nos apareamos. Fue una oleada de poder que lo invadió. A Joe. A la manada.

Pero no había durado.

–Empezó a astillarse –dijo en voz baja, mientras caminábamos por la nieve. Cargaba a Mark sobre el hombro–. Empezó a deshilacharse. Fue como… estar envenenado. Como marchitarse. No había sentido eso antes. No desde que fueron infectados.

La nieve susurraba a nuestro alrededor. Crujía bajo nuestros pies.

Encima, escondida detrás de las nubes, la luna engordaba y llamaba a su amor, que siempre se escapaba de ella. Pronto estaría en su punto máximo.

–Creí –dije, con la voz estrangulada–, creí que ayudaría. Pensé que...

–Lo sé –aseguró Ox, aunque no me miró–. Sé que pensaste eso.

Por suerte no dijo lo que ambos estábamos pensando.

Que en vez de retrasar el proceso, lo había acelerado.

Seguí a mi Alfa a casa.

Los lobos nos esperaban en la casa al final del camino.

Lo sabían, por supuesto. Debían de saberlo. Podían sentirlo también.

Carter estaba a un costado, de brazos cruzados, demacrado. Kelly estaba a su lado y le susurraba al oído, para consternación del lobo gris, que los rondaba agitando el rabo. En cuanto me olfateó, se le erizó el pelo y se puso frente a Carter, trató de alejarlo de mí. Sus ojos violetas seguían cada paso que daba.

Carter le gritó al lobo, para que lo dejara en donde estaba. Pero al lobo no le importó y me observó con recelo mientras avanzaba. Me mantuve lejos.

Joe estaba con Elizabeth en el porche, rodeándole los hombros con el brazo. Ella tenía los ojos muy abiertos y húmedos, pero no lloró al vernos de pie frente a la casa, una inversión retorcida del día en el que sus hijos y yo habíamos vuelto a Green Creek.

No supe qué decirle. A nadie.

–¿Jessie? –gruñó Ox.

–Abajo con Pappas –dijo rápidamente Joe–. Echando otra línea de plata –me miró de reojo antes de volver a mirar a Ox–. Ya debe estar lista.

–Amigo –nos llegó la voz de Carter–. ¿Puedes dejar de hacer eso? ¿Qué *problema* tienes, maldición?

El lobo le gruñó y siguió insistiendo en alejarlo de mí.

Ox asintió y se acomodó sobre el hombro a Mark, a punto de resbalarse. Los brazos de Mark le colgaban por la espalda, flácidos.

–¿Te lastimó? –preguntó Elizabeth, y pensé por un momento que se dirigía a Ox.

Pero no. Me estaba mirando fijo.

Negué con las palabras atragantadas.

–Bien. No... no se hubiera perdonado a sí mismo si lo hubiera hecho. Siempre ha sido así contigo.

Maldición.

–No te mordió, ¿verdad? –le preguntó Joe a Ox, y aunque trató de mantener la voz calma, se oyó aguda y tensa. Parecía un niño de nuevo, el niño al que Ox había llamado su tornado.

–No –confirmó Ox–. Lo intentó, pero no.

Joe asintió.

Elizabeth bajó las escaleras cuando Ox se acercó. Le acarició la espalda desnuda a Mark, donde la nieve derretida escurría hacia sus hombros.

Vi el preciso momento en que notó el cuervo en su garganta: apretó los labios, cerró los puños. Los escalones de madera crujieron bajo el peso combinado de Ox y Mark.

Joe se volvió para seguirlos, pero se detuvo antes de llegar a la puerta. Parecía como si estuviera reuniendo coraje para algo, y temí lo que fuera a decir a continuación.

–Carter –dijo.

Kelly dejó caer la cabeza.

Carter suspiró.

–Lo sé. Solo... solo quiero estar afuera. Un momentito más.

Alzó la cabeza hacia el cielo. Copos de nieve le cayeron en las pestañas, y parpadeó. Inspiró hondo y exhaló. El aliento se transformó en vapor alrededor de su cara. Kelly se estiró y tomó a su hermano de la mano, entrelazando los dedos. Carter lo miró y su expresión se suavizó.

–Todo estará bien. Ya lo verás.

Kelly asintió, tenso.

–Ey –dijo Carter–. Nada de eso ahora. Mírame. Por favor.

Kelly lo obedeció. Le temblaba el labio inferior.

–Estará bien –susurró Carter–. Lo prometo.

–No puedes prometer eso.

–No –se encogió de hombros–, pero suena bien. Así que ve adentro y ayuda a los otros. ¿Puedes hacer eso por mí?

Kelly entrecerró los ojos.

–¿Por qué?

–Solo… Tengo que hablar con Gordo. En un momento estoy contigo.

Kelly me miró con suspicacia. Mantuve la cara inexpresiva. Soltó la mano de su hermano sin decir una palabra más y se dirigió a la casa. Su madre le rozó el brazo al pasar. Se inclinó y le susurró algo al oído. Él se quedó parado rígido junto a ella hasta que terminó de hablar y le besó la mejilla. Lo dejó ir, y desapareció dentro de la casa.

Carter avanzó un paso hacia mí, pero no pudo acercarse mucho porque el lobo gris lo sujetó del abrigo e intentó alejarlo. Carter se patinó en la nieve, y se dio vuelta para mirar al lobo con odio.

–Amigo, te voy a dar una paliza en el trasero de lobo que tienes si no me dejas en paz, mierda. No sé qué te pasa, pero no me gusta que lobos salvajes extraños se entrometan en mi vida.

El lobo le gruñó y le tironeó el abrigo de nuevo.

–Necesito hablar con Gordo.

Al lobo no le pareció buena idea.

–*Cielos.* Mira… relájate por un segundo, ¿okey? Nadie aquí hará nada. Deja de hacer eso, o haré que Gordo te haga volar con la luz de la Fuerza.

El lobo soltó el abrigo y me gruñó.

Puse los ojos en blanco.

–No tengo la luz de la Fuerza. ¿Por qué tengo que seguir explicándoselos?

–Lo que sea –dijo despectivo Carter–. Ese no es el punto. Deja de desacreditar mis amenazas completamente creíbles a este lobo raro que no entiende el concepto de *espacio personal.*

Avanzó un paso hacia mí.

El lobo le gruñó.

Carter le dio un golpe en la cabeza.

Por alguna razón, pareció funcionar.

–Como si no tuviera suficiente con que lidiar… –masculló Carter. El lobo se quedó donde estaba cuando el chico se acercó a mí.

Elizabeth no dijo nada.

Carter estaba frente a mí. No… La carretera lo había cambiado. Lo había endurecido. Hacia el final, nos pasó a todos. Pero al estar de vuelta en casa, se había suavizado, al menos un poco. No tanto como sus hermanos, pero lo suficiente. No era quien había sido, pero ninguno lo sería. No después de lo sucedido con su padre. No después de todo lo que habían visto.

Pero en el último año, se había acomodado, de alguna manera, en su propia piel. Era el segundo de su Alfa, un chico valiente que protegía con celo a quienes amaba.

Y ahora, esto.

Sabía por qué Joe lo había llamado.

Jessie no solo estaba haciendo una jaula para Mark.

También estaba haciendo una para Carter.

Me estudió, y no supe qué buscaba.

–Es… Tú lo sentiste. Sé que sí. Cuando estábamos en la carretera. Intentaste resistirte. No sabía por qué, al principio. No entendía. Todo lo que habías experimentado. Y quizás aún no sepa todo. Pero en algún momento a lo largo del camino, te convertiste en manada. Para mí. Para nosotros. Y confié entonces en ti para cuidar de mis hermanos y de mí. Y cuando llegamos a casa, para cuidar del resto. No la querías. A la carga. Y lo siento. Pero la tienes de todos modos. Porque eres familia. Mi familia –negó con la cabeza–. Y necesito que me prometas algo. Porque no le puedo pedir a nadie más que lo haga.

–Carter…

Alzó una mano.

–Por favor… escúchame, ¿sí? Ya es bastante difícil esto. Necesito… Si no puedes convertirnos de vuelta. Si no puedes… arreglar esto, entonces necesito que me prometas que tú lo harás. Que…

–Vete a la mierda –dije, ronco–. Vete a la mierda, Carter.

Parpadeó rápidamente.

–Lo sé. Pero no puedo pedirle a… mi mamá y a… Joe. ¿Y Kelly? Cielos, Gordo. Kelly… no es como nosotros. No es un Alfa. No es un segundo. Necesita… por favor. Por favor, hazlo. Por mí. No puedo ser así. No puedo arriesgarme a lastimar a nadie. No es…

Lo abracé.

Se sorprendió. Jamás había iniciado algo así antes. No con él. Se sintió… raro, sostenerlo contra mí, y recordé la expresión en el rostro de Elizabeth cuando fui a su habitación por primera vez, cuando nació.

"Mira eso. Le gustas, Gordo", había dicho ella.

Y yo le había prometido algo en ese momento. Cuando su pequeña manito me tocó el pelo, yo le había hecho una promesa.

"Estarás a salvo. Te mantendré a salvo".

Me rodeó con sus brazos y me devolvió el abrazo.

Después de un rato, me soltó.

Puso los ojos en blanco cuando el lobo gruñó a sus espaldas.

–Sí, sí, imbécil. Cállate de una vez.

Besó a su madre en la mejilla y se dirigió hacia la casa, con el gigantesco lobo salvaje detrás.

Solo Elizabeth y yo nos quedamos en la nieve, envueltos en la penumbra de la mañana.

No sabía qué decirle. Qué estaba bien. Qué estaba mal. Su hijo me había pedido recién que acabara con su vida llegado el caso, y ella no había dicho nada.

Al final, no importaba. Ella habló primero.

–Los otros siguen en el bar. Robbie también, aunque no estaba muy feliz de tener que dejar a Kelly fuera de su vista.

–Por supuesto que no –murmuré–. ¿Cómo lo están llevando los humanos?

–Diría que con incredulidad. La mayoría. Creo que están tratando de convencerse que no es lo que parece. Algunos no… tienen miedo. Tienen curiosidad. Bambi en particular. Creo que me cae bien esa chica.

–Rico está bien ocupado, eso es seguro.

–Es cierto. Pero están manejando la situación, por ahora. Nadie ha tratado de irse de El Faro, y no nos han hecho ninguna amenaza. En todo caso, hemos tenido que detenerlos para que no vayan a encarar a los cazadores. No sé qué tiene este lugar, pero ciertamente estimula a que los hombres se comporten de manera estúpida. Robbie discutió con Ox por tener que estar separado de Kelly. Hasta lo amenazó. No sé si Kelly supo qué hacer con eso.

–El chico es medio tonto para esas cosas.

–No es el único.

–Sí, acerca de eso… ¿Cuánto crees que le llevará a Carter darse cuenta?

–Ah, espero que sea un buen rato –dijo, con un asomo de sonrisa–. Amo a mis hijos, pero son un poco ingenuos para ciertas cosas. Pero no me refería a Carter.

Fruncí el ceño.

–¿Es necesario que hagamos esto ahora?

–Eres el compañero de Mark. Por supuesto que sí.

–No creí que… Pensé que… No quise…

–Lo sé –aseguró–. Pero es muy tú esperar hasta el último segundo para sacar la cabeza de la arena.

–Él… no quiso hacerlo. Cuando te golpeó. Él jamás…

–Por supuesto que no –dijo, con cierta amabilidad–. Y una vez que todo vuelva a estar bien, me vengaré.

–Él es lo único que me queda –dije, desanimado.

Elizabeth resopló.

–Sé que eres estúpido, Gordo, pero no es posible que seas *tan* estúpido.

Alcé la cabeza y la miré con rabia.

–No…

–¿Recuerdas lo que te dije antes de dejarte a mis hijos?

–Me dijiste que me confiabas a tus hijos.

–Sí. Y lo dije en serio.

–También me dijiste que me harías pedazos si traicionaba esa confianza –le recordé.

–Y también lo dije en serio –sus ojos brillaron naranjas–. Pero era la única manera de hacerte entender, Gordo. Si lo hubiera dicho de otra forma, no me hubieras creído. Durante un largo tiempo, solo sabías lidiar con amenazas. Por la manada. Y luego contra nosotros. Contra ti mismo. Thomas... fue su culpa. Quizás no del todo, pero una gran parte. Y nunca se perdonó por eso. Te amaba, Gordo. Te amaba. Te fue a ver cuando más te necesitaba. Con Joe. Sabía que, aunque estabas tan enojado con él, a pesar de la furia en tu corazón, en el fondo, seguías siendo el brujo Bennett, aunque ninguno de los dos pudiera decirlo en voz alta. Los hombres son obstinados. Ridículos y obstinados.

–Me amenazó, me dijo que si no lo ayudaba, me...

–Porque era la única cosa a la que respondías –dijo–. Pero ya no eres esa persona. Hace mucho que no. Protegiste a mis hijos. Los trajiste de vuelta a casa. Formaste una manada y, aunque tú no lo creías, ellos creyeron en *ti*. Ninguno de nosotros, Gordo, ninguno, sería el mismo sin ti. ¿Y Mark? Mark te ha amado desde antes de que supiera lo que *era* el amor.

–Pero no pude –le dije, necesitaba que me entendiera–. Al final, no pude protegerlos. Si él ha hecho esto, si mi padre lo ha hecho, lo está haciendo por mi culpa. Carter y Mark y...

–*No* eres tu padre –dijo vehementemente–. Eres mucho más de lo que él podría ser. Tienes una manada, Gordo. Tienes la fuerza de los lobos apoyándote. Tienes humanos, esos maravillosos humanos que te seguirían a todas partes. ¿No lo ves? Lo que mi hijo te pidió no es porque él piense que eres el único que puede hacerlo. Él... te lo pidió porque sabe que puede confiar en ti. Al final, te lo pidió porque no existe otra persona en la que confíe más. Al igual que su padre. Al igual que yo.

Incliné la cabeza.

–No estás solo, Gordo –me dijo, rodeándome el rostro con las manos–. Hace mucho que no lo estás. Recién ahora lo estás viendo. Te has sentido así durante mucho tiempo, y lo lamento. Lo lamento por todo.

Secó la lágrima solitaria que me cayó por la mejilla. Me alzó la cabeza para que la pudiera mirar a los ojos.

–Pero yo sé algo que ellos no. Y creo que tú también lo sabes. ¿Verdad?

Asentí despacio.

–No dejaremos que llegue tan lejos, ¿no es así?

–Así es.

–Porque este es nuestro pueblo. Esta es nuestra manada. Y nadie nos lo quitará. No de nuevo.

Las rosas de mi brazo empezaron a florecer. Sentí los pétalos expandiéndose en mi piel.

–Jamás de nuevo.

Sus ojos brillaban naranjas.

–Ni los brujos. Ni los cazadores. Ni una Alfa que quiere lo que jamás le ha pertenecido. Y tampoco tu padre.

–No. Ninguno lo hará.

–Sabes algo, ¿verdad? –dijo, asintiendo lentamente–. Puedo sentirlo. En los hilos. Hay oscuridad debajo de todo ese azul. Pero allí está.

Y vacilé.

–¿Gordo? –preguntó–. ¿Qué es?

"Había un lobo, Gordo. Vino a verme. Lo conocía. Aunque no lo había visto nunca, lo conocía. Gordo, dijo que tienes que abrir la puerta. Tienes que abrirla de par en par si quieres sobrevivir a esto.

Estamos yendo, ¿sí? Haremos lo que podamos, pero él dijo que tienes que abrir la puerta. Dijo que entenderías. Que tengo que decirte nunca más y que entenderás. Thomas dijo…".

–Nunca más –susurré.

–Solía decir eso acerca de ti. Cuando estábamos solos –Elizabeth Bennett me miró con el lobo a flor de piel–. ¡Dime, te lo ruego! El cuervo dijo: "Nunca más".

Y lo único que sentí enterrado en lo profundo, profundo del azul fue *manada* y *manada* y *manada*.

–Está sucediendo, ¿verdad? –afirmó Jessie.

Estaba recostada contra la pared cerca de la puerta del sótano. Se la veía tan cansada como yo me sentía, pero su postura era erguida y orgullosa. Como un lobo.

–Creo que sí.

Asintió despacio.

–¿Podemos ganarle? ¿A todo esto?

–No lo sé. Pero daremos una buena pelea.

Se despegó de la pared y se inclinó para depositarme un beso en la mejilla.

–Me alegra que hayas podido conseguir tu compañero mágico místico lunar.

Fruncí el ceño.

No se dejó engañar.

–Elizabeth te está esperando afuera. Ve al bar. Trae al resto de la manada a casa. Manténganse fuera de la vista.

–¿Qué vas a hacer? –me preguntó, mirándome con curiosidad.

Miré la puerta del sótano. Oía los sonidos de los lobos abajo.

–Lo que tengo que hacer.

"No necesitamos a los lobos", me había dicho una vez mi padre. "Ellos nos necesitan, sí, pero nosotros nunca los hemos necesitado. Usan nuestra magia como lazo. Mantiene junta a la manada. Sí, existen manadas sin brujos. Son la mayoría. Pero las que tienen brujos son las que tienen el poder. Existe una razón para eso. Debes recordarlo, Gordo. Siempre te necesitarán más a ti que tú a ellos".

Mi padre jamás había entendido. Incluso cuando le había jurado fidelidad a Abel Bennett, no había entendido. Lo que significaba estar atado a un lobo. Lo que significaba ser manada. No tenía que ver con la necesidad.

Era una elección.

Él no me había dado una.

Tampoco Abel Bennett.

Thomas Bennett, sí. Al final. Yo había sido incapaz de descubrirlo por la furia que sentí cuando me fue quitado todo.

Se había equivocado en la manera.

Pero, al final de cuentas, yo había elegido.

Había dicho que no.

Me amenazó. No le mentí a Elizabeth cuando le conté eso.

Pero había habido otras. Después de colmillos y garras y ojos rojos, rojos.

–Mi hijo –me rogó–. Por favor, Gordo. Es Joe. Es mi *hijo*. Por favor, ayúdame.

Se había dejado caer de rodillas y había echado la cabeza hacia atrás, para exponer el cuello.

El Alfa de todos, *rogándome* que lo ayudara.

Estuve a punto de darme la vuelta y dejarlo ahí, en el suelo.

Y creo que él lo esperaba.

Pero estaba allí, ¿verdad?

En lo profundo, enterrada en un océano de azul.

Esa *chispa* que mi Alfa exigía.

Me había olvidado de lo mucho que ardía.

–Levántate –le dije bruscamente–. Levántate. Levántate, y te ayudaré.

Lo elegí en ese momento. Decidí ayudarlo.

Incluso después de todo.

No fue por necesidad.

Éramos manada porque elegíamos serlo.

Y no iba a renunciar a eso sin pelear.

Ahora sabía qué había que hacer.

Tan solo esperaba que pudieran perdonarme.

Pappas merodeaba a lo largo de la línea de plata desplegada frente a él que lo encerraba. La pared metálica a sus espaldas tenía marcas profundas de garras. Gruñó al verme y se lanzó hacia el muro invisible que lo contenía.

Carter y Kelly estaban cara a cara, separados por la plata del suelo. Kelly alzó la mano y la posó sobre el muro. Carter dudó antes de hacer lo mismo. El lobo gris estaba atrapado con él, caminando de un lado al otro y agitando la cola amenazadoramente.

Y Mark.

Siempre Mark.

Estaba sentado desnudo en el suelo, en el centro.

Estaba despierto, las manos sobre las rodillas, clavando las uñas en la piel. El cuervo de su garganta aleteaba cada vez que tragaba. Ox estaba de cuclillas del otro lado de la línea de plata, y lo estudiaba con cuidado.

Joe le tocó el hombro a Ox, y Ox lo miró. Se paró cuando yo me acerqué, y señaló a Mark con la cabeza.

–Es como con Pappas –dijo en voz baja–. La calma antes de…

Asentí, tenso.

Joe entrecerró los ojos para mirarme. Extendió los dedos y me tocó la frente.

–Está allí, ¿verdad? Algo ha sucedido.

Asentí, y apartó la mano.

–Creo que tengo un plan. Pero tendremos que participar todos. Y no les va a gustar.

–¿Qué es? –preguntó Joe con el ceño fruncido.

–Es… Tenemos que esperar. A los demás. Elizabeth y Jessie, ellas... Tenemos que esperar. Solo quiero decir esto una vez.

–¿Los ayudará? A Carter. Y a Mark –me preguntó Ox.

–No lo sé –respondí con sinceridad–. Pero es lo único que se me ocurre. Mañana es la luna llena. No hay tiempo. Solo… ¿Me dan un momento? Tengo que…

Ox y Joe retrocedieron.

Inhalé hondo y giré hacia Mark.

Me senté en el suelo e imité su postura. Las lágrimas me ardieron en los ojos cuando lo miré, pero no podía evitarlo.

–Mark –llamé. Su nombre en mi lengua se quebró en mil pedazos y carraspeé.

Abrió los ojos. El violeta se había desvanecido. No quedaba más que el azul hielo.

–Gordo –gruñó–. Lo siento. Intenté resistirme. Intenté...

–Está bien. Estoy bien. No me... No me lastimaste.

Parecía acongojado.

–Si Ox no hubiera aparecido...

Resoplé.

–No necesito a Ox para darte una paliza, chucho deforme. Me las arreglo bien solo.

Apretó los dientes.

–No es para reírse, Gordo.

–Qué bueno entonces que no me estoy riendo. Si crees que puedes ganarme una pelea, eres aún más tonto de lo que pensaba.

–Quería lastimarte –me dijo Mark–. Te vi en la cama junto a mí y tuve ganas de destrozarte la garganta. Quería mancharme los dientes con tu sangre. Estuve cerca. No sabes lo cerca que estuve.

–Pero no lo hiciste.

Le aparecieron las garras y se le clavaron en las rodillas.

–Porque me quemaba.

–¿Qué cosa? –pregunté con el ceño fruncido.

Ladeó la cabeza hacia atrás un poco, para dejar ver el cuervo.

–Esto. Pensé... Parecía que volaba en el sol, y me *ardía.*

–Eso es porque eres mi compañero, idiota. Estás vinculado a un Livingstone ahora. La única manera de salirte de esto es si te mato con mis propias manos, como el querido y viejo papá.

–Hazlo, entonces. Mátame.

–*No* –dije.

Sus ojos se volvieron violetas.

–Gordo –advirtió Ox, dando un paso hacia nosotros.

Giré y lo miré con odio por encima del hombro.

–No. Atrás.

Por un momento, Ox pareció a punto de discutir, pero Joe le puso la mano sobre el brazo, y asintió.

Volví la vista a Mark.

Las rodillas le sangraban.

–¿Confías en mí?

–Sí. Pero no confío en mí mismo. Está aquí, Gordo –gruñó, dándose un golpecito en la sien con una garra sangrienta–. Te está apartando de mí. Lo siento. Duele. Duele más que cualquier otra cosa que haya sentido antes. Y estoy tratando de resistir. Estoy tratando de resistir con todas mis fuerzas. Pero se me está escapando entre los dedos. Te deseo. Te deseo tanto.

Me lanzó una dentellada.

–Déjalo ir.

Eso le quitó el violeta de los ojos.

–¿Qué?

–Déjame ir –dije.

–Gordo, tienes que... –me dijo Ox.

Alcé la mano por encima del hombro, y no dijo nada más.

–Entrégate.

–Te gustaría eso, ¿verdad? –me gruñó Mark–. Compañeros por menos de un día y ya estás buscando la salida. ¿Estás escapándote de nuevo, Gordo? Como siempre. Las cosas se ponen duras y Gordo Livingstone sale *corriendo*.

Ladeé la cabeza e intenté mantener la calma.

–No me voy a ningún lado. Escucha el latido de mi corazón. Dime si miento.

Se levantó lentamente. Sus rodillas crujieron. Su pecho se agitó. Los ojos pasaban del hielo al violeta.

Pappas volvió a arrojarse contra la línea de plata. Me pareció oír un hueso al quebrarse.

Carter estaba de pie inmóvil, las fosas nasales aleteando ante mi presencia. El lobo gris estaba a su lado. Kelly me observaba horrorizado, como si no pudiera dar crédito a sus oídos.

–¿Por qué? –quiso saber Mark, caminando de un lado a otro–. ¿Por qué estás aquí? ¿Por qué están ustedes aquí? No me quieren. No me *necesitan*. Estoy perdiendo mi *cabeza*, maldición, y tú estás ahí sentado como si nada.

–No te necesito.

Se lanzó hacia adelante y tuve que hacer un esfuerzo para no inmutarme.

–¿Por qué? –me gritó–. ¿Por qué? ¿Por qué?

Punteó cada *por qué* golpeando su puño contra la barrera.

Asentí despacio.

Seguía cada uno de mis movimientos, como buen depredador.

Me paré ante él. Nos separaba menos de un metro.

–Porque te elegí –le dije en voz baja y retrocedió–. Nunca nos necesitamos para sobrevivir. Si fuera así, ya hubiéramos muerto hace tiempo. Nunca ha tenido que ver con eso. Estamos aquí porque nos elegimos el uno al otro. Al final, siempre se trata de elecciones. Decidimos pelearnos hasta que decidimos pelear juntos. Tú me elegiste hace mucho tiempo. Y ahora te estoy eligiendo yo a ti.

En su rostro se veían emociones encontradas: incredulidad, tristeza, enojo, esperanza.

–No...

–Rompiste el cuervo que me hiciste.

Arrugó la cara y sus hombros se estremecieron.

–Lo sé. Lo sé, y nunca me perdonaré por…

–¿Aún lo tienes?

–Está *roto*, Gordo, está en el suelo y está *roto*…

Perdió la coherencia y las palabras se transformaron en gruñidos confusos.

–El lobo de piedra. El que me diste hace mucho tiempo. Y el que yo te devolví. ¿Aún lo tienes?

Alzó la vista hacia mí, húmeda y salvaje.

–Yo… sí. Sí –jadeó–. Aún lo tengo. Duele, Gordo. Duele.

–Vas a dármelo, ¿está bien? Cuando todo esto termine, voy a pedirte que me lo vuelvas a dar. Y si piensas que está bien, si piensas que es lo correcto, te prometo que cuidaré de él por el resto de nuestros días.

Apretó la mano contra la barrera.

–Muéstrame –dijo con la boca llena de colmillos.

Entendí lo que quería decir. Ladeé la cabeza hacia un costado y bajé el cuello de mi abrigo hasta dejarle ver la mordedura. Latía intensamente, y yo disfrutaba de cada punzada de dolor que me atravesaba.

–Te daré mi lobo, brujo –gruñó–. Si no te mato antes.

Le sonreí con desprecio.

–Me gustaría que lo intentes.

El hielo desapareció.

Solo quedó el violeta.

–¿Qué estás haciendo? –me preguntó Ox–. ¿Qué demonios estás haciendo, Gordo?

Contemplé a Mark mientras se transformaba y luego merodeaba la línea de plata de arriba abajo con la vista clavada en mí.

–Voy a hacerlos pagar. A todos.

ROMPER

Los otros volvieron al mediodía. Yo me había quedado en el sótano, observando a Mark mientras se perdía. Era lento y doloroso, y sabía que si esto no funcionaba, yo no viviría lo suficiente como para lamentarlo.

Kelly estaba furioso conmigo, me desafiaba a que hiciera lo mismo con Carter, me desafiaba a que intentara hacer que su hermano se volviera salvaje. Joe apenas si logró contenerlo. Los ignoré a ambos, y me concentré con todas mis fuerzas en Mark. Kelly se había echado a llorar y Carter había intentado consolarlo, pero respiraba con dificultad, tenso y rígido. El lobo gris le empujó el hombro hasta que Carter le gruñó y le dijo que se mantuviera alejado de él.

Ox no se había movido, y sentía su mirada clavada en mi nuca. Emociones confusas recorrían los hilos que nos unían. Estaba enojado conmigo y triste ante el espectáculo que se desarrollaba frente a él. Pero me *conocía* y sabía que yo no haría lo que había hecho sin un motivo. Seguía conteniéndose, seguía confiando en mí, y yo esperaba que fuera suficiente.

–Están aquí –anunció Ox y, un momento después, se oyó el sonido de la puerta de adelante al abrirse. Las pisadas retumbaron sobre nosotros y se dirigieron a la escalera. Los ojos de Ox destellaron–. Pero no todos. Algo no está bien.

Robbie bajó primero, frenético. Debe haber sentido la angustia de Kelly, porque parecía con ganas de destrozar lo que la hubiera provocado. Esperaba que Kelly no lo pusiera en mi contra. Debo admitir que eso me daría una excusa para romperle las gafas, pero odiaría tener que empezar lastimando al chico.

Se paró frente a Kelly y estiró la mano como si quisiera tocarlo, pero cerró las manos en puños y las dejó caer a los costados.

–¿Estás bien? –le preguntó por lo bajo–. Traté de llegar lo más rápido posible pero Elizabeth dijo que debíamos movernos juntos, y no me dejó transformarme y luego nos atacaron y…

–Estoy bien –dijo Kelly con los dientes apretados–. ¿Qué quieres decir con que los *atacaron*?

–Cazadores –dijo Robbie, pálido–. Nos encontraron a mitad de camino cuando veníamos hacia aquí. Debería haber… pero estaba tratando de llegar y no los oí. No *los oí*. Lo siento. Lo siento tanto.

Se me heló la sangre.

–¿Quién? –logré preguntarle–. ¿A quién…?

Elizabeth fue la siguiente. Y no estaba sola.

Tenía el brazo alrededor de la espalda de Rico e intentaba sostenerlo. Jessie estaba del otro lado, con el brazo rodeándole la cintura. Rico estaba demacrado y apretaba los dientes. La pierna izquierda de su pantalón estaba bañada en sangre.

Ox y Joe se acercaron a ellos antes de que nadie dijera nada. Elizabeth y Jessie les entregaron Rico a los Alfas.

–Estoy bien –murmuró Rico, tratando de hacerse el valiente–. Apenas me rozó. Parece peor de lo que es.

–Esos bastardos –gruñó Jessie, el pelo le caía en mechones sobre la frente–. Los voy a *matar*.

–Los cazadores pagarán –le dijo Joe, arrodillándose frene a Rico–. Les…

–No me refiero a los cazadores –exclamó–. Aunque ten por seguro que lo harán. Hablo de Chris y Tanner. Los voy a *asesinar*, mierda.

Alcé la vista hacia las escaleras, esperando verlos aparecer.

–¿Qué hicieron ahora?

Se giró para encararme, furiosa.

–Ellos… Maldición, ¿qué le pasa a los hombres de esta manada? ¿Por qué son *así*?

–Nos dijeron que corriéramos –dijo Robbie suavemente, y bajó la vista hacia sus manos–. Nos dijeron que nos fuéramos. Ellos… Los cazadores nos sorprendieron. Un grupo. Elijah no estaba con ellos. Pero hirieron a Rico y Chris le quitó el arma y nos dijo que corriéramos. Que teníamos que sacar a Elizabeth de allí.

Robbie se estremeció.

–Chris dijo que no quería que volvieran a lastimar a Elizabeth nunca más.

Elizabeth se estiró y apartó un mechón sudoroso de la cara de Rico.

–Fueron muy valientes. Nos dieron tiempo a escapar.

–¿Están… siguen vivos? –dije, con mucho esfuerzo.

–Sí –dijo Ox, observando a Joe mientras le rompía la pernera a Rico–. Siguen vivos. No… Estaba tan concentrado en Mark y Carter que ni siquiera sentí cuando se los llevaron. Están vivos. Y enojados.

–El Faro –dijo Carter, con la voz más tensa de lo que se la había escuchado nunca–. ¿Los cazadores saben de él?

Rico sacudió la cabeza y gimió cuando Joe le apretó la herida con los dedos.

–Creo que no. Estábamos bastante lejos. Cubrimos nuestro rastro. Bambi… Cualquiera que intente cercarse terminará con la cara llena de perdigones. Ella sabe defenderse.

–No es serio –le dijo Joe a Ox–. Lo rozó. Le quitó un poco de piel, pero no le quedó la bala dentro.

–Se los dije –dijo Rico con una mueca de dolor–. Un disparo con suerte. Si Chris no me hubiera quitado el arma, le hubiera disparado al bastardo entre los ojos. Pendejo. Tenía patillas. Ustedes saben lo que pienso de las patillas.

–Jessie –dijo Ox–, tráeme el botiquín de primeros auxilios. Tenemos que limpiar y vendar esto.

Jessie asintió, se dio la vuelta y corrió escaleras arriba.

–Fantástico –murmuró Rico–. Porque eso se va a sentir genial.

–Cállate –le dije, apartando a Joe–. Dejará una cicatriz. Bambi parece ser el tipo de mujer a la que le gustan las cicatrices.

Se animó al oír eso.

–¿Tú crees? Porque si ella supera lo de que yo ando con hombres lobos y eso, estaría bien y… Ay, Dios, ¿por qué la estás *tocando*? ¡Estoy *sangrando*, Gordo!

Presioné la palma contra la herida. Las garras del cuervo se aferraron a las ramas y a las espinas mientras yo extraía todo el dolor que podía. Onduló por mi brazo y hacia mi pecho, y rodeó mi corazón y lo apretó.

Y luego oí a Elizabeth decir *"¿Mark?"* y dejé caer la cabeza.

Mark gruñó a modo de respuesta.

–¿Qué sucedió? –preguntó, solo percibí azul de ella–. ¿Por qué…?

–Fue Gordo –escupió Kelly, furioso–. Gordo lo hizo ponerse así. Gordo lo hizo convertirse en Omega y…

–*Suficiente* –dijo Ox y todos se callaron. Jessie bajó las escaleras aferrando una caja blanca contra el pecho. El ánimo había cambiado drásticamente en los pocos segundos que había durado su ausencia, y no dijo nada al arrodillarse junto a mí. Apartó mi mano y Rico siseó cuando el dolor regresó.

Me incorporé lentamente y dejé que se hiciera cargo.

Elizabeth me observaba con una expresión inescrutable.

–¿Gordo? ¿Es verdad?

Respiré hondo.

–Sí.

Sus ojos centellearon naranjas, pero eso fue todo.

–¿Por qué?

Kelly me miró con odio con Robbie al lado, que parecía confundido. Carter caminaba de un lado a otro a sus espaldas, el lobo gris convertido en su sombra. Pappas estaba en un rincón, aullando fuerte. Ox y Joe estaban de pie lado a lado.

Rico gimió cuando Jessie le hizo *algo* a la herida.

Y Mark.

Mark estaba en el medio de su jaula. Estaba atrapado en mitad de la transformación, aunque seguía siendo más hombre que lobo. Su labio inferior sangraba porque había sido atravesado por un colmillo. Y tenía los ojos violetas. Tan violetas.

–¿Ves la marca en su cuello? –le pregunté.

–El cuervo –asintió.

–¿Sabes qué quiere decir?

–Sí.

–Entonces sabes que haría cualquier cosa por él.

–¿De verdad? –preguntó–. ¿Por qué ahora? ¿Por qué después de tanto tiempo?

–Porque si este es el fin –dije con toda la sinceridad de la que era capaz–, tiene que saber que nunca dejé de amarlo.

Mi ritmo cardíaco, aunque acelerado, permaneció estable.

Y ella lo supo.

–Lo *obligaste* a convertirse en Omega –protestó Kelly–. Le dijiste que se deje ir. ¿Cómo demonios puedes decir que…?

–Kelly –dijo Elizabeth, y él se calló, aunque seguía teniendo una expresión homicida. Esperaba que me pudiera perdonar por lo que estaba por hacer–. ¿Por qué?

–Sabes por qué –tragué.

–No alcanza –dijo y, *ay*, estaba enojada–. Después de todo lo que hemos pasado, eso no alcanza, Gordo Livingstone. Lo dirás. Ahora.

Sabía lo que me estaba pidiendo y era lo mínimo que podía dar.

–Porque es mi compañero.

Ella se enjuagó las lágrimas.

–Él te eligió. Siempre. Incluso cuando… cuando pensaba que tú jamás lo elegirías. Incluso cuando pensabas otra cosa, él siempre te eligió.

–Lo sé.

–¿Lo elegiste? ¿O esto es parte de un plan? ¿Lo estás usando?

No puedes confiar en un lobo.

No te aman.

Te necesitan.

Te utilizan.

Tu magia es una mentira.

Pero no lo era. Mi madre no lo había entendido. Pero no había sido su culpa. Había sido engañada por mi padre, como el resto de nosotros. Y, al final, había hecho lo único que podía hacer.

–Lo elegí –le dije–. Y lo volvería hacer. Y si esto funciona, si esto hace lo que pienso que hará, entonces quizás tengamos una oportunidad. Quizás *ellos* tengan una oportunidad. Los cazadores… Nos dieron hasta la luna llena. Y tienen a nuestros amigos. Nuestra manada.

Esos hombres brillantes y locos.

–Son más que nosotros –continué–. Quizás podemos enfrentarlos cara a cara. Quizás podamos ganarles. Pero las armas que tienen derriban a un lobo en segundos. Tenemos que emparejar las cosas.

Era ahora o nunca.

–Tenemos que abrir la puerta.

Estaban confundidos. Era de esperar. No pensaban como yo. No sabían lo que yo sabía. Y la idea era tan abstracta que era difícil siquiera entenderla, para empezar.

Ox fue el primero en comprender. Supo qué quería decir.

–La puerta –repitió–. ¿Estás seguro?

Asentí.

Joe nos miró, entrecerrando los ojos.

–¿Qué estás…? No –dio un paso adelante–. No estarás sugiriendo que…

Ox le puso la mano en el hombro.

–Tenemos que escuchar.

–¿De qué está hablando? –exigió Kelly, ignorando a Robbie que intentaba calmarlo–. ¿Qué quiere hacer?

–Justo antes de que Richard Collins muriera –expliqué–. Antes de que... lastimara a Ox, se convirtió en Alfa. Pero, antes de eso, ya los Omegas lo seguían. Si algunos estaban infectados, no lo sé. Pero tengo que creer que algunos lo estaban. Él era... como Ox.

Los lobos gruñeron.

Alcé las manos e intenté calmarlos.

–No... Oigan. Ox era un Alfa sin ser lobo. Sabemos eso. Richard... no era lo mismo, pero parecido. Dos lados de la misma moneda. Los Omegas lo seguían. Los *controlaba*. Un Alfa sin ser realmente un Alfa. Hasta que se lo quitó a Ox. Ustedes saben qué pasó entonces.

–Mierda –murmuró Rico cuando Jessie terminó de vendarle la pierna–. Fue malo. Como una tormenta mental. Los sentía. Bichos caminándome por el cerebro.

Asentí.

–Porque Richard se convirtió en tu Alfa.

–Hasta que lo maté –dijo Joe–. Y se lo devolví a Ox.

–Y yo me los llevé –explicó Ox, mirando a Joe primero y luego a mí–. A los Omegas. Hasta que cerramos esa puerta.

–La cerramos bien fuerte –concedí–. Algunos se las arreglaron para atravesarla, a pesar de eso. Es por eso que algunos Omegas aparecían por aquí cada tanto. Sentían que Ox los llamaba, aunque lo hacía sin querer. Michelle Hughes no estaba equivocada cuando dijo que Green Creek se convirtió en un faro. Pero no sabe qué alcance tiene. Cuán poderosa es su luz.

–Entonces, ¿qué? –exclamó Kelly–. ¿Quieres abrir la puerta? ¿Estás loco?

–No –respondí, impávido–. No quiero abrirla. Quiero romperla en mil pedazos. Ox debe convertirse en el Alfa de los Omegas.

Los únicos sonidos que se oían provenían de los lobos salvajes.

–Está bien –dijo Rico–. No te ofendas, papi. Sabes que te amo. Amigos de por vida y todo eso. Pero ¿no te has vuelto un poco loco con la magia mística lunar? Porque parece que te has vuelto un poco loco con la magia mística lunar.

–Inténtalo, brujo –dijo Kelly, sus ojos centellando–. Inténtalo.

–Kelly… –dijo Robbie.

–*No*. No, no, no te dejaré. No permitiré que esto suceda –exclamó Kelly–. ¿No sabes lo que sucederá? Los *arrastrará*. A los Omegas. A Mark. A *Carter*. Los arrastrará aún más. Se volverán completamente salvajes. No me importa si es magia. No me importa si es otra cosa. No puedes hacer esto.

Se le quebró la voz.

–No puedes quitármelos. No puedes llevarte a Carter.

–Ey –dijo Carter, dando un paso hacia adelante. Gruñó molesto cuando se chocó con la línea de plata, y no pudo tocar a su hermano–. Kelly, vamos, hermano. No es…

–No –replicó Kelly con la voz ronca–. No lo hagas. Por favor. No tú.

Carter se encogió de hombros con torpeza.

–Es… Ya me estoy perdiendo, aquí –intentó sonreír, pero no pudo hacerlo con los ojos–. Estoy resistiendo, pero es una batalla perdida.

–No –aseveró Kelly, sacudiendo la cabeza furiosamente–. Tiene que haber otra manera. La encontraré. No sé cómo, pero lo haré. No te dejaré hacer esto. No.

–Sé que tienes miedo...

–¡*Por supuesto* que tengo miedo, maldición! –gritó, golpeando la barrera con los puños–. ¿Y si no podemos arreglarlo? Carter, ¿y si… y si no puedes volver?

–Volveré –afirmó–. Lo prometo. Ox o Joe, o Gordo. Uno de ellos encontrará la manera. Lo sé. Pero ya… ya te está apartando de mí. Pero si Ox puede ser mi Alfa, incluso si soy un Omega, entonces tenemos que arriesgarnos. Porque si sigue siendo mi Alfa y es también el tuyo, eso quiere decir que seguiremos conectados, aunque yo no pueda sentirlo. Seguirás siendo parte de mí. Y tengo que creer que eso será suficiente para hacerme volver a casa.

Aparecieron las lágrimas, y Robbie le rodeó los hombros a Kelly con el brazo, y lo sostuvo mientras sollozaba.

Aparté la mirada, el corazón se me quebró. Si esto no funcionaba (o incluso si lo hacía) y yo no encontraba la manera de traerlos de vuelta, Kelly no me perdonaría jamás. Y no podía culparlo. Jamás me perdonaría a mí mismo.

–Quieres usarlos –dijo Ox, y me sentí muy cansado–. A los Omegas. Quieres traerlos aquí. A Green Creek. Para convertirlos en armas.

–Dijiste que estábamos en guerra –observé en voz baja–. Y si es así, necesitamos un ejército.

–¿Y después de los cazadores? ¿Después qué?

–No lo sé –admití–. Pero si no hacemos algo con los cazadores ahora, con Elijah, entonces no quedará nada por lo que preocuparse.

–No me gusta esto –dijo.

–Lo sé.

–¿Lo sabes? Porque me estás pidiendo que haga lo mismo que hizo Richard Collins. Me estás pidiendo que controle a un grupo de lobos que no pueden negarse. Que los *utilice.*

–No eres como él. Jamás lo has sido.

Apretó los dientes.

–Dijiste que éramos iguales. Caras de una moneda.

–Sí. Pero la diferencia es que tú no estás tratando de quitar nada. Estás tratando de proteger algo que ya es tuyo –sacudí la cabeza–. Mira, Ox. No puedo pretender que esto no es un caos. Porque lo es. Tú ves todo o blanco o negro. Bueno o malo. Y eso es lo que te hace ser el Alfa que eres. Pero yo no puedo hacer eso. No puedo. No soy como tú. Nunca lo he sido, y nunca lo seré. Mi consciencia no está tan limpia como la tuya. He... hecho cosas. Cosas de las que no me enorgullezco. Pero haría *cualquier cosa* para mantener a mi manada a salvo. Para mantener a *mi familia* a salvo. Y te estoy pidiendo que hagas lo mismo. Porque no termina con los cazadores. Siempre habrá otros que quieran tratar de llevarse lo que no les pertenece. Brujos. Michelle Hughes.

Suspiré.

–Mi padre. No... ¿Qué harías? ¿Para proteger a los que amas?

–Todo –respondió Ox, aunque sabía que le dolía decirlo–. Lo haría todo.

–Tienes que confiar en mí.

Suspiró y cerró los ojos.

–Las guardas. Los brujos. ¿No harán que los Omegas no puedan entrar? ¿Puedes cambiarlas?

–Quizás no solo. Pero otros están viniendo.

Joe parpadeó.

–¿Qué? ¿Qué otros? ¿Cómo lo sabes? Estamos desconectados del exterior.

Me encogí de hombros.

–Magia.

Era más fácil que explicarle que su padre muerto se le había aparecido en una visión a una bruja de Minneápolis y que ella me lo había contado en un sueño. Quizás cuando terminara todo. Quizás nunca.

Rico resopló.

–Magia. Magia, dice. Ay, dios mío. Qué vidas, amigo. Bambi no me va a perdonar nunca, a pesar de la cicatriz sensual.

–Estoy seguro de que sabrás solucionarlo –le dijo Jessie y le dio una palmada en la mano–. Tengo fe en ti –frunció el ceño–. Quizás.

–Ey. Me han *disparado*. Debes ser amable conmigo.

–Te rozó una bala. Y luego dejaste que unas mujeres cargaran contigo.

–Eso es porque soy feminista.

Jessie suspiró.

–¿Puedes hacerlo? –le preguntó Joe a Ox.

Ox empezó a negar pero se detuvo.

–No… Creo que sí. Te necesitaré –tomó la mano de Joe–. Los necesitaré a todos ustedes. En particular si voy a… controlarlos.

–¿No irán tras Gordo? –preguntó Robbie, aún parado muy cerca de Kelly–. Si son como los otros, ¿puedes evitar que lo ataquen?

–Haré lo que pueda –respondió Ox–. Pero no será fácil.

–Puedo arreglármelas –repliqué.

–No puedo creerlo–dijo Kelly, y me *dolió* oír la decepción en su voz–. De ninguno de ustedes. Que les hagan algo así. A Mark. A Carter.

–Estoy bastante seguro de seguir cuerdo –suspiró Carter–. Bueno. En general. Puedo dar mi opinión.

El lobo gris le apretó el hombro con el hocico, y Carter lo apartó de un empujón.

Kelly se rio amargamente.

–Solamente porque tienes miedo y no encuentras otra salida.

–Kelly.

–Vete a la mierda

–Mírame.

Kelly le hizo caso, por alguna razón.

–Tengo miedo –reconoció Carter, y los recordé cantando con la radio, las ventanillas bajas y la brisa en el cabello mientras viajábamos cada vez más lejos de nuestro hogar–. Más miedo del que he sentido en mucho tiempo. Quizás en toda la vida. Pero ¿quieres saber qué me asusta más que convertirme en Omega?

Kelly negó con los labios apretados.

Carter esbozó una sonrisa temblorosa.

–Perderte. Eso me asusta más que nada en este mundo. Si existe la posibilidad de ganarle a esto, una posibilidad de mantenerte a salvo al menos un día más, ¿no crees que voy a aprovecharla? Y sé que harías lo mismo por mí si estuvieras en mi lugar. No intentes decirme lo contrario.

–No puedes dejarme.

–Nunca –Carter sonrió más–. Tengo que seguir amenazando a Robbie. ¿Sabes que te olfatea cuando cree que nadie lo está mirando?

–*No* hago eso –protestó Robbie, aunque se sonrojó violentamente y bajó la vista a sus pies.

Kelly miró de reojo a Robbie, escandalizado, antes de volver a su hermano.

–¿Me lo juras?

–¿Qué te olfatea? Sí, amigo. Lo hace...

–Carter.

La expresión de Carter se suavizó.

–Sí, Kelly. Lo juro. Siempre volveré a buscarte.

–¿Elizabeth? –preguntó Ox.

Estaba parada frente a su cuñado, que estaba casi pegado a la barrera, gruñendo por lo bajo. Se golpeaba las piernas desnudas con las garras. El cuervo de su garganta tembló cuando tensó los músculos del cuello. La observaba con ojos violetas.

Era su familia.

Lo único que le quedaba.

Y cuando una madre loba se encuentra arrinconada, hace cualquier cosa para proteger a los suyos.

–Hazlo –dijo Elizabeth Bennett–. Rompe la puerta en pedazos.

Kelly y Joe estaban frente a Carter. El lobo gris no estaba muy feliz de tenerlos tan cerca, pero se quedó detrás de Carter. Hablaban por lo bajo, Joe le rodeaba los hombros a Kelly con el brazo. Carter estaba tratando de hacer que Kelly sonriera, pero Kelly no quería mirarlo. No sabía si me perdonaría alguna vez.

Robbie estaba a mi lado al otro lado del sótano, alejados de todos los demás. Sabía que estaba reuniendo fuerzas para algo, así que le estaba dando el tiempo que necesitaba. Iba a amenazarme, y yo se lo permitiría. Tenía que cuidarle la espalda a Kelly, después de todo.

–Estás haciendo lo correcto –dijo, por fin, y me sorprendió.

Gruñí, porque no supe qué decir.

–Quizás él no lo entienda, y quizás jamás lo hará, pero es lo correcto.

–Me importa un carajo.

–Sí. Claro, Gordo –dijo, poniendo los ojos en blanco. Se apartó de la pared con un suspiro–. Si te hace sentir mejor, fingiré que te creo.

Empezó a alejarse.

Lo llamé. Miró por encima del hombro.

–No necesitas esas gafas –dije–. Quítatelas. Te ves estúpido.

–Yo también te quiero –me sonrió.

Idiota.

Aparté la vista cuando Elizabeth se paró frente a su hijo.

Él intentaba ser valiente. Realmente lo hacía. Pero cuando no pudo alcanzarla, cuando no pudo tocar su piel, le tembló la sonrisa y él…

–A la mierda con todo –murmuró Jessie y, antes de que pudiéramos detenerla, se acercó a Elizabeth y con su pie quebró la línea de plata pulverizada.

Elizabeth se arrojó a los brazos de su hijo. Él la atrapó, le metió la nariz en la garganta e inhaló profundo.

Jessie nos miró, desafiante.

Nadie dijo una palabra.

Se fueron para darme un momento para enfocarme. Para respirar.

Pappas merodeaba de un lado a otro, y no se perdía ninguno de mis movimientos.

La línea de plata frente a Carter había sido colocada de nuevo. Estaba sentado en el suelo, de piernas cruzadas. El lobo gris estaba echado a su alrededor, con la cola sobre las piernas de Carter. Carter la miró, resignado. Sacudió la cabeza.

–Sabes –dijo–. Nunca pensé… Bueno. No sé qué pensaba.

–¿Acerca de qué?

Se encogió de hombros.

–Todo.

–Eso es… un poco vago.

–Sí, ¿verdad? Me está costando concentrarme.

–Está empeorando.

–Sí –asintió–. Durante toda la mañana. No… no quería que Kelly lo viera. Ya sabes cómo es.

–Sí.

–Tienes que cuidarlos por mí, viejo. En caso de que yo…

–Lo haré.

Asintió y cerró los ojos, y se apoyó contra el lobo salvaje.

–Ha estado bien, ¿sabes? A pesar de todo lo malo, tenemos una buena manada. Tengo mucha suerte de tener eso.

Aparté la mirada.

–Haz lo que tengas que hacer, Gordo. Mientras puedas. Puede oírte. Sé que lo hace.

Yo también lo sabía. El vínculo entre nosotros era violeta, y parecía estar en jirones, pero aún aguantaba, por muy desgastado que estuviera. La mordedura de mi cuello latía cuando me paré frente a él.

Me observó. Mark. Mi lobo.

El cuervo era tinta negra en su garganta.

Los ojos le brillaban.

–Lo siento mucho –le dije en voz baja–. Que me haya llevado tanto tiempo llegar hasta aquí. Debería… Debería haber hecho las cosas de otra manera. No sé cómo.

Ladeó la cabeza y mostró los filosos dientes.

–Pero no hemos llegado tan lejos para perderlo justo ahora. Y si se te ocurre dejarme después de todo lo que hemos pasado, te cazaré yo mismo.

Carter hizo sonidos ahogados.

Me volví lentamente para mirarlo con odio.

Se encogió de hombros.

–Disculpa… Pero vaya manera de ser romántico. En realidad, no sé por qué me sorprende que le digas que te importa a través de amenazas. Son unos ridículos.

Puse los ojos en blanco.

–Ya lo averiguarás pronto.

–¿Qué? –replicó, con el ceño fruncido–. ¿De qué estás hablando? ¿Qué es lo que voy a averiguar pronto?

Lo ignoré.

Mark dio un paso hacia mí.

Esperé.

Echó la cabeza hacia atrás, exponiendo el cuervo. Sus fosas nasales aletearon al intentar percibir mi aroma a través de la plata. El violeta de sus ojos pulsó. Se estiró y puso la mano contra la barrera.

–Gordo –dijo, con un gruñido grave.

–Sí. Soy yo –le respondí con una sonrisa triste.

–Gordo. Gordo. Gordo.

Y en lo profundo de mi mente, a lo largo del hilo deshilachado que se extendía entre nosotros, oí a un lobo cantando la canción de los perdidos, tratando de encontrar el camino a casa.

A últimas horas de la tarde, Ox se sentó en el suelo frente a mí en el sótano de la casa al final del camino. Detrás de él estaba sentada nuestra manada, aunque con dos bajas. Joe estaba justo detrás de Ox, la cabeza gacha, la frente contra la nuca de su compañero. Detrás de Joe estaban Rico y Jessie, cada uno le había puesto una mano sobre el hombro. Elizabeth, Kelly y Robbie eran los más cercanos a los lobos que estaban detrás de la plata, y cada uno tocaba a los humanos de alguna manera.

Mark estaba inquieto y caminaba de un lado a otro.

Carter seguía recostado contra el lobo y luchaba para controlar su respiración.

Pappas gruñía, nunca lo había visto tan enojado. Me pregunté si estaría demasiado perdido como para salvarlo.

Mis rodillas tocaban las de mi Alfa.

Cuando cerramos la puerta con llave, no estábamos así. Éramos solamente los Alfas y yo. Había mantenido a los demás alejados porque no quería distracciones.

Ahora los necesitaba.

Los necesitaba a todos.

Le tomé las manos a Ox. Me observó con cuidado, siempre con confianza. No era el niño que jamás había probado la cerveza de raíz. Era mi Alfa.

Mi hermano.

Mi amigo.

Mi lazo.

Tenía miedo, eso sí. Pequeño y bien escondido, pero allí estaba. Era *harán que tu vida sea una mierda*. Era *no eres lo suficientemente bueno*. Era *no eres lo suficientemente fuerte*.

Eran fantasmas. Siempre eran los fantasmas, al final del día.

No te aman. Te necesitan. Te utilizan. Tu magia es una mentira.

Y quizás siempre nos rondarían. Quizás nunca seríamos libres del todo.

Pero sus palabras quedaban enterradas bajo el llamado de *ManadaManadaManada*.

Le giré las palmas hacia arriba.

Se las presioné con las mías.

Me rodeó la muñeca con los dedos.

Lo imité.

Respiramos al unísono.

Y *empujé.*

El cuervo abrió las alas.

Los vínculos que nos unían a todos cobraron vida.

Los oía.

Incluso a aquellos que no estaban con nosotros. Me susurraban en la mente, me decían que estaban aquí, que estaban aquí con nosotros, *conmigo.* Que pasara lo que pasara, lo que nos cayera encima, éramos Bennett y este era *nuestro* territorio. Este era *nuestro* hogar. Y nadie nos lo iba a quitar.

Éramos la maldita manada Bennett.

Y siempre se oiría nuestra canción.

Empujé entre todo, incluso cuando las ramas y las espinas empezaron a apretarme el brazo. Lo vi.

lo escuché lo sentí lo toqué sí lo toqué porque él es yo y yo soy él soy

lobo

soy

lobo alfa

...y era más fuerte de lo que yo esperaba que fuera, más fuerte de lo que había sido nunca. Estaba Dinah Shore cantando que no le importaba sentirse sola porque sabía que mi corazón también estaba solo. Estaba Joe, Joe, el pequeño y flacucho Joe, hablando de piñas y bastones de caramelo, que era épico y asombroso. Estaba el zumbido grave de un todoterreno debajo nuestro, los neumáticos girando sobre la ruta, y niños lobos hablando de que cuando lleguen a casa, habrá puré de patatas y zanahorias y carne asada, y todos ignorando las lágrimas que les caían por la cara. Había una mujer, una mujer maravillosa, una mujer *dulce*, que decía que tenía burbujas de jabón en la oreja, y *bailaban*, ay cielos, *bailaban* y todo estaba bien y no dolía nada. Era…

demasiado demasiado demasiado para mí para mí para mí también

soportar

no puedo soportarlo

no puedo hacer esto

no puedo

es

…más brillante entonces, y más pesado, y había hermanos uno encima del otro, respirándose después de haber estado separados durante tanto tiempo. Era la sensación de un cuerpo embarazado, la mano en la amplia curva de un estómago, susurrando palabras tiernas de amor cálido. Era la manera en la que los humanos se sentían al estar con los lobos, como si hubieran estado perdidos pero finalmente hubieran encontrado el camino a casa. Era un lobo que no pertenecía a ningún lado finalmente encontrando *un lugar* dónde quedarse, un lugar propio. Era tan grande, mucho más grande de lo que pensé que podía ser, mucho más…

más

necesito más

gordo gordo gordo

manada

hermano

amigo

amor

compañero

dale

más

dale

todo

más

más

más

… amplio de lo que debería haber sido. Era la manera en la que entrenábamos juntos, nos reíamos juntos, la manera en la que comíamos juntos los domingos porque era la tradición. Era cómo nos amábamos y cómo estábamos dispuestos a morir por cada persona de esta manada manada manada.

Era un lobo que un día le susurró a un niño inocente *seremos tú y yo por siempre* y *seremos nuestra propia manada* y *yo seré tu Alfa y tú serás mi brujo*.

Eres mi familia.

Un lobo.

Un gran lobo blanco.

Me habían sujetado, sí. Un Alfa. Mi padre.

Me habían sujetado mientras la magia se me grababa en la piel.

No había podido elegir.

Mi madre había visto, a su manera.

Y allí.

Allí, a través del *no te aman, te necesitan, te utilizan*, que nos envolvía en un remolino furioso, había una puerta.

Era fuerte, porque yo la había hecho así. Era mi Alfa y mi lazo. Mi amigo y mi hermano.

Había resistido.

Puse la oreja contra la puerta.

Del otro lado, algo rascaba y gruñía con furia.

Muchos *algos*.

Me paré.

Miré por encima del hombro.

Detrás de mí estaba mi manada.

Todos. Incluso Chris y Tanner, aunque aparecían y desaparecían. No sabía cuánto les costaba estar aquí, pero los amaba más de lo que podía poner en palabras.

Aquí. Conmigo. Mi gente.

Completos y saludables y fuertes.

–Está bien –dijo Chris.

–Nosotros también lo sentimos –confirmó Tanner.

–Todos nosotros –dijo Jessie.

–Aquí estamos, papi. Aquí estamos contigo –aseguró Rico.

–No nos detendremos –prometió Robbie.

–Pase lo que pase –dijo Kelly.

–Porque eso es lo que una manada hace –agregó Carter.

–Eso es lo que una familia debe hacer –dijo Elizabeth.

–Peleamos –dijo Joe.

–Y nunca nos detenemos –dijo Ox.

Mark se inclinó hacia adelante y me besó con dulzura. Cerré los ojos, y sentí tierra y hojas y lluvia.

–Te amo, te amo, te amo –me dijo.

Y le creí.

Les creí a todos.

Porque yo tenía la fuerza de lo salvaje y el orgullo de los lobos. La magia me corría por las venas, cantando a todo pulmón como nunca antes.

Yo era Gordo Livingstone.

Era el brujo de la manada Bennett.

Me volví hacia la puerta.

Entre ella y yo había un lobo blanco.

Lo odiaba.

Lo amaba.

Estaba tan enojado con él.

Y, de alguna manera, me entregué.

De alguna manera, lo perdoné.

–Lo siento –le dije.

Sus ojos ardieron rojos cuando me respondió con un gruñido.

–Te necesito ahora. Por favor.

Avanzó y apretó su hocico contra mi frente.

–*Oh* –exclamé.

Abrí los ojos.

El lobo había desaparecido. Quedaba solo la puerta.

Pero aún lo sentía debajo de la piel.

Estaba con nosotros.

Estaría siempre con nosotros hasta el día que estuviéramos en un claro, juntos de nuevo.

Pero si dependía de mí, faltaba mucho tiempo para que eso sucediera.

No tomé el pomo. No me servía de nada. No iba a abrir la puerta.

Iba a *romperla.*

Con la fuerza de la manada detrás de mí, puse las palmas de la mano contra la puerta.

En las vetas de la madera aparecieron pequeños puntos de luz. Eran rojo Alfa y naranja Beta, y violeta Omega. Estaba el azul de todo lo que habíamos perdido y el dulce verde del alivio que finalmente habíamos experimentado.

Tenía los brazos cubiertos de rosas y una bandada de los cuervos.

Las rosas florecieron.

Los cuervos volaron.

Y yo *empujé*.

La puerta vibró bajo mis manos. Los aullidos y los rasguños del otro lado aumentaron de volumen.

Empujé más.

La puerta se estremeció en el marco, y apreté los dientes cuando un dolor agudo me atravesó la cabeza, intenso y terrible. Se resistía contra mí, y la magia de mi sangre cuajaba.

Decía:

Sé lo que estás haciendo.

Sé lo que quieres conseguir.

Y tal vez… tal vez ganarás.

Eres más fuerte de lo que pensé que era posible.

Pero esta es solo una batalla, Gordo. Una batalla pequeñita.

La guerra aún sigue.

La llevaré hasta tu puerta.

Tomaré lo que me corresponde por derecho.

Y no podrás hacer nada para detenerme.

Al final, perderás.

Perderás todo.

Alcé la vista y, entre mis manos, entre los puntos de luz, la madera empezó a doblarse hacia afuera. No entendí lo que estaba viendo, al menos no al principio. Conocía esa voz. Cielos, la conocía muy bien.

Una vez, mientras un lobo Alfa me sujetaba, esa misma voz me había dicho que me dolería, que me dolería más que cualquier cosa que hubiera sentido antes.

"Sentirás que te estoy destrozando y, en cierto modo, tendrás razón. Hay magia en ti, niño, pero no se ha manifestado aún. Estas marcas te centrarán y te darán las herramientas necesarias para empezar a controlarla. Sentirás dolor, pero es necesario para quien debes convertirte. El dolor es una lección. Te enseña las formas de este mundo. Es necesario lastimar a los que amamos para hacerlos más fuertes. Para hacerlos mejores. Un día me entenderás".

Un día, serás como yo.

La madera se *estiró* entre mis manos y tomó forma. Había una nariz y labios y ojos de madera, y parpadeó una y otra vez, y luego la boca se movió.

–Te veo –dijo la cara de mi padre–. Te veo, Gordo. Sabía que serías algo especial.

Grité cuando el dolor de cabeza empeoró, cuando las *manos* de mi padre surgieron de la manera y cubrieron las mías, y apretaron tanto que pensé que se me pulverizarían los huesos.

Pero mi padre siempre había subestimado a la manada. Y yo tenía a la mía a mis espaldas.

Aullaron. Todos. Hasta los humanos.

Los ojos de madera de mi padre se abrieron como platos cuando su rostro se partió con un *crujido* seco, y la puerta se astilló.

Abrió la boca para hablar.

–No –dije.

La puerta se rompió en mil pedazos bajo mis manos.

Me tumbó una oleada de furia violeta, de violencia rapaz.

Y allí, del otro lado, estaba…

Abrí los ojos.

Los otros hicieron lo mismo, todos parpadeando despacio.

Todos menos Ox.

Inhalaba y exhalaba. Inhalaba y exhalaba.

Los sentía. A todos. Mi manada.

Y más. Muchos más.

Era un tornado, una tormenta autónoma que giraba en nuestras cabezas y pechos. Intenté encontrar los bordes, intenté encontrar la manera de contenerla, pero era grande, más grande de lo que esperaba.

Al final, no importaba. Porque él estaba aquí.

Un niño que se había convertido en hombre.

Aquel que se había convertido en Alfa incluso antes de sentir el llamado del lobo debajo de su piel.

Oxnard Matheson.

El Alfa de los Omegas.

Detrás de él, un sonido ahogado.

Miré por encima de su hombro.

Kelly se había arrastrado de rodillas hacia su hermano.

Carter estaba en cuatro patas, las palmas de las manos contra el suelo de madera. Agitaba la cabeza de un lado a otro y respiraba con dificultad.

–¿Carter? –llamó Kelly con la voz temblorosa.

Carter alzó la vista, su cara se alargaba, sus ojos eran violetas.

–Kelly –gruñó. Eso fue lo único que dijo antes de transformarse en lobo.

Pareció ser un proceso doloroso, probablemente más de que lo había sido la primera vez que se había convertido.

Las garras le crecieron mientras la ropa se le rompía, los huesos asomaban, los músculos se contraían. Aulló con la espalda arqueada, el pelo le brotaba debajo de la camiseta en jirones.

Llevó un solo minuto, pero pareció durar una eternidad.

Y cuando acabó, Carter había desaparecido.

En su lugar, había un Omega.

Pero…

De alguna manera, él seguía *allí*. Con nosotros. En nuestras mentes. Ah, los vínculos que nos unían a todos eran tenues y *sufrían* los embates de la tormenta, pero resistían.

Y, junto a él, en su propia jaula, había un gran lobo castaño con ojos violetas.

Nadie me detuvo cuando me incorporé.

Nadie dijo una palabra cuando caminé entre ellos en dirección a la línea de plata, la mordedura de mi cuello latía.

Me observó mientras me acercaba, entrecerró los ojos, me mostró los colmillos.

Me paré frente a él, separados por una barrera invisible.

–Te siento –susurré–. Aún estás aquí. No es lo mismo, pero sigues aquí.

Toqué con los dedos del pie la línea y la quebré.

Se movió muy rápido.

Pero antes de que pudiera alcanzarme, Ox apareció a mi lado, a medio transformar y rugiendo, y tomó a Mark del cuello y lo echó de espaldas contra el suelo.

Mark intentó morderlo, intentó arañarlo y liberarse.

Ox se dobló sobre él hasta estar casi cara a cara.

Gruñó y sus ojos centellearon con un remolino de rojo y violeta.

Y Mark simplemente… se detuvo.

Seguía lleno de rabia, agitada y malvada, pero la volcó en Ox y se *apagó*, como un acople al que le bajaran el volumen de un solo lado.

Ox se levantó despacio y soltó a Mark.

Él se incorporó.

Cuando estaba transformado, cuando era un lobo con los ojos naranjas o hielo, podía oírlo en mi cabeza, cantando mi nombre, teniendo pensamientos de lobo, por más primitivos que fueran.

Ahora no había nada.

Todo lo que llegaba de él era primitivo.

Salvaje.

Sus fosas nasales aletearon al verme y gruñó por lo bajo. Pero no me atacó.

–Bien –dije–. Bien.

Estábamos de pie frente a la casa al final del camino.

La casa azul de enfrente estaba en penumbras.

Ox la observaba sin decir nada.

Le dije lo único que se me ocurrió:

–Ella estaría orgullosa de ti. De en quien te has convertido.

Giró la cabeza un poco para mirarme. Seguía siendo Ox, pero había algo más en él ahora. Algo *más grande*. He conocido Alfas toda la vida. Pero nunca uno así. Irradiaba un poder mayor al de cualquier otro lobo. Los contenía, de alguna manera. A todos los Omega. Lo oirían. Lo escucharían.

Y, sin embargo, me sonrió con serenidad.

–A veces me pregunto si eso es realmente cierto.

–No tienes por qué preguntártelo. Lo sé, Ox. Maggie –tragué e hice un esfuerzo para decir las siguientes palabras–. Thomas. Los dos. Creo que ellos lo sabían antes que nadie. Quién eras. Y quién serías.

–Lo oí. A tu padre.

Aparté la vista, las lágrimas me ardían en los ojos.

Me tomó de la mano.

–Maggie era mi madre. Thomas mi padre. Soy quien soy gracias a ellos. Gracias a Joe. Gracias a esta manada –me apretó la mano–. Y gracias a ti. Eres más de lo que piensas, Gordo. Y nada me pone más feliz que decir que tu padre no está orgulloso de en quién te has convertido. Es algo bueno, por si no lo sabías.

Me reí entre lágrimas.

–¿Lo es?

–Sí.

–Gracias, Ox.

–¿Funcionará? –me preguntó, mirando la casa azul.

–Tiene que funcionar.

Asintió.

–¿Ahora qué?

Mire por encima del hombro al oír al resto de la manada salir de la casa. Jessie y Rico fueron los primeros en bajar los escalones del porche. Rico la apartó con la mano cuando ella intentó ayudarlo. Jessie puso los ojos en blanco y masculló que no lo ayudaría si se caía por las escaleras.

Luego llegó Robbie, de la mano de Elizabeth. Estaba pálida pero se movía como una reina. Tenía los ojos naranjas. Estaba lista para pelear.

Luego salió Joe, y se detuvo un momento para respirar el aire frío. Por fin había dejado de nevar, y el firmamento se estaba despejando. Arriba, la luz del cielo empezaba a apagarse. Las estrellas aparecieron como astillas de hielo. Los escalones del porche crujieron bajo el peso de Joe; se paró junto a su compañero. Besó a Ox en el hombro pero permaneció en silencio.

Kelly y Carter fueron los siguientes. Kelly tenía la mano sobre la espalda de su hermano. Carter parecía nervioso, sus ojos destellaban violetas todo el tiempo. El lobo gris los seguía, pegado a Carter, e intentando apartarlo del resto de nosotros. Carter le gritó pero el lobo permaneció a su lado.

Mark fue el último. Los músculos bajo su piel se contraían a cada paso que daba. Sus garras se clavaron en la madera del porche donde se detuvo. Sus ojos jamás se apartaron de mí, siempre atento. Esperando. Me pregunté si, si le apartaba el pelo de la garganta, aún encontraría un cuervo escondido. No iba a arriesgarme a mirar, ya que se lo veía tironeado entre el deseo de frotarse contra mí y el de matarme.

Faltaban dos de nosotros.

Pero los recuperaríamos.

Los cazadores se habían equivocado al venir aquí.

Michelle Hughes se había equivocado al enviarlos.

Y mi padre había cometido el error más grande de todos.

Ya llegaría su hora. Algún día.

–¿Gordo? –preguntó Ox–. ¿Ahora qué?

Contemplé a la manada antes de volverme hacia él.

–Ahora aúlla –le dije–. Lo más fuerte y alto que puedas. Hazlos venir. A los Omegas. Haz venir a todos los que puedas. Te oirán. Y vendrán corriendo.

Me estudió por un momento con los ojos centelleando.

Luego, asintió.

Alzó el rostro al cielo.

Exhaló una estela de vapor blanco.

Arriba, las nubes se movieron y dejaron ver la luna. Estaba casi llena.

Sus ojos eran rojos y violetas.

El Alfa de los Omegas abrió la boca.

Y aulló.

ESCUCHA TU VOZ / GRITA "¡DEVASTACIÓN!"

Faltaba poco para el amanecer cuando Oxnard Matheson me miró y dijo:

–Están aquí.

Sonreí.

La luna brillaba en lo alto mientras caminábamos por la nieve. El cielo estaba mayormente despejado y el aire se sentía frío. Las estrellas brillaban contra el cielo negro. Hacia el este, en el horizonte, la noche empezaba a desvanecerse para dejar paso al día.

Ox abría la marcha. Yo lo seguía, pisando las huellas que sus patas dejaban en la nieve. Joe estaba detrás de mí, su hocico me empujaba cada tanto la espalda y largaba un aliento cálido. Mark gruñía cada vez que Joe hacía eso, pero Joe ignoraba la amenaza. Carter iba detrás de Mark, y Elizabeth cerraba la marcha.

Entre los árboles, merodeaba el lobo gris, sin perder de vista a Carter.

Kelly había intentado acompañarnos, prácticamente lo había exigido, pero Ox le había pedido que se quedara para ayudar a vigilar la casa con Robbie, Jessie y Rico. No le había gustado quedarse atrás pero había obedecido a su Alfa.

Cuando nos marchamos, no me miraba.

Ahora era diferente. En nuestras mentes. Antes, cuando las manadas se habían dividido y Richard se había vuelto loco, había afectado únicamente a quienes seguían a Ox. Joe, Carter, Kelly y yo no los habíamos sentido. A los Omegas. No éramos parte de ellos.

Ahora sí.

Ox se llevaba la peor parte, y por turnos Joe. Pero a pesar de que teníamos dos Alfas que cargaban con el peso, sentíamos una corriente subterránea que nos recorría a todos. Era como tener avispas atrapadas en la cabeza, que estuvieran construyendo un nido en nuestros cerebros. Sentía sus alas, los aguijones raspándome.

Me sentía silvestre y feroz.

Salvaje.

Los tatuajes de mis brazos no habían dejado de brillar desde que me había despertado después de romper la puerta.

Resoplé y sacudí la cabeza.

Ox me miró, me llegó una pregunta *????* en el hilo que nos unía.

Le envié un recuerdo de cuando éramos más jóvenes, enterrado debajo de las avispas...

¿Duelen?

¿Qué cosa?

Los colores.

No. Me tironean y yo los aparto, y se trepan por mi piel, pero nunca me hacen daño. Ya no.

...y supe el momento en el que le llegó, el instante en que recordó, porque me respondió con la voz de un niño crecido que está a punto de descubrir que los monstruos existen de verdad, que la magia es real, que el mundo es un lugar oscuro y atemorizante porque todo era verdad y...

brazos brillosos tienes brazos brillosos gordo eres un mago Harry.

...y me atraganté de risa ante lo absurdo que era todo.

–Sí –le dije–. Soy un mago, Ox.

La lengua le escapó de la boca y oí que Joe resoplaba detrás de mí.

–Sí, sí. Ya vamos.

Nos estaban esperando, como antes. Como si supieran que estábamos por llegar. Probablemente lo hacían. Pero no debían saber qué era lo que estaba por caerles encima.

El puente techado de madera se cernía detrás de ellos. El camino de tierra estaba cubierto de nieve que crujía bajo nuestros pies. Las mismas personas nos esperaban. Tres hombres. Una mujer. Todos brujos.

Dale no estaba.

No me sorprendía.

Seguramente había abandonado Green Creek después de nuestro encuentro.

Debía haber pensado que no llegaríamos a esto. Si sobrevivíamos este día, le mostraría lo equivocado que había estado.

Los brujos parecieron nerviosos al vernos, aunque hicieron un gran esfuerzo para ocultarlo. El problema fue que no les salió muy bien.

Las guardas se sentían pegajosas y calientes. La magia, extranjera.

Quizás habían dicho la verdad antes. Que mi padre no tenía nada que ver con esto. Que Michelle no estaba trabajando con él.

No tenía importancia.

Me daba lo mismo.

No estaban con nosotros. Lo que quería decir que estaban en nuestra contra. Eso estaba claro.

Ox se transformó, como dijo que haría. De pie, en la nieve, las sombras jugaban en su piel.

Los otros se quedaron como estaban.

–Alfa Matheson –saludó la mujer, desafiante–. No esperábamos verlo tan pronto. ¿Ha pensado de nuevo en lo que la Alfa Hughes…?

–Una vez estuve aquí –dijo Ox, y un escalofrío me recorrió la espalda–. Cuando era humano. Y justo allí donde están ustedes estaban los Omegas que habían venido a llevarse lo que me pertenecía. Tenían a un miembro de mi manada, aunque en ese momento aún no sabíamos que ella lo era. Estaba asustada, pero era fuerte. Mucho más fuerte de lo que ellos esperaban. Intentaron usarla para extorcionarme.

Los brujos intercambiaron miradas recelosas.

–No sé qué tiene que ver una lección de historia con… –dijo la mujer.

–Pensaron que –la interrumpió Ox– porque estábamos rotos, que porque estábamos heridos y asustados, nos daríamos por vencidos… sin más. Que les dejaría llevarse todo lo que me quedaba sin dar pelea. Les hice una pregunta esa noche. Una pregunta que quería que me respondieran. Muchas cosas podrían haber terminado de otra manera si ellos me hubieran dicho lo que quería saber. Quiero que recuerden eso, porque les voy a brindar la misma cortesía. Les voy a hacer una pregunta.

–*No seremos* intimidados como perros salvajes –escupió uno de los hombres–. No tienes nada que…

–¿Cuáles son sus nombres? –preguntó Oxnard Matheson.

Los brujos se sobresaltaron. No esperaban eso.

Ox esperó.

Los lobos permanecieron inmóviles.

En los árboles, oía el crujido de la nieve mientras el lobo gris merodeaba.

–¿Qué importancia tiene? –preguntó la mujer.

Ox negó.

–Eso no es lo que pregunté. ¿Cuáles son sus nombres?

Un hombre hizo a un lado a la mujer, con una mueca de desprecio en la cara.

–Estoy cansado de esta mierda. Me importa un carajo lo que Alfa Hughes diga. Acabaré con esto…

–¿Cuántos son? –pregunté.

–¿Qué? –el hombre entrecerró los ojos.

–Alrededor de Green Creek, quiero decir. Ustedes nos tienen rodeados, ¿verdad? ¿Cuántos brujos? Ustedes cuatro. ¿Hay una docena más? ¿Dos docenas?

–Somos treinta –dijo el hombre con una sonrisa desagradable–. Repartidos alrededor del perímetro del territorio. Todos voluntarios. Se *morían de ganas* de venir aquí. No entra ni sale nada.

–¿Dale?

Puso los ojos en blanco.

–Cumplió con su cometido. Se folló a tu compañero, ¿no es así? Ya no se lo necesitaba más. Corrió con la Alfa Hughes como el perrito faldero que es.

Ah, iba a disfrutar mucho esto.

–¿Y no piensan irse? Irse ahora mismo. Darse vuelta e irse. Cualquiera de ustedes.

–Por supuesto que no –aseguró, molesto–. ¿Por qué mierda haríamos eso?

Silbé.

–Va a ser un golpe importante. No quedan tantos brujos, que yo sepa. Ah, bueno. Nos las arreglaremos de todos modos.

–¿De qué demonios están *hablando*...?

–Les voy a dar una última oportunidad –gruñó Ox–. Cuáles. Son. Sus. *Nombres*.

El hombre que estaba al frente escupió al suelo a los pies del Alfa. Fue la movida equivocada. No sentí más que *ManadaManadaManada*, pero mucho más grande de lo que lo había sentido antes.

Mucho más feroz.

Mucho, mucho más *violeta*.

–En un momento –dijo Ox, y nunca lo oí hablar con tanta frialdad–, habrá gritos. Probablemente algunos chillidos. Las cosas se pondrán confusas. Se derramará sangre. Quiero que recuerden algo por mí cuando suceda: lo único que quería saber eran sus nombres.

–Miren –dijo la mujer–. ¡Oh, por Dios! ¡Miren!

Seguí su dedo tembloroso.

Estaba señalando a los lobos a nuestras espaldas. Estaban en fila, casi hombro contra hombro. Joe estaba en el extremo izquierdo, mostrando los dientes. Elizabeth estaba a la derecha, y tenía las orejas pegadas al cráneo.

Y entre ellos Mark y Carter, con sus ojos Omega brillando intensamente.

Detrás de ellos, el lobo gris iba de un lado al otro, eclipsando al resto.

–Son salvajes –dijo uno de los hombres–. Ya se han convertido. ¿Cómo es que no…?

La mujer avanzó. Las guardas estallaron en brillo cuando se les acercó. Una señal se extendió lejos a cada lado de nosotros. Estaba enviando una advertencia. No era un problema. Ya era demasiado tarde para eso. Aunque aún no lo sabían.

–¿Qué están haciendo? –preguntó–. ¿Por qué no los están atacando? No es posible. Son *Omegas*. Son *monstruos* –miró a Ox, los ojos grandes y húmedos, como si supiera que era casi el final. Se le quebró la voz–: ¿Cómo estás haciendo eso?

–Soy Oxnard Matheson –proclamó–. Soy el Alfa de la manada Bennett, como mi padre antes que yo.

Los ojos le empezaron a brillar. Rojos y violetas.

–Y soy el Alfa de los Omegas.

Los brujos retrocedieron.

Deberían haberle dicho sus nombres a Ox.

Detrás de ellos, en los bancos del arroyo que corría debajo del puente cubierto, ojos violetas comenzaron a brillar.

Al principio, había solo unos pocos, parpadeando despacio en la oscuridad. Y luego llegaron más. Muchos más de los que esperaba. Se extendían por el arroyo, hasta perderlos de vista.

Algunos estaban completamente transformados.

Otros estaban atrapados a medio camino.

Unos pocos seguían siendo humanos.

Estaban en el puente, sus ojos brillaban en la oscuridad.

Dos se pararon *sobre* el puente, la madera rechinó bajo sus pies mientras avanzaban.

Uno de los hombres en la retaguardia los oyó primero. Se volvió lentamente, jadeando.

–Ay, no –susurró.

Los otros brujos giraron al oír su voz. Y se quedaron paralizados.

–Este momento –les dije–. Este es el momento preciso en el que se dan cuenta por qué nadie se mete con la manada Bennett.

El hombre de la sonrisa desagradable fue el primero en moverse. Tropezó al volver hacia las guardas, con los ojos bien abiertos. La fila de lobos detrás de nosotros gruñó enfurecida, y él se resbaló en la nieve mientras trataba de mantenerse de pie.

–No puedes hacer esto –dijo, sin aliento–. No *deberías*. Eres un Alfa. Se supone que *proteges*.

Ox avanzó hasta que su cara quedó casi pegada en la guarda frente a él.

El hombre se agachó.

–Solo quería saber tu nombre –dijo el lobo Alfa.

Al final, fue breve. Los Omegas se lanzaron hacia adelante, rápidos y seguros. Algunos saltaron el arroyo y se desplegaron hacia ambos lados de las defensas, en dirección a los brujos que no veíamos desde aquí.

Otros se transformaron en el puente cubierto, sus garras se clavaron en la madera e inclinaron las cabezas hacia atrás para aullar.

Los dos lobos que estaban en el puente bajaron de un salto a la nieve, mostrándoles los colmillos a los brujos que querían lastimar a su Alfa.

Los brujos pelearon. Hubo unos destellos de luz y el suelo se abrió debajo de los lobos salvajes.

Algunos perdieron el equilibrio y cayeron con fuerza. Uno de los hombres aplaudió al frente y un estallido de aire comprimido voló a su alrededor y chocó contra las oleadas de Omegas que se acercaban. Salieron volando.

La mayoría se levantó de inmediato.

Los brujos estaban irremediablemente superados en número.

A la distancia, oía los gritos y alaridos de los otros brujos en el bosque, veía estallidos de luz entre los árboles.

El hombre de la sonrisa desagradable fue el primero en caer, la garganta destrozada, la sangre derramándose en la nieve. Estaba de rodillas, con la cabeza echada atrás, borbotoneando. Una burbuja de sangre le estalló en la boca y una fina lluvia roja le cayó en la cara. Giró la cabeza hacia mí, me clavó la mirada y rogó sin palabras.

No reaccioné cuando otro lobo cayó sobre él, y dejó de existir.

Uno de los hombres que quedaban intentó escapar.

No llegó muy lejos antes de que dos lobos a medio transformar le cayeran sobre la espalda con sus colmillos y garras.

El último hombre giró, corrió hacia nosotros y atravesó las defensas. No tenía miedo.

Se dirigía a Ox.

Joe se puso frente a su compañero.

El hombre intentó frenar, pero se deslizó en la nieve directo a las fauces abiertas de Joe. Apenas emitió sonido cuando las mandíbulas se cerraron.

La mujer fue la última.

Movió los brazos.

Agitó los dedos.

Uno de los Omegas transformados, una criatura delgada y roñosa, se elevó en el aire frente a ella. La bruja dobló la muñeca, murmurando por lo bajo, y *dobló* al lobo por la mitad, la espalda se le quebró con un ruido fuerte y húmedo. Se retorció y pateó, y la mujer lo *arrojó* a un pequeño grupo de Omegas que se le acercaba. Gimieron cuando el lobo colisionó contra ellos.

Un lobo a medio transformar corrió hacia ella desde la izquierda, pero levantó la pierna en ángulo y la dejó caer con fuerza en la nieve. El suelo se abrió bajo el Omega y se lo tragó hasta las caderas antes de volver a cerrarse. El lobo luchó para salir, pero luego echó la cabeza hacia atrás y chilló y empezó a moverse frenéticamente. Algo en el suelo lo estaba lastimando, y en pocos segundos se desplomó, el violeta se desvaneció de sus ojos muertos.

Pero no podía hacer mucho más daño que ese.

Otro Omega saltó hacia ella, y se cayó hacia atrás a través de las defensas.

Directamente sobre Ox.

Giró sobre sus talones, los Omegas que la perseguían se arrojaron contra las guardas para tratar de llegar a ella, a su Alfa.

Ox le rodeó la garganta con una mano y la alzó del suelo.

Ella pateó inútilmente.

Se aferró a su brazo desnudo y él la bajó hasta que estuvieron cara a cara.

–Me llamo Emma –dijo, y Ox se detuvo.

Los Omegas salvajes gruñían contra las defensas. Eran demasiados.

–Me llamo Emma –repitió, frenética–. Emma Paterson. Soy Emma. Soy Emma. Soy *Emma.*

La media transformación de Ox se disolvió.

Parpadeó.

Y entonces…

La depositó en el suelo.

Jadeó cuando le soltó el cuello.

–Emma –dijo Ox–. Emma Paterson.

–Sí. Sí. Sí –asintió–. Dijiste que solo querías saber mi nombre. Me preguntaste mi *nombre*…

Era inteligente. Nos había distraído. Había violencia y derramamiento de sangre ante nosotros, y esta mujer, esta mujer minúscula, sollozaba su nombre, nos rogaba que le perdonáramos la vida, se llamaba Emma y ni siquiera quería estar aquí, esto no era idea suya, solo lo había aceptado porque no había tenido otra opción, pensó que *debía* hacerlo.

Solo en el último instante vi que se metía la mano en el abrigo. La luz de la luna iluminó la hoja, y destelló en la oscuridad. El cuchillo era largo y curvado, y parecía estar hecho de plata pura.

No podían verlo. No como yo. No tenían una visión clara.

Corrí hacia ella. Hacia mi Alfa.

Giró sobre sus talones y bajó el cuchillo en un arco plano y…

Me estiré para tomarla de la muñeca y calculé de más.

Había salvado a mi Alfa.

Pero no pude hacer nada por mi mano.

Se oyó el golpe húmedo del cuchillo chocando contra el hueso, y luego continuó.

Lo atravesó.

No sentí nada al principio. Caí contra Ox, que me envolvió en sus brazos. Estaba respirando, respiraba, *respiraba* y alcé la vista y fruncí el ceño al descubrir su expresión *horrorizada*.

–¿Qué sucede? –traté de preguntar, pero me golpeó una oleada de dolor como nunca había sentido antes. Grité en los brazos de mi Alfa y bajé la vista, intentando descubrir por qué me dolía, oh, cielos, me *dolía.*

Vi mi mano.

Tirada en la nieve a unos metros, los dedos doblados hacia el cielo. La nieve debajo se estaba tiñendo de rojo.

Alcé el brazo para ver dónde había estado mi mano. Era un corte limpio, la piel apenas irregular. La sangre me chorreaba por el brazo, y se mezclaba con las rosas.

Se oyó el rugido de un animal enfurecido.

A través del brillo candente del dolor vi a un lobo café saltar hacia adelante y aterrizar encima de Emma. Ella alzó las manos para defenderse, pero ya era demasiado tarde. Las fauces se cerraron sobre su garganta y se la retorcieron brutalmente. El cuello se le rompió con un ruido intenso, la sangre manó alrededor de terribles dientes afilados. No llegó a emitir sonido.

–No –escuché que Ox murmuraba sobre mí–. No, no, no, quédate conmigo, Gordo, tienes que quedarte conmigo...

Se escuchó un gemido de músculos y huesos. Oí a Joe.

–Mierda, mierda, tenemos que morderlo, Ox, tenemos que morderlo…

–No puedes, no puedes, es brujo, un brujo poderoso, lo mataría, lo mataría, no puede ser convertido en lobo, lo *mataría.*

Un lobo café apareció frente a mí, con ojos violetas que buscaban. Gimió por lo bajo, inclinó la cabeza hacia adelante y me apretó el hocico contra la mejilla.

–Ey –dije, sintiéndome liviano y desconectado–. Está bien. Duele, pero ya no tanto. Probablemente ya no pueda darles una mano como antes, ja, ja, ja…

–*Cielos* –dijo Joe, entrecortado–. ¿Acaba de…?

Todos los lobos gruñeron enojados, nunca los había oído sonar tan fuerte. Parecía como si hubiera cientos de ellos. Pero estaba a salvo, a salvo, a salvo en los brazos de mi Alfa, y sabía que nunca permitiría que nadie me lastimara de nuevo.

Quería cerrar los ojos.

–¡Alfa Matheson! –una voz aguda llamó–. Por favor, para poder ayudar a Gordo, tiene que dejarnos pasar. Estamos aquí por él. Podemos romper las defensas. Somos suficientes. Me llamo Aileen. Este es Patrice. Vinimos a ayudar. Estamos aquí para…

Ox aulló encima de mí. Resonó hasta en mis huesos. Sentí que era parte de mí.

Oí voces extrañas que cantaban al unísono desde algún lugar lejano. El lobo café me lamió la mejilla, y no tenía fuerzas para apartarlo. Sentía el latido de algo caliente en mi hombro, y recordé que estaba marcado por el que amaba. Me calmó el saber que, pasara lo que pasara, todos sabrían que le pertenecía a un lobo.

Grité cuando sentí que se quebraban las guardas, una descarga eléctrica me arqueó la espalda.

Ox me susurró al oído, y me dijo que estaba a salvo, estaba a salvo, que siempre me cuidaría, por favor, Gordo, por favor, por favor, escúchame, ¿los oyes? ¿Nos oyes? A todos nosotros, Gordo. A todos nosotros, porque somos…

manada, los lobos y los humanos susurraron en mi cabeza, *somos ManadaManadaManada y tu eres HermanoAmigoAmorCompañero eres brujo eres vida eres amor y te protegeremos.*

–Sujétenlo –dijo una voz, los labios cantarines y suaves–. Esto dolerá.

Las lágrimas me rodaban por la mejilla. Alcé la vista hacia Ox, que aún me tenía en brazos. Estiró la mano y me secó las lágrimas.

–Lo tenemos. Lo tenemos.

–¿Patrice? –oí que Aileen preguntaba–. ¿Puedes ayudarlo?

–*Petèt.* Quizás. No será como antes. Esa mano se ha ido. Eso ha terminado. Pero no necesita eso. *Maji.* La magia en él y en esta manada es grande. La compensará. *Parè.* Prepárate, Alfa. Eres parte de esto tanto como yo. Toda la manada. Tenemos ayuda. *Lalin.* La luna.

Flotaba lejos, lejos, lejos, y más alto que nunca, y me pareció que podía ver todo Green Creek, todo el territorio que la *ManadaManadaManada* llamaba hogar, y brillaba con un violeta profundo, todos avanzando hacia un grupo de brujas y lobos que se inclinaban sobre un cuerpo sangrante y...

Caí de vuelta cuando el dolor volvió con toda la fuerza, feroz y arañando. Aullé una canción de agonía cuando el cuervo estiró las alas, y una mano que parecía estar hecha con acero fundido se cerró sobre la herida abierta y…

Abrí los ojos.

Estaba en el claro.

Frente a mí, había un hombre sentado. Me daba la espalda. Su cara estaba levantada hacia el cielo. La luna estaba llena. Las estrellas parecían lobos.

Alrededor nuestro, merodeaban grandes bestias.

–Fui un tonto –dijo el hombre–. Orgulloso. Enojado. Intenté no estarlo. Pensé que ser un Alfa significaba… No lo sé. Que podía estar más allá de eso. Que no sería tan… humano. Pero resulta que tenía mucho para aprender. Incluso al final.

No podía hablar.

–Los oigo –continuó–. A todos. Cuando cantan sus canciones de lobo. Incluso a los humanos. Ellos… Siempre creí que nos hacían mejores. Que nos completaban. Que nos recordaban quién debíamos ser. Lazos o como quieras llamarlos, no importa. Ellos… es algo que otros no comprenden. No lo ven como nosotros.

Bajó la cabeza.

–Debería haber peleado más por ti. Y lo siento. Eras mi familia. Y debería haber recordado eso, por encima de todo el resto. Te fallé.

Me quedé sin aliento y cuando logré hablar, mi voz fue un susurro.

–¿Thomas?

Giró levemente la cabeza, con una ligera sonrisa en el rostro.

–Gordo. Oh, cómo me gusta oír tu voz.

–Estoy… No…

–Está bien.

Volvió a alzar la vista hacia la luna.

–¿Esto es real?

–Creo que sí.

–Me duele.

–Sí. Protegiste a tu Alfa. Estoy muy orgulloso de ti.

Me ardían los ojos cuando dejé caer la cabeza. Hasta ese momento no había sabido lo mucho que deseaba oír esas palabras de él.

–Mark –largué–. Ha… ha cambiado. Es un Omega.

–Lo sé. Pero no está perdido. Ninguno lo está. Son mucho más de lo que ellos piensan, Gordo. Todos ustedes. Mi esposa. Mis hijos. Mi manada.

Me arrastré hacia él, casi caigo de cara al piso al intentar apoyar la mano derecha para descubrir que ya no estaba allí. Era un muñón suave, totalmente sanado. Apenas si le quedaba alguna cicatriz.

No dejé que me desalentara.

No ahora.

No de él.

Nunca.

Lo alcancé, y por primera vez desde que tenía memoria, lo sentí. Mi Alfa. Apreté la frente contra su nuca.

–*Ay*. Ay, Gordo –dijo–. Lo siento tanto. De verdad. Pero eres tú, ¿está bien? Un día seremos tú y yo para siempre. Formaremos nuestra propia manada de nuevo. Y serás mi brujo *para siempre*.

Y mientras los lobos cantaban sus canciones a nuestro alrededor, besé la piel de la nuca de mi Alfa y me aparté para…

Me senté de golpe, jadeando.

Me dolía la cabeza.

Me latía el brazo.

Tenía frío.

Y, a mi alrededor, moviéndose lentamente en círculo, había docenas de lobos Omega.

–Está bien –dijo una voz cerca de mi oreja. Giré la cabeza un poco y me encontré con Ox que aún me abrazaba–. Son… No nos lastimarán. Los tengo. Es… pesado. Pero los tengo. Todos ustedes ayudan.

Dos personas avanzaron frente a mí, y se pusieron en cuclillas. El lobo café apretujado contra mí les gruñó con furia, sus ojos centellearon, pero no se movió hacia ellos.

Aileen lucía mayor de lo que yo la recordaba, las líneas de su rostro más profundas. Pero sus ojos eran sabios, siempre sabios. Se estiró y me puso dos dedos sobre la frente caliente. Casi de inmediato, las nubes de mi cabeza empezaron a abrirse.

Patrice resultaba sobrecogedor contra la nieve y la sangre que había absorbido. Su piel era tan blanca como el invierno que nos rodeaba, sus pecas pequeñas manchas de fuego sobre su piel. Tenía una belleza etérea.

Frunció el ceño cuando se estiró hacia mí. Me tomó el brazo con delicadeza y lo alzó.

Mi mano ya no estaba.

Pero el muñón estaba camino a sanarse, mucho más de lo que debería. La herida abierta había desaparecido. En su lugar había una masa de tejido enrojecido que empezaba a cicatrizar y que se sentía caliente y picoso. Parecía ser una herida de meses, no de minutos. Sostuvo mi brazo con cuidado, y lo movió de un lado al otro mientras lo examinaba.

–Servirá –suspiró–. Hice lo mejor posible.

Depositó el brazo suavemente y me miró.

–Brujo tonto –dijo, con cierta amabilidad.

–Tienes suerte de estar aquí, chico –exclamó Aileen–. Y que haya sido solo tu mano. Podría haberte cortado la cabeza con esa cosa, ¿y como estarías entonces?

–Sin cabeza –murmuré, y oí a Ox ahogar una risa a mis espaldas.

–No te pases de listo conmigo, Gordo –me regañó Aileen, poniendo los ojos en blanco–. He tenido suficiente excitación para un día, y recién empezamos.

Luché para ponerme de pie. Ox quiso ayudarme, pero Mark le gruñó. Ox se apartó y yo miré con odio al lobo. Mark se apretó contra mí y me metió el hocico debajo del brazo bueno hasta que lo levanté para pasárselo por encima. Se incorporó y me levantó con él. Por un momento me invadió el vértigo, pero pasó.

Los Omegas seguían moviéndose en círculos a nuestro alrededor. Mantenían la mirada en nosotros, yendo y viniendo, pero permaneciendo más sobre Ox. No parecían prestarme atención. Era casi como si yo no estuviera allí.

Excepto para Mark. Él se mantuvo apretado contra mí.

Ox estaba en control. De alguna manera, estaba en control de todos los lobos salvajes.

Sacudí la cabeza.

–No sé cómo… –tuve que parar y tragar el nudo que se me había formado en la garganta. Intenté de nuevo, la voz salió más ronca que antes–: No sé si voy a servir de algo ahora. No puedo usar…

–Blah –me interrumpió Patrice–. Eso no importa mucho. Es una mano, Gordo. Tu magia no viene de ahí. Está en tus marcas. *Boustabak*. En ese cuervo. Resistirá. Tienes manada. Tienes compañero. Aprenderás.

–Eso no es…

–Lo es, chico –dijo, cortante, Aileen–. Al final, no tiene mucha importancia. No para quién eres. El único problema es si eras diestro. Pero estoy segura de que Mark te ayudará a aprender a masturbarte con la izquierda.

–Dios.

Tosió. Parecía rasparle el pecho.

–Ahora que eso ya está resuelto, tienen que moverse. Esos cazadores no esperarán. Las cosas están cambiando, Gordo. Susurros en el viento. Los oigo. No es lo mismo. Ya no. El desenlace llegará más pronto que tarde. Esos lobos salvajes son solo el primer paso. Los cazadores son otro. La situación está agravándose. Michelle Hughes estrechará el cerco. Le ha tomado el gusto. Y pronto sabrá de qué son ustedes capaces exactamente –miró de reojo a Ox antes de observarme con una expresión sombría–. Nunca ha existido nada parecido a la manada Bennett. O a este lugar. Hará todo lo posible para averiguar por qué. E intentará apoderarse de él.

–¿Y los Omegas? –pregunté–. ¿La infección?

–Eso no tiene importancia –respondió Patrice, sacudiendo la cabeza–. Tu Alfa aquí, los tiene. En sus mentes. Lo sientes. Sé que puedes. Demonios, *yo* lo siento, y ni siquiera soy parte de tu manada.

Se volvió hacia Ox.

–No sé de dónde viniste, niño, pero no creo haber visto a nadie como tú antes.

–Puedo traerlos de vuelta –dijo en voz queda Ox. Miraba a los Omegas que se movían alrededor nuestro–. Después. Cuando esto termine. Seguirán... Seguirán siendo Omegas. Los infectados. Pero creo que aguantará. Hasta...

–Hasta que mates a Robert Livingstone –dijo muy seria Aileen–. Esto es magia profunda. Más profunda de lo que pensé que se podía alcanzar. No podemos arreglarlo. No hasta que sepamos qué ha hecho. Y si muere, existe la posibilidad que su hechizo muera con él. Eso es lo que me dijo Thomas cuando...

–¿Thomas? –preguntó una voz temblorosa.

Me volví. Elizabeth Bennett estaba de pie, desnuda, los ojos encendidos en la oscuridad. Miraba fijo a Aileen, con una expresión indescifrable.

–Sí –suspiró Aileen–. No... no era claro. Las visiones nunca lo son. Veo... Creo que él sabía que se nos necesitaría –me miró antes de volver a la madre loba–. Fue tenue. Y rápido. Pero nosotros...

No pude contenerme. No sabía si quería. Debía saberlo. Todos debían saberlo.

–Lo he visto. Antes. En la puerta. Y aquí. Ahora.

Joe emitió un sonido de dolor, bajó la cabeza y se rodeó el torso con los brazos.

Elizabeth dio un paso hacia mí, sus pies descalzos hundiéndose en la nieve. Tenía la piel erizada, pero se movió con lentitud hasta estar frente a mí. Me pasó los dedos por el brazo herido, recorriendo los tatuajes. Las runas y las rosas se encendieron bajo su roce. Alzó la vista y nunca antes quise protegerla tanto como en ese instante.

–Te encontró de nuevo.

Asentí, incapaz de hablar.

–¿Te habló?

–Dijo que nos ama –dije, en voz baja–. Que te ama. Y que yo soy su brujo.

Carter echó la cabeza hacia atrás y aulló tristemente. El lobo gris gimió y se frotó contra él. Los Omegas parecieron inquietarse al oír el sonido, pero se mantuvieron apartados, sin dejar de moverse en círculos a nuestro alrededor.

–Lo entiendes ahora, ¿verdad? –me preguntó Elizabeth, y me tomó la cara entre sus manos, que eran amables y cálidas.

–Creo que sí. Duele. Saber lo que he perdido. Lo que *hemos* perdido. Duele.

–Y dolerá. Quizás para siempre –me rozó las mejillas con los pulgares–. Pero se convertirá en parte de ti, y un día, podrás soportarlo.

Una sola lágrima le cayó del ojo.

–Pero jamás olvidarás a tu Alfa.

–Dijo que estaba orgulloso de mí –susurré, con miedo a que si lo decía más fuerte, se volvería mentira.

Y *oh*, cómo sonrió ella.

–Lo está, Gordo. Y yo también. Todos lo estamos. Estuviste perdido. Un largo tiempo. Pero has encontrado tu camino a casa. Aunque no sin consecuencias.

–Eso es un eufemismo –dije, con una mueca de dolor.

–Lo sé. Pero lo solucionaremos. Siempre lo hacemos. No estás solo, Gordo. Y te prometo que nunca lo estarás.

Se apartó y dejó caer los brazos. La observé transformarse frente a mí, y recordé que me habían contado que era más fácil lidiar con la pena siendo lobo. Las emociones humanas son complicadas. Los instintos de los lobos no. Ella se sentía azul, tan azul, pero mezclado con verde, que la envolvía y la mantenía a salvo. Le metió el hocico a Mark en la garganta antes de ponerse junto a Carter, quien le lamió una oreja.

–Nos quedaremos aquí –dijo Aileen con tranquilidad–. Limpiando los restos. Hemos venido los suficientes a Green Creek como para reconstruir sus guardas mientras ustedes hacen lo que haga falta. Nada se escapará, no mientras estemos de guardia. Tienes muchos aliados, Alfa Matheson, lo sepas o no. Debes recordarlo, porque llegará una hora en la que te parecerá que todo el mundo está en tu contra. Tienes enemigos poderosos. Pero veo tu fuerza. Rezaré para que alcance para que hagas lo que debes hacer.

–Gracias –asintió Ox–. Por venir por mi brujo. Por nosotros.

–Paz, Alfa. Que tu manada conozca la paz, algún día.

Retrocedió.

Patrice levantó la mano y frotó el pulgar contra la frente de Ox. Una pequeña estela de luz formó un símbolo sobre el ceño del Alfa, una s invertida. Los Omegas gruñeron. Carter gimió. Mark gruñó junto a mí.

Ox respiró hondo. Sus ojos ardían.

–¿Qué hiciste?

–Concentración –dijo Patrice–. Eso es concentración. Están atados a ti, Alfa. Todos ellos. Tirará más fuerte de lo que te imaginas. Reforzará un poco esos vínculos. No mucho, pero es lo mejor que puedo hacer.

–Gracias –dijo Ox, haciendo una reverencia.

Los brujos se alejaron. Los Omegas se abrieron para permitirles pasar, sin incidentes. Avanzaron al puente.

–Gordo.

–Oxnard.

–Yo… Necesitas…

–Cállate, Ox.

Frunció el ceño.

–No es…

–¿Harías lo mismo por mí?

–Siempre.

–Entonces cállate.

Suspiró.

–Solo tú no aceptarías agradecimientos después de que te cortaran una mano.

–Tenemos cosas más grandes por las que preocuparnos en este momento. Podemos hablar al respecto más adelante, cuando supere la inevitable crisis de nervios.

–Siempre estará allí firme para darte una mano –dijo Joe–. O quizás solamente firme, ahora.

Nos volvimos lentamente para mirarlo.

–¿Demasiado pronto? –parpadeó y luego asintió–. Sí, demasiado pronto. Lo siento, Gordo.

Ox dio un paso hacia adelante.

El círculo de Omegas se quebró. Se juntaron frente a él. Algunos estaban transformados a medias. La mayoría eran lobos. Había al menos sesenta. Todos sus ojos eran violetas. Eran más de los que Richard Collins había tenido.

–Los he llamado –dijo Oxnard Matheson–. Y han venido. He cometido errores en el pasado. Me he separado de todos ustedes. Cerré esa puerta, aunque ustedes me necesitaban. No tengo derecho a pedirles nada, pero, a fin de cuentas, debo hacerlo. Hay personas aquí. Cazadores. Han entrado al territorio Bennett sin invitación. Y han venido a quitarme todo lo que quiero. Ya han apresado a dos miembros de mi manada, y no aceptaré eso. Si me ayudan, si me apoyan, les prometo que haré todo lo posible para traerlos de vuelta. Para volver a armar sus mentes, lleve el tiempo que lleve. Ustedes son los olvidados. Los perdidos. Pero si hoy sobrevivimos, encontraré la manera de traerlos a casa.

Los lobos Omega echaron las cabezas hacia atrás y aullaron a su Alfa. El sonido nos invadió y me estremeció hasta los huesos.

Era fuerte e iracundo.

Salvaje y áspero.

Esperaba que Elijah y sus cazadores también pudieran oirlo.

Nos estaban esperando cuando volvimos a la casa al final del camino. El cielo estaba casi completamente despejado, de un azul frío y límpido. El sol brillaba. Y la luna estaba llena y pálida, pero visible. Recordé la historia que Abel me había contado acerca de su amor.

Rico estaba de pie por sus propios medios, y nos observó con los ojos bien abiertos mientras nos acercábamos. Murmuraba algo que no alcancé a distinguir.

Jessie estaba junto a él, golpeando la barreta contra su hombro con los ojos entrecerrados.

Robbie estaba al final de los escalones del porche junto a Kelly, que se estrujaba las manos. Parecía que Robbie no sabía si pararse frente a Kelly y gruñir, o llevárselo al interior de la casa. No hizo ninguna de las dos cosas.

–Esos son muchos Omegas –comentó.

Elizabeth se dirigió hacia ellos primero, y se transformó mientras se acercaba a la casa. Jessie buscó en una mochila a sus pies, extrajo una bata y se la arrojó desde arriba de las escaleras. Elizabeth la atrapó en plena transformación y se la puso sobre los hombros mientras la loba desaparecía.

–¿Qué sucedió? –quiso saber Kelly–. Sentimos... No *sé* qué fue. Pero fue terrible. Como si alguien hubiera muerto pero...

–¿Gordo? –preguntó Rico–. ¿Por qué sostienes el brazo así? ¿Te lo rompiste?

–No precisamente –mascullé.

–Gordo salvó a Ox –explicó Elizabeth–. Fue herido, pero estará bien.

–No entiendo –dijo Robbie, confundido–. Fue como si...

Alcé el brazo.

Silencio.

Luego:

–Qué *mierda* –chilló Rico.

–¿Quién hizo eso? –gruñó Jessie–. Y, por favor, díganme que ya murió.

–¿Cómo es posible que ya haya sanado? –preguntó Robbie, sus ojos centelleando.

Kelly fue el primero en acercarse, Kelly, que de pie en el umbral de un motel destartalado en el medio de la nada, me había observado mientras me afeitaba la cabeza, y me había pedido que se lo hiciera a él a continuación, que lo hiciera lucir como yo. Pensaba que él había sido mi manada primero, antes que Joe y Carter, por eso. Sus manos habían sido amables al apoyarse sobre mis hombros, y no se había movido cuando lo afeité. Recordé lo pinchudo que se sentía su cráneo al pasarle los dedos una vez que terminé. Aún era un niño entonces, un niño dolido lejos de su casa.

Ese niño ya no existía.

El hombre en el que se había convertido estaba frente a mí.

Se inclinó hacia adelante, apoyó su frente contra la mía, con los ojos abiertos y me miró.

No aparté la mirada.

–Idiota –dijo–. Estúpido idiota.

–Tenía que conseguir que dejaras de estar enojado conmigo de algún modo.

–Ah, sigo enojado contigo –dijo, ahogando una risa–. Pero por motivos completamente diferentes. Es probable que tenga que ir al taller a darte una mano ahora. No sé nada de autos.

–Demasiado pronto –murmuró Joe, poniéndose un par de vaqueros que Jessie le había dado–. Ya lo intenté.

Aparté a Kelly de un empujón.

–Imbécil –le dije.

Sacudió la cabeza mientras se acercaba a su hermano. El lobo gris no parecía contento de verlo de nuevo, pero Kelly lo ignoró y se dejó caer de rodillas en la nieve para abrazar a Carter.

–Estoy bien –les dije a Jessie y a Rico, que empezaban a preocuparse por mí.

–Sí, claro que lo estás –exclamó Rico–. Me disparan, y tú tienes que ir y subir la apuesta. Yo voy a tener una cicatriz sexi, y tú podrás ponerte un gancho sexi. Los piratas le ganan *siempre* a las cicatrices, Gordo. Lo sabes. Mantente lejos de Bambi. No intentes quitármela porque ya tienes un lobo.

–¿Por qué siento que esta es una conversación que ya han tenido antes? –nos preguntó, recelosa, Jessie.

–La hierba es una droga excelente –le respondió Rico–. Aunque la verdad es que tiene más sentido que Gordo sea el pirata y no yo.

–¿Por qué? –quiso saber Jessie.

–Porque yo soy heterosexual –explicó Rico–. Y a Gordo le encanta saquear el maletero.

–Te odio tanto –le dije.

–Nah. Eso es mentira. Ni lo intentes. Y, pregunto, nada más, ¿ya es hora de ir a matar a los malos y buscar a Chris y Tanner? Porque los necesitaré para que me ayuden a superar el trauma de haber recibido un disparo y de tener un jefe con una sola mano. Me tienen que ayudar a aceptar este nuevo mundo en el que nos encontramos.

–Hombres –gruñó Jessie–. Son todos unos idiotas de mierda.

–¡Ey! Con una mano en el corazón, perdón, Gordo, este ha sido uno de los peores días que hemos vivido. ¡Ten un poco de respeto!

Los amaba más de lo que podía decir con palabras.

–Sí. Es casi hora.

–Bien –murmuraron al unísono, y sonaron más lobunos que los lobos de verdad. Los cazadores no deberían haber venido nunca a este pueblo.

Y porque era el único que quedaba, y seguía de pie cerca del porche con aspecto inseguro, le hice un gesto a Robbie para que se acercara.

Vino e intentó no mirarme el brazo, pero falló miserablemente.

–¿Quién hizo esto? –preguntó, en voz baja.

–Una bruja.

–¿Está muerta?

–Muy –respondí, y Mark gruñó.

–Genial –asintió frenéticamente Robbie–. Eso es genial, eso…

–Muchacho, tienes que calmarte. Respira. Estamos bien. Estamos todos…

Me sorprendió arrojándose hacia mí para darme un abrazo. Gruñí ante el impacto, y Mark le tiró una dentellada, rozándolo con los colmillos pero sin clavárselos en la piel.

–Me alegra que estés bien –me susurró en el cuello.

Puse los ojos en blanco y le pasé el brazo bueno por la espalda. El chico era un blandito.

–Sí, sí. Basta de sentimientos, ¿está bien? Tenemos cosas más importantes por las que preocuparnos.

Retrocedió y sus ojos se volvieron naranjas.

–Por fin iremos a por ella, ¿verdad?

No hablaba de Elijah.

–Sí. Lo haremos. ¿Estarás bien con eso?

No dudó.

–Este es mi hogar. Esta es mi manada. Haré lo que haga falta.

Me estiré para darle un apretón en la nuca.

–Tenemos suerte de tenerte con nosotros, Robbie. Aunque insistas en usar esas gafas de mierda.

Me sonrió.

–Hazlo –me ordenó Ox.

Pateé la línea de plata.

Pappas saltó hacia adelante, listo para morder y destrozar y…

Ox rugió.

Pappas se detuvo.

Parpadeó y ladeó la cabeza hacia Ox.

Tenía los ojos violetas.

Ox gruñó desde lo profundo del pecho.

Y Pappas lo escuchó.

gordo gordo gordo

–Lo sé –le dije a Mark, poniéndome de cuclillas frente a él–. Lo sé.

Apoyó la cabeza sobre mi hombro y me respiró.

gordo gordo gordo.

No era un lobo.

Pero hasta yo sentía el tironeo de la luna.

Cuando me quedé solo, cuando todos los lobos se marcharon y me dejaron, la odiaba. Odiaba cómo me tensaba la piel. Cómo la sentía allí en lo alto.

Con el tiempo, los lazos se rompieron.

Con el tiempo, ya no sentí más a la luna.

Pero no había acabado conmigo. Ni de cerca.

Aquí, ahora, la sentía más que antes.

No era un lobo.

Pero era parte de ellos.

Ellos eran parte de mí.

Y la luna *jalaba.*

Estábamos de pie frente a la casa al final del camino, la nieve aún se arremolinaba a nuestro alrededor. Nueve miembros de la manada Bennett. Un lobo gris. Pappas.

Y todos esos Omegas.

La luna llena había llegado.

–Grita "¡devastación!" –susurré mientras los lobos cantaban sus canciones a mi alrededor– y suelta a los perros de la guerra.

MANADA

Cuando era niño, una mujer llamada Elijah me había sostenido de la mano mientras rezaba.

Y, entonces, mientras me clavaba una aguja en la piel, al igual que mi padre había hecho antes que ella, hizo llover fuego sobre nosotros.

Los cazadores habían venido a Green Creek y se habían llevado a casi todos los que amaba.

No habíamos estado preparados.

Pagamos el precio por eso.

No quedó más que un cráter humeante plagado de muerte.

Ella había sobrevivido, de alguna manera.

Y había regresado.

Quería terminar lo que había empezado.

Me había quitado a dos de mi manada.

Pensaba que tenía ventaja, que nos había vencido.

Pero aún después de todo lo que nos había echado encima, aún después de todo de lo que era capaz, seguía sin comprender que había una cosa que no debería haber hecho nunca:

Acorralar a una bestia.

Porque cuando no tiene nada que perder, hará lo que sea con tal de sobrevivir.

–Confío en ti –me dijo Ox.

–Lo sé.

–Tienen a Tanner. Y a Chris.

–Lo sé.

–Y siguen vivos. Siguen resistiendo.

–Lo sé.

–Por eso irás a por ellos –asintió Ox–. Nosotros iremos por el frente. Distraeremos a los cazadores. Distraeremos a Elijah. Los eliminaremos uno a uno antes de entrar a toda máquina. Y en ese momento tú entrarás por atrás. Con suerte, no sabrán que estás allí hasta que sea demasiado tarde.

–Divide y vencerás.

–Así cazan los lobos en la naturaleza –sonrió de oreja a oreja–. Separan al rebaño.

–¿Y estás seguro de que están en el taller? Chris y Tanner.

–¿Te he contado alguna vez cómo fue? ¿Cuando abrí mis ojos por primera vez como lobo?

Sacudí la cabeza. Lo había insinuado, pero luego nos dimos cuenta de lo abierta que estaba la puerta y nos concentramos en cerrarla y mantenerla trabada.

–Los podía sentir. A todos ustedes. Mi manada. Pero era más que eso. Podía sentirlos a todos. A la gente de aquí. En el territorio. Sentía la hierba. Las hojas. Las aves en los árboles. Todo. Conoces bien este lugar, Gordo. Sé que sí. Estás en contacto con él de maneras en las que los demás no. Pero creo que para mí es más que eso. Tú eres la tierra y yo soy el cielo. Así que sí. Sé que están en el taller. Sé que tienen miedo. Sé que están heridos. Sé que han sido tan obstinados como siempre. Y que les haremos pagar a los King todo lo que han hecho. Sus nombres no tienen importancia para mí.

–Tierra y hojas y lluvia –murmuré.

Ladeó la cabeza.

–Yo… Es algo que Mark me dice –aparté la mirada–. Huelo así para él.

–Lo traeré de vuelta –prometió Ox, y cerré los ojos–. A todos nosotros.

–No puedes prometer eso –dije con los dientes apretados.

–Obsérvame hacerlo –aseguró Ox.

–Los amo –dijo Joe desde el porche, con Ox a su lado–. Los amo a todos. Son mi manada. Y este es nuestro pueblo. Es hora de recuperarlo.

Nunca más. Nunca más. *Nunca*...

Me moví por los caminos secundarios de tierra de Green Creek, con la nieve sonando bajo mis pies. Tenía a Mark a la derecha y a Elizabeth a la izquierda. Solo después de que Ox les dijera que debían acompañarme me di cuenta de lo que estaba haciendo: estaba tratando de mantener lejos de Elijah a quienes recordaban su última visita. Carter había sido muy joven. Pero nosotros tres no. No sabía si agradecérselo o enfadarme con él.

No importaba.

Lidiaríamos con eso más adelante.

El muñón donde antes había estado mi mano derecha estaba envuelto en una venda, con un calcetín encima. Jessie me había dicho que, aunque confiaba en mi magia, no conocía a esos otros brujos. No sabíamos si había nervios dañados. Debía evitar el congelamiento.

–Tendremos que hacerte revisar eso –me dijo, mientras colocaba el calcetín sobre el muñón–. E inventar algo para explicar cómo sucedió, y cómo es posible que ya haya cicatrizado.

–La mitad del pueblo sabe lo de los lobos –le recordé–. Vi al doctor allí también. ¿Qué es una amputación que ha sido curada mágicamente en comparación con eso?

–Esto nos estallará en la cara.

–Quizás. Pero si ocurre, nos ocuparemos de eso en su momento.

El bosque estaba inusualmente silencioso, como si él y el pueblo cercano estuvieran vacíos. Rico y Jessie se dirigieron a El Faro con la orden de mantener a todos a salvo en caso de que los cazadores los encontraran. Jessie estuvo a punto de discutir, pero Ox le dijo que confiaba en ella para mantener a salvo al resto de los humanos. Rico suspiró pero aceptó.

–Quiero decir, si voy a recibir disparos, quizás sea mejor que sean de mi novia. Al menos los de ella no me sorprenderán.

Avanzábamos despacio y nos manteníamos en caminos que habitualmente eran de tierra. La nieve era profunda, y los ventisqueros aún más. Me tropecé un par de veces, pero siempre había un lobo para ayudarme a mantenerme erguido.

gordo gordo gordo.

–Sí, sí –mascullé, y puse la mano que me quedaba sobre el lomo de Mark.

Seguía allí, de algún modo. Mark. Los vínculos entre nosotros eran tenues y débiles, pero resistían. Gracias a Ox o gracias a que llevaba la mordedura del lobo en mi hombro, no lo sabía. Le creí a Ox cuando me prometió que encontraría una manera.

Era *gordo gordo gordo* y *CompañeroBrujo* y una canción azul de lobo que decía *mío* y *mío* y *mío*. Oía sus ecos en la cabeza, inquietos y nerviosos, pero me aferré a ellos lo mejor que pude. Significaba que había esperanza.

Mark me ayudó a incorporarme una vez más, y estaba a punto de dar un paso hacia adelante cuando Elizabeth quedó paralizada, las orejas erguidas, la cola curvada hacia arriba. Mark gruñó por lo bajo antes de empujarme hacia un árbol grande.

Me llevó un momento oír lo que ellos oían.

Voces.

Débiles, al principio. Pero aumentaron de volumen mientras yo respiraba agitado por la nariz. Las ramas de mi brazo empezaron a tensarse debajo de mi abrigo, y me tironeaban la piel. Mi magia parecía más salvaje que antes, y tenía la sensación fantasma donde solía estar mi mano, como si aún tuviera dedos que pudieran formar un puño.

Elizabeth se alejó unos metros de nosotros y empezó a cavar, haciendo una pila de nieve y hielo junto a ella. Sus garras raspaban y temí que nos fuera a descubrir antes de terminar, pero pronto se hundió en el agujero que había creado. Se camufló con la nieve y los árboles.

Apoyé la espalda contra el tronco. Mark se paró frente a mí y ni siquiera intentó ocultarse.

–Idiota –dije en voz baja y le pasé un dedo entre los ojos.

Apoyó el hocico contra mi mano y respiró hondo.

–… no sé por qué tuvimos que esperar –decía una voz que se aproximaba. Un hombre–. ¿Qué demonios está haciendo?

–Me parece que le gusta estar aquí –replicó otra voz. Una mujer–. No sé por qué. Este lugar me da repelús. Estar en el territorio de un Alfa, bueno, pero ¿el de *dos* Alfas? Hará que nos maten a todos.

Ah, cuánta razón tenía.

Estaban acercándose.

–Me importa un carajo lo que le guste –exclamó el hombre–. Y que ella crea que los salvajes van a hacer el trabajo no quiere decir que luego no vayan a venir por nosotros. Quiero decir, ya había dos. ¿Y si ahora es toda la manada?

–Es más simple matarlos –murmuró la mujer–. Los lobos salvajes no piensan. No son más que animales. Me preocupan más los que no son salvajes. Debería habernos permitido prenderle fuego a la maldita casa. Rodearla con plata y acabar con todo de una vez.

El hombre resopló.

–¿Has visto la cara que puso cuando Grant le dijo eso? Pensé que le iba a disparar allí mismo.

Más cerca.

–Somos cazadores –se burló la mujer–. Se supone que debemos *cazar.*

–¿Verdad? Disfruto matar esas cosas tanto como cualquiera pero, maldición, se está volviendo descuidada. Esto no es como en Omaha. O en Virginia Occidental.

–Son los Bennett –dijo la mujer–. No estoy de acuerdo con la manera en la que está manejando esto, pero ¿te imaginas cómo será cuando digamos que acabamos con la manada Bennett? Seremos *legendarios.*

Más cerca.

–Siempre y cuando nos paguen, no me importa…

Mark me miró con ojos violetas.

gordo gordo gordo.

Salí de detrás del árbol.

Eran jóvenes.

Casi niños, la verdad. Incluso más jóvenes que Joe.

Un desperdicio.

Ambos tenían los rifles colgados al hombro.

No me esperaban.

Se detuvieron con los ojos bien abiertos.

–Hola –saludé.

Retrocedieron un paso.

Mark rodeó el árbol por el otro lado, mostrando los colmillos. Su rabo se agitaba de lado a lado.

Dieron otro paso hacia atrás.

–Su error –les dije– fue hablar de matar a una manada cuando una madre loba podía escucharlos.

–¿Qué…? –exclamó el hombre.

Elizabeth emergió de la nieve a la derecha.

–Ay, por favor, no –rogó la mujer.

No tuvieron ni tiempo para llegar a sus armas antes de que Elizabeth les cayera encima.

Acabó sin que se disparara un solo tiro.

Las aves volaron de los árboles, agitando las alas frenéticamente porque un predador había atrapado una presa.

Una vez más se había derramado sangre de cazadores en la tierra Bennett.

Y recién comenzábamos.

Cuando Elizabeth alzó la cabeza, gotas rojas le colgaban de los bigotes, sus ojos brillaban naranjas.

Manada, me susurró en la mente. *ManadaManadaManada.*

Entramos por el lado contrario del pueblo, cerca de donde habíamos encontrado el automóvil abandonado.

Las marcas de nuestros neumáticos habían quedado enterradas hacía mucho por la tormenta que desde entonces se había disipado en ráfagas de nieve.

Me pregunté qué habrían hecho con Jones. Con su cuerpo. Cuando todo esto terminara, me aseguraría de darle un entierro adecuado.

Nos mantuvimos fuera de la calle al acercarnos a Green Creek, los edificios se elevaban en la nieve. A la distancia, podía ver los restos del restaurante, el remolque aún estaba caído de costado. No sabía si habían intentado moverlo para llegar al cuerpo del lobo rojo o si lo habían dejado allí.

Más allá de la calle principal, uno de los semáforos parpadeaba en amarillo. Un poco más adelante estaba el taller.

Las camionetas de los cazadores lo seguían rodeando. No parecía que las hubieran movido desde la última vez que habíamos estado allí, ocultándonos en el restaurante. Distinguí a alguien moviéndose en el tejado. Otros, cerca de las camionetas. Habían colocado lámparas halógenas alrededor del taller, que iluminaban intensamente en todas las direcciones. No había electricidad en el pueblo, pero el taller parecía un faro.

Me sentí intranquilo. Elijah no era estúpida. No podíamos subestimarla. Había esperado hasta la luna llena por una razón. Aunque no sabía si era para justificar la matanza de hombres lobo bajo el influjo de la luna, o para esperar a que los lobos salvajes infectaran o mataran a los demás antes de caerles encima. Pero era llamativo que no hubiera intentado nada más desde su llegada a Green Creek. No le había creído cuando dijo que no tocaría a los humanos del pueblo. Estaba esperando algo, pero yo no sabía qué.

Y tenía a Chris y a Tanner.

Era motivo más que suficiente para atacarla.

El cielo había empezado a oscurecerse una hora antes. La luna crecía brillante entre las nubes grises.

Llegamos al límite del pueblo y nos mantuvimos escondidos detrás de los edificios en las sombras.

No había otros cazadores tan al sur. Qué hacían esos dos en el bosque, no tenía idea. Quizás estaban patrullando. Quizás nos estaban buscando. No tenía importancia. No volverían a lastimar a nadie.

Estábamos a unas pocas calles del taller cuando nos detuvimos. Me recosté contra un muro de ladrillos. El edificio había sido el correo alguna vez antes de que lo cerraran y lo trasladaran a Abby. Ahora era una tienda de regalos de estación que había cerrado por el invierno en previsión a la tormenta. La dueña me llevaba su viejo Buick para un cambio de aceite cada tres meses, puntualmente. No la había visto en El Faro. Esperaba que hubiera escapado antes de que llegaran los cazadores.

Esperamos.

No faltaba mucho.

Los lobos se sentaron en la nieve, uno a cada lado, pegados a mi cuerpo para mantenerme caliente.

–Si esto no sale bien… –dije.

Elizabeth gruñó.

–Si no salimos de esta…

Mark gruñó.

–Estoy tratando de…

Ambos gruñeron.

Suspiré.

–Está bien. No seré ese tipo. Pero nunca más me pueden decir que deje de ser un imbécil cuando ustedes dos son iguales o peores. En particular tú, Elizabeth. No sé por qué la gente no se da más cuenta de lo mala que puedes ser.

Resopló.

Mark empujó la nieve con la pata.

Me quise frotar la cara con la mano, y recordé en el último instante que esa mano ya no estaba.

–Mierda –murmuré con la voz ronca.

gordo gordo gordo.

–No es…

HermanoAmorManada.

–No será lo mismo. Nada de esto lo será.

Mark me tocó el muñón con el hocico.

Elizabeth se acercó más.

–Voy a necesitarlos a los dos –les dije, y fue más fácil de lo que esperaba. No sabía por qué no lo veía así antes–. Voy a necesitarlos a todos.

sí sí sí.

gordo gordo gordo.

–Bueno. Bueno. Haremos…

Llegó en ese momento.

Una oleada que nos atravesó a todos.

La fuerza de nuestros Alfas.

Era hora.

Un momento más tarde, un solo aullido se elevó sobre el pueblo y resonó en las calles vacías.

Conocía a ese lobo.

Sabía de dónde venía.

La tierra latió a nuestro alrededor, reconociendo su llamado.

Se fue apagando.

Del taller calle abajo se oyeron sonidos de alarma.

Los lobos estaban llegando.

Y no podían hacer nada para evitarlo.

–Aquí vamos –susurré.

Elizabeth y Mark se incorporaron al mismo tiempo.

Me despegué del edificio.

Hice crujir mi cuello a un lado y al otro.

El cuervo desplegó las alas.

No era como antes. Ya no tenía la mano. Sentía que mi magia estaba desatada.

Me pregunté si así se sentiría volverse salvaje.

Ser Omega.

El aullido sonó de nuevo. Más fuerte esta vez.

Y, por un momento, sonó solitario. Pero antes de que se apagara, otro lobo comenzó a cantar, casi como si formara una armonía con su compañero.

Oxnard.

Joe.

Y luego, los otros.

Carter. Robbie. Y más lejos, mucho, mucho más lejos, Rico y Jessie, que aullaban en nuestras mentes. Chris y Tanner se reían histéricamente al oír a su manada que venía a buscarlos.

Y entonces todos los lobos empezaron a cantar, y nunca había oído algo igual. Todos los Omegas aullaron junto a su Alfa, cantando una canción de guerra.

Era hora de acabar con esto.

Incluso antes de dar la vuelta para llegar a la parte trasera del edificio, oímos los primeros disparos hendir el aire. Resonaron en el pueblo, sonidos secos por encima de los gritos de los hombres.

Sentí pequeños estallidos de luz en la mente, punzadas de dolor, e inmediatamente supe que eran los Omegas siendo atacados. No eran manada, no eran como los otros, pero le pertenecían a Ox tanto como nosotros. Estaban en la periferia, y esperaba que él pudiera perdonarse a sí mismo algún día. Perdonarme a mí por decirle que los trajera. Más allá de que fuera demasiado tarde para ellos o no, más allá de si podíamos encontrar la manera para traerlos de vuelta cuando todo esto terminara, esto le iba a pesar. Nos iba a pesar a todos.

Nos movimos con rapidez y seguridad. Sabíamos lo que debíamos hacer. Conocíamos el plan. Divide y vencerás. Mientras nos movíamos en las sombras, mi aliento agitado en mis orejas, sabía que la primera oleada de Omegas debía de estar entrando al pueblo, apareciendo en las calles laterales, grupos pequeños liderados por un miembro de mi manada. Alejarían a los cazadores. Mientras nos acercábamos, oía los fuertes gritos de los cazadores, que encendieron las camionetas y salieron volando por la nieve, para empezar la persecución.

Estaba funcionando.

Ox y Joe serían los más visibles, con los ojos encendidos, para asegurarse que los cazadores *vieran* que los Alfas estaban allí. Y si mataban al Alfa, la manada perdería el rumbo y sería más fácil de eliminar. Eran los objetivos más importantes, y se asegurarían de que los cazadores los vieran primero a ellos. En particular Elijah. Ella estaría liderando la carga.

Sentía un tironeo en la cabeza, más límpido que en varios días. Los brujos de Green Creek habían terminado construir las guardas. No sabía cuántos habían venido con Patrice y Aileen, pero habían cumplido con su objetivo. Nada más podría entrar.

Y los Omegas no podrían salir.

Era una prisión, pero controlada por nosotros.

Los cazadores aún no lo sabían.

Las lámparas halógenas brillaban con fuerza cuando nos acercamos al taller. Me mantuve fuera de vista, los lobos se agacharon junto a mí. Había un cazador de pie sobre el techo, y disparaba con rapidez y precisión. Sentí otro pinchazo de dolor: la plata entrando en un Omega, pero no podía hacer nada al respecto. No era uno de mis lobos.

El taller tenía tres fosas. Una de las puertas de la parte trasera estaba levantada, y salía luz del interior. Oí el traqueteo sordo de un generador.

Había dos cazadores allí, las espaldas contra la pared.

–Allí –susurré–. Atáquenlos. Yo me encargo del tipo del techo.

A Mark no le gustó la idea de separarnos, pero no teníamos opción. Debíamos eliminar a todos los que pudiéramos antes de entrar.

Elizabeth me susurraba en la mente, y el azul había desaparecido. Estaba cazando.

Mark me miró con sus ojos de Omega.

–Vayan.

Allí fueron, agachados, desapareciendo en la sombra. Había una escalera metálica contra el costado del taller. Marty la había instalado poco tiempo después de que me fuera a vivir con él. Uno de los muchachos –Jordy, que había muerto de cáncer menos de un año después–, casi se había caído de la destartalada escalera de madera que solían usar, y Marty juró y perjuró que ni loco se quedaría a ver cómo le subía el seguro por culpa de una jodida demanda por accidente de trabajo. Desembolsó unos cientos de dólares e instaló la escalera al costado del edificio.

Esa escalera era la que ahora subiría. Me estiré para sujetarme y…

–Mierda –murmuré, cuando mi muñón chocó contra el metal y sentí una punzada de dolor en el brazo. Apreté los dientes, me tomé de la escalera con la mano izquierda y me incorporé. El metal estaba frío y resbaladizo. La mano se me durmió casi enseguida. Por encima de mí, el sonido de disparos continuaba.

Para cuando estaba a punto de llegar, sudaba profusamente. El sudor me caía en el ojo y lo hacía arder. Alcé la cabeza para poder ver hacia el techo.

El cazador estaba de pie en el borde opuesto, disparando el rifle una y otra y otra vez. No tenía mira, y esperé que eso significara que fallaba más de lo que acertaba. Me alcé tan silencioso como pude. La nieve que se había acumulado en el techo se había convertido en lodo por toda la gente que había caminado en ella.

Respiré con agitación al incorporarme.

El cazador no me oyó.

Disparó de nuevo.

Entre nosotros había una fila de tragaluces, largas ventanas que daban al taller y que servían para ventilar durante los veranos calurosos. Los vidrios estaban limpios de nieve.

Debajo de mí, se oyeron los gruñidos de sorpresa de los hombres, pero fue el único sonido que lograron emitir antes de que les destrozaran las gargantas.

El cazador disparó una vez más, y luego se oyó un chasquido seco.

Maldijo y retrocedió para recargar. Metió la mano en el bolsillo del abrigo y…

Me puse en movimiento antes de que quitara la mano del bolsillo. Me oyó en esos últimos metros. Empezó a darse vuelta, con el rifle apuntando en mi dirección, pero me arrojé sobre él antes de que pudiera darse la vuelta por completo.

Empujé el cañón del rifle hacia abajo, no quería correr el riesgo que se disparara y causara daño.

Abrió la boca como para lanzar un grito de advertencia, pero solo se oyó un borbotoneo cuando le di un puñetazo en la garganta. Algo cedió con un *crujido* audible, y se le saltaron los ojos mientras luchaba por respirar. Le puse la mano en la nuca y le empujé la cabeza hacia abajo mientras le clavaba la rodilla en la cara. Los huesos se quebraron, y la sangre cayó sobre el lodo.

Alzó la cabeza de nuevo y, cielos, no era más que un *niño*. Un niño como esos dos en el bosque. No sé de dónde los había sacado Elijah, cómo los había reclutado, pero había buscado jóvenes. No podían ser King. La mayoría había muerto.

Pero estaban aquí para lastimar a mi familia.

Le di una bofetada, cayó de espaldas y se deslizó hacia el borde del techo. Parpadeó, confundido, cuando me elevé sobre él.

–No deberías haber venido aquí –le dije.

Levantó una pierna para patearme, pero la esquivé con facilidad. Las rosas cobraron vida, y en ese instante y en ese lugar sentí que tenía mi mano de nuevo, que estaba hecha de pétalos de flores y ramas fuertes. Confié en ella, en mi magia, y la seguí. Me arrodillé y apreté el muñón contra el tejado.

La nieve lodosa empezó a arrastrarse sobre el cazador como si tuviera voluntad propia. Él abrió la boca para gritar, pero la nieve sucia se le metió en la boca y le llenó la garganta, y se atragantó.

Retorcí el muñón contra el techo y apreté los dientes. Una corriente de aire helado nos rodeó.

Me incorporé lentamente.

La cara del hombre estaba completamente congelada, la boca abierta, el hielo brotándole de entre los labios y los dientes.

Tenía los ojos muy abiertos, inexpresivos.

El cuervo agitaba las alas, luchando por calmarse. No se había comportado así desde que era niño, con la tinta aún fresca en el brazo.

Tendría que lidiar con eso más adelante, antes de que se convirtiera en un problema.

Fui a la parte posterior del edificio y miré por el borde justo a tiempo para ver a Elizabeth y Mark arrastrando los cuerpos de los dos hombres lejos del taller y hacia la oscuridad, dejando dos marcas iguales de sangre en la nieve.

Me volví para dirigirme a la escalera y...

–Hola, Gordo –me saludó Elijah, frente a mí–. ¿Qué te ocurrió en la mano?

Antes de que pudiera reaccionar, me atacó. Vi las estrellas cuando me clavó un puñetazo en la sien, y me hizo caer de costado. Se me nubló la vista y caí de rodillas. Dejé de oír de un lado, un zumbido fuerte me retumbaba en la cabeza. Sin darme tiempo a moverme, dio una vuelta cerrada, alzó la pierna y me clavó el talón en el costado del cuello. Me mordí la lengua. La sangre me llenó la boca y caí de espaldas.

Contemplé el cielo nocturno, confundido.

La luna estaba borrosa.

Me tomó del pelo y me arrastró por el techo hacia uno de los tragaluces. Oía a los lobos gritar por mí, cantando de terror. Los aullidos llenaban el aire nocturno, y el cuervo intentó despegar, pero estaba mareado, no sabía a dónde ir. No sabía qué hacer.

Llegamos al tragaluz, y me aplastó la cara contra el vidrio.

–Mira, Gordo –dijo, con la boca cerca de mi oreja–. Mira lo que le pasa a los humanos que corren con lobos.

Abrí los ojos.

Seis metros más abajo, estaba el taller. Y contra la pared más alejada estaban Chris y Tanner.

Habían recibido tal paliza que estaban al borde de la muerte. Tenían los brazos alzados y encadenados por encima, las cabezas les colgaban. Estaban cubiertos de sangre de la cabeza a los pies. Tanner parecía tener un brazo roto. La cara de Chris estaba tan hinchada que dudaba que pudiera ver.

Esperé que se movieran.

Que me mostraran que estaban aquí.

Que estaban vivos.

Que no nos habían dejado.

Que no me habían dejado a mí.

por favor por favor por favor por favor por favor.

Me escucharon.

Tanner alzó la cabeza y me miró directamente.

Abrió los ojos.

Chris tosió y cayó sangre al suelo.

–Son fuertes –dijo con tranquilidad Elijah–. Debo reconocerles eso. No te entregaron, incluso cuando les quebramos los huesos. Incluso cuando los hice gritar. Y, Gordo, te llamaban *a los gritos.* Rogaban que vinieras a salvarlos. Creían que vendrías a buscarlos. Todos ustedes. Y aquí estás. Veo que su fe no era inmerecida. Es... enternecedor. Desacertado, pero enternecedor. Los dejaré para el final. Después de que tu manada haya muerto y el fuego de Dios haya eliminado el mal de este lugar, regresaré y les limpiaré sus pecados. Ha quedado claro que nada en Green Creek debe permanecer como está. Y no sé cómo lo han hecho, pero los Omegas se han apoderado del territorio. Necesita ser purificado. No es posible salvar a la gente. Mi visión es clara, y lo veo.

Me soltó.

Chris y Tanner me llamaron a los gritos cuando giré sobre mi espalda.

La luna brillaba tanto... Jamás había visto algo tan hermoso.

Elijah estiró la mano hacia la espalda y se puso la piel de lobo sobre la cabeza. En mi mente confundida, pensé que estaba a salvo. Que los lobos habían venido a buscarme, y que estaba a salvo.

Metió la mano en el abrigo. Por un instante, vi el destello de algo que parecía estar conectado a su pecho por debajo del abrigo, pero luego extrajo un arma.

Y me apuntó a la cara.

Era más grande que todas las armas que había visto. El final del cañón parecía la boca de un túnel.

Le sonreí. Sentía los dientes llenos de sangre.

–Volvería a hacerlo.

Amartilló el arma.

–Sé que lo harías. Y es por eso que Green Creek será purificada. Te perdoné la vida una vez porque no eras más que un niño, y porque esperaba que al liberarte de las cadenas del lobo, comprenderías lo equivocado que estabas. No cometeré el mismo error otra vez.

Dije la única cosa posible:

–Nunca más.

–¿Qué? –dijo, parpadeando.

–Nunca más.

El cuervo voló.

La tinta de mi piel se sentía abrasadora, los lazos dentro de mí brillaban más fuertes que el sol.

gordo gordo gordo.

Los lobos estaban conmigo.

Era todo lo que podía pedir. Aquí, en el final.

Me la llevaría conmigo, y ellos estarían a salvo.

Golpeé los brazos contra el vidrio debajo de mí.

El techo retumbó al partirse, el metal y el concreto y el yeso temblaron. Elijah se tropezó hacia atrás y abrió los ojos al sentir el temblor del techo.

Había perdido el equilibrio, y por esa razón la bala falló su objetivo.

No me alcanzó.

En vez de hacer eso, destrozó el vidrio del tragaluz sobre el cual estaba recostado. Me sentí liviano, solo por un momento, cuando el vidrio cedió bajo mi peso.

Caí por el tragaluz, mi cabeza chocó contra el marco metálico, mis pies rasparon las hendiduras del techo.

Me acordé de él.

Mark.

De pie frente a mí, diciéndome que olía a tierra y a hojas y a lluvia.

Diciéndome que debía protegerme.

Su sabor un día de verano, sus pies descalzos en la hierba.

La traición dibujada en su cara, de pie en la puerta de mi casa.

La sensación de mi mano sobre su garganta mientras le dejaba el cuervo marcado en la piel.

Deseaba haberle dicho una vez más que lo amaba. Una última vez.

Caí.

El vidrio se arremolinó a mi alrededor.

Y, desde abajo, me llegó el sonido de un lobo furioso.

Giré la cabeza justo a tiempo para ver a Mark entrar al taller.

Todo se ralentizó.

Sus músculos se contrajeron antes de saltar.

Y luego se empezó a transformar.

Los músculos y los huesos cambiaron debajo de su piel. El grueso pelo de su cuerpo desapareció. Las garras que tenía extendidas frente a él se abrieron y se convirtieron en dedos, con uñas negras y tremendamente filosas. Mientras se convertía en humano, mientras sus ojos violetas centelleaban, el cuervo de su garganta agitó las plumas y…

Unos brazos fuertes me rodearon y un cuerpo humano pesado colisionó contra mí. Se me cortó la respiración cuando me envolvió con su cuerpo para llevarse la peor parte del impacto contra el suelo mientras rodábamos.

Terminé contra su costado mientras el vidrio reventaba.

Y luego, silencio.

Abrí los ojos. Mark me estaba mirando.

Tenía los ojos violetas, pero estaba allí. Era humano.

Estiré la mano para tocarle la cara.

–Gordo –gruñó con la boca llena de colmillos.

–No entiendo –susurré–. ¿Cómo es que tú…?

–Por más romántico que sea esto –dijo Tanner con la voz ronca–, y la verdad es que es muy dulce, preferiría no tener los brazos encadenados a este techo de mierda.

–Sí –tosió Chris con una tos húmeda–. Lo que él dijo.

Mark alzó la cabeza, las fosas nasales temblorosas.

Me aparté de él y luché para ponerme de pie, el cuerpo me dolía. Alcé la vista hacia el tragaluz, esperando ver a Elijah apuntándonos con el arma, pero solo podía ver la luna.

Elizabeth entró por la parte trasera del taller, transformándose violentamente. Sus ojos ardían naranjas.

–Hola, señora Bennett –saludó Tanner.

–Qué bueno verla, señora Bennett –dijo Chris.

Abrió los ojos como platos al ver a Mark de pie junto a mí, su mano aún posada sobre mi brazo.

–¿Cómo…? –sacudió la cabeza y avanzó hacia los otros–. Elijah se escapó. La vi saltar del techo, pero desapareció antes de que pudiera dar la vuelta. Dejó una estela de olor.

Se paró frente a Chris y a Tanner y les tomó las caras entre sus manos.

–Me pone tan contenta verlos otra vez. Están a salvo ahora. Se los prometo. No dejaré que los toquen de nuevo.

–Estoy bien –dijo Chris, suspirando y entregándose a sus caricias, con un ceceo debido a los labios hinchados y partidos–. Parece peor de lo que es. Bajen primero a Tanner. Le rompieron el brazo hoy a la mañana, los muy imbéciles. Los voy a matar… *Mierda*, Gordo, ¿dónde mierda está tu *mano*?

–Es una larga historia –murmuré–. Para más adelante. Necesitamos descubrir que hará Elijah.

Alcé la vista hacia Mark. Me estaba observando. Sus ojos seguían siendo violetas, pero no tenía problemas con su transformación.

–¿Cómo es que has hecho eso?

Parecía que le costaba hablar. Sus palabras sonaron ásperas.

–Tú. Tú. Fuiste tú. Manada. Fuerte. Nos ayudó. Gordo a salvo. Mantén a Gordo a salvo.

–Sí. Bueno. Estamos a salvo.

Tanner gritó cuando Elizabeth quebró los grilletes que tenía en las muñecas. Lo abrazó mientras él acunaba su brazo, le puso la mano en la nuca y los dedos en el cabello, y él se echó a llorar.

–Estás con nosotros –le susurró Elizabeth–. Estás con nosotros.

–Gordo –dijo Chris–. Tienes que ayudarlos. Va a…

Hizo una mueca de dolor, giró la cabeza y escupió sangre al suelo.

–Elijah. No piensa dejar que nadie se vaya. Sabe. Acerca de El Faro. La vimos. Armarla. Usarla. Gordo, tiene una bomba amarrada al pecho. Y está llena de plata. Rulemanes. Es…

"Después de que tu manada haya muerto y el fuego de Dios haya eliminado el mal de este lugar, regresaré y les limpiaré sus pecados. Ha quedado claro que nada en Green Creek debe permanecer como está. Y no sé cómo lo han hecho, pero los Omegas se han apoderado del territorio. Necesita ser purificado. No es posible salvar a la gente. Mi visión es clara, y lo veo".

–Jessie –susurré–. Rico.

Elizabeth se puso frente a Chris.

–Yo me quedaré con ellos. Gordo, tienes que llegar a El Faro antes de que sea demasiado tarde.

Me volví hacia Mark.

Sus ojos ardían.

Me incliné y apreté la frente contra la suya.

–¿Estás conmigo?

Sentí su aliento cálido en la cara.

–*Gordo*.

LUNA

Las calles de Green Creek estaban bañadas en sangre. Hombres y mujeres, todos cazadores, miraban sin mirar al cielo, con el reflejo de la luna llena en sus ojos.

Sus armas yacían desperdigadas por la nieve.

Había Omegas. Lobos. Algunos transformados a medias. Uno me gimió cuando pasamos junto a él, y estiró sus manos hacia mí. Parecía que algún vehículo le había aplastado la parte inferior del cuerpo. No se podía hacer nada para salvarlo.

Mark se había transformado de nuevo en lobo.

Se detuvo junto al Omega, y ladeó la cabeza.

El Omega se estiró y pasó una mano por su garganta.

Terminó rápido. Mark bajó la cabeza y le quebró el cuello.

El Omega no volvió a moverse.

Mark regresó junto a mí.

Llegamos a una camioneta volcada en llamas sobre la nieve. Un par de piernas emergían de abajo de la cabina. Otro cazador había intentado escaparse pero había sido atrapado por un lobo. No sé dónde había quedado su brazo.

De entre los árboles surgió Robbie Fontaine, transformado y tenso, seguido por un grupo de Omegas.

Se me acercó y me apretó el hocico contra la cadera. Resopló para dejarme marcado con su olor. Le pasé la mano entre las orejas. Se entregó a la caricia. Me envió una pregunta.

–Tenemos que movernos –le dije–. Va a lastimar a todo el mundo.

Robbie se apartó y, por encima del hombro, les gruñó a los Omegas que lo seguían. Aplastaron las orejas. Uno le siseó, con las fauces bien abiertas, pero se calmó cuando Robbie le soltó un ladrido áspero.

Alcanzó mi paso y avanzamos.

Kelly y Carter fueron los siguientes. Aparecieron de entre dos casas, con los hocicos embadurnados de sangre. Carter gruñó al vernos, se le erizó el pelo y se agazapó como para atacar. Kelly se puso frente a él y emitió un gruñido gutural que pareció un ronroneo. Los ojos de Carter destellaron entre el azul y el violeta, y gimió, confundido. El lobo gris apareció detrás de él y se frotó contra su costado. Carter se lo permitió por un momento antes de volver la cabeza y lanzarle una dentellada. El lobo le mostró los dientes pero no se movió.

Me rodearon. Kelly y Robbie avanzaban lado a lado. Carter y el lobo gris estaban a mi izquierda, junto a Mark. Más Omegas emergieron de entre los árboles. Todos transformados. Uno parecía tener la pata gravemente rota. Vi un destello de hueso blanco húmedo cuando alzó la extremidad contra su abdomen.

Los sentía.

Mi manada.

Los Omegas.

Una vibración violenta que me hacía doler la cabeza.

Los Alfas nos estaban esperando sobre una colina, rodeados de lobos salvajes que querían estar lo más cerca posible de Ox. Lanzaban gemidos y ladridos graves y ásperos, y sus canciones nos atravesaban como una tormenta.

Detrás de ellos había cadáveres de más cazadores, las bocas abiertas, los brazos rígidos y las manos congeladas alzadas, como si aún quisieran defenderse de los lobos, incluso en la muerte.

No sentí piedad por ellos.

Se lo habían buscado.

Joe nos miró y nos hizo una pregunta silenciosa.

–Está bien –dije–. Con Chris y Tanner. Los mantendrá a salvo. Elijah. Está... Tenemos que ayudarlos. Jessie. Rico. El pueblo.

Los Alfas echaron la cabeza hacia atrás y aullaron.

A lo lejos, oímos disparos.

Nos estaba esperando frente a El Faro.

Tenía su pistola en la mano, a un costado.

Estaba sentada en la nieve, de piernas cruzadas.

Los cuerpos de seis Omegas yacían a sus pies, todos con heridas humeantes, la plata quemándolos a su paso.

Se había echado la cabeza de lobo hacia atrás, y le descansaba en el cuello.

Tenía el abrigo abierto.

Sobre su torso, enganchados a un chaleco antibalas liviano, había largos tubos de vidrio. Ocho en total. Cada uno tenía dos cables en la parte superior, uno verde y uno rojo. Los tubos estaban llenos a reventar de rulemanes de plata, tal como había dicho Chris. Entre el chaleco y los tubos había pequeños ladrillos de lo que parecía ser masilla negra.

Detrás de ella, El Faro estaba a oscuras.

Rico y Jessie debieron haberla oído llegar y habían apagado las luces. Esperaba que mantuvieran a todos contra el suelo y en silencio. Estaba a punto de apartar la vista cuando Rico espió por una ventana, los ojos bien abiertos. Nos vio aproximándonos y desapareció. Cielos, necesitaba que se quedaran a salvo.

Elijah se levantó cuando nos acercamos. La luna hacía que su sombra se proyectara grotescamente sobre El Faro.

No tenía miedo. No le temblaban las manos.

Sonrió.

–Alfas. Monstruos. Bestias. Una lacra sobre la piel del mundo –dijo, y escupió sobre los cuerpos de los Omegas a sus pies–. El apóstol Pablo dio aviso. Les rogó a sus mayores que cuidaran el rebaño del Señor bañado en sangre. Les dijo que después de su partida, llegarían lobos feroces que no perdonarían al rebaño. No les importaba, a los lobos, lo justo. La piedad. Estaban entregados solamente a la furia que les pedía la luna. Y Pedro, él también lo sabía. Les advirtió acerca de los falsos profetas que aparecerían en el pueblo.

Alzó la voz:

–Como los falsos maestros entre ustedes, que en secreto enseñan herejías destructivas, y que incluso negarán al Maestro que los compró, y que han traído sobre sí mismos una pronta destrucción. Y entre ustedes mismos surgirán hombres que hablan de perversidades, y que harán que los sigan los discípulos –miró a Ox–. Tú. Tú eres el falso profeta. El falso maestro. La abominación. Tú, que has encontrado la manera de convertirte en Alfa antes de siquiera rendirte a los pecados de un lobo. Tengan cuidado con el lobo en piel de cordero. Vendrá a dispersar el rebaño. Pero el Señor es mi pastor, y no temeré al lobo.

–Ha terminado –repliqué–. Te superamos en número, Elijah. Tu gente está muerta.

Sonrió aún más.

–Un sacrificio necesario que prueba todo lo que he dicho. Todo lo que he creído. Este pueblo está maldito. La tierra ha sido envenenada. Vinimos una vez, con la esperanza de purificar la tierra para que pudiera sanar, libre de las cadenas de la bestia. Mi Dios caminó conmigo ese día, afinándome la puntería –alzó el rostro al cielo–. En particular, cuando le llegó el turno a los pequeños. A los lobitos. Intentaron… escapar de mí. Yo era una luz brillando en la oscuridad, y no pudieron escaparse.

–No eran más que niños –dije con la voz ronca mientras los lobos gruñían a mí alrededor, todos nosotros azul y azul y azul.

–Los cachorros crecen para ser lobos grandes –observó–. Y los lobos grandes no conocen otra cosa que el ansia de carne y sangre. Estaban perdidos desde el momento en que respiraron en este mundo. Debían ser sacrificados, o quebrarles el espíritu hasta convertirlos en una mascota –le echó una mirada al lobo gris, que se estremeció e intentó aplastarse más contra Carter–. Pero incluso esos te decepcionan.

Mark dio un paso hacia adelante, gruñendo amenazadoramente.

Elijah no se intimidó. De hecho, se enojó aún más.

–Pero no pudimos eliminar a todos. Contemplé cómo mi familia caía a mi alrededor. Vi cómo les desgarraban la piel. Oí sus gritos. Yo era una *niña*, pero lo vi todo desde los árboles –le cayó una lágrima del ojo y se derramó sobre el retorcido tejido cicatrizado de su cara–. Mi familia. Tías y tíos. Primos. Gente que creía lo mismo que yo. Los lobos no se dieron cuenta de que yo estaba allí. El olor de la sangre era muy penetrante como para que me descubrieran. Mi padre... perdió el rumbo después de eso. No entendió por qué Dios lo había abandonado. Por qué nos había dejado solos cuando más lo necesitábamos. No veía lo que yo veía. No sabía lo que yo sabía. No habíamos sido abandonados. Habíamos sido *probados*. Tenía que ver con la fortaleza de nuestra fe. Es un Dios justo, pero un Dios exigente. Necesita probar nuestras convicciones.

»Mi padre perdió eso de vista. Habló de alejarse. De *soltar* esas convicciones. Y por más que hablara con él, por más que le suplicara y le rogara, no atendió a *razones*. Había perdido la fe –alzó la pistola y apoyó el cañón contra su sien–. Le dije que lo sentía –se le quebró la voz–. Que deseaba que no tuviera que terminar así. Pero no podía permitir que sembrara la discordia entre los demás. Al final, él también era un lobo disfrazado de cordero, que quería eliminar el rebaño uno a uno.

Puso el dedo sobre el gatillo.

–Dios le ordenó a Abraham que sacrificara a Isaac, su hijo. En Moriah. Para probar su fe. Llevó a su hijo a la montaña, atado y amordazado, y lo colocó sobre el altar. Y justo cuando estaba por demostrarle a Dios cuánto lo amaba, un ángel llegó para decirle que Dios sabía el temor que Abraham le tenía ahora. Apareció un carnero que Abraham pudo sacrificar en lugar de su hijo, y Dios fue *apaciguado*.

Apretó ligeramente el gatillo.

–Yo sabía que estaba siendo probada, igual que Abraham. Sabía lo que Dios me estaba pidiendo. Porque fallé. Aquí. *Fracasé.* Así que fui a ver a mi padre cuando dormía. Le puse el arma contra la cabeza y puse el dedo en el gatillo y *esperé* que el ángel apareciera, *esperé* la señal que me indicara que me había probado, que yo era quien Dios quería que fuera.

gordo gordo gordo.

–No sucedió nada –continuó Elijah–. E hice lo que tenía que hacer. No lloré cuando le disparé a mi padre en la cabeza. No… Sentí paz. Sabía que había hecho lo correcto. Lo que se me había pedido. Era necesario. Mi padre había fallado. Y yo no podía fallar. Al final… fue simple.

Bajó el arma al costado del cuerpo.

–Lo enterré debajo de un viejo roble. Tallé sus iniciales en la corteza. Se habría sentido orgulloso de mí. Mi hermano, Daniel, él… no compartía mi visión. Lo enterré junto a mi padre.

–No te marcharás de aquí –le dije–. Este es el fin, Elijah.

–Lo sé –asintió–. Siempre supe que volver sería lo último que haría. Me preparé para eso, aunque sentí repugnancia al recibir órdenes de alguien como Michelle Hughes. Estar frente a ella y no llenarla de plata fue una de las cosas más difíciles que he hecho. Y ella creyó que habíamos aceptado para proteger a los lobos de la enfermedad. De la infección. Nunca tuvo que ver con eso. Por fin era hora de volver a este lugar que me había quitado tanto. Tenía que ver con hacer lo que nací para hacer. Lo que Dios me ordenó que hiciera.

–No te permitiré que los lastimes. Te mataré antes de que puedas…

Se rio.

–No le tengo miedo a la muerte, Gordo. Seré recompensada por todo lo que he hecho. Una plaga ha caído sobre las bestias, y la detendré antes de que se propague aún más. Llamar a los Omegas fue algo que no esperaba pero, al final, han hecho el trabajo por mí. Los han traído a todos a este lugar, y castigaré a cada uno de ellos. Estoy de pie frente a un Alfa de los Omegas y al niño que debía ser el rey. Sus muertes señalarán el fin de los lobos, y yo...

Pappas apareció en ese momento. Fue veloz. Ni siquiera lo oí acercarse. Gruñó desde el techo de El Faro, sus ojos violetas brillaban en la oscuridad. Saltó desde el techo directamente hacia ella. Tenía la ventaja, y supe que este era el momento. Por fin terminaría...

Pero Elijah era una vieja cazadora. Con años y años de experiencia. Había matado a docenas, quizás hasta centenas, de lobos. Los conocía. Sabía cómo se movían. Cómo cazaban.

Divide y vencerás.

Tuve tiempo para preguntarme si este habría sido su plan desde el principio. Este momento.

Giró sobre sus talones, la piel del lobo muerto que le colgaba a la espalda se infló alrededor de ella, e hizo volar la nieve mientras ella se agachaba. Pappas falló por apenas unos centímetros, y cayó al suelo frente a ella, deslizándose por la nieve.

Ni siquiera se había incorporado del todo cuando Elijah alzó la pistola y apretó el gatillo.

El *chasquido* del disparo resonó en el bosque que nos rodeaba. La cabeza de Philip Pappas se torció hacia un costado, un arco de sangre en el aire se formó mientras caía.

Murió antes de tocar el suelo.

Los lobos avanzaron hacia ella.

–No –dijo fríamente, pero en vez de apuntarnos con el arma, levantó la *otra* mano. En ella tenía una pequeña caja rectangular negra. Tenía el pulgar contra la parte superior.

–Pulsador suicida –continuó–. Si me pasa algo, tres kilos de explosivos C-4 harán que seiscientos rulemanes de plata salgan volando a más de cuatrocientos cincuenta kilómetros por hora. Nada –ni hombres, ni lobos– sobrevivirá la explosión.

Ox y Joe se transformaron casi de inmediato.

Los Omegas gemían alrededor de ellos.

–No los lastimarás. Los humanos no han hecho nada malo. ¿Quieres a la manada? Bien. Nos tendrás. Pero no puedes herir a personas inocentes. Tu guerra no es contra ellos. Es contra nosotros.

–¿Inocentes? –preguntó Elijah entrecerrando los ojos–. ¿Qué sabe un lobo de *inocencia*? Se han aliado a las bestias. Ellos...

–No les dimos opción –aseguró Joe–. Los capturamos. Solo quieren ser liberados. Tienes razón. Están perdidos. Necesitan que alguien les muestre el camino.

Ella lo miró con odio.

–Mientes.

–Nos hablaste de los defectos de un padre –dijo Ox, dando un paso hacia ella–. Sé exactamente qué quieres decir. Yo también tuve un padre que perdió la fe. En sí mismo. En mi madre. En mí.

–Detente –exigió Elijah, dando un paso atrás.

–Me dijo que yo no sería nadie. Que toda la vida solo me echarían mierda.

–No sabes *nada*...

–Y le creí. Durante muchísimo tiempo, le creí. Hasta que encontré un lugar en el mundo. No somos tan distintos. Tú tenías un clan. Yo tengo una manada. No eres loba, pero sé que has sentido los vínculos entre tu gente. Es...

–No. No, no, no... –sacudió la cabeza con fuerza.

–Y lamento que haya llegado a esto –dijo Ox, avanzando un paso más. El cuervo estaba inquieto. No sabía qué iba a hacer–. Pero no me dejaste otra opción. Haría cualquier cosa con tal de mantener a mi familia a salvo. Me forzaste la mano. Lo único que queríamos era que nos dejaran en paz.

–No te creo –respondió ella. Alzó el arma y apuntó a Ox.

–Ox –advirtió Joe.

Mark, a mi lado, se enfureció.

–Sé que estás asustada –dijo Ox en voz baja–. Y sé que piensas que no tienes otra opción, pero la *tienes*. ¿Realmente Dios te pediría que hicieras esto? ¿De verdad quiere que lastimes a personas que no han hecho *nada*?

Se detuvo frente a ella.

Ella le puso el cañón de la pistola contra la frente.

–No somos animales, Meredith –puntualizó Ox con suavidad.

Elijah frunció el rostro e, increíblemente, me pareció que había funcionado. Que Ox, el hermoso y loco Ox, le había llegado de alguna manera. Que él le quitaría el arma, que ella se daría por vencida y que todo esto acabaría por fin. Ah, yo pensaba matarla en cuanto bajara la guardia, pero el hecho de que un lobo Alfa hubiera penetrado la furia deshecha de la cazadora Elijah era algo extraordinario.

Y entonces ella rio.

Un escalofrío me recorrió la espalda.

–Eso estuvo bien –afirmó–. Lo reconozco. Pero no lo suficiente. Vete al infierno, Alfa.

Su dedo pulsó el gatillo.

Yo ya estaba en movimiento, pero era demasiado tarde. El martillo se elevó y bajó con un ruido seco.

Se oyó el chasquido seco de un arma vacía.

–Bueno, mierda –dijo Elijah, y luego le golpeó la cabeza a Ox con el arma.

Su cabeza giró violentamente hacia la derecha.

Los lobos aullaron.

Ella giró y corrió hacia El Faro.

Había llegado a la parte superior de las escaleras cuando yo sobrepasé a Ox.

Se aferró al picaporte.

Golpeó con fuerza.

La puerta se astilló alrededor de ella, y cayó dentro del bar.

–Gordo –gritó Ox y el terror en su voz me rompió el corazón–. *¡No!*

Yo estaba al final de las escaleras cuando Elijah levantó la cabeza para mirarme. Alzó la mano con el pulsador suicida.

–Por favor –susurré.

El cuervo voló.

Ella sonrió.

Y alzó el pulgar.

Explotó con un fogonazo brillante de fuego. Sentí una oleada de calor, pero me perdí en los pétalos de las rosas, en los pinchazos de las espinas, en la furiosa tormenta de una bandada de cuervos. Mi madre me había dicho que no me amaban, que me necesitaban, que me *utilizarían*, y que la magia en mí era una mentira.

Se había equivocado.

Mis lobos me amaban, y yo los amaba a ellos.

Yo era manada y manada y *ManadaManadaManada*...

HermanoAmorManadaAmigoCompañeroCompañeroCompañero.

Un gran muro de hielo se elevó delante de nosotros mientras Ox me ponía la mano sobre el hombro, mientras Mark se apretaba junto a mí.

A través del grueso brillo azul, el fuego rugió cuando El Faro explotó. El hielo empezó a partirse donde las bolas de plata lo golpeaban con tanta fuerza que pensé que lograrían atravesarlo y lastimar a mi manada.

En mi cabeza, los oí a todos (a mi manada, a los Omegas) y todos *empujaban* contra mí, *empujaban* y me daban su fuerza.

Y, de pronto, las rosas comenzaron a florecer *en* el hielo, con flores gruesas y fibrosas. El muro explotó en vida vibrante, salvaje y feroz como los ojos de mis Alfas. Los cuervos volaban de rama en rama, sujetándolas con las garras y haciéndolas crecer más alto, hasta que el muro frente a nosotros estuvo completamente cubierto de flores. El fuego ardía detrás de él, y el jardín resplandecía.

Un solo rulemán se abrió paso a través del hielo. Se oyó un pequeño crujido cuando cayó al otro lado. Cayó a mis pies en la nieve mientras una lluvia de restos de El Faro caía sobre nosotros. Los lobos me cubrieron y me aplastaron contra la nieve para protegerme de los restos en llamas.

Casi no podía respirar.

Toda esa gente.

Rico.

Y Jessie.

Había sido mi culpa. Todo culpa mía.

–No –me susurró Ox al oído, y me di cuenta de que había hablado en voz alta–, no, Gordo, no lo es.

–Gordo, nos salvaste –continuó–. Tienes que escucharme. Necesito que me escuches.

gordo gordo gordo.

Mark gruñó cuando *algo* pesado le golpeó el lomo, pero no se movió. No quería apartarse de mí.

No podía respirar.

No podía respirar.

No podía...

El cuervo voló de nuevo.

Con un estallido furioso de magia, los lobos salieron volando, Joe gritó de la sorpresa, Mark gruñó cuando tocó el suelo. Me puse de pie antes de que se movieran. Puse la mano contra la pared de hielo y rosas, y maldije enfurecido cuando me di cuenta que no *tenía* ya la maldita mano, pero no tenía importancia. El muro colapsó y grité mientras grandes pedazos de hielo repletos de flores me caían sobre la cabeza y los hombros. Me abrí paso, necesitaba llegar a Jessie, necesitaba llegar a Rico. Recordé cuando Tanner me había traído un emparedado cuando estaba sumido en la pena ante la pérdida de mi madre a manos de mi padre, y cómo le había llevado un taquito a Rico, un *taquito* de mierda, y Rico le había dicho que eso era racista, que era racista, que cómo se atrevía. Los había hecho entrar en esta vida de la que los había protegido con tanto denuedo, porque ellos eran mi *normalidad*, eran mi *seguridad*. Estuvieron allí cuando todos se marcharon. Y ahora mírenlos. Chris y Tanner estaban heridos, habían sido *torturados* por mi culpa, y ahora Rico estaba, ay, cielos, Rico estaba...

El Faro había quedado arrasado hasta los cimientos. La madera ardía y siseaba cuando entraba en contacto con la nieve.

La barra había desaparecido, y fragmentos de vidrio brillaban en el suelo como estrellas en el resplandor del fuego.

Elijah estaba... no quedaba mucho de ella. La piel de lobo estaba hecha jirones y la cabeza ardía. La misma Elijah había sido destruida casi por completo. Quedaba una de sus piernas. Un brazo. Me pareció ver lo que quedaba de su arma, el hierro ennegrecido y humeante.

Pasé por encima de ella, ahogándome con el humo, intentando abrirme paso hacia el bar, necesitaba encontrarlos, necesitaba ver por mí mismo que ya no estaban por culpa mía. Se habían ido, y no podía hacer nada al respecto.

Pero…

No había nada allí.

Entre el humo, entre la tormenta que bramaba en mi mente, *no había nada allí*.

Manos fuertes me sujetaron y me apartaron lejos, lejos, lejos.

Me desplomé en la nieve frente al bar. Me ardían los ojos por el humo. Tosí con una tos áspera, en cuatro patas, la cabeza gacha. Hice un esfuerzo para respirar hondo, pero me dolían los pulmones.

Mark se arrodilló frente a mí, humano de nuevo. Me tomó la cara en las manos y me alzó hacia él.

Tenía los ojos violetas, pero su toque era suave y compasivo. El cuervo de su garganta se destacaba, brillante, a la luz de la luna.

–Se han ido –dijo entre dientes apretados–. Ya se han ido. Afuera. Escaparon.

No entendía. Estaba exhausto. Lo que me quedaba de fuerza estaba menguando rápidamente. Había hecho un esfuerzo demasiado grande al final. Para salvarlos. Mi manada.

Mark parecía frustrado, los labios apretados, como si no pudiera encontrar las palabras adecuadas.

Me dolía el corazón.

Joe llegó en ese momento. Me apoyó la frente en el hombro.

–Rico y Jessie. Lograron hacer salir a todos por atrás a tiempo. Cuando Ox la entretuvo hablando. Están bien, Gordo. Todos están bien.

Cerré los ojos y me dejé caer contra Mark.

Él me sostuvo con fuerza.

–¿Pappas? –me arreglé para preguntar.

–No. Él… no sobrevivió –respondió Joe.

–Está bien –susurraba Mark, meciéndome hacia adelante y hacia atrás–. Está bien. Está bien. Está bien.

Abrí los ojos al oír un vehículo que se aproximaba.

Allí, en el camino, dirigiéndose directamente hacia nosotros, venía una de las camionetas de los cazadores, con la luz sobre la cabina encendida.

Hice un esfuerzo para incorporarme, para alcanzar a quien fuera que sea. Nunca se terminaba. Nunca se terminaba y yo debía…

–Elizabeth –me gruñó Mark al oído, abrazándome con fuerza contra su pecho–. Tanner. Chris.

–¿Qué? –grazné.

–Manada. Manada. Manada.

La camioneta se detuvo y, a través del parabrisas, vi a Tanner y a Chris contemplar horrorizados el panorama frente a ellos. Elizabeth dijo algo y abrió la puerta para bajarse del asiento del conductor. Se había puesto algo de ropa y, aunque le quedaba grande, seguía siendo tremendamente intimidante. Sus ojos brillaban naranjas cuando se acercó a nosotros, y alzó las manos para posarlas sobre las cabezas de sus hijos cuando Carter y Kelly se pusieron a su lado.

–¿Se ha ido? –preguntó con voz dura–. Elijah.

–Sí –respondió, cansado, Joe–. Ella… Gordo. Nos salvó. Nos salvó a todos.

–¿Qué le pasó a él?

–Cansado, nada más –murmuré, arrastrando las palabras–. Denme un rato. Estaré listo para patear más traseros un poco más tarde.

–Cielos –escuché que Chris me decía–. ¿La dejaste que volara el bar?

Ay, por todos los santos, ¿dónde demonios beberemos ahora? ¿En lo de Mack? Su cerveza es pura espuma, amigo.

–Les dije a los dos que se queden en la camioneta –los regañó Elizabeth cuando Chris y Tanner se acercaron. Chris lucía aún peor que antes, y Tanner estaba pálido y se sostenía el brazo contra el pecho–. No pueden moverse mucho hasta que les revisen las heridas.

–Ay, amigo –dijo Chris–. Por favor, dime que mi hermana está bien y que no me escuchó quejarme acerca del bar antes de preguntar por ella.

–Cada palabra –afirmó otra voz–. Cuando te cures, te patearé el trasero.

Giré la cabeza contra el pecho de Mark.

Saliendo de la oscuridad al otro lado del bar estaba Jessie. Y Rico. Y lideraban a un grupo de personas muy sorprendidas, que contemplaban espantadas la devastación.

Los Omegas les gruñeron, pero Ox centelleó los ojos y se apartaron, temblando uno contra otro en la nieve.

Chris avanzó hacia Jessie, sonriendo aunque era evidente que le dolía. Cogeaba, arrastrando la pierna derecha. Ella lo encontró a mitad de camino y lo abrazó. Él gimió de dolor y cuando ella intentó apartarse, la abrazó aún más fuerte.

–Esto apesta –dijo otra voz, y descubrí a Bambi de pie con las manos en las caderas, contemplando lo que quedaba de su bar–. Menos mal que tiene seguro. Aunque probablemente tenga que cometer fraude porque no creo que vaya bien si les digo que la razón por la cual mi bar explotó es porque vinieron cazadores a matar a la manada de licántropos de mi novio.

–Te amo tanto –susurró Rico–. Te haré tantas cosas una vez que supere el síndrome de estrés postraumático que me ha entumecido el cerebro después de haber sido casi asesinado por humanos malvados y hombres lobos salvajes.

–¡Hombres lobo! –gritó Will y parecía estar más sobrio de lo que lo había visto en años–. Siempre supe que algo pasaba con esa familia. Siempre escondiéndose en el bosque. Y todos ustedes decían que eran *coyotes* los que oíamos aullar. ¡Parece que me deben todos una disculpa!

Los habitantes del pueblo murmuraban a sus espaldas, apiñados. Algunos observaban a los lobos salvajes. Otros contemplaban el fuego que ardía.

Pero la mayoría observaba a Oxnard Matheson mientras se acercaba a ellos.

–Quizás debería pensar en ponerse unos pantalones –masculló Rico, colgado de Bambi–. Si les va a contar más de lo que les dijimos nosotros, entonces es mejor que lo oigan sin que tenga el pito al aire.

–Es un buen pito –observó Bambi.

–Ay, cielos, ¿podrías no mirarle, *por favor*, el paquete a mi *Alfa*?

–Y lo sabe usar bastante bien, además –ofreció Jessie.

Joe les gruñó a ambas y siguió a su compañero.

Bambie rio cuando Jessie le mostró el dedo del medio a Joe.

Elizabeth se arrodilló frente a mí. Mark me abrazó más fuerte y yo puse los ojos en blanco.

–¿Estás bien? –me preguntó, y se inclinó para ponerme la mano en la frente. Fue un gesto tan maternal que se me hizo un nudo en la garganta.

–Sí –me las arreglé para decir–. Estoy bien.

–Nos salvó –gruñó Mark–. Gordo nos salvó.

Elizabeth le echó una mirada de reojo antes de volver a mirarme.

–Lo sé. Apesta a magia.

–No puedo hacer mucho al respecto –respondí, luchando para mantener los ojos abiertos.

Sentí un pulso bajo su mano y sentí *verde verde verde* a través de los lazos.

–Gracias –susurró–. Por mantenerlos a salvo.

–Te prometí que lo haría –suspiré–. Y tú amenazaste con matarme.

Y ella se *rio.*

–Ay, Gordo. Cuánto te quiero.

En ese momento llegaron los otros lobos y los humanos.

Bambi pareció confundida cuando Rico le besó la frente y la dejó de pie junto al bar. Se dirigió primero a Tanner y a Chris, y aunque podía oírlos quejarse de que eran demasiado hombres para hacer algo así, se abrazaron durante un largo, largo rato. Rico besó primero a Chris en la mejilla y luego giró la cabeza para hacer lo mismo con Tanner, mascullando algo a cada uno que no pude entender.

Elizabeth se sentó frente a mí, con las manos sobre mis piernas.

Carter y el lobo gris se echaron a mi izquierda, el hocico de Carter apoyado contra mi muslo, respirando mi olor. Kelly y Robbie se pusieron a mi derecha, lo más cerca que pudieron. Jessie me posó la mano sobre el pelo, y Chris, Tanner y Rico se quedaron de pie detrás nuestro, protectores eternos de su manada.

Oxnard Matheson y Joe Bennett estaban de pie frente a las personas reunidas frente a los restos del bar. Ox los contempló a todos y Joe lo tomó de la mano con fuerza.

–Me conocen –dijo Ox– desde hace mucho tiempo. Era un niño cuando llegué. Mi madre, ella hizo lo mejor que pudo. Me crio. Me amó con cada fibra de su alma. Se reía. Bailaba. Y un día dio su vida para que yo pudiera vivir la mía. Un monstruo vino y me la quitó. También se llevó a mi padre, Thomas Bennett. Yo no… no sabía si sobreviviría después de eso. Pero sobreviví gracias a mi familia. Verán, un día conocí a un niño. Un niño que hablaba y hablaba y hablaba de cosas tales como bastones de caramelos y piñas. De lo épico y lo asombroso. Un tornado que jamás me abandonaría. Y me ayudó a ser valiente y fuerte. Incluso mientras el corazón se me rompía, me acordé de eso. Me acordé de él. Y... mi manada. Soy mecánico. Soy el tipo que vive en la casa al final del camino. Como con ustedes. Me río con ustedes. *Vivo* con ustedes. Sangro y sufro por este pueblo, y lo amo. Amo este lugar. Thomas me enseñó que no existe otro lugar como Green Creek en el mundo. No importa si eres humano. O un brujo. O algo más. Como un Alfa –sus ojos centellearon rojos y violetas, y la gente ahogó gritos. Pero ninguno retrocedió. Ninguno intentó salir corriendo lo cual, dado que había luna llena y estaban frente a una manada de lobos, probablemente hubiera sido buena idea. Tenían miedo, hasta yo me daba cuenta, pero había algo más que tenía mayor peso–. Soy el Alfa de los Omegas.

–Y yo soy el Alfa de todos –dijo Joe, apretándole la mano a Ox.

–Y esta es la manada Bennett –continuó Ox–. Nuestra manada. Y les prometo que, pase lo que pase, siempre estaremos aquí para mantenerlos a salvo. Si nos lo permiten.

Nadie habló.

El fuego ardía.

La manada respiraba a mi alrededor.

–¿Van a mordernos? –dijo Bambi.

–Ese es mi trabajo –dijo Rico, que simplemente no podía contenerse.

Bambi lo miró con odio.

–Considera corregir lo que acabas de decir.

Rico palideció.

–Sí, mi reina. Eres la luz de mi vida. Sin ti mi mundo sería frío y oscuro, y célibe.

Bambi dirigió la vista de nuevo a Ox con una ceja arqueada.

–No –prometió Ox–. No te morderé. No te lastimaré. A ninguno de ustedes. Protegeremos a Green Creek con todas nuestras fuerzas.

–¿Y qué pasa con ellos? –preguntó, asintiendo en dirección a los Omegas que merodeaban a nuestras espaldas–. Si lo que Rico y Jessie nos dijeron es cierto, están enfermos. Están sufriendo. Y no saben cómo arreglarlo. ¿Cómo puedes garantizarnos que no atacarán a alguien cuando no estés prestando atención? No puedes estar en todos lados a la vez, Ox. No importa cuan fuerte seas.

–Ahí es donde entramos nosotros –dijo otra voz.

Giré la cabeza.

En el camino estaban Aileen y Patrice. A sus espaldas, un grupo de personas.

Brujos. Todos.

–Tengo una idea –anunció Aileen con una sonrisa.

LA CANCIÓN DEL CUERVO

—Esto tiene que funcionar.

Giré la cabeza mientras sostenía con torpeza un cigarrillo con la mano izquierda. La ceniza me quemó los dedos; soplé el humo por la nariz. Quizás era hora de dejarlo.

Volví la vista hacia el frente de la casa al final del camino. Los Omegas merodeaban por la nieve. Algunos dormían. Otros se acicalaban. Otros se movían ruidosamente por el bosque.

Mark estaba al final de las escaleras, las orejas erguidas, las patas cruzadas frente a él, vigilando a los lobos salvajes.

Carter corría con el lobo gris a su lado. Lo distinguía a la distancia, zigzagueando entre los árboles.

–No lo sé –murmuré, apagando el cigarrillo y dejándolo caer en una lata vieja de café.

Oxnard no agregó nada más.

No hacía falta. Todos estábamos pensando en lo mismo.

Habían pasado seis semanas desde la luna llena. Las cosas habían vuelto a cambiar, y yo no podía evitar sentir que apenas si estábamos en control. Las personas que habían estado en El Faro la noche que Elijah había ido a buscarlos habían acordado una especie de tregua precaria con nosotros, bajo el mando de Bambi y, sorprendentemente, Will. Es cierto que disfrutaba decirle a cualquiera que le prestara atención cuánta razón había tenido, pero de todos modos. Las personas que antes pensaban que estaba loco ya no lo hacían.

No habíamos podido escaparle al escrutinio. Un policía había recibido un disparo en la cabeza. Green Creek había sido destrozado. Había personas muertas. Urdimos una historia. Una milicia había venido a Green Creek bajo el amparo de la tormenta. No estaban muy contentos, les había dicho Elizabeth Bennett a las autoridades, acerca de una venta de terrenos que había estado en tratativas antes de que muriera su esposo. Él había planeado retirarse pero había sufrido el ataque cardíaco antes de poder hacerlo. Le había tocado a una familia de luto informarle a los King que cualquier negociación vigente antes de la muerte de Thomas Bennett se daba por terminada.

Los King habían venido. Armados hasta los dientes. Habían asesinado a Jones y arrojado su cadáver al bosque. Casi habían matado a Chris y Tanner, primero haciéndolos chocar con el restaurante y, luego, haciéndolos prisioneros y torturándolos. Destruyeron el bar.

Estaban bajo el mando de Meredith King, quien, finalmente, se había volado a sí misma por los aires en El Faro.

En cuanto a los otros, bueno. Mientras todos intentaban ocultarse, había habido luchas internas. Había habido disparos. Eso era todo lo que se sabía.

Ah, sí, habían traído perros, ahora que lo mencionan. Perros grandes. Perros que parecían… salvajes. Los King los habían traído cuando intentaron tomar el control. A nadie parecía sorprenderle que los perros se hubieran vuelto en contra de sus amos. Si le pegas mucho a un animal, terminará encogido de miedo o se defenderá.

Parecía que estos perros se habían defendido.

No, nadie vio a dónde fueron los perros. Es una zona rural. Los bosques se extienden por kilómetros y kilómetros en las montañas. Probablemente habían huido como manada. A esa altura, ya estarían lejos.

Era débil, sujeta por delgados hilos. Tenía agujeros lo suficientemente grandes como para que un camión pasara por ellos. Había llegado a las noticias nacionales, la pequeña aldea de montaña bajo sitio de un grupo de milicianos campesinos. Había muchos en Oregón. El año anterior, al este, hubo un grupo que se había apoderado de una reserva de vida silvestre para protestar contra la Oficina de Administración de Tierras. Era cierto, al final se habían librado, ¿verdad?

Los King no.

Duró días. Cámaras y periodistas sorprendidos y susurrantes, hablando en micrófonos acerca del *Terror en Green Creek*, como decían los faldones en la parte inferior de las pantallas. Y aunque empezó como una historia importante, pronto los medios se sintieron frustrados porque *nadie* quería hablar al respecto. Nadie quería ser entrevistado. Nada más querían pasar de hoja.

A veces se oían aullidos que venían de los árboles. "Coyotes", les informaba Will a los periodistas que se quedaban en su hotel. "Quizás hasta un par de lobos. Mejor mantenerse lejos del bosque, para su tranquilidad. Si fuera un jugador, apostaría que no les caen bien los extraños".

Se marcharon tan rápido como vinieron, y pronto Green Creek fue olvidado. Las tragedias ocurren en todas partes, después de todo.

Esperamos.

Seis largas semanas desde que Mark se había transformado en lobo y se había quedado así.

Ah, Ox había intentado llamarlo de regreso. Intentó hacer lo mismo con Carter. Pero aunque aún podía sentirlos, aún podía sentirlos a *todos* ellos, seguían siendo Omegas. Solamente ante una situación de extrema presión Mark había podido transformarse cuando lo hizo, cuando su compañero había estado en peligro. Todos sus instintos de protección habían pasado a primer plano, y se había *obligado* a transformarse en humano.

Pero eso había pasado, y cuando esa larga noche terminó, se había transformado y se había quedado así.

Jamás se apartaba de mi lado. Dormíamos en su cama en la casa Bennett. Yo había ido al taller solo un par de veces desde que habíamos rescatado a Chris y Tanner. Al principio, me dije que necesitaba tiempo para sanar. Que todos habíamos pasado por algo traumático y que no podíamos retomar donde habíamos dejado. Que no quería abandonar a Mark, no mientras estuviera atrapado como estaba.

Chris y Tanner y Rico dijeron que entendían. Se ocuparon de las operaciones diarias del taller. Bueno, Chris y Rico. Tanner hizo lo que pudo, pero tenía el brazo enyesado y permanecería así hasta después de Navidad. Robbie seguía a cargo de la recepción y los teléfonos.

Pero sabían lo que yo estaba haciendo.

Supuse que me permitiría unos días más de sentir pena por mí mismo.

Mi mano era cosa del pasado.

No podía hacer nada al respecto.

El muñón estaba completamente curado, la piel ligeramente marcada donde antes había estado mi mano. Se sentía extraña, la piel estriada e irregular, prácticamente sin pérdida de sensación. Si empujaba con fuerza, podía sentir el hueso. Sea lo que fuera que Patrice había hecho, había sido efectivo.

Pero la piel tenía marcas.

Los tatuajes que mi padre me había hecho en los brazos llegaban hasta las muñecas. No noté que hubieran cambiado hasta que volvimos a la casa Bennett después de que el sol saliera después de la luna llena.

Las runas eran las mismas. No se habían movido.

Las rosas sí.

Las ramas me cubrían ahora los antebrazos, y zigzagueaban entre las runas y los símbolos, las espinas pinchudas y curvadas. Y cubriendo el muñón había rosas tan rojas que parecían reales. Patrice y Aileen no habían podido explicarlo. O mi posición como brujo de la manada Bennett durante el sitio de nuestro territorio había provocado que mi magia se expandiera para compensar la pérdida de la mano, o mi vínculo de compañeros con Mark era tan fuerte que me había servido para construir un muro de hielo cubierto de rosas. O una combinación de ambas cosas.

Era hermoso, fuera lo que fuera. Parecía el trabajo de un maestro.

Pero mi mano ya no estaba.

Me regodeé en mi dolor.

Sí, no pasaría mucho tiempo antes de que los muchachos vinieran a patearme el trasero.

Y Ox, siempre Ox, sabía lo que me pasaba por la cabeza.

Había estado ocupado durante las últimas semanas. Era lo que mantener el control sobre un par de docenas de lobos Omega le hacía a un Alfa. El tiempo solo nos alcanzaba para mantenernos tan unidos como podíamos, en particular porque más Omegas llegaban cada pocos días, atraídos por el influjo de su Alfa.

Pero la luna nueva era mañana, y el cielo estaría oscuro.

–El taller tiene buena pinta –me contó Ox, y suspiré porque sabía lo que se venía. Esperaba poder evitar todo esto, pero probablemente era hora de hacerse cargo–. Parece que todo ha vuelto casi a la normalidad. El restaurante abrirá de nuevo pronto. El Faro tiene fecha para marzo. La calle principal ha sido reparada de todo el daño provocado por la tormenta.

Resoplé.

–Daño de la tormenta. Claro. Me había olvidado de eso.

–Me imagino. Pero todo está yendo bien en el taller, en caso de que te lo estuvieras preguntando...

–Genial.

–... dado que no has regresado al pueblo en semanas.

–No eres muy sutil –le dije, poniendo los ojos en blanco–. Lo sabes, ¿verdad?

–No estoy tratando de serlo –respondió, encogiéndose de hombros–. Los muchachos saben que volverás cuando estés listo.

–¿Ah?

–Bueno. Te dan hasta Año Nuevo para que estés listo.

–Lo imaginé.

–Eso creí. Tienes que volver.

Me negué a mirarlo.

–Me necesitan aquí.

–¿Por qué?

–Mark. Él…

–Mark está bien. Yo me ocupo. Trata con otra cosa.

–Dios...

–Sí. Claro.

Mark se volvió para mirarme al oír que se me aceleraba el ritmo cardíaco. Ladeó la cabeza y me llegó un *gordo gordo gordo* en un zumbido constante.

–Gracias –dijo en voz queda Ox.

–No voy a hacer esto. No contigo.

Sentí su mano grande en la nuca, me apretó con fuerza.

–Me salvaste. De nuevo. Siempre haces eso, ¿verdad?

Me aparté de su alcance. El porche de madera crujió debajo de nosotros. Mark se incorporó lentamente cuando miré con rabia a Ox.

–Soy tu brujo. Se supone que debo hacerlo. Harías lo mismo por mí.

–Es cierto.

–Entonces basta. No necesito tu gratitud. No necesito tu lástima.

–Estás sufriendo, Gordo. Te has esforzado para esconderte durante tanto tiempo que ya es un acto reflejo para ti. Pero pareces olvidar siempre que a mí no puedes esconderme una mierda. Soy tu…

–Alfa –le escupí con amargura–. Lo sé. Estás siempre en mi mente.

–Iba a decir amigo.

Maldición.

–Yo… No…

–Soy tu amigo, Gordo. Y tu lazo. Sí, soy tu Alfa, pero siempre ha sido más que eso entre nosotros dos. Incluso antes… de todo esto. Estuviste allí cuando mi padre se marchó. Cuando quedamos mamá y yo solos.

Cuando te llamé por teléfono para decirte que necesitábamos ayuda. Tú… tú viniste por mí. Siempre lo has hecho.

–Estoy bien –le dije, obstinado–. No tienes que sentirte culpable por…

–No estás solo.

Tragué con un chasquido audible.

–Siempre has sido esta… fuerza –continuó Ox, con amabilidad–. Esta fuerza inamovible. Una montaña, me decía a mí mismo. Una constante. Siempre cuidando. A mí. Y luego a Joe y a Carter y a Kelly. Sí, quizás no era eso lo que querías. Quizás no era lo que esperabas que fuera. Pero siempre estuviste, Gordo. Para nosotros. Es hora que nos permitas estar contigo.

–No necesito…

Sus ojos centellearon.

–No me mientas. No acerca de esto.

–No es tan sencillo como tú lo pintas.

–Lo sé. Pero seguro que no es tan difícil como tú pareces pensar.

–Estoy *roto*, Ox, mierda –exclamé–. ¿Cómo es que no lo ves? ¿Por qué *nadie* lo ve? Todos ustedes me tratan como si fuera… como si fuera…

–Un miembro de la manada Bennett –agregó Ox–. Como siempre lo has sido.

–Eso no es justo –le espeté, con la voz ronca–. No puedes… Maldición.

Avanzó despacio, como si se estuviera acercando a un animal asustadizo. Por un instante consideré saltar escaleras abajo y dirigirme a los árboles. En lugar de hacer eso, me quedé quieto cuando se paró frente a mí. Se inclinó y puso su frente contra la mía, y aunque intenté resistirme, era mi Alfa, y lo necesitaba aquí, conmigo. Tarareó un poco por lo bajo, y su aliento se mezcló con el mío.

–Me diste una parte de ti –susurró y me ardieron los ojos. Apenas podía respirar–. Me protegiste. Y nunca olvidaré eso. Desearía... desearía que las cosas hubieran sido diferentes. Para todos nosotros. Pero aquí estamos. Y estamos juntos. Y haré todo lo que esté a mi alcance para que permanezca así. ¿Me crees?

Por supuesto que le creía. Lo amaba.

Asentí, incapaz de hablar.

–Funcionará.

Abrí los ojos para mirarlo directamente a los suyos.

–Funcionará –repitió–. Porque somos manada. Los traeremos a casa cantando y un día serán lo que fueron.

Un lobo subió los escalones y un momento después una nariz fría se apretó contra las rosas.

gordo, susurró el lobo. *gordo gordo gordo.*

–Un lazo es la fuerza detrás del lobo –me dijo una vez Abel Bennett–. Un sentimiento o una persona o una *idea* que nos mantiene en contacto con nuestra humanidad. Es una canción que nos llama a casa cuando estamos transformados. Nos recuerda de dónde venimos. Mi lazo es mi manada. Las personas que cuentan conmigo para que las mantenga a salvo. Para que las proteja de aquellos que quieren lastimarlas. ¿Me entiendes?

No. No lo hacía en ese entonces.

Pero ahora sí.

–No será lo mismo –nos advirtió Aileen–. Necesito que entiendan eso. No será como antes. Carter y Mark... No serán Betas, al menos no en el sentido tradicional. Seguirán siendo Omegas. Pero le pertenecerán a Ox como antes y, en menor medida, a Joe. Esto no es una cura. Es tapar el agujero. No hay nada que podamos hacer para acabar con lo que sea que Robert Livingstone les ha impuesto. Es una magia que nunca habíamos visto antes, esta infección. Es corrupción a un nivel sin precedentes. No sabemos cómo lo ha hecho, pero podemos hacer nuestro mejor esfuerzo para contenerla. La única manera de quebrarla por completo es si el brujo responsable se ocupa de hacerlo él mismo o... si muere. En cuanto a los otros, solamente sienten lealtad a Ox. Lo verán solamente a él como Alfa. Algunos están infectados. Otros son simplemente salvajes, porque les quitaron la manada o perdieron sus lazos. No puedo prometer nada acerca de ellos. No serán manada. No en realidad. Pero estarán conectados a ellos porque ustedes están conectados a Ox.

»Deberá ocurrir durante la luna nueva, cuando el influjo es más débil. Requerirá de todos ustedes y de todos nosotros. Nuestras fuerzas combinadas. Existen puertas en la mente. Gordo rompió la puerta entre Ox y los Omegas. Tenemos que cerrar las puertas entre los lobos y lo salvaje que los llama. Los infectados permanecerán vinculados a Ox. Carter a Kelly. Mark a Gordo. Pero deben recordar que arañarán la puerta. La seguirán sintiendo en la mente. No hará falta mucho esfuerzo para que las tiren abajo. Y no les puedo prometer que podamos cerrarlas de nuevo si eso sucede. Tenemos que encontrarlo. Tenemos que encontrar a Robert Livingstone y acabar con esto de una vez por todas. Cuentan con el apoyo de los brujos. Haremos todo lo que podamos para ayudarlos en esta guerra.

Sonrió con tristeza.

–Aunque no sé qué depara el futuro, este momento será una de las mayores pruebas para la fortaleza de su manada. Para los lazos que los unen. Solamente si son verdaderos, y si son puros, esto tendrá oportunidad de funcionar. Creo que son todos capaces de traerlos de regreso. Solo espero que ustedes también lo crean.

Yacíamos en la cama. Los sonidos de la manada moviéndose por la casa debajo de nosotros. En el sótano, los Omegas dormían juntos uno encima del otro.

Afuera, el día daba paso a la noche. Podía oír a Elizabeth cantando en algún lugar de la casa al final del camino, su voz mezclándose con la de Judy Garland, diciéndonos que pasemos una feliz pequeña Navidad. Era azul y azul y azul.

La enorme cabeza de Mark descansaba sobre mi pecho, y se alzaba con cada una de mis respiraciones. Le pasé un dedo entre los ojos. Gruñó de satisfacción y lo oí susurrar mi nombre.

–Tienes que volver a mí –le susurré mientras la habitación se oscurecía–. Tienes que volver a mí, porque recién comenzamos. Lo siento. Por todo el tiempo que desperdiciamos. Por todo mi enojo. Por todo lo que ha sucedido entre nosotros. Y sé que no lo merezco después de todo lo que ha pasado entre los dos, pero te necesito. Te necesito aquí conmigo. No puedo hacer esto sin ti. Ya no. Te amo y no quiero dejar de hacerlo jamás.

Sus ojos brillaron violetas y, por un momento, sentí *GordoManadaCompañeroAmor.*

Era tierra y hojas y lluvia.

Esperaba que fuera suficiente.

Era casi la hora.

Un noviembre frío había dado paso a un diciembre templado. La nieve se había derretido casi por completo, dejando atrás una tierra anegada. Chapoteamos en nuestro camino por el bosque.

Ox y Joe abrían la marcha, su manada los seguía. Los Omegas zigzageaban entre los árboles, siguiéndole el rastro a su Alfa.

Mark estaba a mi lado. Siempre.

Los árboles se abrieron a un claro.

Allí, esperándonos, estaban los brujos.

Aileen se puso de pie cuando nos acercamos. Patrice permaneció sentado donde estaba, un poco separado de los demás, los ojos cerrados y las piernas cruzadas. Tenía las manos sobre las rodillas e inhalaba y exhalaba despacio.

–Alfas Bennett y Matheson –saludó Aileen, con una profunda reverencia. Era lo más formal que la había visto desde su llegada a Green Creek la noche en que Ox había llamado a los Omegas–. Es un placer verlos de nuevo.

Ox y Joe se inclinaron también, encendiendo los ojos en señal de respeto. A mí no me parecía que fueran necesarias tantas formalidades, pero Thomas se lo había machacado a Joe, y era la única manera en la que se comportaba.

–Nos encontramos en el corazón del territorio Bennett –dijo Joe, un poco rígido–. Tú y los tuyos son bienvenidos en el espíritu de unidad.

–Así es. El espíritu de unidad –parecía que Aileen estaba esforzándose por no sonreír–. Dime, Alfa. ¿Harás lo que haga falta por tu manada?

–Sí –declaró Joe sin dudar.

–No esperaba menos. Patrice ha estado meditando desde que el sol alcanzó su cenit. La tierra, este lugar… le habla. A todos nosotros. Entiendo por qué tu familia lo eligió. Y por qué otros han intentado arrebatárselos.

–Lo han intentado –observó con frialdad Elizabeth–. Una y otra vez. Pero no han tenido éxito.

Allí estaba la sonrisa que Aileen había intentado esconder.

–No, supongo que no. Creo que el mensaje ha sido enviado, pero me preocupa que siga siendo ignorado por los incrédulos. Esto no es más que un final. Otras cosas se aproximan.

–Estaremos preparados –dijo Kelly, de pie junto a su hermano. Carter gruñó a modo de respuesta.

–Sé que lo estarán. ¿Comenzamos?

Los brujos empezaron a colocarse en los límites del claro. Reconocí a algunos de ellos cuando asintieron en mi dirección. Ninguno tenía manada. Me pregunté qué pensaría de ellos Michelle Hughes, por estar aquí con nosotros. Si no estaba asustada aún, pronto lo estaría.

De una manera similar habíamos destruido la puerta entre Ox y los Omegas. Pero esto parecía más grande, mucho más que cualquier otra cosa en la que hubiera participado. Kelly y yo nos sentamos frente a Patrice. El suelo estaba húmedo, pero no le presté atención a eso. Sin vacilar, Kelly se estiró para tomarme la mano.

–¿Estás bien? –le pregunté en voz baja.

Asintió, tenso.

–Si esto no funciona…

–Lo hará.

–Si no funciona –dijo, apretándome la mano–, necesito que sepas que no te culpo. Por Carter. Por Mark. Por nada.

–Deberías.

–No. No debería. Hiciste lo que consideraste correcto. Y seguimos todos aquí. Si esto no funciona, encontraremos otra manera. Sé que lo haremos.

–Sí –confirmé, apartando la mirada–. Lo haremos.

–¿Gordo?

–¿Sí?

–Tengo miedo.

–Yo también.

Exhaló entrecortadamente.

–Pero somos fuertes. Todos nosotros. Porque nunca ha existido una manada como la nuestra.

–Nunca más –susurré, y de alguna manera él supo lo que yo intentaba decir.

Mark estaba echado junto a mí, con la cabeza en mi falda. Carter hizo lo mismo con Kelly. Nuestra manada estaba reunida a nuestras espaldas. Tenía la mano de Rico en un hombro y la de Tanner en el otro. Chris me tocaba la parte superior de la cabeza y sus dedos se enredaban con mi cabello. Elizabeth estaba de pie sobre sus hijos, sus piernas contra la espalda de Kelly. Robbie estaba junto a ella y, después de un momento de vacilación, se estiró para tocar el costado del rostro de Kelly.

Jessie estaba de pie junto al lobo gris, que no parecía muy feliz de estar lejos de Carter. No sabíamos qué le sucedería. Si se transformaría o si se quedaría como estaba. No encajaba como los otros. Casi no nos había dejado que le quitáramos la cadena de plata que tenía incrustada en el cuello, y solo lo había aceptado porque Carter había estado allí. Ox no podía sentirlo. No como a los otros.

No sabíamos por qué.

Los Alfas estaban uno a cada lado de Patrice, enfrentados a su manada. Le pusieron las manos sobre los hombros. Los Omegas estaban detrás de ellos, gimiendo y gruñendo, inquietos. Sabían. De alguna manera, sabían que algo iba a suceder.

A lo lejos, sentí el primer latido de magia.

Los brujos se pararon, levantaron los brazos, las palmas de las manos alzadas contra nosotros. Tenían los ojos cerrados y todos murmuraban por lo bajo. Aileen era la más cercana a mí, y podía oír su suave murmullo. Era casi relajante.

–Esto no será fácil –dijo en voz baja Patrice–. Curar lo que está enfermo. No es una herida o una fiebre. Esto llega al hueso. En la cabeza y en el corazón. Deben ser fuertes, manada Bennett. Por aquellos que aman. Por aquellos que ni siquiera conocen. Gordo y Kelly van a necesitarlos. Es fácil, creo, perderse. Ayúdenlos a encontrar a sus compañeros de manada y traerlos de vuelta a casa.

–Cuenta con ello –dijo Chris.

–Por supuesto que sí –confirmó Tanner.

Rico resopló:

–No puedo creer que pasamos las noches de domingo así. Si no estamos mirando cómo explota todo a la mierda, nos las pasamos en el medio del bosque con extraños cantando a nuestro alrededor y lobos salvajes listos para devorarnos las pelotas.

–Ay, por favor –exclamó Jessie–. Como si quisieras estar en otro sitio.

–Y si nos dices que sí, no te creeremos –afirmó Elizabeth.

–Podría estar teniendo *sexo* en este momento, para que sepan.

–Bambi dice que no te has arrastrado lo suficiente aún –le recordó Kelly.

–Uuuh –exclamaron Chris y Tanner.

–Dios... –masculló Joe.

–¿Ya *terminaron*? –gruñó Ox–. Estamos haciendo algo un tanto importante.

–Sí –sonrió de oreja a oreja Patrice–. Creo que lo harán muy bien. Prepárense, manada Bennett. Esto vendrá rápido.

Se estiró y puso una mano sobre mi rodilla y otra sobre la de Kelly. Kelly no me soltó. Me hizo sentir mejor. Bajé la vista hacia Mark. Me miró con ojos violetas.

–Necesito que pelees con todas tus fuerzas –le susurré–. Porque estoy yendo a buscarte.

Hubo estallidos de luz alrededor del claro, y la mano de Patrice pareció arder. Las rosas crecieron y el cuervo creció y…

Estaba frente a mi casa.

Amanecía.

La calle estaba tranquila.

En algún lado, un perro ladraba.

Era todo igual, pero…

Los postigos no estaban pintados.

Esos arbustos que yo había arrancado aún estaban allí.

Yo…

No. No. No.

Conocía esto.

Sabía cuándo era.

Un coche aparcó junto a la acera.

Mark estaba sentado dentro. Era joven. Más joven de lo que había sido en un largo tiempo.

–No –le rogué–. No hagas esto. Vete. Aléjate.

No me oyó. Abrió la puerta y bajó del auto.

Me estiré para tocarlo y… *está en casa estoy en casa oigo su latido descansando durmiendo en casa en casa en casa.*

...mi mano lo atravesó, la mano que me habían quitado pero que aquí, en este lugar, existía.

Caminó hacia la puerta de entrada. Se volvió violeta, y el suelo se abrió bajo nuestros pies.

Desde algún lado a mis espaldas, oí el gruñido de un lobo salvaje.

Le grité que se detuviera.

Vi el momento en el que le llegó. Sus fosas nasales aletearon. Sus ojos centellearon naranjas. Dejó caer los hombros.

Pero de todos modos llamó a la puerta.

Después de un rato respondí, de pie allí con mis vaqueros colgando de las caderas, las marcas de otro hombre desperdigadas en la piel.

–¿Quién? –preguntó Mark y, ahora, con todo lo que había visto, todo lo que habíamos experimentado, podía oír el sonido de su corazón rompiéndose en esa sola palabra.

–No llamas, no me escribes –le espetaba la versión más joven de mí mismo, como si no tuviera una preocupación en el mundo–. ¿Cuánto tiempo ha pasado? ¿Cinco meses? ¿Seis?

Seis meses. Quince días. Ocho horas.

–¿Quién es?

La casa se estremeció. Yo era el único que podía verlo. Sonreí, y *odié* cómo me veía.

–No lo sé. Me dijo su nombre, pero ya sabes cómo son estas cosas.

–¿Quién *mierda* es?

Me paré derecho. Los tatuajes brillaron por un instante, las rosas se movieron, el cuervo desplegó las alas.

–Quién mierda es no es asunto tuyo. ¿Crees que puedes aparecerte aquí? ¿Después de *meses* de silencio? Vete a la mierda, Mark.

–No tuve opción. Thomas...

–Claro. Thomas. Dime, Mark, ¿cómo está nuestro querido Alfa? Porque no he sabido nada de él en *años*. Dime. ¿Cómo está la familia? ¿Bien? Los niños, ¿bien? ¿Reconstruyendo la manada de nuevo?

Avancé un paso a espaldas de Mark. Me incliné hacia adelante y aunque no era real, no podía ser real, *sentí* el calor de su piel junto a la mía.

–No lo escuches –le susurré con fiereza–. Estoy aquí. Estoy aquí contigo.

–No es eso.

–Mierda que sí.

–Las cosas han cambiado. Él…

–No me importa.

–Puedes insultarme todo lo que quieras. Pero no puedes hablar así de él. Más allá de lo enfadado que estés, sigue siendo tu Alfa.

–No, no lo es.

Mark retrocedió un paso y, por un instante, nos *fundimos* y lo sentí todo, su angustia, su horror, la devastación que cada una de mis palabras causaba cada vez que aterrizaban como si fueran *granadas*, haciendo explotar todas sus esperanzas. Me costaba respirar y se me cerró la garganta cuando me arranqué de él.

–Piénsalo, Mark. Estás aquí. Me *hueles*. Debajo del semen y el sudor, sigo siendo tierra y hojas y lluvia. Pero eso es todo. Quizás estés demasiado cerca, quizás el verme te supere, pero no he sido manada en un largo tiempo. Esos lazos se han roto. Me abandonaron. Porque era humano. Porque era un *riesgo*…

Dijo "no es así" y "Gordo" y "Te lo juro, ¿okey? Yo jamás…"

–Un poco tarde, Bennett.

Se estiró hacia mí. Él siempre se estiraba hacia mí.

Y yo le aparté la mano como si fuera *nada*.

–No entiendes.

Oh, cielos, me estaba *suplicando.*

Pero yo no lo escuché. No *quería* escucharlo.

–Hay un montón de cosas que no entiendo, estoy seguro. Pero soy un brujo sin manada, y no tienes derecho a decirme una mierda. Ya no.

–Entonces… ¿qué? –continuó–. Pobre de ti, ¿eh? Pobre Gordo, que tuvo que quedarse por el bien de la manada. Obedeciendo a su Alfa. Protegiendo el territorio y acostándose con cualquier cosa que se mueva.

Y aunque sus palabras tenían el calor de la furia, todo lo que él (y yo) sentimos fue azul y violeta, vacío e ira.

–No me tocabas. ¿Recuerdas? Te besé. Te toqué. Te *rogué.* Hubiera dejado que me tomaras, Mark. Hubiera dejado que me pusieras la boca encima, pero me dijiste que no. Me dijiste que tenía que *esperar.* Que las cosas no estaban bien, que no era el momento adecuado. Que no podías distraerte. Que tenías *responsabilidades.* Y luego, desapareciste. Por meses. Sin llamar. Sin aparecer. Ningún "¿cómo estás, Gordo? ¿Cómo has estado? ¿Me recuerdas? ¿Tu compañero?". Hubiera dejado que me hicieras tantas cosas.

–Gordo –gruñó, más lobo que humano, y quería que me arrancara la piel de los huesos. Quería sentir sus dientes en mi cuello y mi sangre en su garganta.

–Puedes hacerlo, sabes –le dije en voz baja–. Puedes tenerme. Ahora mismo. Aquí. Elígeme, Mark. Elígeme. Quédate. O no. Podemos ir a cualquier sitio que quieras. Podemos marcharnos ahora mismo. Tú y yo. Que se jodan los demás. Nada de manadas, nada de Alfas. Nada de *lobos.* Solamente… nosotros.

–¿Permitirías que me convierta en un Omega?

–No. Porque yo puedo ser tu lazo. Puedes seguir siendo el mío. Y podemos estar juntos. Mark, una vez en la vida te pido que me elijas.

–No –respondió, aunque fue lo más difícil que tuvo que hacer en la vida.

Vi el momento en que me llegó.

Esa sola palabra.

Mi rostro se alteró… y luego se endureció. Terminó antes de empezar.

–Gordo –me dijo–. No puedo… no puedes pedirme que… No funciona *así*…

Di un paso atrás.

–Por supuesto que no puedes –afirmé con la voz ronca–. ¿En qué estaba pensando?

Le di la espalda y entré a la casa; dejé la puerta abierta de par en par.

No me siguió.

–No termina así –le dije mientras contemplaba el umbral vacío, la casa llenándose de sombras mientras se estremecía desde los cimientos–. Sé que parece que sí, pero no terminamos así. Nos volverermos a encontrar. Por más tiempo que lleve, nos volveremos a encontrar. Es como siempre somos. Es como siempre seremos.

La versión más joven de mí reapareció en el umbral, con una caja en la mano.

–No –rogó.

–Gordo –suplicó.

–Espera. Por favor, espera –pidió.

–Tómala. Tómala ahora –ordené.

–Por favor –repitió.

Se la clavé en el pecho. Se estremeció.

–Tómala –grité.

Lo hizo.

Me grité a mí mismo, a él.

–No tiene por qué ser así.

La puerta se le cerró en la cara. El violeta de la madera latió intensamente. La casa comenzó a desplomarse.

Se quedó allí durante un largo rato, oyendo el sonido de mi corazón acelerado al otro lado de la puerta, incluso cuando el techo cedió.

Por fin, se dio vuelta y pasó junto a mí, pasó *a través* de mí y lo sentí entregándose a su lobo, entregándose al…

correr debo correr debo poner garras en el piso duele duele duele y

...animal que acecha debajo. Pero esto era *diferente*. No era como debería haber sido. Aquí era un Beta, los ojos como calabazas, y aunque lo sentí colapsar, debería haberse quedado así, debería haber sentido el tironeo de la manada.

Pero no era lo mismo.

Podía sentir el llamado del lobo salvaje, y le había clavado las garras, lo había arrastrado del *cuello* a…

Me giré para seguirlo y…

Estaba de pie en los límites del claro.

Mark Bennett estaba de rodillas, su ropa hecha jirones durante su transformación. Tenía la cabeza echada hacia atrás, hacia el cielo, y sostenía esa cajita en la mano y le *aullaba* al sol, le *cantaba* a la luna escondida. Era una canción de tristeza, un aria de pena que resonó por los árboles como si el cielo mismo se estuviera partiendo al medio.

Lo sentí venir.

Comencé a correr hacia él.

Pero llegué demasiado tarde.

La mano nudosa de un lobo a medio transformar surgió del suelo debajo de él, le tomó el muslo desnudo, las garras se le clavaron en la piel y le hicieron florecer la sangre como si fuera rosas. Luego vino otro y otro y *otro*, el último era musculoso, un *brazo* entero surgiendo del suelo, con tierra y grava aún pegados a la piel podrida. Se estiró y le rodeó la garganta con la mano, en el lugar donde debería haber estado mi marca, donde el cuervo debería haber estado desde un principio.

Las manos empezaron a arrastrarlo hacia la tierra.

Sus ojos miraban abiertos al cielo.

Eran color hielo.

Luego naranjas.

Luego destellaron violetas.

Su boca se abrió en un grito silencioso, los colmillos se le alargaron mientras se aferraba a la caja que contenía su lobo de piedra, el regalo que me había dado y que yo había dado por sentado. Que le había arrojado a la cara.

Estaba a mitad de camino hacia él cuando me choqué contra una barrera invisible, sentí un dolor intenso y traslucido al caer de espaldas.

Me incorporé de nuevo y me estiré para intentar averiguar qué era lo que me separaba de él, para entender qué era lo que nos mantenía distanciados.

Apreté la palma contra…

Guardas.

Eran guardas.

No se parecían a nada que hubiera visto antes.

La magia aquí era antiquísima. Era desagradable y estaba podrida, y podía jurar que la sentía *retorciéndose* contra mi piel. Apreté los dientes y la *empujé,* empujé con todas mis fuerzas a pesar de que mi mano ya no estaba hacía mucho y…

Me devolvió el empujón.

Y en ese momento lo supe.

Aunque no lo había sentido en años.

Lo supe.

"La magia, tiene... Tiene una firma. Una huella digital. Específica a cada brujo. Pero entre familiares es parecida. No igual, pero similar. Si mi padre hizo esto, si su magia está quebrando los lazos de los Omegas, su magia está en ellos. Y lo reconocen a él en mí".

Era él.

Robert Livingstone.

La prueba que necesitaba.

Y era más fuerte que yo.

No podía atravesarlas.

Ay, pero cómo grité por el lobo. Cómo golpeé las defensas con las manos hasta que se me astillaron los huesos. Cómo intenté todo para llegar a él.

Ya estaba hundido hasta el pecho. En la tierra, los lobos salvajes tironeaban de él.

Pero nada de lo que hacía era suficiente.

Hasta que...

"La magia proviene de la tierra. Del suelo. De los árboles. De las flores y del sustrato. Este lugar es... antiguo. Mucho más antiguo de lo que te puedes imaginar. Es una especie de... baliza. Nos llama. Vibra en nuestra sangre. Los lobos también la oyen, pero no como nosotros. A ellos les canta. Ellos son... animales. No somos como ellos. Somos *más*. Ellos están conectados con la tierra. El Alfa más que ningún otro. Pero nosotros la *utilizamos*. La doblegamos según nuestro deseo. Ellos son sus esclavos, y de la luna cuando se alza llena y blanca. Nosotros la controlamos. Nunca te olvides de eso".

Mi padre me había enseñado eso.

Me aparté de su veneno.

Respiré los aromas del territorio que me rodeaba.

Olía a tierra y a hojas y a lluvia.

Caí de rodillas y cavé con los dedos en la tierra.

Una vez, la luna había amado al sol.

Había una vez, un niño.

Había una vez, un lobo.

Se había sentado con la espalda contra un árbol.

Los pies descalzos en la hierba.

El niño se inclinó y besó al lobo.

Y supo entonces que nada volvería a ser igual.

Una bandada de cuervos me rodeó, agitando las plumas.

El aire tenía la fragancia de las rosas.

Y di todo lo que pude. Por él.

Por mi lobo.

–Gordo.

Abrí los ojos.

Mark Bennett estaba de pie ante mí, al otro lado de las defensas de mi padre. No como era entonces, sino como era ahora. Nunca podríamos ser quienes habíamos sido.

Sonrió con su sonrisa secreta. Tenía los ojos azules.

Dijo "ey" y "hola" y "has venido por mí, realmente has venido por mí".

Dije "Sí" y "Tenía que hacerlo" y "Tienes que luchar contra esto, tienes que luchar contra esto. Por tu manada. Por mí. Por favor, hazlo por mí".

Asintió despacio antes de mirar por encima del hombro.

Detrás de él, la versión más joven de él luchaba contra las manos de lobo.

Y pensé que quizás estaba ganando.

Mark se volvió hacia mí.

–Tiene que quedarse aquí, ¿verdad?

–Sí –asentí, desconsolado–. No podemos... *No puedo* arreglar esto. No por mi cuenta. Pero podemos contenerlo. Podemos cerrar esta puerta y dejarla cerrada hasta que estemos listos. Te ayudaré. Seremos tú y yo, ¿sí? Seremos tú y yo y yo te mantendré a salvo.

–¿Por qué?

–Haría cualquier cosa por ti.

Se tocó el cuervo en la garganta.

–¿Porque eres mi compañero?

Me reí entre lágrimas.

–Sí. Porque soy tu compañero.

Ah, eso le gustó. Cómo *sonrió*, las esquinas de los ojos se le arrugaron y me consumió verlo así.

Y, junto a él, contra las guardas, había una puerta.

–¿Funcionará? –preguntó mientras caminaba hacia ella.

–Sí.

–¿Cómo lo sabes?

–Porque somos la maldita manada Bennett. Nada nos detiene. Ya no.

–Será difícil.

–Hemos sobrevivido a cosas peores.

La sonrisa se apagó un poco.

–Es cierto, ¿verdad?

–Y seguimos de pie.

–Está bien –dijo, porque le resultaba sencillo tenerme fe.

–Empuja. ¿Me oyes? Empuja con todas tus fuerzas. Y cuando estés del otro lado, cerraremos la puerta...

A sus espaldas se oyó rugido sonoro.

El otro Mark, el Omega, había salido disparado del suelo, las manos que habían intentado arrastrarlo se hundieron en la tierra.

Estaba atrapado en plena transformación, la espalda le ondulaba al emerger el lobo, la cabeza se elongaba, la saliva caía en la hierba debajo de él. Su cuerpo se estremecía mientras el pelo le brotaba de la piel desnuda. Los colmillos se le clavaron en los labios y sangró.

Alzó la vista hacia nosotros.

Sus ojos brillaban, violetas.

Rugió de nuevo.

Y comenzó a correr.

–*¡La puerta!* –grité–. *¡Atraviesa la puerta!*

Tiré del pomo, el metal me quemó la mano cuando jalé con todas mis fuerzas. Mark se arrojó contra la puerta al otro lado, y oía al lobo salvaje que se acercaba más y más…

La puerta se abrió de pronto, empujándome a un lado.

Mark la atravesó, patinando en la hierba.

El Omega aulló, triunfante.

Pateé la puerta y la cerré de golpe justo a tiempo para que el lobo salvaje se estrellara contra ella. Las guardas latieron cuando la puerta pareció doblarse, y me invadió una sensación de náuseas, como si pudiera *sentir* la infección que había provocado mi padre.

Pero la puerta resistió.

Incluso cuando el lobo salvaje se arrojó una y otra y otra vez contra ella, aguantó.

Mark colapsó junto a mí, los dos de espaldas, jadeando.

Le tomé la mano.

O lo intenté.

No funcionó.

Porque ya no tenía mano.

Me tomó del antebrazo y giró la cabeza hacia mí.

Dijo...

–Gordo.

Abrí los ojos.

Estaba en el claro.

El aire estaba frío.

El cielo estaba cubierto de estrellas.

–Gordo.

Parpadeé.

Tres rostros flotaron sobre mí, con las frentes arrugadas.

–¿Crees que está bien? –preguntó uno.

–No se le está saliendo el cerebro por las orejas –dijo el otro–. Así que pienso que estará bien.

–No creo eso que sea posible, físicamente –dijo el tercero.

–Por supuesto que lo es. Lo vi en internet.

–Ah, si lo viste en *internet*, entonces...

–Cielos –gruñí–. ¿De qué demonios están *hablando*?

Rico, Tanner y Chris sonrieron.

–Sí –afirmó Chris–. Está bien.

Entonces recordé.

Mark.

Me senté rápidamente.

–¿Funcionó? ¿*Funcionó*? ¿Dónde está? Oh, cielos, por favor, díganme dónde...

–Gordo.

Giré la cabeza.

Mark Bennett estaba sentado a unos metros, Jessie acuclillada ante él.

Se me cortó la respiración.

Estaba aquí.

Estaba aquí de verdad.

Me moví sin pensarlo demasiado.

Necesitaba estar tan cerca de él como fuera posible. Me envolvió en sus brazos cuando me dejé caer en él.

–Te tengo. Te tengo. Te tengo –me dijo al oído con cálido aliento, y oí a la canción del lobo y a la canción del cuervo elevándose a través de nosotros, grabándose en nuestra piel.

Me costó más de lo que pensaba soltarlo. Cada vez que decidía apartarme, no me atrevía a hacerlo. No parecía molestarle, así que no me preocupé.

Por encima de su hombro pude ver a Kelly. Se le estremecían los hombros mientras sollozaba contra el pecho de Carter.

Elizabeth los abrazaba a ambos, y los besaba una y otra vez. Robbie estaba de pie junto a ellos, cruzado de brazos, como si estuviera escoltándolos.

Carter debe haber sentido que lo miraba y me sonrió. Sea lo que fuera que Kelly había visto, sea lo que fuera que había hecho para traer a Carter de vuelta, parecía haber funcionado.

En su mayoría. El lobo gris yacía echado a unos metros de distancia, con la vista clavada en Carter. Lo que habíamos hecho no había sido suficiente como para obligarlo a transformarse.

Más allá de ellos había un grupo de extraños, de personas que jamás había visto. Estaban amontonados, temblando en el aire nocturno. Ox y Joe estaban ante ellos, lado a lado.

–Sé que tienen miedo –les dijo Ox y Mark me abrazó más fuerte–. Y sé que están confundidos. Pero no hay nada que temer aquí. Están a salvo ahora. Me llamo Ox. Este es mi compañero, Joe. Somos los Alfas de la manada Bennett. Y los ayudaremos a encontrar el camino a casa.

EPÍLOGO

Sus ojos seguían siendo violetas.

Los de todos.

Eran Omegas.

También Mark y Carter.

A pesar de nuestros lazos.

La magia de mi padre era fuerte.

Pero las puertas habían sido cerradas.

Robert Livingstone nos había lastimado.

Pero debería habernos matado.

Porque ahora estábamos enojados.

Y no podía hacer nada para detenernos.

Contemplé la computadora, sentado en la oficina.

Robbie había vuelto a actualizar el programa, y no podía entenderlo. Cada tecla que tocaba en la computadora emitía un maldito pitido, y estaba a segundos de agarrarlo del cuello y frotarle la cara contra el teclado.

Afuera, en el taller, la radio estaba sintonizada en algo que parecía ser rock duro, seguramente por acción de Tanner. Los oía riéndose y gritándose mientras trabajaban. Debería haberme irritado, pero me relajaba de maneras que no podía explicar. Era normal. Eran años y años de historia compartida. Era el sonido de la supervivencia. Dos meses más tarde ya podían reírse.

Suspiré y me recliné en mi vieja silla, alzando la cabeza hacia el techo. Había una pequeña mancha de humedad en la esquina que nunca me había resuelto a arreglar. La contemplé por un rato hasta que oí a alguien carraspear en el umbral.

–Estoy bien –declaré, porque eran muy predecibles.

–Bueno –dijo relajado.

Lo miré, la silla crujió debajo de mí.

–Estoy bien.

Se encogió de hombros, y se limpió el aceite de las manos con un trapo viejo.

–Eso está bien. Me alegra verte aquí de vuelta, eso es todo.

–Necesitaba tiempo.

–Lo sé. Todos lo necesitábamos.

–Robbie actualizó el programa de nuevo.

–Sí. Hace eso. Cree que ayuda.

–No lo hace.

–Está haciendo un sitio web. Para el taller.

–Maldición –murmuré.

Ox sonrió.

–Mal no hará.

–No sabes eso.

–¿No tienes que estar en otro lado?

–Se las están arreglando bien sin mí –le espeté, poniendo los ojos en blanco.

–Ah, ya sé que sí. Pensé que querrías estar allí. Eres muy… exigente con el orden de las cosas en tu casa.

Me tembló un ojo.

–Mark tiene muchas cosas.

Me incorporé y la silla rodó hasta la pared.

–Sí –asintió Ox–. Tuvo que alquilar uno de esos camiones de seis metros.

–Me tengo que ir –dije, buscando con torpeza las llaves.

Ox rio y se apartó para dejarme pasar por el umbral. Sin pensarlo demasiado, me estiré y lo tomé de la mano, y se la apreté una vez antes de soltarla.

–Tú también, Gordo –me dijo mi Alfa–. Tú también. Te veremos esta noche.

Oh, claro que sí. Teníamos un mensaje que entregar.

Tanner y Chris estaban inclinados sobre un Toyota Camry del 2009 que tenía un problema de transmisión. Alzaron la vista para mirarme mientras me dirigía hacia el frente del taller.

–Oh, no –comentó Tanner–. Tiene esa expresión.

–Alguien va a terminar asesinado o va a tener sexo –replicó Chris. Luego, frunció el ceño–. Ojalá no supiera tanto sobre él.

–Me tomo el resto del día –les informé, e intenté desesperadamente ignorar las sonrisas cómplices–. Quiero que pidan las partes para el Buick antes de irse. Y no se olviden de llamar al señor Simmons para decirle que no pudimos oír *nada* dando vueltas. Por sexta vez.

–Seguro, jefe –dijo rápidamente Tanner–. Es bueno tenerte de vuelta.

–Ve a matar, o a tener sexo, o lo que sea –dijo Chris. Hizo una mueca–. Mierda, necesitamos límites más claros.

Era la primera cosa que decían con la que estaba de acuerdo en semanas.

Rico estaba en la sala de descanso, dándole uvas con la mano a Bambi, que estaba sentada sobre sus piernas.

No entendía a los heterosexuales.

–Gordo –dijo Rico, suspirando encantado–. ¡Bambi ha decidido hacerme el honor de perdonarme por lo de la sociedad secreta de licántropos! ¿No es maravilloso?

–Aún estás a tiempo –le dije a Bambi–. Nadie te culparía.

–Ey –respondió–. La supuesta donación anónima que recibí para ayudarme a reconstruir El Faro sirvió mucho para engraciarlo conmigo de nuevo. Eso, y el hecho de que fue suficiente para poder comprarlo directamente.

–*Yo* no fui quien voló el bar –protestó Rico, indignado–. Si vas a enojarte con *alguien*, debería ser con Gordo. Él fue el que…

–¿Sacrificó una mano? –dijo ella, arqueando una ceja.

Rico se la quedó mirando con la boca abierta.

–Pero… pero a mí me *dispararon*. Tengo una *cicatriz*.

–Bambi, un placer verte de nuevo –me despedí–. Rico, vuelve a trabajar en cinco o estás despedido.

–¡Mientes! –me gritó–. Como si me fueras a dejar ir alguna vez, *brujo*.

Robbie entrecerraba los ojos para ver unos recibos, el bolígrafo raspaba el libro de registro. Tenía las gafas en la punta de la nariz. Alzó la vista cuando fui a buscar mi abrigo.

–¿Ya te vas? –contoneó las cejas–. Quizás una tarde de… Y por la expresión de tu cara, no debería terminar esa oración.

–No eres tan estúpido como pareces. Es bueno saberlo. ¿Y te molestaría decirme por qué no puedo hacer que nada funcione en mi computadora? *¿Otra vez?*

Puso los ojos en blanco.

–Porque por alguna razón pareces creer que estamos en 1997 y que el internet sale de discos gratis de AOL que consigues en un lugar que se llama Blockbuster –se acomodó las gafas sobre la nariz–. Sea lo que quiera decir eso.

–Quiero que funcione para cuando llegue mañana –lo amenacé con el dedo–. Si no es así, te quitaré las gafas y te las meteré en el trasero.

Giré hacia la puerta.

–Sabes, con todas las cosas que has amenazado meterme en el trasero, me sorprende que Mark no se ponga más celoso.

Me volví despacio para mirarlo.

Palideció.

–Eh... No dije nada. Ignórame. Ve a hacer lo tuyo –sonó el teléfono–. Gracias al cielo.

Levantó el tubo.

–Lo de Gordo, Robbie al habla, ¿en qué puedo ayudarle?

El aire se sentía frío cuando salí del taller. Me hizo arder los pulmones cuando respiré hondo. Quería un cigarrillo. Rebusqué en el bolsillo y extraje un paquete de chicles de nicotina. Desenvolví un pedazo y lo aplasté entre los dientes. No era lo mismo.

El pavimento de la calle principal seguía reluciendo en las partes donde había sido pavimentada de nuevo. El letrero del restaurante anunciando su reinauguración estaba desvaído y se agitaba en el viento. La gente me saludaba desde el otro lado de la calle en mi camino a la camioneta. Quería ignorarlos, pero ya no podíamos hacer eso. No ahora que los locales sabían. Forcé una sonrisa en mi rostro y devolví el saludo. No debió haber sido muy convincente, porque se alejaron rápidamente.

Estaba bien.

Yo no era una persona con don de gentes, de todos modos.

Tenía seis metros, justo como lo había descrito Ox.

Bloqueaba la entrada, la rampa cruzaba la acera.

Kelly asomó la cabeza de la parte posterior cuando apagué la camioneta. Me saludó con la mano.

Lo miré con odio.

Puso los ojos en blanco.

–No engañas a nadie –dijo mientras me acercaba a la parte posterior del camión de mudanzas–. Te oigo el latido. Estás entusiasmado.

–Cállate –miré dentro. Estaba aún a medio vaciar, y Kelly estaba buscando una caja rotulada *COCINA* en una letra familiar–. No hay manera de que todo esto entre en mi casa.

–Tendremos que deshacernos de algunas porquerías –dijo Carter, saliendo del interior.

–Porquerías –repetí.

–Ya sabes. La basura. Las cosas de tu casa que deberías haber tirado hace mucho tiempo.

–No soy *dueño* de basura.

–Ajá –concedió Carter, subiendo la rampa–. Por supuesto que no. Por accidente rompí tu mesita de café en un montón de pedacitos, así que es bueno que Mark haya tenido otra guardada que es mucho más linda que la tuya.

–¿*Por accidente*?

Carter se encogió de hombros.

–Sí, pasó de todo. El lobo trató de seguirme a la sala de estar, le dije que se quede donde estaba y luego accidentalmente rompí la mesa de café.

–Esas dos cosas no tienen *nada* que ver la *una con la otra*.

Carter tomó una caja de su hermano.

–Extraño, ¿verdad?

–¿Y qué hace esa *cosa* en mi casa?

–A donde sea que voy, viene conmigo. Ya lo sabes –Carter parecía particularmente ofendido, lo cual me hizo sentir un poco mejor–. Aún no sé por qué. Aunque parecía muy interesado en el olor de tu casa. Orinó en el suelo de la cocina. Me olvidé de limpiarlo. Así que… ya sabes. Ten eso en cuenta.

–Voy a matarlos a *todos* –gruñí.

Carter se estiró y me palmeó la cara mientras bajaba de la rampa.

–Claro, Gordo. Seguro. Tus amenazas resultan totalmente creíbles ahora que te he visto ponerle ojitos de corazón a mi tío.

Kelly se rio desde el camión.

Entré a la casa dando zancadas tras Carter.

Por supuesto, toda mi basura había desaparecido. El viejo sofá. La mesita de café. Por alguna razón ahora tenía *estantes para libros* en la sala de estar y un televisor que no tenía un dial al frente. Tenía parlantes a cada lado y todo lucía brillante y reluciente en esta vieja casa, como si fuera algo nuevo. Un comienzo.

El lobo gris se levantó de atrás del sofá y siguió a Carter a la cocina. Antes de hacerlo, me miró con las fosas nasales dilatadas. Ladeó la cabeza, pero luego pegó la vuelta.

–¡Mark! –grité–. Cuando dije que podías mudarte, me refería a ti.

Hice una pausa y lo pensé mejor:

–Y tal vez algo de ropa.

Lo oí reírse pasillo abajo. Seguí el sonido. Era incapaz de hacer otra cosa.

Estaba en mi (nuestra) habitación, las cajas apiladas a cada lado del ropero. Había marcos de fotos amontonados en el suelo, cerca de mi lado de la cama, pilas de libros en un rincón, ropa en perchas sobre la cama.

Algunas de las cajas estaban abiertas, sus contenidos revueltos. Mark estaba inclinado sobre una que estaba sobre el baúl a los pies de la cama, con el ceño fruncido y murmurando para sí.

Me recosté contra el marco de la puerta y lo observé.

Estábamos aquí. Estábamos vivos. Estábamos juntos.

Había días buenos. *Oh*, sí que había días buenos, días en los que me despertaba y lo sentía contra mí, su aliento cálido en mi cuello. Días en los que lo sentía despertarse, recorrerme la piel con los labios y *tararear* mientras estiraba los músculos somnolientos, rodeándome la cintura con las manos. Con la voz ronca me saludaba con "ey" y "hola" y "buen día".

Esos eran los días buenos.

Pero había otros días también.

Días en los que los arañazos en la puerta de su cabeza sonaban fuerte. Días en los que tenía los hombros rígidos y los ojos destellaban violetas. Días en los que él y Carter desaparecían en el bosque durante horas, corriendo enfurecidos hasta que colapsaban y dormían hasta apaciguar el sonido de las garras contra la madera.

Y había días en los que yo no me sentía mucho mejor.

Aún no estaba bien. Estaba mejorando, y quizás me llevaría un poco más, pero sabía acerca de esos días malos. Quería alcanzar algo, o rascarme una picazón, solo para recordar violentamente que mi mano derecha había desaparecido, que me había sido arrebatada al defender a mi Alfa. Lo haría de nuevo. Por supuesto que sí. Cualquier cosa con tal de mantener a Ox a salvo. Pero sentía una amargura subterránea que a veces me envolvía y tardaba un rato en soltarme.

Mark corría, y yo estaba esperándolo cuando volvía.

Me perdía en mi cabeza, y él estaba allí para abrazarme.

Raras veces coincidían nuestros días malos. Pero cuando sucedía, era caótico. Salvaje. Los dos estábamos peligrosamente cerca de ser salvajes.

Pero esos días ocurrían muy de vez en cuando.

Valían la pena. Todo acerca de él valía la pena. Y aunque me estaba resistiendo, era solo a medias, verlo llenar mi espacio me daba más calma de la que había sentido en mucho tiempo. Jamás pensé que llegaríamos a esto. Jamás pensé que nos perteneceríamos.

–¿Te vas a quedar ahí mirándome el trasero? –me preguntó sin levantar la vista.

–Es un lindo trasero.

Rio. Si Marty supiera lo que había pasado en su vieja casa… Creo que estaría de acuerdo.

–Ah, ¿sí?

Crucé el umbral.

–Te lo muestro, si quieres.

Alzó una ceja y me miró.

–¿A mi… trasero?

–Cuán lindo es. Lo que puede hacerse con él, si uno tiene ganas.

–¡Te *oímos*! –gritó Carter pasillo abajo–. Qué mierda. Nadie debería tener que escuchar a su brujo tratando de hablar sucio con su tío. ¿Estás tratando de traumatizarnos aún más? Cielos, Gordo. ¿No hemos pasado suficientes cosas ya?

El lobo gris gruñó, de acuerdo.

–¿Cuánto falta para que podamos hacerlos marchar? –murmuré, aplastándome contra la espalda de Mark. Le rodeé el cuervo de la garganta con la mano. Él apoyó la cabeza contra mi hombro.

–Depende de lo que quede en el camión –me raspó la mejilla con la barba mientras frotaba su cara con la mía. Malditos lobos. Siempre marcando–. Tengo que devolverlo al final del día.

–Me gusta –admití.

–¿Qué?

–Tenerte aquí. Conmigo.

Sentí su risa debajo de mi mano.

–No te preocupes. No le diré a nadie que te estás ablandando.

–¿Estás seguro acerca de esto? –tenía que preguntárselo una última vez–. Estar aquí. Conmigo. No es… Sé que no es como la casa de la manada pero…

–Donde estés tú, ese es mi hogar.

Maldito sea. No podía…

–Y dices que soy yo el que se está ablandando.

Era una distracción. Él lo sabía, pero me lo permitía. No se me daba bien cuando él decía cosas que me quemaban por dentro.

–Te estás ablandando. Siento que te estás sonrojando.

Le mordí el costado del cuello a modo de castigo pero me aparté. Quería más, pero dos cuasi vírgenes mojigatos y un lobo salvaje al parecer no entendían la indirecta y se marchaban.

Volvió a buscar en la caja. Se le volvió a fruncir la frente.

–¿Todo estuvo bien hoy?

–Sí –respondió–. ¿Tú?

–Sí.

Era algo que nos preguntábamos. Nos mantenía sinceros.

–Se sintió bien. Volver al taller.

–Te dije que sería así.

–Sí, sí –puse los ojos en blanco. Me senté en la cama junto a la caja que estaba revisando–. ¿Elizabeth y Jessie despidieron a esa chica sin problemas?

–La pasaron a buscar esta mañana –respondió Mark. Una de las Omegas. No era como él o Carter. No estaba infectada. Era una chica normal mordida por un Alfa solitario el año anterior, que se había vuelto salvaje después de haber sido abandonada. La habían ubicado en una manada en Washington. Era la doceava que enviábamos a otra manada. Quedaban unos pocos Omegas no infectados. No había prisa. Podían quedarse aquí si lo deseaban, o les buscábamos un hogar.

Los infectados, esos necesitaban quedarse lo más cerca posible de Ox. Al menos hasta que pudiéramos encontrar a mi padre. Necesitaban al Alfa más que nadie. Carter y Mark estaban mejor. Sus vínculos con la manada eran más fuertes, a pesar de tener los ojos violetas. Los hilos entre nosotros eran tenues, pero resistían y se volvían más fibrosos cada día que pasaba. Sería suficiente hasta que Robert Livingstone se diera a conocer.

Y lo haría. De eso estábamos seguros.

Mark gruñó, frustrado, y sus ojos centellearon. Dejó caer algo en la caja, parecía haberse roto.

–Ey –le dije y lo tomé del brazo–. Está bien. Respira. ¿Qué estás buscando? Puedo ayudarte a encontrarlo.

Se frotó la mano por la cara. Vi un indicio de garra y colmillo.

–No está... sé que está aquí. Lo *sé*. No puedo recordar dónde lo puse.

Lo tironeé hacia mí. Se resistió, pero solo un poco. Se paró entre mis piernas, inhalando por la nariz y exhalando por la boca. Esperé, pasándole el pulgar por la mano, pensando.

Por fin se calmó.

Esta vez lo habíamos atrapado a tiempo.

–Lo siento –murmuró, frustrado.

Me encogí de hombros.

–Está bien. Cosas que pasan. Harías lo mismo por mí.

–No es...

–Lo es –afirmé con vehemencia–. Es lo mismo, y no intentes decirme otra cosa. ¿Recuerdas lo que me dijiste? ¿Que nos apoyaríamos mutuamente?

Se relajó, y se sintió verde.

–Seré tus manos.

–Y yo seré tu sanidad.

Se inclinó. Me besó. En nuestro dormitorio, con la luz fría del invierno filtrándose por la ventana. Fue dulce y cálido, y nunca quise algo con tantas ganas.

–Blando –murmuró, besándome una, dos, tres veces.

–Siempre y cuando no se lo cuentes a nadie.

–Tu secreto está a salvo conmigo, Livingstone.

–Más vale que sí, Bennett.

Nos sonreímos mutuamente como dos tontos.

Pero estaba bien. Nos lo habíamos ganado. Nos habíamos ganado esto.

En ese momento, abrió mucho los ojos.

–Sé dónde...

Se apartó y se volvió hacia la pila de cajas junto al armario. Apartó dos de ellas y alcanzó la del fondo. Yo esperé, preguntándome qué demonios podía ser tan importante como para hacer que casi se perdiera en su lobo.

Cortó la cinta con una sola uña y abrió la caja, revolviendo hasta que...

–Lo sabía. *Sabía* que estaba aquí.

No tenía idea de qué estaba hablando.

–Qué estás...

Y no pude hablar más.

Se volvió hacia mí.

Tenía una cajita en la mano.

Yo conocía esa caja.

La última vez que la había sostenido, nuestros corazones se estaban rompiendo.

Avanzó hacia mí, observándome como si yo fuera algo sagrado. Algo hermoso. Algo que no podía creer que podía decir que era suyo. Sentí el tenue latido de la cicatriz en mi cuello, la impresión perfecta de los dientes de un lobo.

–Yo solo... –tosió, y sacudió la cabeza antes de volver a intentarlo–.

Sé que es una tontería. Es… Ya eres mi compañero. Lo sé. Lo siento. Entre nosotros. ¿Está bien? Puedo hacerlo. Sé que no es como debería ser, pero sé que lo será algún día. E incluso si no es mejor de lo que es en este preciso momento, también está bien. Porque puedo estar contigo. Puedo amarte. Puedo recibir *tu* amor.

–Te juro por todos los santos –le dije en un tono áspero–, que si me traes conejos muertos o una canasta con mini magdalenas, te despellejaré yo mismo.

–Tomo nota –respondió, irónico–. ¿Puedo darte esto? ¿Por favor? Gordo. Yo solo… ¿Puedes aceptar esto? ¿De mí?

Abrió la caja.

Dentro, sobre una tela azul, había un lobo de piedra.

Se veía tal cual lo recordaba.

Lo extraje con cuidado de la caja. Era pesado y tallado con mucho detalle. La cola era larga y delgada, y tenía la cabeza ladeada, los labios del lobo curvados como si estuviera sonriendo secretamente.

–Sí –le dije, porque él necesitaba oírlo en voz alta–. Lo acepto.

Me arrojó sobre la cama.

Afuera, oí a Carter y Kelly gritando de alegría.

Y, a lo lejos, el clamor de los lobos.

Estábamos reunidos en la oficina en la casa al final del camino.

Todos.

Ox estaba sentado en la silla detrás del escritorio donde antes se sentaban Abel y Thomas. Joe estaba de pie junto a él, la mano sobre su hombro.

Carter estaba recostado cerca del umbral, el lobo gris a sus pies.

Kelly estaba sentado sobre el brazo del sofá contra la pared.

Robbie estaba a su lado, mordiéndose el labio con nerviosismo, la mirada concentrada en la tableta que tenía en la mano.

Elizabeth estaba sentada junto a su hijo, los ojos cerrados mientras esperaba.

Rico y Tanner estaban sentados en el borde del escritorio. Jessie y Chris estaban contra una estantería con libros, cruzados de brazos.

Mark y yo estábamos junto a la ventana.

–Robbie –dijo Ox–. Es hora.

Robbie asintió y suspiró. Kelly le apretó el brazo. Robbie pareció sorprenderse ante el gesto, pero estaba satisfecho.

Le dio un golpecito a la pantalla de la tableta.

El monitor de la pared se encendió.

Se oyó un pitido. Y luego otro. Y luego otro.

Y luego…

Michelle Hughes apareció en la pantalla.

Su expresión era imperturbable.

–Alfas Bennett y Matheson –dijo con frialdad.

–Alfa Hughes –la saludó Joe.

–Debo admitir que esperaba oír antes de ustedes –examinó la habitación–. Y la manada completa, nada menos. Debe ser importante. Robbie, ¿cómo estás?

–¿Le importa? –le espetó Robbie entrecerrando los ojos.

–No preguntaría si no fuera así.

–Estoy bien. Estoy con mi manada, donde pertenezco.

–Eso veo. Han estado ocupados, manada Bennett.

–Así es –asintió Joe–. Por eso hemos pedido esta reunión.

–Una cosa curiosa esa –dijo–. Un pedido. Después de todo lo que han hecho. La gente buena a la que han matado.

–Señora –resoplé–, realmente tiene una ideología de mierda si piensa que los cazadores tenían algo de bueno. En particular Elijah. Conoce su historia con la manada.

–Los brujos –exclamó–. Los brujos que… que esas *cosas* destrozaron.

–Víctimas de la guerra que usted misma comenzó. Si alguien es responsable, es usted.

Y *eso* le llamó la atención.

–Guerra. Dale dijo…

–Dale –repetí, con una sonrisa desagradable en la cara–. ¿Está allí? ¿Puede escucharme?

Fue un instante, pero sus ojos se apartaron de la cámara antes de volver a mirarnos.

–No sé qué tiene que ver mi brujo con…

–Escapó antes de que pudiéramos atraparlo –respondí y Mark gruñó a mi lado–. Debería saber que no puede esconderse en ningún sitio que yo no pueda encontrar. Y lo encontraré.

–¿Está amenazando a mi brujo, Livingstone?

–Por supuesto que sí, maldición.

Me miró con odio antes de dirigirse a los Alfas.

–Les exijo que…

–Vea, ahí debería detenerse –dijo Ox, y sentimos su inmenso enojo–. Porque no tiene el derecho de exigirnos nada.

–Se pasó de la raya, Alfa Matheson. Sugiero…

–Es hora de que renuncie –declaró Ox y noté el momento en que las palabras le llegaron, como un puñetazo en el estómago. Inhaló profundo. Sus ojos parecieron llenarse de sangre–. Su tiempo como Alfa de todos ha llegado a su fin. Mi compañero, Joe Bennett, está listo para reclamar lo que le corresponde por derecho.

–Es demasiado tarde para eso –dijo Michelle Hughes, clavando las garras en su escritorio–. La manada Bennett ha probado ser el enemigo. Han permitido la entrada de Omegas en su territorio. En su *hogar*. Dos miembros de su manada siguen infectados. No sé cómo han hecho para retrasar el proceso, pero no tiene importancia. Se volverán salvajes y, si no los matan primero, los asesinarán a todos ustedes.

–¿Cómo debían hacer con mi familia los cazadores que envió? –preguntó Elizabeth.

–Elizabeth, no sé lo que te han contado...

–La verdad –dijo rápidamente–. Evidentemente más de lo que espero de personas como tú. Que ocupes la posición que una vez ocupó mi esposo es una de las farsas más grandes que les han ocurrido a los lobos. Debes saber que esto no terminará bien para ti. Para tu gente. Se te confió el poder del Alfa de todos. Pero siempre se supo que sería temporario. Le pertenece a mi hijo.

Hughes estampó la mano sobre el escritorio.

–*Jamás* le pertenecerá. Son una manada llena lobos salvajes, de humanos y de abominaciones. No pueden ganar esto.

–En eso se equivoca –dijo Ox, levantándose despacio.

Y entonces lo vi. En su cara.

Miedo.

Michelle Hughes tenía miedo.

–Le daré una última oportunidad –dijo Oxnard Matheson–. Renuncie. Ahora.

–No seré intimidada por seres como ustedes. No son *nada*. Su *manada* es nada...

–Entonces debe recordar –le dijo Ox, los ojos centelleando rojos y violentas y, *ay*, no se lo esperaba–. Que al final, le di una opción. La de terminar con esto de manera pacífica. Pero ese momento ha pasado. Debería prepararse, Alfa Hughes. Porque iremos a buscarla. Iremos a buscarlos a todos.

La pantalla se puso negra.

Ox se volvió hacia nosotros con los ojos ardiendo.

–Son mi familia. Son mi manada. Me han ayudado a ser quien soy. Haré todo lo posible para mantenerlos a salvo. Pero sabíamos que este día llegaría. Es hora. Es hora de que les demos pelea.

Las rosas florecieron.

El cuervo voló.

Los lobos aullaron.

Los humanos gritaron con ellos.

Y yo hice la única cosa posible.

Eché la cabeza hacia atrás y canté una canción de guerra.

EN ALGÚN LUGAR DE MAINE

OTRO

La pantalla se puso negra.

Michelle Hughes se recostó en su silla, las garras clavándose en la madera del escritorio.

–Eso no salió muy bien –dijo suavemente Dale.

Consideró seriamente arrancarle la garganta.

Pero se las arregló para contenerse.

–Todos. Todos ellos han perdido la cabeza. Es… una tragedia, por supuesto. Caer en desgracia así –pensó con rapidez–. Y eso es lo que se contará. Eso es lo que le diremos a los otros. La… infección. Se ha propagado a través de los lazos de la manada. Ha contaminado a los otros. Ya existían rumores acerca de Matheson. Pero ahora tenemos una prueba definitiva. Le viste los ojos. Se está convirtiendo en uno de ellos. Y es el compañero de Bennett. Lo que quiere decir que a Joe no le falta mucho.

Dale asintió despacio.

–Eso podría funcionar, pero...

–¿Pero qué? –exclamó ella.

–Es solo que... Ox.

–¿Qué pasa con él?

–Nunca ha existido alguien como él.

–Es una *excepción* –aseguró ella–. Un rarito. Sea lo que sea, sea lo que Thomas Bennett le haya hecho, no tiene importancia. No se puede confiar en él. Y si esos malditos cazadores hubieran hecho lo que fueron enviados a hacer, no estaríamos teniendo esta *conversación*. Humanos inservibles.

No podía admitir en voz alta que se había quedado paralizada en las semanas siguientes a la destrucción de los cazadores. Había terminado tan *rápido*. Jamás debería haber confiado en Meredith King. Los humanos eran débiles. Los Bennett eran más fuertes de lo que ella había imaginado. No volvería a subestimarlos.

–No has estado ante él –dijo Dale con tranquilidad–. No como yo. Exuda poder. No se parece a nada que haya visto. Ya sea el territorio u otra cosa, es... intoxicante.

–No tiene importancia –respondió Michelle sacudiendo la cabeza–. Sangra. Lo que quiere decir que puede morir.

–¿Y qué haremos con las manadas que los han ayudado? ¿Los que han aceptado Omegas?

–Nos ocuparemos de eso después. No se atreverán a apoyarlo. No si implica la destrucción total de la manada.

–Creo que no deberías subestimar su influencia. Ya ha probado ser formidable. Todos…

Gritos y gruñidos, de afuera del complejo.

Michelle se paró detrás de su escritorio.

Dale fue hacia la puerta y la cerró de un portazo. Puso la palma contra la madera y murmuró por lo bajo. Un destello de luz apareció debajo de su mano mientras creaba una defensa.

No sirvió de nada.

La puerta explotó y lo arrojó hacia atrás. Se estrelló contra la pared del fondo, se deslizó hacia abajo y se desplomó en el suelo. Le brotó sangre de la nariz. Gimió, confundido.

Un hombre atravesó el umbral en ruinas.

Era mayor, la piel arrugada, el cabello blanco le caía en mechones finos. Estaba vestido para el clima de Maine, con pantalones gruesos y un pesado abrigo negro.

Pero cada paso que daba era medido y fluido.

Se movía con decisión.

Y ella sabía quién era.

Había visto una versión de esa cara mirándola con furia hacía unos momentos en una transmisión desde el otro lado del país.

Debería haberlo visto venir.

–Alfa –dijo Robert Livingstone, con una pequeña sonrisa–. Ya era hora de que nos conociéramos.

–No debería estar aquí.

–Ah, creo que descubrirá que puedo estar donde quiera –replicó, alzando una ceja–. Tenemos que tener una charla, usted y yo. Parece ser que usted no es mejor que Richard Collins a la hora de manejar una amenaza insignificante. Cazadores, Michelle. De verdad, ¿en qué estaba pensando? Incluso con mi ayuda con las guardas, falló de todos modos. El nivel de incompetencia con el que me encontré es pasmoso.

–¿Ayuda? ¿Qué ayu…?

–Aunque me hizo un favor –continuó, como si ella no hubiera hablado–. Había estado siguiendo a Meredith King durante meses, tras descubrir que estaba en posesión de algo que me pertenece.

–Has entrado a *mi* territorio sin invitación –dijo Michelle, empezando a transformarse–. No eres *bienvenido* aquí, brujo.

Él se rio.

–Ah, no necesito invitación. Siéntese.

Las garras de Michelle hicieron aparición y sus colmillos se alargaron.

–Dije que se *siente.*

Y lo hizo. No pudo evitarlo. Se le doblaron las piernas y se sentó en su silla.

–Buena chica –dijo Robert–. Ahora, voy a hablar y necesito que me escuche. ¿Me entiende?

Asintió, aunque intentó resistirse.

Robert golpeó la bota contra el muslo de Dale. Dale gruñó pero no se movió.

–Los lobos me sirven muy poco. Son animales, todos ustedes. Esclavos de la luna. Siempre me ha parecido que la licantropía es muy similar a un virus –suspiró–. Por eso he intentado convertirla en uno. Los resultados han sido diversos, pero siempre hay una fase de prueba y error en cualquier experimento. Uno debe aprender de los errores para empujar los límites. Y planeaba empujarlos hasta que se quebraran. Pero me encuentro ante una pausa. Existen… lobos con los que no contaba. Variables inesperadas. Richard Collins fue un fracaso. Su intento con los cazadores fue un fracaso. Por culpa de esas *variables.*

–La manada Bennett –logró decir Michelle.

Robert suspiró.

–Sí. Ellos. Todavía. Incluso después de la caída de Thomas Bennett, incluso con una separación, incluso *con* nada más que un humano para guiarlos, se las arreglaron para sobrevivir –sacudió la cabeza–. Y ahora… bueno. Se han convertido en algo más, ¿no es cierto? Se las han arreglado para contener mi magia en los Omegas. Y tienen a mi hijo.

–¿Gordo? –preguntó Michelle–. Pero él siempre ha estado…

–No –dijo Robert Livingstone, parado ante su escritorio–. Gordo no. He perdido a Gordo. Hablo de mi segundo hijo. Su hermano.

Michelle sintió un zumbido agudo en los oídos.

–No entiendo –susurró–. No existe otro Livingstone. Lo habríamos...

–¿Sabe lo que se siente perder el lazo? –preguntó, inclinándose hacia adelante con las manos sobre el escritorio–. ¿Cómo se siente que te lo arranquen cuando menos lo esperas? Porque yo sí. Mi esposa, ella… No entendía. Perdió la cabeza, al final. Y me quitó a mi lazo. La asesinó a sangre fría, aunque era inocente de todo esto. Cuando quedó embarazada, Abel Bennett me obligó a enviarla lejos. La obligó a renunciar a su hijo. Volvió, pero ya no era la misma después de eso. Y entonces mi esposa…

Cerró las manos en puños.

–Me prometí, cuando me quitaron mi magia, que volvería. Que volvería a traer a mis hijos al corral. Que me ocuparía de acabar con los lobos. Pero Gordo… Sabía que dijera lo que le dijera, no entendería. Y mi otro hijo… había sido *mordido*, en cierto sentido. Había *cambiado*. Podía sanarlo, si lo encontraba. Y entonces me llegaron noticias de que era la mascota de esa cazadora y… Hice lo posible para llegar a él –la voz se le volvió fría–. Pero se encontró con la manada Bennett y con su hermano, salvaje y atrapado dentro un lobo. Eso no puede ser. He venido a traerle una propuesta. Ayúdeme a destruirlos. Devuélvame a mi hijo. Y se le permitirá permanecer como Alfa de todos. Yo me desentenderé del destino de los lobos. Solo me importa lo que es mío.

–¿Cómo? –preguntó. Él mentía, ella lo sabía, aunque su ritmo cardíaco era constante. Pero también sabía que estaría de acuerdo.

Se le acercó.

–Después de todo lo que le han hecho, hay uno al que todavía le tiene cariño, ¿verdad? Un lobo de la manada que solía estar en la suya. Alguien a quien puedo usar en su contra. Alguien a quien puedo usar para recuperar a mi hijo.

–Robbie –susurró Michelle, con los ojos muy abiertos.

¡QUEREMOS SABER QUÉ TE PARECIÓ LA NOVELA!

Nos puedes escribir a vrya@vreditoras.com

con el título de este libro en el asunto.

Encuéntranos en

facebook.com/VRYA México

twitter.com/vreditorasya

instagram.com/vreditorasya

COMPARTE

tu experiencia con
este libro con el hashtag

#lacancióndelcuervo